亂世宏圖

卷五・朝天子

酒徒——著

【第一章】

少年

本想殺一殺守軍銳氣，卻不料折了自家威風。韓匡美心裡頭，就甭提有多鬱悶了。將剩餘的射鵰手盡數召回之後，立刻帶領麾下大軍匆匆撤離了戰場。趕往不遠處的陶家莊營地養精蓄銳。任冰牆上呼延琮等人如何撩撥、辱罵，也堅決不再上當。

陶家莊大營內，倒是歡天喜地。一萬五、六千援軍已經趕到，接下來的仗，無論怎麼算都沒可能再輸了。最不濟，也是個平手。大傢伙兒也能跟隨援軍一道撤離，不至於再像先前一樣被丟在莊子裡等死。

心中有了希望，做事自然就肯下力氣。沒等韓匡美領著大軍進門兒，耶律赤犬和韓德馨兩個，已經指揮起留守的一眾爪牙，替整個大軍準備好了飯菜。莊子裡的空閒屋子，也盡數打掃得乾乾淨淨，只要主將一點頭，指揮使以上將佐，就能直接入住。不用再陪著小兵們一道於莊子裡布滿了積雪和糞便的空地上紮營。

見自家兩個侄兒如此體貼，韓匡美當然沒有不領情的道理。溫言慰勉了幾句，便吩咐麾下眾將領各自去吃飯安歇。然而，那新投靠他的參軍韓倬卻有些心急，分明已經走到了臨時中軍帳門口，卻又忽然掉頭而回，三步並作兩步堵在了帥案前，朗聲提議道：「大帥，屬下觀那李家寨眾賊，氣焰頗為囂張。今天僥倖又占了我軍的便宜，恐怕更是得意忘形。而據屬下所知，進李家寨的道路不止一條。山左處還有一個峽谷，地勢遠比山後的道路平坦。大帥與其來日再與賊人正面硬撼，不如今晚就派遣良將帶領一哨人馬偷偷繞到山左，穿過峽谷，打他鄭子明一個措手不及！」

「你是說山左的那個狐狸谷？」韓匡美聞聽，眉頭頓時一皺，低聲追問：「你既然早知道有這麼一條捷徑，為何前次與馬延煦兩個不走？」

「這，大帥容稟！」韓倬被問得臉色微紅，拱著手解釋：「那座山谷裡頭布滿了陷阱，鄭子明曾經在該處多次打敗前來跟他相爭的地方豪傑。屬下，屬下上次帶的兵馬少，怕，怕走那條路折損過重，所以，所以才……」

「呼！」一句話沒說完，韓匡美已經重重拍起了桌子，「笑話！你跟馬延煦兩個怕折損兵馬過重，老夫手底下的弟兄就活該去填陷阱嗎？我見你平素也是個斯文人才，怎麼心腸，心腸居然如此狠毒！」

「大，大帥。卑職，卑職不是這樣意思，不是這個意思！」韓倬頓時被罵得額頭上冷汗直冒，彎著腰，大聲自辯。然而燕京統軍事韓匡美卻懶得再聽，將手背向著屋門口擺了擺，沉聲道：「退下去吧！好好想想該怎麼做別人的謀士。若不是看在咱們兩家乃為世交的份上，就憑你今天這句話，老夫就可以讓你萬劫不復！」

「這，這……」韓倬的臉色變了又變，心中怒火萬丈。然而，他卻終究沒勇氣跟主帥硬槓，躬身行了個禮，低聲道：「晚輩受教。晚輩先行告退！」

「下去後多讀書，沒事兒就寫寫字，練練養氣功夫。年輕人，別那麼急著表現自己如何與眾不同！需要知道，木秀於林，風必摧之！」韓匡美朝外擺了擺手，裝出一副長輩口吻，低聲教訓。

「晚輩一定牢記大人大帥吩咐！」參軍韓倬心中有苦說不出，又躬身行了個禮，倒退著離開了臨時中軍議事堂。耶律赤犬和韓德馨兄弟倆在一旁看得好生解恨，不待此人的腳步聲去遠，就圍攏到韓匡美的身邊，大聲說道：「叔父剛才好威風！」「叔父剛才，怎麼不把這小子推出去一刀給砍了？我們哥倆，差一點兒就被他給活活害死！」

「狗屁，殺了他，魯國公那邊如何交代？」韓匡美輕輕白了兩個晚輩一眼，低聲數落。「都多大人了，做事還只想著一時痛快？老夫先前派人給你們哥倆傳的話，難道都左耳朵聽，右耳朵就冒了出去嗎？」

「沒，沒，嗯咳，咳咳！」耶律赤犬用手捂住自己的嘴巴，一邊咳嗽，一邊大聲回應，「叔父的金玉良言，做侄兒的怎麼可能不牢牢記在心裡頭？就是，咳咳，咳咳，就是看到那小子在您面前耍小聰明，侄兒，侄兒就恨不得生劈了他！」

「那廝性子太陰險，叔父最好不要將他留在身邊。哪怕是施捨給他一個地方官做，也比在身邊藏著一條毒蛇強！」韓德馨的想法，和他的孿生哥哥耶律赤犬差不多，也對韓倬的重新出現，充滿了警惕。

「不能急於一時！否則，會讓兩家之間平白生出嫌隙！」韓匡美笑了笑，輕輕搖頭。「如今這種情況，我把他留在身邊，反倒更好。第一、可以親眼盯著他，提防他再給你們兄弟倆使絆子。第二、只要我不對他痛下殺手，哪怕經常給他些委屈受，魯國公聽了，也只能認為我這是在磨礪小輩，無法說出任何多餘的話來。」

「那倒是！」耶律赤犬和韓德馨兩個聽了，連連點頭。「有叔父這尊大佛在，什麼妖魔鬼怪，都翻不起風浪來！」

「按住他，把他按在人堆裡頭，讓他一輩子無法出頭才好！」

「不可能，魯國公不會讓他的親孫子，永遠都無所建樹。頂多一年到兩年時間，就會將他設法調走，去別處建功立業！」聽兩個侄兒說得幼稚，韓匡美又笑了笑，低聲指點。「即便他在自家人眼裡，再不爭氣，也輪不到別人教訓。否則，魯國公一家，就會被外人看到可趁之機。這就好比你們哥倆，雖然這次丟了家族的臉，老夫依舊不能眼睜睜看著你們被別人收拾！」

「侄兒不孝，勞叔父費心了！」耶律赤犬和韓德馨哥倆，頓時羞得面紅耳赤。齊齊躬身下去，賠禮謝罪。

「罷了，小鷹初飛，不經歷幾場風雨，怎麼可能長硬翅膀？」韓匡美卻看得非常開，搖搖頭，大聲鼓勵，「只要你們倆人沒事兒，比啥都強。活著的人，才能吃一塹長一智。若是死了，就什麼都沒有了！」

「謝，謝叔父！」耶律赤犬和韓德馨哥倆感動得熱淚盈眶，低下頭去，用手掩面。

家族，永遠站在每個人背後的家族。只要家族在，韓家子弟的榮華富貴就永遠在。哪怕是換了皇帝，哪怕是改了朝廷。所以，兄弟倆將來，也要把家族給與的恩德，十倍百倍的奉還。只有如此，韓氏家族才會永遠強大下去，永遠替子孫們遮風擋雨。哪怕，哪怕周圍屍橫遍野，血海滔滔！

「行了，別跟娘們似的！吃一次虧，就學一次本事就好！」見到兩個侄兒掩面而泣的模樣，韓匡美心裡也隱隱湧起一股溫情。說話的語氣更緩，臉上的笑容也愈發的慈祥。

亂世當中，韓氏家族已經背棄了自己的故國。所以，家族利益，就該擺在每個人心裡頭的首要位置。如此，數百年後，才會有子孫替祖先的行為張目。如此，後世提起韓家來，才會先看到他們的輝煌，而不是成就輝煌所付出的代價，以及所採用的那些歪門邪道。

「嗯，嗯！」耶律赤犬和韓德馨兩兄弟抽了抽鼻涕，小聲答應。「侄兒，侄兒不是委屈，侄兒，侄兒這是見了叔父高興，高興！」

「二文錢買的茶壺，就剩下個嘴兒好！」韓匡美笑了笑，低聲打趣。隨即，又點了點頭，和顏悅色地安慰道：「你們兩個，也不用太妄自菲薄了。那鄭子明是個天生的猛將，為叔我都在他手上吃了虧，你們兩個，輸給他一點兒都不冤。第一次倉促遇襲，能平安脫身。第二次又能主動留下替大軍斷後，雖然丟了些臉面，卻贏了士卒之心。第一次單飛就能做到如此地步，已經比馬延煦和韓倬兩個，強出許多！」

耶律赤犬和韓德馨兩個，當然不能說自己是被別人逼著留下來替大軍斷後的。雖然他們都清楚地知道這一點，也知道自家叔父明白這一點。於是乎，雙雙躬身施禮，大聲表白：「侄兒不敢忘記家中長輩們的教誨！侄兒在這兩天，還借助叔父的虎威，從那鄭子明手裡，強行索回了七百六十多名被俘的弟兄。他們都恨死了馬延煦，發誓今後要為咱們韓家粉身碎骨！」

「嗯？有這麼多！」韓匡美先前從回去向他報信的家將嘴裡，已經聽說了兩個侄兒擅自做主用糧草輜重換取俘虜的舉動，卻不知道具體數量。如今聽了耶律赤犬和韓德馨的親口彙報，頓時心中疑竇叢生，「那鄭子明為何如此好說話？這麼多俘虜，說還就還了！俘虜都甄別過了嗎？小心裡頭藏著細作！」

「都甄別過了，沒有細作！都是能找到三個以上弟兄作保的，並且都能報出自己先前所在行伍的都頭名姓！」

「鄭子明估計是想給他自己留條退路，畢竟，畢竟他在漢國那邊，也不受待見。說不定哪天，哪天還要求到咱們頭上！」

兩個打了敗仗的傢伙，唯恐最得意的功勞也被自家叔父抹殺。想了想，爭先恐後地出言辯解。

「嗯，這樣，就更加蹊蹺了！據老夫觀察，那鄭子明，可不是個首鼠兩端的！」韓匡美無法相信自家侄兒所給出的說法，手捋鬍鬚，低聲沉吟。

然而，無論他怎麼搜腸刮肚，卻看不出交換俘虜的事情裡頭到底藏著什麼陰險圖謀。七百來人不算多，剛剛被俘虜過的人，也很難再被主將放心地投入戰場。但七百多人回到幽州之後，卻會傳誦韓家的仁義之名！

無論近處還是從長遠看，耶律赤犬和韓德馨小哥倆，都做了筆好買賣。雖然他們哥倆，花的是大遼國的軍資！

正百思不解地想著，卻有一陣冷風從窗戶縫隙鑽了進來，直接浸入了他的骨髓。「阿嚏！阿嚏！啊，啊——阿嚏！」接連打了三個大噴嚏，韓匡美猛然站起身，晃晃腦袋，滿臉凝重：「此事蹊蹺，你們哥倆，今天不要休息了。立刻點齊了原本留守在這裡，和被那些你們交換回來的弟兄，退至山外五十里處擇地安營。為叔不知道那鄭子明到底打的什麼主意，乾脆把被俘過的人都拉到山外，給他來個釜底抽薪！」

「叔，叔父，如今，馬上可是天就要黑了！」耶律赤犬嘴巴張得老大，半晌，才小心翼翼地提醒。

「弟兄們被俘時，受了些風寒。很多，很多人都正發著燒，如果逼著他們連夜行軍，恐怕，恐怕會，會雪上加霜！」韓德馨緊隨其兄之後，一邊用毛巾抹著鼻涕，一邊將自己所面臨的難處「如實」上稟。

眼下雖然已經開了春，但山區的天氣依舊冷得厲害。特別是太陽落下去之後，夜風立刻就變得如同小刀子一樣，扎在人身上，多厚的衣服都無法擋得住。

而還有一件他們哥倆不好意思啟齒的事實就是，弟兄們被俘時，遭了李家寨鄉勇的無恥洗劫。全身上下的鎧甲和厚衣服，都被鄉巴佬們當作戰利品給扣下了。從換回來的當天起，大部人便陸陸續續就發起了燒。雖然病情輕重有異，但從整體上而言，已經無法再做長距離行軍。除非，除非他們哥倆絲毫不介意眾人的死活。

「嗯——」韓匡美手捋鬍鬚，低聲沉吟。

韓家剛剛取代趙氏，成為幽州的主人。如果想要富貴久長，首先要討遼國皇帝的歡心，其次，就是要獲得幽州漢人的全力支持。這兩者相輔相成，缺一不可。所以，他先前才對自家兩個侄兒挪用軍資換回俘虜的舉動大加讚賞。而如果把這夥花了大價錢贖回來的將士再生生凍死凍殘，就與韓家的長遠利益背道而馳了。作為家族主事者之一，無論如何，他都不應該做如此糊塗之舉。

想到此節，韓匡美放下手臂，用指節輕輕敲打帥案：「篤篤，篤篤，篤篤……，也罷，那就讓大夥歇息一個晚上，明天日出之後就啟程下山。你們兩個，下去之後盡力安撫他們，就說，就說，老夫念在大夥已經辛苦多日的份上，才准許他們去山外休整。在此期間，每個人發給五百文錢壓驚。想買東西花掉，還是托人送回家中，隨他們自便！」

「謝叔父！」耶律赤犬和韓德馨哥倆大喜，趕緊再度躬身施禮。

「下去休息吧，你們兩個這幾天也辛苦了！記得找郎中開幾副湯藥喝了，好歹也是做將軍的人了，整天鼻涕抹個沒完，也不嫌寒磣！」韓匡美擺擺手，打發兄弟兩個離開。內心當中，卻愈發地感覺到惶惶不安。

作為一名經驗豐富的老將，他已經憑藉直覺，感覺到有某種危險在向自己快速靠近。但這種危險到底是什麼？來自何方？他光憑著直覺卻也無法判斷清楚。

懷著忐忑不安的心情處理軍務，享用美食，巡視營地，一直到後半夜，韓匡美才疲憊不堪第入睡。然而剛剛閉上眼睛好像沒多久，他便看見鄭子明手持鋼鞭，朝著自己劈頭蓋臉砸了過來！

貼身的親兵紛紛倒地，忠勇的將領也被敵軍分隔包圍，無法回身相護。「小狗子，小德子！」赤手空拳的他被鄭子明逼到了懸崖邊上，不得不扯開嗓子，大聲向自家兩個侄兒求救。卻看見，耶律赤犬和韓德馨合力抬起一塊巨石，朝自己當頭砸將過來。「啊——」

「啊——」韓匡美慘叫著坐起，額頭鬢角等處，冷汗滾滾。

「抓刺客！」當值的親兵們被嚇了一大跳，趕緊拔出鋼刀從外邊一擁而入。兩個貼身伺候他起居的家丁也趕緊拎著寶劍衝上，死死護在了床榻左右。

然而，當看到韓匡美那蒼白的面孔和無神的眼睛，大夥才知道自家大帥是做了噩夢。刺客根本不存在，魔鬼，也只藏在人的心底。

「啊，阿——嚏！」韓匡美被親兵們帶進屋子裡來的冷風，吹得打了個噴嚏。鼻涕眼淚淋漓而下。抓過枕邊的布巾子，他快速擦了一把。隨即用手指扶住昏沉沉的額頭，大聲問道：「外邊是幾更天了，有什麼異常動靜沒有？」

「回大帥，已經卯時兩刻了，整夜平安無事！」親兵都頭韓重威躬了下身子，低聲彙報。

「啊，我居然睡了這麼久！你怎麼不早點喊老夫起來！」韓匡美大吃一驚，一偏腿，披著衣服下了床。有陣痠軟無力的感覺，迅速傳遍了全身。他楞了楞，果斷用另外一隻手扶緊了床沿。「傳令下去，辰時點卯，全體將領到中軍議事。」

「遵命！」韓重威不疑有他，躬身施禮，隨即自己去床頭取了一支令箭，快步離開。

「你們也都下去吧，順便替老夫打一盆熱水來，以便老夫淨面更衣。」韓匡美又把額頭上的那隻手拿下來，淡定地揮了揮，打發親兵們和家丁離開。

必須堅持住，主將乃三軍之膽。如果這個節骨眼兒上，他露出絲毫不適，都會導致軍心大亂。那樣的話，甭說踏平李家寨，想帶著大夥平安撤出山外，都難比登天。

好在他平時言出必行，積威甚重，眾親兵和家丁才沒往別處想。也大聲答應著，紛紛轉身退下。韓匡美咬著牙堅持，咬著牙苦撐，終於撐到屋門關閉。隨即，胳膊猛然一顫，「呼！」地一聲，重重地摔進了羊毛軟榻上。

「苦也！」用手反覆摩擦自己沉重的額頭，韓匡美心中慘叫不止。早不燒，晚不燒，居然在準備帶領大軍一舉拔出李家寨這個眼中釘的當口，自己搶先發起了燒。而那鄭子明，已經先後擊敗了耶律赤犬、馬延煦，威震定州。如果自己這個身經百戰的老將帶著十倍的兵馬也鎩羽而歸，從今往後，燕雲十六州的將士，誰還有臉再跟他爭雄於沙場？

「不行，不能退。必須想辦法堅持到底，堅持將李家寨蕩平。哪怕是老夫裹著棉被出征，也好過平白成就那石家小兒的威名！」思前想後，反覆權衡輕重，韓匡美再度強撐著坐起，自己動手穿衣打扮。

平素伺候他飲食起居的兩個心腹家丁打了熱水回來，聽見動靜，小跑著入內伺候。卻被他揮手趕到了一旁，不准朝自己靠近。這樣做倒不是出於防備，而是他堅信，人在剛剛生病的時候，最好多活動活動手腳。否則，越是靜養，就越會四肢發軟，到最後徹底臥床難起。

只可惜，他的想法非常正確，採用的自救手段也合乎這個時代的醫理，然而，平素只需一根手指頭就能勾起來的衣物，此刻卻都重得像鉛水澆鑄而成般，每一件都重逾千鈞。才換好了裡衣和窮褲，韓匡美就被累得眼前陣陣發黑。大腿、小腿和胳膊上的肌肉，好像都中了無名劇毒一般，同時顫抖不停。

「咯咯，咯咯，咯咯……」屋子裡分明生著火盆，火盆裡上好的精炭，也冒著滾滾紅光。韓匡美卻打起了擺子，上下牙齒敲擊個不停。兩個心腹家丁被嚇得亡魂大冒，趕緊上前攙扶，這回，韓匡美不敢再一個人苦撐，任由二人扶住了自己身體，一邊朝床榻上躺，一邊喃喃地吩咐：「別，別告訴任何人。否則，老夫饒不了你們，去請，去請隨軍郎中來。悄悄地請，別讓任何人看見！」

「是！」家丁們答應著，將他扶在床上躺好，蓋上厚厚的被子，然後轉身去請郎中。還沒等走到屋門口，忽然聽見「咣當！」一聲，門被人從外邊撞開。親兵都頭韓重威，旋風般急衝而入。三步兩步衝到韓匡美的床榻前，看都沒仔細看，就扯開嗓子大聲彙報：「大帥，大帥，不好了。耶律赤犬，耶律赤犬和韓德馨兩個，都趴下了。跟他們一起留守此處的弟兄們，也，也有近半兒臥床不起。隨軍的室韋郎中懷疑是時疫爆發，請大帥速做處置！」

「時疫？」韓匡美「騰」地一下，猛地從床上坐起，眼前頓時一片漆黑，雙目如同瞎了般，什麼都看不見。「你，你再說一遍，到底，到底怎麼了？怎麼會爆發時疫？」雙手摸索著，他扶住了一名家丁的肩膀。然後，不待自家的視覺恢復，就喘息著追問。

「是，是，是時邪，重，重傷風！」韓重威這才發現，自家主帥的悲慘模樣。嚇得打了個冷戰，強壓住心中焦灼，大聲稟告，「郎中說，是重傷風，但已經引發了時邪。必須立刻就分營，然後下發藥物，防患於未然。否則，必將蔓延全軍！」注一

「時邪？怎麼會爆發時邪！」韓匡美用手在自己額頭上拚命揉搓，好不容易才揉通了血脈，恢復了視覺。然而，他的頭依舊昏昏沉沉，效率不及平時的十分之一。「留守在營地的人，已經趴下了一大半兒。嘶，怎麼會這樣，早不來，晚不來……」

時邪也好，重傷風也罷，都不是要命的病。輕者五六天，重者半個月，即便不吃藥都能挺過去。但兩軍交戰之時，忽然有一方的營地內爆發了時邪。若是消息被對方得知……

「不行，來人，封鎖營門，嚴禁任何人出去樵采！」心臟猛地一抽，他果斷做出決定。當務之急得保守秘密，不讓敵軍知道，不給姓鄭的可趁之機。至於是留在陶家莊全軍閉門靜養，還是立刻撤出山外，倒可

注一、時邪、重傷風：這都是中醫的說法，指重感冒。感冒病毒潛伏期很短，爆發劇烈，但服用古代中草藥後，通常都不會致命。因為醫學極度不發達，古代歐洲有大規模致命紀錄。

以從容……

「不——！」冥思苦想該如何應對之際，猛然間，韓匡美眼前閃過自家兩個侄兒抹著鼻涕跟自己表功的情景，嘴裡不由自主地發出一聲慘叫。「擂鼓，擂鼓聚將。甭管誰，甭管生病還是好著，只要還有一口氣，指揮使以上，全都到中軍議事。三鼓不至，軍法無情！」

這場時疫，並非禍從天降，而是有人蓄意為之！

是鄭子明，陰險狠毒的鄭子明，先利用早春寒熱交替，疫病多發的特點，設法讓被俘的幽州將士染上了重傷風。然後，又利用了韓德馨哥倆兒急於將功補過的心態，把患了重傷風的將士和身體完好的將士一併送回了陶家莊！

而那耶律赤犬、韓德馨小哥倆，早就被姓鄭的給打成了驚弓之鳥。能從此人身上占到些許便宜，已經是喜出望外。怎麼可能想得到，這些許的便宜，竟是對方刻意讓自己所占，裡邊竟然隱藏著一份絕世殺招！

不光耶律赤犬和韓德馨二人想不到，換了自己，韓匡美也不認為自己能夠看破此人的陰謀。築冰為城，潑水澆山，連請人烤火吃肉，都暗藏重重殺機。諸多手段，無不匪夷所思。怪不得易、定、瀛三州的豪傑，誰都惹他不起。怪不得馬延煦和韓倬等小輩，會一敗塗地。

而連時疫都可以利用作為克敵制勝手段，那個姓鄭的小子，豈能沒有其他後續殺招？如果自己不以最快時間拿出應對方略，再拖延兩天，自己就會成為第二個馬延煦。屍山血海裡蹚出來的半世英名，就要徹底付之流水！

不愧為早已成名多年的「老」將，發覺了自己有可能中計之後，韓匡美第一時間想到的不是追究責任，而是如何擺脫眼前危機。

留在營地內靜等時疫緩解，是絕對行不通的。重傷風這東西雖然不會直接要命，但爆發起來極快，如不及時分營，三日之內，必定會蔓延至全軍。而那鄭子明既然懂得用傳播時疫這種卑鄙手段來坑害大夥，就不會放任幽州軍從容休養。他一定會在幽州軍病得腿軟腳軟，人心惶惶的最艱難時刻，忽然從山上殺下來，給大夥以致命一擊！

「韓福，你伺候我把臉洗了，然後去找張紅紙來，給我臉上塗些顏色！」一邊快速地想著對策，韓匡美一邊低聲對心腹家丁發號施令。雖然頭腦遠不及平時靈光，但每一條命令，都清晰分明。「韓壽，你去前堂，找人多點幾個炭盆。然後多吊些銅壺在火上燒水。順便讓隨軍郎中拿些艾絨、薄荷之類的藥物，煮在水裡，給大夥提神醒腦。」

「是！」兩名心腹家丁大聲答應著，分頭開始忙碌。不一會兒，韓匡美從頭到腳被收拾得煥然一新，臉上也用紅紙硬生生蹭出了幾分血色。乍看上去，只是精神略微顯得有些憔悴，但絕不會被人發現，事實上，他已經病得幾乎站不起身。

臨時由一處鄉紳大宅改造出來的議事堂裡，也被炭火烤得暖融融的，並且空氣中飄滿了濕漉漉的藥霧。雖然未必能夠有效化解傷風，至少，坐在這樣的屋子裡，病患的感覺會好上許多，鼻腔和喉嚨不再癢得無法忍受。

為了避免動搖軍心，韓匡美搶在眾將抵達之前，先讓家丁把自己扶到了帥案後，坐直了身體。然後強打起精神，取了一卷兵書擺在案頭，裝作好整以暇的模樣緩緩翻動。

兵書乃為他此番南下，從一個剛剛投降的節度使手中所得。書名喚作《六軍鏡》，假托是唐初名將李靖所著，事實上，很多內容都非常「新鮮」，行家一眼就能看出來此書的誕生，不可能早於黃巢之亂以前。

然而書的作者雖然作偽，裡頭許多話，韓匡美卻認為說得很有道理，特別是關於攻城和野戰方面，有幾句話簡直說到了他的心窩子上：「統戎行師，攻城野戰，當須料敵，然後縱兵。夫為將，能識此之機變，知

彼之物情，亦何慮功不逮，鬥不勝哉！」注二

「老夫今日之虧，就虧在了未能料敵上！」輕輕合攏書冊，韓匡美嘆息著搖頭。手邊隨時放一卷書的好處，並不只在能裝腔作勢。偶爾讀上幾句，還能迅速使自己分神，緩解腦袋中的暈沉感覺和心中的焦慮。

而就在他將精氣神調整到最佳的時候，麾下的武將們也都紛紛趕到了臨時中軍議事堂。聞見空氣中的艾草與薄荷味道，個個精神都頓時一振。隨即，以目互視，都在彼此的臉上看到了恐慌。

生病的，原來不止是自家一個！在場諸位袍澤，至少已經有一多半兒染上了風寒！照這個比例，一萬六千大軍，豈不是要有八千人已經無法再提刀作戰？萬一情況被李家寨的賊人獲知……

後果不堪設想！

未到中軍應卯之前，眾將佐還都以為只是自己一個人，因為連日冒著風雪行軍，才不幸病倒。到現在，才終於發現，倒楣的不止是自己一個，而是營地中的一大半兒！怪不得，今天的聚將鼓，擂得如此之急！怪不得，一路向中軍行來，大夥所看到的弟兄如此少，感覺到的氣氛如此壓抑。

「老夫本想，帶領諸位一戰掃平李家寨，為我幽州拔了此眼中釘，徹底洗雪幾個小輩兩度戰敗之恥。」唯一讓大夥趕到安慰的是，自家主帥韓匡美看上去並未受到時疫的波及。說話的聲音抑揚頓挫，臉上也隱隱泛著健康的紅光。

「然老天不作美，居然在此冬春之交，讓營地許多弟兄們感染了風寒。」在眾人欣慰的目光下，韓匡美繼續侃侃而談，舉手投足間，都帶著一股子從容不迫。「是以，老夫也只能順從老天爺安排，讓賊人再多囂張幾天。先把大軍撤往山外調養，待春暖之後，再擇一個日子重新入山，將其徹底犁庭掃穴！」

「大帥所言極是！此時寒熱交替，弟兄們最容易生病。先全軍撤往山外最為穩妥！」

「是也，是也，大，咳咳，咳咳，咳咳，大帥，咱們沒必要為了幾個小蟊賊，冒上讓弟兄們盡數病倒之險！」

「啊，阿嚏！這，這陶家莊前後都是山，過於閉塞。先前馬延煦在此駐紮時，又不注意打，打阿——嚏，

打掃。屎尿遍地，污穢之物成堆。真的，真的不宜大軍久留！」

「末將願領一軍斷後，護送大夥平安離開！」

「末將不才，願意帶領本部弟兄，替全軍開道！」

「末將……」

受到韓匡美刻意所表現出來的從容姿態感染，原本心裡有些發慌的將士們，站起身，紅著臉，抹掉鼻涕，或附和，或請纓，豪氣干雲。每個人都暫時忘記了身體上的不適，更不會將大軍如今所面臨的尷尬境地，往敵軍用計方面去想。

「老夫雖然決定暫時放賊人一馬，卻不能墜了我幽州兵威！」見自己的安撫人心手段奏效，韓匡美將手向下壓了壓，大聲補充。「撤，自然要撤，但臨走之前，必須給賊人一個教訓！否則，他還以為老夫怕的是他，而不是風雲莫測的老天！」

「大帥，咳咳，大帥儘管示下。我等莫敢不從！」

「大帥，大帥，咳咳，怎麼教訓賊人，您，您儘管安排！」

「啊，阿嚏！」

「咳咳，咳咳咳……」

打噴嚏聲、咳嗽聲和眾將佐的表態聲響成了一片。誰都沒來得及發現，自家大帥韓匡美後鬢角處隱隱滲出來虛汗，以及眼神裡不經意留露出來的悲涼。

「好！」韓匡美聚集起全身的力氣，狠狠捶了一下帥案，震得令旗令箭全都跳了起來，四下飛落。「眾將聽令，速速回去整頓麾下兵馬，準備下山。韓匡獻、韓德威……」

注二、李靖是唐初著名兵家，但後世所傳李靖兵書，卻都是偽作。一部分是宋代熙寧年間，幾個官員奉皇命搜羅整理。另外一部分，則是清代汪宗沂編纂。無論是前者還是後者，都沒有多少領兵作戰經驗。

「末將在！」右軍都指揮使韓匡獻和親衛都頭韓德威二人雙雙出列，拱手聽命。

「你們兩個！」韓匡美的目光往二人身上掃過，心中翻起一陣痠澀。但是很快，他就將這股痠澀感覺強壓下去，用不容置疑的聲音吩咐，「從右軍和近衛中，挑選兩千弟兄。飽餐戰飯，然後前去挑戰鄭子明。不惜任何代價，務必打掉此子的囂張氣焰！」

「遵命！」韓匡獻和韓德威毫不猶豫，上前拾起一支令箭，轉過身，大步而去。

「爾等，速去整頓兵馬！」韓匡美揮了揮手，示意其他將領也可以退下。然後，雙手扶住桌案，強撐著讓自己不要軟倒。直到所有腳步聲都漸漸遠去，他的身體才猛地向前傾了一下，張開嘴巴，噴出一股妖異的紅。

「大帥——」兩名貼身家丁搶步上前，用力將其扶住，低聲驚呼。「大帥你——」

「別嚷嚷，把血擦掉，不要給人看見！咳咳，咳咳，咳咳……」韓匡美臉色黃得如同凍幹了的牛糞般，一邊咳嗽，一邊用力搖頭，「將乃三軍之膽，老夫要死，也必須死在山外邊！」

「是，大帥！」家丁韓福和韓祿，低頭抹了把眼淚。一個彎腰將韓匡美背了起來，另外一個俯身快速開始收拾。

韓匡美艱難的笑了笑，繼續低聲吩咐：「等會兒，你們倆，去，去偷偷替老夫傳令給五老爺和德威，讓，讓他們虛，虛晃一槍，即，即可……」

猛然，他又緊緊閉上了嘴巴，咬牙切齒，臉上的肌肉上下抽搐。良久，張開通紅的牙齒，喘息著補充，「不要去了，聽，聽天由命吧！誰，誰讓他們兩個姓韓呢！」

「是！」兩名貼身家丁似懂非懂，抹著淚點頭。

韓匡美又艱難地笑了笑，隨即，如同一個行將就木的老人般，閉上了眼睛。艱難地喘息，艱難地咳嗽，滿臉痛楚，卻不想再多說一個字。

一個家族，若想屹立千年，就必須有人為之犧牲。

今天，輪到的是韓匡獻和韓德威。

這兩個人，一個是他親弟弟，一個是他生死與共多年的貼身侍衛頭領。都沒有染上風寒，都對韓氏家族忠心耿耿。

也許，壓根兒沒想到平素對家人十分照顧的韓匡美，會讓他們去送死。也許，他們也想到了韓匡美的圖謀，卻甘之如飴。右軍都指揮使韓匡獻和親衛都頭韓德威兩個，很快就從大軍當中挑選出了兩千名尚未染上風寒的勁卒，飽餐戰飯之後，再度撲向了李家寨。

「咚咚咚，咚咚咚，咚咚咚，咚咚咚……」鼙鼓聲驚天動地，震得樹梢頭簌簌冰落。來自幽州的勁卒們，在五名指揮使和韓匡獻本人的統率下，分成前、中、後三波，一波接一波，緩緩靠向了冰牆。

每一波，都由兩個營頭組成。每個營頭裡，都足足塞滿了三百名戰兵。親兵都頭韓德威則帶領一百多名手持鬼頭大刀的壯漢，在距離冰牆三百步遠的半山坡上呈一字排開。如果有人在鼓聲響起後，敢退向這道人牆，迎接他的，必將是兜頭一刀。

總結了昨天與守軍交戰時吃虧的原因，韓匡獻在臨出發之前，幾乎把營地內所有大型盾牌，都搜刮一空。故而此刻每一個營頭的最前方，都豎起了幾十面高大的盾牌。包在盾牌外側的鐵皮，被早春的旭日一照，像鏡子般，反射出耀眼的光芒。幾百面「鏡子」在山坡上梯次鋪開，寒光層層疊疊，令天地間一切頓失顏色！

沒有拿到盾牌的兵卒，則排成稀落的縱列，緊跟在持盾者身後。除了緊握在手裡的兵器之外，他們每個人背上，都背了粗粗的一大捆乾草。隨著人腳的移動，乾草捆兒也不停地上上下下。於高處望過去，就像一群正在滾糞團的蜣螂！

「奶奶的，他們要幹什麼，點火燒開水嗎？」冰牆上，呼延琮被幽州軍的古怪打扮，弄得滿頭霧水，瞪圓了眼睛，四下找人諮詢。

「呵呵呵……」人群中爆發出一陣輕鬆的哄笑。雖然猜不出敵軍的用意，但無論是李家寨鄉勇，還是太行山豪傑，都沒感到絲毫的壓力。

他們昨天已經給過敵軍一次教訓，今天肯定還能給敵軍第二次。事實早已證明過了，所謂幽州精銳，其實就那麼一回事兒！也是一個鼻子兩個眼睛，挨了刀子後會死，中了箭後會喊疼。只要你能狠狠給他們幾下，就不必在乎他們耍什麼花樣。

然而，很快，大傢伙的笑聲，就變得苦澀了起來。

幽州軍出陰招了，他們把手中的盾面，遙遙對向了城頭。

早春的旭日掛在東南方，明晃晃的盾牌樹立於冰城之北。盾面與冰城相對，一道道寒光從斜下方騰空而起，一瞬間，就把城頭上的漢家將士，照得幾乎睜不開眼睛。

呼延琮身材高大，盔甲華麗，因此被好幾面「鏡子」同時照顧，晃得雙目不能視物。「奶奶的，韓匡美你個王八蛋。有種就快點兒衝過來受死，拿著破鏡子晃來晃去，算什麼本事！」抬起右手護住自己的雙眼，他用左手指著冰城外，破口大罵。淚水，鼻涕，稀里嘩啦流個不停。

「韓匡美，王八蛋！有種就快點兒衝過來受死，拿著破鏡子晃來晃去，算什麼本事！」

「韓匡美，王八蛋！有種就快點兒衝過來受死，拿著破鏡子晃來晃去，算什麼本事！」

「韓匡美……」

來自太行山的綠林豪傑們，向來唯大當家呼延琮的馬首是瞻。也齊齊扯開嗓子，將叫罵聲一遍遍重複。

然而，無論他們怎麼努力叫罵，山坡上的幽州將士都充耳不聞。只是繼續高舉著盾牌，呈分散陣形，一波波，緩緩上湧，上湧。盾面上反射的寒光越來越亮，越來越強，搖晃，擺動，從東掃到西，再從西掃到東，把守軍將士刺激得頭暈目眩。

「呼！呼！呼！呼！」陶大春忍無可忍，率先指揮著床弩向敵軍發起了攻擊。三支粗大的床弩帶著風聲撲向層層疊疊的盾牌，一支落空，兩支命中。被射中的巨盾瞬間四分五裂，銳利的弩箭餘勢未衰，將藏在盾牌後的幽州兵卒挑起來，繼續飛行，所過之處，鮮血淅淅瀝瀝在山坡上灑出了兩道醒目的豎線。

幾名不幸被人血澆了滿身的幽州兵卒，尖叫著跳開，揮手在臉上亂抹。然而，沒有被床弩波及到的幽州兵卒，則對半空中拋灑的鮮血視而不見。他們繼續跟在其他盾牌之後，緊握長槍、短刀、角弓，默默前行。每個人的眼睛裡頭，都閃著堅定與瘋狂。

「呼！呼！」又有兩支床弩脫離城頭，呼嘯著撲進了盾牌之海。一支落空，另外一支，則將一名幽州十將連人帶盾牌，釘在了地上。倒楣的十將手握弩杆，慘叫著掙扎，旋轉。兩條染滿了鮮血的腿，以弩杆為圓心，畫了一圈又是一圈。

一名副都頭打扮的傢伙，快速跑過去，揮刀結束了他的痛苦。隨即，又是刷刷兩刀，砍斷了弩桿，順手從血泊中撈起了盾牌。剎那過後，中間被射了個窟窿，四周染滿了血跡的盾牌，被副都頭重新舉起，高高地舉過了頭頂。幾個先前尖叫著躲到一旁的兵卒迅速恢復了勇氣，靠攏過來，跟在了副都頭身後。就像一群覓食的螞蟻，再度找到了新的領路者。

「咯吱咯吱咯吱——」藏在冰牆內側的李家寨輔兵們，大聲喊著號子，用肩膀拖著拉動弩弦的繩索。城頭上的裝填手們，則一眼不眨地盯著弩車上的標記，盼望著拉弦橫桿能快一點兒向標記靠近。只要橫桿越過指定標記，他們就可以用機關將弩弦勾住，然後再度裝上巨箭。

然而，拉弦橫桿卻好像被凍住了一般，半晌，才能移動寸許。祖師爺魯班當初創造弩車之時，於心不忍。只賦予了此物驚人的殺傷力，卻剝奪了其裝填速度和射擊準頭。所以，任裝填手們如何咆哮，叫罵，都無法令拉弦橫桿「爬行」的速度加快分毫。注三

注三、床弩最早出現於春秋戰國，大規模應用是在漢朝。但民間習慣把一切木製器具的發明，都歸功於魯班。

趁著弩車裝填的間隙，冰城外的幽州軍繼續向前推進。很快，就來到了距離冰城一百五十步處。那是進攻一方最後的安全線。再往前，便是一片綿延不盡的冰面兒。為了個給進攻方製造麻煩，昨天夜裡，李家寨的鄉勇們，又用化開的雪水將冰面兒重新「修補」了一遍。昨天所有用肉眼能找得到的落腳點，如今都被冰面徹底覆蓋。從一百五十步處直到冰牆根兒，整片山坡凍出了一個巨大的冰殼，光滑如鏡。

然而，幽州軍指揮者的智慧，再度令防守方的將士們，感到了無比的震驚。只見隊伍後方有人將令旗一擺，隨即，鼙鼓聲由激越轉為低沉。跟在盾牌後第一順位的幽州兵卒們，迅速蹲下身體，從背後解下了乾草捆。緊跟著，以彼此相鄰的五個人為一組，手腳並用，將乾草向前鋪去，轉眼間，就在冰殼上鋪出了數十條乾草通道。四尺寬窄，一丈長短，通道的末梢，遙遙指向了冰牆！

用光了乾草的兵卒迅速轉身，將自己藏回了舉盾之後。第二波兵卒從背上解下乾草捆，將前一波同夥的動作迅速重複。轉眼，就將乾草通道又向前延伸了一丈半遠，與周圍的冰面相互映襯，金光燦燦，瑞氣縈繞！

「射，趕緊射，射死他們，射死他們！」城頭上的守軍先是被驚得說不出話，隨即，便爆發出一陣瘋狂的怒吼。剛剛裝填完畢的床弩，再度發威。將五支鋒利的弩桿一字排開，齊齊朝城外的幽州軍頭頂砸了過去。因為距離足夠近，敵軍站位又比先前密集，五支弩箭，全都命中了目標。紅色的血光和粗大的冰渣四下迸射，被穿在一起卻沒有立刻死去的幽州兵卒，手腳亂舞，大聲慘叫。然而，其餘幽州兵卒卻在隊伍中都頭、十人將的督促下，繼續用乾草鋪設通向冰城的道路。每一個呼吸時間，都能讓道路向前延伸數尺。

「嗖嗖嗖，嗖嗖嗖，嗖嗖嗖……」太行山的好漢當中，有許多人按捺不住，用角弓朝城外射下了羽箭。一百二三十步的距離，大部分羽箭沒等抵達目的地，就已經失去了力道。零星幾支飛至，被早有準備的幽州盾牌手用巨盾一擋，「叮噹」一聲，倒飛回數尺，軟軟地落在了冰面上。

「咚咚咚，咚咚，咚咚咚咚咚……」鼙鼓聲，忽然又變了節奏。將來自隊伍末端的命令，以最快速度傳進了每一名幽州將士的耳朵。

「王六斤、李土生、張狗剩，你們三個舉著盾牌前移，頭前替大夥開路！」一名都頭打扮的傢伙，豎起耳朵聽了聽，隨即開始給自己麾下的盾牌手們分派任務，「許大頭、伯顏、盧四，你們三個，站在原地，用盾牌晃城上守軍的眼睛。趕緊，都不要耽擱。韓將軍在後面看著咱們！」

「啊，啊，是！」被點到名字的盾牌手們，苦著臉答應，然後各自將腦袋別在褲腰帶上，舉起盾牌去執行任務。

幽州人命苦，幽州人命賤，幽州人只有依附於強者才能避免被契丹老爺搶個精光。而像韓匡嗣、韓匡美和韓匡獻這種「強者」，在為他們提供最少的庇護同時，卻能對他們和他們的家人生殺予奪。他們今天服從命令，的確有可能死於弩箭或者流矢之下。而如果他們今天拒絕服從命令，則死的將不只是他們自己。

與這一支幽州兵的情況類似，臨近的其他各支隊伍，也都根據鼙鼓聲中傳來的軍令，調整了作戰部署。轉眼間，便有數十面巨盾被推到了最前方，成為鋪路者的最後屏障。另外數十面巨盾則被集中成了一整排，將早春的日光，一波波射向了城頭。

城頭上的守軍被晃得兩眼發花，發射到城下的羽箭，愈發凌亂不堪，並且毫無準頭。城頭上的床弩不斷發出咆哮，然而，每一輪射擊，給進攻方造成的殺傷，卻始終都保持在個位數，根本無法阻止對方的前進腳步。

冰城外，得了勢的幽州軍，卻愈發氣焰囂張。乾草鋪就的通道，很快就已經延伸到了距離城牆根七十步之內。還有數十名擅長射藝的傢伙，偷偷地跑到了盾牌後，朝著城頭拉開了弓弦。

「嗖嗖嗖……」突然飛上城頭的羽箭，將守軍打了個猝不及防。數點紅霧飄起，幾道血痕順著冰牆的垛口蜿蜒而下，轉眼被寒氣凝結於冰牆外表面，一道道，觸目驚心。

被激怒的守軍，頂著迎面而來的鏡子反光，朝著偷襲者還以顏色。雙方發射出的羽箭在半空中飛來飛去，不斷帶起紅色的血霧和白色的冰渣。雙方的持弓者很快就都紅了眼睛，努力尋找著目標，恨不得將對手一矢封喉。
「弓箭手，弓箭手準備。」鄭子明穿著一雙纏滿了麻繩的布靴，在城頭上快速跑動。一邊跑，一邊用力將手裡拿著角弓的李家寨弟兄，推向冰牆垛口。「不用慌，不用盯著下面看。先保護好自己，然後聽我的命令，用耳朵聽就行。正前方，七十步，向上將箭桿抬高半兩個指頭，準備拋射！」

早已習慣於服從命令的李家寨鄉勇，紛紛從憤怒中恢復了理智，貼著冰城的垛口，用力拉開角弓。羽箭斜向上指，同時側起耳朵，等待將令。

「預備——」鄭子明迅速停住腳步，目光左右掃視。隨即，將銅製的哨子塞進嘴裡，奮力吹響，「吱——」

「吱——」短促的哨音，在城頭迴盪。鄉勇們毫不猶豫地鬆開了弓箭。一百五十多支羽箭，齊齊飛上了半空。先向上飛出了四十餘步，隨即，迅速調頭下墜。

剩餘的二十幾步距離，對高速飛行的羽箭來說，僅需要短短半個彈指。精鐵打造的箭鏃，從高處繞過了盾牌，直撲藏身於盾牌後的幽州弓箭手。

「噗噗噗噗噗！」鐵器刺破皮甲和肌肉的聲音連接成串，敵陣正中央處，對著冰牆位置，飄起了大團大團的紅色煙霧。足足有三十名幽州弓箭手，被凌空拋射而至的羽箭擊中，慘叫著在地上翻滾，掙扎，鮮血將剛剛鋪下的乾草，染成火焰般顏色。

「呀——」幾名未曾中箭，卻被嚇破了膽子的兵卒丟下手中乾草，掉頭朝後逃去。才跑出了三五步，本隊十將已經追了上來，迎面就是一記橫掃。

「噗！」紅光四射，一雙雙寫滿驚恐的眼睛騰空而起，翻滾，旋轉，久久無法合攏。幾個失去頭顱的屍體繼續前衝數步，轟然而倒。

「啊——」未被砍到的潰兵嘴裡發出大聲慘叫，腳下一滑，頓時摔了個仰面朝天。然而，他們卻絲毫顧不上刺骨的疼痛，一翻身，連滾帶爬地調頭又衝向了隊伍前方。

中箭，可能死也可能不死。被督戰的十將砍上一刀，卻不可能再活著。近在咫尺的利刃，讓他們的頭腦迅速恢復了清醒。

在都頭、十將們的逼迫下，幽州弓箭手又重新振作了起來，躲在盾牌後，挽弓跟城頭的守軍展開了對射。背負著乾草的兵卒，也硬著頭皮從後排跟上。將乾草沿著先前的道路繼續前鋪，一尺接一尺鋪向冰牆。

冰牆上，恢復了鎮定的鄉勇們，在鄭子明的指揮下，不停地朝城外傾瀉箭雨。他們的準頭非常一般，但勝在整齊有序。幾乎每一輪箭雨落下，都能放倒十幾名幽州軍。而幽州軍的戰果，則要差得多。射向城頭的鵰翎要麼被冰牆所擋，要麼偏離目標，能真正建功者，十成中的一成都不到。

「靠前點兒，靠前點，把弓都舉起來，別亂放箭，聽老子號令！」見李家寨的眾鄉勇越打越順手，呼延琮的臉上不禁有些發燙。也學著鄭子明的模樣，將麾下拿著角弓的弟兄組織起來，朝著城外發起了反擊，「要射就一起射。看老子的手，老子指哪大夥就射哪！」

「是嘞！」眾好漢們亂哄哄地答應著，紛紛將身體貼向垛口，將角弓舉起，拉成半圓。論射藝，他們自問絕對不在周圍的鄉勇之下，然而給敵軍造成的殺傷，卻與李家寨鄉勇差出好遠。這使得眾好漢很是尷尬，憋足了一口氣兒要奮起直追。

「嗖嗖嗖，嗖嗖嗖，嗖嗖嗖……」一排接一排的利箭從冰牆上飛落，在幽州軍的隊伍裡，濺起一串串血霧。山坡上的乾草道路迅速被染紅，冰面的血跡也越來越凌亂，越來越刺眼。然而，冰牆外的幽州軍卻好像瘋了一般，對近在咫尺的死亡視而不見。

他們在鋼刀的逼迫下，在盾牌的保護下，一波波抱著乾草，向冰牆推進。前仆後繼，循環往復。將乾草大道不停地延伸，延伸，每向前延伸一尺，都要付出一具屍體。

冰牆上，站在前排的鄉勇拉弓拉得手臂發軟，不得放下角弓，後退休整。又一排鄉勇逆著他們後撤的方向靠近垛口，將角弓撿起，將鵰翎搭上弓弦。「嗖嗖嗖，嗖嗖嗖，嗖嗖嗖……」，嘈嘈切切，奏響死亡的樂章。

「換人，換人，手臂發軟的趕緊下去，別逞能。」呼延琮大呼小叫，完全忘記了自我。「先換了其他弟兄們，養足了力氣再換回來！」

年齡比鄭子明大，資歷比鄭子明足，彼此不相統屬，又沒欠後者太多人情。所以，他在後者面前，總能放鬆得很徹底。不像在別處，還要時時注意上司的臉色和自家形象。

眾綠林好漢們，也學著鄉勇的模樣，輪番上陣。每射足十支箭，就把角弓交給身後的袍澤，自己退到城牆內側恢復體力。陌生的戰術，令他們在執行過程中，難免有些心情緊張。但在緊張之餘，卻又隱隱感覺到了一絲默契，輕鬆。

在緊張的射擊過程中，時間的腳步悄然加速。冰牆上的人影前後交織，冰牆外的人影此起彼伏，血如同噴泉般在牆上牆下湧起，在半空中濺出一朵朵巨大的紅花。日晷移動，一個個生命如同春花般凋零。

時間在無窮無盡、反反覆覆的搭箭、拉弓、鬆手的過程中流失。死亡的鮮花一步步迫近城牆，通過與守軍之間的「消耗戰」，幽州人終於將乾草道路鋪到了距離城牆二十步之內。

忽然，風停了，陽光萬丈。

鼙鼓聲也停了，冰牆下前仆後繼奔向死亡的幽州將士楞了楞，旋即，如潮水般倒捲而回。

幾個站在後排的幽州軍指揮使親自揮舞著認旗上前接應，在距離一百三十步外重整隊伍。潮水般後撤的人流在認旗下再度聚集成團，整隊，列陣，更換武器。然後，再度將面孔轉向了冰城。

「咚咚咚，咚咚咚，咚咚咚咚咚咚咚……」鼙鼓聲猛然炸起，地動山搖。幽州將士喉嚨裡爆發出一聲瘋狂怒吼，踩著用人血和乾草鋪成的路面，再度衝向了冰城。覆蓋著鐵皮的巨盾上，倒映出一張張猙獰的面孔。

「呼，呼，呼，呼，呼！」城頭上的床弩，在敵軍踏入距離冰牆一百步範圍內，率先發起攻擊。粗大的弩箭呼嘯著射進人流，帶起一串串殘肢碎肉。然而，同伴的慘死，卻無法將幽州將士從瘋狂中喚醒。他們舉著盾牌，擎著角弓，背著投槍，繼續沿剛剛鋪好的乾草道路向前飛奔。每一雙眼睛裡，都寫滿了瘋狂。

七十步，城頭上的鄉勇們從開始傾瀉箭雨，一波波接一波，在城外製造出更多的屍體，將乾草道路染得更紅。

六十步，太行山豪傑們也開始引弓攢射，鵰翎成排成片，在進攻的隊伍中，砸出一團團血霧。

五十步，呼延贊、呼延雲、陶三春……，城頭上眾多射箭高手鬆開弓箭，將幽州軍隊伍中明顯服飾齊整的傢伙，單獨找出來陸續狙殺，鮮血溪流般沿著冰面四下亂淌……

然而，這一切都無法阻擋幽州軍瘋狂的腳步。在鼙鼓聲的刺激下，在底層軍官的鼓動下，在鋼刀的逼迫下，他們一個個將體力和膽量都壓榨到了極致。踩著同伴的屍體，繼續向前奔跑，奔跑，就像一群群撲火的飛蛾。

四十步，三十步，二十步……

「咚咚咚——咚」鼙鼓的節奏猛地一促，然後戛然而止。

戰場上頓時為之一靜，撲火的飛蛾，齊齊停了下來。仰頭，望向近在咫尺的冰城，猙獰的面孔上，血痕宛然。

數十面巨盾，迅速在隊伍前方合攏，變成一堵堵亮閃閃的城垛。又一排羽箭從城頭飛落，砸在巨盾表面，叮噹作響。

「舉弓——」「舉弓——」「舉弓——」有人在盾牌後，大聲叫喊。

數以百計的角弓舉起，數百支暗藍色的箭鏃同時指向城頭。

「咚！咚咚咚咚咚！」鼙鼓聲再度炸裂，宛若半空中滾過一道悶雷。數百支狼牙箭從盾牆後齊齊飛出，砸得冰牆上白煙滾滾，血霧蒸騰。

鼓聲再度戛然而止，一片死寂中，呼延琮的公鴨嗓子，顯得格外響亮。

「俯低，俯低，將身體儘快俯低，貼著牆垛俯低——」他彎著腰，邁動雙腿，從冰牆的中央位置繼續朝右側飛奔，沿途不停地用手拍打每一個看到的肩膀。

浸了人血的靴子底兒，變得又冷又滑。猛然一個踉蹌，呼延琮的身體晃了晃，摔在了一具帶著餘溫的屍骸上。下一個瞬間，他迅速跳起，繼續奔跑，拍打，不知疲倦。雙手之上，也沾滿了刺眼的紅。

「把身體俯低，儘量俯低。弓箭手，不要慌，尋找機會反擊。順子，順子，不要讓輔兵上來，下去，快下去，小心羽箭！」鄭子明的聲音也響了起來，隱隱帶著幾分焦灼。

饒是預先有所準備，幽州軍的上一輪覆蓋式射擊，也給城頭造成了極大的損失。二十步的距離內，幽州軍將狼牙箭的威力，幾乎發揮到了極致。而用冰水和沙子築造出來的臨時城牆，畢竟不如真正的城牆牢固。很多處垛口竟然被羽箭硬生生砸豁，暴露出垛口後一張張驚愕的面孔。

「咚！咚咚咚咚咚！」鼙鼓聲再度炸裂，停止，餘音在群山間縈繞。

又一波羽箭從城下襲來，將城頭砸得碎冰飛濺，白煙滾滾。更多的鄉勇和綠林好漢被羽箭射中，慘叫著軟倒。僥倖躲開了敵軍攻擊的人，則咬著牙拉開角弓，朝著城下發去一排排復仇的箭矢。

「把盾牌豎起來，豎起盾牌擋箭！木板，沒有盾牌就用木板湊合！」呼延琮啞著嗓子，給大夥出主意。常年在裝備遠不及官軍的情況作戰，他已經積累了足夠豐富的經驗。很快，就找到了對抗幽州軍殺招的辦法。

眾鄉勇和綠林好漢們，紛紛從噩夢中驚醒，從藏身處附近找到盾牌、木板、滾木，以及一切可以阻擋羽箭的東西，將它們堵向冰牆垛口。已經被羽箭砸得看不出形狀的垛口，迅速恢復了遮蔽功能。新的一輪狼牙箭伴著鼙鼓聲破空而至，卻紛紛被障礙物阻擋，殺傷力迅速降低。

「直娘賊，王八蛋，仗著契丹人施捨的弓箭嚇唬人，有種你就……」呼延琮自一塊厚重的木板後，探出半個身體，一邊朝城外施放冷箭，一邊破口大罵。

「小心——」鄭子明一個箭步撲上去，將其撲翻於城頭，「外邊有投槍！」

話音未落，數百支投槍，無聲無息地被幽州軍擲上了半空。先向上飛了二十幾步，隨即猛然掉頭向下。

「啪啪啪啪——」剛剛豎起的盾牌和木板，被投槍鑿得四分五裂。更多的投槍則直接繞過盾牌和木板，劃著弧線砸在了冰牆頂，給守軍製造出大量的傷亡。

「奶奶的，老子跟你們沒完！」呼延琮一把推開鄭子明，從身邊拔出一根投槍，反手朝城外擲了出去。「今天不是你們死，就是老子死！」一邊罵，他一邊拔出第二支，第三支，擲向敵軍的頭頂。又一排狼牙箭伴著鼙鼓聲飛至，嚇得他趕緊臥倒，將身體緊緊藏在了垛口之後。還沒等他再度爬起來，數百支投槍再度從半空中落下，砸得他周圍冰屑四射，逼迫他將自家身體盡可能貼在垛口後，輕易不敢抬頭。

羽箭，一排接著一排，無窮無盡。

盾牌，木板上，迅速被羽箭覆蓋，就像一隻隻受驚的刺猬，「豎起」了厚厚的白毛。

冰屑、水霧、冰塊，不停地從城垛口處飛落。原本看上去堅不可摧的城垛口，竟然以肉眼可見的速度變形，變薄，薄得可以透出躲在後邊的人影。

「嘩啦啦——」忽然，冰牆正中央處一個垛口徹底垮塌，將正在彎弓反擊的兩名鄉勇，直接暴露在了幽州軍的目光之下。

數十支狼牙箭緊跟著破空而至，將這兩名鄉勇射得倒滾出數尺，渾身上下染滿了紅。

形勢，急轉直下。

原本占據上風的守軍，居然被攻擊方給徹底壓制，幾乎無法展開有效反擊。

呼延琮連續兩次帶領麾下好漢向外發射羽箭，都被對手無情地碾壓。不由地心中發了急，一個翻滾來到鄭子明面前，大聲咆哮：「趕緊出殺招，你還有什麼沒使出來，趕緊！別藏著，幽州軍打瘋了！」

鄭子明揮舞手中盾牌，將射向二人近前的流矢悉數格擋在外。緊皺雙眉，快速回應，「不對，幽州軍的反應不對勁兒！就這麼點人，韓匡美帶著大軍去哪了？」

「你就別管韓匡美的大軍去哪了？就這麼點兒人，已經把咱們打得毫無還手之力了！若是全來，還能得了？」沒想到在如此關鍵時刻，身為主帥的鄭子明居然還有閒功夫去想戰場之外的事情，呼延琮氣得連連跺腳，「先管眼前，你再不把殺招拿出來，李家寨必破無疑！」

「他們沒帶撞車，也沒帶雲梯！」鄭子明好像依舊神不守舍，所給出的答覆與呼延琮的提議相差萬里。

「你說啥？他們，他們沒帶雲梯？沒帶雲梯就不能破了你的城牆嗎？」呼延琮聞聽，愈發氣急敗壞，狠狠推了鄭子明一把，大聲提醒。「你到底想啥呢？弟兄們，弟兄們快頂不住了！」

「他們沒帶雲梯，也沒帶撞車！」鄭子明右手持盾護住自己，左手狠狠拉住呼延琮的手腕，「既然想踏平李家寨，他們就不該不攜帶攻城器具。也不可能指望外邊的兩千多人，就能擊潰寨子內的全部守軍！」

「他們沒想到我帶著人來幫你！」呼延琮被帶了個趔趄，繼續揮臂跺腳。然而，胳膊揮了兩下之後，第三下，卻硬硬地僵在了半空當中。

即便沒有預料到自己會帶領太行山好漢來給鄭子明助陣，作為一員沙場老將，韓匡美也不應該僅僅派出兩千多名幽州兵，就指望他們把李家寨一鼓而破。特別是在耶律赤犬和馬延煦先後大敗而歸的情況下，姓韓的應該加倍謹慎，加倍考慮對手的份量才對，絕不該反其道而行之。

物反常必為妖！呼延琮好歹也做過好些年綠林大當家，基本戰略眼光還是具備的。頭腦稍稍冷靜了一點兒，立刻就察覺出了對手的異常。

兩千幽州軍不可能踏平李家寨，充其量拚個兩敗俱傷。猛虎搏兔亦需全力施為，那韓匡美麾下分明有一萬六七千大軍！明知道不可能完成戰略目標，他依舊只動用兩千兵馬，剩下那一萬四千大軍幹什麼去了？他，他這哪裡是要一鼓踏平李家寨，他，他這分明是壯士斷腕！

「不好，姓韓的要跑！」下一個瞬間，呼延琮猛地跳了起來，驚呼失聲。

四周圍，立刻投來無數驚詫的目光。呼延贊、呼延雲，還有其他呼延家的將士，尷尬地看著自家從沒正形的大頭領，一個個臉孔發紅，恨不得趕緊找個冰縫往裡頭鑽。

都被敵軍壓得抬不起頭來了，居然還能得出對方想跑的結論！這，這思路，可不是一般的特殊！太行山綠林在大當家手裡這麼多年沒被折騰散架，也真是幸運的非同一般！

然而，呼延琮卻對周圍的目光視而不見。跺了幾下腳，兀自懊悔不迭地說道：「晚了，晚了，老子昨天下午才派人去調遣兵馬。韓匡美這廝現在就跑，老子怎麼可能截他得住？」

居然還想全殲敵軍！眾太行山將佐和李順兒、陶勇等鄉兵頭目，狠狠望著呼延大頭領，真恨不得朝他脖子裡塞上一把積雪，強迫他恢復清醒。唯有鄭子明，絲毫沒有興趣反駁呼延琮的判斷，咬了咬牙，大聲咆哮：「來人，推油球，把油球全推上來。準備火攻！」

「推油球！巡檢大人有令，推油球！」

「推油球！巡檢大人有令，推油球！」

「推油球！巡檢大人有令，推油球！」

「推油球……」

無論對呼延琮的觀點如何蔑視，李順兒、陶勇、陶大春等人，卻從不懷疑鄭子明的判斷。聽到命令，立刻扯開嗓子，帶頭將其中內容一遍遍重複。

「嗨喲，用力！」「嗨喲，用力！」「嗨喲，用力！」早就躲在冰城內側差一點兒就急出了犄角的另外一夥鄉勇聞聽，立刻喊著號子，將四十多個半人多高，四尺方圓，由乾草、易燃物和動物板脂裹成的油球，陸續推上了城頭。

「繼續推，對準了下面的幽州佬。」李順帶著一個都的戰兵，用盾牌替大夥遮擋箭矢和投矛，同時大聲傳達鄭子明的最新命令。

「嗨喲，用力！」「嗨喲，用力！」「嗨喲，用力！」新上來的生力軍繼續大聲喊著號子，冒著被狼牙箭或者投矛穿身的危險，艱難地將牛油球推到渡口前，艱難地對準城外的敵軍盾牆。

「嗖嗖，嗖嗖，嗖嗖嗖嗖！」城外的幽州軍不清楚油球的用途，卻本能地察覺到一絲危險。紛紛調轉角弓，發射鵰翎，轉眼間，就將每一個油球的表面，都插滿了白羽。

「點火——！」鄭子明親自取了一個火把，狠狠按在了距離自己最近的油球上。

「點火——！」「點火——！」「……」鄉勇們大聲重複著，將油球盡數點燃。

滾滾濃煙頓時從城頭冒起，焦臭的味道，刺激得人兩眼發紅。「跟我來，預備——，推！」鄭子明帶著數名親兵衝到一枚油球下，蹲下身，雙手按在油球下半部分，朝斜上方發力。足足有五六百斤沉的油球，緩緩地沿著早已破碎的城垛口向上滾動，滾動，「轟」地一聲，越過城垛，砸向地面，濺起落英繽紛。

「轟」「轟」「轟」「轟」「轟」「轟」……

短短一個呼吸時間，四十幾個油球相繼被從城頭推落。先在城牆根下濺起一團團火雨，隨即，借著慣性和山勢，急衝而下。

「呼！」第一枚油球與幽州軍的盾牆相撞，高高濺起一團黑雲。雲霧中，紅煙翻滾，無數火星四散下落。正奮力推著盾牌的十幾名幽州軍猝不及防，被火星澆了個滿頭滿臉。頓時，慘叫著紛紛後退，雙手奮力在身體上拍打不停。

沒等他們將身上的火星撲滅，第二枚油球再度呼嘯而至。從斜前方撞碎殘破的盾牆，碾入一直被盾牆保護著的弓箭手隊伍裡，所過之處，雞飛狗跳，濃煙滾滾，慘叫聲不絕於耳。

「呼！」「呼！」「呼！」……

第三枚，第四枚，第五枚，第六枚……，越來越多的油球，與幽州軍的盾牆相撞，點起更多的火頭，激起更嘈雜的慘叫。

先前還井井有條的幽州軍隊伍，徹底被攪成了一鍋粥。巨大的火球裹著煙霧，冒著紅星，在人群中滾來滾去。一不小心被紅星濺在身上，就會成為火焰暴君的獵物，下場慘不堪言。

因為天氣寒冷的緣故，大部分幽州將士身上，此刻穿得都是皮甲。皮甲內側，墊著用麻布縫製的雙層襯裡，兩層麻布之間，則絮滿了厚厚的羊毛。

這種打扮，最大程度地擋住了朔風，還兼有阻擋羽箭作用，能避免皮甲的主人被流矢所傷。然而，這種厚重的皮甲，卻絲毫無法防止烈火。被冒著紅星的油渣一濺，轉眼就跟著燒了起來。如果鎧甲的主人不及時處理，很快其全身上下就都會冒起火苗。

「啊——！」一名幽州弓箭手丟下兵器，雙手迅速解開絆甲絲絛。試圖把已經冒出火苗的鎧甲脫掉，避免被活活燒死。沒等他脫到一半兒，皮甲外層已經被火燒穿。裡邊的羊毛迅速被引燃，「呼！」地一聲，將弓箭手的上半身連同皮甲燒成了一個巨大的火球！

「快打滾兒，在地上打滾兒！」有人大聲高喊著，沿山坡快速翻滾。試圖依靠地上的冰殼來滅火。

這種辦法效果相當不錯，至少能減緩皮甲外層被燒穿的速度，給皮甲的主人爭取到一些將其脫掉的時間。然而，這種辦法，卻令原本岌岌可危的軍陣，徹底分崩離析。

被火星波及的兵卒一個接一個躺倒，沿著冰面向下翻滾。將恐慌和慘叫，四下傳播。很快，距離冰城五十步範圍之內，就看不到成隊的將士。大批大批的幽州兵卒們或者跳躍著躲閃油球，或者雙手抱著腦袋在地上滾來滾去，誰也沒精力再去管城頭上的守軍。

「退，先退到二百步外，先拉開跟敵軍的距離，再救火！蠢貨，笨蛋！不要給敵軍可趁之機！」距離冰牆二百步外督戰的韓匡獻氣得七竅生煙，揮舞著鋼刀大聲呵斥。

「退，先退到二百步外，拉開跟敵軍的距離，再救火！蠢貨，笨蛋！不要給敵軍可趁之機！」親兵們扯開嗓子，將他的命令一遍遍重複。然而，前方的兵卒卻沒有功夫去聽。

火燒在誰身上誰疼，站在遠處觀戰者，當然能夠好整以暇。而他們，卻是慢上半拍就可能被活活燒死。

「督戰隊，督戰隊，趕緊上去接應！」韓匡獻發覺自己的命令得不到貫徹，趕緊做出調整。刀尖前指，要求韓德威帶著督戰的精銳衝到第一線，為大夥爭取救火的時間。

主帥韓匡美要求他們給鄭子明教訓，不是讓他們受到挫折就撤。他們必須儘快重整旗鼓，血戰到底。無論對主帥的命令理解還是不理解。

然而，他們卻過高地估計了自己，過低地估計了對手。

城頭上，鄭子明左手抓起一根粗大的繩索，右手高高地舉起鋼鞭，「弟兄們，跟著我來！殺賊！」話音未落，他已經縱身躍下了城牆。雙腿沿著冰牆表面快速邁動，同時借著左手中的繩索，於下落的過程中緩解衝力，一步，兩步，三步，四步，腳下忽然一硬，雙腿快速下蹲，身體穩穩落地。

「殺賊！」「殺賊！」「殺賊！」……陶大春、李順兒、陶勇，所有陶家莊將士，也拉緊繩索，緊跟在鄭子明的身後跳下城頭。手中的長短兵器高舉，銳不可當。

「殺賊！」「殺賊！」「殺賊！」……呼延琮父子的反應稍慢，卻很快就捕捉到了戰機。也帶著綠林好漢們拉緊繩索，相繼撲向了城外。

一千五百多人，分成前後兩波，高速殺入了亂做一團的幽州軍。如虎入羊群，如沸湯潑雪。

「站起來，站起來頂上去，全都站起來頂上去！」形勢大起大落，眨眼間從壓著鄉勇們狠揍變成了被打得抱頭鼠竄，韓匡獻如何能咽下這口氣？揮動鋼刀，大聲呼喝。

「站起來，站起來頂上去，全都站起來頂上去！」親兵齊聲吶喊，將主將的命令傳遍整個戰場。然而，已經崩潰的堤壩，哪有那麼容易被重新堵上？鄭子明、呼延琮各自帶著一支隊伍左衝右突，專揀幽州軍人頭密集的位置下手。陶大春、陶勇、呼延贊等人，則帶著小股弟兄，挑著被衝散的幽州兵卒補刀。很快，就將幽州軍的隊伍衝得越來越亂，兵將各不相顧。

「德威，德威，押上去，押上去擒賊擒王！」韓匡獻力挽狂瀾不成，徹底惱羞成怒。用刀尖指著鄭子明，怒吼聲裡透著瘋狂。

「弟兄們，跟我來，擒賊擒王！」韓德威早有此意，扭頭發出一聲招呼，隨即持刀前撲。沿途遇到潰退下來的自家士卒，皆一刀砍成兩段。

「擒賊擒王，擒賊擒王！」五十幾名韓氏家丁，跟在韓德威身後，吶喊著朝鄭子明的認旗處猛衝。每個人臉上，都寫滿了瘋狂。

他們是嫡系中的嫡系，精銳中的精銳，每個人都放棄了原本姓氏，改姓了韓。韓氏家族的沉浮起落，與他們個人和後代的前程息息相關。所以，他們為了韓氏的利益，可以不顧生死。

潰退下來的人流當中，很快就被衝出了一條大口子。口子兩側，屍橫滿地。韓德威踩著自家弟兄的屍體，揮著血淋淋的鋼刀，兩眼死死盯住鄭子明的脖頸，雙腿奮力邁動，「姓鄭的，有種別躲！」

「如你所願！」鄭子明早就發現了這股逆流而上的敵軍，笑了笑，揮鞭相迎。還沒等二人彼此靠近，橫下裡，猛地衝來一道銀色的身影，「殺！」

「啊！」韓德威被打了個措手不及，趕緊舉刀上撩。「噹啷！」一聲，刀背與硬物相撞，火星四濺。銀色的身影擋在他與鄭子明之間，面沉似水。

「哪裡來的瘋狗？」韓德威大怒，揮刀下剁。

「你家呼延小爺爺，單名一個贊！」銀色身影冷笑著舉槍接戰，同時報上姓名。

這個名字，韓德威從來沒聽說過。並且也不在幽州軍預先偵查到的威脅範圍之內。然而，槍鋒處的滾滾殺氣，卻讓他的頭皮陣陣發乍。

有道是，年刀月棍一輩子槊。晚唐之後，槊漸漸消失，長槍成為武將的首選。但真正能用好長槍者，依舊如同先前的用槊高手一樣稀缺。二者都需要從幼年時就痛下苦功夫，二者都需要重金聘請名師指點。二者都是用時間和金錢堆出來的本事，等閒人根本學不起。

所以，哪怕不考慮身份地位，韓德威也寧願跟使鋼鞭的鄭子明拚命，而不是換成眼前這個無名小輩呼延贊。然而，那呼延贊卻根本不肯讓開去路，一槍接著一槍，將他逼得手忙腳亂。

「小兔崽子找死！」「小兔崽子讓路！」韓德威身邊的兩名家丁頭目不知道深淺，雙雙從側面撲上，試圖以眾凌寡。

「死了的才是兔崽子！」呼延贊冷笑著回了一句，雙腳果斷後退，讓兩名家丁的攻擊落在了空處。隨即，槍桿搖擺，槍鋒左右各是一點，「噗！噗！」乾淨利索地刺穿了這二人的咽喉！

「呀——」韓德威急得兩眼通紅，揮刀力劈。呼延贊毫不猶豫地抬槍，撥擋，掌中槍桿宛若翻身怪蟒，「當——！」地一聲，將刀鋒磕偏。緊跟著，又是一槍，直奔韓德威的哽嗓。

「啊！」韓德威驚呼，揮刀自救。

還沒等刀身與槍鋒相碰，原本奔向他哽嗓的槍鋒猛地向後一縮，紅纓旋轉成花，迷亂人眼。隨即，槍鋒又化作了一條毒蛇，直奔他的小腹。

「啊！」韓德威頓時亡魂大冒，一邊奮力格擋，一邊側身閃避。白袍古銅臉兒小將也跟著側身，槍鋒如影隨形，「噗」地一聲，從他鎧甲與護腿之間位置捅了進去，深入半尺。

「啊——！」驚呼聲變成了慘叫，親衛都頭韓德威疼得渾身抽搐，眼前陣陣發黑。跟在他身後的韓氏家丁們發現情況不妙，紛紛捨棄了各自的對手，上前營救。白袍古銅臉兒小將卻冷笑一聲，揮動長槍左捅右戳，將最先衝到近前的韓氏家丁一一刺死在地。

「少將軍，少將軍威武！」數十名太行好漢大叫著加入戰團，將韓氏家丁們砍得抱頭鼠竄。從開戰以來，盡由著鄭子明和他麾下的鄉勇表現了，此刻，終於也輪到了太行豪傑們威風一回。虧了有少將軍在，虧了少將軍本領高強！

「拿命來！」一片震耳欲聾的歡呼聲中，古銅臉兒的呼延贊越戰越勇。刷刷兩槍，將上前救護韓德威的另外兩名家丁刺死。隨即，雙手握緊槍桿，身體向前跨步，「噗」地一槍，結束了韓德威的痛苦。將屍體高高地挑了起來，甩向另外一夥幽州軍的頭頂。

「都頭死了！」「都頭——！」「都頭——！」周圍原本就成了驚弓之鳥的幽州兵卒們，頓時魂飛魄散。哭喊著丟下兵器，爭相逃命。誰也不敢再稍作停頓，以免步了韓德威的後塵。

「射他，射他，給我用箭射死他！」不遠處試圖收攏兵馬再戰的韓匡獻，也被忽然冒出來的白袍勇將給嚇得亡魂大冒，揮刀遙指呼延贊，聲嘶力竭地大吼。

靠攏在他身邊的親信，紛紛舉弓搭箭，瞄準人群中那醒目的白袍。還沒等他們鬆開弓弦，呼延贊的身影忽然晃了晃，消失於一夥倉皇後退的幽州兵之後。下一個瞬間，白袍銀甲又從另一個位置閃了出來，長槍左突右刺，手下沒有一合之敵。

「射，不戰而退者死！」韓匡獻知道親信們遲遲引弓不發的緣由，果斷替他們做出決定。如果可憐自家潰兵，就要面臨全軍覆沒的風險。兩害相權取其輕，他必須做出取捨，而不是因為一念之仁，耽誤了全軍。

「嗖嗖嗖……」數十支冷箭應聲而起，從半空中撲向白袍呼延贊。紅色的煙霧四下蒸騰，白袍銀甲被徹底吞沒。還沒等韓匡獻來得及高興，呼延贊卻又跳了起來，手中長槍連連攢刺，將周圍因為被冷箭誤傷而失去戰鬥力的幽州兵卒，挨個戳死。

「再射，再射……」韓匡獻徹底失去了理智，指著呼延贊的身影咆哮不休。他身邊的親信再度引弓，瞄準目標，半空中忽然劈來一道閃電，「哢嚓！」

站在韓匡獻身側的一名親信胸口冒起一股鮮血，慘叫著栽倒。緊跟著，又是兩道閃電劈落，一道劈向韓匡獻的胸口，一道劈向韓匡獻的面門。

「呀──！」韓匡獻再也顧不上組織人手狙殺呼延贊，揮刀上下遮擋。「噹──！」「噹──！」連續兩聲巨響，寒光斷裂，兩把扇子大小的斧頭砰然落地。

他身邊的眾親信嚇得魂飛魄散，趕緊放棄呼延贊，抽出兵器，將其死死護在了背後。主將若是戰死，他們誰都無法苟活。所以，在他們眼裡白袍小將的性命，遠不如自家將軍的性命重要。

事實上，他們也來不及再放冷箭。連續丟出三把飛斧之後，鄭子明揮動鋼鞭，直取韓匡獻。「擒賊擒王！」他將對方先前的口號，原樣奉還。手中鋼鞭奮力下砸，將一名躲閃不及的幽州十將，連人帶兵器砸趴在地上。

「保護都指揮使，保護都指揮使！」韓匡獻身邊的親信見勢不妙，一邊拚死抵抗，一邊分出人手，簇擁著自家主將倉皇後退。陶勇、李順二人從兩側掩殺，像剝蒜般，將這些不可能主動投降的傢伙，一層層剝下，砍死。

「擒賊擒王，擒賊擒王！」眾鄉勇們跟在李順等人身後，呼和酣戰。個個如同下山的猛虎般，銳不可當。他們都出身於尋常農家，以前日子過得渾渾噩噩。偶爾壯起膽子欺負一下別人，已經是人生中最大的快樂。

他們原本都以為這輩子就要渾渾噩噩到底了，自己的兒子、孫子，甚至重孫子，也是一樣。永遠不可能掙脫出身的枷鎖，永遠要在命運的淫威下匍匐。

然而，自打追隨了鄭子明之後，他們卻發現，原來人生還有另外一種過法。

原來，枷鎖並非牢不可破。

原來，命運並非永遠無法更改。

農夫的兒子，只要付出努力，一樣可以活得精彩。

韓匡獻和他身邊的親信，被打得節節敗退。

他們雖然個個都身經百戰，人數和士氣卻都遠遠不如鄉勇。而呼延琮和太行山好漢的奮勇衝殺，更是為幽州軍的劣勢雪上加霜！

「保護都指揮使，保護都指揮使！」兩名親兵十將見勢不妙，互相使了個眼色，冷不防拖起韓匡獻的胳膊，轉身就跑。

「保護都指揮使，保護都指揮使！」其餘親兵對二人的行為看得清清楚楚，卻誰都覺得理所當然。繼續吶喊著阻擋鄭子明和眾鄉勇的去路，用自己的性命替韓匡獻爭取時間。

主將若死，他們回去後也難逃一死。只有讓韓匡獻活著，他們才有一線生機。他們的家人才會得到照顧，不至於成為路邊餓殍。

「殺——」兩名紅著眼睛的幽州兵，雙雙撲向鄭子明。一個舉刀力劈，一個揮臂橫掃。這一招，他們二人已經在一起配合使用了無數次，曾經令無數對手飲恨黃泉。

然而，他們今天遇到的卻是鄭子明。

只見半空中一把泛著幽藍色的鋼鞭猛地豎起，神龍擺尾。「噹啷」一聲，將劈下來的鋼刀掃得不知去向。緊跟著，龍尾借助繼續呼嘯下壓，又是「噹啷」一聲，從側面將橫掃過來的鋼刀迎住，直接砸成了鋸子。

「殺！」鄭子明迅速撤鞭，高舉，使出一記泰山壓頂。粗重的鞭身直奔空手幽州兵的腦門兒。鋼刀被砸飛的幽州兵嚇得舉手護住頭頂，雙腿交替後退。鄭子明朝著他冷冷一笑，已經砸到半路的鋼鞭忽然轉向，貼著此人的鼻子尖兒，砸向另外一名幽州兵的肩膀。

第二名幽州兵想要躲閃已經來不及，匆忙中，只能側轉身，豎起手中的「鋸子」硬扛。只聽又是一聲脆響，「噹啷」，鋸子四分五裂。鋼鞭卻來勢不減，狠狠砸中了他的胸口。

「噗——」鮮血伴著破碎的內臟，從嘴裡噴射而出。可憐的幽州兵晃了晃，一頭栽倒。

「殺！」鄭子明舉起鋼鞭，繼續追殺空手的幽州兵。一步，兩步，三步，鋼鞭從半空下落，將此人砸得腦漿迸裂。

「保護將軍！」唯恐他繼續去追自家主將，四周圍的幽州親兵一擁而上。刀槍亂舉，試圖倚多為勝。

「來得好！」鄭子明大吼著曲腿，揮臂，身體迅速旋轉，夜戰八方。「鐺鐺鐺！」金屬撞擊聲不絕於耳，最靠近他的幾件兵器，全被砸到了半空當中。

扶搖子陳摶當初指點他武藝時，就曾經告訴過他。以他當時的年齡，已經來不及在招數上精益求精，然而，他卻可以在日後將自己身材高大，力氣過人的優勢發揮到極致，以長擊短。

鄭子明一直記得師父的話，並且在實戰中，不斷摸索，調整。而戰場，對武藝的淬鍊效果，遠超過蹲在家裡閉門造車。幾乎每一場戰鬥下來，他的本領都能提高一大截。

又一把長槍隔著人群刺來，試圖尋找他的小腹。鄭子明看都不看，抬手一鞭砸向槍鋒。「噹啷！」一聲，槍鋒被砸得側偏出半尺，卻來不及收手，恰恰戳中另外一名幽州兵的肩窩。

「啊——」不幸被自己人誤傷的幽州兵大聲慘叫，丟下兵器，奮力後退。鄭子明抬腳朝著此人的大腿根兒處猛踹了一記，幫助他擺脫了槍鋒的羈絆。同時利用此人的身體，將另外兩名幽州兵撞得步履蹣跚，短時間內無法再對自己構成威脅。

緊跟著，他轉身，揮鞭，將一名距離自己最近的幽州兵砸得趴在地上，鮮血狂嘔。

幽州兵的包圍被徹底撕裂，陶勇、李順帶著弟兄們趁虛而入。護住鄭子明的身側，同時將周圍的敵人砍得血肉橫飛。

得到援助的鄭子明如虎添翼，揮舞著鋼鞭朝正前方的敵軍痛下殺手。「喀嚓」，一把長槍被他砸成了兩段，持槍的幽州武士楞了楞，轉身就跑。李順一個箭步追上去，從背後將此人捅了個透心涼。

「噹啷！」一把橫刀被鄭子明砸飛到了半空中，橫刀的主人右手虎口冒血，皺緊眉頭側身閃避。鄭子明從他身邊急奔而過，將其留給了其他弟兄。陶勇揮動鋼刀快速橫抹，一刀抹斷了此人的喉嚨。

「保護都指揮使，保護都指揮使！」韓匡獻的親衛嘴裡發出來的叫喊，已經明顯帶上了哭腔。他們已經竭盡了全力，他們個個都捨生忘死，然而，他們卻無法讓自家主將跟對手之間的距離，多拉開分毫。

太狠了，對手太狠了，根本就不給他們喘息時間。而戰場左右兩側，其他幽州兵已經徹底崩潰，數不清鄉勇在一名黑臉壯漢和一名古銅臉少年的率領下，包抄而來，試圖將他們一網打盡。

「放開我，停下，老天爺要大夥死，大夥今天就一起死在這兒！」正當眾人欲哭無淚的時候，韓匡獻忽然恢復了勇氣，猛地停住了腳步，轉身舉起了橫刀。

逃，肯定已經逃不掉了。那就乾脆以死相拚。萬一能傷到鄭子明，哪怕只是輕傷，也能給大軍換取小半上午的撤退時間。

「死戰，死戰！」眾親衛頓時有了核心，紅著眼睛向韓匡獻聚攏，準備垂死一搏。

敵軍比預計中多出了一倍，並且占盡了天時地利。大夥輸得，其實不算太冤。若是臨死之前，還能多拉上幾個鄉勇，就是雖敗猶榮。

他們的想法很悲壯，也很完美，只是，敵不住冰冷的現實。

幾支冷箭，忽然從側面射了過來，將緊挨在韓匡獻身邊的親兵，接連射倒。沒等眾幽州兵看清楚羽箭發自何處，半空中，緊跟著又響起兩聲清斥，「賊子，受死！」「賊子，棄械不殺！」兩員女將一左一右，殺入了戰團，揮刀只取韓匡獻本人。

「保護將軍！」「攔住她們！」眾親衛紛紛大叫，捨命阻擋兩員女將去路。剛剛恢復了幾分模樣的隊形，瞬間又被攪成了一鍋粥。

鄭子明見狀，哪裡還會耽擱？揮舞著鋼鞭長驅直入，先是「噗噗」兩鞭，將擋在自己前面的最後兩名幽州親兵打得吐血而死。緊跟著一個大跨步，鋼鞭高舉，還是泰山壓頂！

「噹啷！」韓匡獻本能地舉刀格擋，隨即耳畔傳來一陣轟鳴。右手中的橫刀碎成了四段，三片倒飛而回，在他的右臉和肩膀兩處，割出了三道深淺不一血口子。

半空中，那桿閃著寒光的鋼鞭卻毫無停頓，帶著呼嘯，繼續砸向了他的腦門。

「投降！」千鈞一髮之際，卻有親兵忽然大喊了這一句，並伸手拉住韓匡獻向後猛扯。

鄭子明的鋼鞭擦著韓匡獻的胸口砸落，在此人的護心鏡表面擦出一串亮麗的火星，隨即又迅速舉起，罩住此人的頭頂。

「誓死不降！老夫誓死不降！」韓匡獻楞了楞，怒不可遏，用力扭動身體，大聲叫喊。

然而，他卻無法掙脫來自背後的羈絆。

「投降！我家將軍投降！」雙手死死扯住韓匡獻的束腰玉帶，親兵頭目韓德猛大聲重複，身體因為緊張而不停地顫抖。「你們剛才說過，棄械不殺！弟兄們，丟下兵器投降，我家就剩下我一個了，所有罪孽我自己承擔！」

「住口！不准投降！老夫誓死不降！老夫誓死不降！」韓匡獻猛地回過頭，雙手朝著韓德猛臉上拚命抽打，「你承擔什麼？你承擔得起什麼？大夥不要聽他的，殺了老夫，死戰到底！」

他喊得真心實意，義無反顧。然而，四下裡，卻響起了一片兵刃落地之聲。「噹啷，噹啷，噹啷……」

眼下這種情況，保護著韓匡獻殺出重圍，絕無可能。

按幽州軍律，主將戰死，親衛逃回，親衛盡數處死，家人抄沒為奴。

主將戰死，親衛不知所終，則親衛皆以通敵罪論處，家人皆連坐梟首。

可如果主將投降了，親衛也奉命跟著投降，家人卻可以活著。這，是他們最後的一線生機。

賬，其實誰都會算，只是需要一些反應時間而已。

更何況，鄭子明先前，已經釋放過一波幽州俘虜，沒有理由厚此薄彼。

即便韓匡獻回頭追究，也有韓德猛這個光棍兒替所有人頂罪，大夥不至於統統被處死。否則，就會讓所有家丁心寒，從此之後，再無人願意替韓氏賣力死戰。

「誓死不降！老夫誓死不降！」韓匡獻將眾親兵的動作都看到了眼裡，忍不住涕泗交流。親兵的想法他能猜測得到，然而，他卻無法接受。

他是匡字輩兒，韓家在他們這輩兒，爬上顯赫位置的只有五人。匡嗣、匡義、匡美、匡獻、匡奇，如果他臨陣投敵，必然引起契丹皇帝的震怒，令韓氏多年的努力經營，徹底毀於一旦。

想到這兒，他猛地低下頭，朝著一名女將手中的鋼刀就撞了上去。那名女將被嚇了一大跳，趕緊飛身跳出老遠，「你，你為何非要尋死，活，活著不是挺好嗎？子明，子明哥哥不喜歡殺人，頂多，頂多用你去跟契丹狗賊換些錢糧！」

「他要死就讓他死！」明明跟自己沒任何關係，呼延雲卻覺得「子明哥哥」四個字，從陶三春嘴裡說出來，格外刺耳。上前一步，將刀子橫在了韓匡獻的脖頸動脈處，大聲命令，「死啊！你趕緊死啊！挺大老爺們兒，別耽誤功夫。」

「妳……」韓匡獻被她氣得眼前一陣陣發黑，卻忽然忘記了如何轉動脖頸。手腳哆嗦，短短的山羊鬍鬚上下抖動。

「呼延家妹子，把刀拿開，別失手殺了他！」倒是鄭子明善解人意，唯恐韓匡獻被活活羞死，趕緊大聲喊了一句，「他不投降就算了，人各有志。咱們把他抓回去關起來，回頭還能跟幽州軍換些錢糧！」

「誰是你妹子！」呼延雲瞪起杏核眼，狠狠剜了鄭子明一記，撇著嘴回應。手中的橫刀卻迅速收了起來，不再逼著韓匡獻在投降和自殺兩者之間任選其一。

鄭子明笑了笑，也不計較。

呼延琮口無遮攔，非要做主把女兒許配給他。呼延雲拿她的老不修父親沒招，當然只能把火撒到他這個外人頭上。此乃人間常態，不值得過於較真兒。更何況，此刻他還有許多重要的事情急著去做，實在沒功夫理會一些口舌之爭。

「恭喜巡檢，此戰又大獲全勝！」呼延贇恰恰走到近前，「不經意」地站在了自家妹妹和鄭子明之間，拱手道賀。

「恭喜巡檢！」「恭喜巡檢！」「恭喜巡檢！」四下裡，立即響起了一片道賀之聲。來自太行山的綠林豪傑們，個個都興高采烈，以共同贏得了剛才的戰鬥為榮。

他們在未受招安之前，也曾經多次擊敗過官軍的圍剿。但是那些所謂的官軍，都是晉國的地方兵馬，戰鬥力跟正規戰兵相去甚遠。而幽州軍的戰鬥力，卻又遠在當年的晉軍之右。

「活捉了敵軍主帥，咱們又打贏了！」

「這回捉了條更大的魚！」

「今晚又有酒喝了，巡檢親手抓到了敵軍的大官兒！」

「都指揮使呢，肯定能賣個好價錢！」

「要我說就不賣，直接送到汴梁去，給巡檢換個大將軍當當。」

「大將軍有什麼好當的，起碼得換個大元帥……」

同樣因為獲勝而興奮，李家寨眾鄉勇的關注點，卻與周圍的綠林好漢們截然不同。

若干場連續不斷的勝利，已經令他們有了足夠的資格去認為贏得這樣一場戰爭理所當然。所以，他們更感興趣的是，如此輝煌的一場勝利，能給寨子、給鄭巡檢、給自己，帶來什麼好處？自己的付出是否能換回足夠的回報。

「此戰皆賴諸君用命！」一片歡呼聲中，鄭子明放下鋼鞭，拱手向周圍做了個羅圈揖。仗還沒打完，還遠不到該論功行賞的時候。然而，卻不妨礙他向大夥表達一下感激，進而激勵一下士氣。

「巡檢大人功居第一！」

「巡檢大人威武！」

「跟著大人，我等百死無悔！」

……

四下裡，歡呼聲愈發熱烈。很快，就充斥滿了方寸天地之間，惹得周圍的群山回音不斷。「巡檢大人功居第一！」「巡檢大人威武！」「巡檢大人……」

「諸君，且將歡呼放在以後！」鄭子明站直身體，雙臂稍稍下壓，示意大家稍安勿躁，「敵軍總兵馬高達兩萬，此戰不過幹掉了其十分之一。還有一萬八千……」

「殺！」「殺！」「殺光他們！」「來一個滅一個！」「來兩個滅一雙……」吶喊聲，再度將他的話語吞沒。李家寨鄉勇，太行山豪傑，揮舞著手中兵器，氣衝霄漢！

鄭子明再度將雙臂下壓，卻無法令吶喊聲音減弱分毫。弟兄們徹底脫胎換骨了，此刻早已不再是一群任人宰割的農夫，早已不再畏懼任何對手。

認真地想了想，他將手臂收起，雙手拱在身前，鄭重朝大夥行禮，「與諸君為伍，乃鄭某三生之幸！」

稀裡糊塗失去記憶，稀裡糊塗做了一個綠林好漢，又稀裡糊塗變成了一個前朝皇子。被劉知遠奇貨可居，被符老狼的部曲追殺，被李守貞的部曲追殺，被呼延琮帶領綠林好漢截殺，被侯景的眼線謀殺，然後又不斷地改變姓氏，由石改為寧，再由寧改為鄭……

短短不到兩年的時間裡，鄭子明幾乎把人間冷暖嘗盡。

因此對他來說，鳳子龍孫也好，三世公侯之後也罷，其實都不過是人自抬身價的一個噱頭而已。

交朋友也好，做事情也罷，最重要還是看你有沒有本事，看他是不是真心。大多數時候，與其整日提防著三代公侯的隊友在你身後下刀子，還不如與一群曾經臉朝黃土背朝天的農夫並肩而戰，至少，他們的激情和笑容都不是裝出來的，他們可以與你生死與共！

鐘鳴鼎食者未必就光明磊落，俯仰無愧。臉朝黃土背朝天者，亦未必就冥頑不靈，目光短淺。人的貴賤，原本就不該取決於其血脈，而是取決於他後天是否努力，取決於他的才學和品行。

一位曾經馳騁河北的前輩豪傑說得好，人，不是牲口，不需要名種名血。

鄭子明原來不懂，現在，他卻知道此乃人間至理。

若是以血脈論貴賤，放眼中原，誰人能高過他這個大晉國的二皇子。而二皇子的身份，帶給他的又是什麼？無窮無盡的追殺，無窮無盡的夢魘。

若是以血脈論貴賤，放眼中原，尋常農夫農婦，又怎麼比得上數代簪纓節度使？比得上杜重威？比得上符老狼？比得上侯景、李守貞、還有中原各地擁兵自重的眾多諸侯？然而，在遼國人的大軍面前，這群簪纓之後又做了什麼？不過是比賽著投降，比賽著看誰更無恥而已！

倒是李家寨的農夫們，毫不猶豫地拿起刀。無論是當年跟著李有德一道結寨自保，還是這次跟著他一道奮勇反擊，都未曾在賊寇面前後退半步。都未曾辜負身邊的父老鄉親。

當他們打退了賊寇的進攻之時，他們首先想到的也不是論功行賞，裂土分茅，而是追上去，將賊寇打得更痛，讓賊寇永遠不敢窺視自己的家園！

與他們在一起，姓石，姓寧，姓鄭，都不重要。重要的是，你可以開開心心地做一個真實的自己。

與他們在一起，你不用每天都爾虞我詐，亦不用時刻都斤斤計較。你只要跟他們一起付出，一起收穫就行了。平素，他們會時時刻刻記得你的好；戰場上，他們也絕不會落後與你分毫。

當年常思憑著他的五百弟兄縱橫澤潞兩州，曾經令鄭子明無比的羨慕。

如今，他知道，他也有了一群同樣可以生死與共的弟兄，並且，數量不止是五百。

「小子，接下來怎麼打？你快拿個章程啊，所有人都看著你呢！」呼延琮穿過歡呼的人群走上前，大聲追問。黑色的面孔上，同樣寫滿了自豪。

「大當家可敢與鄭某直搗敵軍老巢？」鄭子明笑了笑，扯開嗓子發出邀請。

通往陶家莊只有兩條路，一條經過腳下這個山坡，另外一條則通向定州。韓匡美派一部分兵馬前來送死，而他自己卻始終沒有帶著大軍從山坡下經過。這說明，幽州軍極可能是取道逃向了定州。大夥現在撲過去，剛好能砸爛他來不及從老巢中撤走的尾巴。

「有何不敢？」明知道鄭子明在激將，呼延琮卻毫不猶豫地仰起頭，大聲回應。

「殺賊！殺賊！殺賊！」吶喊聲，轉眼將他的回應聲吞沒。眾綠林好漢，都為呼延大當家的勇敢果斷而感到驕傲。

「殺賊，殺賊，以血還血，以牙還牙！」迅速朝四下揮了揮手，呼延大當家豪氣干雲。一轉頭，卻又壓低了嗓子，用幾乎無法被任何人聽清楚的聲音補充道：「小子，你可有把握？我的大隊人馬可是無法及時趕到！」

「沒有把握，但那又如何？」鄭子明又笑了笑，輕輕搖頭，「人這輩子，總得放手搏上一回！」

說罷，也不管呼延琮如何反應，逕自走向陶大春、李順兒等人，命令大夥去整隊，將輕重傷號留在寨子裡，歸輔兵們照顧。其餘尚有一戰之力者，則立刻出發，直搗幽州軍設在陶家莊的老營。

呼延琮原本膽子就大，先前的提醒，只不過是出於謹慎而已。此刻見鄭子明渾然不懼敵軍人多勢眾，當然也就豁了出去。迅速整頓好了麾下兵馬，與眾鄉勇比肩而行，齊頭並進。

兩支隊伍士氣高漲，又都走慣了山路。不多時，便殺到了陶家莊西側路口。隔著老遠，便看見裡邊一片狼藉。旗幟、帳篷東一堆，西一堆，倒了滿地。無人照管的牛羊在營地內跑動，失去主人的戰馬在柵欄後悲鳴。還有數十名正在往馬車上裝輜重的輔兵，發現有大軍殺至，慘叫一聲，轉眼就逃得不知去向。

「幽州賊果然逃了，殺進去，截下輜重！」不待鄭子明把隊伍停下來觀察仔細，呼延琮已經迫不及待，將大手一揮，帶領眾好漢衝向了敵營。沿途的鐵蒺藜、鹿柴轉眼便被清理到了路邊深溝，木製的營門，也被推得轟然而倒。

「嗚，嗚嗚，嗚嗚嗚——」陶家莊內，傳來了一陣淒涼的號角。數夥盔卸甲歪的兵卒，跌跌撞撞跑出來迎戰，被蜂擁而入的綠林好漢一撞，轉眼就傷亡殆盡。

「別戀戰，直搗中軍。打亂留守遼軍的指揮。」見對方如此不堪一擊，呼延琮膽氣更盛，帶領麾下眾豪傑，長驅直入。沿途無論遇到幽州軍的戰兵還是輔兵，皆砍瓜切菜般剁翻在地。

前後不過幾個彈指功夫，幽州軍的臨時中軍議事堂已經近在咫尺。跑動中粗粗掃了兩眼，發現裡邊似乎還有人影晃動。呼延琮將長槍一擺，帶著幾名親信率先撲上。還沒等他一隻腳踏進院門，耳畔，忽然有一通鼙鼓聲炸響，「咚咚咚，咚咚咚，咚咚咚咚……」，緊跟著，兩支軍容整齊的隊伍一左一右，如狂風般捲到，將呼延琮和他麾下的綠林好漢們，恰恰夾在了正中央！

「不要慌，跟著我一起往外殺！」呼延琮暗叫一聲不好，立刻紅著眼睛，高舉起兵器，號令麾下弟兄們跟自己一起突圍。

話音未落，耳畔卻傳來了另外一個截然相反的聲音，「左營頂住左邊，右營頂住右邊。鄭巡檢就跟在咱們身後，遼賊玩不出什麼花樣來！」

「哪個……」呼延琮憤然扭頭，恰看見自家兒子呼延贊，帶領著一票弟兄，撲向了左側的輔兵。手中長槍所及之處，敵軍紛紛躲避。

「伏兵沒多少人！姓韓的不知道咱們在！遼賊主力跑了，這場埋伏是專門給鄭子明準備的！」呼延雲的聲音從他的背後響起，瞬間揭開了所有謎底。

幽州軍內並非沒有爆發時疫，鄭子明和呼延琮兩個先前的判斷也沒有出錯。幽州軍在派出了韓匡獻虛晃一槍的同時，的確趁機撤離了陶家莊。只是韓匡美老謀深算，知道他必然會受到追殺，特地在陶家莊留下兩支伏兵，打算趁鄭子明追殺他心切，反咬一大口回去而已。

「哈哈，人算不如天算！」仰天發出一聲狂笑，呼延琮帶領右營撲向了右側的敵軍。手起鞭落，將其中一個將領模樣的傢伙打成了滾地葫蘆。

韓匡美不知道自己會帶著弟兄來給鄭子明助戰，他留下的伏兵，就只會針對鄭子明一個。而現在自己代替鄭子明跳下了陷阱，引得伏兵盡出。稍微落後半步的鄭子明，就可以於陷阱之外，打伏兵一個措手不及。

「好人向來有好報！」嘴裡又冒出了一句誰也聽不懂的話，呼延琮撲向另外一名敵將，叮叮噹噹，將對方手中的鋼刀砸得火星亂濺。

「老子是呼延琮，老子不是鄭子明，你們這群蠢貨，自作聰明的蠢貨！」一鞭接著一鞭，他將對手逼得連連後退。黝黑的面孔上，寫滿了輕鬆與驕傲。

敵軍準備不足，陷阱自然就不能陷住任何人。他先前試圖跟別人搶功之際，就不會給合作雙方造成任何損失。相反，還可以被看做是為了照顧友軍而主動做出了犧牲。歪打都能正著，呼延某人最近可真是吉星高照！

更令他感到無比幸運的是，在他發現中了埋伏，方寸大亂之時。第一個跳出來做出正確決策的，是他的長子呼延贊。而迅速對形勢做出最全面剖析的，則是他的女兒！

有子有女如此，夫復何求？這一刻，呼延琮渾身上下都是使不完的力氣，即便一座大山橫亙在面前，也能砸個粉碎。三招兩式，打得對手吐血而走，於是又大叫了一聲：「跟我來！」。帶領弟兄們就像朝著敵軍隊伍深處長驅直入。

留在陶家莊大營充當伏兵的幽州將士，原本就人心惶惶。被呼延琮父子各自帶著弟兄一陣瘋狂逆衝，頓時氣焰就矮去了半截。就在此時，營地內又猛然響起一陣洪亮的號角，「嗚嗚嗚，嗚嗚嗚嗚嗚，嗚嗚嗚……」穿雲裂帛。李家寨鄉勇，真正應該被幽州軍伏擊的對象，排成兩個嚴整的鋒矢型攻擊陣列，從伏兵的身後加入了戰團。

「大春，順子，你們倆去左翼接應呼延少將軍，注意不要靠得近，避免誤傷！其他人，跟我去接應呼延大當家。」鄭子明扭頭吩咐了一句，帶領一個營頭的弟兄，撲向戰團左側。從外圍大砍大殺，替呼延琮和他手下的綠林好漢們緩解壓力。

四百餘名弟兄怒吼著揮動兵器，瞬間就將最外側的敵軍削去了厚厚的一層。原本正在與呼延琮死磕的幽州伏兵，不得不分出一大半兒人馬來應付李家寨鄉勇，對綠林好漢的威脅力急劇下降。不多時，就從兩頭接戰，變成了兩頭挨打，隊伍也由梯形迅速被擠壓成了扁圓形，又迅速從扁圓形，被擠壓成了一根長長的「鐵棍」。內外兩側，火星四濺。

「給我殺，別讓巡檢司的弟兄給看低了！」呼延琮發現形勢逆轉，愈發興奮得難以名狀，扯開嗓子，用獨特的辦法激勵軍心。

「跟著我往裡插，先將敵軍切斷！」鄭子明在戰團外側，則非常冷靜地做出了調整。「把隊伍集中一些，小心幽州軍狗急跳牆！」

鄉勇們都是好兄弟，能少折損一些，就儘量少折損一些。而從規模上判斷，留在陶家莊大營充做伏兵的幽州將士，很明顯跟早上攻打冰牆的那支隊伍一樣，是韓匡美這隻老壁虎刻意丟下來的斷尾。

敵將既然斷尾求生，自己這邊就不能順著其意思行動。儘快結束戰鬥，儘快去追殺幽州軍的主力才是正理。至於不小心逃走百十個漏網之魚，根本不用擔憂。天寒地凍，四野裡又被遼軍折騰得荒無人煙，相信他們無法逃得太遠。

「先別忙著殺人，先跟姓鄭的匯合到一起再說！」此刻依舊頭腦保持著理智的，不僅僅鄭子明一個。緊跟在自家父親身後的呼延雲，也迅速做出了判斷。

「你說啥！」正殺得酣暢淋漓的呼延琮聞聽，猛地回過頭來追問。

「沒必要收拾這些雜魚，韓匡美跑了，趕緊結束這裡的戰鬥，去追大魚！」呼延雲瞪起一雙杏眼，用自家父親最熟悉的語言補充。

「還追？還，還來得及嗎？」呼延琮信手一鞭，將試圖偷襲自己的敵將打得倒飛回去。然後繼續大聲追問。

「你不追怎麼知道！不用擔心伏兵，姓韓的麾下人馬再多，也禁不起他一而再，再而三地壯士斷腕！」呼延雲揮刀逼退一名對手，跺著腳補充。

自家父親什麼都好，就是太過於「仔細」了，甚至有些小家子氣。以前沒有外人對照，還感覺不到。如今與那姓鄭的傢伙並肩而戰，許多缺點立刻顯得清晰可見。

「呸，那姓鄭的沒過過苦日子，自然豁得出去本錢！」下一個瞬間，呼延雲又忍不住在心裡替自家父親辯解。「他的本領其實很一般，他，他……」

目光透過亂哄哄逃竄的敵軍，她偷偷看向不遠處那個高大的身影。試圖挑一些毛病出來，支持自己的觀點。然而，不知不覺，卻忘記了初衷。目光悄然與身影相隨，牽連不斷。

兩家隊伍齊心協力，很快，就徹底鎖定了勝局。將埋伏在陶家莊內的兩千餘幽州軍砍死、俘虜了一大半兒，剩下的，則任由其四散逃進了冰天雪地當中。

隨即，太行山好漢和李家寨鄉勇們稍事休整，留下百十人看守營地，餘者便又踏上了追殺敵軍的征程。

沿途中，不斷有發著高燒，體力不支的幽州兵被大夥追上，卻根本沒有功夫去砍殺。丟下一份乾糧，任由他們自己選擇返回陶家莊做俘虜，或者留在雪地中被活活凍死！

饒是如此，大夥一直追出了二十多里路，依舊未能咬住幽州軍的尾巴。韓匡美通過兩次斷尾求生，至少為他自己贏得了整整一個上午的撤退時間。而眾鄉勇和太行山豪傑士氣再旺，體力終究有限，追著追著，腳步就漸漸慢了下來。

「別，別追了。陶家莊的糧草輜重甚多，足夠，足夠咱們兩家用上一陣子了！」呼延琮跑得上氣不接下氣，將鋼鞭杵在地上，大聲向鄭子明提議。

「兵法，兵法云，窮寇莫追。大傢伙都跑不動了，再追下去，恐怕會被敵軍反咬一口！」呼延雲緊隨在其父親身後，望著地面，紅著臉補充。

她說話的聲音雖然不大，卻恰恰說中了要害。隨著鄉勇和太行好漢們的體力下降，對敵軍的優勢，就會迅速縮小。倘若韓匡獻真的豁出去身敗名裂，帶著隊伍在前方來一個以逸待勞，結果將很難預料。

「巡，巡檢。這一路上，咱們至少已經看到了四千多幽州兵。如果他們都返回陶家莊，我擔心，我擔心留守的弟兄，彈壓他們不住！」陶大春向來謹慎，唯恐鄭子明被先前的勝利沖昏了頭，也跑上前，壓低聲音提醒。

這，是另外一個讓鄭子明不得不考慮的麻煩。被韓匡美丟在路上的病號，雖然個個都發著高燒。但傷風畢竟不是致命的病。萬一他們返回陶家莊之後，突然起了歹心。留守在莊子裡那百十名弟兄，還真的未必能應付得來。

「巡，巡檢，弟兄，弟兄們跑不動了！」李順從不願意落在別人之後，也跟著跑到鄭子明身邊，低聲湊起了熱鬧。

鄭子明向來聽得進去人勸，發現友軍和自己身邊的弟兄都已經失去了繼續追殺敵軍的興趣，便決定見好就收。笑了笑，果斷點頭。「那就收兵，大夥收兵回陶家莊！」

「遵命！」呼延琮、陶大春、李順兒等人，一邊大聲答應著，一邊抬起袖子抹汗。轉眼之間，就都變成了皮影戲中的大花臉。

唯獨陶三春，還追得意猶未盡。皺了皺眉，嘴裡發出了一聲低低的冷哼。然而還沒等她開口，鄭子明卻忽然又心有靈犀地回過頭，笑著吩咐：「大春，順子，弟兄們就交給你倆。我挑五十名體力還支撐得住的，繼續再往前追一段。等弄清楚韓匡美到底跑去了什麼地方，就返回來跟大夥匯合！」

「你，你不要命了！」呼延琮聞聽，立刻大叫出聲。揮舞著胳膊，試圖上前攔阻。

「我跟鄭將軍一起去。」呼延贊搶先一步，側身擋住自家父親的去路，「我自問身手還過得去，遇到敵軍，即便打不過他們，至少全身而退不成問題。」

「我也去！」「我也去！」「我也去！」……

鄉勇與好漢的隊伍裡，陸續跳出了三十多名精壯漢子，快步走向鄭子明，主動請纓。一張張青春洋溢的面孔，令呼延琮頓時覺得自己就老了十好幾歲，原本準備勸阻的話，頓時也卡在喉嚨處，遲遲說不出口。

陶三春輕輕瞧了呼延雲一眼，邁步跟在了壯漢們身後。有些話根本不必說出口，行動是最好的語言。她原本以為對方看不見，然而，呼延雲的感覺，卻遠比她想像得敏銳。臉色微微一紅，也默默地往前走了幾步，默默地跟自家哥哥呼延贊，站了個肩膀挨著肩膀。

「你，你們。唉！」將自家女兒的小動作都看在了眼裡，呼延琮心裡忽然感覺有些酸酸的，澀澀的，好生不是滋味。同時，卻還湧起了幾分溫柔。「你們，你們儘管放心去！陶家莊這邊有我。記得千萬不要逞強，探明了敵軍行蹤之後立刻撤回來。這一仗咱們已經贏得夠多了，沒必要再畫蛇添足！」

「如此，就有勞呼延將軍！」此時此刻，鄭子明好像根本就不知道什麼叫客氣，隔著人群，遙遙向他拱手。隨即，又點了十幾名平素訓練中就表現優異的鄉勇，將麾下弟兄湊足了五十人整，帶著大夥風馳電掣而去。

「奶奶的，老子……」呼延琮沒想到對方說走就走，忍不住就要大聲抗議。然而，望著那一個個年輕的背影，抗議的話，最終卻變做了一句低低承諾。「算了！算老子欠你的。老子去替你看守俘虜和輜重。奶奶的，老子就這麼一個女兒……」

那些年輕的背影，消失於山路拐彎處，只留下一團團由汗水蒸騰而起的煙霧，盈盈繞繞，久久不散，風依舊很冷，但春天已經快來了，水汽在陽光下，散發出夢幻般的顏色。

「呼——」韓匡美朝天空噴出一道五顏六色的煙霧，隨即，猛然回頭，「停下，停下來整頓隊伍，埋鍋造飯！盧緒，你帶幾個人去前面探路。令狐楚，你帶一個都的親兵，去後面收攏隊伍。告訴弟兄們，不要喪氣，今天咱們輪掉的，老夫早晚帶著大夥討還回來！」

「是！」被點了到名字的兩個將領，喘息著答應了一聲，然後拖著疲憊的身體去執行任務。

其餘眾將領則沿著山路兩側散開，各自尋找各自的嫡系部曲，砍柴、架鍋、生火、做飯。盡可能地在下一場戰鬥來臨之前，填飽隊伍中大多數人的肚子。

唯有幾個文職幕僚無事可做，將脖子縮進貂皮大氅裡，滿臉擔憂地湊在一起交頭接耳。商議了半晌，忽然又彼此相對著點了點頭，一起朝著韓匡美走了過來。

「怎麼，你們幾個有事？」韓匡美早就把眾幕僚的舉動看在了眼裡，皺了皺眉，搶先問道。

「沒，沒有！」眾幕僚們齊齊停住腳步，互相張望，誰也不願意帶頭兒。又遲疑了片刻，終於，參軍韓倬第一個忍耐不住，硬著頭皮躬身施禮，「啟稟大帥，卑職等以為，我軍尚未脫離險境。此刻，此刻其實不宜停下來休整！」

「你質疑老夫的決定？」韓匡美的眼眉猛地向上一跳，目光瞬間如刀。

「不，不，不是，卑職不是這個意思。卑職，卑職不敢！」參軍韓倬被嚇得連連後退，額頭上瞬間冷汗滾滾，「卑職，卑職，卑職，卑職。大帥，卑職真的不敢質疑您。卑職只是覺得，這裡，這裡距離陶家莊太近，太近了啊！」

「小兔崽子，質疑了又怎樣？」韓匡美忽然撇嘴一笑，臉上瞬間又灑滿了陽光，「你是老夫的參軍，當然有資格替老夫拾遺補缺！」

「卑職，卑職不敢！」韓倬被對方忽冷忽熱的態度，弄得脊背處一陣陣發冷。強壓著心中的恐懼，躬身補充，「大帥付出了極高的代價，才為我軍贏得了兩個時辰的撤退時間。此地距離定州……」

「誰說老夫一定要退入定州城了？」韓匡美的聲音陡然提高，聽上去就像貓頭鷹在寒夜裡歌唱，「老夫退到此地，然後整頓兵馬，掉頭再戰不行嗎？如果那姓鄭的，打完了兩場仗，還敢帶著兵馬追到此處，他還能剩下多少力氣？他今天不追過來則已，他若是真敢追到這裡，老夫定然讓他有來無回！」

「大帥神機妙算，屬下茅塞頓開！」韓倬心裡雖然不服氣，表面上，卻硬裝出了一副恍然大悟模樣，躬身施禮。

「你們這些年輕人啊，要懂得收斂鋒芒！」韓匡美擺了擺手，皺著眉頭補充。「不要以為自己讀了幾本兵書，便可以運籌帷幄。那都是梨園戲裡頭演來騙人的，真正會打仗的人，有幾個不是屍山血海裡滾過七八回？隨便拿幾招出來，都比書本上所傳高明許多。」

「是，大帥教訓得極是。屬下受教，屬下必將大帥的教誨銘刻在心！」韓倬又行了個禮，硬著頭皮恭維。

「但書本上所說的，也非一無是處！你需要懂得活學活用。」雖然打心眼裡不喜歡韓倬這個處處喜歡表現，又過於心狠手黑的傢伙，念在其祖父魯國公韓延徽的面子上，韓匡美也不敢對其過於苛刻。因此一番敲打之後，又擺出了敦厚長者姿態，語重心長地教誨道：「兵法有云：五十里而爭利，則蹶上將軍，其法半至。我軍從今天早晨到現在，已經走了三十多里。而鄭子明如果接連打敗了老夫留下的兩支部隊，還緊追不捨，他和他手下的弟兄，得累到何等地步？甭說能趕過來一半兒，就是三成，恐怕都很勉強。屆時，我軍飽餐過後，體力正足，人數又足足是其二十幾倍。豈有不反敗為勝之理？」

「大帥高明！」這下，非但韓倬一個人徹底心服口服，其餘帶領兵馬的武將，無所事事的幕僚，都躬下身子，長揖及地。

「唉，老夫也是不得已而為之！」韓匡美卻忽然又嘆了口氣，意興闌珊，「若是老夫能及時發覺姓鄭的利用俘虜，散播時疫的險惡用心，我等何至於狼狽到如此地步？這會再設計擒他，不過是將功補過而已。唉！老夫老了，那姓鄭的卻如初生朝陽。這次若是不能一戰將其擒殺，將來，將來，恐怕此人必會令爾等無法安枕。」

說到這兒，他的目光再度從眾人身上掃過。越看，越覺得自己這邊的後生小輩們不成材，竟無一人，能與鄭子明比肩。而自己現在情急之下所定之策，終究還是太毛躁了些。萬一那鄭子明不肯追過來，或者提前派出了許多斥候……

正心事重重地想著，忽然，耳畔傳來了一陣驚慌的喧譁：「敵襲，大帥，敵襲！西南邊，西南邊岔路上發現大隊的敵軍！」

「啊！來得這麼快？」韓匡美楞了楞，又驚又喜。驚得是鄭子明居然沒等自己這邊做好準備就追到了近前，喜的卻是，自己終於有機會反敗為勝，為大遼國，為韓氏，徹底翦除了這個威脅。

「敵襲，大帥，敵襲！西南方，出現了大隊的敵軍。」叫喊聲越來越急，負責去收攏隊伍的令狐楚，連滾帶爬地衝上前，疲憊的臉上，看不到半點兒血色。

「不就是姓鄭的追過來了嗎？慌什麼？接連打了兩場惡仗，又走了三十里山路，他早就成了強弩之末！」韓匡美狠狠瞪了他一眼，扯開嗓子，儘量讓自己的聲音被周圍更多的人聽見。

追兵雖然來得早了些，但「五十里而爭利，則蹶上將軍，其法半至」，這道理卻不會錯。頂多三百多個鄉勇……

「大帥，不是，不是鄭子明，是，是一支生力軍。一支從沒見過的生力軍！」然而，沒等他的話音落下，令狐楚的喊聲裡，已經帶上了濃重的哭腔，「是生力軍，打的是韓字旗號。就在西南方那個岔路口兒。不是，不是來自李家寨，也不是陶家莊！」

「韓？你確定來者是敵非友？爾等勿慌，速速整軍，老夫先看看來者到底是誰？」韓匡美越聽越糊塗，三步並作兩步跳上一塊巨石，手搭涼棚，朝著令狐楚所彙報方向觀望。

只見兩里之外，一條蜿蜒曲折的山路上。有一夥四五千人的隊伍，正在快速向自己這邊靠近。隊伍正前方，兩面大旗迎風招展。其中一杆大旗的旗面上，綉著斗大一個字：「韓」！另外一杆大旗表面則綉著頭生了翅膀的老虎，陽光下，搖頭伏爪，作勢欲撲！

「整軍，整軍備戰！」下一個瞬間，韓匡美終於想起來這一支隊伍的來歷，扯開嗓子，大聲示警。「所有能拿起刀槍的，都向老夫靠攏，整軍備戰。來的是虎翼軍，常思麾下的虎翼軍！」

「虎翼軍？虎翼軍又是哪個？」眾將領一邊匆匆忙忙地整理隊伍，一邊互相大聲詢問。「常思不是在河中圍攻李守貞嗎，他怎麼會殺到這裡來？」

「快，加快速度整隊！否則，大夥今天都得死在這兒。」韓匡美額頭見汗，氣急敗壞，一邊跑動，一邊帶著親兵將驚慌失措的弟兄們往自己的帥旗下推。別人不知道虎翼軍的來歷，他可是對這支人馬清清楚楚。在帶兵南侵之前，他和韓匡嗣兩個曾經把所有可能遇到的對手分析了個遍。其中印象最深刻的幾個人，就有常思，還有其大女婿韓重贇！

以弱冠之年領兵，與鄭子明、楊光義三人一道組建虎翼營。帶著區區數百兵馬，打得太行山西側的山賊土匪望風而潰，草木皆兵。可以說，常思能在短短數月之內，就平定澤潞兩州，韓重贇在裡邊至少有一半兒功勞。而更令人印象深刻的是，此子在劉知遠面前那一句話：「子不言父過，卻可改之。」端的是擲地有聲，讓人每次聽聞，都在心裡不由自主的湧起，「為何此子未生於我家」之感。

「管他哪來的遼兵，敢靠近李家寨的，只管打了就是！」就在韓匡美督促麾下殘兵敗將快速整軍備戰的同時，韓重贇也通過自家斥候的眼睛，發現了山路上的幽州軍。把手中長槍一擺，毫不猶豫地下達了進攻命令。

「四騎一排，每排之間保持一丈距離。弟兄們，跟我上，幫小肥打仗去！」楊光義頓時心領神會，策馬衝出，將長刀高高舉向了半空。

「殺！」四百餘騎兵迅速跟上，手中長刀映日生寒。

「元長，你帶兩個營的步卒，跟上去，護住楊光義的後背。」韓重贇的眉頭挑了挑，迅速調兵遣將。

「是！」右廂都指揮使李京高聲答應，隨即帶領一千名精銳緊追騎兵的腳步。

「王璞、周良，你們兩個各帶一個營，尋機進攻敵軍兩翼。令其騰不出手來為彼此提供支援。」目光從躍躍欲試的眾將佐臉上掃過，韓重贇又找出了兩個當初曾經與鄭子明並肩作戰的舊人，果斷吩咐。

「末將遵命！」被點了名字的兩名指揮使迅速抱拳施禮，轉身跑向自家嫡系隊伍。隨即，揮舞著兵器沿山路兩側衝向了敵軍。

「其餘所有人！」韓重贇深吸了一口氣，聲音變得更加高亢，「跟著我，直搗敵軍帥旗。寧將軍在山上盼著咱們，咱們不能讓他失望！」

「殺賊，殺賊——」將士們扯開嗓子，齊聲高呼。每個人臉上，都寫滿了對勝利的渴望。

對虎翼營的「老人」來說，小胖子將軍是自家兄弟，自家兄弟被人欺負了，大夥自然要替他打回來。對於最近半年才補充進虎翼營的「新兵」而言，小寧將軍則是一個傳奇。能與傳說中的小寧將軍並肩作戰，是他們求都求不來的榮幸。

「殺賊，殺賊——！」一股烈酒般的熱潮瞬間從心頭滾過，韓重贇也跟著大夥喊了一嗓子，隨即用力磕打馬鐙。

一別經年，兄弟們終於將要重聚了。

這一年多來，鄭子明三個字，響徹太行山東西兩側。而自己韓重贇，還有好兄弟楊光義，雖然名聲不及小胖子響亮，但真實戰績，卻未必就輸於他。此番重聚，一定要比一比，兄弟三個到底誰成長得更快，誰的本事提高更多！

「咚咚，咚咚，咚咚，咚咚——」受到威脅的幽州軍，迅速以鼙鼓聲回應。三千餘名剛剛恢復了些許體力的兵卒，在都頭、副指揮使、指揮使的推搡下，勉強列出了一個偃月陣形。在偃月的底部，則又連接起一個巨大的方陣。六、七千名四肢痠軟，高燒不退的病患，都藏身於方陣當中。每個人手裡都被塞了一把橫刀，以便他們在關鍵時刻自保，或者自殺殉國。

料峭的山風，捲著殘雪粒子，從兩軍之間迅速滾過。早春的陽光，被半空中的雪粒子交相映射，剎那間，竟然呈現出繽紛七色。赤橙黃綠青藍紫，飄飄蕩蕩，起伏不定。

策馬衝在最前面的楊光義被半空中突然出現的七彩流光，晃得微微一楞。旋即，再度舉起長槍大聲疾呼：「壓住速度，壓住速度，不准比我快，也不准比我慢。」

「壓住速度，保持隊形，小心坐騎腳下！」隊伍中的十人將，迅速將他的呼聲變成軍令，進而貫徹到整個騎兵隊伍。

山路崎嶇，並且路邊有殘雪未消，其實不太適合大規模騎兵展開。但對於身材相對矮小的室韋良駒來說，只要別將速度提高得太快，就輕易不會出現人仰馬翻的情況。而虎翼軍賴以成名的密集騎陣，恰恰追求的不是速度。因此，這支騎兵的戰鬥力雖然受到了地形的制約，卻依舊行列整齊，氣勢驚人。

「轟轟轟，轟轟轟，轟轟轟！」馬蹄聲交相落下，聲音宛若奔雷。

「轟轟轟，轟轟轟，轟轟轟！」群山之間，回聲連綿不斷。

腳下的山坡開始微微顫抖，山坡上的殘雪開始微微顫抖，殘雪之間的枯草、樹幹、岩石，顫抖，戰慄，起伏不定。轉瞬過後，天空，白雲，兩軍之間的七色流光，也迅速跟著顫抖了起來，剎那間，地動山搖。

趕了整整一上午路，又累又餓的幽州兵卒們，被震耳欲聾的馬蹄聲，敲得臉色煞白，兩股戰戰。他們剛剛把鍋架上，還沒來得及喝一口熱乎水。他們丟棄了大部分武器輜重，手頭所剩部分，已經支撐不起一場硬仗。他們當中絕大多數，都染上了風寒，只是，只是強撐著沒有倒下而已。他們，他們卻即將用自己的血肉之軀，來抵擋巨蟒般壓過來的澤潞鐵騎。

「盾牌手，上前五步設立盾牆！長槍兵，上前三步，下蹲，將槍身架在盾牌之上！」正當眾人驚慌失措之際，韓匡美聲音又響了起來，從容，鎮定，令人聽了之後，肚子裡頭就立刻有了核心。

「盾牌手，上前五步設立盾牆！長槍兵，上前三步，」

「盾牌手，上前五步設立盾牆！長槍兵……」

「……下蹲，將槍身架在盾牌……」

眾親兵扯開嗓子，將命令一遍遍重複。唯恐弟兄們聽之不見。

數百名手持盾牌的兵卒，拖拖拉拉向前走了幾步，陸續將盾牌豎起，在偃月陣兩個月牙之間，組成了一道凹凸不平的盾牆。長槍兵磕磕絆絆地跟在盾牌手之後，蹲身，架槍，寄希望憑藉密密麻麻的槍鋒嚇阻敵軍的戰馬。每一雙憔悴的眼睛裡，卻都充滿了無奈與驚恐。

韓匡美自己，顯然也不看好盾牆與槍林這一組合的效果，很快，又將另外一個兵種調派到偃月陣的正中央。「弓箭手，整隊，整隊，帥旗正前方整隊。挽弓，斜上方一根手指，預備——射！」

「嗖——」數百支羽箭，騰空而起，宛若一大群撲食的烏鴉，掠向越來越近的騎兵。精鋼打造的箭鏃，倒映出一排排冰冷的日光。

「噗嗤……噗嗤……」箭鏃射進肉體的聲音不絕於耳，紅霧在騎兵的隊伍當中瀰漫。然而，令韓匡美瞠目結舌地是，臆想當中敵軍人仰馬翻的情況卻沒有出現。只有極少數幾隻室韋馬，悲鳴著脫離了騎兵隊伍，竄向了山坡兩側的雪野。其餘澤潞騎兵，竟然將彼此之間的距離縮得更近，肩膀貼著肩膀，手臂擦著手臂，高舉過頭頂的橫刀，依舊茂密如林。

「上箭，上箭，瞄準戰馬，盡力瞄準戰馬！」不愧為久經沙場的老將，短短兩個彈指之後，韓匡美就判斷出了問題所在。扯開嗓子，狂吼著做出調整。

澤潞騎兵都披著鎧甲，雖然看不出質地，但從自己這邊第一輪羽箭攢射所取得的戰果上來看，鎧甲作工相當精良。而草食牲口喜歡群居的天性，又令戰馬本能地選擇追隨隊伍。只要背上的主人沒有從鞍子上掉下去，哪怕已經氣息奄奄，戰馬也會馱著他繼續緊跟身邊的袍澤。

「保持隊形，保持隊形！用盾牌護住坐騎，護住坐騎！」韓匡美將身體俯在馬脖子上，同時豎起手肘，盡力用掛在大臂上的騎盾，替戰馬遮擋流矢。

兩個彈指的時間雖然極為短促，室韋馬雖然不以速度見長，可就在韓匡美努力判斷的敵情的工夫，楊光義已經帶領騎兵，將敵我雙方之間的距離，縮短到了只有五十步。二人按照以往的作戰經驗，只要大夥再繼續向前進三十步左右，敵軍的羽箭，便對騎兵構不成威脅。

「射！」「射！」「射……」韓匡美揮舞著寶刀，大聲叫喊。他身邊的親兵扯開嗓子，不停地重複。一片瘋狂的叫喊聲裡，第二輪羽箭掠過幽州長槍兵的頭頂，嘈嘈切切。

「轟轟轟，轟轟轟，轟轟轟！」三百九十餘匹戰馬以相同的節奏奔行，蹄聲驚天動地。

「嗖嗖……嗖嗖……嗖嗖嗖嗖……」羽箭掠過三十步的距離，射入騎兵隊伍，帶起一團團紅煙。紅煙瀰漫，跑在最前三排的六七戰馬，悲鳴著臥倒在地，將背上的騎兵遠遠地摔了出去，筋斷骨折。

「繼續射，繼續射，射馬，射馬！」韓匡美的聲音伴著親兵們的大嗓門，在偃月陣上空回盪。信心十足，氣焰熏天。

「嗖嗖……嗖嗖……嗖嗖嗖嗖……」更多的羽箭掠過幽州軍槍兵的頭頂，不停地從澤潞騎兵的隊伍裡，帶起一條條生命。

澤潞騎兵最前面五排，很快就被砸得百孔千瘡。第六、第七、第八排騎兵也受到了羽箭摧殘，變得像犬牙一樣參差不齊。然而，從第九排開始，卻絲毫不為凌空飛來的羽箭所動。將士們俯低身體，用左臂上的騎盾護住戰馬的脖子，雙腿輕輕地夾住馬腹，踏著袍澤的屍體和鮮血繼續向前推進。

「轟轟轟，轟轟轟，轟轟轟！」馬蹄聲交相落下，雷聲連綿不斷。

「嗖嗖……嗖嗖……嗖嗖嗖……」羽箭如織，奏響死亡的樂章。

「繼續射，繼續射，射馬，射馬啊！別停下，不要慌！」韓匡美的聲音，與親兵們的大嗓門混在一起，隱隱地帶著幾分焦灼。

雙方的距離已經不足二十步，澤潞騎兵，卻依舊在繼續向前推進。他們的隊伍，就像一根粗大的竹竿，被削去了整整一截之後，剩下的部分，卻依舊銳利如初。

「嗖……嗖……嗖嗖……」弓箭手調整箭桿的角度，儘量讓羽箭既能夠威脅到對面的騎兵，又不會誤傷自家的盾牌手和長槍兵。

交戰雙方的距離越近，這個動作的難度越大。而不到二十步的距離，對於戰馬來說，已經是咫尺之遙。就在漫天的箭雨中，澤潞軍虎翼營副都指揮使楊光義猛然直起了插滿羽箭的身體，長槍陡然偏轉，「跟我來，踩死他們！」

「踩死他們，踩死他們！」一張又一張年輕的身軀，從馬背上直了起來。刀尖斜指，左腿輕輕刺激馬腹。整個隊伍，貼著幽州軍的盾牆和槍林轉彎，宛如巨蟒翻身。在韓匡美和他的爪牙們做出任何反應之前，撲向了偃月陣毫無遮擋的右翼。

剎那間，「月牙」崩碎！

馬蹄過處，屍橫遍野！

偃月陣右翼幽州將士當中，原本有一半兒人都染了風寒，手足乏力。又剛剛經過小半天的急行軍，累得筋瘦骨軟。猛然間看到身邊的夥伴一排接一排被砍翻在地，哪裡還生得起什麼鬥志？轉眼之間，陣形便散了，一個個丟了刀，扔了旗，四散奔逃。

「頂住，頂住，對方沒幾個人！」都指揮使盧緒急得兩眼通紅，揮刀砍翻了幾名潰兵，大聲提醒。敵軍的騎兵雖然攻勢犀利，但人數卻只有區區一個營頭。如果弟兄們能將平素的本事發揮出兩到三成，便能遏制住這夥騎兵攻勢，然後將其亂刀剁成肉醬。

只可惜，如果僅僅是如果。

眾兵卒根本沒心思聽盧緒在說什麼，將身體一歪，躲開後者的攻擊範圍，繼續繞路狂奔。唯恐跑得比身邊的同伴稍慢半步，成為敵軍的下一個追砍目標。

「站住，站住，跟我一起站住。臨陣潰逃，牽連全家！」都指揮使盧緒左攔右堵，試圖將身邊的弟兄們穩定下來，卻起不到任何效果。

對手採取了他們前所未見的一種怪異戰術，將戰馬靠攏成排，拿騎兵當步兵使用。當數十匹戰馬朝著同一個方向滾滾而來之際，馬蹄將地面砸得上下起伏。那氣勢，光是看就令人肝膽欲裂。更甭說像隻螳螂般提著兵器擋在滾滾而來的馬蹄之前！

「咚咚咚，咚咚，咚咚咚咚咚……」中軍處，傳來一陣細密的鼙鼓聲，喚醒都指揮使盧緒已經失去運作能力的頭腦。

「靠攏，親兵隊向我靠攏！拿起長槍，一致向外。」下一個瞬間，盧緒乾脆放棄了對潰兵的攔阻。丟下刀，抓起一根長槍，高高地舉過頭頂，「親兵隊，向我靠攏。逃回去也是死，是爺們就死在陣前。」

「結槍陣！結槍陣！」原本跟在盧緒身後努力攔阻潰卒的親兵們，扯開嗓子大聲重複。隨即，一個個抓起長槍，努力靠向右翼將旗。「逃回去也難逃一死……」

光靠勸阻和殺戮，無法改變潰兵們的想法。關鍵時刻，必須有人挺身而出，捨命一搏。只要他們能將對手的攻勢，稍微阻擋上片刻。失去思考能力的潰兵，便有可能恢復理智。屆時，必然會有更多的人，彙集到盧緒的將旗之下，說不定還有希望力挽狂瀾。

「結槍陣！結槍陣！」

「擋住他們，擋住他們！」

「戰馬怕長槍，戰馬怕長槍」

「他們沒幾個人，他們……」

一些老卒，也受到了親兵們的鼓舞，拖著長槍，互相提醒著朝盧緒身邊湧去，試圖做最後的掙扎。他們都曾經跟著韓氏父子兄弟，替契丹人賣命多年。心中關於國家的概念早已模糊不清。只知道如果這一仗打敗了，非但隊伍中的指揮使、都頭們要被嚴正軍法。他們這些人，日子也不可能好過。

一個小小的方陣，在潰兵的人流中快速現出了輪廓。方陣前排正中央，都指揮使盧緒狠狠咬了一下猩紅色的牙齒，左手緊握槍桿，右手用力下壓，「豎槍，將槍纂插到土裡，槍鋒指向馬的眼睛。戰馬膽小，不敢自個兒往槍鋒上撞！」

「豎槍，豎槍！」嘶啞的重複聲響成了一片。畢竟是成名多年的精銳，關鍵時刻，總有一些不怕死的傢伙試圖捍衛這支軍隊的榮譽。

然而，他們的對手，卻遠比他們以前遇到的任何敵人都要「狡猾」。只見衝在最前面的那名來自澤潞的白袍小將忽然把手探向了馬鞍之後，隨即，猛地揮動胳膊，「呼——！」，一把雪亮的利斧，忽然在半空中出現，高速旋轉著，劈向了長槍兵的頭頂。

「呼——」「呼——」「呼——」數十把利斧，緊隨第一把之後，在半空當中，劈出數十道閃電。正在豎槍結陣的幽州兵被砍了個猝不及防，瞬間，就倒下了一大片。剛剛具備雛形的槍陣，也緊跟著在正中央處，裂開了一個丈許寬的巨大豁口。豁口內凹處，血流成河。

「呼——」那白袍小將楊光義卻不肯見好就收，緊跟著，丟出了第二把利斧。數十把利斧，再度如閃電般緊隨其後，劈向盧緒的將旗，將旗附近的親兵，劈得血肉飛濺。

因為要保持隊形齊整的緣故，騎兵們的推進速度並不快。然而，正是因為速度不夠快，他們才能夠在戰馬與槍陣發生接觸之前，接連丟出了兩輪利斧。倉卒之間，對面幽州將士根本不知道該如何應對，只能憑藉各自的經驗，躲閃、逃避、格擋，幾個眨眼功夫，剛剛具備雛形的方陣，就再度分崩離析。

「狗賊，老子跟你拚了！」眼看著對面的白袍小將第三次把右手探向了馬鞍子後，都指揮使盧緒忍無可忍，怒吼一聲，搶先向騎兵發起了進攻。

「老子跟你拚了！」「老子跟你拚了！」稀稀落落地呼應聲，在他身後響起。十幾名老卒，夥同二十幾名親兵，端著長槍踉蹌跟上。每個人都死死盯著不遠處的戰馬，每個人都強迫自己不去回頭。

他們踩過自家同夥的屍體，踩過灑滿鮮血的山坡，用盡可能快的速度，將兩軍之間的距離拉近。十步，五步，三步，雙臂猛地用力，盧緒將長槍刺向白袍小將的戰馬脖頸，刺人先刺馬……

對方過分強調軍陣的嚴整，根本沒有發揮出騎兵在速度方面的優勢。若能刺傷這匹戰馬，馬背上的白袍小將就會被摔下。趁著這個電光石火的機會，盧緒有三成把握可以跳到此人身後，將其生擒或者同歸於盡。那樣，他的死就有了價值。主將韓匡美，過後也會因為他的英勇，而從重撫恤他的家人。

「啊——」盧緒的聲音因為緊張而變了調兒，圓睜的雙眼，捕捉著對手的一舉一動。他知道自己即將成功，他看到了戰馬眼睛裡的恐懼。然而，就在槍鋒即將刺入馬脖頸的前一個瞬間，他彷彿看到馬背上的小將朝著自己笑了笑，滿臉輕蔑。

一把長槍從側面刺進了盧緒的肩窩，將其帶得後退數步，身體搖搖晃晃。另外一把長槍捅進了他的右胸，將其推得距離目標更遠。四匹戰馬都從他身邊跑過，白袍小將與另外三名持槍者丟下他，撲向其餘幽州兵。一把橫刀貼著他的肩膀掃過，切斷了他的喉嚨。

「咯咯，咯咯，咯咯……」盧緒丟下槍，雙手用力捂在自己的喉嚨處，試圖令傷口合攏。更多的騎兵，從他身邊過去，更多的橫刀從馬背上揮落，將其砍得全身都是傷口，像稻草人般搖晃著跌倒。

飛斧投擲，乃是鄭子明的拿手絕技。

當年他在常思的支持下嘗試按照步兵陣列打造騎兵，發現新式騎兵戰術缺乏對付密集槍陣的有效辦法，就抱著姑且一試的態度，將飛斧絕技傳授給了虎翼軍的弟兄。

今天，當年他辛苦播下的種子，終於收穫了纍纍碩果。虎翼軍的騎兵們通過兩輪飛斧，將幽州軍倉促組成的方陣砸了個土崩瓦解。

土崩瓦解的方陣，在如潮而進的騎兵面前，沒有半點抵抗力。只是短短幾個彈指工夫，跟隨盧緒一道主動向騎兵發起逆襲的幽州老卒和親兵們，便被屠戮殆盡。其中有一大半兒，是在半途中又驚慌失措地轉身逃走，卻被騎兵從背後追上砍倒。屍體轉眼間就被馬蹄踩成了一團團紅色的軟泥。

「啊——」失去了陣形加成，又親眼目睹了盧緒等悍卒慘死的幽州兵，一個個魂飛膽喪。大叫一聲，以比先前還快了兩倍的速度，撒腿逃走。有些膽子稍大些的潰卒，原本已經開始停下腳步回頭觀望，發現臨時組成的方陣被對手摧枯拉朽般衝垮，也嚇得發出一聲慘叫，丟下兵器，狼奔豕突。

「整隊，整隊，拉住坐騎！」楊光義對追殺潰兵提不起任何興趣，貼著山路的邊緣，用力拉緊戰馬的韁繩。

三百七十餘名騎兵，緩緩在他身邊聚攏。以令人眼花撩亂的嫻熟動作，重新將隊伍整理成四列縱隊。趁著這個機會，楊光義迅速掃視敵軍，隨即，將騎槍指向了偃月陣右翼的後半段，「右旋，不要貼得太緊。撒他們的羊！」

「右旋，撒他們的羊！」

「右旋，撒他們的羊！」

「撒羊嘞……」

眾騎兵大聲重複，同時輕輕磕打馬鐙。整個騎兵陣列，像巨蟒般沉重地翻了個身。驅趕著倉皇逃命的幽州潰兵，朝著偃月陣的右翼後半段倒捲而去。

遇到不肯繼續逃命的幽州潰兵，揮手就是一刀。對那些瘋狂逃竄者，則刻意保持住半個馬身的距離。令對方既沒機會掉頭反咬，又不敢停下來主動請降。

那些失去了思考能力的幽州潰卒，哪裡知道楊光義是在故意利用他們？被虎翼營的騎兵們驅趕著，成群結隊朝著同一方向倒捲。很快，就將另外一個營頭的幽州軍也捲得站立不穩，如烈日的積雪般，迅速消融。

「擂鼓，擂鼓，叫令狐楚帶著刀盾兵和長槍手，攻擊敵軍後背。弓箭手，弓箭手速速返回中軍，敢衝擊本陣者，無差別射殺！」偃月陣的陣眼處，韓匡美氣得七竅生煙，親自揮舞著令旗，傳達最新作戰部署。

「咚咚咚，咚咚咚，咚咚咚咚……」瘋狂地鼓聲，再度響起。先前迎擊澤潞騎兵卻被楊光義「晾」在了兩個月牙之間的那夥刀盾兵和長槍手，瘋狂邁動雙腿，撲向了騎兵的側後。他們人多，他們跑得不比戰馬慢多少，他們必須在自家右翼徹底崩潰之前牽制住澤潞騎兵，為自家主帥爭取到調整戰術之機。

然而，沒等他們迂迴到位，虎翼軍副都指揮使李京，已經帶著兩個營的步卒趕到。毫不猶豫地舉起鋼刀，朝著這群幽州將士後腦勺便剁。

「啊——」

「娘，娘咧——」

「啊，我跟你們拚了——！」

眾幽州刀盾兵和長槍手不得不轉身自救，與人數比自己這邊多了一倍的虎翼軍步卒以命相搏。站在陣眼處觀戰的韓匡美大驚，趕緊用鼙鼓聲，招呼偃月陣左翼的將士變換陣形，儘快為右翼提供支援。就在此刻，又是兩個營的虎翼軍壯士急衝而至，一個營吶喊著撲向偃月陣右翼，成為壓垮右翼的最後一根稻草。另外一個營撲向偃月陣左翼，讓左翼的幽州將士倉皇招架，無法再對韓匡美的指揮做及時響應。

得到自家兄弟支援的澤潞騎兵，瞬間如虎添翼。將越來越多的幽州潰卒，聚攏起來，驅趕著朝偃月陣的底部發起一輪輪衝擊。韓匡美被逼得手忙腳亂，不得不命令心腹愛將李忠，帶著自己的親兵營前去攔阻。而面對著潮水般湧過來的潰卒，最精銳的親兵營也毫無辦法，很快就立足不穩，一步接一步朝著帥旗敗退。

「弓箭手，弓箭手，朝著右側四十步，三輪齊射！」眼看著中軍岌岌可危，韓匡美把心一橫，果斷下達了一個惡毒無比的命令。

剛剛跑回中軍位置的弓箭手們，迅速轉身，朝著預定方向拋出一排排鵰翎。正在與自家親兵糾纏的幽州潰卒們，紛紛中箭倒地。剎那間，血流成河。

「繞路，繞路，敢衝擊本陣者，殺無赦！」

「繞路，繞路，敢衝擊本陣者，殺無赦！」

「繞路……」

趁著潰兵被羽箭射懵的機會，前來封堵缺口的韓氏親兵，齊齊扯開嗓子高喊。先前如綿羊般被驅趕著的幽州潰兵，立刻發現自家正前方是死路一條。慘叫著做出調整，冒著被身後騎兵追上砍死的危險，側著身子逃下了山坡。

「射，繼續射，右側四十步，不管有人沒人，把你們的羽箭全都射出去！」韓匡美一擊得手，立刻決定再接再厲。

更多的幽州兵卒彎弓搭箭，與倉促返回中軍的弓箭手們一道，朝指定方位進行覆蓋射擊。不管那裡跑動的是自己人還是敵人，也不管沖天而起的慘叫聲是多麼的刺耳。

「左翼，分兵，留下一個營阻擋敵軍，其餘人向帥旗靠攏！」趁著自家潰卒和對方騎兵，都被羽箭隔離在四十步之外的工夫，韓匡美深吸一口氣，快速收縮防線。「重新列陣，列圓陣。所有人，把兵器給我拿起來。是生是死，在此一戰！」

「咚咚，咚咚，咚咚，咚、咚、咚咚……」略帶蒼涼的鼙鼓聲，將他的最新命令，傳達到所有尚未被嚇破膽子的幽州人耳朵裡。

偃月陣的左翼迅速一分為二，一部分留在原地拚死阻攔對手，另外一部分，則迅速朝韓匡美的帥旗下收縮。期間不少兵卒脫離隊伍，逃入雪野。但大多數人，還是選擇了與自家主帥同生共死。

「敵軍，敵軍主將也殺過來了！」有謀士啞著嗓子，低聲向韓匡美示警。

畫著飛虎的認旗，已經出現在所有人的視線之內。至少還有兩千名敵方的生力軍，即將投入戰鬥。而幽州軍這邊，還有力氣和勇氣繼續舉刀的將士，已經不足一千五百。此戰的勝負，幾乎已經無法逆轉。

除非，除非韓匡美是楚霸王轉世，或者他還留著什麼最後的殺招。

「我知道，我先前就看到了。」韓匡美沒有殺招，也沒有萬夫不當之勇。他所擁有的，只是滿臉的蒼涼。

「老夫戎馬二十餘年，總不能在關鍵時刻丟下弟兄們獨自去逃命。傳令給後軍，還有力氣作戰的，請跟老夫放手一搏。沒有力氣的，自行決定是戰是降，老夫，老夫不怪他們，不怪任何人！」

話音落下，帥旗周圍，頓時響起了一片悲呼之聲：

「大帥——！」

「大帥——！」

「叔父，叔父何出此言。咱們今天大不了一起戰死在這兒！」

「同生共死！」

「同生共死……」

所有謀士武將，包括已經燒得走不動路的耶律赤犬、韓德馨兩兄弟在內，都紅了眼睛，發誓要與韓匡美共同進退。

這種悲涼的氣氛，迅速感染了很多兵卒。原本被保護在偃月之後的傷患們，也有不少人掙扎著走向帥旗，準備用自己的性命捍衛幽州軍的榮譽。

一個全新的圓陣，以極快的速度出現於山路中央，陣眼處，韓匡美深吸一口氣，高舉寶刀：「我乃大遼國羽林大將軍，南樞密院副使韓匡美，對面的敵將何人？可敢跟我正面一戰？」

「我乃大遼國羽林大將軍，南樞密院副使韓匡美，對面的敵將，可敢跟我正面一戰！」

「我乃大遼國羽林大將軍，南樞密院副使韓匡美，對面的敵將，可敢跟我正面一戰！」

「我乃大遼國羽林大將軍，南樞密院副使……」

帥旗下，橫下心來一死的幽州殘兵們，扯開嗓子，將挑釁的話語一遍遍重複。

沙場交鋒，當然不會由武將單挑來決定勝負。但這樣做，至少能最大程度地鼓舞自家士氣。同時，還能干擾對手的心神，令對手判斷不出自己這邊的虛實，從而放緩進攻的節奏。

果然，聽到幽州軍的吶喊聲，韓重贇與楊光義等人，都不約而同地楞了楞，臉上迅速浮現了一團疑雲。事物反常必為妖，如果幽州軍的主帥，的確是成名多年的韓匡美，他怎麼可能如此幼稚，居然提出了雙方主帥面對面單挑的要求？然而，如果虎翼營這邊不做回應，未免顯得怕了這個老賊。縱使最後大獲全勝，也總是差了一絲味道。

「繼續喊，刺激對手心神！」沒想到歪打正著，韓匡美喜出望外，立刻吩咐麾下弟兄再接再厲。對方幾個主要將領個個都本事了得，常思麾下的虎翼軍也的確名不虛傳。然而，對方這支人馬畢竟太年輕了，從上到下，都沒有太多耍弄陰謀詭計的經驗。若是能抓住這個弱點不放，韓匡美甚至隱隱感覺到一絲希望。力挽天河的希望！

「姓韓的，休得張狂，你家趙爺爺來了！有種，就滾出來一戰！」沒等他把好夢做夠，半空中，忽然響起了一聲霹靂。

緊跟著，在另外一條岔路口，有支人馬驅趕著先前逃走的潰兵呼嘯而至。正在整個隊伍的正前方，一名方臉將軍手舉包銅大棍，「姓韓的，趙匡胤在此，有種出來一戰！」

「姓韓的，趙匡胤在此，有種出來一戰！」

「姓韓的，趙匡胤在此，有種出來一戰！」

「姓韓的，趙匡胤在此，有種……」

趙匡胤身邊的弟兄，也效仿幽州殘兵故技，扯開嗓子，將挑戰的話語一遍遍重複。不為別的，只為告訴幽州軍，他們已經陷入了包圍之中，插翅難飛！

「……有種出來一戰！」「……一戰！」「……一戰！」

群山之間，驕傲的聲音來回激盪。

「是你？」韓匡美的臉色迅速變得蒼白如雪，不僅僅為了身前身後的敵軍，還因為那個手持包銅大棍的少年。

他的哥哥韓匡嗣無數次跟他提起過此子。

整個韓氏家族，時時刻刻，都在收集著有關此子的任何消息。

此子，曾經護送著他的侄女韓晶，一路從汴梁趕到薊縣。

此子，曾經與他的侄女韓晶相約白頭。

此子，曾經在大河之上，當著所有人發下重誓，今生必滅韓氏滿門。

此子……

「晶娘，我來了，我來殺你父親和叔叔來了！」遲遲得不到韓匡美的回應，趙匡胤仰頭吸了下鼻子，吸去差一點淌出眼眶的淚水。

今天的陽光很亮，風也溫柔，四下裡刀光閃爍，正如當初他和她相遇的時候。

【第二章】

新春

平原的春天，總是比山區來得早，來得及，來得絢麗繽紛。

一場細雨過後，麥苗就從地面竄起兩寸多高。紅的杏，粉的桃，白的梨，紫的海棠，爭先恐後於枝頭綻放。彷彿稍有耽擱，便會錯過這霎那春光一般。

田間地頭，河畔溝邊，衣衫破舊的農夫農婦們，扛起鋤頭，拉起犁杖，迫不及待地將粟、黍、豆、椒種了下去，然後打壟追肥，除草捉蟲，滿懷希望地等著收穫的那一天。

去冬，雪下得厚，凍死了足夠多的害蟲。今年春天雨水又來得勤，讓大地喝了個痛快。看樣子，今年應該會有個好年景。更令人欣慰的是，持續多年的戰亂，也終於有了結束的跡象。

禍害河中的幾位大帥，相繼被朝廷所擒。年初大舉南下的遼軍，也被樞密副使郭威、河東節度使劉崇、魏國公符彥卿三位大帥，聯手給打了個落花流水。經此一戰，遼國元氣大傷。至少在最近兩年內，無法再輕易南侵。平頭百姓若不抓緊時間從土裡刨幾石糧食，娶媳婦生娃，簡直就對不起老天爺這份恩典！

至於郭、劉、符三位大帥，為何大獲全勝之後，卻沒有趁機收復燕雲十六州，就不是平頭百姓能猜測的了。反正國家大事，自然有肉食者謀之。連糠菜團子都不夠吃的人，只管好自己和老婆孩子就行了，其他的心，根本不需要去操！

一片祥和的春意當中，幾匹來自南方的驛馬，顯得格外扎眼。

馬背上的信使已經累脫了力，趴在馬脖子處，隨時都可能掉下去摔得筋斷骨折。然而，他們卻根本不敢停下來休息。順著年久失修的官道，一路狂奔。從安州、申州，到蔡州，晝夜兼程。

好在為了應付戰爭，樞密副使郭威在連接南北的幾條重要官道上都修建了許多驛站。這才令信使在把坐騎累死之前，能夠及時更換到新的戰馬。並且採用這種換馬不換人的方式，及時把警訊送入了汴梁。

坐鎮汴梁的顧命大臣史弘肇接到了警訊，不敢耽擱。第一時間，就召集了其餘的三位顧命大臣，蘇逢吉、楊邠、王章，入宮面聖。而大漢國第二任皇帝劉承佑，見信之後勃然大怒，當場就拔劍砍斷了御案，發誓要披甲親征，將南唐、荊楚兩個不知順逆的小國，一鼓蕩平！

「陛下，天子乃九五至尊，不可輕出。」中書令兼吏部尚書、同平章事楊邠立刻皺起了眉頭，大聲勸諫，「南唐、南楚聯手北犯，固然罪不可恕。然征討四方，乃是樞密使之責。陛下只需下一道詔書，讓天下百姓知道戰火非我大漢國挑起便好。剩下的事情，自然可以交由史、郭兩位樞密替陛下解決。」

在入宮路上，他與其餘三位顧命大臣，已經充分瞭解清楚了警訊的內容。原來遼國君臣吃了敗仗之後不甘心，居然派人取海路去了江南，以重金和戰馬為代價，誘惑南唐、荊楚兩國，聯手北犯，從背後狠狠捅了大漢國一刀。

雖然安遠節度使王令溫和威勝節度使劉重進兩個，先後抗住北犯的唐軍和楚軍。可大漢國與南唐、南楚的交界處，卻不止是襄州和安州。特別是南唐，只要派遣兵馬渡過淮河，就可以威脅蔡、潁、宿、徐四州，萬一被其偷襲得手，大漢國就失去了產鹽之地，稅收至少要丟失一小半兒。

但形勢無論再怎麼危急，楊邠都不認為御駕親征是個好主意。首先，君臣之間職責分明，皇帝只需要坐鎮朝堂，督促任免文武百官就好。征伐之事，自然由武將們來解決。而以他為首的文官們，則負責輸送糧草，提供充足的器械和軍餉，替武將們解決後顧之憂。若是皇帝把武將和文官的事情都幹了，那朝廷還有什麼存在的必要？大夥趁早回家含飴弄孫好了，還能替國家節省掉許多開支。

其次，楊邠不想說出口，卻心裡十分清楚的是，小皇帝劉承佑不是領兵打仗那塊料兒。雖然隨著年齡增長，這孩子長得越來越像先皇劉知遠，舉手投足間，霸氣四溢。然而，此人卻是個寺廟裡的蠟槍頭——樣子貨。真要去帶兵打仗，一百個兵卒勉強還能帶得動，一個營兵卒雖然吃點力，湊合著好歹也能對付。人數只要超過五百，肯定會手忙腳亂，焦頭爛額。能全身而退就燒高香了，根本不可能打得贏任何對手。

只是，這話不能直說。畢竟小皇帝已經不是孩子了，得給他留些顏面。然而，令楊邠萬萬沒想到，他的一番好心，卻沒換回來好報。聽完了他的話，大漢國第二任天子劉承佑，臉色頓時陰沉得能滲出水來，將天子劍朝地上一丟，冷笑數聲，搖著頭道：「呵呵，朕倒是忘記了，凡事都有諸位愛卿在呢！既然如此，諸位又何必入宮來見朕？直接調兵遣將，禦敵於國門之外便好。反正，這種事爾等也不是第一回幹了！」

話音落下，史、楊、蘇、王四位顧命老臣齊齊大驚失色。快速躬身下去，先後大聲說道：

「陛下何出此言？」

「陛下慎言！」

「陛下如此一說，臣等只有以死明志了！」

「陛下，微臣老邁，願乞骸骨！」

劉承佑聞聽，臉上的笑容愈發寒冷，繼續撇著嘴，大聲補充：「何出此言？朕才把話說得稍重一些，爾等就受不了了？那爾等調皇叔的兵馬前往河北之事，可曾請示於朕？還有那魏國公符彥卿，是誰准許他擅自離開駐地，領兵北上的？除了郭樞密路過汴梁之時，順口告訴了朕一聲之外。其餘兩路大軍的調遣，朕事先連半點信兒都沒聽到。這回南唐、南楚來犯，有爾等在，朕當然照舊裝聾作啞多好！」

「原來陛下是為了一個多月前的事情發怒！」楊邠、史弘肇、蘇逢吉三人聞聽，齊齊鬆了口氣。趕緊強裝出笑臉，大聲解釋道：「陛下息怒，河東兵馬的調動，並非臣等指使。而是河東節度使不忍見河北生靈塗炭，派了帳下大將呼延琮前往救援。事後河東節度使還曾經專門修書給陛下，解釋過此事。至於魏國公符彥卿發兵，乃是遼軍的先鋒已經打到了他的家門口兒，他不得不奮起反擊。難得他肯主動為國出力，臣等。

臣等覺得不便冷了他的心，就默許了其所為。」

河東節度使劉崇是劉承佑的親叔叔，他雖然未曾向朝廷請示，就擅自出兵河北，但畢竟打的是保家衛國旗號。因此，幾個顧命大臣即便再對劉崇不滿，也只能暫且捏著鼻子認下此人的舉動，無法給與任何懲處。而魏國公符彥卿，在劉知遠活著的時候，就沒給過朝廷多少面子。今年遼國大舉南侵，此人不去給契丹人帶路，已經是國之大幸了。舉國上下，有誰敢冒著將此人逼到契丹人那一邊的風險，指責他擅自發兵？

對於這些事實，小皇帝劉承佑肚子裡當然清清楚楚。但是，今天他突然暴跳如雷，卻不是為了聽幾個顧命大臣來給自己解釋兩路大軍擅自行動的理由。於是乎，又冷冷一笑，大聲問道：「諸位先前不是跟朕說，咱們君臣各司其職嗎？朕把天下權柄都交予了諸位之手，怎麼不見諸位給那些擁兵自重者一些顏色看看？莫非還是要等著他們公開扯旗造反，爾等才有所動作嗎？這，這，也太懶惰了一些吧！」

話音落下，楊邠和蘇逢吉二人立刻羞得無地自容，紅著臉，躬身謝罪。

「陛下，老臣慚愧！」

「臣等有負先皇重托，請陛下責罰！」

樞密使史弘肇，則氣得兩眼冒火，手掌握成拳頭，在衣袖裡忍了又忍，最終，卻也躬下了身軀，悶聲說道：「陛下，我大漢立國以來，征戰不斷，府庫空虛，將士疲敝。如非，如非萬不得已，實在不該擅動刀兵！」

「好一個府庫空虛！」劉承佑立刻抓到了史弘肇話語裡的漏洞，緊咬不放，「那朕來問你，這兩年的鹽鐵稅和春秋兩稅都哪裡去了？朕自從登基以來，雖然沒有力行節儉，但也未曾有過大興土木，或者出獵巡遊之舉，怎麼府庫裡依舊拿不出討伐逆臣的錢來？」

「這個……」史弘肇回答不上來，連連用眼睛示意三司使王章，要求他出面替大夥解圍。誰料三司使王章卻好像睡著了一般，對他的暗示毫無反應。直到被楊邠偷偷掐了大腿，才悶哼了一聲，緩緩說道：「啟奏陛下，臣年老昏聵，最近一段時間，都是在尸位素餐。若是陛下問財稅之事，不妨將三司副使郭大人也請進宮裡來！」

「不必了，朕過後會單獨召見他！你知道自己該做什麼就好！」劉承佑才不會將火燒到「自己人」頭上，擺了擺手，斷然否決。「反正按諸位的說法，眼下國庫沒錢打仗，將士們也沒力氣打仗！朕總結的對還是不對？」

「臣等慚愧！」四個顧命大臣再度紅著臉謝罪，誰都沒力氣再繼續解釋。

大漢國的第一任皇帝劉知遠，在起兵驅逐契丹人之初，為了減少麾下將士的犧牲，曾經傳檄天下，重金求購契丹人首級。而在攻占汴梁之後，為了儘快穩定局勢，避免其他諸侯渾水摸魚，又採用高官厚祿收買的方式，招安了大量的草莽英雄，抗遼義軍。結果契丹人的確被趕走了，局勢也以最快速度恢復了表面上的穩定，但河東多年以來的積蓄，也被他花了個乾乾淨淨。

若是劉知遠不死，憑著赫赫威名彈壓各路諸侯，給大漢國創造五年休生養息的時間，也許國庫就會再度充盈起來。然而，天陰又逢屋漏雨。劉知遠沒等把皇位坐熱乎，就撒手西去，緊跟著就反了李守貞、趙思綰、王景崇。戰事一起，開銷又彷彿流水。楊邠、王章等人即便再有本事，也只能在支應前線將士之餘，保證朝廷能按時發出百官的俸祿。想要多存些錢糧以備將來之需，簡直難比登天！

「朕不想怪罪爾等，朕今天不想怪罪任何人！唉——」見四位顧命大臣終於被自己逼得主動退讓，劉承佑心中好生得意。表面上，卻做出了一副大度模樣，長嘆一聲，搖著頭補充道：「爾等都是先皇留給朕的顧命大臣，個個都是國之柱石。朕不想苛責你們。朕，朕只是難過，難過我大漢國，居然羸弱到了如此地步。被契丹人肆意欺凌也就罷了，居然，居然還被南唐、南楚給打上門來！而朕，朕想雪恥，卻既要擔心國庫入不敷出，又要擔心諸侯趁機作亂。朕，朕這個皇帝，還有什麼做頭？還有什麼臉面去見父皇？」

「臣，臣等有負先皇所托，死罪，死罪！」聽劉承佑提到了開國皇帝劉知遠，四名顧命大臣，更是沒臉自辯。再度躬身下去，面紅如棗。

「罷了，朕說過，不想追究任何人！」劉承佑笑了笑，大氣地擺手。「爾等說不要朕親征，朕就聽爾等的。但如何拒敵，如何調兵遣將，如何讓南唐和南楚血債血償，爾等必須儘快拿出個方略來，給朕過目後，再儘快付諸實施。幾位愛卿，朕這個要求，爾等可能答應？」

「這……」史弘肇、楊邠、蘇逢吉、王章四人被問得相顧失色，半晌，才艱難地回應，「既然陛下有意小試牛刀，臣等，臣等遵旨！」

「那好，咱們就說定了。今後君臣齊心協力，打個太平盛世出來！」劉承佑終於心滿意足，大笑著敲磚釘腳。

登基這麼長時間以來，直到今天，他才終於品嘗到了一絲聖明天子的滋味。怎麼可能不喜出望外？至於即將打過河來的南唐與南楚，不過疥癬之癢爾！劉承佑相信自己伸伸手指頭就能解決，根本不用太耗費心思。

有了高興事兒，當然要與親近的人一起分享。因此，接下來的時間裡，劉承佑表現得非常痛快。將四個顧命大臣的所有本章，都原封不動照准。隨即，把袖子一擺，宣布今天的議事結束，請貼身太監替自己送四位顧命大臣出宮。

「陛下早點安歇，微臣告退！」蘇逢吉第一個躬身施禮，然後快步走向了御書房的屋門。抬腿之際，卻被門檻絆了個趔趄，差點一跤摔倒。

「老臣告退！」「臣告退！」「微臣告退！」史弘肇、楊邠、王章三人，也相繼施禮，然後懷著重重心事地跟在了蘇逢吉身後。

四個人原本是一同入的宮，離開時，卻分成了前後兩夥。蘇逢吉連招呼都沒打，自己跳上馬先走了。剩下的史弘肇、楊邠和王章三人，則拉了坐騎的韁繩，沿著皇宮前的天街徐徐而行。

還遠不到日落的時候，街道上行人很多，見到了樞密使和中書令的儀仗，都小心翼翼地躲在了路邊，然後翹頭踮腳，滿臉崇敬。

這年頭，整個汴梁有幾個人不知道，被侍衛們前呼後擁保護在馬背上的那三個人，是整個大漢國的擎天之柱。有史樞密在，汴梁城就無兵火之憂。有楊中書和王計相在，官府就輕易不會做出橫徵暴斂之舉。而亂世當中，老百姓最迫切所求的又是什麼，不正是能有一夕之安枕，能少交點稅賦嗎？至於皇上能不能在朝堂上一言九鼎，跟老百姓有什麼關係？

史弘肇、楊邠、王章三個，卻沒心思享受百姓們崇拜的目光。他們都是成了精的老江湖，豈能到現在還發現不了小皇帝劉承佑的真正打算？然而，他們反覆思量之後，卻不得不痛苦的承認，自己拿不出任何辦法來應付。頂多，頂多是消極地做一些拖延而已！

小皇帝長大了，開始對權力表現出了極其濃烈的欲望。而他們幾個顧命大臣，必須在最短的時間內，在「還政於君」和「繼續顧命」之間，做一個抉擇。

若是小皇帝有他父親一半兒的本事也好，即便貪權，即便喜歡獨斷專行，至少，他能保證大傢伙豁出性命來奪取的江山，不至於落入別人之手。可事實偏偏又殘酷得令人渾身發冷，隨著年齡的增長，小皇帝劉承佑身上露出了越來越明顯的昏君跡象。如果大權獨攬，恐怕非但江山會易主，幾個曾經的顧命大臣，估計也是誰都無法得到善終。

「不行，這樣下去絕對不行！」想到恐懼之處，史弘肇忽然大叫出聲。根本不在乎周圍有多少雙耳朵，多少雙眼睛。「必須把郭樞密召回來，大夥一起商量個辦法。只有他鬼主意多，也只有他，最能摸住陛下的脾氣！」

「召回他，河北怎麼辦，盡數送給契丹人，如同燕雲十六州那樣？還是放任符彥卿去割地稱王？」楊邠回過頭，狠狠瞪了他一眼，低聲反駁。「如今之際，不是要急著召回郭樞密，更不能自亂陣腳。而是咱們剩下的四個顧命大臣，必須齊心協力，別給人各個擊破的機會！」

「怎麼可能！」史弘肇搖頭，苦笑，滿臉不屑，「你沒見蘇老兒跑得那個快，都恨不得跟咱們割席斷交了。還有王計相，王章，王南樂，老子說你呢。你今天怎麼變成了啞巴，從頭到尾一言不發？」

後半句話，他是朝著三司使王章問的，話裡話外，都帶著深深地不滿。王章聽了，先是微微冷笑。隨即，又嘆了口氣，幽然回應：「我能說什麼？咱們都是臣，陛下是君。陛下已經長大了，咱們沒理由再抓住權柄不放。內人已經亡故，小女身體也不好。老夫琢磨著，這把老骨頭，也該到採菊東籬的時候了。今晚回家之後，老夫便會上書乞骸骨。兩位，咱們今後山高水長，各自保重！」

「姓王的，你這麼做可對得起先皇？」史弘肇勃然大怒，當著一眾侍衛的面，厲聲喝問。

王章在未曾與劉知遠相遇之時，僅僅是一個縣的戶曹小吏。非但仕途坎坷，文章、人脈和士林中的名聲，也都毫無閃耀之處。是劉知遠，不拘一格提拔了他，並且委其以主管錢糧供應的重任，一步步將其提拔到三司使，檢校太傅，同平章事這等人人仰望的顯職！

可以說，若沒有劉知遠慧眼識珠，王章這輩子能做到縣令，已經頂了天。再想往更高處走，則無異於痴人說夢。

因此，在史弘肇看來，劉知遠的知遇之恩，王章絕對應該粉身碎骨以報。哪怕劉知遠已經死了，王章也該為其子孫鞠躬盡瘁。而不是像現在這樣，稍微遇到一點兒挫折便想退養泉林。

然而，王章自己，對史弘肇的觀點卻不敢苟同。只見他咧了下嘴，淡然回應：「先皇臨終之時，命令我等輔佐少主。如今少主已經長大，我等當然就該自行離開。何必非要戀棧不去，徒惹人嫌。史兄，楊兄，咱們老了，能少操心，就少操點兒心吧。誰都不是諸葛亮，何必非要把自己累死才肯罷休？」

「你，你放屁！」史弘肇被惹得勃然大怒，舉起鞭子就想將王章抽醒。

對方托言不想戀棧，要主動還政於少主。事實上，卻是對大漢國徹底絕望，打算抽身事外，任由小皇帝去糟蹋如畫江山。這，已經不僅僅是辜負了劉知遠的臨終托孤，甚至連當年一道同生共死的老兄弟，也都棄之不顧了。若不揍得他哭爹喊娘，史某人怎能消解心頭之恨？

然而，鞭子沒等落下，中書令同平章政事楊邠卻搶先一步，擋在了二人之間。「史兄，不要莽撞。王賢弟，你也別盡說些喪氣話。如今大漢國外有強敵環伺，內有諸侯橫行，著實不是我等退養泉林的時候。即便想走，至少也得等南唐和南楚都鎩羽而歸之後，才好俯仰無愧。」

「哼！」史弘肇對剛正不阿的楊邠素來敬重，冷笑一聲，緩緩收起了馬鞭。

王章即便不贊同楊邠的觀點，卻也不願意在大街上跟史弘肇起了衝突，被某些居心叵測的傢伙看了笑話去。所以也冷笑了幾聲，懶得再多說半個字。

三位顧命大臣心事重重，沿著長街繼續前行。彌望之處，俱是雕梁畫棟。前日曾經姓過石，昨日曾經姓過李，過了明天，誰又知道其主人換成了誰？

晚春的斜陽從西城敵樓角上，灑下溫暖的柔光。將人和馬的影子，拉得老長，老長。幾隻獵食的燕子，叼著蟲兒掠過天空，來去匆匆。牠們是最幸福的，不必管屋檐下到底發生了什麼。牠們終日忙忙碌碌，不光是為了自己，也為了巢中那剛剛孵出來的生命。

「捅，捅，換個長點兒的竹竿，用力！」皇宮內院，劉承佑興高采烈地指揮著一群太監，將屋檐高處的燕子巢，挨個捅落。

尚未睜開眼睛的乳燕，被摔得頭破血流。掙扎著，從碎裂的泥巢中往外爬。劉承佑抬起官靴迅速踏上去，將乳燕踩成一團團肉醬。「唧——」「唧——」有對為兒覓食歸來的燕子夫妻盤旋下撲，試圖啄瞎凶手的眼睛為兒女復仇。旁邊一名武將迅速拔刀，凌空劈斬，將兩隻燕子一刀劈成了血淋淋的四半。

「好刀法！」「聶將軍好刀法！」「聶將軍真令人眼界大開！」四下裡，喝彩聲響成了一片。後贊、李業、郭允明、劉承佑，帶著一群太監撫掌讚嘆，紛紛為武將的高超身手而感到欽佩。

武將聶文進卻立刻將刀送回了鞘中，屈膝跪倒：「死罪，死罪。末將在君前拔刀，罪該萬死！」

「哎，愛卿這是什麼話？」劉承佑迅速彎下腰，雙手拉住聶文進的胳膊，「若不是你反應快，朕今天差一點就被兩個帶毛的畜生給欺負了。況且你是朕的御前侍衛都指揮使，帶刀入宮，理所當然。都走到朕三尺之內了，刀拔出來和不拔出來，還有什麼區別？」

「這，末將，末將謝陛下！」右衛大將軍、禁軍都指揮使聶文進聽了，感動得兩眼發紅。又堅持著給劉承佑磕了頭，才緩緩順著對方的拉扯起身。

「不用謝朕，朕今後仰仗愛卿的機會有很多。那時，才是你真正一展身手的時候！」劉承佑微微笑了笑，話頭若有所指。

「刀山火海，莫不敢辭！如口不對心，天打雷劈！」聶文進立刻又跪了下去，大聲發誓。

「平身，平身，朕都說過，愛卿不用多禮了！」劉承佑心裡歡喜，趕緊又伸手將此人扯了起來。

「謝陛下！」聶文進這回沒有耽擱，迅速站直了身體，持刀而立。「末將願為陛下手中之刃，斬盡天下奸佞！」

「好！好！」劉承佑欣慰的點頭，隨即，又將目光轉向了郭允明，「郭卿，禁軍的甲冑、器械和軍餉，最近可曾有短缺？」

「啟稟陛下，微臣一直暗中加了三成調撥。」郭允明想都不想，大聲回應。

「好，好！」劉承佑繼續點頭，然後接茬詢問，「神武軍和護聖軍呢，他們的輜重可有短缺？」

「神武軍輜重糧草一直按時調撥。護聖軍人員不足，所以按照六成調撥。」郭允明笑了笑，快速給出了一個令所有人都心領神會的答案。

護聖軍在上次平叛之戰中，功勞顯赫。但護聖軍都指揮使趙弘殷，卻養了個不知道深淺的兒子。平素仗著其父親的官威，橫行霸道不說。去年居然還跟郭威的養子郭榮、前朝餘孽石延寶兩個義結金蘭。這，就不能怪郭允明剋扣護聖軍的錢糧了。畢竟養條狗，還指望其看家護院。養一支誰也掌控不了的軍隊在汴梁城內，又怎麼來保證皇宮的安全？

「陛下，末將聽聞，最近有南唐和南楚的兵馬犯境？此事是否為真？」不甘心讓郭允明一個人獨占小皇帝的恩寵，飛龍使後贊向前湊了兩步，笑嘻嘻地問道。

「當然是真的了，朕正為此事煩心呢！幾個顧命大臣自己拿不出好辦法來，卻又不想讓朕插手。好在朕今天堅持住了，才沒讓他們得了逞。」劉承佑聞聽，臉上立刻露出了幾分驕傲。點點頭，大聲說道。能逼得幾位顧命大臣答應，今後做決策之前先向自己彙報，是他即位以來最得意之筆。因此不待眾人追問，就迫不及待地開始炫耀，「朕讓他們儘快拿出方案來給朕過目，他們幾個雖然氣得要死，卻不得不答應了朕。呵呵，老是把朕當個小孩子糊弄，朕今天就讓他們知道知道，小孩子早就長成了大人！」

「陛下跟幾位顧命起了爭執？」郭允明被嚇了一大跳，趕緊把後贊推開，盯著劉承佑的眼睛追問。

「也不算爭執，朕給他們設了個套，他們自己鑽進去了而已！」劉承佑正在興頭上，根本沒感覺出郭允明語氣的不對。笑了笑，大聲回應。

「陛下，陛下何必如此著急！」郭允明咬牙，頓腳，柳眉輕蹙。

劉承佑登時心中就是一痛，連忙收起笑容，柔聲詢問：「怎地？愛卿覺得朕做得不妥當嗎？如果是，你就直說。朕，朕盡力想辦法去補救！」

「已經做了，又如何補救得來？」郭允明輕輕白了他一眼，嘆息著搖頭。「陛下，臣曾經多次跟你說過，要戒急用忍，戒急用忍，你為何偏偏不聽？」

他原本就生得陰柔，最近一年多來又養尊處優，故而看上去愈發如嬌花弱柳。特別是在薄怒之時，那副欲語還休模樣，非但令劉承佑一個人心顫，即便是後贊、聶文進這種家中妻妾成群的武夫，也同樣心裡湧出一抹我見猶憐的感覺。巴不得立刻就將其擁抱在懷裡，全心全意地去安慰愛撫。

唯獨小皇帝劉承佑的舅舅李業，多少還記得一些皇家顏面。見到自家侄兒對著男人一副神不守舍模樣，氣得接連咳嗽了數聲，啞著嗓子道：「郭司使，陛下能從四個顧命大臣手裡收回一部分權柄，此乃難得的幸事。怎麼到了你嘴裡，反倒說出毛病來了？莫非這裡只有你一個明白人，我等全是傻瓜蠢貨不成？」

「是啊，郭愛卿，你不妨說清楚些。朕真的覺得，朕已經快忍耐到極限了！」劉承佑臉色一紅，也趕緊側過頭，口不對心地詢問。

如果換了別人敢反駁自己，郭允明肯定不會給對方好臉色。然而李業是劉承佑的親舅舅，所以他即便心裡頭非常不滿，也只能收起怒容，耐著性子解釋道：「陛下可曾記得，去年我等設計鏟除石延寶之事？」

「怎麼不記得。奶奶的，也不知道是誰走漏的消息。結果偷雞不成反蝕一把米。非但未能將姓石的幹掉，反而成就了其威名！」劉承佑聞聽，臉上立刻露出了幾分沮喪。咬了咬牙，沉聲罵道。

「不是別人洩密，而是這汴梁城內，到處都是他們的耳目爪牙。陛下和臣的人還沒出城，消息就已經送到了河北。那石延寶即便再笨，提前做足了準備，也是穩操勝券！」郭允明輕輕嘆了口氣，低聲補充。

這是劉承佑這輩子所遭受到的最大挫折，只要想起來，就怒從心頭起。「對，就是這麼回事兒，郭愛卿說得對！他們把朕當成囚犯了，關在皇宮裡不准出門。外邊全都是他們的人，朕，朕做任何事情，都得通過他們，否則就根本不可能成功。他們，他們口口聲聲都說不敢辜負父皇的知遇之恩，呸，他們哪是不敢辜負父皇，分明是放不下手中的權力而已！」

「的確，他們都是竊國奸賊！」郭允明迅速接過劉承佑的話頭，將其強拉回自己先前的方向，「但眼下敵我雙方實力依舊懸殊，陛下必須繼續與其虛與委蛇。」

「朕，朕忍，可，朕究竟要忍到什麼時候？」

「快了，用不了多久了。」郭允明笑了笑，繼續溫言軟語，「微臣正是因為吃了那次的虧，才發現幾位顧命老臣樹大根深，我等輕易難以撼動！所以微臣就建議陛下換了另外一種策略，表面上不再讓陛下跟四位顧命起爭執，暗地裡，整訓新軍，提拔良將。此舉並非一朝一夕之功，在雙方力量對比沒發生逆轉之前，臣請陛下，切勿再輕易顯示自己已經對幾位顧命的敵意。反正他們都已經時日無多。」

幾句話，就將小皇帝的怒火，化作了滿腹的歉疚。紅著臉，劉承佑低聲說道：「這，這，唉！朕，朕真是個……朕真是個急性子，辜負了愛卿的一番安排。朕，朕明天就想辦法，跟幾位顧命大臣緩和關係。保證，保證讓他們覺得，朕依舊是那個什麼都不懂的小孩子，依舊能被他們玩弄於股掌之間。」

「那倒不必了。陛下做得過於刻意，反而會令他們更加的警覺。」見劉承佑從諫如流，郭允明也不敢對其過分苛責。搖搖頭，柔聲補充，「陛下就像剛才一樣，裝作小小勝了一局，便得意忘形就好。幾位顧命大臣見了，定然認為陛下心裡藏不住事情。雖然對失去一部分權力不滿，卻不至於鋌而走險。」

「剛才，剛才朕，朕不是裝的！」劉承佑聞聽，臉色愈發尷尬。壓低聲音，向郭允明解釋。

「陛下未失赤子之心，乃天下臣民之大幸！」郭允明當然知道劉承佑剛才的志得意滿不是裝出來的，但是，他卻有足夠的本事，將愚蠢說成聰明，「陛下就拿這種赤子之心示於幾個顧命大臣就好，其他事情，由臣等悄悄地做！」

不用做任何掩飾，只需要表露本性，這提議跟劉承佑絕對合脾氣。當即，他就又開心了起來，眼巴巴地看著郭允明，用力點頭。「朕，朕聽你的，朕全聽你的。郭卿，幸虧有你，否則朕真的就大意了。當然，還有你們，你們都是朕的肱骨之臣，朕將來必不敢負！」

「臣等，願意為陛下赴湯蹈火！」李業、後贊、聶文進等人齊齊躬身下去，大聲表達自己的忠誠。

作為小皇帝劉承佑的親戚和一手提拔起來的心腹，他們這些人，無論彼此之間合得來合不來，都必須共同進退。對面那五位顧命大臣，就沒一個在殺人時眨過眼睛。萬一劉承佑奪權失敗，等待著他們的，可不只是丟官罷職這麼簡單的下場。

「比起赴湯蹈火，朕更願意跟你們富貴共享！」劉承佑哈哈大笑，伸出手，將眾人挨個拉直。「咱們君臣就不用這些虛禮了，這江山是朕的，其實也是你們的。咱們君臣一道，打翻那些攔路的垂垂老朽，一展心中抱負！」

「臣等，遵命！」李業、後贊、聶文進等人被說得心頭一片火熱，再度肅立拱手。

大漢國是劉知遠打下來的，江山理所當然屬於劉知遠和他的後人。幾個顧命大臣，打著替皇帝分憂的幌子把持朝政，原本就是欺君罔上。只有在場的這幾個，才是真正的忠臣良將，才是大漢國未來的棟梁柱石。才能替皇帝鏟除奸佞，還朝堂，還大漢國一片朗朗晴天！

「喀嚓——」一道閃電，忽然在東側的天空滾過，將雕梁畫棟震得簌簌土落。

正在激動中的君臣紛紛愕然轉頭，只見有一柱烏黑的雲氣扶搖而上。很快，就遮住了東側的半邊天空。緊跟著，空氣裡就透出了清新的草木味道。

「陛下小心，這是黑龍吸水！」眾太監啞著嗓子高喊了一聲，丟下竹竿，抱住劉承佑就往最近一間屋子裡拉扯。

龍吸水，是中原極不常見的一種景象。每次出現，往往都預示著一場稀奇古怪的天災。要麼是狂風將方圓數里的莊稼席捲而去，要麼是閃電將某個村落的民宅盡數劈成火球。更有甚者，天空中還會落下大量的魚蝦，將躲閃不及的路人，砸得頭破血流。

「扯什麼扯，朕是真龍天子，怕什麼過路的妖龍！」劉承佑絲毫不覺得害怕，掰開太監們的手，跳著腳趾天罵地。「來啊，來跟朕較量一番。看朕這真龍厲害，還是你這妖龍厲害！來，朕在這裡等著，朕遲早有一天，將你們全都碎屍萬段！」

「喀嚓——」「喀嚓——」「喀嚓——」又是數道閃電劈落，照得周圍人影晃動，宛若一群白晝出行的鬼魅魍魎。

暴雨滂沱，將地面上的血跡和汙濁沖洗得乾乾淨淨。

幾株嫩草芽兒，從曾經被血漿板結的泥土上倔強地探出頭來，給茫茫雨幕，平添幾分顏色。數隻雲雀，頂著雨，在青灰色的樓臺間追逐吟唱。比起人類，牠們似乎更懂得珍惜這短暫的春光。

遼國南京幽都府，幾棟青灰色的房子內，燭影搖搖晃晃。

一隊身披蓑衣的將士，迅速從窗子前跑過，沉重的腳步聲，打碎了雨幕中的靜謐。

「誰？」屋子中有人發出一聲驚惶的質問。

屋子外，沒有人開口。回答他的，只是十幾杆投矛。糊在窗欞上的湖紗，轉眼支離破碎。緊跟著，將士們踢開屋門，蜂擁而入。屋子中的人怒罵，尖叫，求饒，呻吟。最後，隨著一陣悶雷滾過，所有聲音都消失不見。身披蓑衣的將士再度出現於門外，腳步所過之處，雨水泛起一圈圈紅暈。

紅暈接連成串，從一處宅院通向另外一處宅院。

耶律赤犬、韓德馨、韓德臨、韓德封，以及其他一干德字輩的韓氏子侄，各地帶領著大隊的蓑衣將士，在雨幕中奔走穿梭。很快，每隊人馬所經過之處，都出現了一串串紅色。就像水面上燃燒著一團團野火。

「哢嚓——！」

「哢嚓——！」

「哢嚓——！」

閃電伴著驚雷，一記又是一記。彷彿要把這醜陋的世界徹底劈碎、重塑。

雨也越來越大，隔著三步遠就再也看不見對面的人。雲雀們不再吟唱，躲進樹葉茂密處瑟瑟發抖。剛剛舒展開葉子的小草，也被染滿了鮮血的靴子踩倒，再度被蹂躪成泥。

當暴風雨終於停下來之時，已經是第二天清晨。

地面上的紅色被雨水稀釋得無法分辨，空氣中的血腥也被風吹得乾乾淨淨。住在城內的大多數人，都沒察覺到昨天傍晚和前半夜所發生的屠殺，該做買賣的繼續做買賣，該做力棒的繼續做力棒，為了全家老少每日的兩餐而忙忙碌碌。只有極少數目光敏銳者，才會發現城中心靠近樞密使衙門的數處院落，並沒有像以往那樣升起炊煙。

然而，目光敏銳的人，通常頭腦也不會太差。他們知道，要想讓自己的家不遭受池魚之殃，有些話，心裡明白就行了，無論如何都不能宣之於口。

他們知道，幾處院子的主人都姓盧。

他們也知道，盧家在幽州的影響力有多大。

然而，南京盧家，這個曾經在幽州顯赫了數百年的大家族，一夜之間，居然被徹底連根拔起。家族中所有成年男子，或者被誅殺於任上，或者被誅殺於自家宅院，無一漏網。其中甚至還包括一名回家探親的翰林學士、一名南樞密院副使、一名知樞密院事。

同一天晚上被殺的，還有盧家的主支所有男女老少，旁支的所有青年才俊，以及十幾個為官者麾下的所有心腹爪牙。總人數，具有心人粗略估算，竟高達七百到八百人。而如此大規模的一場屠殺，起因居然只是城中最近幾天才悄然興起的流言，「幽州有一大族心向劉漢，試圖勾結郭威，重奪燕雲！」

至於盧氏家族是真的勾結了劉漢國大將郭威，還是被栽贓陷害，恐怕就只有極少數被殺者和下令殺人者心裡清楚了。畢竟這裡是幽州，山高皇帝遠。外邊的人想查清楚真相，比登天都難。

「連，連盧學士都給一道殺了！大哥，萬一皇上問咱們要證據，恐怕不太好交代！」也不是所有殺人者都肆無忌憚，至少都指揮使韓匡獻，在殺完人之後，就有些心神不寧。趁著早餐後自家兄弟小聚的機會，低聲向主持整個幽州所有事務的兄長韓匡嗣抱怨。

「若不是你輕敵大意，陷身於賊。我當然會等盧學士返回上京途中，再讓他死於盜賊手中！」大遼國南院樞密使，幽州節度使韓匡嗣狠狠橫了他一眼，沒好氣地回應，「問題是，你倒是給我爭點兒氣啊，被人生擒活捉了不算，居然還腆著臉寫信要我贖你回來。那封信若是被盧家抄了偷偷送到上京，咱們韓家上百口男女老幼，下場又能比盧家好多少？」

「呃——，這……」韓匡獻的臉孔頓時漲成了紫茄子，低頭看著腳下，恨不得找個地洞往裡頭鑽。

一個半月前，寫給韓匡嗣那封求救信，並非出自他的本意。在被俘當初，他也的確下定了決心，要寧死不屈。怎奈那鄭子明實在卑鄙，居然在他的飯菜裡下了一種非常奇怪的毒。無色無味，無形無跡，最初幾天只是令他胃口大開。可隨後的日子裡，一旦到了吃飯的時間，卻沒品嘗到那種加了特別「佐料」飯菜，他心裡就好像有一百隻貓揮著爪子在撓。無奈之下，只能主動向姓鄭的屈服，答應了此人的所有要求。

定州、祁州兩座城池，六萬餘原本要被押往幽州的百姓，還有四萬石軍糧。這，便是鄭子明為韓匡獻和其他被俘的幽州將領，所開出的「身價」。雖然雙方的交易是在絕對保密的狀態下進行，在符老狼和郭威兩人也帶領麾下兵馬抵達戰場之後，幽州軍根本不可能守得住那兩座城池。可血戰之後毀掉城池撤退，和將城池原封不動地拱手相讓，畢竟存在著極大的差別。真正知兵者，一眼就能看出其中貓膩。

「大哥，匡獻他也是沒辦法。姓鄭的小子，也不知道從哪裡學了一身歪門邪道。我加了十二分小心，尚且被他給算計得差點丟掉性命。匡獻他落到此人手裡，恐怕什麼事情都身不由己！」南樞密院副使韓匡美跟韓匡獻同病相憐，忍不住走上前，替他開脫。

「你還好意思說！」韓匡嗣的怒火，立刻改變了宣泄方向。狠狠瞪了他一眼，大聲數落，「打了一輩子仗，最後卻被幾個寒毛都沒長齊的後生殺得落荒而逃。要不是我怕你出事，又專門安排了人去接應，說不定就得拿涿州城去換你！」

「呃——，這……」韓匡美也被羞得面紅耳赤，半晌，都說不出任何話來。

李家寨一戰，是他這輩子最大的恥辱。帶著數倍與敵的大軍洶洶而去，最後卻差一點兒老命都搭在那裡。而此戰之後，鄭子明、韓重贇、趙匡胤三個小賊，則踩著他韓匡美的腦袋，一戰成名。個個都成了頂天立地的少年英雄，個個都被定、易、祁、鎮四地的優伶編成歌來傳唱。

「四少爺，四少爺留步！」正尷尬間，門外忽然傳來一聲驚叫。緊跟著，有一個虎頭虎腦的小男孩闖了進來。

「誰讓你……」韓匡嗣正在氣頭上，本能地就豎起眼睛來喝斥。然而待看清了來人的模樣，心中的無名業火頓時就消失了一大半兒，「姚哥兒，你怎麼跑來了。今天的功課做完了嗎？」

「是啊，姚哥兒，你怎麼來了？」韓匡獻和韓匡美二人也趕緊搓了一把臉，柔聲詢問。

被喚作「姚哥兒」的小男孩兒，是韓匡嗣的四子，大名韓德讓。自幼聰明伶俐，活潑可愛。非但被韓匡嗣自己視作心頭肉，其舅舅蕭思古，舅母燕國公主耶律榮，也對其青眼有加。若不是幾個皇子尚未定親，耶律榮甚至希望將自己的大女兒蕭胡輦嫁給「姚哥」，兩家親上加親。

因此在幽都韓府，「姚哥兒」基本能橫著走，即便是誤闖了白虎節堂，韓匡嗣也會一笑了之，絕對不忍心對其苛責。這回，顯然也是一樣。

只是，「姚哥兒」自己，卻不想繼續被當成小孩子。抬起水汪汪的大眼睛看了看父親和兩位叔叔，拱手施禮：「見過阿爺，見過四叔和六叔。孩兒有一件事不明白，想當面向阿爺請教。」

「嗯？」韓匡嗣先是微微皺了下眉頭，隨即笑著反問，「什麼事情？是有人托你問的嗎？」

時令已經接近初夏，屋子裡，卻無端就湧起了幾分寒意。彷彿有股子陰風，忽然從地獄裡吹了出來，令追進來的侍衛們，頓時齊齊縮了一下脖子。

「姚哥兒」本人，卻好像根本感覺不出自家父親話語裡所包含的滔天殺氣。搖搖頭，繼續大聲說道：

「沒有，沒有！我只是想出去找靈哥兒他們玩兒。但是，阿娘卻不准我去。我問阿娘什麼原因，她，她卻始終，始終顧左右而言他。」

「噢——，原來是這樣。」韓匡嗣又笑，躬下身體，輕輕揉弄兒子的頭髮。屋子裡的寒意瞬間遁去，代之的是明媚的陽光。「靈哥他們家搬走了，搬去了很遠的地方。你即便去了，也找不到他。」

「是啊，你要是找人玩，就去我家找安哥兒和鎮哥兒，他們兩個肯定願意陪著你一起玩兒。」韓德美也躬下身體，笑著替自家兄長圓謊。

被喚作靈哥兒的孩子，是南院樞密副使盧延年的長孫。昨天已經與他的祖父及其他家人一道，被韓府的親衛斬草除根。這種完全屬於成年人世界的殘酷與血腥，韓氏兄弟當然不希望太早地被孩子們知曉。所以，不約而同地選擇了欺騙。

然而，他們卻低估了「姚哥兒」的聰明。只見烏溜溜的大眼睛快速轉了幾轉，眼眶裡迅速湧滿了淚水，「父親，你殺了靈哥兒是嗎？你把靈哥兒和他的家人一起殺死了是嗎？他昨天上午到咱們家來玩兒，你怎麼捨得把他也給殺了？」

「放肆！」韓匡美和韓匡獻兩個，齊聲呵斥。隨即各自扳住「姚哥兒」的一個肩膀，輕輕推向門外，「怎麼能這麼跟你阿爺說話？趕緊去書房，抄寫《孝經》十頁，以為懲戒。快去，快去！」

他們是怕孩子挨打，所以才越俎代庖。怎奈「姚哥兒」根本不肯領情，先向前跑了幾步，擺脫了兩位叔叔的控制，隨即，又轉過身，站定，仰著頭，朝著自家父親韓匡嗣繼續大聲追問：「孟子曾經說過：天子不仁，不保四海；諸侯不仁，不保社稷；卿大夫不仁，不保宗廟；士庶人不仁，不保四體。阿爺您也常拿這幾句話來教導孩兒。但是，但是阿爺您，為何無緣無故，就要殺靈哥兒他們全家？難道阿爺您教給孩兒的這些道理，都是糊弄人的嗎？」

無邊的寒意去而復來，瞬間籠罩了整個屋子。韓匡美和韓匡獻兩兄弟臉色大變，追上前，試圖將「姚哥兒」強行拖走。雖說虎毒不食子，但自家大哥曾經親手射死了晶娘。如果繼續任由「姚哥兒」在他面前囂張，誰知道會出現什麼後果！注一

「住手！」誰料還沒等他們走出門外，身背後，已經傳來了韓匡嗣的怒叱。聲音不算高，卻令人脊背上的寒毛全都豎了起來。

「大哥——」韓匡美和韓匡獻兩個不敢違背，只能齊齊轉過身，盡力將「姚哥兒」護在了肩膀之下。「姚哥兒他才十歲……」

「十歲已經不小了！」韓匡嗣臉色鐵青，沉聲打斷，「甘羅十二歲已經拜相。漢昭帝八歲已經登基。姚哥兒，我再問你一次。剛才那些話，是你自己要問的。還是別人教你的？」

後半句話，已經聲色俱厲。若是尋常孩子，說不準立刻會被嚇得六神無主，然後本能地將責任推給別人。然而，被喚作「姚哥兒」的韓德讓卻倔強地抬起頭，看著自家父親殺氣四溢的眼睛回應，「是，是孩兒自己想問的。孩兒，孩兒跟靈哥兒是好朋友。孩兒不能讓他死得不明不白。」

「所以，你就當面來質問你的親生父親？你好大的膽子！」韓匡嗣冷冷地追問，臉上再也看不到半點兒舐犢之情。

「義之所在，雖千萬人，吾往矣！」韓德讓掙脫兩位叔叔的庇護，向前邁了兩步，大聲回應。

刷——！屋子內的光線，瞬間一暗。四下裡，也是一片靜謐。韓匡嗣的手，迅速按在了刀柄處，手背上，青筋根根亂蹦。

「不可——」韓匡美和韓匡獻哥倆嚇得臉色煞白，齊齊衝上前，欲將自家哥哥抱住。然而，沒等他們靠近，韓匡嗣卻忽然又鬆開了刀鞘上的手，仰天大笑，「哈哈哈，哈哈哈，哈哈哈！沒想到，沒想到，我韓匡嗣，居然還養了一個宅心仁厚，義薄雲天的兒子！你們兩個閃開，別嚇著孩子。姚哥兒，你過來，讓阿爺好好看看你！」

「大哥！」韓匡美和韓匡獻兩個嚇得腿都軟了，齊齊低聲給自家侄兒求情。唯恐自家哥哥盛怒之下，讓姚哥兒也步了晶娘的後塵。

韓匡嗣卻朝著他們搖了搖頭，繼續笑著吩咐，「姚哥兒，走近一些。既然能說出『雖然千萬人吾往矣』的話，你就不該躲躲閃閃。再近一些，好，就這樣。我來問你，如果我告訴你，靈哥他們全家，都是被我下令誅殺。你會怎麼樣？說，咱們父子好好聊一聊，有話都別藏在心裡頭。」

「我，我……」韓德讓雖然被嚇得聲音已經完全變了調兒，卻始終倔強地抬著頭，「父親，請告訴孩兒理由？孩兒無法為朋友報仇，但是，孩兒至少要讓他死個明白！」

「好，好，我兒既然不願辜負朋友之義，為父就跟你說個明白。」也許是怒到了極處，韓匡嗣臉上反倒露出了幾分笑容，咬著牙，緩緩補充，「想當初，趙家碩哥兒，也是你的好朋友，對吧？他是怎麼死的，你記得嗎？」

聽到熟悉的名字，韓德讓的眼睛裡，不由自主就淌下了兩行熱淚，「記得，孩兒記得。是阿爺奉皇上的聖旨，抄了他的家，滅了他的滿門！」

「的確，是為父下的手！為父天生心狠手辣！」韓匡嗣笑著點頭，目光銳利得宛若兩把匕首，「在那之前，碩哥的父親擔任什麼官職，為父擔任什麼官職，你記得嗎？」

「阿爺，阿爺是，是南樞密院副使。趙家伯父，是南樞密院使！」韓德讓被問得頭皮發麻，不由自主後退了半步，沉吟著回應。

「那現在，為父身居何職，靈哥的祖父又身居何職？」韓匡嗣悄悄向前追了半步，繼續詢問，目光當中，

注一、韓匡嗣的長子韓德源，名「延寧・蘇得里赫」。次子韓德慶，名「崇翁」。第三子韓德彰，名「範」。第四子韓德讓，名「興寧・姚哥」。第五子韓德威，名「富樂寧・德韓」。第六子韓德沖，名「漢阿・哈」。第七子韓德顒（即耶律隆祐、韓德凝），名「三寧・定哥」。第九子韓德昌，名「富哥」。第八子韓德晟「未仕而終」。

居然流露出了幾分慈愛，就像一頭野狼在教授幼子如何捕食。

韓德讓幼小的心臟忽然打了個哆嗦，慘白著臉，顫聲回應：「阿爺，阿爺現在是南樞密院使，靈哥，靈哥的祖父，是，是樞密副使。阿爺，您，您是怕咱們家步趙家後塵嗎？可陛下一直對您信任有加！」

「當然陛下，何嘗不是對趙氏信任有加！」韓匡嗣的目光中，閃過幾分嘉許。笑了笑，再度輕輕搖頭，「趙氏奉命南侵，吃了敗仗，實力大減。為父立刻取而代之。如今，為父和你兩個叔叔也都吃了敗仗……」

「不，不，這不公平！」韓德讓尖叫著搖頭，小臉兒蒼白如雪，汗水混著淚水從臉上滾滾而下。

怎麼會這樣？這跟他以往認識到的世界完全不同！跟讀過的聖賢書更是南轅北轍！可父親和兩個叔叔臉上的認真表情，又清晰分明的告訴他，這才是真正的世界。血腥、殘酷，沒有任何溫情可言。

「你還小，為父原本想晚點兒再讓你看到這些！」見到兒子痛苦的模樣，韓匡嗣心裡頭同樣不好受。蹲下身，用長滿了繭子的大拇指，替兒子抹去臉上的水漬，「但為父更不能讓你一直活在虛幻的想像裡。否則，非但會害了你。咱們韓家上下數千口人，有朝一日也會被你所害！」

「不——！」韓德讓大聲悲鳴，轉身欲逃，卻被做父親的韓匡嗣用力扳住了肩膀，「不要跑，為父的話還沒說完呢。當年他們幽州趙氏實力大損，所以咱們韓氏取而代之。如今咱們韓氏實力大損，而幽州盧氏實力僅次於咱們。為父為了防患未然，只能搶先下手，殺了盧氏滿門。靈哥也許死得冤枉，但為父卻不得不這樣做。這是亂世，兵強馬壯者為王。除了手中的刀子，你什麼都不能信，什麼都不能作為依仗！我的孩子，為父這樣說，你明白嗎？」

「不，我不明白！」韓德讓閉上眼睛，伸手去捂耳朵。兩條胳膊，卻被自家父親韓匡嗣死死抱住，無法抬起。

透過他的哭聲，父親的話，顯得更加冰冷，「你不要哭，你既然想讓靈哥死個明白，為父就成全你。為父問你，如果靈哥和你之間必須死掉一個，你是殺了他，還是閉上眼睛等著他來殺？」

「不，我不選，不選！」韓德讓大聲抗議，掙扎，卻始終無法掙脫自家父親的掌控。韓匡美和韓匡獻於心不忍，試圖上前勸阻，卻被韓匡嗣用刀一樣的目光，全都給逼了回去。

「十歲，已經是大人了！必須選！」彷彿是向兩個弟弟陳述自己的理由，又彷彿是在說給兒子聽，韓匡嗣鐵青著臉，緩緩解釋，「此番南征，你我兄弟，與其是說輸給了郭家雀和符老狼，不如說是輸給了一群後生晚輩。鄭子明、韓重贇、呼延贊，還有，還有那個趙匡胤。而咱們的下一代，如今卻只有赤犬、德馨、韓倬和馬延煦這種貨色。若是將來你我盡數老去，幽州的家業誰來支撐？若是真的讓劉漢或者其他什麼朝廷收復了燕雲十六州，我們韓家上下，誰人可能落到好下場？恐怕非但是活著的人要身敗名裂，連死去的祖先，都得被人從墳墓裡挖出來挫骨揚灰！」

韓匡美和匡獻二人紅著臉，無言以對。

雖然不願意承認，但是他們眼睛都已經清楚地看見，幾個中原少年英雄的風采。而他們自己這邊，無論是關係親近的耶律赤犬和韓德馨，還是關係相對疏遠的韓倬、馬延煦，跟對方比起來，都是判若泥雲！

換句更令人痛苦的話說，中原的下一代英傑，已經展露出了崢嶸。而幽州和遼國這邊，下一代可能承擔重任的棟梁，卻還沒有成材。萬一形勢繼續照這樣發展下去，所謂天下氣運在北，就會變成一個徹徹底底的笑話。而一旦漢家光復燕雲十六州，並再度將契丹人打得俯首稱臣，他們韓氏全族，都會成為如假包換的亂臣賊子，被寫進史書裡千秋萬代供後人唾罵！

「我，我拿刀殺了他，殺了他全家！」尖利的聲音，忽然從身邊響起，打斷了韓匡美和匡獻兩兄弟的愁緒。哥倆兒迅速低下頭，恰看見自家侄兒韓德讓那正在滴血的眼睛。

「我殺了他，殺了他全家！」彷彿一瞬間就長大了般，韓德讓兩眼通紅，目光像猛獸一樣陰冷，「誰敢威脅到咱們韓家，我就滅了他滿門。哪怕他是皇上！阿爺，我選了，我按照你的意思選了。我選得對不對？對不對？」

「你是咱們韓家的千里駒，為父沒有看錯你！」韓匡嗣緩緩鬆開兒子的肩膀，用大拇指再度抹去對方臉上的血水和淚水，「別怪為父逼你，這是亂世，由不得你正常長大。」

「謝阿爺賜教！」韓德讓悄悄地退後了半步，隨即躬身施禮。不再像一個正被父母寵愛的幼童，更像是一個即將出師的弟子。

「你回去歇著吧，如果心裡頭不痛快，就去廟裡給靈哥燒幾炷香。讓佛祖保佑他來世托生在太平時節。」韓匡嗣猛然覺得自己心裡好像失去了什麼東西，卻不敢懊悔。擺擺手，低聲吩咐。

「是！孩兒告辭。叔叔，侄兒告辭！」韓德讓先後給父親和兩個叔叔行禮，然後小步走向屋門。在雙腳即將邁出門坎兒的瞬間，他卻又將頭緩緩回了過來，低聲問道：「阿爺，如果剛才我選閉目等死，你會像殺了姐姐那樣殺了我嗎？」

「你這孩子，怎麼跟你父親說話呢？」韓匡美和韓匡獻兩個嚇得魂飛魄散，雙雙撲上去，欲搶在自家哥哥發狂之前，將韓德讓趕走。

晶娘之死，是韓匡嗣的逆鱗。只要被人觸動，不管是有意還是無意，結果都是流血三尺。更何況，韓匡嗣先前就已經面臨暴走的邊緣，而韓德讓又問得如此直接！

出乎他們二人預料的是，家主韓匡嗣居然沒有生氣，更沒有拍案而起，對自家兒子喊打喊殺。卻低低的對著他們倆斷喝了一聲：「住手，你們兩個，不要推他。我不會動他，我保證不會動他一根手指頭！」隨即，又將手扶在了身側的廊柱上，緩緩補充了一句：「姚哥兒，我不會殺你，即便你剛才選擇的是閉目等死。我只會，只會對你非常非常失望。」

「謝父親為兒解惑！」韓德讓雖然少年早熟，卻並不太懂一家之主嘴裡冒出來的「失望」兩個字，最終意味著什麼。咬了咬牙，將身體完全轉過來，再度給韓匡嗣行了禮。然後倒退著走出門外。

「咳咳，咳咳，咳咳……」望著自家兒子那被日光照進門來的單薄身影，韓匡嗣忽然好像所有力氣都被一隻手從軀殼內抽走，彎下腰去，緊抱著柱子，咳嗽不止。

一抹病態的潮紅，迅速取代了他面孔上的鐵青。曾經讓弟兄們畏懼的高大身軀，顫抖得宛若風中殘荷。韓匡獻和匡美兩個見狀，再也顧不上追出去安撫自家侄兒韓德讓。先後退回廊柱前，攙扶著韓匡嗣的肩膀低聲喊道：「哥哥，哥哥不要生氣！姚哥兒還小，說出來的話才沒有遮攔。他早晚有一天，早晚有一天能明白你現在的苦衷。」

「是啊，哥哥，他終究才只有十歲而已。你犯不著跟他過於認真！」

「唉——」韓匡嗣長長地嘆了口氣，順勢坐在了地上，用力搖頭。「不氣，有什麼好氣的？他從小就跟在晶娘身後寸步不離。我殺晶娘，他心裡不恨我才怪。能忍到今天才發洩出來，已經不易。換了別的孩子，說不定早就在內宅裡哭鬧不休了！」

都被氣得癱在了地上，居然還想著替自家兒子開脫！這份護犢之情，也真令人欽佩！韓匡美和韓匡獻兩個，頓時明白自己先前是瞎擔心了一場，雙雙笑了笑，輕輕點頭，「是啊，一般孩子的話，早就哭鬧不休了。也就是姚哥兒他，人小鬼大，可以把心思藏得這麼深。」

「我當年殺晶娘，是迫不得已！」韓匡嗣卻沒有跟著大夥一起笑，忽然又板起臉，鄭重補充。「當時耶律劉哥和他的親信就在旁邊，我的南院樞密使的位子尚未坐穩，皇上對我也頗有猜忌。一旦有人將晶娘的事情捅出去，咱們韓家必然大禍臨頭。」

類似的話，他早就跟家中幾個頂梁柱解釋過許多遍了。韓匡美和韓匡獻也早就認同了這個解釋。然而今天，同樣的話再從韓匡嗣嘴裡說出來，聽在匡美、匡獻哥倆耳朵裡，卻別有一番滋味。

哥哥老了，已經遠不如當年那樣霸氣、自信。而韓家所面臨的危機，卻遠未被擺脫，雖然兄弟幾個剛剛出手幹掉了隱藏在身邊的敵人。

想到這兒，韓匡美拉了一下自家哥哥的手臂，大聲說道：「哥，晶娘的事情就別再提了，你做得沒錯，換了我和匡獻，恐怕也得痛下殺手。咱們繼續說正事兒，盧家被幹掉後，燕都城內再也沒人能威脅到咱們。但皇上那邊，總得給他一個過得去的說法。」

「說法不就是現成的嗎，盧家勾結劉漢。家裡有好幾個人在劉漢做官，往來書信也抄出了一大堆！」知道韓匡美出自一番好意，想岔開話題讓自己不再傷心，韓匡嗣勉強笑了笑，順口說道。

「可，可是我怕皇上，皇上不肯接受這個理由。」韓匡美被韓匡嗣的輕描淡寫口吻，弄得微微一楞。皺了皺眉，繼續補充。「咱遼國做官的漢人，有幾家在南邊沒有親戚？魯國公當年，還逃回去過呢，太祖卻待之如故。」注二

「太祖是太祖，今上是今上！」韓匡嗣聞聽，依舊不當回事，又笑了笑，淡然回應。

「大哥的意思是說……」韓匡美和韓匡獻兩個，有些跟不上韓匡嗣的思路，齊齊皺著眉頭追問。

「今上的位子不穩，所以始終疑神疑鬼。」韓匡嗣迅速朝四周看了看，用極低的聲音迅速給出答案，「當年他下令誅殺趙延壽，並不光是因為趙延壽實力大降，已經徹底失去了用途。而是他還懷疑趙延壽跟耶律李胡勾結。同樣，他對咱們兄弟，一直也不太放心。所以最近一直找各種藉口扶持盧家。」

「那，那咱們搶先動手把盧家給滅了。不更令他，令皇上猜忌了嗎？」韓匡獻本事遠不如另外兩人，聽了韓匡嗣的話，忍不住低聲追問。

「咱們無論怎麼做，都無法讓皇上不再猜忌。但滅了盧家，至少可以讓他在幽州這邊找不到替代咱們的人！」韓匡嗣失望地看了他一眼，繼續低聲補充，「同時，還可以清楚地告訴他，如果他逼迫太急，咱們完全有可能割地自據，甚至直接捲了幽州投奔劉漢！」

一番話，說得聲音雖然低，聽在韓匡獻耳朵裡，卻宛若滾滾驚雷。殺光盧家滿門老小，不光是為了搶先一步剪除隱患，居然同時還是為了立威！而威脅的對象，居然是大遼國的皇帝，並非朝中的其他政敵！萬

一惹得皇上發怒，派契丹大兵來攻，韓家難道真的要舉起反旗？可眼下韓家的實力剛剛經過了一場巨大的損耗，即便獻了幽燕各州給劉漢，又怎麼能保證在劉漢的救兵趕來之前，不被契丹大軍碾成齏粉？

「匡獻，你怕了，是嗎？」見了他臉色慘白模樣，韓匡嗣忽然站了起來，沉聲問道。

「不，不，不是！」韓匡獻趕緊也努力往起站，結果因為速度太快，血脈不暢，眼前一陣陣發黑，「不，不是，我，我跟著哥哥。哥哥說什麼就是什麼，我都緊跟到底！」

「不是緊跟，是咱們兄弟沒有其他選擇！」韓匡嗣幽幽嘆了口氣，搖著頭道，「虎狼橫行之世，忠誠根本不值錢。況且，即便咱們對皇上再忠心耿耿，恐怕也沒什麼用了。他，他能活多久還不一定呢！」

「轟！轟！轟……」耳畔，霹靂一個接著一個，震得韓匡獻搖搖晃晃。「哥，你說什麼，我怎麼一點兒都不明白。你……」哆嗦著，躲閃著，他結結巴巴地追問。彷彿突然變成了一個孱弱的幼兒。

「皇上即位以來，契丹貴胄一直反叛不斷。他雖然誅殺耶律天德，杖死了蕭翰，幽禁了耶律劉哥，還找藉口收拾了另外一大批無辜的人，卻遠未能讓眾皇族臣服。數月前，他偏偏又不顧勸阻，委耶律察割以重任。那耶律察割，為了討皇上的歡心，連他的親生父親都敢誣告，又有什麼事情不敢做？你們等著瞧吧，耶律察割始終得不到機會則已，一旦得到機會，咱大遼國，恐怕就又該換個皇帝了！」

「這，這……」韓匡獻實在無法相信自己的耳朵，搖晃到廊柱邊，用雙手抱緊，以免自己摔倒，「哥，這是真的嗎？咱們，咱們韓家，到時候站在哪邊？」

「站在勝利者那邊，永遠！」韓匡嗣的聲音，從近在咫尺處傳來，卻不帶任何人類的溫度。

注二、魯國公，即魯國公韓延徽。太祖，即遼太祖耶律阿保機。韓延徽在耶律阿保機麾下時，曾經非常懷念故國，所以找機會跑到了太原投奔李存勖。但李存勖不拿他當回事兒，他就又跑回了阿保機身邊。阿保機非常大氣地重新接納了他，繼續對他委以重任。韓延徽從此對遼國死心塌地。

【第三章】

謀殺

雨停，雲收。

晚春的烈日下，四野一片葱蘢。

十幾名少年策馬從綠色的原野間跑過，每個人的臉上，都灑滿了陽光。

官道兩邊覓食的鳥雀被馬蹄聲嚇得振翅而起，於半空中不停地鳴唱。田間躬身耕作的男女，則警惕地抬起頭，滿臉狐疑：「這是誰家公子王孫，居然敢來滄州地面上招搖？就不怕被那賈老虎看見，連人帶馬一併吞了去，連骨頭渣子都剩不下嗎？」

騎在馬背上的眾人，卻絲毫沒感覺到不帶護衛在光天化日之下馳騁，會有多大危險。年初洶洶而來的遼軍已經退回滹沱河北了，滄州的地勢又是出奇的平坦，沒有可供綠林好漢占據的高山，而腳下這條官道的盡頭，大約十五、六里遠處，便是滄州。一旦城外發生戰鬥，城內的官兵，在半個時辰之內就能殺到現場……注一

春風得意馬蹄疾，此刻用這句詩來形容一眾少年的心情，再恰當不過。

年初大舉南侵的遼軍，居然有一小半兒，被這群少年們拖在了定州以西的李家寨。並且接連折損了兩萬餘兵馬，數名都指揮使以上級別大將。導致遼國的整個南下計劃都大受影響，不得不放慢推進速度從前

注一、滄州在五代，治所設於如今滄州市東南的清池縣。

線分兵回救自家右翼，以免在兩國決戰的關鍵時刻，糧道被切，將士們餓著肚子打仗。

而劉漢國此刻最需要的便是喘息時間，緩過一口氣來之後，精兵強將盡數殺到了前線，憑著郭威與符彥卿兩位名將的密切配合，很快就穩住了防線，並且果斷發起了反攻，將遼軍逼得節節敗退，最後不得不灰頭土臉地逃回了幽州！

此戰之後，眾少年的名字響徹河北。其中最出鋒頭幾個，如鄭子明、韓重贇、趙匡胤和呼延贊，已經隱隱能和白文珂、慕容彥超等老將比肩。雖然後者位高權重，並且成名多年。但河北百姓只知道關鍵時刻誰主動站出來擋住了打草穀者馬蹄，可記不住誰在大漢國當的是什麼官兒，更弄不清誰是幾品幾級！

相比民間對少年們的口頭褒獎，大漢國朝廷的賞賜提拔，就顯得有些過於寒酸了。儘管有首戰破敵之奇功，儘管有郭威、李弘義、常思和符彥卿等老將的聯名舉薦，大漢國皇帝劉承佑，卻只給了頭號功臣鄭子明一個滄州刺史兼防禦使的下四品官銜，至於邊境州郡只設節度使不設防禦使的慣例，以及武將升遷必須與其戰功相酬的制度，則一概不提。

既然頭號功臣才給升了一級，僅僅由正五品下的巡檢使升為正四品下的防禦使。韓重贇、趙匡胤和呼延贊這哥三個從朝廷手裡所得到的好處，就更為雞肋了。劉承佑看在他們各自父親的面子上，各自封了個從四品宣威將軍的虛職，然後賜予金銀若干了事。反正這筆錢也不用從內庫裡頭出，小皇帝劉承佑自己不會心疼。

「奶奶的，就這點兒心胸，連太原城裡的菜販子都不如。先皇若是泉下有知，肯定得被氣得硬生生來個後空翻！」饒是韓重贇性情溫和，送走了前來傳旨的欽差之後，也忍不住破口大罵。

「已經不錯了，好歹沒治我等擅自領兵越境之罪！」呼延贊對於當朝皇帝，更是沒有半點兒好感，撇了撇嘴，冷笑著附和。

在跟自家父親一道接受招安之初，他心裡對於劉漢朝廷和自己的未來，都有很多期待。而隨著時間推移，他卻日漸清楚地得出一個結論，其實朝廷只是頂了一個大義的名頭，並不比綠林乾淨絲毫。至少，綠林道戰後分贓，還要遵從一套清楚的規矩。而朝廷，呵呵，從皇帝那裡就沒把規矩當一回事兒。

「算了，咱們原本也不是為了升官發財！」倒是趙匡胤，比所有人都淡定。見大夥個個義憤填膺，便笑呵呵出言開解。「子明這個防禦使，級別雖然低了些，可也省去了很多麻煩。若是真的做了橫海軍節度使，名義上就又兼管了景州、德州和棣州。其他兩州還好，那棣州可是符老狼的盤中之物。子明前面防著遼國人，後面還得提防著他，用不了半年，就得活活累吐了血！」

「符老狼怎麼了？我就不信，眼看著李守貞、趙思綰等人一個接一個授首，他還有點膽子同室操戈！」楊光義最喜歡跟人拌嘴，聽趙匡胤明明吃了大虧還自我安慰，忍不住冷笑著反駁。

「子明身份特殊，符老狼如果從背後對他下黑手，皇上恐怕只會樂見其成！」趙匡胤知道韓重贇、楊光義等人跟鄭子明之間的交情，所以也不隱瞞，將自己的真實想法和盤托出。

在他看來，朝廷之所以慢待大夥這群有功之臣，恐怕最主要原因，還是在於鄭子明的出身過於微妙之故。雖然鄭子明本人已經通過改姓這種方式，徹底放棄了對皇位的繼承權。雖然子明的父親石重貴曾經不惜任何代價送回了一道禪位詔書，肯定了劉知遠及其子孫當皇帝的「正義」。但任何人做了皇帝，恐怕都不會讓鄭子明有成長為一方諸侯的機會。無論其心胸是寬是窄，姓劉還是姓王！

這原本是一句大實話，聽在楊光義和韓重贇二人耳朵裡，卻完全變成了另外一番意思。頓時，楊、韓二人就冷了臉，先後冷笑著撇嘴：「呵呵，呵呵，如此說來，倒是子明拖累你了！剛才又是哪個高喊，不是為了升官發財的？」

「耽誤了趙將軍前程，我們兄弟幾個真是過意不去。這樣吧，家父跟那郭允明，倒是有些私交。不如由他寫一封信，替趙將軍辯解一二。雖然說是亡羊補牢，倒也未必就遲了。至少下次皇上計算戰功時，不會把你和我等算在一起！」

「你們……」趙匡胤氣得滿臉青紫，卻是有口難辯。

「光義、韓兄，別這樣說！」鄭子明見狀，趕緊快走兩步，擋在了衝突雙方之間，「趙二哥當初跟我結拜之時，就已經知道我的真實身份。他還曾經陪著我，冒死去了一趟遼東。」

「嗯──」楊光義一肚子刻薄話，立刻被堵在了嗓子眼處，再也說不出來了。

明知道對方是前朝皇子，還跟此人義結金蘭，這得鼓起多大的勇氣？至於陪著鄭子明去遼東探望石重貴，更是冒了九死一生的風險。如果怕被鄭子明拖累，趙匡胤當初就該跟他分道揚鑣，怎麼可能一直相伴左右？

「二哥，他們兩個的話，都是出於誤會。」兩句話堵住了楊光義的嘴，鄭子明又迅速將頭轉向了趙匡胤，「做兄弟的知道你不是那種人。回頭見了大哥，還勞煩你跟他也說一聲，能當上滄州防禦使，我已經心滿意足。叫他千萬不要再費心思去為我謀劃更多，須知道做的官越大，責任也就越大，兄弟我未必承擔得起！」

「嗯！」趙匡胤低低的沉吟了一聲，冷笑著點頭。內心深處，卻打定了主義，將來若有機會，一定要讓楊光義和韓重贇兩個傢伙知道知道，誰才是趨炎附勢的小人，誰才是真正的義薄雲天。

「好了，大家都不要生氣，為了這點兒破事兒真的不值！」鄭子明見衝突雙方的臉色依舊不太好看，又四下拱了拱手，快速將話頭岔往別處，「不到二十歲的防禦使，自古以來也不多見。今後的路長著呢，誰又能壓咱們一輩子？咱們不提這些，大夥趕緊幫我出出主意，怎麼去滄州上任。兄弟我管個幾千人的堡寨，已經是焦頭爛額。滄州的地盤那麼大，又前有狼後有虎，我偏偏對那邊的情況還兩眼一抹黑，真的到了任上，屁股還沒坐穩就被人給趕下來，那就丟大人了！」

話音剛落，楊光義的注意力立刻被吸引了過去，搖搖頭，大笑著回應：「當初師父帶著五百親兵，就能橫掃澤潞二州。你這次至少能帶一兩千人馬赴任，還怕個球？」

「光義所言有理，你現今所面臨情況的確與當初師父所面臨的差不多。澤潞兩地的豪強，背後有太行山的盜匪撐腰。」韓重贇扭頭看了看躍躍欲試的呼延琮，微笑著補充，「滄州的豪強，背後所依仗的則是遼國和符家。」

「大哥手中的細作，已經提前向滄州進發。我最近反正也沒什麼事情，可以讓副將帶領兵馬回去繳令，自己陪著你先去赴任。」趙匡胤雖然心裡依舊不是很舒服，卻不會在這個節骨眼兒上給自家兄弟添亂，想了想，低聲承諾。

「兩孩子剛巧最近也沒事兒，可以先去幫你幾天忙，就算老夫占了你的李家寨，還你的人情好了！」呼延琮彷彿自己跟太行山沒半點關係般，大咧咧地補充。

「我們二人願意助將軍一臂之力！」呼延贊和呼延雲兩個齊齊扭頭瞪了自家父親一眼，大聲說道。

一行人群策群力，目標都是幫助鄭子明坐穩滄州防禦使的位置。但是彼此之間，卻又存了競爭的心思，各不服氣。結果，原本該鄭子明獨自領兵赴任，稀裡糊塗之間就變成了三家聯手相送。從定州起，一路送到了滄州。

近百年來河北大地上戰亂不斷，城市凋落，鄉村破敗，官道也年久失修。所以帶領上千人馬趕路，速度根本不可能快得起來。迤邐行軍小半個月，才勉強看到永濟渠的殘骸，距離目的地至少還有兩百餘里。楊光義「爬」得實在不耐煩，索性提議，將隊伍交給可靠的人帶領繼續慢慢趕路，兄弟幾個騎了快馬先走。

「此言有理！」

「此言甚妙！」

「反正距離滄州城也沒多遠了，咱們早點兒趕到地方，剛好能為大軍打個前戰！」

「遼軍剛退，郭樞密尚在鄴都坐鎮。想必也沒人敢在這個節骨眼兒上惹是生非！」

「某早有此意……」

話音落地，四下裡頓時響起了一片贊同之聲。原來趙匡胤、韓重贇和呼延贊等人，也早就對這種烏龜般的行軍速度忍無可忍了，只是誰都沒好意思宣之於口而已。

「你，你們這幫人精啊！嘖嘖——」楊光義在馬背上環視四周，搖頭撇嘴。「肚子裡的彎彎繞繞一個比一個多，就欺負我一個直心眼兒！」

「去，這叫穩重！」

「有本事你留下帶兵！」

「呵呵，我們還就等著你呢，就知道……」

眾人被楊光義說得不好意思，七嘴八舌地展開反擊。

笑過之後，大傢伙紛紛將目光轉向鄭子明，等著他做最後的決斷。鄭子明自己，當然也巴不得早一點趕去赴任。想了想，點手叫過陶大春，低聲吩咐：「陶將軍，弟兄們就交給你了。慢慢走，不必趕得太急。大傢伙都是第一次走這麼遠的路，儘量留出時間來讓他們適應。」

「放心！」陶大春是個沉穩性格，當即拱了拱手，大聲答應。

「那鄭某就跟幾位哥哥先走一步了！」鄭子明笑著將令旗令箭交出，旋即抖動繮繩，與其他幾個年輕人策馬狂奔而去。

一行人中，年齡最大的趙匡胤，此刻也不過二十四五，最小的潘美才十六七，所以撒起歡來，立刻收拾不住。轉眼間，就跑出了五六十里，直到胯下坐騎已經大汗淋漓，才緩緩放慢了速度。

呼延贊和呼延雲兄妹兩個箭法最好，聯手去獵了一頭公鹿。當天晚上，一眾年輕人就烤鹿為食，在樹林中結伴安歇。第二天一大早，則又開始策馬馳騁，踏著半尺高的青草，吹著晚春的熏風，向著目的地滄州飛奔。

少年人心氣高，精神頭足，根本不知道什麼叫累。第三天還沒到中午，遠遠地，已經能看見滄州城破敗不堪的敵樓。前方官道的右側，則「忽然」出現了一座接官亭，同樣是年久失修，廊柱腐朽，隨時一陣大風吹過來都可能將其摧垮。

「這地方四下裡一馬平川，河渠縱橫，按理說應該是膏腴之地才對，怎麼會窮到連個亭子都修不起？」楊光義眼界高，立刻就替鄭子明的前途擔心起來，皺起眉頭，低聲抱怨。

「看來地方上的仕紳官吏，對你這個防禦使不怎麼歡迎？」潘美人小鬼大，頓時就聯想到了更深的一層。警惕地四下看了看，壓低了聲音提醒，「否則，即便不把接官亭修一下，至少得派幾個得力的人在這裡盯著，隨時準備恭候你的大駕。免得你日後尋思起來，故意給他們小鞋子穿！」

「怕是我等來對了，這地方的防禦使果然不好當！」趙匡胤勒住馬頭，彎腰將包銅大棍從馬鞍橋處解下來抄在了手中。

沿途大夥在官道兩側的農田裡，零星也還能看到忙碌的百姓。偏偏在靠近滄州城十里處的接官亭附近，反而看不到任何人影兒。這，絕對不是一種正常現象，說不定附近就暗藏著殺機。

果然，武將的直覺有時候能救命。還沒等眾人做更多的觀察，路邊的樹林裡，猛然響起了一陣密集的戰鼓聲。緊跟著，數十支羽箭破空而至，明晃晃泛著無光的箭鏃，直奔大夥的胸口。

「走，朝城裡衝！」情急之下，鄭子明根本沒時間多想，本能地就發出了一聲斷喝。隨即，舉起騎兵專用的皮盾擋住兩支射向自己的羽箭，一低頭，打馬狂奔。

「走，聽子明的，快走，別做任何糾纏！」韓重贇、趙匡胤兩個大聲重複，也用盾牌和兵器護住自己周身要害，奪路而逃。

光天化日之下，在距離滄州城不到十里處，公開截殺正四品高官。賊人的來歷絕非等閒！此刻留在原地與其搏鬥，等同於自己找死。唯一的辦法，就是儘快靠近城門。看城內的守軍和官吏，有沒有膽子，直接給賊人提供支持！

眾人胯下的戰馬都是百裡挑一的良駒，四蹄張開，速度快若閃電。一眨眼，就將第二波來襲的羽箭，盡數甩在了身後。

「大夥當心腳下！」就在此時，衝在最前方的鄭子明猛地向後揮了揮胳膊，高聲提醒。緊跟著，戰馬悲鳴一聲，凌空飛起，滾過一丈多遠距離，將背上的他如同石頭一般甩了出去。

「小肥——！」

「三弟——！」

「鄭將軍——！」

韓重贇、趙匡胤、潘美以及陶家莊的親兵們嚇得魂飛天外，一邊死命拉緊韁繩，一邊紅著眼睛大聲呼喚。

絆馬索！前方官道上，被刺客預先布置了數道絆馬索。而鄭子明在被摔下坐騎前的一瞬間，冒著粉身碎骨的危險，將警訊發給了背後的所有人！

「刷——」「刷——」「刷——」就在大夥心急如焚外加手忙腳亂之際，幾道寒光，忽然貼著地面掠過。原本至少也該被摔斷手腳的鄭子明，竟然毫髮無傷地跳了起來。手中鋼鞭不知道什麼時候已經換成了橫刀，沿著官道的邊緣一路猛剁。眨眼間，將攔路的絆馬索盡數砍成了兩段。

「點子扎手！」

「是個練家子！」

「殺了他，先殺了他！」

「封路，砍樹封路……」

亂哄哄的叫喊聲，從道路兩邊的樹林裡響起。一群身穿青衣短打，面蒙黑紗，手持利刃的傢伙，如潮水般湧出。或圍著鄭子明揮刀亂砍，或將樹幹、樹枝等物朝官道上亂丟，很明顯，今天不想放走任何活口。

「鏘！」鄭子明手中的橫刀，與其中一名蒙面刺客相交，迸射出一串刺眼的火星。他身材高出對方一頭，肩膀也比對方寬出了三寸。後者力氣上吃虧，被逼得接連後退。

「小傢伙，休得張狂！」側面撲過來的另外兩名刺客見勢不妙，大吼著將兵器砍向鄭子明的左右肋骨。試圖以這種方式逼鄭子明回刀自救，解自家同伴燃眉之急。

他們的策略很成功，鄭子明果然停下了腳步，猛地一個大轉身，掛在左臂上的盾牌迅速下移，右手橫刀掃出一道匹練，「殺！」

右側的刺客半邊脖頸被掃斷，哼都沒哼，當場氣絕。左側的刺客將盾牌砍出了一道口子，卻無法讓手中刀鋒再向前推進分毫。沒等他變招，鄭子明的身體再度回轉，帶血的橫刀在齊腰高度兜了半個圈子，「噗！」地一聲，將刺客的青衣、皮甲、小腹連同小腹內的肌肉和脂肪統統切成了兩段。

「啊——！」左側的刺客慘叫著後退，雙手捂住自家肚子，試圖將滾出來的內臟重新塞回。鄭子明對他看都不再多看一眼，怒吼一聲，雙腿向前跨步，橫刀高舉，力劈華山！將剛剛緩過氣來的第一名刺客，劈得倒飛出去，血流滿地。

更多的刺客圍攏上前，試圖倚多為勝。鄭子明的移動範圍迅速被壓縮，能照顧到的，只有身體周圍數尺。然而，令刺客們無法相信的是，看上去虎背熊腰的他，身手卻比周圍的任何人都要靈活。三招兩式，就將包圍圈撕開了一處缺口，踩著兩名刺客的屍體潰圍而出。

「就是他，東家要的就是他，別讓他跟其餘的人匯合！」一名刺客頭目怒吼著加入戰團，刀尖朝著鄭子明的後心畫影兒。

面白、高大，身手和膽氣過人，年齡不超過二十，幾個特點加在一起，肯定就是他們的東家嘴裡那個必須除掉之人。如果能夠將此人當場斬殺，甭說死掉五、六個同夥，就是今天來的人全都死掉，也是死得其所。

鄭子明不敢停在原地遭受圍攻，雙腿加速向前跨步，同時反手揮刀，將刺向自己後心的兵器撞歪。刺客頭目卻如同跗骨之蛆，再度將兵器高高舉起。沒等此人的手臂回落，鄭子明突然停步，轉身，刀鋒再度齊腰盤旋，切破刺客頭目主動送上來的肚皮。

「噗！」滾燙的鮮血濺了他滿頭滿臉，用腳踢開慘叫不止的刺客頭目，鄭子明猛地撲向另外一名距離自己最近的敵人。那是一名使板斧的壯漢，身材看上去比他還要雄壯，力大招猛。鄭子明手中的橫刀與斧刃剛剛接觸了兩次，便從正中斷裂。下半截連同刀柄握在手中，上半截飛得不知去向。

「死——！」「小肥，接鞭！」兩聲大喊交替著響起，壯漢刺客舉起板斧，奮力下剁。趕過來支援的韓重贇，從受傷的戰馬身側，撿起了鄭子明的鋼鞭，凌空投擲。

再度出乎所有人預料，鄭子明既沒有用斷刀招架板斧，也沒有轉身去接鋼鞭。而是忽然朝著側面跨了一步，連人帶盾牌撞進了另外一名刺客的懷中。用左臂上的盾牌頂著對方持刀的手臂快速前推，同時將斷刀猛地朝此人小腹之下捅去。

「卑——啊」刺客手臂受制，根本來不及自救。小腹之下，雙腿之間的物件瞬間被斷刀「鋸」去了大半截兒。整個人頓時疼得兩眼發黑，雙手和雙腳全都失去了力氣。

鄭子明才不管招數卑鄙不卑鄙，陳摶當初指點他武藝之時，傳授的全都是殺人之術，只求能以最快速度解決對手，根本不問正邪善惡。只見他，丟掉已經成了鋸子的半截斷刀，單手拉住「被閹」刺客的腰帶，將此人直接丟向了追過來的持斧者。隨即，趁著持斧者不得不側身閃避的瞬間，猛地低頭從地上撿起了「被閹」刺客的兵器，蹲身橫掃，卸下半條血淋淋的小腿。

「娘——」持斧者右腿被齊膝切斷，身體失去平衡，慘叫著摔倒。鄭子明毫不猶豫地從此人身體上滾過，順勢抹斷了他的喉嚨。

周圍的刺客雖然個個手上都有血債，卻幾曾見過如此狠辣的殺人之術？一時間，竟被嚇得連連後退。

鄭子明果斷斜衝，再度撕開重圍，單腳上挑，將鋼鞭挑得飛起來，接在了手中。緊跟著，轉身，側步，與韓重贇並肩而立。

楊光義、呼延贊、趙匡胤、潘美，以及眾人的親兵，也都衝破阻攔，快速朝二人靠攏。眼看著，眾少年就要重新彙聚在一處，結成戰陣。接官亭左側，忽然響起了低沉的號角，「嗚嗚，嗚嗚，嗚嗚嗚嗚嗚嗚——」宛若冬夜裡的狂風，吹得人渾身上下一片冰冷。

大隊的刺客，人數至少在兩百以上，從先前發射冷箭的位置快速湧出。伴著鬼哭般的號角聲，快速列陣。而攔路的刺客們，則果斷後退，拉開雙方之間的距離，緊跟著就將拒馬釘、碎瓷片、斷裂的兵器、乾柴蒺藜、繩索樹枝，或者其他一切可能給戰馬製造障礙的東西，盡數都朝官道上丟。讓少年們空有寶馬良駒，卻無法向前移動分毫。

「不是軍隊，他們雖然個個都練過武，但相互之間的配合很是生疏！」眼看著大夥已經插翅難飛，韓重贇卻深深吸一口氣，非常冷靜地做出判斷。

「弓箭是個大麻煩，他們在箭鏃上好像塗了毒藥。我的親兵被射中了兩個，現在生死不知！」楊光義舉了舉綁在左臂上的圓盾，喘息著補充。

這種當初在虎翼營中，專門為了提高騎兵對抗羽箭攢射能力的小圓盾，剛才成了大夥賴以保全性命的關鍵。如果沒有此物，在敵軍的第一波偷襲中，就不知道多少人會被毒矢射中，轉眼失去戰鬥力。然而，騎兵所用圓盾，畢竟過於小巧，無法用來組建盾牆。萬一在接下來的戰鬥中，對手拉開距離列陣攢射，大傢伙武藝再好，也很難扛得住那一波波接連不斷的箭雨。

「嗚嗚嗚，嗚嗚嗚，嗚嗚嗚……」冰冷的號角聲再度響起，打斷了少年們的議論。接官亭下，「刺客」們已經整隊完畢，準備再度發起進攻。足足有五十多張角弓，隊伍後側高高地舉起，塗抹了毒藥的箭鏃，在陽光下晃成藍汪汪一片。

「進樹林，進右側樹林！」趙匡胤的武藝在少年們當中不算最佳，審時度勢能力，卻超過了任何人。果斷大喝一聲，拉著鄭子明的胳膊，掉頭就跑。

「進樹林，進右側樹林！」鄭子明迅速明白了趙匡胤的意圖，回過頭，扯開嗓子，朝著所有自己人大喊。「大夥注意不要分開，一起進樹林，一起想辦法活命！他們不是軍隊，也不是土匪，只要大夥穩得住，肯定能找到應對辦法！」

「嗖嗖嗖嗖——」冰雹一般的毒箭，打斷了他的叫喊。身邊的樹幹被射得木屑飛濺，腳下的雜草，也冒起一團團綠色的輕煙。

「進樹林，進右側樹林！」幾個少年，連同他們的親兵互相掩護著，朝官道右側的樹林撤退。不時有人踉蹌著跌倒，卻被身邊的同伴又扯了起來，繼續逃向樹林深處，不離不棄

「哎呀！」楊光義忽然鬆開了身邊同伴的手，手捂大腿後側，喘息著叫喊：「毒箭，我中毒箭了。你們趕緊走，別管……」

「有子明這個國手在，毒箭算個球！」趙匡胤猛地轉過身，大聲罵了一句，彎腰將其扛在了肩膀上，撒腿狂奔，「只要你自己不想死，他保證救得你回來。頂多讓你變成一個瘸子。」

「你才會變成瘸……！」楊光義本能地反唇相稽，話說到末尾，卻自己吞了回去。低下頭，用幾乎無法被聽見的聲音補充，「謝了！抱歉！」

「一碼歸一碼，咱倆的事情還沒完呢！」趙匡胤撇撇嘴，抬手抹去一頭熱汗。因為勞累而發紅的面孔上，寫滿了驕傲。

說話間，已經有七八名刺客追進了樹林。看到趙匡胤身上背著傷號，行動不便。立刻吶喊著朝他撲了過來。

「趙公子儘管走，我來對付他們！」韓重贇大叫一聲，帶領三名親兵轉身迎戰。鄭子明和呼延贊兩個本

來已經跑遠，擔心韓重贇寡不敵眾，也掉頭殺了回來。追進樹林的刺客們人數上不占優勢，又得不到毒箭的掩護，頓時原形畢露。幾個彈指工夫，被幹掉了一大半兒，剩下的三個抱頭鼠竄而去。

另外兩夥正準備鑽進樹林的刺客見狀，立刻停住了腳步，開始左顧右盼。一小隊弓箭手追到了樹林邊緣，朝著裡面胡亂射了兩輪，發現羽箭不是被樹枝撞歪，就是射中了樹幹之後，也悻悻地垂下了角弓。

「儘量往林子密的地方去，但是不要走得太遠！」趁著刺客們不知所措的功夫，鄭子明一邊快速掃視四周，一邊對己方的戰術策略進行調整。

刺客們人多勢眾，武藝也都過得去，彼此之間的配合卻非常生疏。很明顯，並未經過嚴格的軍事訓練。而參照以往在澤州和潞州兩地剿匪的經驗，刺客們的表現，也與太行山「好漢」大相徑庭。如此一來，這群刺客的真實身份，就呼之欲出了。十有八九是某個豪強蓄養的莊丁，受其主子的驅策，準備幹掉新來赴任的防禦使，以便該豪強能夠在地方上繼續隻手遮天！

「地方兵馬就甭指望了，帶隊的將官，肯定跟林子外的那幫傢伙早有默契！」韓重贇反應速度不比鄭子明慢多少，很快也根據以往在澤潞兩州的經驗，得出了一個並不算太驚人的結論。

如此大規模的一場刺殺，居然發生在距離滄州城只有十里遠的接官亭。地方守軍不可能脫得了干係。弄不好，一部分刺客頭目，就是來自於守軍。而守軍中的主事者，要麼已經被刺客背後的人買通，要麼接到了某一方力量的暗中指使。

「守軍指望不上，逃，結局肯定也是個死！這地方的某個大戶，恐怕早已經成了誰都惹不起的土皇帝。」潘美雖然沒參加過澤潞兩州的戰事，目光卻和鄭子明、韓重贇兩人一樣敏銳。「咱們從李家寨帶來的弟兄，也指望不上。即便有人能突圍送出警訊，陶大春帶著他們趕到這裡，也得是一天一夜以後。」

「那就殺，殺出一條血路來！」趙匡胤不知道什麼時候，已經把楊光義放在了林子深處的一處空地上，獨自返回來接應大夥。聽到潘美的話，立刻大聲提議。「以一當十的事情，咱們又不是沒幹過。只要讓對方的毒箭發揮不了作用，鹿死誰手未必可知！」

「這……」眾少年們先是低聲沉吟，很快就陸續點頭。

大傢伙兒都正值初生牛犢不怕虎的時候。原本不甘心被人像趕羊般一路追殺到底。而以往的施展經驗，又隱隱約約地讓他們意識到，趙匡胤所說的，恐怕是唯一的解決方案。

自家主力部隊無法及時趕到，四周圍的其他力量又是敵我難辨。大傢伙兒想要活命，唯一的辦法就是，正面擊潰林子外的刺客，殺一儆百。

截殺朝廷命官，乃是抄家滅族的重罪。一旦林子外的「刺客」被擊潰，其背後的主使者，就很難在短時間內，組織起另外一支同等規模的私兵。

此外，周圍那些居心叵測的勢力，也會在最快速度做出判斷，雙方的實力，根本不在一個層面上。即便他們聯合起來，也沒有任何獲勝的可能！

「二哥說得對，咱們今天只能死中求活！」片刻沉默之後，鄭子明朝著大傢伙兒笑了笑，低聲安排，「韓大哥，麻煩你挑選十名弟兄，就在此處警戒！一旦刺客們再度發起進攻，立刻且戰且退，將他們往林子深處引！」

「行，就交給我！」韓重贇當即點頭答應，絲毫不覺得自己接受鄭子明的指揮，有什麼不妥。

「呼延兄弟、呼延妹子，麻煩你們倆帶著各自親信，收集林子裡的羽箭。順手再找幾棵柘樹，臨時趕製幾張木弓。不需要殺傷力太強，能威懾到對方就行！你們倆接下來的任務，就是放箭騷擾敵軍，讓他們無法判斷我方的真正動向。」鄭子明又朝著他微微一笑，轉過身，一邊大步朝楊光義走去，一邊繼續低聲安排。

呼延氏兩兄妹，原本就是為了償還鄭子明的人情而來，當然更不會抗拒接受「恩公」的調遣。也用力拱了下手，默默地去執行任務。

「潘美，你一會在林子深處選個顯眼地方，豎起咱們的大旗。然後帶幾個人守在旗下，吸引敵軍的注意力！」三步並作兩步來到楊光義身邊，低下頭去，檢視傷口。

「遵命！」潘美輕輕皺了下眉頭，領命而去。

鄭子明用一把楊光義自己的橫刀，割開此人的小衣。先低頭聞了聞傷口處的味道，隨即，又站起來四下瞭望了幾眼，果斷從一處樹木相對稀疏處，拔了幾段草根，削去皮，各自選了一小截，塞進了楊光義嘴中。緊跟著，又掏出火摺子打燃了，迅速遞向傷口。

「嘶——，嘶——」楊光義疼得滿頭是汗，卻耐於面子不肯大聲呻吟，咬緊牙關直吸涼氣。

「順子，你過來，這交給你！」手裡救著傷患，鄭子明口中所說的話，卻完全是另外的事情，「你武藝一般，就負責救護傷號。這幾份草藥，你切了，給受傷的人餵下。然後照著我這樣，用繩子在受傷部位上方紮緊，最後，再用火摺子烘烤傷口。不過是些草木之毒，早就被用爛了，稍加處理就能化險為夷！」注二

「遵命！」李順兒佩服得目瞪口呆，哆嗦著從鄭子明手裡接過火摺子，接手去處理楊光義的傷口。

他的手法過於生疏，把楊光義疼得面孔抽搐，身體像上了岸的魚一樣扭來扭去。然而，傷口處的血水，卻以肉眼可見的速度，由黑色變成了暗紅色，進而朝粉紅色發展。

「這，這，真乃神技！」

「國手，真是國手！」

「狗日的刺客，這回碰上剋星了！」

「幹翻了他們，為民除害……」

見鄭子明輕描淡寫，便令先前對大傢伙兒威脅最大的毒箭失去作用。其餘人等頓時大受鼓舞，無論誰被點了將，都心甘情願地接受任務。

注二、中國北方不產箭毒木，因此兵器上塗抹毒藥，多採用烏頭，或者蝮蛇的毒液。存在取得、保存皆不易，性能不穩定、見效緩慢等缺點。因此很少在戰爭中大規模使用。中醫典籍裡也有很多驗方，處理此類中毒現象。

而時間緊迫，鄭子明也不可能將戰術安排得太周密，稍作布置之後，便又將目光落在了趙匡胤身上，「二哥，剩下的事情，就看咱們倆了。一會兒你我各自……」

「嗚嗚嗚，嗚嗚嗚，嗚嗚嗚，嗚嗚嗚……」一陣焦躁的號角聲，將他最後半句話，徹底遮蓋。

刺客的主帥不耐煩了，將手下所有人馬都聚攏到一處，向樹林內展開了強攻。伴著角聲，先發射了幾輪毫無意義的毒箭，隨即，便分作幾隊長驅直入。

少年們的總人數，只是他們的十分之一；少年們初來乍到，人地兩生；少年們既沒有險要之處倚為屏障，又沒有任何援軍；而他們，卻是占據了天時、地利、人和！

「傳令下去，殺鄭子明者，賞莊園一座，田產五百畝，鹽百斗。其餘目標，每個賞田一百，精鹽五十！」有名身穿鐵甲，背掛紅色披風的主帥，跟在最大的一股「刺客」之後，昂首闊步，不停地發號施令。

天氣不錯，正是殺人滅口的好時候。既然有人不知死活想插手滄州，滄州賈氏就有義務讓他知道知道，到底什麼叫做：「強龍難壓地頭蛇！」

重賞之下必有勇夫。

這句話，用在刺客們身上一點兒都不錯。紅披風主帥的叫喊聲剛落，他們向前進攻的勇氣就陡然增加了一倍，兩腿向前邁動的速度，也瞬間增加三分。

終日替雇主做那些血腥的事情圖的是什麼，不就是狠狠發上一大筆財，然後找個安靜地方逍遙後半生嗎？而今天，眾人想要的東西，聽起來已經近在咫尺！特別是那句精鹽五十，令死亡都變得不值得畏懼。

滄州靠近漢國和遼國的邊境，戰事頻繁，田產非常不值錢，春天種下的莊稼，秋天時不知道有沒有命去收。莊園的價格，也非常一般，君不見今年契丹兵馬所經之處，多少莊園都變成了斷壁殘垣。唯獨精鹽，白得像雪，細得像沙子般的精鹽，價格永遠堅挺。可分散舀了零賣，也可裝在木桶裡埋入地下。實在不行，找搭褳一包扛在肩膀上就逃，無論最後逃到哪兒，都能換成東山再起的錢糧。

「殺——」一小隊刺客衝到韓重贇近前，亂刀齊下，將韓重贇逼得連連後退。兩邊的親衛上去接應，也被另外一夥從側面殺上來的刺客迎住，自顧不暇。

第三夥刺客看到便宜，迅速繞到了韓重贇等人的背後，果斷發起了強攻。很快，就將韓重贇和他所率領的十名弟兄徹底包圍了起來，打得只有招架之功，沒有還手之力。

眼看著獵物的抵抗力越來越弱，越來越弱，好些袋子五十斗裝的精鹽都在向眾刺客招手。就在此時，樹林裡忽然又響起了羽箭破空聲，「嗖——」「嗖——」

不密，聽聲音箭速也不快，但準頭卻遠勝從前！繞到韓重贇背後的一名刺客正舉刀欲剁，脖頸側面卻瞬間插上了一根雕翎。整個人楞了楞，滿臉難以置信，緊跟著，高舉著鋼刀仰面朝天栽倒。

「毒，毒箭——」另外一名刺客運氣稍好，沒有被冷箭當場射殺。手捂著肚子，站在一棵歪脖樹下大聲慘嚎。

「小心，他們也有毒箭！」周圍刺客們嚇了一大跳，攻勢立刻出現了停滯。趁著這個機會，韓重贇擰身揮刀，來了記神龍擺尾。將位於自己身前和側後的兩名對手逼得倉皇後退。隨即，雙腿發力，一步跨出了包圍圈外。

「撤，別戀戰！」他大聲提醒，揮刀剁翻一名試圖封堵缺口的刺客。緊跟著又是一記夸父逐日，將另外一名刺客捅了個透心涼。

第三和第四名刺客結伴欲撲，半空中，卻又傳來兩記破空之聲，「嗖——嗖——」，兩支泛著烏光的羽箭一左一右，正中二人肩窩和胸口。

「卑鄙——」「無恥——」其餘刺客紛紛大罵著舉起兵器格擋並不存在的流矢，絲毫想不起來毒箭最早出自誰人之手。趁著這個機會，韓重贇再度舉刀，砍翻一名刺客，將缺口擴到了可四人並行的寬窄，帶著所有親信且戰且退。

十名來自潞州和李家寨的親衛個個身上都掛了彩，卻士氣高昂，跟在韓重贇身後，雙腿交替著倒退而行，不斷揮舞鋼刀，將追過來的刺客一一剁翻。

「別管他們，繞過去，繞過去，先殺那杆戰旗下的人，擒賊擒王！」披著大紅披風刺客主帥恰恰趕到，發現自家大部分兵力，都被一個長相顯然與鄭子明大不相同的將領吸引，立刻扯開嗓子大聲吩咐。

話音剛落，兩支毒箭凌空朝他射來，嚇得他趕緊縮著脖子側跨半步，將身體躲在了一名親信之後。凌空射來的毒箭一支走空，另外一支擦著親信的面頰掠過，帶起一道黑紅色的血珠。

「啊——」倒楣的親信捂著臉蹲在地上，魂飛魄散。跟著紅披風殺人放火多年，他曾經親眼看到中了毒箭的人，最後一個個都死得慘不堪言。而如今，毒箭卻劃破了他的面頰，奇毒入血，他自己還能活得了幾天？

「來人，過來幾個人，去殺掉那兩個放冷箭的，去殺掉那兩個放冷箭的！」紅披風也被嚇得冷汗直冒，跳到一棵環抱粗的大樹之後，啞著嗓子命令。

獵物當中，正在施放冷箭的只有區區兩個人，卻給他這邊造成了巨大的壓力。所以，無論付出任何代價，都必須先將這兩人鏟除。

「殺那兩個放冷箭的，殺那兩個放冷箭的！」紅披風身邊的弓箭手們，大聲重複。同時自動分成了左右兩隊，朝著不遠處持著簡陋木弓的呼延贊、呼延雲兄妹，發起了反擊。他們手中的角弓製造精良，箭壺中的羽箭又儲備富足，所以很快就鎖定的勝局。

呼延兄妹被亂箭壓得躲在樹後無法還手，不得不放棄抵抗，掉頭逃想了樹林深處。

「追，追上去，別放走了一個！」紅披風抬手擦了一把冷汗，繼續發號施令。「弓箭手別在我身邊乾等，追上去，想辦法靠近了射殺敵軍。其餘人，也不要在半路上耽誤功夫，向裡邊殺，先殺掉那面旗子下的人！」

樹林深處，有一面臨時扯起的戰旗。戰旗下，一名少年被七八個親信保護著，好像既沒勇氣上前與其他少年並肩而戰，又下不了決心率先逃走。而其他少年們，雖然使出了渾身解數，卻寡不敵眾，被蜂擁而上的刺客壓得節節敗退。很快，就退到了戰旗附近，勉強組成了一道單薄的半弧。

先前那兩個發射冷箭的少年男女，也退到了戰旗下。隔著半弧型人牆，朝攻上來的刺客做最後的反擊。他們兩個手中的木弓非常簡陋，連樹皮都沒顧得上剝，一看就知道是臨時趕製。但他們兩個所產生的威懾力，卻遠遠超過了其餘同伴，幾乎每一次鬆開弓弦，都令進攻方所有人心裡打一次哆嗦。

「弓箭手，弓箭手全死了嗎？壓上去，遠處射不準就靠近了射！」紅披風被持木弓的那對少年男女氣得火冒三丈，揮舞著寶刀，大聲咆哮。「其餘人，一起往上壓，他們手中的毒箭全是撿來的，最多還能射上幾回？」

「是！」「是！」「是」……刺客中的弓箭手，從數個方向，扯開嗓子答應。自家頭領說得好，遠了射不中，可以靠近了射。靠到十步之內，就不用再顧忌樹幹樹枝的干擾。而自己這邊人多勢眾，也可以令對方手中的木弓顧此失彼。

那些持刀的眾刺客，回應聲就比持弓者低了許多。密林中的戰鬥時間雖然短暫，他們這邊倒下的弟兄，卻超過了被殺死獵物的十倍。所以，越是最後關頭，就越不能掉以輕心。萬一獵物們情急之下反噬，自家這邊衝在最前方者，肯定是跟獵物同歸於盡的下場。

「快一點兒，別磨蹭！」紅披風也是從普通護院一步步爬上來的，對手下人的小心思一清二楚。板起臉，大聲咆哮，「壓上去，先砍出第一刀者，賞精鹽……」

他準備用白花花的精鹽來刺激士氣，然而，賞格還沒等提出，半空中，忽地響起了兩道驚雷，「賞你腦袋！」

「休得猖狂，老子賞你一刀！」

雷聲餘韻未盡，兩道身影，已經從他身前不遠處的樹冠上撲落。一個手持包銅大棍，一個手持九尺鋼鞭，將沿途目瞪口呆的刺客，挨個砸得筋斷骨折。

「救我——」紅披風大叫著舉刀護住自己胸口，兩腿交替著快速後退。中計了，戰旗下那個少年不是鄭子明，從左側樹冠上撲下來的這個才是。後者手裡，拿的才是鋼鞭！

正在努力前壓的一眾刺客們，俱被身後發生的險情，弄得不知所措。按常理，他們應該放棄營救自家頭目，繼續上前殺掉戰旗下的一眾少年，如此，即便沒有大獲全勝，雙方也算打成了平局。

然而，戰旗下的一眾少年裡頭，卻沒有他們今天要獵殺的首要目標，新任滄州防禦使鄭子明。萬一讓後者趁機逃走，他們今天的斬獲再多，功過亦不能相抵。

「殺，別放走了一個！」就在刺客們一楞神的工夫，潘美已經替所有人做出了決斷。大喝一聲，提刀衝破了身前的自家人牆。

「殺，別放走了一個！」韓重贇、呼延贇等人恍然大悟，也大叫著發起了反擊。他們人數不到對方的十分之一，但武藝高強，目標明確，且眾志成城。而對方，主將正在鄭子明和趙匡胤兩人的追殺下，狼狽逃命。其餘嘍囉則各懷心事，瞻前顧後，誰也拿不定個主意。

兩名猶豫不決的刺客，被潘美一刀一個，砍翻在地。韓重贇緊跟著潘美身側追上，將另外兩名持刀抵抗的刺客，送上了西天。其餘刺客這才如夢初醒，或者舉起兵器原地自保，或者拖著兵器掉頭閃避，原本就不甚齊整的幾支攻擊隊伍，轉眼全都分崩離析。

「看箭！」呼延贇用木弓抵著一名弓箭手的後脖頸，發出致命一擊。隨即，丟下木弓，彎腰從弓箭手屍體上，抄起了角弓、箭壺，還有箭壺裡滿滿當當的毒箭。一名刺客尖叫著撲向他，被他一箭釘在了對面的樹幹上，血流如注。另外一名弓箭手在十餘步外向他發起偷襲，卻被他側身閃開，然後反手一箭射穿了咽喉。

呼延雲的武藝不如其兄，但箭術卻尚有過之。握住一把剛剛從屍體上撿來的角弓，三箭連發。「嗖——嗖——嗖——」，每箭各自命中二十步外的一個目標，將對方三人全都射成了透心涼。

其餘刺客原本就沒剩下多少士氣，眼睜睜地看著自家人或死於刀下，或者被毒箭射殺，個個心驚膽寒。將頭一縮，調轉身體，爭相逃命。一百七八十人，竟然被十幾個少年，追得狼奔豕突。跑得最快和最遠的，無疑是那名紅披風頭目。在發現自己中計之後，他稍微支撐了三招兩式，就立刻落荒而逃。

能爬到今天的位置不容易，他通過替雇主殺人放火，已經存下了一大筆錢，足夠揮霍下半輩子。而一旦被姓鄭的拿鋼鞭打死，不僅是那筆錢再也沒機會花，兩個已經懷了孩子的美妾，肯定也會便宜了別人。所以，無論付出任何代價，他都必須先保住自己。雇主不過是個大鹽梟，無德無能，不值得他為其去死。雇主背後的那個撐腰者，想殺鄭子明都不敢親自動手，看來能力也有限，也不值得他為之犧牲。

「別殺我，我也是奉命而來！」一邊跑，他一邊扯開嗓子，大聲叫喊，唯恐聲音小了，身後的鄭子明和另外一個持棍大漢無法聽清楚，「我是滄州城賈老爺家的大護院，今天的人全都是賈老爺的私兵。是賈老爺要殺你，不是我，真的不是我。他的大女婿，就是現任滄州團練都監。他的兩個兒子眼下一個在幽州，一個在青州！」

「賣主求生之輩，留你不得！」趙匡胤越聽越驚，越聽越氣，猛地將手中包銅大棍丟了出去，恰恰掃中紅披風的後腳踝。

「撲通！」紅披風一個跟頭栽倒，慘叫著打滾，「別殺我，別殺我，我招，我全招。我帶著你們去攻打賈家，他家的防禦設施，我都一清二楚。」

「多謝了！」鄭子明快步追上，揮鞭砸落，將此人的腦袋砸成了一團爛泥。

「呀——！你，你怎麼真的殺了他？」沒想到鄭子明的動作如此乾脆，趙匡胤差點兒被濺了一身腦漿，本能地跳開數尺，大聲質問。

「不是你剛才說，留此人不得嗎？」鄭子明收住腳步，轉過頭，低聲回應。方方正正的面孔上寫滿了無辜。

「你，唉——！」趙匡胤被問得無言以對，只能咬著牙跺腳。

雖然瞧不起紅披風在生命中最後一刻的所言所行，但是站在自家利益角度上，他依舊準備留此人一命。畢竟有個熟悉對手情況的內線帶路，接下來大夥想要攻克那個賈老爺的堡寨，會變得容易許多。並且通過紅披風的指證，也更容易將賈氏的死黨一網打盡。

而鄭子明一鋼鞭下去，相當於把他的所有謀劃盡數打了粉碎。如今，大傢伙兒再想攻打那個賈老爺寨子，就只能選擇強攻。想要甄別滄州城的一眾官吏，也只能重新去尋找合適的眼線。

「晚了，已經打死了，現在說什麼都晚了！」鄭子明接下來的話，讓趙匡胤更是一點脾氣都沒有。「不過二哥也別生氣，那邊還有不少刺客，咱們說不定還能再抓到幾個合用的！」

說罷，也不管趙匡胤接不接茬，拎著鋼鞭，一溜煙跑遠。把個趙二哥氣得兩眼直冒煙兒，站在原地罵了幾句，到最後卻只能擎著包銅大棍快步追上。

刺客們早已經被韓重贇、呼延贊和潘美等人殺得潰不成軍，忽然間又遇到了鄭子明和趙匡胤這兩個蓋世良將，更是變成了喪家之犬。或者慘叫著奪路而逃，寧可從背後被殺死，也堅決不停下來抵抗。或者將手中兵器一丟，直接跪在了地上，磕頭如搗蒜，只求少年們對自己高抬貴手。

鄭子明、趙匡胤和韓重贇、呼延贊等人追亡逐北，在短短一刻鐘內，將刺客給殺死了三分之一，俘虜了一小半兒。然而因為人數上跟對方差得太多的緣故，他們終究無法將刺客盡數全殲。到最後，依舊有大約一成半左右的刺客逃之夭夭。

這三十來名逃走的刺客當中，又有七成多徹底認清了形勢，半路上將身體一擰，果斷逃離了滄州。從此改頭換面，不知所終。剩下的幾名刺客，則鐵了心要跟雇主共同進退。趁著鄭子明等人忙著審問俘虜，分析局勢的當口，相繼潛回了賈家堡寨，向自己的雇主，滄州最大鹽梟賈登通風報信兒。

「你們說什麼？咱們這邊可是。可是足足有兩百多人？」賈登聞聽，立刻將懷裡的美妾摜在了地上，跳著腳，大聲咆哮。

「點子，點子有，有萬夫不當之勇！」最早返回賈氏堡寨的兩名刺客跪在地上，聲音中帶著明顯的戰慄。

「狗屁！狗屁個萬夫不當之勇，分明是爾等無用！」大鹽梟賈登上前半步，抬腳將兩名刺客挨個踢翻在地，繼續咆哮著質問，「你們要他們的具體人數，老子提前一天就給你們買回了他們的具體人數。你們要隔絕滄州城內的守軍，老子也買了守軍兩不相幫。你們怕他們當中有人跑得太快，老子還給你們買了毒箭，買了角弓，買了絆馬索和拒馬釘。老子花了那麼多的錢，你們最後卻只給老子帶回了全軍覆沒的消息，你們，你們哪來的臉皮？」

「老爺饒命，饒命啊。小人沒有撒謊！那，那鄭子明真的有萬夫不當之勇啊。大，大護院一個照面都沒堅持住，就被他給打得吐血而逃了。小人，小人們雖然，雖然已經豁出去了性命，可，可彼此本事相差實在太多！」

「饒命，饒命啊！是，是大護院率先逃了，小的們群龍無首，所以，所以，所以才拚死殺出一條血路回來報信。小人，小人真的盡力了，真的無力回天吶！」

兩名刺客被踢得來回打滾兒，卻不敢反抗。只是不斷地哭訴哀求！

這二人身上都掛了彩，一個傷在左肩，一個傷在右肋。半邊身體都被血跡染得通紅，腳上的兩隻靴子，也俱掛滿了猩紅色的乾泥。乍一眼看上去，誰也無法把他們當成臨陣逃脫的膽小鬼，只會認為他們是血戰來歸的英雄。

賈登手下的帳房和幕僚們，眼睛瞪得溜圓，在兩名逃回來的刺客身上不停地掃視。半晌，也沒掃視到一處位於背後的傷口。心裡頭，便對這兩名刺客有了幾分好感，說出的話，也不約而同地透出了幾分回護之意。

「莊主息怒，為今之計，我等首先需要做的是，想辦法應對鄭子明的報復，而不是懲罰敗軍之將！」

「是啊，莊主，萬一那鄭子明抓到幾個活口兒，不難查到是誰想要奪走他的性命。接下來，他一定會率領兵馬攻打咱們的賈堡寨。而賈家寨的寨牆雖然堅固，若是沒有援軍的話，恐怕也很難支撐得太久。」

「殺這鄭子明，原本就不是老爺您一個人的決策。如今既然失了手，責任當然也不能由您老一個人承擔。那王家、陳家，還有朱家，還有滄州城的團練，必須也站出來，跟咱家共同進退。」

「知己知彼，方能百戰不殆。老爺，您不如先問清楚，這一仗的詳情。」

「無論如何，讓莊丁都上牆駐守，同時想辦法搬救兵才是最重要的，至於其他……」

眾人甭看沒多少實戰經驗，嘴裡說出來的話，卻都一套一套，有理有據。大鹽梟賈登聽了，心中的煩躁頓時消解了不少。抬起腳，向後退了兩步，皺著眉頭吩咐：「來人，拉他們兩個起來。你們兩個，給老子說清楚，這仗到底是怎麼打的。大護院為何自己丟下你們先跑了，他到底是死是生！」

「不，不用拉，小人，小人自己能，哎呀——！小人能自己站，站，站起來！」兩名刺客艱難的在地上翻滾，掙扎，直到被人拉住了胳膊，才喘息著站起身，向著賈登抱拳施禮，「謝老爺不殺之恩！小人今天早上由大護院領著……」

雖然逃得早了些，沒有親眼看完整個潰敗過程。這兩個傢伙，卻憑著各自的想像力，為大鹽梟賈登和在場其他眾人，描述出來一場慘烈、艱辛，跌宕起伏的惡戰。

他們自己這邊，當然是準備充足，部署得當，並且士氣旺盛，對雇主忠心耿耿。然而並非大傢伙不用命，實在是對手太厲害了。厲害得遠超任何人的預料。非但那鄭子明本人是個萬人敵，跟他同行的其他少年，也個個都能橫掃千軍……

在他們兩個看來此戰唯一的失誤，就是帶隊的大護院，不該過早地逼迫眾人攻入樹林。而帶隊的大護院肯定是死在了鄭子明手裡，或者被鄭子明所生擒，所以，此人就是最好的汙蔑對象。反正此人是沒希望再回來跟自己對質了，自己怎麼說都不會穿幫。

聰明人在關鍵時刻的選擇，大抵上都會一致。接下來陸續逃回堡寨其他四、五名刺客，也都本能地誇大了對手的實力，本能地將戰敗的責任朝帶隊的大護院身上推。結果核實了所有逃回來者的口供之後，大鹽梟賈登和他的幕僚們，便順理成章地得出了一個令人無比沮喪的結論：鄭子明和他身邊的夥伴個個都是關羽、張飛那樣的勇將，自己這邊絕對沒可能在野戰中取勝。如今之計，唯一的辦法，就是死守堡寨，然後廣搬救兵。爭取先憑藉地利及人和，打一個平局出來。然後再想辦法托人斡旋調停，爭取最後能化干戈為玉帛。

「這，這，怎麼可能，那姓鄭的明知道我要殺他！」雙手抱著頭，大鹽梟賈登嘴裡，發出一串絕望的呻吟。「他不將我的全家斬草除根，怎麼可能坐得穩防禦使的位置？況且他手中還有兩千多心腹弟兄，只要拿了鹽稅，便可就地招兵買馬。假以時日，我更不是他的對手！」

「問題是，老爺您最初也只是想給他個下馬威，沒想要了他的命啊！」一名山羊鬍子幕僚搖搖頭，低聲剖析，「他真正應該報復的是給您下命令的那個人，而不是您。再者，只要他沒有在極短時間之內攻破堡寨，就會認識到咱們的實力。那時候，與其跟咱們拚個兩敗俱傷，讓別人撿便宜。還不如放下以往的恩怨，一起來發這製鹽販鹽的橫財！」

「你是說，讓我，讓我主動出首，將，將受了誰人指使的事情告訴他？」賈登聽得眼神一亮，毫不猶豫地忽略了對方後面幾句話。

「冤家宜解不宜結！他跟誰合作，都是合作，不可能自己動手去砍柴火煮海水。」山羊鬍子笑了笑，沒有直接回答他的疑問，只是老神在在地補充。「您畢竟沒有能夠殺死他。而只要您在，汴梁城裡那位就不會再向別人下同樣的命令。怎麼做對他自己更有好處，相信那姓鄭的能夠算得清楚！」

「是啊，東翁，冤家宜解不宜結，況且那鄭子明也不知道，您到底是想給他個下馬威，還是受人指使，想要了他的性命！」

「賈老爺，那姓鄭的既然是官場上的人，就應該明白官場上的規矩。這年頭到哪兒上任，最開始跟地方上不明爭暗鬥一番？鬥出個輸贏大小，也就罷了，何必非得拚個你死我活？」

「是啊，東翁，朱老跟呂老兩個說得沒錯。咱們只要把寨門關緊，讓他知道咱們並不好拿捏就行了，總不能真的扯旗造反！」

「是啊，是啊……」

眾幕僚和管事們七嘴八舌，紛紛附和山羊鬍子的意見。

倒不是他們目光短淺，頭腦簡單，而是眼下的情形，容不得他們再做什麼長遠圖謀。畢竟派刺客暗殺一位即將上任的朝廷命官是一回事，拉出莊丁公開與朝廷的兵馬對抗，則是另外一回事。

前者只要他們做得乾淨俐落，過後就可以推給越境打草穀的契丹人或者土匪流寇。在符家和朝廷中另外一位大人物的全力遮蓋下，鄭子明的同僚和上司即便心存懷疑，也沒有辦法將真相一查到底。

而後者，則等同公開扯起了反旗。非但朝中那個大人物不敢替他們說話，他們以往依仗的符家，也會在第一時間跟他們摘清關係，甚至直接派兵馬過來殺人滅口。

此外，謀刺朝廷命官，完全可以由組織者一人承擔。而公開扯旗造反，被撲滅後，首犯和脅從，可是一律在劫難逃！

「那，那就先死守堡寨，然後，然後再做打算吧！」見手下人根本鼓不起與鄭子明公開對抗的勇氣，大鹽梟賈登嘆了口氣，呻吟著點頭。

能做到權傾一方的地頭蛇，他當然能看出此刻幕僚們的建議裡頭都包藏著極重的私心。然而，越是這樣，他越需要擺出一副從諫如流的模樣。否則，根本不用等鄭子明打上門來問罪，手下這幫王八蛋，就有可能會聯手發難，將他的人頭割下來給姓鄭的當見面禮。

不過，表面上從諫如流歸從諫如流，暗地裡，他卻也不能把希望全寄托在鄭子明會對自己高抬貴手上。當天下午，就偷偷地命令自己的鐵桿心腹分頭去聯絡做團練都監的女婿和平素一起販售私鹽的幾個莊主，請他們從現在起就厲兵秣馬，一旦鄭子明不依不饒，就只能合力做掉了此人，然後大夥以滄州城為獻禮，一道投奔遼國！

幾個鐵桿心腹倒是比幕僚們忠誠可靠許多，動作最快的一個在天黑之前，就帶回了團練都監王德的口信，三千團練枕戈待旦，隨時可以為岳父大人效死。到了後半夜，前往其他幾家鹽梟處也傳回了好消息，願意與賈家共同進退。

大鹽梟賈登頓時就又有了底氣，關門落鎖，調兵遣將，發誓要在「服軟」之前，讓鄭子明知道，自己並非沒有一戰之力。然而，然而讓他非常鬱悶的是，接連四天四夜過去了，預料中的興師問罪，卻遲遲沒有發生。鄭子明消失了，像露水一樣在光天化日之下消失得無影無踪。

到了第六天頭上，非但家將家丁們個個等得筋疲力竭，大鹽梟賈登自己，也因為精神長時間處於緊張狀態而變得有些心智迷糊，手扶著寨牆上的城垛，喃喃念叨：「怎麼還不來呢？他不來，我怎麼跟他解釋行刺的事情啊？總不能沒等他登門，賈某就自己去負荊請罪吧！萬一他根本就不知道刺客是賈某所派怎麼辦？是戰是和，好歹他應該給我個機會吧……」

周圍的眾幕僚和管事聽了，心中也宛若有一百隻爪子在撓。按他們的判斷，鄭子明無論如何，都該先帶領麾下兵馬到賈家寨前走一遭。雙方先各自展示一番實力，然後才能討價還價。而現在，鄭子明卻消失了，連討價還價的機會都不給，就直接消失了！這，讓大夥到底該何去何從？

「朱管事、呂教頭，你們兩個倒是說說啊，咱們接下來該怎麼辦？總不能一直這樣乾等著？」念叨了好半晌也沒人接茬兒，大鹽梟賈登猛然回過頭，朝著堡寨裡除了自己之外影響力最大的兩個人詢問。

「這……？」朱管事揪著自己的山羊鬍子，齜牙咧嘴，「要不咱們先打開寨門，派些人手出去探聽探聽，姓鄭的到底去了哪？」對手行事根本不按常規，他肚子裡縱有千般妙計也派不上用場。

「乾等著肯定不是辦法，弟兄們都連續好些天沒睡過囫圇覺了！」教頭呂青搖搖頭，滿臉凝重，「無論如何，今天得讓弟兄們先好好休息一個晚上。至於姓鄭的那邊，屬下建議您派幾個親信趕些豬羊去官道上等他。見了之後，別說以往恩怨，只說要勞軍。他如果有心放過咱們，自然就會把豬羊收下。他若是打算追究到底，咱們也能立刻重新拿起兵器爬上寨牆！」

「這……？」大鹽梟賈登低聲沉吟，遲遲做不出決斷。

不是捨不得幾頭豬羊，而是不能確定，呂青所說的辦法，是否對鄭子明管用。少年人宛若剛剛浮出海面的朝陽，身上不帶半點兒舊官場的「煙火氣」。自己這邊越是拿以往的經驗來推測他，恐怕到頭來越是痛苦萬分。

正猶豫間，寨門外，忽然傳來了一陣倉卒的馬蹄聲。緊跟著，一名身材頗為魁梧的北國女子，疾馳而至。隔著老遠，就大聲哭喊道：「阿爺，您可是坑死我了！好端端的，您不販您的鹽巴，去招惹什麼鄭子明！這下好了，您女婿外孫全落到了人家手裡。女兒我沒了丈夫也沒了兒子，您讓我還怎麼活啊？」

「什麼，妳胡說些什麼？」大鹽梟賈登聽得眼前一黑，差點直接從寨牆上栽下去摔成肉餅，「德子和九成他們落在了誰手裡？鄭子明，鄭子明他到底在哪？」

「當然是落在了姓鄭的手裡！」馬背上的女子一邊哭，一邊繼續大聲數落，「他，他打不下您的寨子，還不會對付您的女兒、女婿和外孫嗎？我男人聽了你的話，在團練大營裡磨刀磨槍。姓鄭的帶兵衝進來，剛好拿了人贓俱獲。這回好了，我們全家都被你給坑了，我也不活了，你乾脆現在就給我一個痛快得了！」

「鄭子明，鄭子明直接殺進了團練大營！他，他，他……」被自家女兒的話砸得暈頭轉向，大鹽梟賈登身體不停地搖搖晃晃。

自家女婿及其麾下的三千多地方團練，是他目前距離最近，也是關係最為密切的外援。如果團練大營都被姓鄭的連鍋端了，這支外援自然就不用想了。光憑著賈家寨自己……

「東翁，東翁，別急，此刻急也沒用。」山羊鬍子管事距離賈登近，快走兩步，伸手扶住他的肩膀，「咱們，咱們還有時間，還有時間調整策略！寨子裡還有一千五百多莊丁，倉庫裡的糧食和箭矢儲備，也非常充裕。」

話音未落，寨牆外，又傳來了一陣密集的馬蹄聲，「的的的，的的的，的的的……」，鋪天蓋地。緊跟著，數道黃綠色的煙塵，從正東，正南，正西三個方向，直奔賈家堡寨。三道煙塵前，則是三面高高挑起的大旗，「王」、「陳」、「朱」！

「呼——」大鹽梟賈登長出一口氣，軟軟地蹲在了寨牆上。

來的是三家與自己關係密切的鹽梟，每個人都是帶著私兵傾巢而出。每支隊伍，規模都不小於五百人。再加上賈家堡寨自己的莊丁，大夥聯起手來，依舊有機會跟鄭子明互相稱稱斤兩。

「噢……」「噢……」寨牆上，莊丁們歡聲雷動。先前聽了自家大小姐的哭訴，他們心裡頭對未來已經絕望。而現在，大夥卻又重新看到了希望的曙光。

伴著歡呼聲，三支隊伍快速靠近了賈家堡寨。卻主動不上前跟賈登這個寨主打招呼，而是各自在距離寨牆一百步處迅速整隊，像事先商量好了一般，擺出了三個齊整的攻擊陣形。

「下，下面可是王世兄？」見到此景，賈登剛剛落回肚子裡的心臟，瞬間又提到了嗓子眼兒。站起身，朝著距離自己最近的那支隊伍，用力揮手，「賈某在此，請王世兄出來說話！」

「賈寨主多禮了，王某可是不敢高攀！」一名面孔白淨，身材勻稱的壯漢，策馬衝到距離寨牆八十步遠處，大聲回應。

「王兄這是什麼意思，咱們，咱們可是，可是過命的交情！」賈登心臟中，頓時湧起了一股不祥的預感。手扶牆垛兒，探出半個身子，大聲質問。「莫非你不是來幫我的？咱們幾家，可，可是一條繩子上的螞蚱！」

「可別這麼說，王某跟你，只是生意往來！」白淨面孔壯漢，王家莊的莊主王顯，撇著嘴用力搖頭，「王某更沒答應過幫你什麼忙！」

「姓賈的，你勾結遼人，謀刺朝廷命官，某等豈會跟你同流合汙！實話告訴你吧，某等此番，是替防禦使大人做先鋒來了。」

「鄭將軍帶著大軍馬上就到，識相些，你自己開了寨門投降吧！免得寨子裡莊丁們無辜替你送命！」另外兩名寨主，更是不講面皮。沒等賈登向自己質問，就先後大聲表明了立場。

「你們，你們都不得好死！」不祥的預感，果然應了驗，大鹽梟賈登氣急敗壞，「賈某在這裡等著，有種，有種你們自己打進來！」

「東翁，東翁萬萬不可莽撞！」山羊鬍子管事上前半步，再度拉住賈登一隻胳膊，大聲勸諫。「敵我雙方眾寡懸殊……」

「閉嘴！」賈登豎起眼睛，厲聲咆哮，「不莽撞，不莽撞你還讓我怎麼辦？自己綁了雙手，等著挨刀？那樣的話……」

「的確是個好主意！只死你一個，總好過大夥都死！」教頭呂青，上前拉住了他的另外一隻胳膊，大聲表示贊同。

「你們……」賈登又驚又怒，一邊掙扎，一邊大聲求救，「來人，把他們拿下，把這兩個吃裡扒外的東西拿下。拿下他們倆，每人賞精鹽十斗，米……」

「省省吧，這會兒，什麼也沒命值錢！」又一個冰冷的聲音，在他背後響起。緊跟著，賈登就發現自己飛了起來，像隻大鳥般，從三丈高的寨牆上，飛起，翻滾，自由地盤旋！

「當初不該把寨牆建得那麼高！」一個荒誕的想法，忽然湧上了他的心頭。緊跟著，身外的世界變得一片鮮紅。

當那團紅色漸漸褪去，時間已經是午夜。大鹽梟賈登掙扎了一下，覺得四肢百骸無一處不疼。「水，給我口水喝！」他動了動唯一還能支配的嘴唇，喃喃地呻吟。他不想死，他還有萬貫家財，有千頃良田，還有，還有一大堆除了他自己，別人誰也找不到藏在何處的奇珍異寶。

這些，他都可以送給鄭子明。算是賠罪，也算替自己贖命。刺殺的事情，真的不是出自他的本意，他最初只是想遵循慣例，給新上任的防禦使一個下馬威。然後好跟對方劃分清楚彼此的勢力範圍，各不插手對方的事情。誰料，卻有人打著三司使郭允明的旗號，給了他一道密令，然後，他的野心和整個事情，就都徹底失了控。

主謀不是他，他不該死。他要自救，他要舉報。「水，給我點水！行行好，行行好！」喃喃地叫喊著，賈登忍痛蠕動身體，黑暗中看去，就像一隻巨大的蚯蚓。「我要見防禦使，我要見防禦使大人，我冤枉！真的冤枉！」

黑暗中，傳來一串低低的腳步聲。「給你！」獄卒不耐煩的回應著，將一個散發著餿臭味道的破木碗遞到了他的嘴邊。

若是平時，賈登肯定連聞都不聞，就一巴掌將木碗打飛。而今天，他卻溫順地張開嘴，如飲甘霖，「咕咚，咕咚……」

渾身劇痛，導致味覺變差。連續兩口下肚，他才意識到水的味道有點兒不對，趕緊閉上嘴巴，用力搖頭。是鹵碱水，販鹽的人對此物誰都不陌生。少量服用可以治病，大量喝下去只有一個結果，腸穿肚爛。

他的頭和身體，卻被獄卒牢牢的按住了。牙關很快也被人用木棍支開，剩餘的鹵碱水，一滴不落地灌進了喉嚨。

可嘆那賈登，這輩子依靠黑牢裡的獄卒和毒藥，不知道謀害了多少無辜。到頭來，自己卻也被獄卒們用一大碗鹵水了結了性命，真是天道循環，報應不爽。

衙門裡自然有足夠的手段，將他偽裝成了服毒自盡。待第二天上午，待鄭子明處理完了一大堆要緊事兒，派李順兒來提審俘虜，看到的只是一具冰冷的屍體。

李順不敢怠慢，立刻跑回防禦使臨時行轅向鄭子明彙報。聽了他的話，後者楞了楞，原本就已經不再白淨的面孔，頓時黑成了鍋底：「服毒自盡！怎麼可能服毒自盡，順子，你立刻點了兵馬，把衙門裡的獄卒全都給我抓起來！昨天我親手給賈登接的骨頭，此人的大腿骨，兩臂和脊椎都斷了。三天之內，能動一動手指都是奇蹟，怎麼可能自己把毒藥倒進嘴裡！」

「遵命！」李順答應一聲，手按刀柄大步離去。

趙匡胤和韓重贇兩人在旁邊笑呵呵地看著也不阻攔，直到李順的身影出了門，才搖搖頭，相繼勸道：「算了，三弟，你就是把所有獄卒都抓起來挨個嚴刑拷打，也不可能找到真凶。姓賈的不死，這滄州城內，不知道多少人無法安枕。他死了，剛好一了百了！」

「是啊，子明，你昨天就不該費那麼大力氣救他。雖說醫者父母心，可賈登這種人如果不死，滄州的仕紳就人人自危。還不如讓他稀裡糊塗死掉，大傢伙就此將往事統統揭過，另續新篇！」

「這，你們是說，讓我乾脆裝糊塗？」鄭子明瞪圓了眼睛，滿臉遲疑。論領兵打仗的本事絲毫不比兩位好友差。但論及官場智慧，他卻照著兩位好友差了不止一點半點。

「其實真正的幕後指使者是誰，不是明擺著嗎？你留著一個活著的賈登，不過是多一份口供而已，並且還未必好用！」知道自家三弟的官場經驗接近於零，趙匡胤苦笑著咧了咧嘴，低聲補充。

「是啊，你就是抓到謀殺賈登的衙役又能怎麼樣？不過是揪出一連串雜魚，根本不可能是真凶。」韓重贇也笑了笑，語重心長地補充。「你既然做了地方官，就得學會裝糊塗。大多數時候，心裡頭明白就行了，表面上則必須睜一隻眼閉一隻眼！」

「就像官渡之戰後，曹操焚信！」先前一直選擇側耳傾聽的潘美突然插了一句，引經據典。

「噢——呵呵，呵呵……」鄭子明頓時恍然大悟，手捂著自己的後腦勺，苦笑連連。

曹操在官渡之戰勝利後，將繳獲的袁紹書信一把火全部燒掉。並非其心胸有多開闊，而是在那種情況下，最理智的選擇。如果曹操堅持徹查到底，其手下的大部分文官就都會受到波及。他所建立的許昌政權，也必然會危若累卵。而曹操選擇了徹底無視，原本為了自保才跟袁紹暗中眉來眼去的那些人，則會感激他的大度和體貼，從此對他忠心耿耿。

在他鄭子明沒展示出足夠的實力之前，滄州的許多人，又何嘗不是為了自保，才跟賈登同流合污？如今賈登已經身死，正是他鄭子明趁機收攏人心的時候。這個節骨眼兒上不去向當地的名門望族示好，卻急著去給原本就該死的賈登報仇，不是腦袋裡進水又是什麼？

「多謝二哥和韓兄指點！」想明白了其中關竅，鄭子明收拾了一下紛亂的心情，鄭重拱手。

「何必這麼客氣，都是自家人。二哥我當初就是不放心你初次當官兒，才一路跟了過來！」趙匡胤擺擺手，笑著回應。

這是一句大實話。論武藝和兵略，地方上的區區幾個豪強，還真未必能對鄭子明造成什麼威脅。哪怕是那天在「接官亭」被刺客們團團包圍的時候，趙匡胤也堅信自家三弟有本事化險為夷。

但對官場上的暗箭，趙匡胤就不怎麼相信自家三弟有應付的本事了。畢竟後者十五歲之前的記憶和人生經驗都丟失得乾乾淨淨，十五歲之後，則要麼跟綠林粗胚們廝混，要麼忙著掙扎求生，根本沒多少機會接觸人間煙火。

「自家人，不用客氣。」韓重贇的想法，跟趙匡胤差不多，也笑了笑，低聲補充道。「滄州不比李家寨，你過去的經驗基本用不上。在李家寨，你只需要管好身邊十幾個人，然後練好兵馬就行了。而在滄州，你除了是防禦使之外，還兼著滄州刺史。武事和文事，都得一把抓。如果光憑著仲詢和陶子正他們幾個，早晚得把他們全都累死。所以如何處理跟當地仕紳之間的關係，便成了首要。當初師父在澤潞兩州殺人殺得雖然狠，卻對那些肯低頭服軟的仕紳網開一面，就是這個道理。無論安撫百姓也好，掌控地方也罷，都得需要人幫忙。而只有仕紳之家的子弟，才讀書識字，才能成為你的臂膀和爪牙！」

在韓重贇看來，滄州雖然土地肥沃，並且擁有煮海製鹽之利，鄭子明這個刺史兼防禦使，卻並不好當。首先，只有一河之隔的幽州軍，不會放任一支新生力量在眼皮底下慢慢發展壯大。其次，滄州背後的符家，恐怕也不是個好相處的高鄰。再次，小皇帝劉承佑原本就對鄭子明非常忌憚，如今發現他羽翼漸豐，更會用盡各種手段來對付他。最後，則是韓重贇自己的一點想法，至今還沒跟任何人說過，這輩子也不打算跟任何人說，郭家的人情，並沒那麼好拿。鄭子明眼下拿得越多，將來恐怕付出的代價就會越大！

所以，收攏人心取得當地仕紳的支持，是鄭子明的當務之急。只有得到了仕紳大戶的支持，鄭子明才能在滄州扎下根。他頭上的滄州防禦使帽子，才能戴得安穩。為了這個目的，哪怕暫時說一些違心的話，做一些有違本性的事，也在所不惜。

他和趙匡胤，都是出於一番好心。誰料，他們兩個，卻都低估了鄭子明的固執，或者莽撞。只見後者靜靜地琢磨了片刻，忽然，再一次躬下身體，向他們兩個鄭重施禮：「二哥，韓兄，你們兩個的意思，我都明白了。但是，我卻想試試另外一條路能否走得通？」

「還有什麼另外的路？子明，你可不要由著性子……」趙匡胤和韓重贇兩個被嚇了一跳，異口同聲地勸阻。

「屯田，賺錢，招兵買馬！」鄭子明笑了笑，低聲打斷，「此外，就是重建秩序！殺人者死，犯罪者都受到應有的懲罰，無論其貧富貴賤！」

「咯咯咯，咯咯咯，咯咯咯……」床子弩的絞盤在三頭黃牛的合力牽引下，緩緩旋轉。掛在絞盤上的另外一條繩索一寸寸向後移動，由牛筋絞成的弩弦，也被繩索上的鐵鉤拉扯著，一寸寸張開。兩支相對安置的弓臂漸漸彎曲，漸漸組成了一個完美的滿月。

三名裝填手魚貫跑上去，第一人乾脆俐落地升起機牙，勾住弩弦；第二人快速將一根成人手臂粗細，一丈五尺長短的弩箭安放入特製的溝槽當中；第三人，則將一個五斤多重的木桶，掛在了箭桿前端專門打造出來的鐵鉤上，隨即從腰間扯出一支火摺子，迎風晃燃，回過頭，用目光向著弩車後十步處的李順請示下一步安排。

平素無論見了誰都談笑風生的李順兒，此刻卻像換成了另外一個人般，滿臉凝重。只見他先將右手大拇指豎起來，對著弩箭的箭鏃伸直手臂，然後又將目光順著箭鏃，一路向前延伸，延伸直到與一百五十步外的寨牆相接。忽然，他搖了搖頭，大聲喊道：「抬高，把架桿兒向上抬高兩個手指頭，再高些，再高些，對，就這樣，墊穩——」

前兩名裝填手俯下身子，按照他的要求不停地調整床子弩前端的「架桿兒」。弩箭的箭鏃快速向上翹起，遙遙地指向了寨牆之後，一座小樓的屋頂。板著臉的李順兒，嘴角終於露出一絲笑意，右臂猛地下揮，同時大聲斷喝：「點火！」

第三名裝填手，迅速用火摺子，點燃木桶下方一根又細又長的引線。滄州軍左廂第四營指揮使李順兒，則親手抄起一把碩大的木頭錘子，向前數步，一錘砸在了弩車後方的機關上。「呯！」機關下墜，掛住弩弦的機牙迅速回縮。失去羈絆的弩箭猛地繃直，將一丈五尺長的弩箭，連同冒著火星的木桶，一併送入了堡寨之中。

「轟——」又是一聲巨響。弩箭命中寨牆後的小樓屋檐，木桶碎裂，拌著硫磺和牛油的易燃物四下飛濺，轉眼間，就將小樓籠罩在了濃煙當中。

「轟——」「轟——」「轟——」

臨近的另外四架床子弩，也在李順的指揮下，朝著堡寨內發射出裝滿易燃物的木桶。紅星亂竄，濃煙滾滾，先前還在寨牆上嚴陣以待的莊丁們，像沒頭蒼蠅般，尖叫著私下亂跑。

「嗖嗖嗖……」幾個寨主的嫡系子侄，用角弓和火箭，向弩車發起了反擊。他們的應對策略非常恰當，然而，弩車與寨牆的距離，卻超出了他們手中角弓的精確射擊範圍。倉促射出的火箭，非但沒能給弩車和弩手們帶來任何傷害，反而激起了一片輕鬆的哄笑之聲：「哈哈，拿弓箭跟床弩對射，這群沒見過世面的土鱉！」

「就這點兒見識，還跟咱家將軍鬥，真是自己活得不耐煩了！」

「加把勁兒，打開了寨子好吃晚飯！」

「打開寨子，打開寨子……」

滄州軍將士哄笑著，驅趕黃牛，再度拉開弩弦。然後迅速將弩箭裝填到位，掛好木桶，調整射擊角度，點燃引火線，一整套動作，宛若行雲流水。

雖然自身也是由莊丁轉職而來，但是他們在士氣、體力、武器掌握程度、戰鬥經驗以及其他與戰爭有關的所有方面，都徹底碾壓了對手。這些，一部分得益於充足的錢糧供應和高強度的訓練，另外一部分，則來自跟幽州軍的沙場爭鋒。而寨牆上的莊丁們，平素的「作戰」對手卻是老實巴交的鄉鄰。

「轟——」「轟——」「轟——」「轟——」第二輪悶雷聲，再度在堡寨內部響起。更多的建築物被點成了火炬，更多的莊丁失去了控制，倒拖著兵器逃下了寨牆。

水火無情，他們必須先去看一看自家的老婆孩子是否安全，然後才能考慮是不是繼續為寨主老爺賣命。至於寨主老爺能否堅持到他們掉頭回來的那一刻，則完全不在他們的考慮範圍之內。反正平素寨主老爺拿他們當苦力使喚的時候，從沒給過半文錢。

「先停一停，架桿兒抬高，再抬高兩指，儘量將木桶送得更遠！」寨牆外一百五十步處，指揮使李順兒，粗略觀察了一下弩箭的前兩輪攻擊效果，果斷命令。

這回，他沒有親自動手去發射弩箭，而是挨個指導著四架弩車，調整射擊角度和方向，將攻擊目標，都指向了同一個位置。

床子弩的精度其實非常有限，集中起來打擊同一個區域，往往比單獨使用效果更好。在以往跟幽州軍的對抗中，李順兒學到了很多東西。雖然現在依舊有點怕死，卻早已不在是當初那個只會懂得馬屁的小混混。即便不靠鄭子明的支持，光憑著他自己的本事，也能在當世任何一支強軍中獲得立足之地。

在他的沉穩指揮下，弩車很快準備就緒。四名車長同時用木槌砸下弩機，瞬間繃緊的弓弦，將四桿弩箭和四隻冒著煙的木桶，同時發射到了半空當中。

「躲開，躲開——。那火沾身上根本拍不掉！」寨牆後，再度響起了一陣絕望的哭喊。正被家將們逼著救火的鄉民們，丟下水桶和水瓢，四散奔逃。

繼續掙扎下去沒有任何意義，還不如早點兒投降。大部分鄉民們，對勝利都不抱任何希望。在他們自己所居住的朱家莊之前，已經有四、五座堡寨都被新來的鄭老爺帶著人馬給蕩平了。其中有兩家規模比朱家莊更大，寨牆也比朱家莊更高，可大傢伙兒卻誰都沒聽說過，哪個寨子能在滄州軍的攻擊下，支撐到第二天黎明。

通常兩個多時辰，最多三個時辰便是極限，再牢固的堡寨都是一樣，無論寨主選擇出寨野戰，還是閉門死守，最終結果好像都沒太大差別。那個從太行山腳下殺過來的鄭子明，彷彿是一個天生的惡魔。總能拿出令人意想不到的戰術，來打擊膽敢與他為敵的人。而平素看似實力強大的堡主、寨主們，在他面前竟孱弱得如同一頭頭蹣跚學步的乳豬。被他輕輕一推，就會摔個四腳朝天！

「轟——」「轟——」「轟——」「轟——」彷彿在證實著鄉民們心中的絕望，四個木桶同時落在寨門後大約二十步遠的位置，相繼炸裂。一座用來存放糧草的小倉庫被點燃了，紅色的火舌，瞬間跳起了半丈多高。

一名朱姓家將，帶著二十幾名死士，衝上去捨命救火。卻無法令烈焰的高度降低分毫。另外一名家將帶著親信四處去抓鄉民做苦力，卻抓了這個，跑了那個，無論如何都湊不起足夠的人手。就在他們忙得焦頭爛額之際，地面上，卻又出現了四個恐怖的陰影。

「轟——」「轟——」「轟——」「轟——」又一串悶雷聲炸響，木桶碎裂，更多的易燃物落在了倉庫周圍，點起更多的火頭。剛剛被抓來的鄉民，尖叫著跑散。捨命救火的死士，腹背受敵，也不得不大步後退。還沒等他們遠離危險，一面被烤熱的院牆忽然垮塌，將跑得最慢的幾個死士，直接給埋在了火場裡。

「救，救命——！」一名被砸斷了腿的死士，從斷壁下探出半個身子，大聲慘叫。沒人敢掉頭回去救他，只有猩紅色的烈焰，不斷向他靠攏。轉眼，就將他徹底吞噬，變成了一具冒著濃煙的火把。

「出去，出去跟他們拚了！」緊閉的寨門被人從裡面推開，朱寨主的長子朱龍，帶著一大堆叔伯兄弟，咆哮著衝向弩車。

陶大春帶著兩百名弓箭手，早已恭候多時。密集的弓弦聲響起，嘈嘈切切，宛若一陣急雨。當「雨聲」消失，寨門附近已經看不到一個站著的人。朱寨主的嫡親子侄們，一個個被射得像刺猬般，渾身上下插滿了羽箭。圓睜著雙眼，當場氣絕。

「弩車停止射擊！第一營、第二營用刀盾開路，奪取寨門。第三營跟進，控制寨中要害。弓箭營負責掩護。四、五兩營，進去粉碎對方抵抗。所有輔兵，準備動手救火！」鄭子明的聲音，忽然在滄州軍的隊伍內響起，聽上去平靜異常，不帶絲毫勝利者的興奮。

「諾！」各營指揮使齊聲答應，然後帶領本部人馬，快速撲向四敞大開的寨門。

抵抗微乎其微，甚至可以忽略不計。除了朱家莊的莊主和他的嫡系子侄們之外，絕大多數被招募來的家將和被強徵入伍的莊丁，都選擇了投降。

滄州軍的威名赫赫，滄州軍的仁義之名，也早就在四下裡傳開。據說，防禦使大人只恨那些曾經勾結起來試圖給他一個下馬威的土豪惡霸，抓住後絕不輕饒。對普通百姓，他和他的手下們卻是秋毫無犯。

很快，滄州軍的認旗，就在堡寨中央一座最高的建築物上豎了起來。郭信帶著兩個營的弟兄，在寨子裡反覆搜索，抓捕前任寨主的嫡系親信，清除隱藏的危險。潘美則熟練地組織輔兵，用水桶和水車，控制寨子裡的火勢，避免整個寨子被燒成一座瓦礫堆。

「子明，你知道不知道自己在幹什麼啊？這樣下去，你的確可以迅速拿下滄州全境，卻休想再向外多邁出半步！」眼前的勝利雖然輝煌，韓重贇臉上卻沒有半點喜色。扭過頭，直勾勾看著鄭子明，低聲質問。

他和趙匡胤兩個當初給鄭子明的建議，無疑是最恰當且最省心的。誰料，鄭子明卻沒有接受，為了一個原本就早該死掉的人，對滄州境內的所有豪強痛下殺手。

短短半個月來，隨著一座座堡寨被踏平，一家家豪強被連根拔起。鄭防禦使殘暴好殺之名，也迅速傳遍了整個河北。的確，滄州境內，很快就沒有任何人，敢再給鄭子明製造任何障礙。的確，鄭子明這個刺史兼防禦使，將像個土皇帝般一言九鼎。然而，周圍各地的豪門大戶，想必也會兔死狐悲，進而對他鄭子明恨之入骨。

這年頭，百姓們除了逃難之外，很少離開家門四十里之外。一個豪門大戶，往往就是這十里八鄉老百姓的主心骨兒。他們對鄭子明的態度，將成為周圍鄉里老百姓對鄭子明的態度。他們對鄭子明的仇恨，也必然會擴散到每一個平頭百姓的心底。

一個失去民心的豪傑，即便偶爾有所建樹，也難以走得更遠。韓重贇堅信這一點，所以才為鄭子明的將來憂心忡忡。所以，才不顧自己的話語會引起好朋友的惱怒，一遍遍地勸諫，提醒。

這一回，他收到的效果，與先前沒什麼兩樣。鄭子明依舊油鹽不進地看了他幾眼，然後笑著說道：「已經破了這麼多堡寨了，現在收不收手，結果還不都是一樣？不如乾脆一破到底，破而後立。至於將來，呵呵，當個防禦使我覺得就挺好！」

「你……，唉！」韓重贇被氣得先是濃眉倒豎，隨即，報以一聲長嘆。

作為武將，他的人生夢想當然是封妻蔭子，甚至成為常思、符彥卿那樣的一方諸侯。而他夢寐以求的東西，卻好像對鄭子明沒任何吸引力。後者在蹣跚學步時就已經受封為鄭州刺史，曾經嘗盡了榮華富貴滋味。後者官做得越大，受到劉漢國皇帝的猜忌就會越重，職位每向上升一級，朝著死亡就又靠近了一步……

「唉！」趙匡胤在旁邊看了，也是嘆息著搖頭。

與韓重贇的「後知後覺」不同，在提議被鄭子明否決的剎那，他就已經隱隱猜到了自家三弟的良苦用心。想要自保，一州之地，萬餘兵馬已經夠了。再大的地盤，再多的將士，反倒會成為負擔。而鄭子明越不受士大夫們待見，日後重祚注一的可能就越小。小皇帝劉承佑和大漢國朝廷，就越不會拿他當作威脅。

「原來你是在自污！瞞得我好苦！我還說呢，你怎麼突然變得如此殘暴好殺了！」潘美第三個醒悟過來，拍著自家腦袋小聲叫嚷。

自污保命，這個計策在歷史上屢見不鮮。昔日王剪率大軍攻楚，半路上不停地朝嬴政要錢要田產，就是為了用一副貪婪模樣，毀掉自家的戰神形象，以免被嬴政猜忌會擁兵自重。

昔日蕭何在漢朝建立之後，立刻變成了貪財好色的糟老頭兒，也贏得了劉邦和呂后的好感，君臣兩方得以善始善終。

歷史上，做出同樣選擇的還有管仲、賈詡，乃至唐初的大將軍王李孝恭，都是自己往自己頭上潑髒水的高手，結果個個壽終正寢。相反，那些從始至終都惜名如羽或頭腦清醒者，如李牧，如韓信，個個都死得不明不白。

如此想來，鄭子明為了仇人賈登的稀裡糊塗被獄卒謀殺，憤而清洗全滄州的仕紳豪強，就合情合理了。他不是不懂得收攏人心，也不是不知道自己在士大夫們當中的口碑，將對前程產生怎樣的影響。他心裡頭其實清楚得很，卻迫於現實，不得不反其道而行之！

「哦，原來如此！鄭將軍高明，真的高明！」在場的其他武將，如呼延贊、郭信和陶大春等人，原本對掃蕩全州堡寨的行動，抱著無所謂的態度。聽完了韓重贇和潘美兩個的話，也一個個恍然大悟，不約而同地豎起了拇指。

「不，根本不是這回事兒。不，不完全是這麼一回事兒！真的，真的不是！」只有鄭子明本人，被大傢伙的誤解弄得哭笑兩難，皺著眉，扁著嘴，不知道該說些什麼好。

他滿足於做一個滄州防禦使，不僅僅是為了避免引起劉承佑的忌憚。事實上，劉承佑對他的忌憚從沒停止過，哪怕他現在只是做一個紅塵之外的道士，劉承佑和郭允明等人，也同樣是欲除之而後快。

同理，他毫不留情地動手掃蕩滄州全境的堡寨，也不僅僅是為了自污。事實上，只要他洗不清前朝皇子的嫌疑，名聲再差，也依舊有被推上皇位的可能。就像當初他只是一個打家劫舍的小山賊，卻依舊被劉知遠、符彥卿、李守貞、侯景等人惦記著那樣，每個人都試圖將他抓過去當作傀儡，根本不考慮他名聲是白是黑！

注一、重祚，即復辟。意思是，失去皇位的人，通過武力或者其他手段重新奪得皇位。石延寶是石重貴唯一在世的兒子，理論上，有繼承後晉皇位的權力。如果取代劉承佑，便是重祚。

他之所以安於現狀，是因為滄州東側緊鄰大海，而若是能造出合適的大船，出海北行五六日便可抵達遼東！注二

他之所以拒絕與仕紳豪強們握手言和，是因為他根本不相信，只要自己既往不咎，便能盡收滄州境內仕紳豪強之心。

他更不相信，只有依靠仕紳豪強，才能恢復秩序，富「州」強兵。父親的亡國教訓和他自己這些年的人生經驗，都清晰地告訴他，那些仕紳豪強，十個裡有八個乃是城狐社鼠，國之蠹蟲。越早拿出刮骨療毒的勇氣，將這類人清理乾淨了，滄州全境，才會越早重新煥發出生機。

只是，鄭子明也知道，自己心裡的這些想法，未免過於驚世駭俗。自己一個人偷偷地做就行了，絕對不能宣之於口。哪怕是跟韓重贇和趙匡胤等人的交情再深，也絕對不能。否則，非但難以得到後者的理解和支持，反而會令彼此之間的友情蒙上重重陰影。

「不是這麼回事兒，又是怎麼一回事兒？小肥，你現在可越來越本事了你！」沒等他想好該如何解釋自己的所作所為，韓重贇已經「勃然大怒」，衝上前，掄起拳頭朝著他的肩膀猛捶，「瞞得我好苦，瞞得我好苦。虧我這段時間還替你遮掩，沒告訴你嫂子關於你見異思遷之事。你這壞了心腸的死胖子，老子要跟你割席斷義！」

「絕交，一定要絕交！」同樣感覺自己上當受騙的楊光義，晃著拳頭在一旁助威。「把這廝負情薄倖的面目，越早揭穿越好。以免有人還苦苦盼著他上門提親！」

「提親，子明，你以前訂過親了嗎？」陶大春頓生警覺，瞪圓了眼睛追問。

「是啊，子明，你跟誰定的親？幾時定的親？居然，居然不只是一個春妹子？」呼延贇也滿臉緊張，追問聲一句比一句高。

「哥，你多管什麼閒事？！」呼延雲又羞又氣又傷心，跺腳著抗議。一個女兒家，被父親像送蒲包一樣

往別人手裡塞，已經夠丟人了。萬萬沒想到，對方，對方居然還是個色中惡鬼，見一個勾搭一個，走到哪都沒忘了拈花惹草。

「你，你們瞎說些什麼啊！別，別胡鬧！」鄭子明萬萬沒想到，自己稍稍猶豫的一下，事情就被楊光義給攪成了一鍋糊塗粥。兩隻大手像蒲扇般，在胸前拚命搖擺。

跟常婉瑩的約定，他早在偷襲李家寨之時，就已經私下裡跟陶三春坦承過。陶三春雖然無法相信，卻非常體貼地接受了他的說法。只是，他自己到現在為止，也不知道該怎麼向常婉瑩去解釋，更沒勇氣，讓後者傷心。所以，這筆糊塗賬才一直拖到了現在。這一年多來戎馬倥偬，他很「自然」地就能讓自己先去想更重要的事情。潛意識裡，他甚至試圖想就這樣一直拖下去，拖到無法再拖的那一天。

這年頭因為戰事頻繁，大量男丁陣亡，中原和塞外各地的女人數量都遠遠高於男人。所以一個男子娶兩三個老婆，是極為常見的事情。像某些富庶之地的大戶人家公子哥，妻妾成群也不為怪。

但同樣的道理擱在鄭子明身上，就不太適用了。無論是溫柔善良的常婉瑩，豪爽大氣的陶三春，還是寡言少語的呼延雲，好像都並非甘心與他人分享同一個丈夫的主兒。而這三人背後所代表的勢力，也沒有任何一個可以讓鄭子明等閒待之。尋常男子三妻四妾，到了他這兒，恐怕一妻一妾都很麻煩！

「怎麼就是胡鬧呢？小師妹當初可是對你有救命之恩！」根本不管鄭子明現在有多難堪，楊光義今天打定了主意要攪出個子午卯酉來。

於公，當年的小胖子如今已經隱隱自成一派勢力，通過聯姻的手段，將此人繼續綁在常家的戰車上，乃是當務之急。於私，師門當中，當初不知道多少師兄師弟對小師妹常婉瑩愛慕有加，偏偏讓鄭子明這小

注二、宋初的滄州，地理環境與現在大不相同。現在滄州以東很大一片地域，在宋初還是大海。

子占了先。姓鄭的敢玩什麼見異思遷，師兄師弟們當然有義務替小師妹出了這口惡氣。

「是啊，小肥，你到底打算什麼時候迎娶小師妹？不如趁著我這個當姐夫的在，咱們先把大致日期定下來。等回去之後，我也好跟岳父大人有個交代！」韓重贇原本沒打算干涉好朋友的私事兒，見陶大春與呼延贊兩個的反應不對勁兒，乾脆也加入了「逼宮」大軍。

作為一個將門公子哥，他不在乎鄭子明娶多少個女人。事實上，他的岳父常思，父親韓樸，家中都不止有一個妻子。然而，他卻必須替師門和澤潞一系子弟，堅持住一個底限。那就是，正房大婦，必須是常婉瑩。至於誰第二、誰第三，等常婉瑩過了門兒之後，才輪到陶家與呼延家去爭。

「家父和春妹子過幾天，就會替你押著糧草輜重過來。你不如當面兒跟他們說清楚！」陶大春性情雖然敦厚，在維護自家妹妹的問題上，卻絕不會輕易讓步。笑了笑，低聲補充。

「如果鄭將軍看不上我呼延的女兒，家父先前的提議倒是可以作罷。」呼延贊知道自己這邊對鄭子明的影響力有限，乾脆直接來了個以退為進。

「你有完沒完！咱們家的事情什麼時候輪到你做主了！」話音剛落，原本已經羞得恨不得找條地縫往裡鑽的呼延雲，再也待不下去，尖叫一聲，拔腿便走。

這下，鄭子明可是愈發尷尬了。想要跟大夥再解釋幾句，肚子裡卻找不出任何恰當言辭。直被逼得汗流浹背。若不是耐著今天的戰事尚未完全了結，真恨不得立刻像呼延雲一樣落荒而逃。

正尷尬得無地自容之際，四敞大開的堡寨門口，忽然衝出了十幾名弟兄，當先一個，正是奉命進寨清理殘敵的陶勇。離著老遠，就朝著鄭子明舉起手中鋼刀，大聲叫喊：「屠莊，屠莊！將軍，屬下請求屠莊。這堡寨裡頭住的全是禽獸，一個都不能留！」

「胡鬧！我軍今天又沒受到多少損失！」鄭子明如蒙大赦，趕緊板起臉來，厲聲呵斥。「不是說好了，只誅首惡，脅從不問嗎？怎麼你突然又起了殺心？」

「將軍，您，您進去看看，進去看看就知道了。姓朱的，姓朱的一家全都枉披了一張人皮！」陶勇猛地飛身下馬，單手戳著橫刀跪倒於地，淚流滿面，「屬下，屬下，屬下知道，知道您心腸好，不肯濫殺無辜。可，可在這朱家上下，肯定沒有一人無辜！」

「將軍，裡邊，這寨子裡，住的根本不是人，不是人！」其餘弟兄也相繼跪倒，哭喊著控訴。

這批人都是最早追隨鄭子明的精銳，最近大半年來幾乎每個人都多次在生死之間打過滾的。按道理，許多大場面都見識過了，情緒應該輕易不會波動才對。可今天，一個個卻兩眼通紅，聲音斷斷續續，肩膀和身體，也因為過於激動而顫抖個不停。

「勇子，你這是怎麼了。你先別忙著下跪。到底，到底是怎麼回事兒，你看到什麼了？你們幾個也是，別光顧著哭，先說，先把事情說清楚。」陶大春跟陶勇都來自陶家莊，非常熟悉後者的脾氣秉性，見此人竟然給氣成了這般模樣，只得把自家妹子的終身大事先放在一邊，上前幾步，大聲提醒。

「是啊，陶指揮，莫非堡寨裡邊還藏著一座森羅殿不成？」

「陶指揮，你先把話說清楚！」

「殺就殺唄，姓朱的全家原本就該死！但你們幾個何必氣成這樣？」

趙匡胤、韓重贇和呼延贊三個，最近一段時間也沒少跟陶勇打交道。知道此子並非一個莽撞人，趕緊收拾起各自心裡頭的算盤，先後出言追問！

聽了眾人的話，陶勇的情緒終於多少平靜了一些。抬手抹了一把臉上的淚水，大聲吼叫：「他們，他們根本不是人。他們，他們全是畜生，披著人皮的畜生！寨子，寨子裡頭藏著幾間密室，裡邊，裡邊關的全是拐來的娃娃。上百個娃，上百個娃的下半截身子，都，都套在陶罐子裡。」注三

注三、人造侏儒，見於白居易的長詩《道州民》。道州生產漂亮的侏儒，一直被地方當作貢品取悅各代帝王。直到左諫議大夫陽城被貶到此地為官，才發現侏儒並非天生，而是官方將美貌小兒買下來，身體套在陶罐子裡，每天只餵很少食物，慢慢培育而成。

「道州侏儒？」趙匡胤博學多聞，立刻從嘴裡蹦出了一個典故。隨即，彎腰將包銅大棍從腳邊抄了起來，十根手指的關節，齊齊變成了青灰顏色。

韓重贇、呼延贊等人，則臉上先露出了幾分難以置信，隨即，也大吼一聲，身手便摸向了各自腰間的刀柄。

滄州雜耍名滿天下，從江南到塞北，只要是繁華所在，就肯定有一兩支雜耍隊伍定期前來獻藝。什麼上刀山，下油鍋，大變活人之類的絕技，無不精彩絕倫。而除了這些令人稱道的絕活之外，每場表演不可或缺的，就是侏儒戲。那些面目姣好，大頭小身子的男女侏儒往往一露面兒，不用任何表演，就能博得滿場的笑聲。稍微說幾句俏皮話，或者做幾個下流動作，便能讓看客們將大把大把的銅錢朝場子裡揚。

作為家境不錯的公子哥兒，韓重贇和呼延贊等人，以前都沒少看過雜耍，也沒少往侏儒們捧著的銅盤子裡丟下打賞。卻是誰也未曾想過，原來那些面目姣好，身體卻像三五歲幼兒高矮的侏儒，居然不是天生！而是被惡棍們拐了好人家的兒女，像栽蘿蔔一樣在陶罐子裡「培育」而成！

從三五歲被「栽」進罐子裡，一直培育到十四五歲能出場賺錢，這十多年，孩子們得忍受多少非人折磨？而被如此殘忍的手段連續折磨十幾年，上百名幼兒中，又有幾人能堅持到最後！

答案根本不能細想，一想，便會覺得天地間沒有一絲陽光。

「陶勇，頭前帶路！」此時此刻，鄭子明心裡，哪裡還顧得上半點兒女私情。手握鋼鞭，一馬當先衝在了眾人前頭。「若是情況真如你所說，鄭某絕不放過一個！」

「絕不放過一個！」趙匡胤、韓重贇、楊光義、呼延贊等人，咬著牙重複。先前的種種算計和不快，悉數拋得乾乾淨淨。

「等等我！一起去！」還沒等走進寨門，先前已經逃之夭夭的呼延雲，也紅著眼睛加入了隊伍，一張俊俏的面孔上，寫滿了殺機！

眾人在陶勇引領下，很快就來到了位於朱家寨正中央的寨主大宅。還沒等抵達密室所在院落，耳畔就傳來了一片哀嚎之聲，「饒命，別打了，我招，我什麼都招！」

「饒命啊，將軍饒命。這事兒都是底下人瞞著草民幹的，草民不知情，真的不知情啊！」

「饒命，饒命，我只是個小嘍囉，我只是小嘍囉。寨主讓幹，我不得不幹啊！」

「不關我的事兒，不關我的事兒，我是走親戚的，走親戚的，饒命——！」

「饒命，小人跟此事沒關係……」

而四下裡，更多的，則是弟兄們義憤填膺的指責，「王八蛋，你家就沒兒沒女？」

「禽獸，枉披了一張人皮！」

「守著大堆的私鹽，還不滿足，還要禍害別人家孩子！你們到底還是不是人？」

「你們自己的孩子呢，你們自己的孩子怎麼不裝在罐子裡頭？」

「轟隆！」

最後一聲，卻是老天爺打了個霹靂，將這片罪惡的天地，震得搖搖晃晃。

豆子大的雨點，劈頭蓋臉砸下，卻無法撲滅少年人的心頭怒火。他們加快邁動雙腿，怒吼著衝進叫嚷聲最大的院子，然後，一個個本能地停住了腳步，渾身上下，寒氣徹骨。

最先入眼的，不是憤怒的弟兄們，也不是哭喊求饒的朱家子侄，而是一排排兩尺高矮的陶罐子。足足有一百五六十個，密密麻麻擺了滿院兒。而密室門口，還有弟兄們，眼裡含著淚，正在將更多的陶罐子一個接一個往外抬。

每一個陶罐子口兒，都露出一個圓圓的大腦袋。有的已經奄奄一息，有的，則貪婪地伸出舌頭，品嘗這輩子第一次見到的空氣和雨水。還有的，則木然地瞪圓一雙眼睛，四下觀看。看天，看地，看風中狂舞的樹枝和搖搖晃晃的樹幹，對一切都覺得無比陌生……

當他們看到平素把自己像牲口一樣飼養的朱家人被打得跪地求饒，滿臉是血，雙目當中，才終於露出了一絲屬於人類的感情。

「老天爺開眼了，老天爺開眼了，老天爺呀，您終於開眼了！」一名不知道年齡的侏儒，忽然揚起了頭，大聲高喊。

「轟隆隆——」「轟隆隆——」「轟隆隆——」雷聲滾滾，閃電亂竄，彷彿要劈碎這醜陋的人間。

「抓到朱家的家主了！」「抓住姓朱的狗賊了！」雷聲剛落，快意的叫嚷聲緊跟著就響了起來。十幾名身穿皮甲的滄州軍兵卒，拖死狗般，將一個包裹在鐵甲裡的胖子，拖到了「製造」侏儒的院落中。「大人，屬下抓到了朱家寨的寨主朱雲！」

「刺史大人饒命，饒命——！」半個時辰之前還威風八面的朱家寨寨主朱雲，匍匐在地上，鐵甲上沾滿了泥土和雨水，就像一隻剛剛被釣上岸的大蝦蛄。「草民前幾天剛剛幫您攻破了賈家寨，草民對您忠心耿耿……」

鄭子明飛起一腳，將此人踢了個仰面朝天：「忠心耿耿？包括向防禦使衙門安插眼線嗎？還是用美人計給我手下的將領下套？」

他打一開始，就不相信這些地頭蛇會向自己效忠。所以，寧願搶先下手，將這群人清理乾淨了，然後在一張白紙上重新作畫。事實證明，他的判斷絲毫沒有偏差。地頭蛇們主動出兵攻打賈家寨，不過是只為了毀滅罪證，同時麻痺他的心神。暗地裡，卻已經迫不及待地將手伸向防禦使衙門和剛剛確立番號的滄州軍。

就在他率軍將地方團練強行繳械到發現賈家寨寨主被人毒死這短短幾天的時間內，防禦使衙門的雜役已經被「有心人」偷偷買通了四五個，兩名平素看起來不太受他重視的指揮使，在外出閒逛時，也恰巧目睹了「良家少女」被地痞圍攻的戲碼，然後順利成章地來了一場「英雄救美」。

若不是因為他借著賈登被獄卒毒死的事件，果斷向地頭蛇們宣戰，將後者打了個措手不及。可以肯定，用不了半個月，那兩名心思單純的指揮使，就得成為地頭蛇們的乘龍快婿。然後一步一步，從李家寨帶來的弟兄們，就漸漸與地方豪強們血脈相連，難分彼此。等他這個防禦使發現情況不妙想要整肅隊伍，就會愕然發現，自己已經成了孤家寡人！

「喀嚓！」又一道閃電劈落，照亮十數雙憤怒的眼睛。

「英雄救美」，只是地頭蛇們向滄州軍滲透的諸多手段之一。剛剛進入滄州那幾天，凡是職位在都頭以上的將佐，只要離開軍營，就會碰到各種莫名其妙的奇遇。莫名其妙就被人請去吃酒，某名其妙就撿到了一錠銀餅，甚至還有人被失散多年的富裕遠親當街拉住抱頭痛哭。最開始，眾將佐還以為自己突然鴻運當頭，到了開戰之後，才霍然發現，那當頭落下的根本不是什麼鴻運，而是一把把抹了毒藥的鋼刀。

「草民，草民知罪。草民願意捐出所有家產和地契，只求，只求大人網開一面，網開一面。」在一片憤怒的目光中，朱家寨寨主朱雲在地上打了個滾兒，換了套說辭繼續大聲哀告。

既然諸多見不得光的小動作，都被人抓了個正著。再扯什麼功勞和忠心，就純粹是自欺欺人了。然而「千金之子，不死於市」，手中所掌握的幾萬畝良田和萬貫家財，應該能打動鄭刺史原本不充裕的腰包。

令他失望的是，鄭子明連想都沒想，就冷笑著給出了答案，「不用你捐，你的家財和田產，從今天起一律充公。至於你自己的性命？我來問你，院子裡這些孩子都是從哪裡來的？他們身上的罐子，是誰給他們套上去的？」

「這些孩子？」朱雲打了個哆嗦，將脖子縮進鐵甲裡，結結巴巴的自辯，「是，是，是草民花錢買來的，真的是花錢買來的啊。賣身契，賣身契就在，就藏在草民書房的櫃子當中。他們，他們的爹娘都按了手印在上面。他們，他們家窮，爹娘原本也養不起了。草民，草民不忍心見他們生生餓死，才，才……」

「你撒謊？」臨近一個陶罐口處，突然響起一個憤怒的女聲。「我是你今年正月才綁來的！我當時正拉著我娘的手回家，你們打暈了我娘，直接把我搶到了這裡！大人，請替民女做主，民女所言若有一句假話，願領刑反坐！」

「他撒謊，大人，他撒謊。」緊跟著，又是一個憤怒的男聲響起，伴著天空中縱橫交錯的閃電，「我阿爺是他家的佃戶，欠了他的印子錢，被他趕出了莊子。我，我，被他們留下來抵債！」

「救命，大人救命！」

「殺了他，殺了他！」

「大人，我姐姐被他生生套在罐子裡憋死了。這院子裡每天都往外丟死屍！」

「救命啊，大人，草民是被他搶來的！草民還記得自己家住哪，爺娘是誰！」

「救命啊……」

紛亂的呼救聲和控訴聲，洶湧而起。剎那間，竟然蓋過了從天而降的驚雷。大大小小的陶罐子口處，那些年紀相對較長，也終於弄清楚了身邊發生了什麼事情的「人造侏儒」們，紛紛張開了嘴巴，將朱氏的謊言徹底戳穿。

「草民真的花了錢的，大部分都是花了錢的！」全身包裹在鐵甲中的朱雲，在雷霆般的控訴聲中瑟瑟發抖，喊出來的狡辯聲也因為緊張而變了調兒，「強搶來的那幾個，肯定是底下人瞞著草民幹的。草民管著這麼大的寨子，手下難免良莠不齊。草民，草民有失察之罪，但是罪不至死！」

「殺了他！殺了他！」

「報仇，大人，替我們報仇！」

「大人，他在騙你！」

「大人，他隔三差五就到這座院子裡來！」

「他撒謊！他撒謊……」

更多的控訴聲，從一個個罐子口處響起，宛若天空中肆虐的雷暴。

「草民冤枉！」唯恐鄭子明聽了侏儒們的「一面之詞」，朱家寨寨主朱雲用盡全身力氣大喊，「草民真的冤枉。養小人兒取樂，乃是本地傳統，官府歷來不禁！非但雜耍班子要養，洛陽、汴梁的達官顯貴，哪個家裡沒養著幾個小怪物玩耍？他們若是不買，草民自然也不會幹這種損陰德勾當。大人，不能只殺我一個！您要殺，就該把……，饒命——！」

「噗！」一根包銅大棍帶著狂風劈落，將此人的腦袋連同鐵盔一併砸了個稀爛。

「喀嚓！」「喀嚓！」「喀嚓！」數道閃電同時劈落，照亮趙匡胤青黑色的面孔。

「殺得好！」饒是平素跟趙匡胤有許多不對盤，楊光義也忍不住扯開嗓子大叫了一聲好。在他看來，像朱雲這種衣冠禽獸，一棍子打死實在太便宜了，就應該拖到外邊的打穀場上，當著所有侏儒的面兒，千刀萬剮。

「非但此人該殺，這朱家上下，恐怕個個都不是善類。」韓重贇嘆了口氣，低聲提議。隨即，快步走到最先開口反駁朱寨主的那名侏儒女童面前，撿起一塊石頭，小心翼翼地敲打套住女童身體的陶罐，敲幾下就停一會兒，敲幾下再停一會，唯恐自己力氣使得太大，傷到了女童的身體。

「大傢伙一起動手，小心點兒，別傷著孩子。趁雨沒下大之前，儘量把他們都救出來！」鄭子明知道這會兒韓重贇的心裡頭肯定不好受，想了想，環顧四周低聲吩咐。

被怒火燒紅了眼睛的弟兄們如夢初醒，紛紛蹲下身體，用石塊或者木棍破壞套在幼童們身上的罐子。每個人的動作，都無比的小心。

饒是如此，當罐子被敲碎之後，大傢伙看到的景象，依舊慘不忍睹。幾乎所有侏儒的下半身，都生滿了爛瘡，有的甚至已經爛到了腰部以上，傷口處，翻滾著一團團白色的肉蛆。還有十幾個被「培育」時間太長的，失去了罐子的支撐後，就立刻癱在了地上。明顯是脊椎骨已經出了毛病，縱使鄭子明這樣的妙手，恐怕也很難令他們這輩子再依靠自己的力量站起來了。

「屠莊，屠莊，一個不留！」

「殺光這幫披著人皮的禽獸！」

「殺光這幫狼心狗肺的王八蛋！」

「殺光他們，殺光……」

喊殺聲，很快就又響成了一片，連天空中的悶雷都蓋之不住。

這年頭人成親早，來自李家寨和陶家莊的弟兄們，至少有一半兒以上都已經娶妻生子。看到那一個個剛剛被救出來，大頭小身子，骨頭變形，渾身長滿惡瘡的「人造侏儒」，沒法不往自己的孩子身上想。因此恨不能將朱家寨的男女老幼，全都碎屍萬段！

鄭子明自己，也被眼前景象刺激得頭髮根根上指，揮了下鋼鞭，大聲命令：「陶勇，你率部繼續搜索全寨，凡是朱家的嫡系，無論男女，不要放一個漏網！」

「潘美，你帶人去抓捕全莊成年男子，然後帶到這個院子裡來挨個審問。有抵抗者，格殺勿論！」

「大春，你帶一隊騎兵沿著莊子的後門追殺，無論是誰，只要是從這個莊子裡逃出去的，全給我抓回來。如果有人敢阻攔，先打垮了他們再說！」

「順子，把正門打開，在裡邊設公堂。本刺史今天定要給孩子們討還公道！」

……

一連串命令下達出去之後，他的心情才稍微舒服了一些。俯下身，親手抱起一個癱瘓於地的幼兒，快步走進了一間取光最好的屋子，準備盡最大可能替對方診治。

眾親兵見狀，也紛紛放下兵器，或抱或攙，將所有剛剛被從罐子裡解救出來的孩子，視病情輕重，送進了不同的屋子裡。然後在隨軍郎中的指點下，用草藥熬了汁水，替孩子清理身體表面的肉蛆和毒瘡。

趙匡胤等「外援」有心幫忙，卻不知道該從哪裡著手，所以只能紅著臉和眼睛，在旁邊做觀眾。看了一會兒，楊光義突然狠狠朝地上吐了口吐沫，低聲罵道：「奶奶的，我先前還覺得小肥下手太狠，根本不給自己留退路。現在看看，多虧小肥下手果斷。當初要是跟這群人渣握手言和了，才是真的自掘墳墓！」

「我又何嘗不是如此？」趙匡胤難得一次沒有跟楊光義對著幹，嘆了口氣，幽幽地說道，「以前跟這種人沒什麼交往，只覺得他們在地方上也都算是有頭有臉人物。有他們幫襯，事倍功半。哪成想，光鮮的背後，是如此的不堪！」

「其他地方，也許不會這樣吧！像潘指揮和陶指揮，不也是出身於鄉紳之家嗎？」韓重贇也緊跟著嘆了口氣，輕輕搖著頭。

今天的事情，其實受刺激最大的不是陶勇和趙匡胤，而是他。

在他心裡，先前一直覺得鄭子明必須軟硬兼施地收服了地方上的仕紳豪強，才能坐穩滄州防禦使的位置，進而在地方鄉紳豪強們的支持下，北拒幽州，南抗符氏，最終成為師父那樣的一方諸侯。

不幸的是，眼前醜陋冰冷的事實卻告訴他，他先前的想法，錯得有多離譜！滄州地方上這些仕紳豪強，一個個早就爛得沒了人性。若是拿這幫傢伙當作臂膀，等同於率獸食人，化身虎狼。

「抓到了一個，又抓到了一個！」

「抓到了姓朱的親生兒子了！抓到了姓朱的親生兒子了！」院子外傳來一陣快意的叫喊，打斷了韓重贇的紛亂思緒。

抬頭細看，只見一個五花大綁的年輕男子，被陶勇的手下給推了進來。原本白淨的面孔上，布滿了青一道紅一道的瘀痕。湖綢做的外袍，也被弄得分辨不出顏色。雨水和泥漿，順著袍子邊緣滴滴答答往下淌。

比起先前一進院子就嚇癱在地的寨主朱雲，此子膽色明顯要強出許多。看到滿地破碎的罎子，立刻明白自己今天難逃一死，索性把脖子一梗，大聲叫喊：「姓鄭的，你要殺就殺，別拿幾個玩物說事兒。的確，我們朱家是靠買賣侏儒賺了不少錢，可這年頭，欺男霸女的事情，誰家沒有幹過？你要是真有本事，就把整個滄州的大戶全部殺光。殺光了之後，看你這防禦使，還能當得了幾天！」

「閉嘴！」

「畜生，死到臨頭還嘴硬！」

「跪下，跪下向大人請罪！」

「跪下，看看你們老朱家幹的缺德事情！」

……

押送此人的士兵勃然大怒，揮動刀鞘，劈頭蓋臉一頓猛抽。

朱姓年輕男子挨了打，卻不肯服軟。依舊頂著滿臉的血大聲咆哮：「姓鄭的，你聽著，朱某知道你在屋子裡頭。朱某死則死爾，絕不會向你下跪求饒。為了幾個平頭奴子而殺仕紳，你是古往今來第一號蠢蛋！姓鄭的，你如此倒行逆施，早晚必遭天譴，必遭天譴！」

「該死！」韓重贇被此人囂張的話語，也氣得心頭火起，手按刀柄，就準備出去替鄭子明去解決麻煩。為了平頭奴子而殺仕紳，這個名聲若是傳揚出去，對好朋友絕對有百害無一利。畢竟，中原自漢代以來，就是君王與士族共治天下。而平頭百姓，大多數情況下只屬於戶籍冊子上的數字，多幾個少幾個沒有誰會在乎！

「你們這種禽獸不如的東西，也配稱作士？」沒等他的腳邁出屋門，鄭子明的聲音，已經透窗而出，不算太洪亮，卻帶著一股子說不出的清冷。「學問、才智、品行、勇氣，你們哪一樣配得上一個士字？不過是一群拿別人不當人的豺狼而已，鄭某殺乾淨了你們，才好重整河山！」

話音落下，四周一片死寂。

非但朱氏子被罵得無言以對，趙匡胤、韓重贇和潘美等人，也是神色大變，隨即遙遙地朝著自家兄弟鄭子明豎起了大拇指。

自打漢高祖劉邦在當政後的第十一個年頭，公開頒布詔書說要與「士大夫共治天下」，「士」便成了一個獨特的群體。從東西兩漢一直到魏、晉、隋、唐，任何一個朝代，任何一個國君和諸侯，都沒膽子跟「士人」對著幹。甚至包括入寇中原的五胡，為了自身統治的長久，都不得不主動拿出一些好處來跟「士人」分享，以達到收買拉攏的目的，讓後者成為自己的倀鬼和爪牙。注四

換句話說，如果把國家或者地區比喻成宮殿，「士」便可看成這間宮殿的棟梁和立柱。一旦失去了立柱和棟梁的支撐，再雄偉的宮殿，也會轟然而倒。

所以，「士人」們犯了罪，才總有辦法逍遙法外。帝王和諸侯們明知道士人對百姓敲骨吸髓，只要百姓們沒被逼得揭竿而起，通常也會選擇睜一隻眼閉一隻眼。

帝王與諸侯們需要與「士」共治天下，而不是與百姓共治天下。百姓們的作用只是在太平時節交糧納稅服徭役，在戰亂年代當兵當夫子拿自己性命填溝渠，重要性根本比不上「士人」的一根腳趾頭。

所以，朱雲父子及其爪牙，才死到臨頭依舊不知悔改。在他們看來，鄭子明為了幾個平頭百姓而公然與仕紳做對，乃是自取滅亡。用不了多久，此人就會成為其他諸侯的刀下亡魂，到那時，朱氏一族，自然大仇得報，可以含笑九泉！

然而，他們父子和為虎作倀的幫凶們，卻萬萬沒有想到，他們臨死之前精心編織出來的大帽子，被鄭子明一句話，就戳出了無數個窟窿。

注四、與士大夫共治天下，最早起源於劉邦，而不是文彥博。文彥博只是對士大夫三個字，做了更明確的定義。

古人曾經說過，學以居位曰士；古人曾經說過，以才智用者謂之士；古人曾經說過，事親則孝，事君則忠，交友則信，居鄉則悌，可稱為士；古人甚至還曾經說過，義之所在，不傾於權，不顧其利，舉國而與之不為改視，重死、持義而不橈者為士！但古人偏偏沒有說過，殘害百姓，魚肉鄉里，恃強凌弱，草菅人命者為士！

士之才、士之智、士之德、士之勇，朱氏父子樣樣都不沾邊兒，他們有什麼資格自稱為士？有什麼資格代表天下仕紳？鄭子明殺了他們，也根本不是公然跟天下仕紳做對，而是替天下仕紳清理門戶，把混入隊伍中的虎狼之輩辣手清除！

「哢嚓——」白色的閃電撕破黑沉沉的天空，照亮朱氏子那絕望的面孔。

失去了心中最大的支撐，此子再沒力氣繼續叫囂，身體晃了幾晃，軟軟地癱坐於地。

陸續有其他朱家的族人和爪牙被抓來，見到一地的碎陶罐和寨主朱雲的無頭屍體，也個個被嚇得魂飛魄散。或者哭喊求饒，或者閉目等死，誰也沒勇氣聲稱自己清白無辜。

鄭子明見狀，便不願過多浪費時間。索性直接下了一道命令，要求被抓來的人互相舉報。自行確定誰是「製造販賣」侏儒的主謀，誰是幫凶。話音落下，院子裡立刻又開了鍋，眾爪牙們爭先恐後摘清自己，爭先恐後將罪孽朝已經死去的寨主朱雲和他的嫡系子侄們身上推。而那些嫡系朱氏子侄，見平素俯首帖耳的狗奴才們居然敢反噬主人，惱怒之下，乾脆把心一橫，也將爪牙們的種種惡行抖落了個乾淨。

轉眼間，非但朱家莊上下劫掠殘害幼兒，製造侏儒的罪行被和盤托出，連同其他一些假冒盜匪殺人放火，偽造地契巧取豪奪，以及通過各種手段對臨近莊子的其他弱小仕紳強行兼併的血債，也被逐一擺到了明面兒上。

「姓朱的，我操你祖宗！你，你一定會下十八層地獄！」一名跪在後排，雙手被繩索捆住的家將，忽然跳了起來，狠狠給癱坐在地的朱氏之子，來了一記頭槌。「老子今天拉著你一起去死，一起去下地獄。你們全家都要下十八層地獄！」

臨近的其他幾個朱家子侄，見到此景，非但沒勇氣給自家親戚幫忙。反而紛紛側開了頭，儘量不與那名家將的目光相對。

正在動筆記錄口供的潘美被嚇了一跳，趕緊命人將衝突雙方分開。然後再仔細追問，才知道那名家將原本是另外一個劉姓地方大戶的長子。數年前全家被南下打草穀的「契丹人」殺了個乾淨，家中錢財也被搶了個精光。無奈之下，才將田產盡數賣給了朱家，自己也娶了朱家的一名旁支小姐，通過聯姻的方式，成了寨主朱雲手下的得力幹將。

稀裡糊塗替朱家賣命多年，到頭來，聽了他人的舉報，才突然發現，真正的殺父仇人就是自己的效忠對象。如此荒誕的事實，對劉姓家將的打擊是何等之沉重？只見此人掙扎著朝鄭子明所在房間磕了個頭，大聲喊道：「大人，您不用費力氣了。朱家所犯罪孽，遠不止是這些。春天時遼國人南下，朱家非但派了人去給他們帶路，還向他們提供了大筆的糧草……」

「你血口噴人！」這下，朱氏的嫡系子侄誰也不敢裝死了，紛紛跳起來，欲跟劉姓家將拚命。劫掠人口和販賣兒童雖然都是重罪，只要朱家的長房一系把罪行都扛下來，其他人還有希望逃得一死。而勾結遼人，給契丹大軍帶路，則屬於叛國謀逆，按律應該族誅！

「草民所言句句屬實，句句屬實！」劉姓家將則一邊躲，一邊繼續高聲叫喊，唯恐鄭子明等人聽不見自己的指控，「正月時奉命給遼國兵馬帶路的，正是草民。朱家給遼軍提供糧草牲畜的賬本，就藏在朱寨主的書房裡。書房正中央那塊地磚下面有個暗格，大人派人進去一搜就能找到。草民罪該萬死，若是能拉著朱氏滿門下地獄，草民心甘情願！」

「冤枉——！」話音落下，眾朱家的嫡系子侄們再也顧不上跟此人拚命，紛紛以頭搶地，大聲喊冤。

到了這種時候，鄭子明怎麼可能再被他們的謊言蒙蔽？立刻派人去朱寨主的書房裡，按照劉姓家將剛才的指控，將朱家與遼國人做交易的賬本給搜了出來。

有了賬本之後，接下來的審訊，已經不用再費絲毫力氣。知道自己難逃一死的朱氏子侄們，個個垂頭喪氣，對爪牙們揭發出來的任何罪行都招認不諱。而眾爪牙們，為了那微茫的逃生希望，也將朱家過往所犯的所有罪行，都深挖細掀，力爭做到毫無遺漏。

其中還有兩名跟劉姓家將一樣，原本將朱寨主當作恩公，願意為朱氏一門肝腦塗地的死士，通過別人的舉報，才發現自己這些年來居然一直在為仇人效力。頓時，恨不得將朱家子侄全都生吞活剝。主動爬到俘虜隊伍的前列，知無不言言無不盡，將更多的關鍵罪證都揭露於光天化日之下。

夏天的暴雨，來得急，去得也快。當天空中又露出了湛藍，審訊也進行完畢。按照劉漢國的律例，朱寨主和他的幾個兒子、侄兒、外甥，都應該被判處凌遲之刑。鄭子明沒興趣折磨人，乾脆命陶勇帶領弟兄們將這群罪犯一起推出了莊子外，全體斬首了事。

在朱家寨為虎作倀的爪牙們，大多數也惡貫滿盈，陸續被推出寨子外問斬。只有少數幾個剛剛被朱氏父子提拔沒多久，還未來得及作惡的年輕家丁，得到了赦免，被打了一頓軍棍之後，釋放回家。

至於朱家的女眷和一堆未成年孩子，陶勇和李順兒兩個建議斬草除根，鄭子明卻沒有採納。而是從繳獲的朱家浮財中，分出了幾車乾糧細軟給這批人，勒令他們離開寨子，去別的地方投靠親友。

劉姓家將和另外兩名被朱寨主害死的滿門，卻又當作獵犬收養的死士，按照所犯下的罪行，原本也在被處死之列。但是趙匡胤卻憐憫這三人的身世，搶在宣判之前，站出來替他們求情。

鄭子明對這三人的遭遇，也心有戚戚。沉吟之後，便赦免了三人的死罪，只是剝奪了他們歷年所得，勒令他們也帶著乾糧和部分細軟，離開朱家寨，與老婆孩子一道去投靠親友。

誰料那三人僥倖逃得一死之後，卻沒有立刻回家收拾行李。而是先結伴來到了莊子外，一眼不眨地看著仇人們個個身首異處。然後又跪在地上朝著自家父母墳塋方向各自大哭了一場。最後，則結伴走回了先前審訊他們的院子，跪在泥水裡，大聲喊道：「父母之仇，不共戴天！若非大人，我等一直到死，也是個糊塗鬼。根本沒臉去見自己的祖宗和家人。大人之恩，我等無以為報。願從此將這條爛命交給大人，無論是替大人擋刀擋箭，還是牽馬墜蹬，都絕不敢辭！」

「呵呵，居然是三個有良心的！」楊光義聞聽，立刻笑著打趣。

「若不是有良心的，也不會被朱家給欺騙了這麼久！」趙匡胤笑了笑，將頭轉向鄭子明，低聲勸告，「收下他們吧！他們今天所做所為雖然事出有因，卻也絕了自己的活路。你如果不將他們留在軍中，哪怕他們走得再遠，半年之內，全家老小也會死於非命！」

「沒這麼嚴重吧！畢竟那是他們的父母之仇？」韓重贇不反對鄭子明收留三個家將，卻對趙匡胤的最後一句話，深表懷疑。

「沒這麼嚴重，當初你又為何勸子明跟鄉紳們握手言和？」趙匡胤笑了笑，低聲反問。

他年齡比韓重贇長，閱歷也遠比後者豐富。後者到目前為止，依舊把發生在朱家寨的罪孽，作為一個特例。而他，卻通過今天的審判，看到了一個群體的惡毒。

韓重贇被問得無言以對，只能訕笑著搖頭。趙匡胤知道此人性情敦厚，所以也不逼著他接受自己的觀點，將目光轉向鄭子明，繼續說道：「他們既然奉命給遼國人帶路，自然會在遼軍當中，結識許多一樣的奉命帶路者。你按照這個線索查，從此事半功倍！」

「那，那豈不是真的要把整個滄州的仕紳全都殺光？」韓重贇被嚇得頭髮根根倒豎，趕緊大聲出言勸阻。「小肥，朱家人殘害兒童，罪有應得。但其他莊子，即便跟遼人有過瓜葛，也，也可能是迫不得已。你，你已經殺得足夠多了，該，該適當收一收刀了！」

「正因為先前殺得足夠多了，才不能現在收手！」趙匡胤看了他一眼，搖頭冷笑，「子明今天有句話說得很對，這幫傢伙，根本不配做仕紳。殺乾淨了他們，才好重整河山！」

【第五章】虎狼

人的年齡不同，閱歷不同，對同樣一系列事情的看法，也會大相徑庭。最近一段時間發生在滄州的事情，在年僅十四歲的符昭信眼睛裡，就如霧中之花。

然而，他卻逼著自己，將細作們星夜兼程送回來的密報，一份份仔細閱讀、揣摩，絲毫不敢疏忽。大哥已經被父親勒令閉門讀書了，大姐剛剛失去了丈夫，居喪在家，三弟剛剛蹣跚學步！作為家中即將成年的男丁，替老父分憂他責無旁貸。

另外一個讓他不敢疏忽的原因則是，密報裡所提到的鄭子明，剛剛出道之時，年齡也跟他自己現在彷彿。別人在十四五歲時就可以單槍匹馬周旋於劉知遠、常思、郭允明這些虎豹狼豺之間，並且毫髮無傷。他符昭信現在背後有父親、有母親，有無數謀臣良將，怎麼可以連別人想幹什麼都看不清楚？

「虎頭，都半夜了，你怎麼還沒去睡？」書房的門被人從外邊推開，一個渾厚慈祥的聲音，從門口傳了進來。

「阿爺，您，您怎麼來了？」符昭信迅速在燭光下抬起頭，朝門口看了一眼，隨即起身離開桌案，快步迎上前，朝著站在門口的老將軍符彥卿躬身行禮：「孩兒見過父親。您老不也是還沒有睡嗎？孩兒不睏，孩兒把手上幾份來自滄州的密報吃透了，就立刻去睡。」

「密報，滄州那邊又有新消息了？那石家子還在繼續殺人嗎？還是又玩出了什麼新花樣？」聽完兒子的話，老將軍符彥卿頓時也來了精神，眉毛跳了跳，大聲追問。

「已經不殺了。估計也殺無可殺！從這個月起，他做的事情是，給百姓分田、給手下的人封官籌功，恢復各級官學，並且重金禮聘范正為刺史府長史兼滄州教諭，負責品評地方才俊，選賢任能！」符昭信想都不用想，快速給出答案。注一、注二

「范正，他怎麼會去滄州？石家子真的會挑人！」猛然聽到一個熟悉的名字，符彥卿的眉頭又是微微一跳，詫異的話脫口而出。

通常新官上任之後，肯定要跟地方上的豪強鬥上一鬥。所以鄭子明在滄州殺人雖然殺得狠了一些，卻沒有令符彥卿感覺太意外。至於殺掉了豪強之後，拿別人的土地去收買百姓之心，拿朝廷的官爵去拉攏麾下將士等行為，在符彥卿這等老江湖眼裡，更是順理成章，是個人都會那樣做，早就見怪不怪。

唯一讓符彥卿感到驚訝的是，少年人在把地方仕紳得罪了個遍之後，居然還懂得請范正這個大名儒，來向整個士林示好。而那范正，居然也拉得下老臉，為了區區幾十斗鹹鹽，向一個黃口孺子折腰！

「孩兒估計，他又托了郭家的人情。范文長之兄文素公，與郭樞密乃為知交。如果郭家請他們兄弟倆幫忙，文素公也不太好拒絕！」符昭信少年老成，仰頭看著父親的眼睛，將自己的推測鄭重說出。

這個分析很有道理，符彥卿當即笑著點點頭：「有可能，但還有可能是范氏兄弟兩個，心裡還念著石家的人情。畢竟石重貴在位之時，對范文素極為倚重。這兄弟兩個當年雖然沒有勇氣以死回報石重貴的知遇之恩，若是石家的後人求上門來，卻不至於不聞不問！」

得到了父親的鼓勵，符昭信立刻信心大增，笑了笑，繼續低聲補充：「據細作彙報，那鄭子明在滄州大砍大殺，光是銅錢，就從別人家裡抄到了近百萬貫。拿出十萬貫來慷他人之慨，想必足夠打動文長公的愛才之心了。畢竟在文長公眼裡，這沒有貝字的才，照著有貝字的才，相差實在太遠！」

「噢？哈哈，哈哈，哈哈哈哈……」符彥卿先是微微一楞，隨即仰天大笑。

「嘿嘿，嘿嘿，嘿嘿！」符昭信也瞇縫起眼睛，笑得如同一隻剛剛偷到雞蛋的小狐狸。

父子兩個口中的文長公，正是現今滄州刺史衙門長史兼滄州官學的學諭范正的表字。而范正的哥哥范質范文素，則是當朝樞密副使郭威的好友，官拜大漢國的中書舍人，戶部侍郎。

想當年，范正的哥哥范質在官場上鬱鬱不得志。是後晉末帝石重貴，慧眼識珠，欽點了他做翰林學士。隨後朝廷的詔令，便大半兒都出自此人之手。對於范質的品行和能力，石重貴非常相信。很多時候范質將詔令起草完畢，石重貴一個字都不改，便會直接用印。

所以鄭子明如果真的像傳說中那樣，是石重貴的二兒子的話，范正出山給他幫忙，倒也合情合理。況且范正這個人，雖然文采跟他的哥哥一樣出色，對於錢財的態度卻截然相反。其兄范質無論是在後晉做官，還是在漢國做官，都兩袖清風。而范正，卻過慣了寶馬貂裘的日子，絕對不嫌銅臭。

而鄭子明如今手頭雖然缺人才，缺士卒，缺鎧甲兵器，卻唯獨不會缺錢。滄州東部靠海且多淺灘，砍柴煮海便可生鹽。滄州的大鹽梟們被他砍了個七七八八，幾輩子積蓄都落到了他手裡，拿出一部分來千金買馬骨，姓鄭的眼睛都不用眨。

如此一來，誰要是想指責鄭子明重草民而輕士人，聲音無疑就弱了許多。而士林領袖們，看在范家兄弟的面子上，也不好過於對他刁難。

好一個有勇有謀的少年人！好一個滄州防禦使！某些人的兒子如果能看懂他此刻的作為，真該活活羞死！

……

「你還有什麼困惑的地方，不妨一起說來。趁著我現在還不睏，可以幫你剖析一二！」笑了一會兒之後，符彥卿看了看外邊的天色，又繼續問道。

注一、符家的勢力範圍主要在青州，也就是當時的登萊，淄州、棣州等地，跟滄州隔著當時的黃河。

注二、按照唐制，刺史麾下可以有別駕、長史、司馬、錄事參軍和司功、司倉等官職。還可以提拔文學、醫學博士等閒職。

讓兒子幫助自己處理公務，是對兒子的鍛鍊。但是，他卻不能真的做甩手掌櫃。一方面，兒子昭信畢竟只有十四歲，閱歷和經驗，都非常匱乏。把如此重的擔子壓在一個十四歲孩子肩膀上，未免有拔苗助長之嫌。另外一方面，則是因為滄州跟他符家的地盤，只有一河之隔。家門口兒今年忽然出現了一頭乳虎，身為家主的他，無論如何都不敢裝作視而不見。

「孩兒，孩兒其實，其實大部分都看明白了！」雖然努力裝出一副大人狀，內心卻終究還是個孩子，放不下爭強好勝。「只差，只差了最後一點點兒……」

作為成名多年，與任何人打交道從來沒被對方占過便宜的老狐狸，符彥卿豈能猜不到自家兒子的心思，故意笑了笑，非常大氣地點撥，「沒關係，差一點就差一點，其實最重要的是實力。在絕對的實力面前，一切陰謀詭計都注定被碾成齏粉！」

聽自家父親說得如此輕鬆，符昭信反而小臉漲得通紅，低下頭，訕訕地補充道：「孩兒受教，謝父親大人指點！孩兒，孩兒其實大致能看明白鄭子明在滄州的每一步。但，但是他的所有做法放在一起，孩兒就，就又開始迷糊了！」

「哦？你且說來看！」符彥卿再度被勾起了興趣，歪著頭要求。

符昭信想了想，將自己的看法一一托出，「像他前一段時間大砍大殺，一方面是為了殺雞儆猴，儘快坐穩防禦使位置。一方面也可以認為是刻意自污，避免朝廷對他過於關注。殺過了人之後，又重金禮聘范文長去做長史和教諭，可以認為是在變著法子向士林示好，表明他自己並不是想與天下士人為敵。但這兩件事，連著做，看上去就前後自相矛盾了。士人那邊還好辦，有范文素、范文長兄弟倆幫他說好話，也許還可以慢慢忘記他的狠辣，不會再跟他勢同水火。但以范文長的名氣，此人一去滄州，朝廷那邊想不關注都難！相當於前一段時間的自污行為都白做了，還擔上了一個屠夫的惡名。況且即便士林不再把他視作寇仇，經他如此一折騰，短時間內，滄州本地也將人才極度匱缺。沒有足夠的在當地具聲望的人才幫忙，他就很難在滄州扎下根基。萬一皇上突然起了要收拾他的念頭，他又憑什麼來讓朝廷有所忌憚？」

「嗯，我兒能看到這一層，已經非常不易！」聽自家兒子能把近鄰鄭子明的諸多怪異行為，剖析到如此地步，符彥卿頓覺老懷大慰，手捋鬍鬚，低聲誇讚。「不光是你，那鄭子明最近一段時間的所作所為，老夫也看得眼花撩亂。有可能是他自己做事，原本就沒有什麼長遠打算，走一步看一步，所以前後自相矛盾。還有另外一種可能就是，他自恃有郭家雀撐腰，短時間內，並不在乎朝廷……」

話剛說到一半兒，書房門口，忽然有一個女子低聲出言打斷：「未必是有恃無恐，也許是無欲則剛！阿爺，你看事情，終究還未曾離開老一輩的窠臼。而鄭子明自打出道以來，所作所為，又有幾件事遵循了常規？」

「這……」符彥卿被問得微微一楞，兩隻眼睛裡頭，隨即迸射出咄咄精光。

無欲則剛，這怎麼可能？鄭子明是石重貴的親生兒子，怎麼可能只是做一個四品防禦使就心滿意足。換了自己在此子同樣年紀，也只是表面上依從大哥放棄了李姓，內心深處，卻時刻無法忘記李氏一脈曾經的輝煌。注三

「阿姊，你是說鄭子明根本就沒想過做一方諸侯。至少，他沒想過以滄州為根基做一方諸侯！天，這樣，就全都解釋得通了，我怎麼早沒想到這一層！」畢竟年少，一生下來就已經姓符，肚子裡也沒老一輩那麼多成見。符昭信一蹦老高，三步兩步躥到了屋子門口。

「呼——」望著門口笑語盈盈的女兒和歡呼雀躍的兒子，符彥卿忽然感覺到了自己的真實年齡，笑了笑，對著天花板長長吐氣。

大女兒符贏的想法沒錯，鄭子明，的確沒有拿滄州當作基業的打算。所以，他才能肆無忌憚地為所欲

注三、符彥卿的父親符存審，是李克用的養子。生前一直姓李。符彥超接替父親掌管家族之後，為了避嫌朝廷懷疑自己，又改回了原姓。

為。也許是他早已認清了石氏不得人心的現實，或者也許他像二哥彥饒一樣，生性恬淡，不喜競爭和冒險。無論出於哪一種原因，能在不到弱冠的年紀，內心清醒如斯，都足以令諸多前輩宿老汗顏。

「不是他本人聰明，阿爺別忘了，他能走到今天這一步，離不開背後的常節度和郭樞密。而趙匡胤和韓重贇兩個，這些日子又始終在他身邊替他出謀劃策。」符贏非常瞭解自家父親的脾氣和秉性，笑了笑，盈盈上前幾步，躬身施禮。「好了，您老就別為外人的事情操心了。天太晚了，女兒煮了蓮子羹，您跟虎頭兩個趕緊趁熱分了喝！」

說罷，不由符彥卿和符昭信父子兩個推辭，轉過身，從跟在背後的兩名侍女手裡，接過陶罐、瓷盞和銀勺子，親手在書案上布置好，然後又親手替父子二人盛好了羹湯。

「妳啊，就是個不得閒的！」符彥卿的心臟，立刻被父女之情填滿。嘆了口氣，望著女兒素色衣衫和白色簪花說道。

「謝謝阿姊，好吃。咱們整個符家，數阿姊的手藝最好！」符昭信人小鬼大，怕父親提起姐姐年少孀居的茬兒，故意用勺子將瓷碗碰得叮噹作響。

「嘴巴像抹過蜜一般，將來若是成了年，不知道多少人家的女兒會為你神魂顛倒！」符贏抬起手，在自己的弟弟頭頂輕輕摸了一把，滿臉慈愛。

姐弟兩個差了十幾歲，在出嫁之前，她也的確給了這個弟弟許多母親一般的關愛。所以，被摸了頭的符昭信非但不生氣，反而非常享受地瞇縫起了眼睛，「阿姊，我已經成年了，我都能幫著阿爺執掌衙內親軍了。好多叔叔伯伯都誇我行止有度！」

「那是看父敬子！」符贏曲起手指，輕輕在額頭上敲了一記，低聲提醒。「你聽聽就算了，切莫以為自己真的很有本事。事實上，你的本事現在連阿爺的一成都比不上。」

「嗚！」符昭信苦著臉裝痛，卻沒給自己換回更多的憐愛。姐姐符贏笑著把手拿開，目光又轉向了二人共同的父親符彥卿：「阿爺，您與其小心提防家門口的鄭子明，倒不如多留意一下身後。最近，汴梁那邊，恐怕不會太安穩。」

「此話怎麼說？」幾個孩子之間，符彥卿最欣賞的，其實就是自家這個大女兒，一直可惜符贏不是男兒身。此刻聽她說的認真，立刻打起了精神，正色追問。

「這還不簡單嗎，小皇帝翅膀漸漸硬了！」符贏搖了搖頭，笑容一點點變冷。「劉知遠臨終委任了五個顧命，早就把史弘肇等人算計了進去。如今我公公和王崇景等人相繼蒙難，最大的一夥外患已除，那個殺兄奪位的小皇帝，恐怕該想著一鳴驚人了！」

一鳴驚人，典故源於楚莊王。本是個褒義詞，只是，此刻從符贏嘴裡說出來，卻帶上了一股隱隱的幽寒！

據說當年楚莊王即位之後，國政被權臣把持，於是他便裝作貪圖享樂模樣，終日不務正業。如此暗中積蓄力量足足兩年半，直到有一位重臣氣憤不過，跑到皇宮裡拿不飛不鳴的野鳥來諷喻：「有鳥止南方之阜，三年不翅，不飛不鳴，默然無聲，算是什麼鳥？」他長笑做答：「三年不翅，將以長羽翼；不飛不鳴，將以觀民則。雖無飛，飛必沖天；雖無鳴，鳴必驚人。」

又過了半年後，楚莊王聯合自己的支持者突然發難，誅殺把持朝政的五個大臣，清洗其所有餘黨，楚國因此而大治，稱雄天下。

「啪！」書案上的燭花炸開，火星四濺。

一枚火星以極其緩慢的速度落向了符彥卿的手背，百戰老將卻根本沒做出任何反應，兩眼發直，面孔僵硬如石塊兒。直到有劇痛傳入心扉，他才猛地將手縮了縮，強笑嘆息：「呼——！這麼快就要開始了嗎？為父我還以為至少也得等到兩年之後呢！」

「如果劉承佑是個能耐住性子的，當年就不會明知道他哥哥病入膏肓，還要送他哥哥一程了！」符贏冷笑，看向父親的眼睛，如同夜空裡的星星一般明亮。

「那倒也是，就是不知道他有幾成勝算！」符彥卿輕輕點頭，不知不覺間，臉上竟隱隱露出了幾分期盼。

在自家兒女面前，他不用刻意掩飾自己內心深處的真實想法。事實上，即便想掩飾，也掩飾不住。符家這些年來一直在積蓄實力，甚至有時候故意以弱示人，可不僅僅是為了保住當前的一畝三分地兒。符家上下，至少有包括他符彥卿自己在內的一大半兒男丁，依舊記得自己曾經姓李，祖父曾經像李世民一樣被封為秦王，有資格繼承整個大唐帝國。注四

「咳咳，咳咳，咳咳……」符昭信好像被蓮子羹給嗆到了，紅著臉，不停地咳嗽。

「小鬼頭！」符贏的目光又被吸引了過去，抬起手在弟弟頭上摸了摸，臉上的慈愛愈發濃郁。

老狼符彥卿的臉上，卻帶出了幾分不自然。想了想，忽然鼓起全身的勇氣，低聲說道：「小鷹子，抱歉。妳上次歸寧，為父，為父本該把你們兩口子多留些時日。只是，只是為父怕他們李家多心……」

「阿爺，你說什麼呢，我可是符家的長女啊！」符贏輕輕地回過頭，溫婉一笑。剎那間，竟若一朵綻放的寒梅。

符彥卿見此，心中頓時像被捅了一刀，愈發痛徹心扉。

女兒太懂事了，不用他多說，就明白他想表達的全部意思。可越是這樣，他內心深處，越覺得負疚。

當初與李守貞聯姻，原本就是為了符家。事實上，那個李家兒子，根本就不是一個良配！站在符贏身側，就像一頭掉了毛的野狗與乳虎為伴。這一點，非但符彥卿自己心知肚明，符家上下很多人也洞若觀火，其中也包括符贏自己。

如果當初符贏自己大聲說一句不願意，符彥卿可以對天發誓，自己會盡最大可能推掉這樁親事。然而，符贏卻什麼都沒有說，只是默默地綉好了嫁衣。

那一年，耶律德光揮師滅晉，劉知遠在太原起兵。符彥卿既不能確定耶律德光會不會突然向符家痛下

殺手，也不能保證劉知遠獲勝之後會不會趁勢削藩，多一個盟友，就多一分自保的希望。

上次符贏攜婿來歸，符家通過各種手段，也早已探聽出李守貞造反在即。如果符贏當時向娘家提出避風頭的請求，符彥卿可以對天發誓，自己不會拒絕。那樣的話，李守貞即便造反失敗，朝廷的兵馬，也不敢打到符家門口來，追索李守貞的長子，符贏的丈夫，符家的大女婿。

然而，符贏依舊什麼都沒有說。默默地收拾好行李，在李氏起兵之前，跟丈夫一道，星夜兼程返回了河中……

「崇訓他不可能留下的！」彷彿能看穿自家父親的心底，符贏搖搖頭，非常平靜地補充，「他雖然是個如假包換的公子哥兒，對我公公卻是孝順得很。哪怕明知道我公公起事沒有多少勝算，也會回去助自家父親一臂之力。所以，阿爺，您不必過於自責。女兒我這不是好好的嗎？如果不是借了您的名頭，河中李氏滿門被誅，我這個長子媳婦怎麼可能平安脫身？」

「小鷹子——」符彥卿縱使再虎狼心腸，也終於承受不住。低低叫了一聲自家女兒的閨名，雙目含淚，「是阿爺對不住妳，是阿爺對不住妳！妳放心，阿爺發誓，早晚會替妳報了此仇！」

「不要！」符贏忽然大驚失色，猛地上前抓住父親的手臂，厲聲尖叫，「阿爺，不要！您千萬別想給女兒報仇的事情。女兒跟夫家，跟李家的恩義沒有那麼深！咱們符家，咱們符家，也不該為此去冒滅族之險！如果，如果您堅持不放棄，到那一日，女兒，女兒只有以死相諫！」

說罷，鬆開手，接連後退數步，凝望著自家父親的眼睛，滿臉決然之色。

從來沒見過自家女兒如此失態，符彥卿被嚇了一大跳，心中的傷痛與憐惜，迅速消失得無影無蹤，「不要？小鷹，妳別急，妳說不要就不要！阿爺聽妳的，阿爺保證聽妳的！小鷹兒，妳怎麼了？妳今天到底怎麼了？」

注四、符彥卿眼裡的大唐，指的是後唐。符彥卿的父親李存審，是後唐太祖李克用的義子。死後追封秦王。

「阿爺，您以為，女兒我勸你關注身後，僅僅是擔心劉承佑自毀長城嗎？」符贏流著淚，用力搖頭，臉色如同雪中的羊脂玉一樣蒼白，「阿爺，您錯了，女兒我想提醒您關注的是郭家雀兒，還有他的養子柴榮！若是劉承佑贏了，也許咱們符家還真有希望重現祖上輝煌之機。可若是，若是郭家雀兒贏了，咱們符家稍有不甚，就，就會像河中李氏一樣萬劫不復！」

「什麼？」符彥卿手按刀柄，皺紋交錯的面孔上，寫滿了警覺。「小鷹兒，妳這是什麼意思？妳莫非，莫非看到了什麼？郭威手裡到底藏著什麼殺招，怎麼，怎麼會讓妳害怕成這般模樣？」

符贏是江門虎女，不是尋常村婦，弓馬嫻熟，且熟讀兵書。如果換做男兒身，符彥卿會毫不猶豫地選擇她做自己的繼承人。可越是如此，從剛才從符贏嘴裡說出來的話，才越令符彥卿覺得緊張。

在符彥卿原本的謀劃裡，無論劉承佑成功鏟除了五個顧命大臣，或者五個顧命大臣聯手廢黜了劉承佑，符家都可以趁機起兵，直搗汴梁！那是百年一遇的良機，符彥卿這輩子都不可能等來第二回！為了這個機會，他幾乎臥薪嘗膽，怎麼可能，怎麼可能會墜入萬劫不復！

「阿爺，二弟！」符贏看了一眼滿臉戒備的老父，又扭頭看了一眼被嚇得站了起來，雙拳緊握的符昭信，慘笑著搖頭，「你們，你們太小瞧天下英雄了。你們知道不知道，河中節度使衙門被攻破時，我家公公手頭還有多少人馬？五千，整整五千生力軍。可攻進來的郭家軍呢，你們知道不知道數量是多少？四百出頭，四百出頭啊，阿爺，連一個指揮都不到！」

「多少？」饒是身經百戰，符彥卿也被驚訝得無法相信自己的耳朵。

郭威用疲兵之計拖垮了李守貞，整個過程他都一清二楚。但關於李守貞臨死之前的最後掙扎，他卻所知寥寥。

首先，城破之時，各軍爭相劫掠，殺得滿城百姓血流成河，符家的細作根本沒機會靠近李守貞的「皇宮」，去記錄最後的戰鬥過程。

其次，城門被進攻方奪取，就意味著大局已定。最後的掙扎無論多激烈，從用兵角度，都無關緊要。

最後，則是作為父親，符彥卿實在不忍再朝親生女兒的心窩上捅刀子。所以，在符贏回來之前，就搶先一步給家中所有人都下了封口令，不准任何人在女兒面前打聽城破後李家所發生的事情。

事實證明，自家女兒的心臟，遠比他預想的要強大。他刻意不准家人去打聽的，則正是女兒急著要告訴他知曉的。「四百出頭，不足一個指揮！」輕輕抹去臉上的淚水，符贏一字一頓地強調。「我公公和他麾下的五千死士，非但沒有擋住對方的進攻，甚至，甚至連預先謀劃好的，將女兒我殺掉，替他們李家殉葬都沒來得及！」

殺掉家中所有女眷和孩子殉葬，是她那個想當皇帝想瘋了的公公，對家人的最後安排。當時，她對一切都已經絕望，甚至主動換上出嫁前的一身白衣，坐在後院荷塘旁的石頭凳子上，靜靜地等待最後一刻的到來。

只要自家那個孝子丈夫李崇訓衝過來一揮刀，就會奪走她的性命。雖然她有能力反抗，但是她沒有任何心思那樣做。

死就死了，這世界上，原本也沒有什麼東西值得留戀！

她準備用最美麗的模樣，去迎接丈夫手中的刀刃。像一個走上沙場的將軍那樣，平靜去迎接死亡。她甚至已經計算好了自己倒下時的角度，正好能落進荷塘裡。那樣的話，流經荷塘的活水，就能趁著混亂，將自己的屍體帶走，悄無聲息地，帶離這個瘋狂的庭院，瘋狂的人間。

然而，她卻始終沒有等到自家丈夫的鋼刀。

她等來的是另外一個人。

一個身材不算高大，相貌不算英俊，卻在千軍萬馬中，也無法被遮擋的人。

只用了短短半炷香時間，那個人就從李家的府門口兒，一路殺進了後院。滿院子的死士瘋狂地上前阻擋，卻被那個人一一砍倒。

沒等她想好是拿起刀來抹脖子，還是投水自盡，那個的男人已經殺到了她面前，渾身上下都是血漿，能看出原來顏色的只剩下眼睛。

「想必妳是魏國公的女兒吧？」那個男人的眼睛很亮，說話時，露出一口瓷器般的牙齒「妳安全了，從現在起，沒有任何人能敢碰妳一下！」

那一刻，天上地下，灑滿了陽光。

淒涼、絕望，恐懼、驚詫、欣喜，甚至還有一點點發自內心的崇拜。短短幾個呼吸之間，幾種不同的表情，陸續在符贏臉上呈現，令她整個人看起來都好像晚春的桃花般，絢麗中透出勃勃生機。

自打二人的親生娘親過世之後，符昭信還是第一次，看到大姐臉上的表情如此生動。剎那間，竟然有些目眩神搖。

二人的父親符彥卿，此時此刻，注意力卻全都放在了「殉葬」兩個字上，手按刀柄，額頭上的青筋根根迸現，「他，怎麼敢爾？瘋子，他們李家從上到下全都是瘋子！鷹兒，是阿爺害了妳，阿爺真的對妳不住！對妳……」

「阿爺，我這不是好好地回來了嗎？」符贏微微一笑，滿臉溫柔。「我公公全家都死絕了，你也沒必要再恨他們了。從此之後，咱們符家跟他們李家再無瓜葛！」

「好，好，阿爺聽妳的，聽妳的，咱們符家跟他們李家從此再無瓜葛！」符彥卿心中又是疼痛，又是負疚，含著淚連連點頭。

李守貞造反失敗，全家被殺。唯獨嫁給了李守貞長子的符贏被郭威派兵完好無損地送回了娘家。外界都傳說是朝廷畏懼符家的實力，才對李家長媳網開一面。符彥卿也一直驕傲地認為，女兒能平安脫險至少有自己一大半兒功勞。直到現在，他才終於發現，原來自己一直在自我陶醉。原來，自己只差一點兒，就永遠失去了這個女兒！

「那，那四百精兵，是不是每個人都穿著瘊子甲，拿著削鐵如泥的寶刀？」符昭信忽然衝到了父女兩個之間，拉著符嬴的手，滿臉羨慕地問道。注五

終究是個半大孩子，他心中，暫時還體會不到差一點兒失去親人的恐慌。因此醒過神來之後，便迫不及待地想驗證自己的判斷。

「怎麼可能？」符嬴被自家弟弟的幼稚想法逗得莞爾，搖搖頭，柔聲回應，「四百件兒瘊子甲，郭家挖出一座金山來都不夠用！那些人不是家丁，只能算行伍中的精銳。穿的只是普通牛皮甲，拿的也是常見兵器，表面看上去跟咱們符家軍的兵卒沒什麼兩樣。」

頓了頓，她的臉上露出了如假包換的欣賞，「但是，但是他們卻個個都勇悍絕倫，跟在主將身邊寸步不落，死不旋踵。李氏家丁雖然人數眾多，並且有高牆為憑，在他們面前，卻如同一群土雞瓦狗。」

「這，這，這得精銳到何等地步？這怎麼可能？」符昭信的大眼睛睜得溜圓，稚嫩的面孔上，寫滿了拒絕。他無法想像，一群拿著普通兵器，穿著普通鎧甲的士卒，能在轉眼之間，將十倍於己的李氏家丁，打得落花流水！以他大半年來在衙內親軍中獲得的經驗，主帥身邊的家丁，乃是精銳中的精銳。與尋常士卒交手，個個能以一當十。而那郭家軍的一個指揮，卻打敗了十倍於己的李氏家丁，如此推算，當他們遇到李家的普通士卒，豈不是要以一當百，以百破萬？

「有可能，老夫當年我就見過這樣的精銳！」符彥卿忽然深吸了一口氣，沉聲替自家女兒作證。「銀槍效節軍！當年楊師厚麾下的銀槍效節軍便可如此。雖然最多時不過幾千人，衝鋒陷陣，卻如同摧枯拉朽。

注五、瘊子甲，青堂羌冷鍛甲，由吐蕃工匠冷鍛精鐵打造。因為冶煉溫度低，並且燃料為含硫量較少的木炭，所以硬度和韌性都極為出色。但同樣因為打造艱難，冶煉耗時耗力，價格奇高無比。

好個郭家雀兒，好個郭家雀兒，老夫以為他久圍河中卻遲遲不肯破城，只是心慈手軟，捨不得麾下子弟犧牲。沒想到，沒想到他居然借著這個機會，用朝廷的糧草和輜重，偷偷打造了一支新的銀槍效節軍！」

銀槍效節軍，是晚唐以來戰鬥力最強的隊伍，雖然已經被毀掉了多年，行伍之中，卻依舊傳誦著他們昔日的輝煌。稍微有些閱歷的為將者，幾乎無不對銀槍效節軍的戰績如數家珍。

只是，這樣一支無敵精銳，打造起來卻極為艱難。除了充足的糧草、輜重、軍餉之外，還要求其主帥，有遠超常人的勇武和令人無法抗拒的親和力。否則，非但畫虎不成反類犬，而且稍有不慎，便會被瘋犬反噬。

換一種相對便於理解的說法，打造銀槍效節軍，錢糧、勇士和蓋世良將，是三個最基本條件，缺一不可。特別是對第三項的要求，簡直苛刻到了極端。尋常庸才，即便僥倖掌控了銀槍軍的帥印，也發揮不出這支隊伍的一半兒威力，只能徒勞地消耗勇士們的性命、激情和鮮血。而真正的良將，卻可以成為銀槍軍的靈魂。令銀槍效節軍的威力翻倍，在戰場上出其不意，給敵軍致命一擊。

「阿爺，咱們也能，咱們也打造一支銀槍效節軍出來！」符昭信從不懷疑自家老父的話，卻堅信自己的本事不屬於任何人，從震驚中再度回過神來之後，便拉著符彥卿的衣袖，用力搖晃。「咱們現在就動手，郭家能，咱們符家也一定能！」

「呵呵，談何容易！」符彥卿咧了下嘴，苦笑著長嘆。

同樣的想法，他也曾有過，並且曾經全力去嘗試。然而，嘗試的結果，卻是令人倍感絕望。

他符彥卿算是個智將、良將，年輕時也曾勇冠三軍。卻距離蓋世兩個字，相距遙遙。而符家的其他成年男子，包括他的幾個弟弟和親生兒子符昭信，連良將的邊都摸不著，更做不了銀槍效節軍的靈魂。

事實上，銀槍效節軍從誕生到毀滅，真正能做為其靈魂者，只有楊師厚一個。所以，在楊師厚病死之後，銀槍效節軍就迅速走了下坡路。落到李存勖這個馬上皇帝手裡，偶爾還能重現一回鋒芒，落到了李嗣源手中，則徹底變得平庸，並且令後者時時感覺芒刺在背。

所以，李嗣源惱羞成怒，乾脆聯合銀槍效節軍的名義主帥趙在禮，用毒計毀掉了這支隊伍，將全軍將士連同隨軍家屬屠戮殆盡。當時，永濟渠為之變赤，銀槍精銳，從此成為絕響。隨即，契丹皮室，再無中原兒郎可以力敵。

也許是因為年齡漸老，容易懷舊。也許是因為被上一次契丹大軍壓境，逼迫過狠。回憶起銀槍效節軍曾經的輝煌戰績和最後的淒慘結局，符彥卿心裡竟是五味陳雜。

仰著頭獨自唏噓了好一陣兒，才又將目光轉向滿臉驚詫的兒子和眉間含笑的女兒，低聲問道：「那個，那個率部殺入李守貞府中救下妳的將軍，妳問過他的名姓沒有？郭家雀兒命好啊，居然能找到如此虎將襄助！」

「當然是郭威的養子柴榮了，阿爺，難道您老對河中的戰事，一點都沒關注過嗎？」符贏被問得微微一楞，帶著幾分詫異反問。

作為老父曾經的掌上明珠，她對符家的實力非常瞭解。光是常年分散在外邊執行人物的細作和斥候，恐怕就不下五百人。若是哪裡有大事發生，則派往該處斥候的細作會更為密集。

像郭威剪滅李守貞這種惡戰，按常理，符家的斥候應該將整個過程都打聽得一清二楚才對，怎麼可能到現在，身為家主的老父居然還不知道最後一刻率軍攻入李守貞府邸的人姓啥名誰？

「咳咳！咳咳，咳咳！」符彥卿被問得老臉微紅，連忙咳嗽了數聲，以掩飾自己的失態。「原來是郭榮啊！他真的身先士卒攻入了李家？鷹兒，妳親眼看到他衝殺在最前頭？」

柴榮是郭威的侄兒，也是郭威的養子，素受郭威器重。而以假子領兵，是從太祖李克用那時留下來的傳統，絲毫不足為怪。但別的假子如果做到柴榮那個位置上，不到萬不得已，絕對不會再親自提刀上陣。畢竟戰場上刀箭無眼，有時候不知道從哪裡飛來一根流矢，就能奪走黃忠、張頜一類的勇將性命。而主將身死，再輝煌的勝利也頓失顏色。

所以，當在細作送回來密報上看到最後給了李家致命一擊的領軍者為郭榮之時，符彥卿本能地以為，柴榮只是在一個相對安全的位置上臨陣指揮。卻萬萬沒有料到，那個做了好些年商販的小傢伙兒，非但眼光精準，頭腦出色，居然還是個如假包換的萬人敵！

「女兒當然看清楚了！」不知道為何，符贏的臉上，也忽然湧現了幾絲紅暈。低下頭，話語裡帶著幾分輕微的戰慄，「女兒親眼看到李家留下來準備拉我殉葬的死士，被他一刀一個，從後院門口一直殺到了荷塘邊上。女兒以為自己會死在他的手上，卻沒想到，沒想到他居然，居然確定了女兒身份之後，立刻派人將女兒保護了起來，然後又一路護到了郭威身邊。

「妳安全了，從現在起，沒有任何人能敢碰妳一下！」從始至終，對方只說了一句話。但是，在符贏眼裡，整個世界，都為之而明亮。如果自己能和此人早相遇三年，自己的生命，絕不會像現在一樣黯淡無光。

不過，現在相遇，依舊不算晚。

「鷹兒，那，那個柴榮，在郭家軍中，地位如何？」終於注意到了自家女兒的神態古怪，符彥卿的心臟猛地一抽，緊跟著，便鬼使神差地追問了一句。

有萬夫不當之勇，有運籌帷幄之才，還能令麾下兒弟們爭相效死，如此百年難遇的良將，重現銀槍效節軍於世間，絲毫不足為怪。大頭兵出身的郭家雀兒，運氣也的確好得沒了邊兒。不過，假子終究是假子，不是郭威的親生。而符家卻有女兒，長得傾國傾城。

「地位？阿爺……」一絲寒意忽然從腳底湧起，直衝頭頂。符贏楞了楞，心中彩色夢幻瞬間四分五裂。「阿爺，女兒與他，不過是萍水相逢，怎麼可能知道他在郭家軍中地位究竟如何？不過，女兒卻聽人說過，他的姑姑，當年不嫌郭威貧賤，委身下嫁。而在他姑姑過世之前，郭威居然未曾納過妾，對送上門的美姬，亦不假辭色。」

柴榮的姑姑柴嫣，原本是唐莊宗的妃子。唐莊宗死於兵變之後，各地手握重兵的諸侯們，紛紛欲迎娶皇帝的女人以嘗新鮮。失去了依仗的前朝妃嬪們，也願意在這些「人中之龍」身側尋求庇護。雙方幾乎是一拍即合，各取所需。例外的只有柴嫣，竟然主動托人說媒，將她自己嫁給了在亂軍中對她有過救命之恩的光棍漢郭威。而那時的郭威，年齡已經三十好幾，官銜才混到一個區區的指揮使，連諸侯的腳趾頭都比不上。

消息傳開，前朝的妃嬪和他們的新婚丈夫們，無不覺得柴嫣瞎了眼睛。然而，多年之後，他們卻都不得不承認，當時真正瞎了眼睛的人，正是自己。

娶了柴嫣的郭威，瞬間脫胎換骨，一步一個腳印向上走，迅速從指揮使、都指揮使、兵馬使，一路升到了劉知遠帳下第二大將位置，進而又做到了節度使和大漢國的副樞密使，權傾朝野。

雖然因為身子骨弱，柴嫣沒等看到郭威成為當朝數一數二的權臣，就已經亡故。但在她生前，郭威對她的感情卻是有目共睹。當初那些一道逃出皇宮，隨即攀上高枝的姐妹們人老珠黃，陸續做了下堂婦，她卻始終都是郭威唯一的妻子。從去世後直到現在，雖然有史弘肇等老友的不斷催促，郭府女主人的位置，始終空虛。

有道是，響鼓不用重錘。符家父女兩個都是頂級聰明人，話根本不用說得太明瞭，彼此間就能心領神會。既然郭威至今還念念不忘跟柴嫣的夫妻之情，柴榮在郭家軍的地位，當然非同尋常。將來比郭威的親生兒子，估計會差一些。但作為郭氏的一個旁支，就像眼下符氏的一些附庸那樣，將來在郭家的支持下自立門戶，出任一方節度使，坐擁兩三州膏腴之地，卻是板上釘釘。

如此，想利用自家女兒的美色，將柴榮從郭家拉入符家，注定也是好夢一場了。哪怕符贏自己，對柴榮非常崇拜，欣賞。哪怕柴榮對符贏也曾經怦然心動，都無濟於事。郭威和柴榮父子兩人之間沒有太多隔閡，符家能給柴榮的，郭家一樣不會少！

「呼——」紅著臉沉吟良久，老狼符彥卿，忽然仰起頭，長長地吐息。「時也，命也，運也，郭家雀命好，老夫心中雖然不服，徒呼奈何！」

「恐怕，不僅僅是命好。」符贏這次沒有出言安慰自己的父親，而是悄悄地退開了半步，重新振作起精神，認真地反駁，「女兒總覺得，郭樞密院帳下，善戰者不止是當日殺入李府那五百勇士。應該還有其他隱藏實力沒有展現。女兒甚至以為，當日柴榮所部那五百人，與傳說中的銀槍效節軍，也不是十分類似。哪怕領兵的不是柴榮，換了另外一個勇將，亦能在轉眼間就殺入李府，勢如破竹！」

把自己看到的真實情景告訴父親，才是最好的辦法。符贏相信自家父親的理智，亦相信自己的眼睛。她已經為這個家做得足夠多，哪怕是父親聽完之後，依舊不肯放棄心中的雄圖霸業。接下來，她依舊要做自己想做的事情，絕不回頭。

「不同於銀槍效節軍？」果然，聽了她的話之後，符彥卿的臉色又是瞬息數變，最後，則換上了深深的思索。

銀槍效節軍不能沒有靈魂人物，失去了靈魂人物，則會迅速變得平庸。而按照自家女兒的說法，柴榮在軍中的位置，卻可以有別的將領來取代。這，喻示著什麼？喻示著郭威掌握了一種全新的領兵，或者練兵方法，威力巨大，當世幾乎無人能敵。

如果那樣的話，一旦小皇帝跟郭威之間起了衝突，符家恐怕沒有多少機會坐收漁翁之利。鷸和蚌之間的實力相差太多，鷸剛剛俯下身子，就被成了精的老蚌張開殼子一口吞下。漁夫即便壯起膽子靠近，恐怕也是送到老蚌嘴裡的第二餐。

「阿爺，阿姊，你們倆在說什麼啊？我怎麼完全聽不懂！」符昭信的聲音，忽然在屋子裡響起，令符彥卿和符贏兩個人的臉色都變了變，隨即又都堆滿了笑容。

「是郭家軍，不管怎麼著，你姐姐的性命為他們所救，阿爺我不能沒有任何表示！」

「說郭家軍練兵有道，令人眼界大開！小弟，乖，不要打岔。等日後有了時間，姐姐慢慢再解釋給你聽！」

兩個成年人的話，聽在符昭信耳朵裡，每個字都非常清楚。但是，作為屋子裡唯一一個未成年人，他卻覺得自己愈發地糊塗了。眨巴著眼睛思考了好半晌，最後，卻只能沮喪地點頭，「好吧，阿爺，阿姊，你們繼續說，我不插嘴了，我旁邊聽著就好！」

「小東西！」符贏用手蹂躪弟弟的頭髮，笑著搖頭，「本來跟你關係也不大。你還小，將來說不定還能做得更好。」

「是啊，咱們符家也非後繼無人！老夫已經等了半輩子，老夫不在乎繼續等下去！」符彥卿看了一眼懵懵懂懂的兒子，也搖頭而笑。「鷹兒，為父明白妳的意思了。為父日後行事，會加倍小心。只是妳自己……」

「我自己的事情，自己想辦法！」符贏笑了笑，滿臉驕傲地搖頭。「父親做父親的，女兒做女兒的。女兒這一回，絕不會輕易罷手。縱被無情棄，不能羞！」

最後一句，出自蜀國宰相韋莊所寫的春閨詞，流傳極廣。但原詞中的婉約味道，從符贏嘴裡說出來，卻帶上了幾分金戈鐵馬。

符昭信聽得暈頭轉向，眼睛再度睜得滾圓。

在他困惑的目光中，自家老父符彥卿先是微微一楞，旋即大笑著撫掌：「不愧是我符家的女兒！行，咱們爺倆兒就說定了。符家有了機會不會放過，沒有機會也不會強求。妳心有所屬就自己去爭，爭不過也不要哭鼻子。盡人力，安天命！」

在他困惑的目光中，自家姐姐符贏頷首，下拜，風姿翩翩，宛若夏荷盛開，「女兒謝阿爺成全！」

「女生外向！女生外向」，接下來整整一夜，符彥卿心裡翻來覆去都在念叨這四個字。

然而，當下一個白天來到之後，他卻以最快速度，寫了一封信給樞密院副使郭威，感謝後者的義子郭榮，在亂軍之中保全並送回了自己的女兒。並且花了大段篇幅，追憶自己與郭威當年並肩對抗契丹人的袍澤之情。最後，則非常鄭重地向對方介紹了自己的嫡親三兒子昭信，說其年齡雖然未至總角，卻已經顯出了寬厚孝悌的本性。若是有朝一日能到汴梁國子學讀書，還請郭威念在兩家過去的交情上，代為嚴加管教，云云。注六

女兒符贏已經為家族犧牲太多了，符彥卿不想讓女兒下半輩子也終日鬱鬱寡歡。此外，經過一夜反覆琢磨之後，他驚喜地發現，促成女兒與郭榮親事，其實與重振符家的目標並沒有太多的衝突

郭榮即便再受郭家雀器重，畢竟原本姓柴。而郭威的兩個親生兒子，一個今年八歲，一個三歲不到。無論人脈、威望和能力，短時間內較柴榮都望塵莫及……

符家的信使做事非常利索，三天之後，便將符彥卿所寫的親筆信，送到了汴梁城內，大漢國樞密副使郭威府邸。剛巧郭威最近幾天懶得上朝，在家裡裝病裝得百無聊賴。聽手下人彙報說有符家的信使帶著老狼符彥卿的親筆手書前來致謝，立刻命親兵將信使請進了書房。

幾句場面話說罷，郭威先吩咐人取來銀錠和綢緞，打發符家的信使下去休息。隨即，便將符彥卿的信，鋪在了書案上，一字一句地開始揣摩。

一隻從不吃素的家雀，一頭橫行千里的老狼，雙方又都已經成名多年，誰也甭指望對方能喝下自己的迷魂湯。因此，沒花多少時間，郭威就弄明白了符彥卿隱藏在連篇客氣話當中的真正意思：符、郭兩家結盟，一在野，一在朝，聯手互保，以免朝廷想著兔死狗烹。作為誠意的證明，符家願意將大女兒符贏，嫁給對她有救命之恩的郭榮。同時，也希望替自己的三兒子符昭信，迎娶一個郭家的女兒，以加強兩家血脈上的聯繫。

「怎麼？那符老狼前幾天不剛剛寫信向你道過一次謝嗎？怎麼如此快就又來了第二次？禮下於人，必有所求。文仲你可得多提防一些！」留在郭威書房裡的幾個親近人物當中，數王峻性子最急，見自家謀主看著看著信，臉上就湧起了幾分笑意，立刻站起來，叫著郭威的表字大聲提醒。

「魏國公看上了君貴，要下嫁女兒與他。魏國公膝下的小兒子，據說也跟老夫的小女兒年貌相當！」郭威淡然一笑，將符彥卿的親筆信攤開，推到了王峻和其他幾個幕僚面前。

「想得美，他家小兒子今年才三歲！」王峻聞聽，臉上的警惕之色立刻愈發濃烈，揮了下胳膊，大聲補充，「等兩家真正結親，至少是十年之後。十年內，他符家無論做什麼，都要牽扯上你。並且隨時都可以找藉口反悔！」

這話，說得很實在，卻有失過於輕率。隱隱將郭威的義子郭榮，排除在了家族之外。頓時，惹得主簿魏仁浦滿臉不快，用力咳嗽了兩聲，起身說道：「秀峰兄，事關重大，現在下結論是不是為時過早？況且只要聯姻對明公有利，無論符家還包藏著什麼禍心，明公多加防範便是。總不能因為聽到了幾聲烏鴉叫，就連飛進院子裡的赤鸞也給趕走？」注七

「呵呵，赤鸞未必，雕鴞老夫倒是看到了好幾頭！」王峻跟魏仁浦素來不睦，聽對方居然敢指摘自己，頓時火往上撞。回過頭，冷冷地掃了此人一眼，撇著嘴嘲諷，「對了，還有一頭跟在雕鴞身後撿死老鼠的寒鴉，叫喚起來特別大聲！」

「王大人！你，你……」魏仁浦雖然足智多謀，卻不擅長跟人打嘴架，頓時氣得臉色烏青，反擊的話，卻一句也說不出來。

「怎麼了？王某怎麼了？王某這輩子就是心直口快，有什麼說什麼！不像某些人，表面上是謙謙君子，肚子裡卻藏的全是禍水兒！」王峻卻不肯見好就收，繼續用語言對魏仁浦狂砍亂剁。

「王，王，王秀峰……」魏仁浦越是無法反擊，心中越是憋屈。心中越是憋屈，嘴巴就越不利索。轉眼間，全身上下都開始發麻，手指著王峻，搖搖欲倒。

好在書房中，還有一個老謀士鄭仁誨。見魏仁浦眼看著就要被王峻給擠兌得暈倒過去，趕緊站了起來，沉聲呵斥：「行了，大夥不要做這些無謂的口舌之爭了。秀峰，你不要欺負晚輩。道濟，你也先安靜一會

注六、國子學，唐代所設貴族學府，專門為三品以上高官子弟提供教育。同時在一定程度上，起到以重臣之子為人質，避免起鋌而走險的作用。

注七、赤鸞，古代傳說中的瑞鳥，所落之家必有福運。雕鴞，貓頭鷹，古人認為是罪惡之鳥。

兒。咱們都先看信，再說話。」

「哼！」王峻對鄭仁誨素來有幾分忌憚，嘴裡發出一聲不屑地悶哼，低下頭，快速瀏覽書信。

魏仁浦終於緩過了一口氣，感激地朝著鄭仁誨拱了下手。隨即，也將目光投到了信紙上。

將二人強行壓住的鄭仁誨，自己卻沒有急著看信。而是越過王峻和魏仁浦頭頂，將目光轉向了郭威，輕輕搖頭。

郭威的目光，也恰恰看向了他。一瞬間，老哥倆的臉上，竟同時露出了幾分無奈。

王峻在警惕著什麼，他們兩個都懂。魏仁浦在支持誰，老哥倆心裡也明明白白。那是郭家內部，所存在的最大隱患。如果處理不慎，必將令家族遭受沉重打擊，甚至血流成河。

符老狼正是看到了隱患的存在，才又自降身價，主動寫信替他的大女兒求親。

這封信只要送到了郭威手裡，符家的陰謀都便已經得逞了一大半兒！無論郭威如何回覆，對兩樁婚事答不答應！

親子尚幼，人望不著，假子卻羽翼漸成！這對任何英雄豪傑來說幾乎都是一個無解之局。遠的如三國時代的劉備與劉封，近的如李克用與李存孝。無論最初如何父慈子孝，最終，卻都是當父親的，對養子舉起了血淋淋的屠刀。

唯一例外，恐怕只有石敬瑭與石重貴，父子之間算是善始善終。可石敬瑭屍骨未寒，石重貴就已經偽造詔書，在受命托孤的大臣馮道和侍衛親軍都指揮使景延廣的支持下奪位，將石敬瑭的親生兒子石重睿一腳踢出了宮門。

如今，這個迷局，又悄無聲息地擺在了郭威面前。考驗著他的智慧，折磨著他的靈魂。

比起劉封和李存孝，郭榮的戰功也許並不顯赫，然而，他在整個家族中的份量，卻絲毫不比前兩人小。

郭威為官清廉，從不喝兵血，也不接受屬下任何孝敬。早年間拿到的俸祿，維持家庭開銷已經捉襟見肘，更甭說去廣結善緣，招賢納士。這時候，未及弱冠的郭榮便挺身而出，以柴大官人的化名，帶著商隊奔波江南塞北。不但為義父郭威開闢了豐厚的財源，還一手打造出了完全聽命於郭氏的細作組織，飛鷹司。

每逢郭威領軍出戰，未等與敵將交手，有關對方的各類情報，就已經在郭威分書案旁擺上了厚厚了一大摞。每當郭威需要往來應酬，或者賞賜有功之士，只要隨便打開家中的一座庫房，就能找到天南地北的各色奇珍，以及令人眼花撩亂的字畫古玩，金珠美玉。

可以說，郭威有今天這般事業，義子郭榮在其背後功不可沒。遠遠超過了他手下任何一名戰將，或者任何一名幕僚。

此外，郭威手中最精銳的一支部隊，選鋒營，也是郭榮親手打造。雖然這支部隊規模很小，並且成立時間也非常短。但其戰鬥力，卻已經是有目共睹。倘若要發生衝突，尋常部隊至少得出動五倍以上，才能與其一爭短長。換成郭威麾下的裝備最精良的衙內親兵，至少也得出動兩倍以上規模，才能避免被其打得落花流水。

是以，自認為忠肝義膽的王峻，早就對郭榮生出了戒心。只要有機會，就跳出來想方設法遏制郭榮繼續成長。而郭威手下的一些年輕新銳，則對大公子郭榮的人品和能力，佩服得五體投地。心甘情願替他謀劃奔走。

郭威本人，絕非刻薄寡恩之輩。明知道王峻的顧慮，並非杞人憂天。如果放任郭榮的威望和實力繼續壯大，早晚有一天，自己將要在親生兒子和義子之間做出取捨。但是，每當看到郭榮那遠比實際年齡蒼老的面孔，他又頓時想起了義子多年來的無私付出，以及亡妻柴氏與自己之間的伉儷之情，頓時，心中所有的「遠慮」，就盡數拋在了腦後。

內心深處，郭威甚至刻意在逃避，刻意避免去想，將來自己選擇繼承人的問題。長子青哥還小，遠不到出來歷練，檢視可否支撐門戶的時候。而他自己，年齡還不到半百，這輩子既不好酒又不好色，應該至少還能掌管家業二十年。

到那時，青哥和意哥兩個，到底成不成器，就已經能做出定論。如果兄弟二人當中，有任何一個本事與郭榮郭君貴差不多，自己當然就可以將君貴打發出去自立門戶。如果兄弟倆都不成材，那樣的話，與其等著郭家被別人一口吞下，還不如就交給君貴。至少他會念在自己這個養父待他如己出的份上，讓青哥和意哥兩個兄弟衣食無憂，平平安安地走完各自的一生。

但是，郭威這番想法，卻有些過於一廂情願。首先，以王峻為首的若干老兄弟，就對他的「優柔寡斷」嗤之以鼻。在這些人眼裡，郭威既然走到了這步，他的基業便早已不屬於他本人，同生共死的老兄弟們，也個個有份兒。老兄弟們可以替他郭威流血，對他郭威的嫡親子孫宣誓效忠，卻無法忍受自己向一個外姓，一個跟郭威沒有任何血脈相連的外姓屈膝。

其次，那些站在明處和暗處的政敵們，也巴不得郭威在處理繼承人問題上出笑話。帝王家沒有親情，諸侯家也是一樣。一旦郭家內部血流成河，他們就可以趁機打上門來，一舉解決這個壓在他們頭上的大山。即便郭家內部不流血，郭威以雷霆手段迅速控制住了局面，無論要郭榮被殺或者被放逐，都等同於砍掉了郭威的一條胳膊。從此，他們做事也會少了許多忌憚。

所以，老狼符彥卿發現自家女兒對郭榮心生愛意，立刻果斷地順水推舟。

如果郭威答應了這份親事，郭榮的背後，就多出了符家這個泰山般的依靠，將來對郭威的兩個親生兒子威脅瞬間又增加了一倍。

如果郭威拒絕，則證明他與郭榮父子兩個之間，裂痕已生。這種裂痕不用太寬，只要有頭髮絲般粗細，就必將成長為潰堤之壑，根本無法以人力彌補！

無法彌補，也必須彌補！作為郭威的義兄和心腹，鄭仁誨理解此時郭威的難處，也能感覺到對方心中的痛楚。趁著王峻和魏仁浦兩個忙著通讀書信的時候，斟酌片刻，低聲說道：「三娘和四娘已經都許了人家，唯一未許人的五娘尚在繈褓。若是說於符家，倒也門當戶對。至於君貴，符家長女剛剛喪夫，現在就談婚嫁，恐怕不太妥當。」

這個理由，倒是非常說得過去。頓時，正在看信的王峻就拍了下書案，叫著鄭仁誨、郭榮和郭威三人的表字大聲附和，「日新兄所言甚是，符家不在乎顏面，把穿著熱孝的女兒朝外邊推，郭家卻不能不在乎！況且我看那符氏女，方額廣頤，鳳頸龍睛，真的入了家門，恐怕也不會是個甘於相夫教子的兒主。君貴的後宅，從此必多是非。所以，為了晚輩打算，文仲你還是直接回絕了這份親事為妙。」

難得他沒有直接針對郭榮，雖然把原本評價女帝武曌長相的八個字，不著痕跡地扣到了符贏頭上。鄭仁誨聽了，眉毛立刻向上跳了幾下，低頭不語。那魏仁浦聽在了耳朵裡，心臟頓時又是一個哆嗦，趕緊放下符彥卿的書信，拱手向郭威行禮：「明公，屬下有一言，不知道當講不當講？」

「但說無妨！」郭威早就猜到魏仁浦不會由著王峻給郭榮挖坑兒，抬了下手，大聲吩咐。

大頭兵出身的他，書卻沒少讀。特別是當年迎娶了柴嫣之後，為了不讓那些嘲諷妻子有眼無珠的人得意，他幾乎拿出了考進士的態度，痛下苦功。非但兵書戰策倒背如流，市面上常見的各類經典，以及不常見的私人秘藏，只要有機會接觸，也都如飢似渴地讀了個遍。所以，輕而易舉，就從「方額廣頤，鳳頸龍睛」八個字上，聯繫到了武則天。隨即，又洞徹了王峻的陰險用心。

對王峻的陰險，郭威可以容忍，卻不會欣賞，更不會因為其出發點是為了替郭家消除隱患，而心生感激。相反，他必須做出一點表示，讓王峻知道，有些事情不能做得太過分。郭家內部的事情，自己這個家主能處理好，不需要外邊的人沒完沒了地指手畫腳。

而魏仁浦也不負他的期望，這次立刻把握住了機會，朗聲回應：「謝明公！屬下以為，王宣徽所言，雖然貌似有道理，卻未免不盡人情。為人父母者，有幾個忍心耽擱子女一生？符李兩家當年聯姻，原本就是迫於形勢。如今李守貞全家被誅，符氏女能平安歸來，已經是不幸之中的大幸，為人父者，豈能再圖什麼虛名，逼著女兒為李家守孝，自己惹禍上身？更何況，符氏如今坐擁數州膏腴之地，麾下帶甲數萬。明公即便不贊成這份親事，也該換個委婉說辭，好言謝絕。豈能為了區區虛名，就直批其頰，為自己平白樹一強敵！此乃魯莽愚頑……」注八

「無知小輩，休想逞口舌之利！」沒等他把話說完，剛剛被朝廷封為宣徽院北使的王峻已經火燒頂門。猛地轉過頭，手按劍柄，怒目而視，「什麼叫貌似有道理，卻不盡人情！丈夫剛剛被殺，做妻子的不思為其殉節，卻急著改嫁，這算哪門子人情！王某方才對文仲之言，乃是發自肺腑。文仲若是採納，自然會想一些別的藉口，讓那符老狼不至過於難堪。怎麼到了你嘴裡，就是故意替文仲樹敵？」

「魏某，魏某乃就事論事，並非針對宣徽！」魏仁浦性子弱，被王峻劈頭蓋臉一頓質問，立刻額頭上又見了汗。一邊小步朝後躲，一邊抹著臉上吐沫星子替自己辯解。

「就事論事？你也配？就你那鼠目寸光？」王峻恨不得將魏仁浦的心臟掏出來，讓郭威看清楚刻在上面的險惡，手握劍柄，步步緊逼。

「秀峰！別忘記你此刻身處何地！」鄭仁誨實在看不下去，再度大聲喝止。

這回，王峻卻不想再給他面子，扭過頭，一對兒掃把眉毛高高倒立：「日新，王某尊重你年長，你卻不能倚老賣老！有些事情，你自己心裡明白。你們這些人沒膽子說也就罷了，王某不在乎，王某願意跳出來做這個惡人。但是，如果你們為了落個好人緣，就故意誤導文仲……」

「夠了，秀峰！」郭威心中，對鄭仁誨極為尊敬。見王峻居然連後者也張口就罵，心中立刻怒火上湧，狠狠拍了下桌案，厲聲喝止。

「文仲！你……」王峻被嚇了一跳，回過頭，又氣又恨。「你，你居然，居然……」

「秀峰，你今日肝火太盛，不宜謀事，且退下休息！」郭威知道王峻對自己的忠心，見此人委屈成如此模樣，頓時不願再加重責，強壓下心中怒火吩咐。

「你，不聽逆耳忠言，你早晚必會後悔！」王峻兀自記得上次被關進罪囚營反省的教訓，不敢再繼續耍性子。狠狠摔了下衣袖，揚長而去。

「明公……」魏仁浦見到機會，趕緊上前兩步，拱手欲諫。誰料郭威卻正在火頭上，看了他一眼，低聲道：「你也退下去吧，郭某的家事，郭某自己想就行了。原本就不該麻煩諸君！」

「是！」魏仁浦落了個老大沒趣兒，漲紅了臉，躬身施禮，「屬下告退！」

「明公，屬下告退！」鄭仁誨不想攙和太多，也起身欲走。郭威卻快步追了上去，一把抓住了他的衣袖，「大兄且慢！大兄應該知道，剛才郭某的怒火並非針對你。」

「唉，你自己剛才說得好，這畢竟是你的家事，文仲！」鄭仁誨被大兄兩個字，叫得心軟。只能嘆息著停住腳步，轉身搖頭，「且不說疏不間親，自古以來，哪個謀臣參與了主公的家務事，能落到個好下場？」

「大兄，大兄知道，我不是那心黑之人！」郭威被鄭仁誨說得老臉變色，搓了幾下手掌，小聲解釋，「所以，我也不敢苛責於秀峰，明白他是想防患未然。但，但大兄也知道，郭某原本就不是個成大事的料兒。兒女親情，夫妻恩義，沒有一樣能割捨得下。若是此刻能做個富家翁，郭某寧願將家業直接分成數分，幾個子女一人一份，誰也不多，誰也不少。可，可如今被趕鴨子上了架，又怎麼可能將家業平分？」

「唉——！也真難為你了！」鄭仁誨知道郭威跟自己說得是大實話，又長長地嘆了口氣，低聲追問，「既然你知道王秀峰是出自一番忠心，你為何，你為何從不接受他的勸諫？」

「君貴，君貴不是壞孩子！」郭威心裡好生難過，搖搖頭，繼續實話實說。「他雖然是我的義子，我和柴氏，卻一直將他視若己出。莫說，莫說他此時做事都中規中矩，對我這個父親也是孝順有加。即便他做過什麼非分之舉，只要情有可原，我這個做父親的，就無法忍心苛責。怎麼可能聽了秀峰的幾句話，就將十數年

注八、王宣徽：王峻此時被朝廷封為宣徽院北使。魏仁浦稱呼他的官名，並非尊敬，而是刻意將他與其餘的人區別對待。

的親情棄之不顧？」

「那你可相信，君貴得到符氏為後盾，會對你行不孝之舉？」鄭仁誨無奈地聳聳肩，繼續沉聲追問。

「我在世之時，君貴肯定不會！」郭威稍加斟酌，便迅速給出答案。

柴榮的本事，他一清二楚。柴榮的品性，他也瞭如指掌。驕傲是驕傲了些，甚至有些剛愎自用，但絕非無情無義之輩。相反，跟他義母兼姑姑柴嫣一樣，此子至性至情。受人滴水之恩，都會回報以湧泉。自己將他一直當做親生兒子，他對自己，也與對待親生父親沒任何兩樣。

「如果你哪天突然駕鶴，文仲，你別怪我咒你，人有旦夕禍福，我輩都是死人堆裡打過滾的，應該不忌諱這些。哪天你忽然駕鶴西去，君貴可甘居於青哥或者意哥之下？」鄭仁誨忽然後退了半步，目光炯炯，直戳郭威心底。

郭威被看得後退了兩步，低下頭，遲遲不敢與鄭仁誨的目光相接。

書房內，頓時一片死寂。只有晚風從窗外吹入，吹動符彥卿的親筆信，像兩片凋零的花瓣兒，緩緩墜落於地。

「啪！」「啪！」兩頁紙與地面接觸的聲音，無論如何都算不上重。卻宛若兩聲驚雷，將郭威和鄭仁誨二人同時驚醒。

「算了，該來的，擋也擋不住，不如隨他去！」郭威輕輕搖了搖頭，苦笑著揮手，「來人，召衙內親軍都指揮使。」

「是！」門外有人答應一聲，快步離去。郭威又笑了笑，將面孔轉向鄭仁誨，「讓大兄操心了。既然符家點名道姓要把女兒嫁給君貴，就交給君貴自己處理去吧！他也老大不小了，咱們這些當長輩的，總不能事事都替他做主！」

短短不過半炷香時間，他好像又老了四五歲。鄭仁誨看得好生心痛，斟酌了一下，小聲道：「君貴向來是個懂事的孩子，他應該分得清楚輕重。」

「懂事也好，不懂事也好，今天無論他如何選擇，老夫都會支持！」郭威再笑，站起身，輕輕活動胳膊和脊背，好像剛放下了千斤重擔一般。

「你是說即便他選擇跟符家聯姻……」鄭仁誨被郭威突然間的態度轉變，弄得滿頭霧水。也跟著站了起來，滿臉緊張地追問。

如果郭榮選擇迎娶符嬴，就說明了他早已有了野心，不甘於再把自己的利益，放置於郭家的整體利益之下。這種時候，作為一名合格的諸侯，郭威需要幹的事情，絕不該是聽之任之。而是迅速剝奪分配給郭榮的所有權力，然後將其嚴加看管，甚至悄悄處死。否則，以郭榮的本事，不難成為下一個李世民，或者李嗣源。注九

然而，沒等鄭仁誨將自己的擔心說出來，郭威已經笑著擺手打斷，「如果他選擇迎娶符氏，老夫就向朝廷推薦他，出任安國節度使，出鎮邢州。反正老夫先前就有過打算，在青哥長大之後，讓君貴自立門戶。現在放他走，不過是提前了幾年而已。不會令自家傷筋動骨！」

「這……」鄭仁誨楞了楞，無言以對。

郭威所說的，也許是最好的解決方案，雖然短時間內，會令郭家的實力受到一些損害，長遠角度，卻等同徹底消除了義子和親生兒子爭奪繼承權的隱患。哪怕郭威將來沒等兩個親生兒子成年，便已經撒手塵寰。萬一郭家受到外部力量的攻擊，念在郭威當初的提攜扶持之恩的份上，郭榮有絕對義務向郭家提供支持。否則，必將會受到天下豪傑的鄙夷。

只有站在郭威身邊的人，才知道他做出這樣的選擇，是何等的艱難。親手培養出來的將帥之才，沒等

注九、李世民通過玄武門政變，殺掉了哥哥與弟弟，成為了李淵的唯一繼承人。李嗣源是李克用的養子，卻通過政變，奪了李克用親生兒子李存勖的皇位。

從其身上收穫足夠的回報，便要讓其自立門戶。親手打造的寶刀，沒等用它來殺敵，就要徹底脫離掌控。從此，父子變成了同僚，心腹變成了盟友。如果哪天彼此之間的利益發生衝突，曾經做人父親的，還需要平心靜氣地跟曾經的兒子討價還價，甚至主動做出讓步……

「他是我郭威的義子，我郭威親手培養起來的千里駒。哪怕他將來實力和地位躍居青哥和意哥兩人之上，依然改變不了，他出身於我郭家的事實！」好像在解釋給鄭仁誨聽，又好像是在給自己打氣，郭威用手扶住桌案，低聲說道。

「這些年，父子反目，手足相殘的事情，咱們已經見得太多了。」不待鄭仁誨接茬，笑了笑，他繼續低聲補充，「大兄！夠了，已經足夠了。咱們每次笑話別人，把好端端的家變成了虎穴狼窩，一家子互相撕咬。咱們自己，又何必做自己曾經笑話過的人？夠了，這些年，死的人已經夠多了，流的血也夠多了。我郭家雀兒這輩子未必能做出什麼豐功偉業，至少可以做到，自己不變成虎狼，自己家裡不血流成河！」

「文仲雄才大略，當世無人能及！」鄭仁誨後退半步，站直身體，然後恭恭敬敬向郭威施禮。為了那句不做自己曾經笑話過的人，也為了那句「死的人已經夠多」。

從朱溫篡唐到現在，已經整個過去了四十三年。這些年來，無數英雄橫刀立馬，殺得大地上白骨纍纍，卻沒有一個英雄，像郭威這樣，對殺戮產生了倦意。更沒有一個英雄，在尚未老去之前，心甘情願地將新的英雄扶上馬背，而不是出手扼殺。

李克用做不到，朱溫做不到，劉知遠同樣做不到。這需要山一般巍峨的人品，海一般寬闊的胸懷，朱梁的開國皇帝沒有，後唐的兩代帝王沒有，劉漢的開國之君同樣不曾具備！

「大兄又何必誇我！」郭威的聲音，在書房中再度響起，隱隱帶著幾分慶幸，「我一見符老狼的信，就開始猜忌君貴，本身就已經落了下乘。若不是忽然想起了君貴她姑姑當年相待之情，也許真的就被秀峰給說動了。現在回想起來，真是好險，好險！」

「世間之難，莫過於克己！」鄭仁誨又拱了下手，帶著滿臉欽佩搖頭。

涉及到繼承人的選擇和下一代的安危，哪個做父親的，也做不到心中不起任何波瀾。但在波瀾的推動下拔刀大殺四方，是一回事。最終克制住了波瀾，恢復了心性清明，則是另外一回事。後者，無疑前者更為可貴，更令人佩服。

「若是將來郭某心生悔意，還請大兄提醒我，切莫忘了今天！」郭威抬手抹了下額頭上的汗珠，繼續低聲補充。

「只要一息尚在，必不敢辱命！」鄭仁誨收起笑容，正色回應，彷彿接下了千斤重擔。

話音落下，老哥倆忽然相視而笑。一瞬間，心情都覺得無比輕鬆。

「那大兄你，可是得要多活幾年！」郭威忽然有了開玩笑的精神頭，看著鄭仁誨臉上的皺紋說道。

「放心，沒看到你將那些所謂的英雄豪傑挨個踩在腳下，鄭某捨不得去死！」鄭仁誨點點頭，大笑著承諾。

這才是郭威，他鄭仁誨輔佐了十數年，所熟悉的郭威。野心勃勃，卻不失善良。老謀深算，卻堅守做人底線。與他相比，什麼鷂子瘋豺，什麼白馬老狼，全都是一群茹毛飲血的禽獸爾！

老哥倆談談說說，不知不覺，時間過得飛快。眼看著夜幕將至，門外終於傳來了一陣熟悉的腳步聲。緊跟著，郭威的義子，衙內親軍都指揮使，選鋒營指揮使郭榮，手裡持著一個插滿蠟燭的青銅燭臺大步而入，「阿爺，您找我？孩兒剛剛出去清點倉庫，不在家中，所以才未能及時趕回來。失禮之處，還請阿爺勿怪！」

「不怪，不怪，你每天都忙得要死，為父看得到。怎麼可能故意挑你的理兒！」郭威的視野，被燭火照得一片光明。擺擺手，笑著起身去接義子手裡的燭臺。

「小心，這幾支蠟燭剛剛點起來，芯子有些涼，容易爆出燭花！」郭榮將手向旁邊躲了躲，大聲提醒，

「您老坐，讓我來。又不是什麼重東西。如果重，我就讓親兵幫忙了。」

說著話，將燭臺找了個合適地方擺放端正。然後稍微整理了一下衣服，朝著鄭仁誨鄭重施禮：「侄兒見過伯父。這麼晚了，伯父還在書房，可是有什麼為難的事情需要跟父親商量？侄兒剛才命人煮了紅豆粳米粥，馬上就會讓人端過來。伯父不妨先墊墊肚子，然後再繼續操勞！」

幾句話，尊敬卻不失去親近，客氣中透著關切，令鄭仁誨心中無法不升起一絲好感，擺擺手，笑著道：「不急，不急，人老了，胃口弱，不急著吃東西。倒是君貴你，看上去比上次見面又瘦了些。年輕人雖然體力足，飲食上，卻還是需要多注意些，切莫剋扣了自己。」

「小侄這不是瘦，是變得更加結實了！」郭榮裝模做樣的晃晃胳膊，示意自己身強體壯。「伯父請稍坐，侄兒先跟父親說上幾句，然後再聆聽伯父教誨。」

說罷，給了鄭仁誨一個客氣的微笑，再度又將面孔轉向了自家義父郭威，「阿爺，剛才親兵郭勝說您老找我？有要緊事情嗎？還是只想把我喊到身邊陪您手談幾局？咱爺倆可事先說好了，落子無悔！」

「就你那臭棋簍子，老夫還需要悔子？」郭威被逗得哈哈大笑，抬腿虛踢了一記，撇著嘴反問。

「孩兒可是得了您的真傳！」郭榮往旁邊一躲，拱手做禮敬狀。

在別人家中，恐怕只有親生父子之間，說話才能如此百無禁忌。書房內，立刻笑聲連連。鄭仁誨原本有些提著的心，迅速放了下去，看著郭氏父子，笑著插嘴：「好了，你們父子兩個，一對臭氣簍子，誰也不用說誰！老夫自己，對你們父子倆，好像從無敗績。不服氣，咱們就擺上一局，頂多只需要半個時辰，便可以讓你們父子倆丟盔卸甲！」

「大兄，小輩面前，多少給我留點顏面！」郭威佯怒，撇嘴，心中剛剛被勾起來的棋癮，迅速消失得無影無蹤。

郭榮的圍棋水平，與其義父郭威不相仲伯。自然也沒興趣挨鄭仁誨這種大國手的收拾。笑了笑，低聲道：「伯父您還是留著精力教訓別人吧，小侄甘拜下風。小侄前幾天得了一副古譜，據說是醉吟先生親筆所錄。等會走時，小侄兒命人給您老拿上，免得放在小侄這裡，令寶玉蒙塵！」

「醉吟先生？趕快派人取來，取來，老夫無法跟你客氣！」鄭仁誨聽得兩眼放光，立刻搓著手吩咐。

醉吟先生是晚唐著名詩人皮日休的號。此公棋藝，書法以及詩作，都堪稱一代大家。只可惜此人做事沒有遠慮，居然應了黃巢的徵召。所以在黃巢兵敗之後，便不知所終。只留下來少許手書、棋譜和親筆謄寫的詩作，皆為難得的精品，在市面上千金難求。

「趕緊取來，老夫也看看，那鹿門子到底是不是浪得虛名！」難得見鄭仁誨喜歡一樣東西喜歡到失態，郭威也不覺意動。朝著郭榮揮了下手，大聲吩咐。注一〇

「是！」郭榮爽利的答應一聲，轉身便走向書房門口。郭威卻忽然又想起了自己把他喊來的本意，伸手拍了自己後脖子一下，低聲吩咐：「先等一下，君貴！你讓別人去，自己不要去。老夫的確有正經事跟你商量？」

「知道了，阿爺稍等！」郭榮楞了楞，先回頭跟義父郭威打了個招呼，然後把站在書房外的貼身侍衛叫過一個，讓對方去自己房間裡取棋譜。最後，又轉過身來，輕輕把門關好。然後快步走回郭威身邊，低聲詢問：「阿爺，我回來了，到底什麼事情？」

「是，是……」看著義子那純淨的面孔，郭威忽然心裡頭有些發虛，猶豫再三，終於還是決定執行自己先前的既定方案，「符彥卿給為父寫了一封信，感謝你從李家救出了他的大女兒，並且提議把他的大女兒嫁給你。順便還為他的三兒子，求娶你的小妹！老夫不想替你做主，所以……」

他本以為，郭榮必定會像自己最開始看到信時一樣，先是大吃一驚，然後經過深思熟慮才能做出最終決定。誰料，話沒等說完，耳畔卻已經響起了清晰的答案。

注一〇、醉吟先生、鹿門子，都是皮日休的號。

「古人云，糟糠之妻不下堂。」郭榮好像想都沒想，笑著搖頭，「他家老三跟咱家小妹，倒是門當戶對。但孩兒我，早已成親多年，連兒子都七歲了。怎麼可能再娶符家千金為妻？若是娶回來做妾，恐怕有辱魏國公的臉面和朝廷功名！」

「善！大善！」話音未落，鄭仁誨已經大笑著撫掌。

同一件事情，自己、王峻和郭威三個，眼裡看到的都是利益糾葛。而郭榮這個後生晚輩眼裡，看到的卻是，這件事到底該還是不該？

所以，符老狼的離間計，令王峻警惕、令自己為難，令郭威猶豫再三，到了郭榮面前，卻變得簡單可笑至極。根本不用細想，隨手就盡數破去。

「君貴，你總是能令為父耳目一新！」沒等郭榮表示謙虛，樞密副使郭威也緊跟著撫掌。在此之前，他也十分希望柴榮能主動拒絕符家的提親。然而，卻萬萬沒有料想到，柴榮拒絕的理由是如此地巧妙，如此地理直氣壯，居然讓任何人都挑不出半點毛病來！

糟糠之妻不下堂。儘管這個時代，道德淪喪，「富易交，貴易妻」的事情已經司空見慣。尋常男子為了攀上高枝，或者為了借助外力，將元配夫人掃地出門，敲鑼打鼓迎娶新歡的例子比比皆是。然而，糟糠之妻不下堂，卻依舊是古今皆認可的道德標準。令人無法，亦沒有勇氣去指摘。無論公侯將相，還是帝王之家，都不能將自己的權威，凌駕其上。

而國公之女不可為妾，則更是高明。既讓符老狼感覺到了尊重，又令其打的如意算盤徹底落空。哪怕明知道這個時代，男人除了妻子之外還可以再娶平妻，也沒有臉面再把聯姻的提議端到檯面上來。

「君貴可以為將，亦可以為相！」對於自己欣賞的年輕人，鄭仁誨總是不在乎多誇獎幾句。更何況剛才郭榮的回答，無意間將郭氏內部迄今為止最嚴重的危機，大幅度地拖後，甚至化解於無形。

這回，郭榮總算及時接上了話頭，「世伯、父親，你們兩個這是在幹什麼？好端端的，怎麼突然沒完沒了誇起孩兒來了？」

「哈哈，該誇，該誇，比起我家君貴，其他幾家之子，皆豬犬爾！」郭威沒勇氣將自己先前的擔憂說給義子聽，撫摸自己漸漸隆起的油肚兒，微笑點頭。

「老夫跟令尊先前覺得符老狼不好得罪，所以琢磨著是否讓你硬著頭皮將她的女兒娶了。」鄭仁誨臉比郭威大，迅速編造了一個恰當的理由。「沒想到你如此輕鬆地，就解決了一樁麻煩事情，並且能夠讓符老狼無話可說。」

「晚輩不敢居功，晚輩之所以敢直著腰桿子說話，全賴義父有足夠的實力，還有世伯的赫赫威名！」柴榮微微一笑，巧妙地回敬。

「啊？哈哈，哈哈，哈哈哈……」鄭仁誨老懷大慰，笑得愈發開心。

知禮儀，有操守，有擔當，還懂得進退，這樣的晚輩，讓誰看在眼裡會不高興？哪怕他剛才那番回應符家的話，並非出自真心，這份應變能力也足以令人拍案叫絕。自己跟他無冤無仇，又何必像王秀峰那樣，處處故意與他為難？

「君貴無需過謙，為父能積聚起今天的實力，其中也有你一半而功勞！」沒有任何事情，能比一個父親看到自家兒子出息，更令其高興。郭威揉著肚子，大聲補充。「行啦，咱們今天不說這些了。符家的來信，就按君貴說的回覆。咱們說自己的事情，今年南下的商隊，可曾平安回返？茶葉、絲麻之類，成色如何？」

「都回來了，江南雖然也不太平，但商路倒是沒有斷絕。」說到生意上的事情，郭榮更是如數家珍，「汴梁這邊的漆器、木器，在江南銷路都不錯。北地的皮毛，在荊楚更是風靡一時。所以今春入庫的茶葉和絲綢，比去年又多出了兩成。趁著天暖，孩兒準備派人趕緊再往塞外走一趟，如果順利的話，秋天時，咱家就能再多訓練出兩個營的騎兵。」

騎兵的建制比步兵略小，一營騎兵數量通常為四百，但一營騎兵所需要的戰馬和挽馬加起來，卻要高達一千兩百出頭。否則，騎兵就光是個不中用的空殼子，根本保證不了任何戰鬥力。

所以，在中原諸侯的麾下，騎兵絕對是個造價昂貴，訓練和維護奢侈，日常消耗巨大的吞金獸。若非其具備攻擊銳利，移動迅速，威懾距離長遠等諸多優點，肯定沒有幾家會願意養。

可只要把一支規模適當的騎兵隊伍操練成精銳，就等同於拿到一把倚天長劍，上可屠龍，下可斬蛟，天南地北任意馳騁。

作為身經百戰的老行伍，郭威當然知道騎兵的重要性。聽郭榮說得肯定，立刻就將注意力從錢糧方面，轉到了騎兵的組建和訓練上。「兩個營，是不是太多了些，你有幾分把握？君貴，如果力有不足，少組建一個營也沒關係。李守貞剛剛授首，契丹那邊也是元氣大傷，為父最近兩年應該不會再領兵出征！」

「不多，不多，我準備組建的是另外一種騎兵，不是原來那種。需要的馬種不需要太優良，精料也無需供應太多！」郭榮點點頭，笑著回應。

「噢？」鄭仁誨也被勾起了興趣，湊過來，滿臉好奇。

「說來話長，世伯，阿爺，咱們還是先吃點兒東西，然後再聽孩兒慢慢彙報！」柴榮早就料到兩位老人會對這個話題吸引，又笑了笑，起身去門口催促茶點。

不多時，親兵們將剛剛煮好的紅豆粳米粥送到。郭榮親手給兩位長輩都盛了大半碗，又命人將剛剛從江南運來的珍稀水果擺了幾樣，一邊請鄭仁誨和郭威二人享用，一邊慢慢吞吞地解釋道：「是孩兒那個三弟，創造出來的新鮮法子，將騎兵當步卒一樣用。或者說就是騎在馬上的步卒。阿爺，您先前應該在常叔父的營中也見到過，只是在河中沒發生野戰，所以您才未能注意到這種騎兵的優勢所在！」

「嗯？好像見到過！常克功那廝，總是喜歡藏一手！」郭威皺著眉琢磨，果然從記憶裡，隱隱找到了義子所描述的那種騎兵。但事實也正如義子所說那樣，河中之戰全是城池攻防，騎兵根本沒機會發揮作用，所以他當時只是匆匆掃了兩眼，就忽略了，並未太把這種怪異的騎兵放在心上。

「這種騎兵，用的都是室韋馬，價錢便宜，負重能力強，跑得雖然慢了些，但是耐得住長途行軍，並且冬天時光吃乾草也不怎麼掉膘！」柴榮豎起一根根手指，挨個數說漠北馬的優點。

「噢！」郭威放下碗，認真地點頭。

一匹戰馬的馬料錢，通常都在一名步卒口糧錢的三倍到四倍之上。如果能找到光吃乾草不吃精料的馬，每年省下的錢糧會是一個非常令人震驚的數字，可以極大減輕糧草供應方面的負擔。

「戰馬跑得慢，衝擊力就差。但對騎兵的騎術，要求也隨之降低。如果把數以千計的騎兵集中到一處，如步卒那樣手握長矛層層推進。根本不需要衝擊力，光是硬碾，也能把對手碾成齏粉！」柴榮將伸開的手指，又一根根握回，最終握成一個拳頭，輕輕砸在桌案之上。

「咚！」他沒用太大力氣，卻令郭威和鄭仁誨兩個老行伍，同時將身體後仰。「嘶——」緊跟著，兩位老人，異口同聲倒吸冷氣，臉色瞬間大變，「如此戰術，即便契丹人，也沒使用過？你真的確定其可行？」

數千名騎兵，手持長矛，由戰馬馱著如牆而進，那場景簡直可用天河決口來形容。郭威和鄭仁誨兩個都曾經身經百戰，稍微一閉眼，腦海裡就能想像出那種恐怖至極的畫面。然而，以往的經驗又迅速告訴他們，這種騎兵，只能存在於紙面上。現實中，無論訓練和指揮，都難比登天。

「可行！絕對可行！三弟跟我說起過，他在澤州時的訓練方法和那樣做的理由。趙家二弟前些日子也從滄州寫來了親筆信，對韓重贇麾下的騎兵讚不絕口。」早知道他們會有此一問，郭榮笑了笑，從容給出答案。

已經成功的先例在，怪不得郭榮信心十足！郭威和鄭仁誨迅速交換了一下眼神兒，齊齊笑著點頭，「既然可行，君貴不妨放手一試！」

「多謝世伯和父親！」柴榮拱手為禮，隨即快速補充，「不光是重新訓練騎兵、步卒，還有一件事，孩兒想告訴世伯和父親知曉。」

「什麼事情？」

「但說無妨！」鄭仁誨、郭威兩個，心思還都在騎兵上，想都不想，順口回應。

「孩兒的三弟，最近一段時間在滄州大開殺戒，將地方的豪強，給掃平了大半兒！」柴榮輕輕吸了口氣，笑著補充。

「殺性的確重了些，和他老子一點兒都不一樣！」郭威知道說的是鄭子明，搖搖頭，回應得漫不經心。石重貴當年若不是賞罰不明，有恩無威，也不至於讓杜重威在連番戰敗之後依舊繼續擔任主帥，進而率領傾國之兵投降契丹。鄭子明既然是石重貴的兒子石延寶，想必經歷了家國之變後，痛定思痛，所以走向了另外一個極端。

不過沒關係，幾個地方上的土豪而已，郭家扛得住。就衝著他給君貴提供了訓練步卒和騎兵的經驗，這筆買賣幾不虧本。

「滄州那地方，處漢遼交界處，的確也需要霹靂手段，才能迅速壓服當地豪強！」鄭仁誨的想法，和郭威差不太多，都沒把地方上那些土豪當一回事兒。

且不說鄭子明的前朝皇子身份，就憑他是郭榮的義弟，幾個土豪就活該倒楣。這年頭，打狗都得看主人。郭榮的義弟，怎麼著也算是郭家的附庸。那些私鹽販子仗著背影有人撐腰，就敢公然行刺於他，郭家如果不立刻打回去，豈不是自暴性子軟弱，今後被人得寸進尺？

然而，郭榮接下來的話，卻讓兩個老前輩驚了個目瞪口呆。「世伯，父親，孩兒以為，三弟所為，既不是為了立威，也不是為了自污。就像當初他在李家寨訓練士卒一樣，他在嘗試一種新的富國強兵之道。先把地方上盤根錯節的勢力掃蕩乾淨，然後白紙上才好潑墨。所以，孩兒最近準備隨著商隊，親自去滄州看上一眼。這個想法有些倉促，還請世伯和父親見諒！」

【第六章】

求索

滄州，防禦使衙門。

鄭子明坐在後花園裡的一個涼亭中，將擺在石頭桌案上的公文，挨份瀏覽批閱。

桌案的公文堆得很高，他忙碌了一早晨，也不見降低多少。而花園通往前堂的小徑上，李順兒又捧著另外一摞高到他自己鼻子尖處的公文，跌跌撞撞地跑了過來。

鄭子明被李順兒的腳步聲驚動，回過頭，啞著嗓子大喊大叫：「不幹了，不幹了，再這樣幹下去，老子肯定得吐血！」

桌案的另外一端擺著茶壺和茶盞，但水早已涼透。整整一個早晨，他根本就沒顧得上喝上半口。上下嘴唇都乾得起了皮，看上去就像兩條曬乾了的蝦米。

李順兒的形象，也不比他好到哪兒去。雖然穿著司田參軍的絲綢袍服，衣袖、前大襟等處，卻是墨跡斑斑。為了跑動方便，袍子下襬，也被此人高高地撩起來，繫在腰間，露出一條褪了色的鼻犢短褲，和兩條汗淋淋的小腿。

見鄭子明嫌棄自己拿來的公文太多，李順立刻咧著嘴喊起了冤枉：「大人，真的不多！屬下已經盡力把能處理的，都連夜處理完了。但馬上夏糧就要入倉，緊挨著運河那邊，還有大量無主之田沒有丈量分配完畢，如果再不抓點兒緊……」

「行了，行了，你放在桌子邊上就行了。別表功，表了功也沒賞錢！」鄭子明沒耐心聽他訴苦，皺著眉頭打斷。

「唉，唉！」司田參軍李順兒沒口子答應著，將懷裡的公文放在了桌案另外一角。隨即，毫不客氣地從桌案上抓起一盞冷茶，「咕咚咕咚」倒進了自己的喉嚨裡。

「沐猴而冠！」見他改不了粗胚模樣，鄭子明撇著嘴數落了一句。然後也給自己倒了一碗冷茶，一邊喝，一邊繼續翻動下一份公文。

李順兒不敢打擾他，卻又不願意離開。像隻看家狗一樣，眼巴巴地等在桌案旁，不停地喘粗氣，「呼哧，呼哧，呼哧……」

「有話就說，別裝模作樣！」鄭子明立刻猜到李順兒另有所圖，抬頭白了此人一眼，低聲吩咐。

「哎，哎！」李順兒再度沒口子答應。隨即，雙手扶住石頭桌案一角兒，可憐巴巴地祈求道：「大人，大人，屬下雖然能識幾個字，但，但讀書真的不多。能，能給大人牽馬墜蹬，已經，已經前世修來的福分。如今，如今做了這司田參軍，正如，正如大人所說，沐，沐那個猴子而冠。所以，所以屬下想……」

「怎麼，說你兩句，你還有脾氣了！」鄭子明聽得微微一楞，放下正在瀏覽的公文，詫異地說道。「那我給你賠禮好了……」

說著話，他就準備往起站。登時，把個李順兒嚇得魂飛天外，趕緊撲過去，雙手拉住他的胳膊：「不敢，不敢，大人，小人，小人不是那個意思，真的不是那個意思啊！小人，小人是，是想說，做，做不來這司田參軍。小人，小人還是想去帶兵，哪怕是帶輜重營，都比現在心安啊！」

「心安，你不是幹得好好的嗎？有什麼心裡不踏實的？」沒想到李順兒找自己，居然是為了辭職。鄭子明被弄得滿頭霧水，側頭上下打量著對方，用盡可能柔和的語氣追問。

雖然根本沒有責備對方的意思，李順兒卻「撲通」一聲跪了下去，雙手捂著臉，低聲哭叫道：「大人，屬下根本沒正經讀過幾天書，識字，識字數量也非常有限。大人把這麼重要的差事交給屬下，屬下最開始喜歡的都睡不著覺。可，可上百萬畝田產，一萬五千多戶人家，還有四千多弟兄的職田，屬下，屬下，屬下真的沒本事管得過來。萬一，萬一，萬一耽擱了大人的事情，小人就百死莫贖，百死莫贖啊！」

「就這？瞧你那個出息！」鄭子明恍然大悟，起身挪動雙腿，把李順兒給曬在了一邊，「滾起來！連當官兒都不會，你還能幹得了啥？還不如去買塊豆腐，直接把自己撞死在上面。」

「屬下，屬下所言，句句，句句發自，發自肺腑！」李順不肯服從命令，抬手抹了下臉上的眼淚和熱汗，抽泣著補充。「屬下，屬下對大人您忠心耿耿。這幾個月來，就，就沒睡過一個囫圇覺！可，可事情越幹越多，越幹越雜。再這麼下去，肯定會耽誤您的事情。到那時，即便大人您不追究，弟兄，弟兄們也得把我活活用吐沫噴死！」

「原來你是擔心這個？」鄭子明啞然失笑，「他們憑什麼噴你？他們比你幹得好啊，還是你假公濟私，被他們拿到了把柄？」

「屬下，屬下如果多拿了半畝地，就天打雷劈！」李順兒激靈靈打了個冷戰，立刻舉起右手，對天發誓！」「大人，大人給屬下的賞賜，已經夠屬下吃喝好幾輩子了。家裡，家裡頭還有職田可分，如果屬下再，再不知足，那，那真是良心……」

「不用發誓，我相信你！況且錄事參軍也不是擺設！」鄭子明擺擺手，笑著打斷。

滄州位於漢國和遼國的邊界，遠離汴梁。所以身兼了刺史和防禦使的他，可以由著性子放手施為。而通過鏟除地方豪強，他又將被豪強們花費了幾代人時間才兼併到手的大批良田，重新收歸了「官有」。可以根據自己的設想，分配給麾下將士和沒有任何根基的普通百姓，讓絕大多數人，都跟自己同利同心。

所以，像最早追隨他的幾名好友和心腹，如陶大春、潘美、郭信、陶勇、李順兒等，都收穫極豐。從李家寨那邊帶過來的弟兄們，也根據功勞大小，官職高低，拿到了一份不薄的職田。多的有上百畝，少的也有幾十畝，每個人都成了富家翁。

如此一來，短時間內，各級官吏都不會去蓄意貪贓了。至於日後人的貪欲繼續膨脹，那是日後的事情，目前鄭子明還沒工夫考慮那麼長遠。

不過，凡事有利必有弊。憑藉對豪強們的果斷打擊，鄭子明迅速控制了地方。並且，利用沒收來的土地和錢財，迅速收買到了人心。然而，他手下人才儲備不足的劣勢，也徹底暴露了出來。

且不說治下幾個縣，至今縣令、縣尉和主簿都湊不齊人，就刺史麾下七參軍，司功、司倉、司戶、司田、司兵、司法、司士，都得用原來的各營指揮使來頂賬，幾個月來，大傢伙兒笑話鬧了一車又一車不說，也個個兒都累得筋疲力竭。

「大人，大人待屬下恩，恩同再造，屬下，屬下，屬下願意為大人赴湯蹈火。但，但這司田參軍之職，實，實在太重要了。屬下，屬下不敢糊弄大人，所以，所以請大人務必卸了屬下的差事，另，另擇，擇賢能！」聽鄭子明說了一句相信「我相信你」之後，好半晌沒有下文。李順兒偷偷看了看他的臉色，硬著頭皮重申。

「去做指揮使，你就敢糊弄了？看不出來，你李順還有這麼大膽子！」鄭子明的注意力，迅速從沉思中被扯回，白了李順兒一眼，沉聲反問。

「不，不是，不是那個意思！屬下不是那個意思！」李順兒頓時又急得滿臉是汗，將手擺得如同風車般，大聲解釋，「屬下是想說，想說帶兵和管事兒不一樣。前，前一種屬下勉強做得，後一種，後一種實在是做不來！做不來呀！」

「有什麼區別？」鄭子明知道自己手下，很可能不止李順兒一個人想打退堂鼓，其他好幾個趕鴨子上架的指揮使的心思，估計也跟李順兒差不多。笑了笑，側著頭追問。

「帶，帶兵，可以打，打人。」李順兒也是被逼得沒辦法了，乾脆把心一橫，決定實話實說。「再刺頭兒的傢伙，幾頓軍棍下去，也給打老實了。然後大人要求幹什麼，屬下帶著他們一起幹，只要令行禁止，再處處衝在前邊，就不怕完不成大人交給的任務。可，可當司田參軍，總不能動不動就抄傢伙！」

「為何不能，誰要是不好好做事，陽奉陰違，你接著打啊！就當是在訓練新兵！」鄭子明聽得莞爾一笑，大聲建議。

「那，那可不成！」李順嚇得又打了個冷戰，拚命擺手，「都，都是斯文人，豈能，豈能像對待大頭兵一樣，說打就打？況且，況且屬下，屬下的確是什麼都不懂，也，也不怪人家不服！」

「噢，原來如此！」鄭子明聞聽，頓時恍然大悟，用手指關節敲打著石頭桌面，似笑非笑。

眼下刺史衙門裡頭，各個關鍵職位雖然都換上了自家弟兄。可底下幹活的小吏，大部分卻依舊是原班人馬，即便零星有幾個從外邊招募來的新鮮血液，也都是些金貴的讀書郎君，與李順等大頭兵們，彼此之間存在著一道天然的鴻溝。

所以李順兒等人剛剛上任之初還好，地方上的小吏和外邊來的讀書人彼此之間還未混熟，對頂頭上司的情況也不太瞭解，一時半會兒，誰也不敢起什麼歪心思。但是，隨著時間推移，李順兒等人的本事和脾氣秉性被下屬們摸透了，來自當地的小吏和來自外邊的小吏也混了個臉熟，讀書人們就開始抱起了團兒，想方設法一道糊弄起了李順兒這種「粗胚」！

而李順本人，偏偏又出身甚為寒微，骨子裡至今存著一絲自卑。總覺讀書郎們理所當然就高人一等，被手下的小吏們聯合起來一擠兌，頓時就自慚形穢。乾脆起了讓賢的心思，主動要求交卸掉職務，回到軍營去帶兵。

「大人……？」見鄭子明又半晌不說一個字，只是不停地敲打石頭桌面兒，李順兒揚起腦袋，低聲呼喚。

「你先別忙著請辭，我教你一個絕招！」鄭子明抬起被桌面硌紅了的手指，放在嘴邊兒吹了一下，緩緩說道。「還記得咱們當初如何訓練新兵嗎？如果有人聽到號令卻不肯服從，站在原地跟你唧唧歪歪，該怎麼辦？」

「第一次打軍棍十下。第二次，吊起來抽。」這個問題實在太簡單了，李順兒想都不用想，就大聲回答。「如果屢教不改，要麼趕他走，要麼直接上報明法參軍，把他當眾給宰了！」

「回去後把每天要做的事情，分成幾塊，交給不同的人去執行。」鄭子明點點頭，臉上的笑容，再度一點點變冷，「如果有誰推三阻四，你別管他說的有沒有道理，直接拖出去打軍棍。如果有人陽奉陰違，表面上接了令，到時間卻做不好。也甭管他有什麼理由，同樣是軍棍伺候。記住，這裡是滄州，位於漢遼兩國邊界，隨時都可能打仗。刺史和防禦使都不分家，你這個司田參軍，也沒必要跟手下人講究什麼斯文！」

「這——」李順長跪於地，上半截兒身體僵直，目瞪口呆。

打手下那些小吏的軍棍！此事，他先前想都沒敢想過。雖然每天都被這幫傢伙氣得欲仙欲死。可人家都是學富五車、六車的主兒，身上的氣運有文曲星加持，自己不過是個小廝出身的大頭兵……

「打，打出事情來，我替你擔著！」彷彿猜到了李順兒心中所想，鄭子明彎腰握住他的手臂，用力上拉，「起來，男兒膝下有黃金，不要動不動就跪！記住，你現在的職位，是你自己一刀一槍打出來的，不是我賞的。咱們現在這塊地盤上，也灑著你和弟兄們的血。那些沒流過血的人，願意跟咱們一起幹，咱們倒履相迎。不願意幹，咱們也不求著他們。」

「這——」李順兒沒他力氣大，被拖著站直了膝蓋。雙眼中，卻依舊寫滿了迷茫，彷彿自己正在做白日夢一般。

「鄭某這裡，要求的是他們令行禁止，交代下的任務，就不折不扣地去完成。不是求他們幫忙揚名，也不求他們幫忙做出什麼新花樣來！」鄭子明知道李順兒一時半會兒轉不過彎來，騰出一隻手，笑著按在了此人的肩膀處，「順子，換句簡單點兒的話說，你手下，雇的是一幫幹活的夥計，不是一群大爺。想指點江山請去別處，老子這不需要！順子，我這麼說，你可明白？」

「明，明白！」彷彿有股熱氣，沿著肩膀一直鑽進了李順心窩。他紅著眼睛，用力點頭：「我這就回去抽，屬下這就回去，跟他們好好講講道理。屬下就不信了，夥計還能爬到掌櫃的頭上拉屎！」

「你這麼理解就對了。去吧，別被那幫人給嚇唬住。在我這兒，能認認真真做事才最為重要。其他什麼都是虛妄！」鄭子明又在李順兒的肩膀上拍了拍，隨手抹去了此人臉上的淚水。

「屬下告退！」李順兒後退了半步，信心十足地行禮。隨即，轉身而去。

望著他重新挺直的腰桿，鄭子明在心中默默地給自己打氣兒，「我需要的，是迅速令滄州恢復生機，是糧食、稅金和兵源，不是士林中的口碑！士林裡的口碑再好，擋不住契丹人的鐵蹄，而訓練有素的士卒可以，堅固的城牆和寬闊的護城河也可以。」

招募訓練士卒需要錢，打造鎧甲兵器需要錢，修築加固城牆需要錢，挖護城河也需要錢。靠抄豪強的家所得來的錢財雖然數量龐大，但是，如果收不上足夠的賦稅，防禦使衙門早晚會坐吃山空。

想收上足夠的賦稅，就需要有足夠的平民百姓，去種地、開荒、煮鹽、做買賣。只有百姓手裡存了富裕的錢糧，官府的倉庫才能充盈。而豪強之家的奴僕提供不了這些，眼高於頂的讀書種子們，也提供不了這些。雖然一個國家若想繁榮昌盛，讀書人不可或缺。但那是以後，不是眼下。眼下，鄭子明寧願把整個滄州變成只有將士和平民。

不知不覺，他又陷入了沉思當中。對現實的認識，和對未來的規劃，也愈發地清晰。滄州東臨大海，西靠運河，多水，少山，地勢平坦。天生就是一個糧倉和鹽倉。只要能阻止契丹人的搶劫和城狐社鼠的過度盤剝，這片土地就會重新煥發出勃勃生機。

而他需要做的，就是摸索出一系列行之有效的辦法，訓練士兵，治理這片土地。外拒強敵，內削城狐社鼠。不管這些辦法歷史上別人用過沒用過，也不管這種辦法是來自塞外還是江南。

如今，訓練新軍的事情，在柴榮的大力支持下，他已經摸索出了一點門道。但如何治理地方，他卻依舊在摸索當中，並且不知道是否還能得到大哥柴榮的全力支持。

「累迷糊了吧！活該！」潘美抱著一大摞公文，快步走入。看到鄭子明端著碗早已冷掉的茶水，兩眼僵直，忍不住出言低聲數落，「誰叫你殺人殺得那麼狠呢，現在知道後果了吧！手頭沒人才人可用，只能自己事必躬親！然後就像先蜀丞相諸葛亮那樣，把自己活活累死！」

「我當初不痛下殺手，可能死得更快！」鄭子明迅速掃了他一眼，笑著搖頭，「只會為虎作倀的東西，算哪門子人才？從李克用到劉知遠，契丹國越打越強，咱們卻越來越弱。恐怕不只是武人誤國之故。既然原來的路子根本走不通，就只能換一條路走。也許……」

「行，你本事大，你高瞻遠矚！」潘美將手中的公文朝石頭桌案上一丟，滿臉不服不忿，「你比幾代明君名相，都有本事！可你想好了，這得激怒多少人沒有？他們，可不只是一群地方上的土豪！」

「道之所在！」鄭子明微微一笑，年輕的臉上寫滿了堅定。「雖千萬人吾往矣！」

「你……」饒是預先已經猜到一二，潘美依舊被鄭子明的想法給嚇了一哆嗦。愣愣半晌，才咬著牙補充道：「你早晚會死無葬身之地！」

「怕了？」鄭子明眉頭一挑，朝著他微微冷笑。

潘美比鄭子明還小兩歲，豈能受得了如此被人鄙視。立刻撇了撇嘴，滿臉傲然地回應道：「怕？怕個球！大不了老子把這條命賠進去。好歹也是人死留名！」

說罷，他又迅速意識到了自己中計。於是乎，又撇了撇嘴，大聲補充：「你也不用跟我使什麼激將法！潘某既然答應輔佐你，就不會半途而廢。有那功夫，你不如好好想想，怎麼才能應付眼前這道難關。」

「讓范長史發個文告，張榜募賢。不求學富五車，能讀書寫字就行！」鄭子明笑了笑，迅速給出了一個出人意料的答案。

「異想天開，真正的賢才，怎麼可能理睬你的榜文？」潘美又是微微一楞，瞪圓了眼睛問道。

「不需要賢才，只需要能寫會算，並且肯認真做事的就行。巴掌大塊地盤，要那麼多賢才做甚？」鄭子明搖搖頭，笑著反問。

「你，你，你這是要以治兵之道治理地方？」潘美的眼睛瞬間又瞪大了一倍，兩隻烏溜溜的黑眼珠差一點就跳出眼眶之外。「這，這怎麼可能成事？」

「不試試怎麼知道。反正即便不成，結果也不會比眼下更差！」鄭子明用力在桌案上拍了一下，回答得斬釘截鐵。

對啊，已經差到如此地步了，還有什麼可畏懼的？潘美的眼神瞬間大亮，隨即，臉上湧起了一團驕傲的笑容。

作為鄭子明的軍師和好友，他在最近這些天裡，也在苦心孤詣替滄州軍謀劃著未來。但是，無論他如何輾轉反側，都始終看不到太多的光明。

而今天鄭子明的話，無疑令人眼前瞬間一亮。雖然依舊看不見未來在哪兒，但至少，潘美知道了該從哪裡著手。

既然得不到仕紳豪強們的支持，就不要他們的支持也罷。反正過去那些得到仕紳豪強支持者，也沒能擋住契丹人的鐵蹄。

前人已經走不通的路，後人就沒必要再去重蹈覆轍。換個走法，也許海闊天空。

眼下滄州最需要的，不是什麼當世大賢，也不是什麼儒林名宿。而是踏踏實實肯幹活的人。能夠將各項政令，不折不扣執行到底的人。只有將內耗降到最小，將空談聲降到最低，大傢伙兒才能以最快速度積聚起力量，才有資格去圖謀將來。

否則，哪怕鄭子明本人的名聲再好，手底下再「群賢畢致」，到最後，也不過是水月鏡花一場。

少年人腦子裡，比老一輩少了許多經驗世故，同時，也少了許多條條框框。而眼下的滄州刺史衙門，所有核心人物的年齡平均起來還不到二十歲。所以，當鄭子明和潘美商議決定了新的治政方略之後，幾乎沒遇到任何阻力，就被推行了下去。

最開始，自然磕磕絆絆，甚至讓鄭子明在士林中剛才好轉了一點兒的風評，又迅速變得漆黑如墨。但隨著時間的推移，刺史衙門的辦事效率，卻一點比一天高了起來。老百姓對官府的觀感，也一天天持續變好。

特別在夏糧入庫之後，因為不必被鄉紳從中間再剝一層皮，百姓們落在手裡的糧食比往年明顯增多。而府庫裡頭收到的糧食，也比往年上漲了一大截。這令仕紳們的話語，變得愈發沒有說服力。而臨近的其他幾家弱小諸侯，通過細作的眼睛看到了滄州的變化之後，也開始對治下的豪強們躍躍欲試。

「這時候，你就該出去多轉一轉了。讓底下人看看新上任的刺史大人長啥樣？到底是不是每天都要吃活人心肝下酒！」潘美是個非常合格的軍師，當民間的輿論剛剛開始轉向，就立刻提議鄭子明趁機收攏人心。

鄭子明連續數月來日日與案牘為伴，也覺得甚是無聊。聽潘美說得在理，便命令底下人立刻去安排出巡。

趙匡胤和韓重贇、楊光義哥幾個，已經離去多時。陶大春、李順兒、陶勇、郭信等人又忙得腳不沾地兒。所以說是出巡，實際上卻只帶了長史范正、司馬潘美兩個，以及一隊親兵同行，規模跟昔日某個公子哥出去踏青相彷。

在滄州地方上，鄭子明這個刺史兼節度使的大名，原本可以止小兒夜啼。百姓們早就從仕紳宿老嘴裡，聽說了他謀財害命、貪贓枉法、搶男霸女等諸多劣跡，恨不得老天爺打下悶雷將此人活活劈死。

然而，隨著永業田和桑麻田分到了手，家中的日子一天比一天有盼頭，百姓們心中，對鄉紳宿老們的話，就打了個對折。待親眼看到傳說中的凶神惡煞，只是個十七八歲的英俊後生，雖然長得虎背熊腰，卻跟誰說話臉上都帶著笑，頓時，鄉紳宿老們的謊言，便徹底「真相大白」。轉過頭，父老鄉親們紛紛帶著負疚的心情，競相說起刺史大人的好處來。

潘美通過細作瞭解到了最新輿論情況，立刻著手安排心腹假扮成販夫走卒，推波助瀾。結果鄭子明才把治下的幾個縣城巡視了一半兒，名聲就已經徹底轉變。由生吃人心的凶神惡煞，轉瞬變成了樂善好施的善財童子。

「咱們這樣做，是不是有些過了！」鄭子明對趁機收攏民心的安排沒什麼抗拒，但對於謊言造神，多少卻有些牴觸。趁著混在百姓當中的細作還沒有演砸，小聲向潘美質疑。

「非常之時，行非常之事。」潘美心裡，卻有些得意，用馬鞭指著道路兩旁朝著刺史儀仗作揖的百姓們，笑著說道：「只要巡視完了這一圈兒，從今往後，咱們就算徹底在滄州扎下了根。日後即便偶爾犯下一些過錯，也會被父老鄉親們當成是底下人背著你幹的壞事兒，與你這個刺史大人沒任何關係。」

「然後我就可以借你們的人頭一用！」鄭子明白了他一眼，沒好氣地點評。

比起做一名諸侯，他發現自己其實更適合做一名將軍。至少，領兵打仗時，心裡頭不用琢磨這些所謂的帝王權謀。

「如果現在就主動出擊……？」當某種念頭一生，便立刻如春天的野草一樣瘋狂成長。

剛來滄州時強行收編的團練，已經漸漸與李家寨的精銳融合在一起。手頭的糧草輜重，也不像剛來時那樣捉襟見肘。如果搶在秋收之前，越過漳水，攻擊河間縣城，定然能打當地幽州軍一個措手不及。

自從春天吃了敗仗之後，幽州軍已經很長時間沒有動靜了。往年小麥收割前後必然會發生的越界打草穀行為，居然也銷聲匿跡。據鄭子明所掌握的情況，韓匡嗣兄弟以前可從來沒有如此安生過。連續數月蟄伏不動，萬一其動起來，勢必是傾力一擊。

易州殘破，搶無可搶。定州防禦使呼延琮，背後有河東節度使劉崇撐腰，輕易招惹不起。祁州和深州的情況跟易州類似，並且其節度使跟韓匡嗣兄弟倆的關係，原本就有些模糊不清。如此，剩下唯一適合幽州軍去搶，並且肯定搶到糧食的地方，便呼之欲出。

韓氏兄弟如果想要南下搶劫，目標只可能是滄州。剎那間，鄭子明激靈靈打了個冷戰，迅速將手摸向了馬鞍橋下。一雙明亮的眼睛，同時四下張望，彷彿城外的曠野裡，隱藏著數不清的敵軍。

這些動作，純屬是他作為一名武將感覺到危險之時的本能反應。根本不需要經過大腦的指揮。然而，就在他的手剛剛摸到鋼鞭握柄的剎那，半空中，忽然傳來一串羽箭破空聲，「嗖嗖嗖嗖——」

緊跟著，數十支破甲錐，就在道路兩旁的民宅院牆後飛了起來。半空中猛地向下一墜，雪亮的箭鋒，直奔他的頭頂和胸口。

「棄馬！」剎那間，鄭子明的寒毛根根倒豎。本能地發出一聲叫喊，脊背和胯骨同時斜向發力，蹬裡藏身。

「噗噗噗！」羽箭射入肉體的聲音連綿不絕，緊跟著，便是人的慘叫和戰馬的悲鳴，「啊——」「娘咧——」「嗯哼哼哼——」

「棄馬！取弓箭和兵器，進右側民宅！」搶在坐騎倒下之前，鄭子明單膝墜地，隨即身體向右側快速翻滾，「先進民宅躲避弓箭，然後再想辦法反擊！」

「棄馬，取弓箭和兵器，進右側民宅！」

「棄馬，取弓箭和兵器，進右側民宅！」

「棄馬，取弓箭和兵器，進……」

四周圍，響起一片低沉的呼應聲。所有沒有當場蒙難的親兵，無論身上有傷沒傷，只要還能爬得起來，全都一邊重複著，一邊果斷朝著官道右側的民宅撤去。

又一排羽箭凌空飛至，將已經倒地的戰馬，射得渾身上下血光亂冒。然而對人員的殺傷，卻遠不如上一輪。

除了重金禮聘來的長史范正之外，鄭子明和他身邊的這群弟兄個個都是戰場上的生存高手。不用通過大腦指示，身體在快速移動過程當中，就會本能地改變方向和高度，忽左忽右，起伏不定，令偷襲者根本沒辦法瞄準。

而能瞞過滄州軍的哨卡，潛伏到縣城門口行刺的死士，數量也不可能太多。倉促間射出的羽箭，也做不到覆蓋整個區域。於是乎，刺客們只能眼睜睜地看著鄭子明將一位老儒夾在腋窩之下，連續幾個翻滾便不見了蹤影。

「娘咧——」

「有刺客——」

「快跑啊！」

「別殺我，別殺我！」

「饒命——」

「……」

到了此時，擁擠在城門附近打算一睹防禦使大人真容的眾多百姓，才終於從震驚中緩過了神。嘴裡發出一連串含糊不清的慘叫，撒腿就跑。

「殺鄭子明！」「殺鄭子明！」「殺鄭子明，為民除害！」刺客們連續兩輪冷箭未能建功，也都紅了眼。一邊奮力朝鄭子明等人先前消失的位置彙聚，一邊舉起鋼刀朝著周圍的無辜百姓亂砍。

「啊——」「饒命——！」「好漢爺爺饒命！」看熱鬧的百姓們，哪裡是這群凶神惡煞的對手？轉眼間，就被殺了個血流成河。有的人跪地求饒，被衝過來的刺客毫不猶豫殺死。有的人慌不擇路，掉頭逃命，被刺客們像趕羊一樣，趕向了官道右邊的民宅。

鄭子明的親兵手裡也有弓箭，躲在民宅的院牆後負嵎頑抗，會給刺客們造成極大的麻煩。所以，缺乏攻堅器械的刺客們，果斷選擇了驅趕百姓為先鋒。

對他們來說，滄州的百姓都是工具，死掉多少都無所謂。而對鄭子明這個滄州防禦使來說，放箭誤傷了百姓，就等同蓄意謀殺自己治下子民。

這一招果然有效，幾名滄州親兵從低矮的院牆後引弓待發，卻因為顧忌誤殺百姓，又重新鬆開了弓弦。另外幾名滄州親兵，好不容易瞄準了目標，羽箭在飛行過程中，卻被慌不擇路的百姓擋了個正著，除了淒厲的慘叫生之外，一無所獲。

「鄭子明在此，有種就放馬過來！」眼看著百姓們已經與院牆近在咫尺，一個四敞大開的門洞口，忽然閃出了鄭子明的面孔。只見他，猛地揮了一下右臂。半截土磚掛著風聲騰空而起，越過四五名無辜百姓，將躲在後面的一個刺客，砸了個滿臉開花。

「鄭子明在這——」「殺鄭子明！」「殺鄭子明！」「殺鄭子明，為民除害！」眾刺客頓時又找到了暗殺目標，丟開百姓，一擁而上。

迎接他們的，是兩扇老榆木門板。又厚又重，將衝在最前面的兩名刺客砸了個四腳朝天。待其餘刺客撞開門板，再進院子內，鄭子明的身影早已消失不見。只留下了幾塊剛剛從院牆上掰下來的土坯，和一根折斷的門閂。

「在那兒，在那，姓鄭的在那兒！」院子外，又響起了興奮的叫喊。卻是沒來得及衝入門內的那些刺客，看到了鄭子明敏捷的身影。

刺客頭目聞聽，頓時信心又起。轉身出院子外，帶隊朝著同夥指點的方向猛追。幾塊土磚接連飛至，將他身邊的同夥放倒了兩三個。潘美、鄭子明，還有另外幾名親兵，身影在不遠處的院牆上出現，居高臨下，用泥磚瞄著刺客們的腦袋猛拍。

「放箭，放箭射！射死他們，不要活口！」刺客頭目氣得火冒三丈，揮舞著鋼刀大喊大叫。更多的刺客聚攏上前，開弓放箭。鄭子明和潘美等人迅速翻下院牆，搶在羽箭落下之前，銷聲匿跡。

「殺鄭子明！」「殺鄭子明！」「殺鄭子明，為民除害！」刺客們在羽箭的掩護下，吶喊著衝進院子，卻再度失去了目標。

不多時，鄭子明和潘美等人，再度出現不遠處的房頂，用磚頭和瓦塊，將附近的刺客們砸了個頭破血流。眾刺客大怒，聚集到一起彎弓欲射。鄭子明和潘美再度搶先一步消失，令羽箭盡數浪費在了半空當中。刺客們繞過屋子，四下搜索。鄭子明和潘美聯袂出現，手頭殘磚爛瓦無窮無盡。待刺客們好不容易又湊出了一隊弓箭手，鄭子明和潘美則果斷撤走，不給他們建功立業之機。

翻來覆去，雙方來回折騰。短時間內，都拿對方無可奈何。而被刺客們裹脅來的百姓，則趁著這個機會，跳牆的跳牆，鑽狗洞的鑽狗洞，搶在刺客頭目反應過來之前，逃了個乾乾淨淨。

「想個辦法，派人去城裡搬救兵！」沒有了百姓羈絆，鄭子明的應對，立刻從容了許多。帶人占據了一處高牆大院，一邊彎弓搭箭，隔著牆與幾名刺客對射。一邊壓低聲音，向身側的潘美吩咐。

「恐怕很難！」潘美舉起一塊剛剛拆下來的門板，替鄭子明擋住迎面射來的羽箭。同時，壓低聲音回應，「這麼長時間，城內連鑼聲都沒響起。肯定是咱們自己的人出了問題。要麼群龍無首，要麼就是跟刺客之間有了勾結！」

「誰駐防在城裡？」鄭子明聽得心裡一驚，眼皮跳了跳，低聲詢問。

「李方、李進，你們兩個帶人占據左側那個房梁。潘良、潘奕，你們兩個占據右側那個。有人靠近，就用冷箭招呼。如果被人盯上，就躲到房梁另外一側，然後換個位置再行反擊。」潘美對自家軍隊的情況，瞭如指掌。一邊指揮弟兄們殺敵，一邊快速回應，「這個縣太小，沒有駐兵。縣尉姓李義山，來自李家寨。是咱們帶過來的老弟兄，原本在李順兒手下做都頭。前一陣子因為腿上受了傷，才退出了行伍！」

李義山……？鄭子明皺了皺眉，眼前迅速閃過一張憨厚的面孔。對於這個人，他腦子裡也有印象。出身於李家寨的鄉勇，無論是在訓練時和作戰時，都有上佳表現。所以很早就被提拔做了都頭。因傷退役後，被安排的職位，也不算太低。

這樣的老兄弟，按理說，應該不會輕易背叛才對？怎麼可能事先毫無端倪地，就跟刺客勾結到了一處？如果潘美的判斷屬實的話，刺客的拉攏腐蝕能力也太強了些，簡直令人防不勝防！

「不會是縣尉背叛，否則，就不該在城門口行刺。而是把咱們先放進城裡，然後甕中捉鱉！」正困惑間，長史范正從隱蔽處鑽了過來，頂著一腦袋乾草沫子，氣喘吁吁地提醒。

「的確！呼——」鄭子明迅速點頭，然後長長吐出一口氣。

如果連都頭這一級的老弟兄，都不可相信。他這個防禦使，就做得太失敗了。即便逃過了今天，早晚也會在睡夢中被人將腦袋割走。

然而，沒等他的出氣聲落下，潘美卻陰沉著臉，給出了更令人絕望的答案。「那就是縣尉被人抓了，或者已經身死！縣城裡的衙役和幫閒，大部分都是當地人。眼下縣令還沒到任，只要有人突然動手殺死縣尉，整個縣衙就徹底癱瘓。」

「那就想辦法殺出去，擒賊擒王！」鄭子明這回，沒有質疑他的判斷。從院牆後向外快速掃了幾眼，低聲做出決定。

百姓們除了被刺客砍死砍傷的之外，都已經逃得乾乾淨淨。因此，對手的實力，一望便可清清楚楚。總計應該有百十人出頭，都身穿青衣，做尋常莊戶打扮。然而，他們手裡只有制式統一的角弓和橫刀，卻清楚地告訴別人，這是一支軍隊，如假包換。

「嗖嗖嗖……」幾支羽箭落進院子，冒起滾滾青煙。

「放火，放火燒死他們！」長時間僵持不下，刺客頭目急中生智，居然調動手下嘍囉，向鄭子明等人藏身的位置，展開了火攻。

天乾物燥，正是放火的最好時候。很快，兩間茅草頂的牲口棚子上，就騰起了火光。濃煙捲著紅星，四下蔓延，將院子裡的人熏得無法正常呼吸，咳嗽聲不斷，眼淚滾滾。

「他奶奶的，遇到殺人的行家了！李方，李進，你們倆保護大人突圍。」潘美的臉色，瞬間大變。用門板擋著身體平移數步，就準備帶頭衝出院子外，與刺客拚個魚死網破，「其餘人，跟我殺出去引開刺客。大夥不要進縣城，咱們去二十里外的趙家莊匯合！」

「一起走！」鄭子明伸手拉了一把，卻沒有拉住，眼睜睜地看著潘美高舉著門板，一頭栽向了刺客隊伍。

「大人快走，別讓潘美白白替你去死！」范正跳起來，用肩膀將鄭子明撞了個趔趄。蒼老的臉上，寫滿了決然。「你不死，大夥的仇早晚能報。你若死了，大夥全都不得善終！」

「你說什麼?你……」鄭子明踉蹌數步，淚流滿臉。隨即，咬了咬牙，轉身翻過臨近的院牆。

「我會給你報仇！一定給你報仇！」一邊俯下腰逃命，他一邊不停地用目光朝潘美等人眺望。潘良、潘奕兩個已經倒了下去，全身上下全是刀傷。其餘弟兄以潘美為鋒，組成了一個狹長的三角，在敵軍中左衝右突，所過之處，紅色的煙霧扶搖直上。

兩名弟兄重傷倒下，隨即，又是兩名。鄭子明的眼淚，不受控制往下淌，雙腿邁動，一邊跑，一邊繼續不停地回頭。

又有三名弟兄倒下去了，然後，又是兩名。這些弟兄他都非常熟悉，熟悉的能叫出每個人的名字。他曾幻想過，帶著他們一道謀取未來。而如今，大夥卻都出師未捷身先死。

幾朵暗綠色的煙雲，在刺客隊伍的側後方，忽然湧起。夾著風，帶著雷，迅速移動。團團圍在潘美身前的刺客們，猛地一鬆，隨即，慌亂轉動身軀，舉起角弓和橫刀。

沒等他們準備就位，二十餘匹駿馬，已經呼嘯而至。當先一匹戰馬的鞍子上，有個令鄭子明熟悉且陌生的身影，手起刀落，將刺客頭目的腦袋，砍上了半空。

「周將軍——」「周將軍戰死了！」「給周將軍報仇！」事發突然，眾刺客根本來不及做出正確反應。大聲尖叫著，朝刺客頭目的屍體旁邊擁去。

他們不是真正的江湖好漢，真正的江湖好漢，見勢不妙，會立刻倉皇遠遁。而他們，卻習慣性地試圖搶回頭目的屍體，以避免自己過後被上頭以軍法嚴懲。

馬背上的騎手們，才不管他們到底來自哪個衙門。隨著領軍者的一聲清叱，齊齊將手臂斜伸，刀尖斜外，刀刃反手橫端，雙腳用力磕打馬鐙。借著坐騎的速度長驅直入，剎那間，就將刺客的隊伍給切了個四分五裂。

「啊——！」「啊——！」「娘咧！」慘叫聲不絕於耳。先前還窮凶極惡的刺客們，像被冰雹打過的麥子般，橫七豎八倒下了一半兒。每個倒下者身上，都出現了不止一道傷口。每一道傷口，入肉都不到三寸深，長度卻高達一尺半。猩紅色的血漿，像倒掛的瀑布般，沿著傷口向外噴湧。

「饒命——」僥倖沒被刀刃波及的另外一半兒刺客，則迅速恢復了理智。將兵器朝地上一丟，撒腿就朝路邊的民宅裡逃。

「攔住他們！」騎兵的首領，又發出一聲清叱。撥轉戰馬，追向了距離最近的那名刺客。胯下碧雲驄快如閃電，三兩個縱躍，就與刺客擦肩而過。手中鋼刀借著馬速向前輕輕一帶，「噗」地一聲，從刺客的後腰到肩膀，斜著抹出了二尺長的傷口。

鮮血噴出，刺客全身的力氣頓時被抽得一乾二淨。連慘叫聲都沒喊出來，抽搐著倒地慘死。

其他騎手也策動戰馬，每個人盯住一到兩名刺客，緊追不放。兩條腿兒的人，怎麼可能跑得過四條腿的坐騎？轉眼間，逃命的刺客，就又被放翻了一大半兒。剩下的寥寥幾個，則雙手抱住腦袋在地上快速翻滾。一邊滾，一邊嘴裡發出絕望哭喊，「饒命！女俠饒命——！我家裡上有八十歲老母，下有……」

「留下幾個活口！」到了此時，鄭子明才終於跑了回來。全身的力氣都使在了兩條腿上，全憑著鋼鞭支撐，才沒直接摔倒，「留下幾個活口，問，問他們是誰派來的！」

「你有什麼資格向我發號施令？」被刺客們喊做女俠的騎兵首領大聲冷笑，催動坐騎，將不遠處一名剛剛停止了翻滾的刺客，踩了個筋斷骨折。

「全都殺光，然後咱們走！」騎兵首領身邊，有一個女侍衛高聲吩咐。隨即，俯下身體，奮力揮刀。將距離其最近的一名刺客，攔腰砍成了兩截。

「是！」眾騎兵故意不給鄭子明留面子，大聲答應著，策馬衝向剩餘的刺客，手中鋼刀橫劈豎剁，將已經失去抵抗勇氣的最後幾名刺客，全都砍得血肉模糊。

「師，師妹，妳，妳怎麼來了？我，我托韓大哥給帶妳的禮物，妳，妳都收到了吧！」鄭子明根本不敢生氣，抬起頭，看著騎兵首領掛滿寒霜的面孔，訕訕地打招呼。

自從在李家寨站穩腳跟那一刻起，他最想見，也最怕見到的，便是此女。師父陳摶的關門弟子，恩公常思的掌上明珠，石延寶的青梅竹馬戀人，常家婉瑩。

「小女子與鄭大人素昧平生，可不敢收你的禮物！」常婉瑩看都不肯看他，目光平視著遠方，繼續冷笑不止。「東西我都沒有拆，放在馬車上給你送回刺史衙門了。你放心，咱們只是偶然路過，這就可以離開！絕對不會給你添任何麻煩！」

說罷，左手猛地一帶戰馬韁繩，掉頭便走。把個鄭子明羞得面紅耳赤，趕緊一個箭步追了上去，抬手揪住了韁繩中段，大聲請求：「師妹，師妹，妳別走，妳聽我說！」

「請自重，鄭大將軍。我跟你之間，沒什麼好說的！」常婉瑩抖動韁繩末端，狠狠抽了一下，卻未能讓鄭子明把手鬆開。略略俯身，居高臨下地喝斥。

「我，我……」鄭子明手背上被抽出了一條血印子，卻絲毫感覺不到疼。只能感覺到有兩把利劍，從半空中刺下來，一直刺進了自己心底。

躲了一年有餘，早就該面對的事情，卻依舊沒有躲得掉。他知道自己應該給常婉瑩一個解釋，可卻不知道該如何來組織言詞！那些殘缺不全的記憶碎片，那些前塵舊夢，怎麼可能說得清楚？說出來，又怎麼可能有人相信？

「行了，鄭大將軍，是小女子沒長眼睛，當初認錯了人！你不是石延寶，從一開始，就不是！」見鄭子明喃喃半晌，卻始終連一句虛偽藉口都找不出。常婉瑩心中，愈發冷得宛若臘月飲冰。笑了笑，舉起右手鋼刀，將戰馬的繮繩齊根切成了兩段。

碧雲驄終於擺脫了羈絆，長嘶一聲，掉頭邊走。鄭子明被閃了個趔趄，丟下鋼鞭縱身前撲，「婉瑩，別走！我就是石，我，我去過遼東。我真的沒想過辜負妳！我，我這一年多來，幾乎每天都會想起妳來！」話音落下，他自己都覺得肉麻，原本羞紅的臉膛，愈發紅得幾乎滴血。然而，他的雙手，卻毫不猶豫地抓住了戰馬的繫臀皮帶，死死不放。注一

「姓鄭的，放手，否則別怪我刀下無情！」常婉瑩回過頭，鋼刀高舉，作勢欲劈。

「別走！」鄭子明雙腳被碧雲驄扯動，在地上拖出了兩條長長的土溝。雙眼則看著常婉瑩的眼睛，用力搖頭，「別走，給我一點兒時間。我去過遼東，我已經知道我是誰了！我總有辦法解釋給妳聽！」

「我不想聽！我認識的人叫做石延寶，你不是他。」常婉瑩手臂下揮，刀刃掃出一道閃電。然而，卻終究下不了狠心，將負情薄倖的傢伙一刀兩斷。只能在最後關頭抬了下手，將鋼刀遠遠地擲了出去，砸起一團綠色的煙塵。

「我不想聽，你也別費力氣了。我給了你一年多的時間。我每天都在等著你給我一個解釋，可你的信裡，你的信裡，卻，你卻只有打仗，打仗，打仗。」隨著鋼刀墜地，她心中的寒冰，瞬間也盡數化作了冷水，順著眼睛肆意流淌。「你若是負情薄倖，我也認了。好歹你給我說個明白。像這樣，拖拖拉拉算什麼？石小寶，你到底想怎麼樣？」

「別，別哭，別哭！」對此刻鄭子明來說，比起鋼刀，眼淚的威懾力彷彿更大。扎煞著雙手，結結巴巴地安慰。「我，我不是，不是存心要騙妳。我，我真的自己都不知道，不知道該怎麼說。但是，但是無論如何，我不會再放妳走！」

「不放我走，你想綁票嗎？你有什麼資格不放我走？」常婉瑩聞聽，眼淚愈發控制不住。抬手捂著臉，大聲質問。

定州和太原，看似遙遠，實際上不過只隔著一道太行山。只要存心去關注，發生在山這邊的事情，如何能瞞得過常家細作的眼睛？

這一年多來，無數風言風語，在太原、澤州、潞州，肆意傳播。忘恩負義、負情薄倖、始亂終棄，無數原本戲臺上才會出現了詞彙，都跟她發生了關聯。而她，卻不得不硬著頭皮，去跟父親，跟兄長和姐姐，跟常家的長輩們去解釋，去強調，自己認識的石延寶，不是那種沒心肝的人。以免父親和長輩們一怒之下，帶著兵馬翻山越嶺。

終於有一天，她不用再花費心思解釋了。那個改姓了鄭的絕情之輩，在河北打出了赫赫威名。有了兵馬，有了地盤，不再需要依靠常家，也不再需要畏懼常家。

「我是石延寶，也是鄭子明！」耳畔又傳來熟悉的聲音，聽起來是那樣的認真，又是無比的荒誕。「我不會放妳走。哪怕常節度帶兵打上門來。師妹，妳就當我貪心不足好了。我想娶妳，馬上就娶妳過門！」

「你……」前半段話，還讓常婉瑩怒火中燒。最後一句，卻令她瞬間羞得無法將捂在臉上的手鬆開分毫，「你，你又說哪門子瘋話。我幾曾說過要嫁給你？我為何要嫁給你？」

「我會立刻寫信請郭榮大哥做媒，去你家提親。岳父肯定不會拒絕。」忽然一陣福靈心至，鄭子明仰起

注一、古代馬具的一種，中央套住馬臀，兩端拉住馬鞍下的墊子，可以有效避免墊子向前滑動。

頭，大聲補充。「我能做上防禦使，背後他出了老大的力氣。如果不贊同咱倆的事情，他又何必幫我？」

「高！防禦使大人就是高！」躲在不遠處偷聽的潘美和范正等人，暗自將拇指上挑，對自家大人的機智，佩服得五體投地。

常思幫鄭子明謀取官職，當然主要是受了郭威所托，為同一個陣營扶植後起之秀。不過，將他的行為說成岳父扶植女婿，好像也解釋得通。畢竟鄭子明出自他的門下，又好像跟他的女兒有過白首之約。而常、鄭兩家聯姻之後，勢力橫跨河東河北。朝廷無論想動哪邊，都得仔細掂量掂量。

「你，你無，無賴！」常婉瑩本人，當然不會同意鄭子明的說法。然而，一時間，卻找不到任何理由反駁。只能將面孔轉向戰馬另外一側，啞著嗓子唾罵。「你娶了我，那個姓陶的怎麼安排？還有那個姓呼延的？石小寶，你真的非常無恥，你比小時候更加無恥！」

「我，我不是……」鄭子明頓時頭大如斗，雙手奮力擺動。正想說，自己頂多還想娶陶三春，跟呼延家的妹子毫無瓜葛。話剛結結巴巴到了嘴邊，耳畔處，卻又傳來一陣急促的馬蹄聲，「的的，的的，的的的的……」

不知道來的是敵是友，他本能地閉上嘴巴，抬頭張望。只見陶三春和呼延雲兩個，一前一後，風馳電掣般朝自己衝過來。二人背後，則是大隊的滄州騎兵，旌旗翻捲，刀槍映日生寒。

「含韵，咱們走！」從來者的旗號上，常婉瑩就猜出了他們是鄭子明的部屬。如此，當先兩名女將的身份自然不言而喻！當即，把馬頭一撥，掉頭便行。

「師妹！」鄭子明又一個虎撲上去，揪住戰馬的籠頭。「來的都是自己人，自己人。今天正好妳也在，咱們一起商量個解決辦法！」

「解決什麼？她們是誰關我何事？」常婉瑩又氣又急，雙腳用力磕打馬鐙。胯下的碧雲驄搖頭擺尾，拚命掙扎。奈何籠頭卻牢牢地被鄭子明抓在手裡，直掙扎得嘴角處血流如注，依舊半尺都移動不得。

「放開！你堂堂九尺男兒，欺負我的碧雲驄算什麼本事！」常婉瑩終究心軟，捨不得讓坐騎受傷。只得停止催促，朝著鄭子明大聲抗議。

「別走，妳別走我就不欺負牠。」鄭子明被逼入了絕境，索性豁了出去。把心一橫，大聲說道：「我給妳們介紹。前面騎著黑色戰馬的，就是陶家妹子。後面那個騎著棗紅馬的，叫呼延雲，是太原留守帳下呼延老將軍的女兒！春妹子，呼延雲，你們兩個快點過來，這位是我未過門的妻子常氏婉瑩！」

陶三春和呼延雲二人，早就看到了鄭子明正跟一個冷面美女糾纏不放。卻萬萬沒有想到，他的臉皮如此之厚。居然敢主動替三方做引薦，讓三方正式面對面。

頓時，兩名女將都羞得恨不能找個地洞往裡頭鑽。先前躍馬橫刀的威風，徹底消失不見。

倒是平素溫和恬淡的常婉瑩，此刻終於被逼出了性子裡的另外一面。主動跳下馬，向前走了幾步，輕輕拱手，「武勝軍節度使之女常氏婉瑩，見過兩位妹子。兩位切莫聽他信口胡說，婚約之事，乃為年幼時的戲言。未經雙方父母首肯，原本做不得真！」

「定州刺史之女呼延雲，見過，見過常家姐姐！」饒是呼延雲平素膽大敢為，此時此刻，也心虛腿軟。一個翻滾下了坐騎，朝著常婉瑩蹲身施禮。

陶三春同樣是心裡頭虛得厲害，卻不甘初次見面，就給常婉瑩比了下去。硬著頭皮飛身下馬，快走幾步，跟對方一樣行軍中男兒之禮，「我叫陶三春，莊戶人家的女兒，現今與哥哥一道，在鄭刺史帳下聽用。先前聽細作彙報，說可能有人企圖對鄭刺史不利，所以才帶兵趕來相救！」

幾句話，說得鏗鏘有聲，既不跟對方比家世，也不跟對方論先後。只是把自己當成了鄭子明帳下一名尋常將佐，與男女之情沒有半分瓜葛。

「那兩位妹子來得可真是不巧了！」常婉瑩目光在陶三春和呼延雲兩個身上輕輕一掃，微笑著搖頭，「我恰巧路過此處，以為是強盜打劫，就順手把刺客給收拾掉了。若是早知兩位妹子會來，或者早知道被刺殺的目標是他，肯定會選擇視而不見！」

「我，我們距離這兒太遠。跑，跑了整整一個上午！」呼延雲聞聽，愈發沒有勇氣跟對方相抗。垂下頭，低聲解釋。

「有勞姐姐了！」陶三春卻努力收拾起了紛亂的心情，再度拱手為禮。「在滄州的地面上，卻讓刺客混到了防禦使身邊，實乃我等的失職。虧了姐姐恰巧帶著家丁路過，否則，萬一防禦使大人有什麼閃失，我等百死莫贖。」

「妹子客氣了，舉手之勞爾。況且妹子身在軍中，哪有功夫理睬此等防賊捕盜的小事兒！」常婉瑩側開半步，以軍中平輩之禮相還。

「我滄州軍剛剛在此地站穩腳跟，軍中和地方，原本就分得不是很清楚。況且防禦使對家父有救命之恩，陶某替他多做一些事情，也是應該。」陶三春笑了笑，心中的畏縮情緒漸漸消散，目光當中漸漸透出了幾分自信的神采。

常婉瑩心裡，頓時號角之聲大作，眉頭蹙了蹙，繼續笑著說道：「原來子明和令尊之間，還有如此淵源，怪不得妹子肯為他出生入死！」

「淵源談不上，只是志趣相投，一見如故爾！」陶三春微笑，擺手，寸步不讓。

兩個女人你一句我一句，談笑炎炎。夾在中間的呼延雲，卻覺得有股子殺氣，從自己前胸直穿後背。本能地向後退了兩步，扭頭用目光去找鄭子明求救。只見鄭子明滿臉焦灼，冷汗滾滾，很顯然，早就被那無形的殺氣給嚇傻了，根本不可能拿出任何有效的應對之策。

「啟稟防禦使，弟兄們戰死了七個，重傷十二個，還有四個受了輕傷。是送傷號入縣城醫治，還是直接返回滄州軍營，還請大人早做定奪！」關鍵時刻，還是潘美這個軍師貼心。先跑到廝殺現場巡視了一大圈，然後又返回到鄭子明身邊，扯開嗓子彙報。

「府尊，老夫提議立刻揮師殺入眼前這個縣城。地方官吏先前遲遲沒有動靜，其中必有隱情！」老長史范正，也不忍心繼續看著鄭子明夾在兩個女人之間承受唇槍舌劍，上前數步，大聲補充。

「進城！」鄭子明如蒙大赦，立刻回過頭，朝著潘美用力揮手，「點齊了兵馬，立刻進城。今天無論誰跟刺客勾結，都必須血債血償！」

「遵命！」潘美肅立拱手，大步走向停頓在不遠處的滄州騎兵。

「哼！」常婉瑩豈肯讓他如此輕易蒙混過關，冷哼一聲，飛身上馬，就準備揚長而去。未等在馬鞍上坐穩，耳畔忽然傳來了一聲淒厲的尖叫：「鄭大哥，你，你身後，身後怎麼插著根棍子？不是棍子，是弩箭！你，你受傷了，快來人啊，鄭大哥受傷了！」

「弩箭？什麼地方？」鄭子明的神經先前一直處於高度緊繃狀態，根本感覺不到疼。此刻聽了呼延雲的叫喊，本能地追問了一句，隨即將右手探向了自家脊背。

掌心處，傳來一股濕漉漉的感覺。食指和中指猛地與一根光溜溜的弩桿發生接觸，劇烈的疼痛直入心扉。注二

「嗯！」饒是他意志堅強，也疼得悶哼出聲。身體一個趔趄，渾身的力氣都從傷口處迅速溜走。

「子明，你怎麼了。子明，你別嚇我！」陶三春一個箭步竄上去，搶在鄭子明栽倒之前，將他的右臂搭在了自己肩膀之上。「不過是一根弩箭，沒事，你肯定沒事。你是天下第一國手，這點兒小傷難不住你！」

「石小寶，你又騙人。你別耍花樣！」見鄭子明真的搖搖欲倒，常婉瑩也嚇得魂飛魄散。一個筋斗翻下坐騎，用肩膀頂住了鄭子明的另外一側腋窩，「你別騙我，我知道你的伎倆。我從小就知道你的伎倆，絕對不會再上你的當。你，你不要睡，我，我隨身帶著金創藥。來人啊，趕緊去找郎中，去找隨軍郎中！」

注二、弩箭速度快，通常不需要在尾部放置羽毛。

「我，我沒，沒事兒。」鄭子明抬了下眼皮，看到三張滿是淚水的臉。剎那間，心滿意足。隨即感覺到無盡地疲憊，垂下頭，任由黑暗將自己吞噬。

這一覺，睡得好沉。

當鄭子明又從黑暗中清醒過來，發現自己置身於滄州刺史衙門的後宅當中。濃郁的藥香充滿鼻孔，脊背處，又疼又癢的感覺，宛若群蟻啃噬。

「左肩胛骨下兩寸，入肉三寸半。繞過了骨頭，應該沒傷到內臟。」憑著一名郎中的直覺，他迅速對自己的傷勢做出了判斷。

沒傷到內臟，就不會致命。先前的昏迷，主要是因為失血過多。這樣的診斷結果，讓他暗自感到慶幸。隨即，腦海裡便又回憶起，自己陷入昏迷之前，常婉瑩和陶三春兩個針鋒相對的情景。

她們兩個哪裡去了？會不會都走了？心中猛地湧起一股恐慌，鄭子明迅速翻身向門口張望。率先入眼的，卻是一頭烏黑的長髮。

常婉瑩頭壓著雙臂趴在他的床邊，睡得正香。略顯單薄的肩膀，隨著呼吸上下起伏。脊背、後腰等處的衣服，縱橫交錯布滿了褶子。很明顯是長時間沒有功夫去收拾，與她以往的乾淨整潔的生活習慣格格不入。

「都怪我，拖拖拉拉這麼久，也沒想好該怎麼辦！」內心深處瞬間湧起了許多負疚，鄭子明嘆了口氣，抬手去替常婉瑩整理紛亂的長髮。還沒等將手指與頭髮接觸，昏睡中的常婉瑩，卻一個縱身跳了起來。右手摸向腰間，左手快速上格，「啪」地一下，將他的手臂格飛到了天上。

「呀——」鄭子明猝不及防，被格得又翻了個身。牽動背上的傷口，痛徹心扉。

「你醒了？你，你沒事吧！」常婉瑩這才意識到自己身在何處，放下手臂，再度撲到床前，「你可算醒過來了！人家，人家差點被你活活嚇死！」

話音落下，她又迅速意識到，自己的態度過於親昵。趕緊又將腰桿直了起來，後退半步，大聲補充道：「既然醒了，就別再裝死了。我把郎中開的藥方拿過來，你看看用藥是否恰當。雖然說醫者不自醫，到那時在這滄州地盤上，還真找不到比你高明的郎中！」

「噢，我馬上就看！」聽她沒表示要馬上離開，鄭子明暗暗鬆了一口氣。點點頭，低聲回應。「麻煩師妹給幫我喊個親兵進來，衙門裡事情，需要稍稍安排一下。」

「不安排又怎麼樣？還能……」常婉瑩肚子裡餘怒未消，本能地想要奚落幾句。然而，話說到一半兒，看到鄭子明那沒有半點兒血色的面孔，心中又是好生不忍。嘆口氣，低低的補充，「放心，天塌不下來。范長史雖然官聲不太好，本事卻不比其弟差。你麾下那個潘美也是個人精。有他們倆在，誰也甭想趁機作亂。」

「呼——」鄭子明又長長地吐氣。為了滄州太平無事，也為了常婉瑩對自己態度終於有所緩和。

「等你的傷養好了，我立刻就走。」常婉瑩立刻心有靈犀，看了他一眼，輕輕搖頭，「我……」

「別！」鄭子明大驚失色，立刻伸出一隻手，抓住了常婉瑩的手腕。就像溺水之人捉住了稻草般緊緊不放。

「你，你幹什麼啊你，你，你鬆開！」常婉瑩羞惱地掙扎，卻又怕再牽動鄭子明的傷口，空有一身力氣不敢使。只能板起臉，大聲威脅，「你，你趕緊鬆開。萬一被人看見……」

一句話沒等說完，門忽然被人從外邊輕輕推開。呼延雲雙手捧著一碗湯藥，躡手躡腳地走了進來。聽到常婉瑩正在跟鄭子明說話，楞了楞，隨即加快了腳步，滿臉欣喜地說道：「鄭大哥，你醒了？你可算是醒了，你要是再不醒過來，陶家姐姐就要領兵殺向汴梁城了！」

「殺向汴梁？」鄭子明六識剛剛恢復，頭腦反應遠不如平素敏銳。先是本能地追問了一句，隨即明白了事情真相，「刺客是朝廷派來的？我還以為來自幽州呢！妳們問到口供了？會不會是別人布下的圈套？」

作為劉漢國的地方官員，他預先想過劉承佑可能會對自己百般刁難；可能會對自己栽贓陷害；甚至可能會連理由都不找，就直接派大將帶著兵馬和聖旨打上門！卻萬萬沒有想到，對方居然選擇了「刺殺」這種不入流的江湖手段。

且不說這種解決方式失敗的機率超過了半數，就算僥倖成功，消息傳開後，劉漢國的地方武將們，也必將人人自危。朝廷的威信和影響力，都勢必一落千丈。

然而，常婉瑩和呼延雲兩個接下來的話，卻讓他徹底認識到了，現實的無奈與荒誕。

「當然是朝廷派來的？韓匡嗣兄弟幾個雖然無恥，卻都不是白痴！派刺客來殺你，除了暴露出他們已經沒有勇氣和實力跟你正面交手之外，還能得到什麼？」

「潘軍師抓到了那個縣的李縣尉，對方全都招了。是刺客頭目找到了他，拿著小皇帝的手諭，請他協助刺客為國鋤奸。他想做個忠臣，就把你的行蹤提前告訴了刺客。並在事發當日，將城裡的捕快、弓手和幫閒，都關到了縣衙裡，勒令不准出門一步！」

「這……」沒想到真的是自己手下的將領叛變，鄭子明楞了楞，眼前感覺一陣暈眩。「這沒心肝的混帳。他，他可真算得上殺伐果斷！」

縣尉李義山雖然算不上是他的鐵桿心腹，可也是他一手帶出來的嫡系，功名富貴皆來自於他。然而，此人卻因為一道真假難辨的手令，就果斷倒戈。以此類推，萬一哪天朝廷派大兵壓境，滄州軍哪裡有絲毫的勝算？

「鄭大哥，你，你別跟他一般見識。那廝天性涼薄，其他弟兄們，肯定不會像他一樣。」猜到鄭子明心裡不會好受，呼延雲想了想，柔聲安慰。「潘軍師帶兵入城的時候，根本沒遇到任何抵抗。包括當地的衙役，都對姓李的十分看不起，誰也不肯幫他，讓潘軍師一箭未放就攻入了縣衙。」

「帶隊的刺客姓周，是禁軍裡的都指揮使。他以小皇帝的名義，向李義山許諾，事成之後，至少給姓李的一個上州刺史當。」唯恐鄭子明因為心情鬱悶耽擱了病情，常婉瑩也斟酌了一下言辭，低聲補充。

「這個人沒什麼見識。只覺得朝廷才是最大。」呼延雲的目光在不經意間，落在了常婉瑩的手腕處。聲音頓了頓，繼續補充，「你帶著他對付契丹人，他無懼生死。但對抗朝廷，他就沒等打，就先動了投降的心思。」

不用看，光憑聲音，常婉瑩就敏感地意識到了呼延雲在注意什麼，迅速將手抽回，低聲道：「這也是你崛起太快，根基不穩的緣故。若是換了我父親，每座城池裡，都會有跟過他三年以上的心腹，絕對不會出現這種問題。不說這些了，你先把藥喝了吧！別辜負了呼延妹子一番好心。」

「藥是常家姐姐一味味親手挑揀過的。」呼延雲不肯居功，紅著臉強調。

「不過是過一下手而已。」常婉瑩微笑，看著呼延雲輕輕搖頭。

她的性情原本就不算強勢，呼延雲在這幾天裡又自認理虧，主動退讓。因此，二人之間的敵意，竟以肉眼可見的速度衰退。

鄭子明根本不清楚自己昏迷了幾天，也不知道這些天裡三個女子之間都發生了什麼事情。見常婉瑩和呼延雲兩個你一句，我一句，說得默契。頓時心裡暗暗納罕，笑了笑，低聲說道：「怪我，我應該早就想到，在眾人眼裡，朝廷再差也是正朔。算了，人各有志，誰都無法勉強。師妹，呼延妹子，我一共昏睡了幾天？這些天，辛苦妳們了！」

難得聽他說話語氣如此溫柔，呼延雲頓時羞了個滿臉通紅。低下頭去，以蚊蚋般的聲音回應：「不，不辛苦！你，你才辛苦。你，你既要對付契丹強盜，又要提防朝廷的暗算。你，你比我們三個都辛苦得多！」

「兩個晚上，外加一個半白天！」被呼延雲的小女兒狀，惹得心中一陣痠澀。常婉瑩橫了鄭子明一眼，低聲補充。「沒什麼辛苦的！不過是幫你餵點兒湯水和藥汁，不讓你活活餓死而已。大部分事情，都是呼延妹子在做。我從小沒怎麼伺候過人，這些事情做不來！」

「常姐姐一直陪在你身邊，一天兩夜都沒合眼！」呼延雲聞聽，臉色紅得愈發厲害。搖搖頭，繼續以蚊蚋般的聲音說道，「陶家姐姐雖然恨不得立刻帶兵打到汴梁去找皇帝問罪，這幾天也一直陪著你，直到今天早晨發現你退了燒，才去軍營裡找人商量事情。你的，你背上的弩箭，是她親自動手拔出來的。藥，藥也是她親手所敷。」

「真是難為了妳們三個！」鄭子明不知道自己該說什麼好，偷偷看了看常婉瑩臉色，低聲致謝。「這種事情，其實不必妳們親力親為。交給郎中就行。」

「不，不難為！」呼延雲抬頭快速看了他一眼，紅著臉擺手，「鄭大哥，我們，我們三個都巴不得你早點兒好起來。我們，我們三個，三個都心甘情願伺候你！」

「是妳們兩個，不包括我！」常婉瑩大羞，立刻轉身欲走。

「自家人，何必說這樣客氣話。我若受傷，想必你也會同樣衣不解帶！」門口處，傳來陶三春洪亮的聲音，不小心，居然跟常婉瑩的話頂了個正著。

常婉瑩臉上的羞澀，迅速變成了憤怒。想要拔腿而去，卻又不甘心便宜了眼前這個「不知羞恥」的女人。想要留下，卻又無法忍得心中這口惡氣。剎那間，竟進退兩難。

就在此時，呼延雲轉過身，一把拉住了她的衣服，死死不肯放開，「鄭大哥，常姐姐這幾天，不知道為你哭了多少回。她，她雖然嘴上說得狠，心裡，心裡卻始終裝著你。我，我和陶家姐姐兩個，也，也是一樣！」

「妳，妳放開！誰，誰為他哭來？」常婉瑩掙也不是，不掙也不是。心中的惱怒迅速變成了羞澀，眼淚順著白皙的面頰淋漓而落。

「師妹，師妹妳別哭，別哭。咱們，咱們有話好好說！」鄭子明心中愈發感到愧疚，掙扎著從床上坐起，打算替常婉瑩擦拭淚水。

這下，動作也太大了些！傷口處肌肉被扯動，頓時疼得他一陣天旋地轉，哼都沒哼一聲就再度癱倒，臉孔一片死灰。

「鄭大哥，鄭大哥你怎麼了？你別嚇唬我？」陶三春、呼延雲兩個嚇得魂飛魄散，幾乎同時撲到床前，大聲哭喊，「鄭大哥醒醒，鄭大哥你醒醒。來人啊，快請郎中！」

常婉瑩心中雖然惱恨鄭子明見異思遷，卻遠沒恨到想親眼看到他去死的地步。聽陶三春和呼延雲兩個哭得真切，也趕緊一個箭步擠到了床前。先並攏右手的食指和拇指掐住了鄭子明的人中，然後左手在他胸前緩緩下捋，「石小寶，石小寶，你醒醒，趕緊醒醒！不要嚇唬人，我絕對不會再吃你這一套。」

然而，無論是陶三春和呼延雲兩個的哭喊也好，還是她的命令也罷，鄭子明都充耳不聞。年輕的面孔上，灰敗之色越來越重，越來越重。鼻孔下，也再檢測不到任何呼吸。

「師兄——！」常婉瑩的心裡頭，頓時彷彿萬刀攢刺。兩行熱淚，再度奪眶而出。「你醒醒啊！你不要死。我不准你死。咱們倆的事情，咱們倆的事情不是不可以商量。你趕緊醒過來，趕緊醒醒，我，我不再生你的氣便是！」

「真的？」捋在胸口的手腕，突然被一雙溫暖的大手握住。先前已經沒有了呼吸的鄭子明，迅速張開了眼睛，雙目當中，喜氣洋溢。

「騙子，你這個騙子！」常婉瑩立刻發現自己上當，右手朝著鄭子明肩膀上狠狠捶了一下，掙扎著轉身。

「嗯——」鄭子明背上的傷口再度被扯動，忍不住痛呼出聲。頓時，把常婉瑩嚇得心裡又是一個哆嗦，再也不敢發力將右手掙脫，只能紅著臉，側開頭，堅決不與對方目光相接。

「鄭大哥，你……，人家，人家一直把你當作正人君子！」呼延雲也羞不自勝，狠狠翻了下白眼，氣呼呼地斥責。

「他，他要是正人君子，早就不知道被埋在什麼地方了！」陶三春倒是摸透了鄭子明的脾氣秉性，聳聳肩，冷笑著接過話頭。「常家姐姐，這輩子妳和子明認識在先，家中門第又高，只要妳自己不走，咱自然就不能跟妳相爭。但，但我跟他兩個，也算是前世的孽緣，所以既然這輩子又遇上了，就沒打算過再分開。接下來咱們幾個該怎麼相處，妳，妳說了算！」

後面幾句話，完全是對常婉瑩而交代。雖然說的時候鏗鏘有力，話音落後，卻把她自己的面孔羞得如同蒸過的螃蟹般，紅潤欲滴。原本明亮清冽的眼睛，也迅速被淚水給蒙了起來，扭過頭去，用全身的力氣吸住不肯讓其向外淌。

「我，我也是一樣的！」呼延雲雖然聽不懂陶三春話裡什麼前世今生的來路，卻也知道，現在是解決問題的最佳時機。否則，繼續拖延下去，陶三春還好，背後還有陶家莊和潘家寨的一眾將士們撐腰，不可能被鄭子明踢出門外。而自己，卻是父親死乞白賴硬塞進來的，要家世沒家世，要舊情沒舊情，拖到最後，肯定在內宅裡找不到立足之地。

因此，根本顧不上羞愧，頓了頓，她打起全部精神補充：「姐姐跟鄭大哥認識得早，自然，小妹自然沒膽子跟妳去爭。但，但是鄭大哥是大英雄，我，我自打見到了他，眼睛裡就再也看不進別的男人。若是，若是姐姐不肯容讓這個，小妹，小妹就只能剃光了頭髮，去找個青燈古剎，日日念佛，祝福，祝福鄭大哥和妳兩個……」

說到最後，她忽然不知道該如何繼續表白，只覺得自己心裡痛得厲害，不知不覺，眼淚就淌成了串兒。

常婉瑩的性子原本就不算強勢，他的父親常思和幾個哥哥們，嬌妻美妾也各自娶了一大堆。因此，見了呼延雲的孤苦無依模樣，頓時心腸就變得又酸又軟。緩緩伸出未被鄭子明拉住的右手，在呼延雲的頭髮上輕輕捋了捋，嘆息著回應道：「呼延妹子，妳說什麼傻話。就憑妳這幾天衣不解帶地給他餵飯餵藥，我又怎麼能狠下心腸硬把妳從他身邊趕走？只是，只是他這個人表面上有情有義，骨子裡卻是未必。妳若是嫁給了她，將來少不得要後悔！」

沒想常婉瑩竟然肯接納自己，呼延雲頓時又驚又喜，含著淚，用力搖頭：「不會，不會，鄭大哥是個好人。他這大半年來，身邊，身邊只有陶家姐姐，陶家姐姐和我，從沒，從沒拿正眼，正眼看過別的女人！」

「哼！」常婉瑩抬起手擦了把眼淚，對她的觀點不置可否。轉過頭去再看故作堅強的陶三春，頓時也就覺得此女不再像前幾天那麼扎眼了。於是乎，幽幽嘆了口氣，低聲道：「既然呼延家妹子都可以進門，我再堅持把妳擋在外面，就沒道理了。更何況，我根本擋妳不住。唉，只希望，只希望咱們三個，將來誰也不後悔才好！」

「怎麼會，怎麼會！我絕對不會辜負，辜負妳們三個！」原本還以為自己需要再花費許多時間和力氣才能解決的矛盾，居然就在眼皮底下自動消失，鄭子明頓時欣喜若狂。一隻手繼續拉住常婉瑩的左手腕，另外一隻手熱情探向陶三春，隨即，目光也把呼延雲一捲而入，「有妳們三個，是，是我幾輩子修來的福分。我，我可以對天發誓，這輩子，這輩子不會再找第四，第四個女人。哪怕，哪怕有人用刀子架在我脖子上，也堅決不會！」

「想得美你！」陶三春被他逗得展顏而笑，快步走過去，將自己的手放入他的掌心，「如果，如果再有第四個，我，我就跟她白刀子進，紅刀子出。哪怕本領不濟，死在她的手上。也要，也要讓你難受一輩子。」

「我們兩個，也是一樣！」常婉瑩迅速將呼延雲攬到身側，握住鄭子明的另外一隻手，咬著牙發誓。「已經錯過一次，我不會再給你第二次機會。無論你拿什麼當做藉口！」

能獲得常婉瑩的諒解，把陶三春和呼延雲兩個接進家門兒，已經令鄭子明喜出望外，哪裡還敢有更多的奢求？當即，咧著嘴巴連連點頭，發誓這輩子絕不再做他顧。

常婉瑩、陶三春和呼延雲三女，也個個都是絕頂的聰明。知道以目前這種情況，根本不可能將另外兩人從鄭子明身邊趕走，所以儘管心裡還藏著疙瘩，卻也都勉強接受了事實。

接下來養傷的日子，鄭子明就過上了神仙一般的生活。政務上的事情有常婉瑩幫忙出謀劃策，軍務上的事情有陶三春幫忙全力維持，家裡頭的事情有呼延雲代為出手張羅，裡裡外外，都不用他操什麼心。等到傷口痊癒，整個人看上去竟又粗了一大圈兒，連已經被曬成了古銅色的面孔，也重新白嫩了起來。

「怪不得那些豪門大戶，孩子才十一二歲就張羅著說媳婦呢，這內宅中有女人照顧和沒有女人，就是不一樣！」見不得在大傢伙都累脫了形之時，鄭子明卻獨自一個人被養得白白胖胖，潘美逮著他傷癒後第一次出來議事的機會，酸溜溜地打趣。

「那你們家給你說了幾個？」鄭子明人逢喜事精神爽，立刻抓住潘美的語病笑著反擊。

「我當年忙著讀書，不，不是，我們家在當地根本算不上什麼大戶。嘶，你們別笑，我說的豪門大戶是汴梁城內那些公侯之家，比如，比如大人的那兩個義兄……，你們，你們笑什麼呀你們！我家真的沒給我預備媳婦！」潘美被問了個猝不及防，紅著臉，大聲分辨。

結果，他不分辯還好，一分辯，反而成了欲蓋彌彰。讓周圍的陶勇、李順等人，個個笑得連連捧腹。

大傢伙都是鄉親，彼此之間最遠不過隔著兩道山梁，誰還不清楚誰家裡和小時候那點兒狗屁事兒。如果潘家在當地還算不上大戶的話，整個定州，恐怕九成以上的人家，都可以視為赤貧。而潘家連續幾代，子嗣都不算興旺，家中長輩，又怎麼可能不早早地給潘美張羅媳婦？只是某人當年心裡頭一直惦記著娶自家表姐，對尋常脂粉都看不上眼而已，否則，恐怕現在早就眾美盈門，兒女繞膝了！

「嗯，嗯哼，嗯哼！」還是陶大春厚道，唯恐自家表弟潘美臉嫩，被笑得無法下臺。先用力咳嗽了幾聲，然後板起臉來提醒：「行了，大夥先別忙著拿軍師取樂。先說正經事！最近幾天，河對岸的幽州軍調動非常頻繁。而每年夏末秋初，對咱們滄州來說，都是煮海收鹽的最好時節。如果咱們不提前做好防備，萬一給幽州軍給盯上，恐怕會被打個措手不及！」

話音落下，眾人立刻再顧不上調笑潘美，一個個眉頭緊皺，義憤填膺。

「奶奶的，這群王八蛋，煮鹽又不是什麼難事兒。他們幽州也不缺柴禾？」

「才跪了幾天契丹皇帝，就真把自己當契丹人了。什麼正經事都不肯去做，全指望著搶？」

「又要砍柴，又要燒水，還得防著老天爺突然下暴雨。當然不如搶得痛快！」

「來就來，老子正恨上次殺得不夠痛快！」

「問題是，刺客已經確認是朝廷派過來的。萬一咱們跟幽州軍拚個兩敗俱傷之際，朝廷……」

打仗，大夥還真的不怎麼怕。去年冬天在李家寨，就已經跟幽州軍較量過不止一次。那時大夥的手底下，滿打滿算只有兩千多鄉勇，糧草軍需也不算太充裕。而現在，吞下了地方團練之後，李家寨鄉勇已經變成了滄州軍。規模、實力和後勤供應，都令當初的鄉勇隊伍望塵莫及！

然而，大夥卻無法不怕，自己在前方跟幽州軍激戰正酣，後方卻被朝廷的兵馬抄了老窩。畢竟，小皇帝劉承佑連當街行刺這種齷齪勾當都做得出，怎麼還會拉不下抄自己人後路的面皮？

只是，義憤歸義憤，按眼下的情形，大傢伙還真找不到太好的應對之策。除非立刻扯旗造反，把滄州獻給遼國。那樣的話，至少能保證自己不會遭到幽州軍和朝廷的前後夾擊。可是，真的那樣做了，大傢伙恐怕立刻就要與呼延琮、韓重贇等故交兵戎相見，小皇帝劉承佑以前所做的種種齷齪事，都變成了有先見之明，努力防患未然！

「要不然，子明你給你義兄寫封信，請他幫忙運作一二？」老長史范正來得晚，對朝廷的成見不像大夥那樣深。側著耳朵聽了一會兒，忍不住低聲提議。

「恐怕郭樞密如今的日子，也不太好過！」鄭子明聞聽，立刻輕輕搖頭，「義兄原本來信說，最近打算帶著郭氏的商隊一起到滄州轉轉。結果半路上，他又寫了一封信來跟我道歉，說家中有事，需要他立刻返回去！」

「是在你遇刺之前，還是遇刺之後！」老長史范正聽得心裡一哆嗦，本能地大聲追問。

「第二封信的書寫日期，是在我遇刺之前。我接到信，則是在醒來之後。」鄭子明知道對方為何有此一問，笑了笑，不緊不慢地補充。「因為兩封都是私信，所以就沒讓大夥知曉！」

雖然在病榻上躺了半個多月，但是在這段時間裡，一些比較重要的公務，陶三春和潘美等人處理之後，都會主動向他彙報。因此，今天雖然是他傷癒後第一次召集大夥議事，卻沒露出半點兒緊張和生疏。

這種鎮定自若的心態，很快就影響到了周圍的人。眾文職和武將們在發洩了一通之後，紛紛平靜下來，陸續說道：「那肯定是在你遇刺之前他就半路返了回去。想必他家中那邊，遇到的麻煩事情不小。」

「郭樞密一個人處理不過來，還需要把郭大哥也調回去，事情怎麼可能小得了？咱們這邊，這種時候，最好還是別再給郭大哥添麻煩了。」

「郭樞密院也難，身為托孤重臣，卻遇到了一個比阿斗混蛋十倍的小皇帝。」

「阿斗還好了，好歹不會嫌諸葛亮礙事。汴梁城裡頭那個混帳貨，未必忍得了事事都必須通過郭樞密和另外四個老不死的顧命大臣！」

最後一句，可謂畫龍點睛。頓時，就令屋子裡的陽光驟然一暗，所有人耳朵，都隱約聽到了雷聲滾滾。

「你，你說什麼？順子，你再說一遍？」潘美第一個回過神，三步並作兩步衝到說話者面前，大聲追問。

「我，我說，我的意思是，皇上比阿斗還要混蛋十倍！」李順被問得滿頭霧水，皺著眉頭大聲補充。

近三十年來，皇帝換了一任又一任，諸侯殺帝王如宰雞。所以，尋常武將也拿皇帝不太當回事兒。特別是劉承佑這種專門給自己人背後捅刀子的皇帝，更是得不到大傢伙的辦法尊重。

所以，李順兒罵起皇帝時，根本不在乎被人聽見。更不在乎，把話說得更直接一些。誰料潘美想要的，卻根本不是他的本意。用力晃了晃胳膊，大聲喝令：「不是這句，你的原話，我要你把剛才的原話再說一遍。」

「我，我是說……」李順被逼得額頭見汗，皺著眉頭回憶了一下，大聲重申：「我是說，阿斗雖然混蛋，卻不夠歹毒。不會想方設法去害諸葛亮的性命。而劉承佑那混帳，既然敢派刺客來殺防禦使，就敢派刺客暗殺五個顧命大臣。比起防禦使，五個顧命大臣更讓他覺得礙眼！」

「轟隆——」眾人耳畔，又是驚雷滾滾。

怪不得郭榮忽然半路返回了汴梁，並且從鄭子明遇刺到現在都沒有音訊。能讓他連結拜兄弟死活都顧不上的，恐怕只有長輩的安危。而鄭子明能走到今天這一步，很大程度上都要歸功於郭家的傾力扶持。滄州軍從誕生那一天起，不管大傢伙願意不願意，也都打上了郭家的烙印。中原各方勢力，無論誰要對付滄州，都必須顧忌郭威的態度。想要避免郭威的報復，最好的辦法，恐怕就是將鄭子明和他同時幹掉！

皇帝派刺客暗殺樞密使！這種事情，恐怕是古往今來的首例！而郭威與史弘肇，常思兩個，都算得上是生死兄弟。史弘肇與常思，又與郭威一樣，都手握重兵。

所以，無論刺客是否得手，接下來的日子裡，汴梁城內，恐怕都要血流漂杵。

汴梁城內一旦亂了起來，緊跟著，才穩定了不到半年的中原，立刻就會動盪不堪。對遼國來說，這又是一個無法拒絕的南下良機。如果錯過，怎麼對得起小皇帝劉承佑的一番良苦用心！

「子明，把咱們從刺客同夥嘴裡問出來的口供，立刻送一份去汴梁。以你刺史兼防禦使的名義正式送，直接走驛站，不用再給朝廷留顏面！」沒等眾人從震驚中緩過神，潘美的聲音，再度於大傢伙耳畔響起，震撼度，絲毫不亞於外邊的風雷，「然後趕緊下令，讓所有將士歸隊。不用再等到收鹽的時候了，本月之內，漢遼兩國之間，必有一戰！」

隨著鄭子明的職位越來越高，大夥已經很少再直呼其名。即便以官職相稱，通常也會自動加上大人為後綴，以示尊重。

所以，當「子明」兩個字，在潘美口中突然出現之時，在場所有文武，幾乎俱是微微一楞。旋即，每個人臉色，都變得格外的凝重。

鄭子明本人，也知道潘美能急得顧不上小節，肯定非同小可。因此，稍作斟酌，便大聲做出決斷：「好，就依仲詢之見。咱們早做提防，也省得事到臨頭被弄得手忙腳亂。」伯陽，你下去後，立刻著手收攏各營兵馬。同時朝河對岸加派細作，盯緊幽州軍的一舉一動。文長公，遣信使將刺客的供狀遞送朝廷的事情，就麻煩您老！」

「遵命！」陶大春和范正起身，一併肅立行禮。

「其他人安排照舊，咱們外鬆內緊，儘量以不擾民為要！」鄭子明向二人點點頭，繼續大聲吩咐。

「是！」眾文武齊齊起身，拱手領命。

「仲詢，你回去後收拾一下，明日起，跟我繼續去巡視下面的縣城和堡寨。」揮了下胳膊示意大夥自便，鄭子明再度將目光轉向潘美，沉聲命令。

「什麼？」潘美身子打了個明顯的踉蹌，轉過臉，愕然反問：「還去啊？你背上的弩傷可是剛剛結痂！」

「這回多帶些人馬就是！怎麼也不能因為受了傷，就半途而廢！」鄭子明笑了笑，斬釘截鐵地答道：「況且海邊上有幾個緊要地方，我早就想過去親自看看。」

「那倒是！」潘美知道再勸下去也不會有效果，悻然點頭，「去去也好。滄州這地方，據說每年都不少向外販運私鹽，可在賬面上卻見不到幾文錢的鹽稅。趁著幾個大鹽梟都被你宰了，新的鹽梟還沒站穩腳跟，咱們去巡視一圈兒，至少能讓府庫多一些進項！」

「嗯！」鄭子明也笑了笑，對潘美的說法算是默認。然而，在他內心深處，卻再度湧起一股強烈的衝動。大海，可不止是光產私鹽。木材，也不止是光用來燒火。萬頃碧波之上，數百年前，就有人能駕舟直抵扶桑。遼東比扶桑近了至少三分之二，能抵達扶桑的客船，絕對可輕鬆抵達遼東……

第二天一早，潘美帶著兩個營的兵馬，將鄭子明護在了隊伍正中央，浩浩蕩蕩殺向了海邊產鹽區。老長史范正，也將親手替刺客精心潤色過的供狀，交給了一隊信使，風馳電掣趕往了汴梁。

三日後，信使抵達汴梁城內，按照正常途徑，將供狀呈給中書省。中書省當值小吏見了內容之後，頓時被嚇了個汗流浹背，不敢做任何耽擱，一溜小跑就又將供狀送到了宰相楊邠案頭。

楊邠讀罷，也嚇出了一身冷汗。趕緊找到了史弘肇、王章和蘇逢吉，跟他們三人一道入宮請求面聖。同時派人將供狀抄了一份，送到正因墜馬受傷在家中休養的郭威手中。

「這，這十有八九是，是刺客胡言亂語！」儘管心裡頭明白是怎麼回事兒，宰相楊邠，依舊不希望君臣之間的衝突被激化到不可挽回的地步，一邊向內宮走，一邊低聲跟史弘肇、王章和蘇逢吉三個勾兌。

「肯定是胡言亂語。那小吏分明就是受了遼國人的收買，然後臨死之前，倒打一耙。以期能離間我大漢君臣！」吏部尚書蘇逢吉一邊擦汗，一邊迫不及待地點頭。唯恐自己說得慢了，讓史弘肇被「遼國的死間」所「蒙蔽」。

三司使王章，早已不問政事，連財政大權都拱手讓給了郭允明，當然更不希望君臣之間刀兵相見。猶豫半晌，昧著良心在一旁補充道：「我昨日還去看過郭樞密，他只是說出打獵，不小心從馬背上摔了下來。根本不是民間傳言所云，遭到了大群刺客的圍攻！」

「如此說來，姓鄭的小子和郭家雀兒兩個幾乎同時遇刺，乃是巧合嘍？」史弘肇根本不肯買其他三人的賬，猛地將腳步一停，回過頭來，冷笑著質問。

「巧合，絕對巧合！」蘇逢吉被問得心裡打了個哆嗦，立刻點著頭大聲回應。

話音落下，他才發現，自己的回答非常成問題。趕緊又用力將頭搖了幾下，灰頭土臉地遮掩，「巧，巧合的只是，他們兩個都受了不輕的傷。但，但一個是被遼國刺客所刺，一個是打獵時不慎墜馬。根本不能往一塊扯！」

「扯你個雞八蛋！」史弘肇忍無可忍，一晃肩膀，將蘇逢吉撞了個四腳朝天，「我跟郭家雀兩個並肩作戰多年，只見過他掄刀策馬，在敵軍殺進殺出，卻從沒見過他從馬背上掉下來。如今不打仗了，他卻忽然落馬摔傷，怎麼可能沒有半點而貓膩？」

「也，也許是巧合吧！」王章雖然沒有被史弘肇直接針對，也羞得面紅耳赤，向旁邊側了側身子，結結巴巴地狡辯。

「你，你怎麼不說他是喝水不小心嗆裂了肺！」史弘肇猛地將頭轉向他，大聲冷笑。「姓王的，沒想到你居然是這種人，跟小皇帝一道巴不得大傢伙早死！」

不像郭威，半途中重新撿起了書本，言談舉止當中儒將氣息十足。史弘肇從小到老就沒摸過書本兒，因此發起怒來，滿臉絡腮鬍子根根扎起，雙眉倒豎，虎目當中殺氣四溢。

「這，這……」王章被撲面而來的殺氣驚得後退半步，嚅囁著嘴唇無言以對。

事實上，只要不是真傻，滿朝文武，都知道郭威受傷受得蹊蹺。然而，這朝廷畢竟姓劉，臣子們再有委屈，也不能去皇宮裡頭追凶。否則，君臣之間，除了束甲相攻之外，還有什麼其他選擇？

如今之計，最妥善的辦法，是雙方各退半步。五顧命將手中權力主動交還給皇帝一部分，皇帝從內宮中隨便推個人出來頂刺客的缸，然後，雙方彼此繼續相安無事，直到下一次實力再度失去平衡，後者其中一方再度不安於現狀。

然而，他這份心思，卻不可能得到其他四個顧命大臣的響應。首先，在史弘肇眼裡，皇上就是個永遠長不大的頑劣後輩。保其穩坐龍椅可以，卻絕不能由著此人性子來。其次，蘇逢吉最近已經倒向小皇帝劉承佑，不會再跟其餘四個人共同進退。再次，郭威無緣無故挨了一通亂刀，不可能立刻就表示讓步。否則，就意味著小皇帝的刺客戰術卓有成效，可以再接再厲！

正進退兩難間，耳畔忽然又傳來了蘇逢吉的厲聲慘叫：「哎呀！疼，疼死我了。史樞密院，蘇某好歹也是一樣的顧命大臣！你我雖然政見不合，你，你卻不該如此侮辱於我！」卻是此人，聽到內宮裡頭好像有了動靜，趁機打算跟其餘幾名顧命大臣劃清界線。

「一味地逢迎討好，你也配得上顧命二字？」史弘肇恨他骨軟身子輕，向前跨了一步，單手下指，「先帝以國事相托，是期待我等輔佐少主，早日一統天下，重建太平。而除了討好逢迎之外，你什麼時候給少主出過一個好主意？若滿朝文武都變成你這樣的佞倖之輩，咱們大漢國不被別人給滅了就燒高香了，還指望什麼蕩平群雄，九州一統？」

「哎呀，哎呀……」蘇逢吉被他數落得心裡發虛，用手臂遮住臉和眼睛，繼續慘叫不止。

「化元，內宮門口，咱們最好不要高聲喧譁！」宰相楊邠實在看不下去，走到二人之間，低聲勸阻。

「出來又怎麼樣。就是當著皇上的面兒，我一樣揍他！」史弘肇急火攻心，根本聽不出楊邠話語裡的回護之意。揮舞著胳膊，大聲咆哮。「他們做得這種鳥事，難道還怕老夫來說？你讓開，看我今天如何收拾這個軟骨頭！」

「哎呀！」就在此時，宮門被人從內部奮力推開，樞密院承旨，右衛大將軍聶文進帶著二十幾名禁衛，大步衝了出來。先俯身從地上將蘇逢吉扶起，然後皺緊眉頭，對著史弘肇輕輕拱手，「史樞密，此乃內宮門口，請多少給大夥留點兒顏面！」

「留你娘的蛋！」他不出來攙和還好，一攙和，史弘肇頓時愈發怒不可遏。又朝前跨了一大步，掄起鉢盂大的拳頭，照著鼻梁骨上就是一記重錘，「臉是自己掙的，不是別人留的。他蘇逢吉如果一心為國，兩袖清風，老子給他下跪都來不及，哪來的膽子加害於他？既然自己犯賤在先，就別怪旁人拿你們不當東西！」

「哎呀——！」聶文進沒想到史弘肇連自己也敢捶，被打了像眼前金星亂冒，鼻血長流，後接連踉蹌數步，全靠著禁衛們的攙扶及時，才勉強沒有栽倒。

這下，他臉上可真掛不住了。站穩身形，一手捂住鼻子，一手緊按刀柄，「樞密使大人，末將可是肩負護衛禁宮之責。在宮門口毆打末將，你應該知道此舉意味著什麼！」

「意味著，你這小王八蛋欠揍！」史弘肇追上前，兩隻鉢盂大的拳頭毫不猶豫地朝著聶文進臉上猛砸，「有種，有種你就拔刀啊。看老夫赤手空拳收拾不收拾得下你？護衛禁宮，你還想起護衛禁宮之責來了。這兩年，哪怕你盡到半點兒責任，也不會容忍什麼那些賣屁股的兔兒爺半夜往禁宮裡頭鑽兒。老子平素對你等睜一隻眼閉一隻眼，是不願讓老哥哥在天之靈蒙羞，卻不是真瞎！如今既然你們這幫賣屁股的給臉不要，老子又何必替你們操那閒心？拔刀，有種你就拔刀，或者叫禁衛們一起上來拿下老夫。看老夫就憑這一雙拳頭，能不能將你們全都活活打死！」

聶文進的身手原本在劉漢國內也能排得上號，否則也不會受到劉承佑的重視，大力扶植起來跟老帥們抗衡。然而，最近一年多來，特別是掌管禁軍以來，他卻把全部心思都花在了如何討小皇帝歡心上，根本沒認真打熬筋骨，因此支撐了沒幾下，就被史弘肇給砸翻在地，腰間的佩刀也摔出去了老遠。

與聶文進一道出來的禁衛們也都跟著吃了不少幾拳，忍不住心頭火起。大喝一聲，就試圖拔刀。然而剛剛將刀身拉出一半兒，不遠處，忽然傳來一陣金屬鏗鏘，卻是史弘肇的貼身侍衛們，怕自家老帥遭了毒手，齊齊上前數步，在宮門口結成了一個進攻陣形。

「別，別動刀子！小心，小心驚了聖駕！」宰相楊邠嚇得魂飛魄散，趕緊把身體一橫，擋在了幾個冒失的宮廷禁衛面前，「放肆，把刀收回去。史樞密脾氣雖然急，卻是國之干城。連陛下對他都會容讓一二，爾等豈能對他動刀動槍！」

即便他不給臺階下，那幾名禁衛也知道此刻自己絕對討不到任何便宜。因此趕緊將佩刀插回了鞘內，接連後退數步，用身體堵住宮門，「我等並非敢對樞密使大人不敬，乃，乃是職責所在！」

「對，對，他們不是對樞密使拔刀，而是不敢放任何人衝擊內宮。得罪之處，還請諸位大人見諒。」聶文進也趕緊打了個滾兒，躲到了禁衛們身後，大聲解釋。

宰相楊邠冷冷地看了聶文進一眼，轉過頭，向著臉色鐵青的史弘肇拱手為禮，「樞密使可曾氣消了？若是心中仍有餘怒，不妨也捶楊某幾下。反正楊某這一把老骨頭也沒幾天好活了，不妨死在你手，也落個乾脆俐索！」

「你這老匹夫，早晚會追悔莫及！」史弘肇跟他交情頗深，不願誤傷同僚，撇了撇嘴，大聲冷笑。

「老夫是大漢國的丞相！」楊邠看了他一眼，嘆息著補充。

他也曾經在戰場上滾打多年，絕非手無縛雞之力的純粹文官。因此剛才在幾個宮廷禁衛拔刀之時，已經敏銳地感覺到了殺氣。然而，此時此刻，作為一國宰相，他卻只能盡自己最大努力去化解衝突雙方的敵意，而不是憑著直覺去火上澆油。

九州未能一統，契丹在外虎視眈眈。朝廷不能亂，否則，非但會令親者痛，仇者快。剛剛過上沒幾天安穩日子的中原百姓，又要血流成河。

「我等，終究受了先皇知遇之恩！」三司使王章，也上前數步，嘆息著從地上扶起了吏部尚書蘇逢吉。「君有過，可諫之，卻不可強之。」

「哼！」見王章也不支持自己繼續將事情鬧大，史弘肇冷哼一聲，轉身擺手。

「嗆啷！」「嗆啷！」「嗆啷……」兵器入鞘聲響成了一片。史府親衛們狠狠地收起刀，轉身徐徐後退。

直到此刻，聶文進的魂魄，才終於掉回了軀殼內。抬手擦了把臉上的血，訕訕說道：「史樞密，方才晚輩一時情急，還請您老海涵則個。其實，其實晚輩一直對您老仰慕得很，心中絕無任何敵意！」

「有又如何？史某巴不得你有！」史弘肇轉身看了他一眼，滿臉不屑。然而，終究沒有衝過來繼續老拳相向，而是用眼睛的餘光稍稍朝著宮門內掃了掃，換了稍微緩和些的語氣喝道：「誰在門後，藏頭露尾算什麼玩意？是想向皇上表忠心，還是想替姓聶的抱打不平，儘管自己放馬過來！」

「樞密使不要誤會，是，是下官！」門背後人影搖晃，走出了兩個年輕且秀氣的面孔。越過兩股戰戰的眾禁宮侍衛，朝著史弘肇等人鄭重行禮，「三司副使郭允明，見過樞密使和諸位大人！」

「金吾將軍李業，見過樞密使和諸位大人！」

「你們兩個狗賊，又在宮裡唆使皇上不務正業！」史弘肇一見這二人，剛剛落下去的怒火，瞬間再度衝破腦門。跨步上前，抬腿就踹。

「化元切勿莽撞！」宰相楊邠攔了一下沒攔住，眼睜睜地看著史弘肇一腳一個，將國舅李業和小皇帝的寵臣郭允明踢翻在地。隨即，又一腳接著一腳，朝著二人的身體上猛踹不止。

「狗賊，你們兩個賣屁眼兒的狗賊。先皇眠沙臥雪十數年，好不容易才積攢下這麼大一片基業。你們兩個狗賊受了先皇洪恩，卻不思回報，只是一心想著曲意逢迎，穢亂禁宮。老夫今天豁出去一死，乾脆替先皇清了君側！」一邊踢，史弘肇一邊破口大罵。聲若響雷，隔著兩里地，恐怕都能聽得一清二楚。

「冤枉，卑職冤枉！」國舅李業身子骨差，一邊吐血，一邊哭喊著滿地打滾兒。

郭允明雖然也是文官，卻從小歷盡非人折磨，因此接連挨了十幾腳，居然既不躲避，也不求饒。只是咬著通紅的牙齒，低聲道：「打得好，打得好，反正你史樞密重兵在握，即便衝進皇宮裡行廢立之事，也是易如反掌。更何況無罪誅殺忠臣，以剪除陛下的心腹羽翼？」

「你放屁！」史弘肇被他說得身體一僵，抬在半空中的腳，立刻無法再落得下去。

的確，郭允明是靠著做兔兒爺上位。而李業，則是靠著時不時地向小皇帝進獻春宮之物，才日漸受寵。然而，這些事情，卻都屬皇家的隱私，群臣聽得到，看得見，卻誰都未曾拿到朝堂上公開商量該如何處置。如果今天他史弘肇將郭允明和李業兩個失手給打死了，那就真坐實了「無罪誅殺忠臣」的指控，非但得不到百官的支持和理解，跟皇家之間的關係，也必將徹底無法挽回。

造反，史弘肇可以拍著胸脯說，自己從來都沒想過。他只是受了劉知遠的臨終托孤，試圖做一個諸葛亮或者周公旦那樣的忠正老臣罷了。如果小皇帝英明神武，他也許會痛快地放棄權力，告老還鄉。而小皇帝越是任性胡鬧，他越是時刻不敢放鬆。唯恐自己稍有疏忽，就辜負了老哥哥劉知遠的知遇之恩。

所以，今天接到來自滄州的刺客口供之後，他才迫不及待地聯合楊邠、王章和蘇逢吉三個，進宮來向劉承佑核實。所以，在看到蘇逢吉睜著眼睛說瞎話，李業和郭允明像逛窯子一樣出入內宮，他才怒不可遏。所以，明知道郭威和鄭子明的先後遇刺，都肯定與小皇帝有關聯，他心中依舊存著一份奢求，希望小皇帝是受了郭允明和李業等人的蠱惑，才一時衝動出此下策。只要自己擺出叔父的架子，狠狠敲打一番，整治一通，就能讓劉承佑迷途知返。

然而，接下來發生的事實卻證明，他的奢求是何等的虛妄！

沒等他決定，是繼續給郭允明來幾腳狠的，還是就此罷手，宮門內，猛地衝出了一個單弱的身影。分開呆呆發楞的禁衛，合身與郭允明撲到一起，「住手！史叔父，你要殺，就乾脆將朕一起殺死了乾淨。他們從沒唆使過朕，所有事情，都是朕的主意，朕一力承擔！」

「你……」史弘肇頓時眼前一黑，身子晃了晃，接連後退了兩三步，才勉強站穩。

「朕自己的主意，刺客是朕派的，與別人無關！」劉承佑雙手將郭允明抱在懷裡，眼淚滾滾而下。「朕就是看不慣，他一個前朝皇子，只是改了名，換了姓，就能逼得朕裝作什麼都不知道，一而再，再而三地給他加官進爵。朕不想養虎為患，但朕若是無緣無故治他的罪，你們肯定又會攔著。所以，朕不得已，才出此下策！」

「陛下，陛下，微臣，微臣粉身碎骨，亦無以為報！」郭允明聽得心中發酸，含著淚，低聲嗚咽。

刺客是他親手派出去的，行刺失利的消息，也早就傳回了汴梁。只是，他萬萬沒想到，鄭子明那廝居然不按常理出招，把此事公然給捅到了檯面兒上。所以，剛才接到中書省內眼線的緊急密報，說四個顧命大臣即將聯袂入宮之後，他和劉承佑等人被打了個措手不及，只能一邊思考對策，一邊派聶文進先到宮門口找機會拖延時間。

第二個他萬萬沒想到的是，史弘肇這個老匹夫，居然連說瞎話耽誤功夫的機會都沒給聶文進，直接動了拳頭。

如果他和劉承佑再繼續拖延下去，萬一聶文進被逼得忍無可忍，提前帶領禁衛與史弘肇束甲相攻，恐怕最好的結局，也是兩敗俱傷。

禁衛們能殺掉史弘肇，卻殺不掉楊邠和王章，更沒機會和藉口殺死郭威。而郭威所部數萬凱旋而歸的將士，此刻就駐紮在城南五里的大校場。只要有人一聲令下，攻破皇宮易如反掌！

所以，郭允明不得不跟李業聯袂出現，接替聶文進，承受史弘肇的怒火，以免聶文進衝動起來，提前暴露了皇宮裡的密謀。

所以，當第一腳被史弘肇踢中之後，郭允明就已經豁了出去，準備用自己的性命為代價，潑史弘肇滿身污水。令後者失去道義上的高度，被迫暫時偃旗息鼓，從而給小皇帝劉承佑爭取更多的準備時間。

然而，讓郭允明今天第三次萬萬沒想到，也出乎了所有人預料的是，平素一向沒擔當的劉承佑，居然主動衝了出來，當著所有人的面兒，把責任攬到了他自己頭上。實話實說，他就是想要鄭子明死，就是因為擔心五個顧命大臣的阻攔，才親自派出了刺客！

這下，內宮門口，立刻亂成一鍋粥。

有人羨慕，有人感動，有人震驚，更多人，卻是徹底的絕望。

人不要臉，神鬼莫敵。古往今來，一向如此。

足足楞了小半炷香時間，受命托孤重臣史弘肇，才抬手擦掉了嘴角處的黑色瘀血，瞪圓了眼睛再度發問：「你真的承認是你派的刺客？包括郭樞密在城外遇刺之事，也是你的安排？」

「史叔叔欲尋小侄的錯，何必找如此爛的藉口？」劉承佑將懷裡的郭允明緊了緊，梗著脖子道：「小侄是怕養虎為患，才迫不及待派人去刺殺那鄭子明。至於郭叔父，小侄還指望著他帶兵替小侄掃蕩群雄，一統天下呢。怎麼可能大業未成，就自斷臂膀？」

「這……」史弘肇被問得楞了楞，一瞬間，竟然有些精神恍惚。

狡兔未死，怎麼可能烹掉獵犬？天下未定，怎麼可能誅殺良將？如今大漢國北有契丹、南有李唐、西有孟蜀、党項，除了東面的大海之外，可謂強敵環伺。這種時候做皇帝的不去高築黃金臺，廣納天下英才，反而將自己麾下的蓋世良將置於死地，他，難道是嫌江山坐得太長了嗎？注一

「是小侄所做，小侄絕不否認！」見自己的狡辯奏效，劉承佑心中暗喜，把脖子一梗，索性變本加厲，「但不是小侄所做，小侄也不能任由別人栽贓。史叔父，各位大人，外界的傳言，小侄也曾經聽聞一二。然而小侄卻以為，謠言止於智者。」

「嗯！」史弘肇被噎得喘不過氣來，心中的疑慮更濃。

對劉承佑的品行和能力，他早已失望到了極點。然而，他卻從沒懷疑過劉承佑的聰明。相反，在他印象裡，劉承佑從小就工於心計且殺伐果斷，否則，也絕不可能在神不知鬼不覺間，就幹掉了他的長兄劉承訓，變成了繼承劉氏江山的唯一選擇。

「陛下言重了，臣等亦非懷疑陛下。只是兩件事前後腳發生，實在，實在過於巧合。」與史弘肇一道被繞

暈了頭的，還有宰相楊邠。只見他上前數步，躬身行禮，「所以，所以臣等才想請陛下出面駁斥一番，以正天下視聽！」

「駁斥什麼，清者自清，濁者自濁！」劉承佑放開郭允明，起身，甩袖，做不屑一顧狀，「若是有人說幾句瞎話，朕就出來自辯，朕哪還有功夫處理國事？每天光是為了自辯，就把自己累得筋疲力盡！如此，豈不正中了造謠者的下懷？朕不上當，朕還沒有那麼蠢，被人牽著鼻子走！誰要是想指控朕，很簡單……」

將史弘肇死攥在手裡的供狀，劈手奪下，劉承佑笑著抖了抖，大聲補充：「就像鄭子明這樣，拿供詞，拿人證和物證。只要拿得到，朕絕就承認，絕不抵賴！！」

「這……」宰相楊邠也沒了詞，臉色微紅，額頭上虛汗亂冒。

這年頭，官府審賊，還講究個口供和證據呢。劉承佑身為大漢天子，難道待遇連個蟊賊都不如？可只要劉承佑死不認帳，普天之下，哪個衙門能問到他的口供？哪個衙門，又敢確定襲擊郭威的刺客一定來自於皇宮？

「朕以為，此時此刻，諸卿身為我大漢國的棟梁，應該做的事情，是追溯謠言的源頭，讓真相大白於天下。而不是胡亂聽了幾句傳聞，就來強闖禁宮，要朕自證清白！」劉承佑的心裡頭，也吃定了天底下沒人敢對自己刑訊逼供。趁著史弘肇和楊邠兩人被自己繞得暈頭轉向之機，果斷倒打一耙。

「臣知罪，請陛下責罰！」話音剛落，禮部尚書蘇逢吉立刻躬身齊膝，雙手抱拳大聲謝罪。

「陛下所言甚是，臣等，臣等今日的確莽撞了！」中書侍郎王章亦偷偷鬆了口氣，緊跟在蘇逢吉之後躬下身子，向劉承佑賠禮道歉。

能不起束甲相攻，還是各退一步為妙。身為大漢國的柱石，他認為自己和其他幾位顧命，必須有肚量

注一、黃金臺，古代燕國缺乏人才，燕昭王便聽從謀士之言，築黃金臺一座，招募天下豪傑。從而招來了樂毅、鄒衍等賢能，短短幾年之內，便令燕國實力大增。

和擔當，承受這些委屈。

「臣，臣……」宰相楊邠猶豫再三，不知道接下來自己該如何選擇。

劉承佑的話，未必為真。樞密郭威和防禦使鄭子明先後遇刺，也未必就是巧合。然而，將這兩件事都與皇宮聯繫起來所需要的勇氣，卻遠遠超過了他楊邠所具備。將真相大白於天下的代價，也遠遠超過了目前大漢國所能承受。

「也罷，你說得對，老夫，老夫的確沒資格來審問你！」親眼目睹了王章和楊邠兩個的表現，史弘肇好生失望。又抬手擦了擦嘴角被氣出來的瘀血，咬著通紅的牙齒說道：「只要你不認帳，這天下，就沒人審得了你。可你手裡的供狀，你又怎麼說。身為皇帝卻行刺手下臣子，你就不怕被天下人所笑？」

「史樞密責問得對，此事的確是朕做得急了！」早就知道史弘肇不會輕易罷休，劉承佑笑了笑，躬身施禮，「然而，三年不到便從無家可歸的孤兒，變成了手握大軍的一方強藩，誰能保證，此子將來不會成為我大漢國的心腹之患？他功勞大，做事也八面玲瓏，朕想不到任何辦法可不受掣肘地拿下他，所以，才出此下策！」

「你……」史弘肇被氣得嗓子眼兒一陣發甜，憋了又憋，才避免了再度當眾吐血。

劉承佑卻絲毫不覺得自己行為有什麼錯誤，聳聳肩，繼續振振有詞地說道：「史樞密若是覺得朕冤枉了他，不妨下一道手令，讓他巡例來汴梁述職。若是他肯來，朕就當面向他，向諸位愛卿謝罪。從此對他一視同仁，絕不再懷疑他的忠心。可是如果他不來，史樞密，諸位賢卿，不知道爾等屆時可有良策應對？」

「呃……」話音落下，又將眾人噎得胸口發堵，脊背上一陣冰涼。

對於邊境上手握一定數量兵馬的諸侯，朝廷所採取的策略，向來都是拉攏羈縻為主，很少用召回汴梁述職這種手段，試探他們的忠心。否則，一旦對方出於疑慮，舉城投降契丹，就會將朝廷逼到一個極為尷尬的境地：派兵打，未必打得贏遼軍。默認事實，則導致其他諸侯紛紛效仿，十數郡縣，轉眼脫離版圖！

所以，無論是對於見了遼軍就跑的孫方諫兄弟，還是對於跟幽州眉來眼去的高彥輝，朝廷都從不加以苛責。對於驍勇善戰的折從阮、楊信等輩，更是高官厚祿，拉攏有加。如果偏偏到了鄭子明這兒，就打破慣例，另眼相待。恐怕不用問，大夥就知道什麼是必然結果。

「怎麼，諸位也不敢保證他會奉詔嗎？還是怕他不奉詔後，令爾等難做？」見眾人被自己逼得遲遲接不上話，劉承佑撇了撇嘴，繼續大聲冷笑。

「陛下既然有命，臣召他回汴梁來面聖便是！」史弘肇被逼得無路可退，一咬牙，大聲許諾。「他如果膽敢不奉詔，臣自當提一支兵馬，蕩平滄州。」

「當真？」這回，輪到劉承佑發楞了。歪著頭，一眼不眨地看著史弘肇，試圖猜測後者到底是不是被自己氣糊塗了，才做出如此愚蠢的決定。

「當真，老臣可當著所有人的面兒，與陛下擊掌為誓！」史弘肇豎起手掌，果斷發出邀請。「他是陛下的臣子，若不奉詔，老臣自當提兵討之。然而……」

頓了頓，他俯視劉承佑和歪倒在劉承佑腳下，弱不禁風的郭允明，冷笑著補充：「遣刺客行凶之舉，卻切莫再為。除了讓天下人笑你黔驢技窮之外，不會有任何結果！」

「成交！」劉承佑稍作猶豫，便迅速舉起手掌，與史弘肇伸過來的手凌空相擊。

「那陛下好自為之，老臣告退！」史弘肇鐵青著臉拱了拱手，轉身離開。

「史……」宰相楊邠伸手拉了一下，卻沒有拉住。只好嘆息著轉過身，低聲向劉承佑勸告：「陛下，史樞密乃武夫出身，脾氣難免急了些。但是他對大漢的忠心，卻毋庸置疑。今日之事，還望陛下念在他為國征戰多年，落了一身傷病的份上，寬宥一二。」

「楊相何出此言？」劉承佑笑了笑，露出了八顆陶瓷般整齊的白牙。「朕雖然登基時間不長，但輕重是非還是分得來。只要諸位一心為公，哪怕當面吐朕一臉唾沫，朕也理應一笑了之！」

「如此，老臣替史樞密謝陛下洪恩！」楊邠被笑得心裡發寒，卻知道此刻說得再多也是徒勞。又嘆了口氣，躬身告辭。

他一走，王章和蘇逢吉兩個，也沒心思繼續逗留。齊齊俯身行禮，向劉承佑低聲說道：「陛下日理萬機，臣等就不多打擾了。請容臣等告退！」

「諸位愛卿自便！」劉承佑繼續裝作滿臉春風的模樣，目送大夥離開，然後轉過身進了內宮。不待宮門關緊，就揮起拳頭，狠狠砸在路邊的石榴樹上。「老匹夫，朕不滅你滿門，誓不為人」

「呯！啪啦，啪啦，啪啦……」碗口粗細的石榴樹，被砸得來回搖晃，十多個泛色著青的果子，先後掉在地面上，摔裂，迸射出數千慘白色的「珍珠」。

「陛下，你的手……」郭允明尖叫衝上前，抱起劉承佑被樹皮蹭破了的拳頭，放在嘴邊，含著淚輕輕吹拂，「陛下，陛下為了微臣，受，受此奇恥大辱！微臣，微臣……」

「不關你的事！」劉承佑用另外一隻手，深情地在他的後背上拍了拍，說話的語氣瞬間變得無比溫柔，「是朕，是朕這個皇帝做得太窩囊，才連累你受了委屈。你放心，今日的委屈，朕必會讓他們百倍償還！」

「陛，陛下鴻恩，微臣，微臣萬死難報！」郭允明哽咽著哭喊了一聲，姣好的面孔宛若梨花帶雨。

饒是早就對他與小皇帝劉承佑兩人之間的關係心知肚明，眾禁宮侍衛依舊感覺到五腑六臟一陣翻滾，紛紛轉過身體，將目光對準了樹根下的螞蟻。

樹根下，兩夥螞蟻正為了領地殊死而戰，頃刻之間，就殺得屍橫遍野。卻不知道，頭頂上的人類只要一泡尿澆下來，就可以令兩個螞蟻王國同時遭受滅頂之災。

「陛下洪福齊天，臣在這裡，向陛下道喜了！」劉承佑的舅舅李業，可不願意像侍衛們那樣，強忍著噁心去看螞蟻打架，見自家侄兒跟男寵溫存起來沒完，只好硬著頭皮湊上前，低聲說道。

「道喜？朕都快被幾個奸臣給欺負死了，何喜之有？」劉承佑被攪了興，非常不耐煩，扭過頭狠狠瞪了李業一眼，大聲喝問。

「陛下莫非忘記了史弘肇等人先前是為何而來？」知道自家侄兒是什麼脾氣，李業也不著惱，笑了笑，繼續柔聲提醒。

「他們，他們當然是來向朕興師問罪的！朕就不承認刺殺郭威的死士是朕派的，他們有本事，就給朕來個刑訊逼供！」劉承佑不怒則已，一聽，肚子裡頓時濃煙滾滾。再度朝著石榴樹上捶了一拳，咬牙切齒地怒吼。

「那他們最後得到什麼？」平素向來稀裡糊塗的李業，今天難得精明了一次。又笑了笑，繼續循循善誘。

「他們……」劉承佑低聲沉吟，隨即，眼神瞬間就是一亮。

他的資質不差，頭腦反應也算敏銳。當把心思從卿卿我我上收回來之後，立刻發現，自己剛剛在跟權臣們的爭鬥中，取得了一場堪稱輝煌的勝利。

史弘肇等人氣勢洶洶而來，不是為了替鄭子明討還公道，而是為了質問行刺郭威的死士，是否來自皇宮。但是，當他們離去的時候，卻好像個個都忘記了初衷。只帶走了一個無關痛癢的口頭約定，和一肚子的鬱悶失落。

而這一場「惡戰」，卻是在郭允明應對不及，其他人束手無策的情況下，由劉承佑獨自打「贏」的。從頭到尾，都沒聽到任何人的主意，沒得到任何人支援！

「恭賀陛下，恭賀陛下！」

「臣等能附陛下尾驥，真乃三生有幸！」

「陛下英明神武，令臣等欽佩之至……」

郭允明、聶文進和剛剛聞訊趕到的後贊，齊齊躬身為賀，馬屁聲宛若湧潮。

能憑藉一己之力，逼得四名權臣進退失據，這，意味著什麼？意味著在不知不覺間，小皇帝劉承佑已經有了跟顧命大臣們分庭抗禮的資格！照這個發展勢頭，相信用不了太久，報仇雪恨的機會，就要真的到來！

「全賴諸位愛卿輔佐謀劃之功！」雖然不是第一次被眾人圍著拍馬屁，但以前從沒有一次，能讓劉承佑被拍得如此開心。朝著郭允明等人謙遜地擺了擺手，他笑著說道：「然而如今之際，我等卻不能有絲毫鬆懈。咱們君臣同心，早點兒將那幾個老骨頭收拾了，才好大展胸中宏圖。」

「臣等絕不敢辜負陛下所托！」郭允明、李業、後贊、聶文進等人，再度齊齊俯首，每個人臉上，都洋溢著驕傲和自信。

「平身，平身，爾等不必如此多禮。朕從沒拿爾等當過外人！」劉承佑伸出雙手，虛虛地做攙扶狀，年輕的身體上，帝王之氣四溢。

只有在內宮，在這些心腹們面前，他才能感覺如此輕鬆，如此灑脫。感覺到自己，真正是大漢國的皇帝，而不是別人手裡的提線皮偶。

「臣等謝陛下！」郭允明、李業、後贊、聶文進等人又齊齊答應了一聲，先後將腰桿挺了個筆直。與劉承佑一樣，他們也只有在禁宮之內，才能感覺到身為朝廷重臣的滋味。而平素在朝堂上，他們這些沒有足夠資歷的後起之秀，連說話都不敢大聲，更甭提站出來，跟五個顧命老賊據理力爭！

「廢話朕就不多說了！」劉承佑非常滿意大傢伙對自己的態度，甩開袍袖，將手背在身後，學著記憶中父親思考事情時的模樣，在石榴樹下緩緩踱步，「蘇逢吉那廝識相，知道該如何做人，朕不會辜負他。王章尸位素餐，裝聾作啞，朕如果心情好，將來也可以考慮饒他一命。但其他三個老匹夫，朕絕不會放過。只是，只是史弘肇和郭威兩賊，都手握重兵。朕，朕怕一旦動起手來，禁軍未必能，禁軍恐怕會力有不逮。所以，當務之急，需要爾等想個辦法，悄無聲息地削弱這兩個人的兵權，或者想辦法架空他們，讓他們無法調動各自手下的弟兄！」

「這……」郭允明等人一邊沉吟，一邊向聶文進頻頻扭頭。

剛剛把臉上血跡擦拭乾淨的聶文進，立刻又羞得面色發紫。雖然皇帝陛下沒有直接怪罪他無能，但剛才這幾句話裡，已經清晰地表達出了對禁軍實力的懷疑。作為禁軍的主將，他無法不覺得慚愧內疚。

然而，光是慚愧內疚沒有用，這當口，他必須有所表現，才能對得起皇帝陛下的一番信任。否則，可以確定，過不了幾天，他的禁軍主將位置，就會被更合適的人取而代之。

想到失去皇帝信任的後果，聶文進的脊背上冷汗淋漓。用力咬了咬牙齒，把心一橫，俯身下去，大聲說道：「陛下，末將以為，貿然削減兵權，必然會引起史弘肇和郭威兩賊的警覺，打草驚蛇。而徐徐圖之，則耗時耗力，並且容易讓老賊找到機會，扶植出更多的羽翼，徒勞無功。」

「嗯，此言甚是！」在自己的心腹面前，劉承佑基本上還能做到從諫如流。點了點頭，隨即又笑著問道：「愛卿可有良策應對？」

「不敢！」聶文進後退半步，雙手握拳，身體因為緊張而戰慄不止。「末將以為，眼下禁軍實力不足，反而是件好事。可讓史、郭二賊，憑著手中的驕兵悍將，對陛下不做太多提防。而為國鋤奸，不是兩軍作戰，未必人多勢眾才會贏！」

「你是說……？」劉承佑的心臟猛地抽緊，隨即兩眼瞪了個滾圓。

「昔日屠戶何進專權，太后召其入宮議事。皇宮之內，甲士無法隨行……」聶文進的面目猙獰如鬼，咬著通紅的牙齒，以極低的聲音回應。

「蹬蹬蹬！」劉承佑被嚇得接連後退了幾步，直到身體靠上了石榴樹，才勉強站穩。「你，你是說……，這，這，這是不是太倉促了些？」

「陛下今日跟史賊有約，要他召鄭子明回汴梁。無論鄭子明肯不肯接令，在得到準確消息之前，史賊定然對陛下毫無防備！」郭允明的聲音宛若鬼哭，搶在聶文進之前接下了話茬。

「這，這，這……」大夏天，劉承佑卻忽然覺得寒氣迫人。背靠著石榴樹猶豫良久，才趕在郭允明等人徹底洩氣之前，低聲說道：「別忘了還有郭威。那廝遠比史弘肇謹慎，輕易都不來皇宮。」

「微臣聽聞，最近遼軍在邊界上蠢蠢欲動！」郭允明的聲音繼續傳來，冷得絲毫不帶任何人間氣息。

啪！一顆酸石榴無風而落，砸在螞蟻窩旁。慘白色的石榴籽從裂開的石榴皮縫隙裡冒出，就像魔鬼嘴裡的一顆顆獠牙。

「靈園同佳稱，幽山有奇質。停采久彌鮮，含華豈期實。長願微名隱，無使孤株出。」一曲《詠山榴》奏罷，琵琶聲由急轉緩，由緩轉微，最終縈縈渺渺，繞梁而去。

汴梁紫薇閣的舞姬們，慢慢收起了腰身，向著主座上已經快睡著了的郭威團團下拜。一簇簇紅裙，恰似晚春時節盛開的繁花。

誰都知道，座上這位郭樞密，是個最懂得疼惜女人的。老妻亡故多年，至今正室尤空。前陣子所納的兩個妾侍，姿色也很尋常。若是有哪個女人這時候能進了郭家，即便因為出身原因一輩子爬不到誥命夫人位置，至少也能混個衣食無憂，不至於到了年老色衰被轉手賣給他人。

然而，主座上了老將軍郭威，只是笑著揮了下胳膊，便把眼睛再度合攏了起來。片刻也沒在紅裙上停留，更甭提單獨關注哪一張吹彈得破的面孔。

「好了，都下去休息吧。先在花園裡吃些點心，等會兒府裡會安排車駕，送妳們回家！」郭威的女婿，軍器司少監張永德也笑著揮了下手，好言安撫。

「是！」眾歌姬用婉轉的嗓音回應，隨即，在鴇母的帶領下，戀戀不捨地走向了後門。一邊走，還有人一邊悄悄地回頭，看向郭威的目光裡，充滿了期盼。

「唉……」張永德在心裡嘆了口氣，悄悄地搖頭。

歌姬們為他花錢所請，主要目的是讓自家岳父大人在養傷期間，不至於日子過得煩悶。其次，這個府邸裡，平素總是冷冰冰的缺乏人氣。找一群年輕貌美的少女進來，好歹也能溫暖幾分，令院子中偶爾也響起一些歡聲笑語。

然而，事實證明，他今天的錢又白花了。老將軍郭威的注意力，根本就沒被美妙的歌舞所吸引，對那些充滿青春氣息的腰臀，更是提不起任何興趣。只是為了不辜負了晚輩的一份孝心，勉強坐在椅子上發了大半個時辰的呆。至於真正心思，早就不知道飄到什麼地方去了。

「不行，必須想辦法讓義父儘快振作起來！」坐在下首相陪的柴榮，將郭威的表現全都看在了眼裡，心中暗暗著急。

前陣子遇刺所受的傷，其實早就沒有大礙了。當日出現的刺客，也早就被郭府的親衛剁成了肉泥。然而，從那天起，樞密副使郭威就好像丟了魂魄般，終日昏昏欲睡。再好的食物，再美妙的歌舞，再貴重的珠玉寶石，都無法讓他提起精神。

對於一個已經年近半百，且曾經多次受傷的老將軍來說，這種狀態，已經與自殺差不多。柴榮甚至很懷疑，如果不是幾個義妹看得緊，並且第一時間就把自己給叫了回來，義父郭威有可能在哪天夜裡就會一睡不醒。

如果那樣的話，天可就塌了。朝廷中的政敵，多年征戰裡結下來的仇家，還有禁宮中那位不靠譜的小皇帝，肯定會聯手撲上來，將郭家還活著的所有人挫骨揚灰。

所以，最近這半個月來，他跟張永德一樣，也用盡了渾身解數，試圖讓義父郭威重新振作。但所有手段，最終都被證明效果微乎其微。哪怕是將幾個未成年的弟弟和妹妹領出來，繞在郭威膝蓋前噓寒問暖，所獲得的，也不過是慈愛一笑，隨即，臉上的表情就再度變得木然。

「郭家雀兒，你倒是好生悠閒！」正當柴榮和張永德兩個束手無策之時，正堂門口，忽然傳來了一聲霹靂般的怒吼。隨即，四個當值的親兵，被倒推著摔了進來，摔成了一串滾地葫蘆。緊跟著，老將軍史弘肇像隻發怒的獅子般，出現在眾人面前。

「化元兄，你怎麼來了？請上座，我身上有傷，就不給化元兄施禮了。君貴，給你史伯父奉茶！」郭威的眼神，終於有了幾分光澤。在座椅上欠了欠身子，有氣無力地說道。

「瞧你那熊樣！」史弘肇狠狠橫了郭威一眼，隨即快步上前，盯著他高高隆起的左側胸口反覆觀看。「不就是挨了幾下嗎，就把你的魂兒打沒了？你郭家雀兒這輩子，類似的傷受了恐怕不下二十次，以前用不了三天就活蹦亂跳，怎麼偏偏這次，就變成了孬種？扛不過去了就早說，我剛好買了一批金絲楠木。早點派木匠過來量量，也讓你死後不至於太過寒酸！」

「史，史伯父，您，您喝茶！」正在親手給史弘肇倒茶的柴榮臉色一黑，抬起頭，結結巴巴地說道。「這，這是今年新下來的小龍團，最適合在熱天去火！」

換了別人敢如此大放厥詞，他肯定直接拔出刀相向。然而對於義父郭威的生死之交史弘肇，他卻只能依靠東拉西扯，來化解眼前的尷尬。

「一邊去，沒用的東西！你老子遇刺這麼久了，你卻連幕後的主使者都找不到。」史弘肇卻倚老賣老，一巴掌將茶盞拍翻，大聲呵斥。「早知道這樣，當初又何必過繼你。直接養條惡犬，好歹還能朝仇人齜齜牙齒！」

「是，是晚輩無能，讓，讓伯父失望了！」柴榮被罵得無地自容，後退數步，躬身謝罪。

「還有你！」史弘肇迅速扭頭，看著正準備奪門而逃的張永德，繼續咆哮不休，「遇刺就是遇刺，為何對外說是落馬受傷？並且老夫也一併瞞過！莫非你懷疑老夫也跟刺客是一夥的，還是覺得說了也白說，連老夫也不敢替你岳父討還公道？」

「這，這……」張永德被問得冷汗直冒，半晌無言以對。

刺客的口供其實早就拿到了，但「討還公道」四個字，卻根本無從談起。否則，自家岳父也不至於心灰意冷到如此地步，每天只想著混吃等死。

「怎麼，老夫還說冤枉了你們兩個了不成？」見張永德遲遲不肯接自己的話茬，史弘肇心中怒氣更盛。

用力拍了下桌案，絡腮鬍子根根橫豎。

「算了，化元兄，你的好意，郭某心領了！」也許是他拍桌子的動靜太大，也許是不忍讓兩個小輩為難，郭威終於打起了幾分精神，苦笑著拱手。「刺客已經被郭某下令殺掉了。是李守貞的餘孽。李守貞已經死了，報仇當然無從談起？」

「放屁！」史弘肇他根本不相信他的話，又用力拍了下桌案，大聲反駁。「李守貞那廝麾下如果真的有這種死士，也不至於被你給生擒活捉了。到底是誰派的，你說出來，我去替你討還公道。郭家雀兒，咱倆相交這麼多年，莫非你連我也信不過嗎？」

「郭某當然信得過史兄！」郭威知道瞞不過去，緩緩坐直了身體，繼續苦笑連連，「但是，史兄，你真的猜不到是誰動的手嗎？若能猜得到，又何必再來問我？你我兩個，又能如何？」

「果然是他，老子，老子，非，非……」史弘肇勃然大怒，本能地就想提議廢掉劉承佑，另立新君。然而，話到了嘴邊兒，卻頓了頓，悄然消逝無聲。

「唉——」郭威看了他一眼，低聲長嘆。

這就是他最為沮喪的原因。刺客的口供早就拿到了，人證物證也都非常清楚。然而，如果此刻他起兵報仇，第一個擋在他面前的，肯定是史弘肇這個生死之交！

史弘肇所擁有的實力，絲毫不亞於他郭威。史弘肇雖然脾氣暴躁，說話刻薄，但行軍打仗，卻是一等一的好手。此外，在其餘不相關的武將們的心裡，史弘肇的威望和影響力，也絲毫不比他郭威小。畢竟大多數武將都沒怎麼讀過書，平素以猛將面目示人的史弘肇，遠比以儒將面目示人的他，更容易被大傢伙當作同類……

「劉，先皇只有兩個兒子！咱們廢了劉承佑，等同於親手殺了他。先皇，劉大哥就會絕了後！」知道自己的決定很對不起郭威，史弘肇低下頭，結結巴巴地解釋。

自古以來，被廢的皇帝鮮有善終。哪怕繼任者是他的親弟弟，最後等待他的結果，恐怕也是一杯毒酒。而劉知遠的長子劉承訓，三年前已經被劉承佑害死。如果此刻史弘肇與郭威聯手另立新君，就只能選擇河東節度使劉崇的後人。那樣的話，劉承佑更不可能有機會逃過一死。史弘肇和郭威百年之後，又有什麼面目去地下見昔日的主公？

「唉——」早就猜到了史弘肇會做如何反應，郭威又低低嘆息了一聲，閉上眼睛，臉上的表情疲倦至極。

見到他頹廢成如此模樣，史弘肇心裡愈發愧疚。抬起手，先狠狠給了自己一巴掌，然後又吞吞吐吐地補充，「今天，今天接到鄭子明也曾經遇刺的消息，我，我立刻，立刻就猜想到了，你前幾天墜馬，肯定也另有隱情。我，我當時已經，已經準備跟，準備進皇宮裡替你討還公道。然而，然而看到，看到了陛下，就，就立刻又想起了，想起了先皇臨終前那戀戀不捨的模樣。所以，所以……，文仲，文仲老弟，你別笑話我，我下不去手！真的下不去手！」

「我聽說了！在你來之前，我就聽說了！」郭威懶懶地抬了下眼皮，聲音裡頭充滿了無奈。「我又有什麼資格笑話你，換了我，恐怕也是一樣！」

史弘肇聽聞，心裡頓時一鬆，趕緊陪著笑臉承諾：「我，我以後一定會狠狠給他個教訓！文仲，我保證，保證！即便不收拾他，也會想辦法解決掉他的那些爪牙！」

「恐怕只會適得其反！」郭威咧嘴，苦笑，然後輕輕擺手。

小皇帝劉承佑做事如此不擇手段，恐怕也與史弘肇過於專權脫不開關係。然而，這卻已經成了無解之局。劉承佑做得越不像話，史弘肇就越不敢把權力交還給他。史弘肇越是把權力握得緊，劉承佑則越迫切希望主政，為此不惜付出任何代價。

「無論如何，我，我不能讓你再吃一次虧！」史弘肇絲毫沒意識到自己在緣木求魚，只是唯恐郭威反悔，迫不及待的大聲補充。

話都已經說到了這種份上，郭威豈能不明白，對方無論如何都不會同意自己另立新君？又嘆了口氣，睜開眼睛，強打著精神回應：「也沒什麼吃虧不吃虧的，陛下手裡那些死士，不過是些亡命徒而已，想要我命，本事還差得許多！但這樣下去，早晚有一天，君臣之間，會擺明了車馬束甲相攻。郭某不忍心讓先皇絕嗣，但郭某也不想引頸受戮。所以，史兄請給郭某一個機會出鎮地方！」

「出鎮？」史弘肇楞了楞，本能地想要拒絕，卻心裡又實在愧疚得厲害。反覆思量之後，也嘆了口氣，低聲追問，「這次，這次你想去哪？」

「鄴城！」郭威坐直身體，快速給出答案。「郭某聽聞，幽州軍最近又蠢蠢欲動。」

聞聽此言，史弘肇立刻笑了笑，不屑地搖頭：「春天時剛剛被你殺了個丟盔卸甲，他們怎麼可能還有膽子秋天再來第二次？」

「如此，才能保證陛下輕易不會鋌而走險。」郭威又看了他一眼，用極低的聲音補充。

「你說什麼？」史弘肇的眼睛，先是瞪了個滾圓，隨即，目光迅速黯淡下去。手扶自家額頭，低聲長嘆：「唉——，沒想到，咱們兄弟，居然需要用到這一招來對付承佑！」

「如有選擇，我也不願意！」郭威慘然一笑，陪著他唉聲嘆氣。

想當年，開國皇帝劉知遠沒等把龍椅坐熱乎就撒手西去，江山風雨飄搖。史弘肇和郭威兩名老帥臨危受命，一個坐鎮汴梁威懾群雄，一個帶領大軍東征西討，嘔心瀝血，終於使得國家勉強對付過去了幾道難關，漸漸走上了正軌。

因此，史弘肇坐鎮，郭威出征就成了慣例。每有警訊，文武百官第一個想到的，便是這種應對方案。地方實力派諸侯和他們在朝廷裡的同黨，也正是被這種應對方案的所迫，不得不暫時收拾起牙齒和爪子，以圖將來。

然而，這回，郭威主動要求出征，卻不是為了對付外寇和諸侯。

他要對付的，是小皇帝越來越瘋狂的舉動，和飛速膨脹的野心。有他帶著大軍在外，小皇帝劉承佑但凡還剩下一絲理智，就絕對不敢對其他幾個顧命大臣動手。而有史弘肇坐鎮京畿，也可以最大程度上避免郭允明等人，從背後給他郭威捅刀子。

「唉……」史弘肇嘆息，抬手抱住自己的太陽穴，用力揉搓。

「唉——」郭威嘆息，閉目。

二人忽然都失去了說話的欲望，各自用各自的方式，化解心中的痠澀。

靜，整個房間內，忽然變得死一般的寧靜。只有偶爾響起的嘆氣聲，還在頑強地證明，此處依舊存在著生命。

許久，許久，史弘肇終於放下了手，笑了笑，看著郭威的眼睛說道：「也罷，明日早朝，我會極力促成此事。讓你順順當當出鎮鄴都！什麼時候陛下長大了，分清楚了誰好誰壞，你再回來不遲！」

「多謝！」郭威站起身，鄭重拱手。這已經是除了廢立之外，最好的解決方案。雖然這個方案，存在很多的破綻。

「符老狼垂涎鄴都很久了，你要對他多加小心。杜重威在當地，也有許多爪牙漏網。」知道郭威這一走，也許永遠都不會再回汴梁，史弘肇心中忽然湧起了許多不捨。想了想，強笑著叮囑。

「你也是！」看著史弘肇早已花白的鬢角，郭威心裡，也湧上了幾絲痠澀，想了想，非常認真的補充，「平素出行，無論去哪都別忘這帶上足夠的侍衛。朝廷的事情，該撒手，就試著撒手。畢竟江山是劉家的，咱們幾個只是受托顧命而已。」

「知道了，知道了！我自有分寸！」史弘肇忽然又變得不耐煩起來，皺著眉頭用力揮手，「你郭家雀兒什麼時候變得如此婆婆媽媽？汴梁城中，不信還有誰敢動老夫？老夫借他一百個膽子！」

「自古明槍易躲……」郭威張了張嘴，想要再叮囑幾句。然而，終是沒有發出任何聲音。從桌案上抓起茶壺，嘴對嘴兒一飲而盡。

【第八章】屠鯤

劉承佑壞，卻不傻。這是史弘肇和郭威兩個的一致看法。所以二人在「不行廢立之事」這個大前提下，最好的選擇就是一內一外，互為奧援。用各自手中的實力來威懾劉承佑，令後者不敢輕易再起歹心。

恰恰劉承佑也希望將兩個手握重兵的「權奸」分而治之，結果第二天早朝上，君臣雙方難得默契了一次，幾乎沒費任何口舌，就「恩准」了由史弘肇提出來的，讓樞密副使郭威兼任天雄軍節度使，出鎮鄴都，防備契丹的議題。

散了朝後，聖旨和兵符，由史弘肇親手送到了郭威的家中。郭威雖然身上的傷還沒有痊癒，也不想再做任何耽擱，立刻帶著柴榮去城外大營整頓兵馬，準備糧草物資。爺倆兒腳不沾地忙了兩個白天，第三天一大早，拔營啟程。

史弘肇、楊邠、王章三人，聯袂送到了十里之外。知道此番一去，郭威恐怕輕易不會再回汴梁，兄弟們心中，都湧滿了不捨。踐行的酒喝了一碗又一碗，卻是誰也不願意第一個提「告別」二字。

末了，還是郭威自己硬起了心腸。把面前的酒盞直接一口悶盡，隨即故作粗豪地抹了下嘴巴，大聲說道：「不能再喝了，再喝，今晚就到不了陳橋驛了。三位兄弟，此後一定要自己多加小心。陛下自幼行事，就不能以常理度之。」

「就憑他手底下那幾個窩囊廢？除了幹些下三濫的江湖勾當，還能折騰出什麼花樣？」史弘肇也一口乾盡了盞中殘酒，滿臉不屑地回應，「行了，你儘管放心去，汴梁這邊交給我。他一天不改這混帳性子，老子便一天不會將大權交還給他。大不了，等他有了親生兒子之後……」

「化元，休要信口胡說！」楊邠聽得心裡不是滋味，立刻出言打斷。「陛下年幼氣盛，難免會受奸佞所惑。但我等身為托孤重臣，盡各自所能輔佐於他，讓他親賢臣，遠小人便是。相信假以時日……」

他的話也沒來得及說完，便被王章大聲打斷。「不等了，假以時日，呵呵，以後的事情，幾位老哥多費心吧！王某是不想再管了。王某已經給陛下上表，乞骸骨還鄉！我等是臣，陛下是君。君可輔，臣自當鞠躬盡瘁。君身側另有高明，臣又何必留下來礙手礙腳？」

「王南樂！」沒想到王章這麼乾脆就拆自己的台，楊邠頓時臉色一黑，回過頭，喊著對方的雅號提醒，「先皇對我等的大恩……」

「激流勇退，也是報恩方式的一種！」王章翻了翻眼皮，懶懶地回應。隨即，又迅速將頭轉向郭威，壓低了聲音提醒，「到了鄴都之後，安置停當，就儘快將家眷也接了過去。汴梁雖然繁華，卻物價騰貴，實在不是什麼易居之地！」

「那是自然！」郭威原本就有類似打算，只是礙於朝廷規矩，不能立刻付諸實施而已。聽了王章的提醒，笑著向大夥作揖。「犬子頑劣，平素還請幾位哥哥多加看顧。」

「包在老夫身上！」史弘肇毫不猶豫地朝他自己胸口指了指，大聲承諾，「放心，家門肯定給你看好了。什麼時候有了空，什麼時候你就派人回來接。若是令郎和其他家眷們少一根寒毛，你就拿老夫是問！」

「令郎聰明好學，品性善良，絕非給父母惹事之輩！」宰相楊邠笑著拱了下手，顧左右而言他。

跟郭威的交情歸交情，但朝廷的規矩卻不能因人而改。郭威以天雄軍節度使身份出鎮鄴都，卻沒有交卸樞密副使職務，原本已經開了中樞和地方職位兼領的先河。今後憑著手中的樞密使印信，無須通過朝廷，他就能調動整個黃河以北的兵馬和錢糧。如果再讓他把家眷也都接了走，汴梁這邊，就對他失去了任何控制能力。一旦哪天他野心膨脹……

「嘿！」王章忽然發出一聲冷哼，不是針對郭威，而是針對宰相楊邠。

後者立刻羞得面紅耳赤，拱了拱手，期期艾艾地辯解：「文仲，非楊某多事。楊某既然身居相位……」

「理應如此，楊兄不必多說，小弟心裡明白你的苦衷！」郭威笑了笑，側開身子，以平輩之禮相還。

亭子內，先前還依依惜別的氣氛，瞬間摻入了幾絲多餘的味道。令兄弟幾個，再也沒有理由繼續依依惜別。相互又行了個禮，然後揮手各自離去。

數萬大軍帶著糧草輜重出行，當然不可能走得太快。第一天到了陳橋驛，就紮營安歇。第二天花了一整天時間渡過了黃河，然後又在北岸紮下了大營。第三，第四天，又是每天以不到四十里的速度迤邐向北，如是足足走了大半個月，才終於來到了鄴都。

同一天從汴京出發的信使，卻比大軍走得快許多。沿著驛站不斷地更換坐騎，只用了四天，就把中書省召鄭子明回去述職的命令，送到了滄州。

「按朝廷慣例，地方官員，幾年回一次汴梁？」鄭子明正在跟潘美等人議事，接了令之後，不覺有些吃驚。手按刀柄緩緩站起身，皺著眉頭詢問。

前來傳遞命令的小吏王光頓時嚇得一哆嗦，趕緊躬下身子，大聲回應，「沒，沒定數。按，按道理，是，是任期滿了之後，才回汴梁聽候安排。然，然而有，有時候中書省覺得需要，也，也可以，可以臨時做出決定。」

「有時候是什麼時候？」鄭子明笑了笑，繼續低聲追問。

連續幾年在刀光劍影裡打滾兒，他早已不再是當初那個怎麼看怎麼都人畜無害小肥。稍微皺一皺眉，兩眼之間便有殺氣翻滾而出。

中書省小吏王光，被撲面而至的殺氣逼得連連後退。大顆大顆的冷汗，順著額頭鬢角滾滾而落。「大，大災之後。或者，大疫之，之後。或者，或者，朝廷中有大事未決，需要，需要徵詢地方上的看法。」

「那滄州可有大災，大疫，或者朝廷中可有大事未決？」鄭子明鬆開手，抬腿繞過桌案。

「沒，沒有！」小吏王光繼續快速後退，一不小心，腳下絆了絆，摔了個仰面朝天，「鄭大人，您別問了。小的就是個跑腿兒的，什麼都跟小人沒關係！您，您想回，就接了這個令。不想回，也隨您的便！小的，小的只管把命令送到，別的，別的真的管不著，真的管不著啊！」

「哈哈哈哈哈……」議事廳裡，眾文武放聲狂笑，一張張年輕的面孔上，寫滿了不屑。

這年頭，兵強馬壯者為雄。地方官員眼裡，對皇權的畏懼感原本就沒剩下多少。而劉承佑派遣刺客對鄭子明下黑手的做法，又令眾人對此人的品行和智力都產生了懷疑，因此，對劉漢朝廷的輕蔑就愈發地不加掩飾。

鄭子明本人，卻沒有跟著大夥一起發笑。而是快速向前走了幾步，親手將已經快嚇癱了的小吏王光從地上扯將起來。然後親手替此人撣了撣衣襟上的塵土，溫言撫慰：「你別害怕，鄭某知道你乃奉命行事。鄭某只是奇怪，鄭某才上任不到半年，自問做事也算對得起朝廷。怎麼朝廷，怎麼中書省那邊偏偏就看某如此不順眼？」

「不，不是。是，是……」小吏王光低著頭，不停地抬手抹汗，嘴裡說出的話語也是顛三倒四，「不是中書省看您不順眼。是，是，是史樞密，不，不，不是，是，是……，唉！鄭大人，您就別難為小人了。小人真的不清楚這到底是怎麼一回事兒啊！」

「真的？」鄭子明微微一笑，掌心又緩緩握住了刀柄。

「真，真的，十足十的真！」小吏王光魂飛魄散，撲通一聲跪了下去，叩頭如搗蒜，「大人，您既然心裡都清楚，就，就別再逼小的了。小的正是因為混得不如意，才給打發到您這裡來。小的但凡是個耳目靈通的，怎麼著也不會被逼著前來找死！」

「怎麼又是找死了？我這裡又不是龍潭虎穴？」鄭子明見狀，心中立刻了如明鏡。笑著又將小吏王光從地上扯了起來，大聲說道：「行了，你不用害怕，我不會難為你。來人，取些地方上的土產，給王大人壓驚！」

「是！」當值的親衛大聲答應，快步跑向了後堂。數息之後，就端來了一個粉白色，不知道用什麼材料做成的雕花小箱，被陽光一照，瑞氣縈繞。

鄭子明從親衛手裡將箱子接過，親自遞向了小吏王光，「滄州地處偏僻，也沒什麼好東西。王大人遠來是客，這份土產，就請大人收下，算是鄭某對大人的一點心意！」

「折，折殺了。下，下官怎麼，怎麼敢收大人您的東西。下官，下官……」小吏王光只求能活著回汴梁覆命，怎敢收鄭子明的「心意」？一雙手剎那間擺得如同風車。

「莫非王大人瞧不起鄭某？」鄭子明忽然把臉一沉，低聲斷喝。

「不，饒命——！」小吏王光嘴裡發出一聲尖叫，趕緊雙手將箱子接過，緊緊摟在了懷中。「大人饒命。下官，下官這就收，這就收下！」

「這就對了，你是奉命而來。無論朝廷對鄭某是何居心，至少咱們兩個之間，並無私人恩怨！」鄭子明臉上的烏雲迅速消散，擺了擺手，和顏悅色地補充。

「是，是，下官，下官跟大人，下官對大人一直佩服，佩服得很！」小吏王光流著汗連連點頭，不經意間，汗珠掉在了箱子上，居然迅速濺起了點點桃花。

「嗯？」他心裡頓時打了個哆嗦，騰出一隻手，迅速抹自己的額頭。原本以為額頭上流出了血，所以也會將汗水染紅。仔細看向手掌心去，卻是尋常水漬一團，壓根兒不帶絲毫顏色。

很顯然，古怪出在懷裡這個不知道是什麼材料雕琢而成的小箱子上。汗水遇到了箱子，才會突然變成點點桃紅。

「是用巨鯤胸口處的骨頭雕的。滄州東面是一大片淺灘，夏天時總有巨鯤出沒，禍害漁民。鄭某恨其歹毒，就用床弩射死了幾頭。」鄭子明的聲音從上方傳來，帶著明顯的炫耀滋味。

「巨，巨鯤！」王光手頓時又哆嗦了幾下，差點兒將箱子丟在地上。

但凡讀過書的人，都知道莊子所做的逍遙遊中，關於巨鯤的描述。「北冥有魚，其名為鯤。鯤之大，不知其幾千里也！」而現實中，鯤雖然沒有書中所描述的那樣龐大，但至少也有十幾丈長，宮殿般高矮，在大海中肆意往來，根本找不到任何對手。

就是如此凶猛的龐然大物，居然被鄭子明說宰就給宰了，連骨頭都給雕成了珠寶箱子！如此算來，鄭子明的武力，會是何等強悍？恐怕李孝恭、王彥章重生，頂多也是跟他打個平手。萬一此人被朝廷給逼急了，揮師南下，就憑現在朝廷中君臣失和，將士們心灰意冷的情況，誰人能站出來阻擋他的兵鋒？

重，無比的重。小吏王光自問不算文弱，卻被懷中的箱子，給壓得氣喘如牛。兩條大腿，卻像脫了力般，又瘦又軟，顫抖不停。

而那鄭子明，卻絲毫不體諒他的心情。笑了笑，順口補充道：「只是個頭大一些的魚而已，其實沒有多凶。肉也太肥，不堪入口，只能用來煉油點燈！倒是胸骨和肋骨，白裡透紅，適合拿來打造些小物件兒。雖然比不得象牙珍貴，好歹也能算個稀罕！」

「呃！」小吏王光的身體又晃了晃，差點被懷中的箱子給閃了腰。

肉肥，只能用來煉燈油！骨頭拿來打造小物件，還被嫌棄價值比不上象牙！這海中霸王巨鯤，遇到鄭子明，簡直是肥豬遇到了屠戶！而大漢國此刻雖然比滄州龐大百倍，雙方真的兵戎相見，鹿死誰手，恐怕真的未必可知！

一隻蒲扇般的大手迅速伸過，在箱子落地之間，將起托住。隨即，鄭子明的另外一隻手，將箱子蓋子稍微向上拉了下，又迅速蓋緊。

數道柔和的黃色光芒，透過縫隙，射入了小吏王光的眼睛。雖然一閃而逝，卻令他心中勇氣陡生。毫不猶豫地雙手將箱子搶過，死死地抱在了懷裡。

黃金！鯤骨做的箱子，裡邊裝的是大錠的黃金！天可憐見王某，因為得罪了上司，才被派到了這個人人唯恐避之不及的差事！而誰能料到，王某此番竟然因禍得福，一趟公差，就把幾輩子的薪俸全都掙了出來！

「多謝，多謝大人賞賜。小的，小的感激，感激不盡！」想到回家後將黃燦燦的金錠拿在燈下與妻子一道把玩的情景，小吏王光頓時心中勇氣陡生。先躬身給鄭子明行了個禮，然後壓低了嗓子補充道：「大人軍務繁忙，晚幾天去述職，其實也沒大妨礙。小的，小的回去後，就說，就向上頭彙報，遼寇又在越境打草穀。大人，大人帶領弟兄枕戈待旦，實在，實在脫不開身前往汴梁！」

「朝廷通常會做如何反應，會不會牽連到你？如果那樣的話，鄭某心裡就實在過意不去了！」見對方如此上道，非但隱晦地暗示自己不用去汴梁，並且連理由都一併替自己找好了，鄭子明也不願做得太過分，笑了笑，設身處地的替此人考慮。

「沒事兒，反正小人就是個跑腿的。把朝廷的命令送到了大人這裡，把大人的回音帶回去，就算盡了責。其他，都是大人物們的事情，與小人無關！」此刻的王光，正應了那句「財壯英雄膽」，搖了搖頭，非常豪氣地補充。

「那就好，鄭某最不願意做的事情，就是拖累朋友！」鄭子明對他的態度非常滿意，笑了笑，輕輕拱手。「來人，把土特產再拿一箱子出來，也好讓王大人回去之後，跟上司和同僚都有個交代。」

「折，折殺，謝，謝大人賞！」王光習慣性地想要客氣，然而看到鄭子明那又在緩緩握緊的手掌，立刻躬下身子改口。

鄭子明笑了笑，伸手相攙，「這就對了，鄭某其實對朝中諸位大人，還有皇上，都尊敬得很。也不知道哪個不開眼的，專門給鄭某下絆子，恨不得立刻置鄭某於死地！」

「當然是皇上！」王光心裡暗叫，臉上，卻裝出一副同情且激憤模樣，瞪圓眼睛，大聲說道：「可不是麼，有些人，就是見不得別人好！大人您放心，回去之後，下官，下官一定想方設法，替大人分辨。讓同僚們都知道，大人對朝廷是一片赤膽忠心！」

「那就有勞了！」鄭子明笑著拱手道謝，隨即，又裝作十分惋惜的模樣搖頭，「其實鄭某，也巴不得回汴梁看看呢。就是邊境之上，一日三驚，實在不敢這個時候丟下弟兄們，自己一個人躲回去。唉——！」

這幾句話，雖然沒有一句屬實，卻帶上了如假包換的汴梁口音。小吏王光聽得耳熟，立刻順口問道，「大人，大人莫非是汴梁人？這……」

話說到一半兒，猛然想起朝廷中，關於鄭子明真實身份的傳說，他又瞬間汗出如漿。低下頭，苦著臉，真恨不得狠狠給自己來上幾個大嘴巴！

鄭子明將此人的表現都看在了眼睛裡，心中暗暗嘆氣。扭過頭，將侍衛們再度拿來了珠寶箱，雙手摞在了此人的懷中，「這份土產，王大人也請收好。唉！鄭某糊塗了，忘記大人是個文官。來人，幫王大人把土產送回驛館裡去！」

「謝，謝大人賞！」小吏王光被兩箱子金錠，壓得根本直不起腰。卻堅持著，先給鄭子明行完了禮，然後才將箱子小心翼翼地放在了自己的腳邊兒上。「其實，其實小人也聽說過一些傳聞，只是，不知道，不知道……」

一邊說，他一邊迅速左顧右盼，兩隻眼睛，滴溜溜轉得如同車輪。鄭子明頓時心領神會，擺擺手，命令麾下眾人暫且回避。不多時，議事堂中，就只剩下了兩張堆滿笑容的面孔和兩個粉白色的珠寶箱，有動有靜，相映成趣。

「好了，沒有外人了，王大人有話請放心大膽的講。出你口，入我耳，絕不會有第三雙耳朵聽見！」鄭子明的聲音，迅速在議事堂中響起，帶著與年齡既不相稱的成熟。

小吏王光的聲音緊隨其後，帶著如假包換的討好味道，「小的聽同僚胡說，也不知道當不當得真。好像幾位老國舅，做事都很仗義。特別是宣徽使李業，乃太后幼弟，與陛下自幼相交，關係極為親近。年初的時候有幾個吏部官員捲入了李守貞的謀反案，原本該被抄家滅族。可李業進宮見了一次太后，這幾人就都洗脫了嫌疑。只是損失了一些錢財而已！」

「哦？」鄭子明的聲音陡然轉高，「有此等事，把握大嗎？」

「據說是明碼標價，童叟無欺。但具體如何，小的也只是聽聞，未曾親眼看見！」小吏王光咬了咬牙，說得斬釘截鐵。「大人不妨盡力一試，總比，總比老是被人惦記著好！」

如果劉承佑多少有點兒人樣的話，哪怕大權旁落，王光這種京畿小吏也不敢對他失去敬畏。然而此人即位之後，除了斷袖分桃，就是給自己的親朋好友加官進爵，細數起來，竟一點兒正事兒都沒幹。所以王光之流再出賣他，就不存在任何精神上的負擔了。

倒是鄭子明，沒想到在五個顧命大臣的聯手壓制之下，外戚們的影響力，居然依舊能膨脹到如此地步，皺著眉頭思索了片刻，再度沉聲詢問：「李業等人如此胡鬧，史樞密就不管他們嗎？還有楊相和蘇尚書，他們難道也願意眼睜睜地看著吏治日漸敗壞？」

「不眼睜睜地看著又怎麼著，史樞密駁了皇上的十次，總得讓皇上說得算一回吧？況且蘇逢吉早就投了皇上那邊，最近專門跟史樞密對著幹。至於楊相，幾個月前因為出面阻止皇上給李家子弟隨便封官，回家路上被太后堵了個正著，差點抓了個滿臉花。他若是再老跟國舅們過不去，以後朝堂就成東市口了，每回光吵架拆臺就得折騰一整天，什麼正經事都不用再幹！」小吏王光一邊冷笑著撇嘴，一邊竹筒倒豆子般，將朝堂上最近的種種醜事，給數落了個夠。

「噢！我真還是第一次聽說，多謝王兄賜教。」鄭子明越聽越覺得稀罕，越聽，心情越是複雜。到最後，竟然不知道自己該高興，還是該憤懣，嘆了口氣，朝著王光輕輕拱手。

「不敢，不敢，大人是何等的身份，下官萬萬不敢跟大人兄弟相稱！」小吏王光又給嚇了一大跳，立刻側著身子跳開，連連擺手。「今天下官承蒙大人厚賜，無以為報，才順口多說了幾句。出了這個門，下官就會把所有的話全都忘掉，還請大人勿怪下官涼薄！」

汴梁城內，一直有傳聞說，滄州防禦使鄭子明乃是前朝二皇子。所以才被皇上視為眼中釘。無論這個傳聞是否為真，凡是跟此人稱兄道弟者，恐怕將來都未必能落到什麼好下場。故而，收錢歸收錢，出主意歸出主意，哪怕鄭子明今天再折節相交，王光都不願意將彼此之間的關係繼續拉近分毫。

鄭子明自己，原本也沒指望跟全天下的人都能一見如故。見了王光的反應，也不著惱。只是笑了笑，輕輕點頭：「理所當然！出了這個門，鄭某就當今天的所有事情都沒發生過！」

「其實，其實去打點幾個老國舅，未必，未必光是用錢！」見鄭子明如此好說話，王光反倒有些扭捏起來。猶豫了片刻，結結巴巴地補充，「就像，就像您今天賞賜給下官的這種鯤骨箱子，到哪都是稀罕物！送到幾個老國舅手裡，恐怕比真金白銀效果還好。還有，還有珍珠、珊瑚、硨磲、玳瑁等物，只要個頭足夠大，就不愁入不了皇親國戚的眼！」

「哦？這些東西，鄭某手裡倒是不缺。但是該如何送出去，還請王大人不吝多加指點！」鄭子明聽得心中一喜，趕緊虛心向對方求教。

滄州東臨大海，近岸處受黃河所攜帶泥沙影響，海水很淺，卻物產極豐。而因為戰亂和生活習慣等諸多因素的影響，當地人只是靠種田和煮鹽為生，很少將目光投向海底。所以鄭子明最近在巡視沿海村寨時，只是稍加點撥，其手下的兵卒們，就從海水中撈了盆滿缽溢。

以當地的購買能力和加工水平，這些撈出來的東西，一時半會兒肯定「消化」不下。這幾天鄭子明和長史范正兩個，正在冥思苦想，如何才能把海上的收穫推銷出去，給滄州軍換取更多的輜重和錢糧？小吏王光無意間提出來的「行賄」方案，簡直就是雪中送炭。

「幾個老國舅出身都頗為寒微，所以胃口都不算大，做生意也很講究信用！通常像給四品地方官員說好話，只需要七八兩現銀就已經足夠。大人您的情況特殊，恐怕要翻倍。但也不是……！」小吏王光，哪裡知道鄭子明手裡的海貨都堵滿了倉庫。本著讓對方的饋贈物有所值的想法，非常耐心地給鄭子明「出謀劃策」。

有道是，術業有專攻。京畿的官員，天生就比地方官員懂得如何打點疏通關節。在王光的全力幫助下，只花了半個多時辰功夫，鄭子明就得到了一份完整的「行賄」方案。幾個皇親國戚的胃口大小，對朝廷決策的影響力，以及小皇帝劉承佑最近跟權臣們之間的關係變化，都順手摸了個門清。

得到了如此大的幫助，鄭子明當然也不能虧待了王光。在臨別之前，又追贈了兩份土產。這回，就不是用小箱子來裝了，而是整整裝滿了兩駕馬車。把個王光感動得熱淚盈眶，又主動替滄州軍提了許多討好朝廷的建議，才帶著兩袖金風，戀戀不捨地踏上了歸途。

「你真的指望，憑著幾個皇親國戚替你說話，就能讓小皇帝徹底忘了你是誰？」望著漸漸遠去的馬車，潘美撇了撇嘴，冷笑著追問。

雖然對劉漢朝廷和小皇帝都沒任何好感，但是對於滄州軍主動向幾個老國舅行賄的謀劃，他卻是打心眼兒裡頭厭惡。總覺得此舉非但行事不夠光明，效果也非常有限，頂多能解一時之急。待小皇帝劉承佑被耗盡了耐心，或者幾位皇親國戚的胃口越養越高，朝廷的兵馬，早晚有一天會打上門來。

「他肯定不會忘，但是，至少在他想要鏟除的名單上，我的名字會向後挪一挪！」鄭子明的目光從車隊的煙塵上收回，笑了笑，輕輕搖頭，「能多拖一天，咱們的準備就會更充分一些。此外……」

忽然，他好像想起了什麼有趣的事情，咧了咧嘴，笑容瞬間湧了滿臉，「給皇親國戚們送禮，也不光是為了賄賂他們。古語云：桓公好服紫，一紫值五素！那麼大的鯨魚骨頭呢，總得想辦法全都賣出去！」注一

「你，你居然還打算將鯨骨像牛羊一樣買賣？」沒等潘美接茬兒，老長史范正一個箭步竄了上來，兩眼

注一、桓公好服紫，出自《韓非子》。原文為齊桓公好服紫，一國盡服紫。當是時也，五素不得一紫。桓公患之……。

瞪著鄭子明，就像大白天見到的魔鬼。

「鯨乃鯤之子，鯤成年後化鵬，以蛟龍為食物，雙翅揮動間扶搖萬里。」「巨鯨上岸，則諸侯薨……」在他讀過的典籍，和聽說的傳聞中，鯨魚乃是和蛟龍同一等級的高貴存在。凡人見到了，不燒香叩拜，至少也應該敬而遠之。誰料到了鄭子明這兒，卻不由分說先用床弩給射死了好幾頭。然而又是做骨雕，又是煉油，甚至還想著將鯨骨和鯨油當作滄州的土產賣得遍地都是！

「廢物利用而已，殺都殺了，何必還留著一大堆骨頭？」鄭子明根本不理解老范正為何如此大驚小怪，側過頭遲疑著看了此人一眼，笑著反問。

「你，你就不怕，就不怕，引來，引來神明報復？」見他一臉滿不在乎模樣，老長史范正更急，手臂上下揮舞，恨不得用拳頭來強調事情的重要性。

這回，鄭子明總算理解了他關心所在，笑了笑，依舊滿不在乎地回應道：「神明這東西，誰知道有還是沒有？放心，弩車是我叫人安放到船上去的，鯨魚也是我下令射死的。神明要降罪，也只會降罪我一個，不會牽連無辜！」

「你……」老長史范正被憋得語塞，滿是皺紋的老臉，瞬間變得又黑又紫。

最初答應來滄州做長史，他只是看在郭家的情面和鄭子明所開出來的高額聘金上，才勉強為之。然而隨著時間推移，他卻在不知不覺間，就忘記了自己的初衷。開始真心實意的，把自己當作了滄州軍的一員，真心實意地，希望和鄭子明等人一道走得更遠。

知人善任，體恤士卒，愛惜百姓。英勇卻不魯莽，聰明卻不倨傲。身居一隅，卻能放眼天下。像這樣的少年才俊，只要假以時日，何愁不能成為一方豪雄？而豪雄身側，必有良臣名將相伴。其所建立的霸業越是輝煌，其身側的良臣名將，越是耀眼。就像雲臺閣二十八宿，倘若不是遇到了漢光武，恐怕其中有一大半，都會在綠林草莽當中蹉跎終生。注二范正心中早已經認定，自己就是英主身側的良臣。即便做不了武王身邊的姜尚，至少也應該與穆公身邊的百里奚比肩。然而，他萬萬沒有料到的是，鄭子明這個英主，平素對他幾乎言聽計從。偏偏在對待神明的態度上，卻偏執得像個無賴頑童。

如果只是怕受牽連，他又何必頂著整個士林的冷言冷語，來當這個滄州軍長史？如果是怕受牽連，在幾個月前，發現滄州軍跟朝廷早晚必有一戰之時，他就該掛冠而去了。又何必拚著一把老骨頭，終日跟在孫子輩的年輕人身後東奔西走？

「文長公不要誤會，子明不是說你！」還是潘美心細，發覺范正的神態怪異，趕緊出言打圓場。「他只是說，鯨魚這東西，跟傳說中的鯤鵬沒什麼關係罷了。您老想想，光是老河口對著的那一片兒海面上，就盤踞著鯨魚不下百頭。巨鯤如果這麼能生，整個大海早就填滿了。世間得有多少龍，才夠牠們長大後來吃？」

按照傳說，鯤長大之後要化鵬，鵬的脊背，不知其幾千里寬窄！若是大夥半個月前在海面上所看到的鯨魚都化作鯤鵬，恐怕頭頂的天空根本裝不下，更甭問世間哪裡能為他們提供充足的食物了！

「是啊，傳說未必做得真。大人不是說你老怕受連累？您想想，大人什麼平素時候慢待過您老？」李順兒向來會見風使舵，緊跟在潘美身後，笑著補充。

「文長公不要誤會，鄭某的確沒有奚落之意！」鄭子明這才意識到自己的話語傷了人，也趕緊拱手賠禮。

「哼！嗯——！」聽了他們三個的話，老長史范正終於緩過來一口氣，歪了歪鼻子，拖著長聲呻吟。

然而，沒等他想清楚該如何再規勸鄭子明幾句，李順兒的小聲嘀咕，卻又如火苗般鑽進了他的耳朵，「其實真是鯤種才好，鯤肉唉，比龍還高貴的玩意，把肉曬成肉乾兒賣到汴梁裡頭去，那些官兒老爺們還不都得搶瘋了。」

注二、雲臺二十八宿：東漢明帝在永平三年命人在雲臺閣，給追隨其父親劉秀的一眾功臣畫的肖像。為顯示公平，特地扣除了皇親國戚。所以最後只畫了銚期、馬武、鄧禹等二十八人。後世將其與天上星座對應，演繹而成雲臺二十八宿。

「我叫你吃，叫你吃。你就不怕天打雷劈！」想到鄭子明受了「奸佞」蠱惑之後，指揮船隊衝進海裡對鯨魚大開殺戒的場面，范正的七竅頓時噴出了濃煙。舉起巴掌，劈頭蓋臉朝李順兒抽了過去！

「哎呀，別打臉，別打臉！」李順明明一隻手就可以把他推倒，卻沒勇氣迎戰，抱著自己腦袋，撒腿就跑。一邊跑，一邊大聲嚷嚷，「我只是覺得鯨肉光是用來煉油，太可惜了。不如曬成肉乾賣個好價錢！況且那玩意就算真是鯤鵬又怎麼樣？別人殺牠不得，鄭大哥殺牠，卻天經地義！」

「你……」老長史范正猛地打了個踉蹌，停住腳步，雙手扶著自己的膝蓋，氣喘如牛。

李順怕他緩過氣兒來之後，再跟自己沒完沒了，也停住了腳步，大聲補充：「您老別生氣，事情根本不像您老想得那樣嚴重。如果傳說可以當做真的話，鯤吃蛟龍，龍當然可以殺鯤！牠們跟鄭大哥是天生的仇家，無論誰殺了誰，神仙都不能拉偏仗！」

這句話，可是真說到了點子上，令老長史范正又打了個踉蹌，徹底無言以對。

按照民間說法，天子為龍，諸侯為蛟，無論鄭子明是其中哪一種，他對鯨魚的態度，好像都理所當然。順著這個思路想來，鄭子明屠殺鯨魚賣錢的舉動，在老長史范正的眼裡，就忽然變得沒那麼可怕了。更何況，他老人家心裡還早就知道一個事實，鄭子明乃是前朝皇家血脈，真正的「鳳子龍孫」。龍的孫子宰鯤鵬的兒子給長輩報仇，誰人敢說不是天經地義？

正哭笑不得地想著，耳畔卻又傳來了鄭子明自己的聲音：「順子，別胡說！文正公，您老也被跟他一般見識。他那張嘴巴，向來就沒說過什麼正經話。我盯上了海裡的鯨魚，一方面是為了為咱們滄州開闢財源。畢竟傳說未必當得了真，而滄州地處漢遼邊境，腹背受敵，沒有充足的錢糧怎麼可能自保？另外一方面，則是想試試有沒希望，打造一支水師出來。假若僥倖成功，則沿海各地，咱們可以任意縱橫，無論誰也阻擋不住！」

有道是，一個人的視野，往往決定了他這輩子前途的遠近。

鄭子明在權謀方面不及范正，在韜略方面不及潘美，然而在視野高度方面，卻是當世數一數二。早在圖謀橫海軍節度使之位的時候，他就已經將目光放到了海面上。如今既然慢慢在滄州站穩了腳跟，肯定要排除任何阻力，去打造完全聽命於自己的水上雄師。

而水師的訓練，完全不同於陸軍。騎在馬背上舞刀如風的壯漢，雙腳踏上甲板之後卻連站都站不穩的情況比比皆是。如果把在李家寨練兵那套方案照搬到海面上，恐怕耗費十年苦功，也無法取得任何成果。所以，鄭子明目前所能想到的最好辦法，就是先從海上捕撈著手，在努力讓弟兄們適應乘船的同時，以海上的收穫自給自足。

至於鯤鵬與鬼神之說，他從來就沒在乎過，也顧不上去在乎。如果這世上真的有鬼神，就不會連續五十多年，越卑鄙無恥者活得越是滋潤，而正直善良者個個死無全屍！

如果他擔心鬼神的刁難，當初在滄州就不該大開殺戒，將地方上的土豪劣紳犁庭掃穴。就不該擺明了車馬，對「士」這個字重新定義，令天下半數讀書人把自己當作寇仇。

他那怪異的身份和經歷，已經注定了他不可能重複前人走過的任何道路。只能在前人的經驗和閱歷之外另闢蹊徑。成，則一飛沖霄。敗，則萬劫不復，在此之間，沒有任何第三種結局可選。

「若，若是真的能從水面上縱橫來去，我，我滄州軍，我滄州軍豈，豈不是，豈不是生出了翅膀？從遼東到江南，處處都可以落腳，處處，處處都可以登岸，登岸發起攻擊！」被鄭子明身上突然爆發出來的強大氣勢所奪，老長史范正瞬間忘記了自己先前的所有顧慮，直起腰，結結巴巴地說道。

「若是戰船能逆黃河而上，借劉承佑三個膽子，他也不敢再跟咱們為難！」潘美的思路，卻遠比老范正活躍，剎那之間，便做到了舉一反三。

鄭子明自己，因為預先已經在謀劃構建水師方面下了許多功夫，此刻思路反倒相對保守。笑了笑，緩緩回應道：「咱們現在能買到的，只有漁船和沙船。前者太小，進了內河也沒多大戰鬥力。後者只能貼著海岸緩緩航行，無論是內河，還是遠海，都無法適應！」

「那就造，造大船。造那種可以直接航行到倭國的大海船！」潘美最無法忍受的，就是空有良策，卻被現實條件所限，握緊了雙拳，低聲叫嚷。「你不是要賣鯨魚骨頭去汴梁嗎，咱們現在就，現在就派人出海繼續獵殺鯨魚。用賣鯨魚骨頭和鯨肉，鯨油的錢去江南禮聘會造大船的師父。實在不行，就派人去綁了他們過來！」

「造船並非一朝一夕之功，沒三年五載，看不到大船出海！」鄭子明笑了笑，將目前和即將所面臨的困難坦言相告，「此外，操帆、掌舵和領航的師傅，都得從頭培養。沒個三年五載，一樣見不到結果！」

在年輕的潘美眼裡，卻根本就沒翻不過的高山，揮了揮手臂，笑著回應：「十年磨劍，總好過坐困愁城！」

「吳越國擅長造船，其所造大舟可直抵百濟。而其國相胡公克開今年剛剛告老，如今朝堂上全是一群鼠目寸光之輩。如果咱們這個時候派遣信使前去，上下打點。無論是想買大船，還是想把一整座船塢連同工匠搬過來，都不無可能！」忽然看到了一條金光大道，老長史范正心裡，也徹底忘記了鯨魚到底是誰的子孫問題，憑著多年的從政經驗，給出了一個最有效的解決方案。注三

潘美聞聽，立刻興奮的兩隻眼睛都開始放光，揮了下胳膊，低聲催促，「那就儘快，派人坐了沙船，載著金銀細軟，直接從海面上過去。免得去得晚了，吳越國已經被南唐所滅。那種巴掌大的小國，向來是朝不保夕！」

「那倒不至於。」范正看了他一眼，輕輕搖頭，「吳越國立國比南唐還早，其君臣雖然缺乏進取之心，應付南唐的逼迫卻綽綽有餘。更何況，南唐最近與南楚正打得不可開交。根本騰不出手來再圖謀沿海十三州。」

「哦……」潘美有些過於急切的心情，終於慢慢平復。拱起手，向老長史微微俯身，「文長公視野之闊，晚輩望塵莫及。」

「活得久了，平素聽到的東西多了一些而已。」范正笑了笑，帶著幾分得意擺手。「仲詢不必過謙，用不了三年，你就會讓老夫望塵莫及。」

在潘美、陶大春、李順、郭信等勤學好問的後生晚輩面前，他平素所承受的壓力，可不是一般的大。好在眼下這群少年們，閱歷和經驗都尚顯單薄，目光通常也都局限在滄州一隅。所以他這個睿智長者的架子暫時還能支撐得下去。不至於動不動就在一群孫兒輩的少年們面前出乖露醜。

然而，還沒等他過足前輩高人的癮，不知道什麼時候偷偷溜回來的李順兒，忽然又大聲插嘴：「雖然像您老所說，吳越國近期的確沒有亡國之憂，可咱們也沒有太多時間耽誤！幽州軍春天時吃了那麼大的虧，不可能不想著把面子找回去。皇上和符家，也都不可能眼睜睜地看著咱們招兵買馬！」

「邊上去！哪都有你一嘴！」范正立刻皺起眉頭，低聲呵斥。對李順兒這個出身寒微，說話做事毫無長幼尊卑，卻偏偏甚受鄭子明信任的「奸佞」，打心眼兒裡頭厭惡。

然而，厭惡歸厭惡，他卻無法不承認，對方的話很有道理。因此一聲呵斥過後，又主動把嗓音放低，緩緩說道：「物以稀為貴。吳越與契丹已經斷絕往來多年，塞外的皮毛、藥材和戰馬，在江南都能賣上好價錢。此去江南，應該以皮貨、藥材、牛羊和戰馬為主，回來時捎帶上一船茶葉或者絲綢，開銷也許能省下一半兒！」

「皮貨和藥材倉庫裡都不缺，牛羊和戰馬，只能想辦法去北邊重金收購！如果數量不大，半個月之內也能湊出一批來！」鄭子明接過話頭，低聲回應。

范正迅速將身體轉向他，低聲補充：「參軍周義夫曾經追隨大人的義兄往來江南多年，由他帶一支商隊重操舊業，想必能不負大人所托。此外……」

略作斟酌，他再度輕輕朝鄭子明躬身施禮：「老夫之族侄范含，粗通文墨，性喜交遊。敢請大人委其為副，與周參軍一道前往杭州。」

注三、吳越、南唐、南楚，都是五代時江南的割據勢力。南楚先被南唐所滅，但隨後南唐兵馬被楚將劉言驅逐。自此楚地戰亂不斷，直到九六二年被宋軍盡數剪滅。南唐在九七五年在宋與吳越的夾擊下亡國。兩年半之後，吳越主動歸附，併入宋國版圖。

「文長公不必客氣！」鄭子明喜出望外，趕緊伸出雙手，托住了老長史的胳膊，「令侄肯來滄州出仕，實乃鄭某之幸。」

數個月前他對當地地方豪強大開殺戒，讓刺史衙門徹底擺脫了仕紳們的掣肘，政令不打任何折扣便可以直接下達到十里八鄉。無論是執行效率，還是執行的準確性，都較以往提升了三倍不止。

然而，這樣做的負面效果，也是立竿見影。全天下的大半數讀書人，都將滄州當成了龍潭虎穴，寧可蹲在家裡虛耗光陰，也不敢前來一展所長。導致刺史衙門和防禦使衙門裡頭，許多崗位到現在還空著。從潘美、周信、陶大春到下面的參軍、都頭，凡是識字者，幾乎個個都身兼數職。

所以，范正肯讓他的侄兒出來做事，鄭子明當然要虛位以待。哪怕此子是個紙上談兵的趙括，好歹也能幫忙整理一下公文，核對一下帳目。比把潘美、陶大春等人活活累死強！

「刺史衙門裡的司庫參軍，一直由末將兼任。而末將早已分身乏術，不如直接就交給范公子！」潘美在旁邊靈機一動，也迅速向老長史的族人伸出了橄欖枝。

在他看來，老長史范正突然推薦自家侄兒出仕滄州的舉動，可不僅僅是為親人謀個差事這麼簡單。此舉同時還意味著，滄州軍已經對當世的一些書香門第，產生了足夠的吸引力。換句話說，鄭子明本人和滄州軍的前程，已經開始被一些傳統世家看好，他們起了向滄州軍下注的心思，所以才特地雪中送炭，以圖將來收到豐厚的回報。

「末將的司田參軍差事，也可以交卸出來，由范長史的侄兒接任！」明知道自己不受老傢伙的待見，李順兒卻不甘落後，也湊上前大聲表態。

「末將的司戶參軍職務，早就幹不動了。請大人務必派人接手！」

「末將的考功參軍……」

「都別胡鬧，末將的字寫得像蜘蛛爬的一樣，這記室參軍之職……」

一時間，先前插不上嘴的陶大春、陶勇、周信等人，都蜂擁而上，主動要求退位讓賢。

對大傢伙來說，練兵和打仗，才是最要緊的事情。做這些天天跟筆墨紙硯為伴的文職，簡直就是浪費生命。

「都退後，誰再敢撂挑子，就乾脆把軍中職務也都一併交出來，滾回家去陪著老婆抱孩子！」鄭子明被眾人突然爆發出來的「熱情」，弄得哭笑不得，抬腿向四下虛踢了幾腳，大聲威脅。

這下，眾人又全都老實了。苦著臉後退數步，互相之間齜牙咧嘴。

鄭子明朝著他們又狠狠瞪了兩眼，將面孔再度轉向老長史范正，笑著補充：「文長公家中若是還有合適的子侄或者弟子晚輩，不妨多推薦幾個。咱們滄州空缺實在太多，您老舉賢無須避親！」

「大人有托，老夫自當竭盡全力！」不知道是感動於大傢伙的熱情，還是因為替家族下注的舉動被識破而心虛，老長史范正紅著臉，額頭上掛著虛汗，鄭重答應。

鄭子明朝著他微笑點頭，隨即，又迅速將面孔轉向潘美、陶大春、李順兒等，大聲重申：「還有你們，如果家中有親朋故舊，同學晚輩，願意來滄州做事，也都舉賢無須避親！誰先推薦來合適的人才，誰所兼任的職務，就可以先交卸一部分出去。若是一個人才也找不到，那就繼續自己頂著，累死也別喊冤！」

「是——」遇到如此不講理的上司，眾人無可奈何，只能咧著嘴巴領命。

「難得今天人齊，最近咱們需要做的事情，鄭某在這裡跟大家梳理一下！」趁著大傢伙都在興頭上，鄭子明稍作斟酌，拔出腰間橫刀，以地為紙，在上面迅速勾畫。

他並不是個聽不得反對意見的剛愎之輩，但今天老長史范正的表現，卻讓他忽然意識到，身邊這些同伴，視野和認知，都跟自己有許多差異。畢竟，沒有任何人，像自己一樣，經歷過那麼多大起大落。也沒有任何人，跟自己一樣總是在稀奇古怪的夢中驚醒。

所以，接下來滄州軍要做的事情，他必須跟大夥提前交個底兒。以免因為大傢伙兒跟自己的認知不同，在執行過程中走了樣，或者執行起來磕磕絆絆。此外，眾人既然把前程和身家性命都交到了他手上，鄭子明就認為自己有必要帶領大夥去追尋最好的結果，而不是繼續走一步看一步，最後稀裡糊塗變成了一堆歷史的塵埃。

「請刺史大人示下！」老長史范正和潘美等人，知道鄭子明接下來的話必然關係到整個滄州軍的發展大計，趕緊讓侍衛們在周圍拉了個警戒圈子，然後低聲催促。

「嗯！」鄭子明在勾勾劃劃中，理清了自己的思路。點點頭，笑著說道：「首先，秋糧入庫必須保證。無論河對岸的幽州軍如何動作，咱們都儘量保證秋收不被干擾，讓百姓能夠顆粒歸倉。」

手中有糧，心中不慌。無論是野戰，還是守城，充足的糧食儲備，都是取勝的關鍵。對於這一點，眾人毫無疑義，紛紛鄭重點頭。

「其次，」鄭子明朝眾人臉上掃了一眼，繼續低聲補充，「練兵擴軍之事情，必須抓緊。今年雪落之前，戰兵必須擴充到一萬人以上。如有可能，騎兵隊伍也要拉起來，人數不低於兩個指揮。無論契丹人和朝廷如何動作，咱們自己該做的事情，都不能耽擱。」

「那是自然，總不能聽了刺刺蟲叫，就不種地！」

「咱們做咱們的，朝廷做朝廷的。兵來將擋，水來土掩就是！」

「打鐵還得自身硬……」

眾人七嘴八舌，對鄭子明的第二條規劃，爭先恐後表示贊同。

滄州土地平整肥沃，物產甚豐。靠海地區還能通過煮製和發售私鹽獲取大把紅利。將來又很可能將鯨骨製品和鯨肉、鯨油賣遍整個中原。如果沒有足夠的武力自保，就等同於一個幼兒抱著金塊在大街上晃悠，早晚都逃不過惡人的黑手。

然而，鄭子明接下來的話，卻將所有人都聽了個滿頭霧水，「第三，練兵和打仗，需要充足的錢糧。糧食咱們基本上可以自給自足，但光憑著鹽稅和市易厘金，卻未必能供得起上萬兵馬的花銷。所以，鄭某打算立刻著手組建一支商隊，沿著海面販運南北貨物。在大船沒買到之前，哪怕先用沙船和漁船湊合，也必須搶先一步，將通往遼東和江南的航路都探索清楚！」

這年頭，官府出面組建商隊，算不得什麼新鮮事情。許多諸侯及其所在的家族都公開組建或者暗中支持商隊，帶著貨物往來南北。一方面替他們賺取豐厚的錢財，另一方面，則替他們刺探對手或者同僚的軍情。

鄭子明的結義大哥柴榮，在郭威帳下以前所從事的就是類似差遣。鄭子明的未來岳父常思，也曾經假手家族的商隊施行反間計，將遼國幽州軍的前任主帥趙延壽全家給送上了西天。作為常思的未來女婿和柴榮的義弟，鄭子明自己也打算照著葫蘆畫瓢，一點都不足為怪。

然而，以前的商隊走的都是陸地，從海面上駕船遠距離輸送貨物，卻聞所未聞。且不說海面上風高浪急，一不小心，就得連貨物帶船都餵了龍王爺。單單是沙船和漁船在沿途靠港補給，就是個巨大的麻煩。能不能找到港口，港口允許不允許停靠，停靠後船隊會不會被扣留，都屬未知。花多高的價格才能補給，進出港需要交納多少費用，也全都由港口的擁有者說了算。船隊沿途每多停靠一次，就多一次血本無歸的風險。注四

「南，南方還好說。官港和私港眾多，只要找對了人，花錢便可以疏通！但是北方……」錯愕良久之後，老長史范正，才硬著頭皮，低聲提醒。「契丹人恐怕連大船都沒見過，更不可能修築港口。幽州韓匡嗣兄弟視我滄州為眼中釘，也不可能允許滄州的船隊在他的後院停泊。」

注四、唐代時，已經有海貿往來日本和新羅。但海上貿易都被南方地區把持，北方沿海地區很少染指。此外，海上運貨也多發生在國與國之間，中國自己南北方則貨物運輸，則主要依靠運河與陸路。這種情況一直持續到元末，南方糧食北運的通道被紅巾軍切斷，才有張士誠用海船從杭州往塘沽運送稻米。

「所以我才說要自己探索航路！」鄭子明在心裡早就謀劃好了預案，接過老長史的話頭，笑著補充。「繞過幽州，直接去跟遼東的契丹人打交道。契丹人越是對大海一無所知，咱們才越有機會在其岸邊找到合適的港口。而契丹名為一國，各部族頭領們，權力地位卻遠遠超過中原諸侯。商隊以做生意為名，打點遼東的各家部族，深結厚納，想必那些頭領和族老們，也不會將送到手邊兒的發財機會拒之門外！」

「如此，如此倒可以冒險一試！」老長史范正雖然未曾去過遼國，這幾年卻通過與朋友之間的書信往來，對遼國的情況有了一定的瞭解。知道其國內組織結構，恰如鄭子明所說的那樣鬆散。

遼國的歷任皇帝，與其說是一國之君，倒不如說是所有部落的共主。只是在對外劫掠時，有統一號令群雄之權。平素則只能控制上、東、南三京及三京周圍很小的一部分區域，其餘大面積國土，則任由各部自行其是。注五

「單單從輿圖上看，遼東沿岸的確有很多地方應該可以找到天生的良港。然而將貨物送上岸容易，若是想將貨物送到上京和東京出售，恐怕比在中原去上京艱難十倍。不說別的，光是沿途來去如風的馬賊，就足以讓咱們人財兩空！」潘美的著眼點，與老長史范正完全不同。很快，就從另外一個角度對鄭子明的設想提出了質疑。

「船舶載重，遠遠高於馬車。所以我打算從軍中調集一批好手充當刀客，與貨物隨行。」鄭子明想都沒想，就直接給出了解決方案。

「你，你莫非……，你真是膽大包天！」潘美楞了楞，隨即如夢初醒。兩隻秀氣的丹鳳眼瞬間瞪了個滾圓，嘴裡說出來的話卻在半途中戛然而止。

「子明莫非打算……」老長史范正也恍然大悟，同樣把試探的話說了一半兒，又果斷地吞回了肚子。他和潘美都是當世少有的聰明人，只要稍微花些心思，就可以將鄭子明的真實打算，猜個清清楚楚。

從海上輸送貨物是虛，至少，在往遼東輸送貨物這一塊，完全就是個幌子。鄭子明真正的意圖，肯定放

在了為商隊充當護衛的刀客隊伍上！那支隊伍的成員，肯定個個都是百裡挑一的精銳，並且在作戰時無懼個人生死！

當商隊熟悉了遼東各地的道路之後，刀客們的目標，必然是營州。前朝亡國之君石重貴被圈禁在那裡，劉漢國的皇帝和諸侯們，都巴不得此人早死早托生。然而，此人卻是鄭子明的生父，他在世上剩下的唯一血脈至親。

想把石重貴活著從遼東救出來，難比登天。即便僥倖成功，此人的回歸，對於滄州軍來說，也絕非一件幸事。相反，滄州軍有可能因此成為眾矢之的，每個諸侯，都欲除之而後快。

「有百害而無一利！」、「得不償失！」、「先皇若歸，汝將置之何地？」剎那間，無數質問之語，都在潘美和范正二人嗓子眼兒打轉，然而最終，他們兩個卻什麼話都說不出來，只能以目互視，無奈地搖頭。

這世上，任何人都可以不管石重貴的死活，唯獨鄭子明不能。此時滄州軍實力單弱，無論小皇帝劉承佑還是其餘諸侯，都故意將石重貴跟鄭子明之間的關係忽略，以免他依仗前朝皇子的身份，蠱惑人心。然而當哪天滄州軍一飛沖霄，若是石重貴依舊被囚在遼東，恐怕「棄生父於絕地而不顧」，就會成為所有敵人攻擊鄭子明的藉口，任他怎麼解釋，都難以洗脫「不孝」的罪名。

「此事必須去做，不用再探討，還請各位，竭盡全力相助！」能感覺到兩個臂膀心裡的糾結，鄭子明將刀插到地面上，緩緩站直了身體。「但是鄭某可以承諾，沒有絕對把握，絕對不會去嘗試最後一步。」

「屬下遵命！」既然鄭子明把話都說到了如此份上，范正和潘美等人便不再試圖勸阻，紛紛站直了身體拱手。

從李家寨練兵之時起，鄭子明給自己和身邊人定下的規矩便是，無論任何事情在執行前，都可以各抒

注五、遼國從立國起，各代皇帝一直致力於打造一個像中原一樣的朝廷。但直到澶淵之盟前後，其政治架構都未能完全擺脫原始的部落聯盟狀態。只有在燕雲十六州，才繼承了完整的地方官府。

己見。但是決定執行之後，無論當初大傢伙兒的態度是贊成還是反對，都必須全力以赴。因此，回到了府衙之後，很快，他所提出來的三個任務，就被細分、詳化，變成一條條軍令和政令，以最快速度推行了下去。

在滄州軍的保護和警戒下，土地上的莊稼，被收割，裝車，曬乾，歸倉；大批從北方逃回來的男丁和不願意從事耕種的游民，被徵募入了軍營，在潘美、陶大春、李順等人的監督下，開始了艱苦訓練；從海裡撈上來的珊瑚、硨磲、玳瑁，還有原本被當作神蛻的鯨魚骨頭，則在城裡的小作坊中，變成了高雅華貴的珠寶和擺設，然後以最快速度裝上馬車、大船，朝著杭州和汴梁城迤邐而去。

海上貿易剛剛開始探索，一時半會兒見不到成果。陸地上去打通汴梁官場的行動，卻是立竿見影。諸位皇親國戚們收到了來自滄州的「禮敬」之後，個個眉開眼笑，對滄州刺史鄭某人的好感與日俱增。

如此明目張膽的公開行賄，當然瞞不過有司的眼睛。沒幾天，相關密報，就擺上顧命大臣史弘肇的案頭。

「這個混帳東西，比他老子當年還要混帳十倍。早知道這樣，當初老夫就不該心軟，答應常思保他一命！」老將軍史弘肇又是生氣，又是感覺好笑，拍著桌案，大聲數落。

「也好，有太后的幾個兄弟替他說好話，陛下就無法將他不肯奉詔的事情，遷怒到別人頭上！」中書舍人路汶是史弘肇的心腹，湊上前朝著密報上瞅了兩眼，笑著開解。

「黃口小兒，他即便遷怒又能怎樣？」史弘肇聞聽，立刻冷笑著撇嘴。對小皇帝劉承佑的反應不屑一顧。

「總比天天想方設法給大人添堵好！」路汶搖搖頭，非常謹慎地提醒。「陛下年齡漸長，樞密切莫繼續把他當成無賴頑童看待。古語云，天子一怒，血流漂杵！」

「行了，行了，我在朝堂上，儘量多給他留點兒情面便是！」明知道路汶的話是出自一番好心，史弘肇依舊覺得煩躁異常，用力揮了下手，大聲回應。「前提是，他別自己出乖露醜，總是鬧出何不食肉糜的笑話！」

「這……，大人所言甚是！」路汶楞了楞，苦笑著拱手。

事實正如史弘肇所說，劉承佑絕非有道明君。可再昏庸糊塗的皇帝，也是皇帝。豈能長時間忍受朝政盡數被權臣所把持？

正準備硬著頭皮再勸幾句，耳畔卻已經傳來了史弘肇的吩咐：「行了，你別說了，老夫自己心裡有數。趕緊替老夫把明日早朝時需要走一次過場的事情，都給整理出來。等廷議上通過了，也好當場拿給陛下用印！」

「是！」路汶不敢怠慢，立刻拱手領命。然而身子才轉過了一小半兒，卻又忽然回過頭，用極低的聲音提醒道：「樞密大人，下官最近聽聞，聽聞……」

「有話就大聲說，別像個娘們一般！」史弘肇又用力揮了下手，彷彿自己身邊飛著無數隻蒼蠅。

「下官聽聞，最近禁軍當中，人事變動頗為頻繁。」路汶咬了咬牙，聲音依舊低得像蚊子哼哼。

「禁軍的將領任免，都在皇上和姓聶的職權範圍之內，老夫不好橫加干涉！」史弘肇將他的話聽了個清清楚楚，卻不認為有什麼要緊，「且隨便他們折騰去，想對付老夫麾下的龍武軍，禁軍還差得遠！」

「明槍易躲……」路汶被說得一陣氣結，強打精神繼續補充。

「老夫不進內宮，他們難道還敢當街行刺不成？」史弘肇依舊拿他的提醒不當回事，聳聳肩，冷笑著回應。「好了，無論如何，老夫都感謝你的美意。但是，除非陛下不打算要江山了。否則，他即便再急著親政，也不會蠢到光天化日之下跟老夫束甲相攻的地步。更何況，郭家雀兒此刻還領著大軍坐鎮鄴都！」

「護聖右軍都指揮使趙弘殷，前日被陛下派出去巡視皇莊……」連續兩次提醒都沒得到史弘肇的重視，中書舍人路汶心中好生沮喪，沉吟了片刻，再度點出了第三處異常。

護聖軍是禁軍的正式番號。護聖右軍都指揮使趙宏殷平素與史弘肇、郭威等人多有往來。其子趙匡胤與郭威的養子柴榮，還曾經義結金蘭。在右衛大將軍聶文進肆意朝左右護聖軍內安插親信之時，右軍都指揮使趙宏殷卻被調離了汴梁，這兩件事，怎麼看都不像是巧合。

回答他的，是一陣窸窸窣窣的紙張翻動聲。中書舍人路汶抬眼看去，只見史弘肇已經開始聚精會神地批閱公文，壓根兒沒認真聽自己剛才說了些什麼。

一股無力的感覺，頓時湧遍了中書舍人路汶的全身。苦笑著給史弘肇又行了個禮，他默默地退了出去。默默地回到了廂房中自己的座位上，去應付自己份內的那些職責。

「也許是我自己杞人憂天了！」一邊迅速地整理明天上朝所需要的內容，他一邊繼續搖頭苦笑。從樞密使府到皇宮前部專供召開朝會宣政殿，不過才一千多步距離。而樞密使府側面，就駐紮了一個指揮的龍武軍。即便真的有事，憑著史樞密的身手以及身邊護衛的本領，應該能堅持到府內的龍武軍抵達。只要雙方能夠順利匯合，周圍即便有千軍萬馬殺到，也休想再擋住史樞密的去路。

如是想著，慢慢地，他的心思也終於安定了下來。很快，就把全部注意力都集中在了手頭的公務上。

當落日的餘暉灑滿了窗子，所有明天需要在朝會上處理的公文，終於整理完畢，及時送到了史弘肇的案頭。史弘肇自己，也結束了一天的操勞，伸了個攔腰，準備回後宅跟家人一起用飯。

見中書舍人路汶臉上依舊帶著幾分焦慮，老將軍笑了笑，搖著頭道：「行了，老夫知道你是怕有人不懷好意。明天朝會之後，老夫再調一個廂的龍武軍，到城內駐紮便是！放心，老夫獨領一軍作戰的時候，聶文進那廝還穿開襠褲呢。他若是真敢輕舉妄動，老夫一個廂的兵馬，足以滅掉所有護聖軍。」

「這，屬下希望自己是杞人憂天！」路汶臉色微微發紅，拱著手回應。

「陛下雖然年少無知，卻不是個瘋子，應該知道輕重。」史弘肇看了看他，像是在強調一個事實，又像是再給自己打氣，「老夫沒有做司馬昭之心，可若是陛下真的瘋了，老夫也不吝讓他做個曹髦！」注六

麾下的龍武軍戰鬥力天下無雙，只要自己一聲令下，半個時辰之內，就能打垮任何對手，控制整個汴梁。生死之交郭威手握重兵坐鎮鄴都，如果京畿有事，也可以星夜殺回來將李業、聶文進、後贊等鼠輩挫骨揚灰。如此懸殊的實力對比，史弘肇相信只要小皇帝沒徹底瘋掉，就絕對不敢輕舉妄動。

當然，該做的防備，他也不會忽略。比如最近每次出府去上朝，他身邊至少都有一個都的甲士護送。每次朝會結束，他也不再接受任何人的宴請，直接跳上戰馬打道回府。自從一個多月前郭威走了那時起，他甚至連內宮都不再去了，任由小皇帝劉承佑在裡邊為所欲為。以免自己真的一時疏忽，步了漢朝大將軍何進的後塵。注七

為了表示自己從諫如流，第二天去上朝之時，史弘肇特地將貼身護衛增加到了兩個都。朝服之內，也套了一件來自青羌的瘊子甲，十步之外，可以擋得住任何弩箭的偷襲。

如此龐大的隊伍直奔皇宮，當然無法不引起外人的關注。才經過出府之後的第一個十字路口，開封府尹劉銖，就頂著滿頭大汗迎了上來。遠遠地將雙手並攏到胸前，以武將之禮高聲問候，也不管史弘肇能否聽得見：「昔日帳下小卒劉銖，拜見指揮使大人！敢問大人，如此興師動眾，到底所為何事？」

「當然是去上朝！劉府尊，難道我家大人帶多少護衛隨行，還需要提前向你報備嗎？」史弘肇的親衛都指揮使周健良毫不客氣地舉刀在手，厲聲喝問。

「不敢！」開封府尹雖然穿著一身文官袍服，卻依舊做像武將一般在馬背上挺直了腰桿拱手，「昔日帳下小卒劉銖，願為指揮使大人執韁！」

說罷，翻身跳下坐騎，直接就朝隊伍中央闖。親衛都指揮使周健良見狀，頓時手臂就是一僵。正琢磨著該不該指揮弟兄們將此人架開，身背後，卻已經傳來了史弘肇的聲音，「罷了，爾等放他過來吧！他現在是開封府尹，的確有權過問老夫帶多少隨從！」

「遵命！」周健良咬了咬牙，無可奈何地拉動韁繩，給劉銖讓了一條通道出來。

注六、曹髦：魏文帝曹丕之孫，因為不滿司馬昭專權，所以帶領一百多名心腹，在沒有任何武將響應的情況下，直接殺向了司馬昭的府邸。結果被司馬昭麾下的爪牙擊敗，自己也慘死街頭。

注七、何進：東漢末年的權臣，何太后的哥哥。被太監張讓等人，假托何太后的名義召入後宮，然後以關門打狗的方式亂刀砍死。

其他隨行文武幕僚，面面相覷。誰也找不到理由，將劉銖擋在隊伍之外。後者早在史弘肇還給劉知遠做侍衛親軍都指揮使那會兒，就已經在其手下效力。今天迎上來之後隻字不提開封府尹的職責，卻一口一個「昔日帳下小卒」，可謂是正把住了史弘肇的脈門，讓素來看重香火之情的史樞密，怎麼可能對其不理不睬？

就在這一楞神的功夫，劉銖已經來到了史弘肇的坐騎旁。果然伸手拉住了坐騎的韁繩，毫不猶豫地充當起了馬前一卒。

「子衡，不可，千萬不可如此！」史弘肇頓時再也端不住架子，飛身下馬，劈手奪回了韁繩。「你現在好歹也是一品高官，老夫不能如此輕賤於你！放下，放下，有什麼話，你直接說好了，老夫肯定不會讓你為難。」

「若無將軍昔日指點提拔，哪有屬下的今天？」劉銖沒有史弘肇力氣大，只能鬆開了韁繩。隨即，後退兩步，肅立拱手，「是以無論將軍今天做什麼，屬下都絕不敢橫加干涉。只願鞍前馬後，為將軍遮槍擋矢！」

「這，這……」史弘肇原本以為，劉銖會拿自己所帶的親兵太多說事兒，卻萬萬沒有想到，身為開封府尹的劉銖，會如此直接地擺明態度，願意跟自己共同進退。頓時，心中就覺得一暖，笑了笑，主動朝著親軍都指揮使周健良擺手，「德正，讓一半兒弟兄回府。子衡剛剛上任，咱們別讓他難做！」

「大人！」周健良一拱手，本能地就想勸阻。誰料史弘肇卻根本不給他說話的機會，把眉頭一皺，低聲斷喝：「別囉嗦，讓新增加的弟兄回去休息。總共才一千多步路程，一百人和兩百人，能有什麼分別？」

「是！」親軍都指揮使周健良不敢抗命，只好按照史弘肇要求，讓自己的副手何穹，帶著今天早晨多增加的那一百護衛打道回府。

見史弘肇如此替自己著想，開封府尹劉銖也滿臉感動。又以下屬身份，向史弘肇行了禮，隨即挺起胸脯，大聲保證：「樞密大人放心，屬下也不是那手無縛雞之力的文官。只要屬下有一口氣在，這汴梁城內，就沒人能碰到您半根寒毛！」

說罷，將胳膊一抬，居然又去替史弘肇牽戰馬韁繩。

史弘肇雖然倨傲，卻怎麼可能讓當朝一品大員，做自己的馬童？趕緊抬手拍了對方胳膊一巴掌，笑著數落：「行了。子衡，別裝模做樣了，你的目的已經達到了！老夫今天如果真的讓你牽了馬，明天咱們大漢國，就得成為全天下的笑話！」

「嘿嘿，嘿嘿，將軍心腸好，就是知道體貼我們這些小兵崽子！」劉銖的臉色又是一紅，躬下身，像偷糖餅吃被抓到的晚輩一樣，大拍史弘肇馬屁。

史弘肇心中，頓時又想起了當初領著此人衝鋒陷陣時的情景，笑了笑，輕輕揮手：「行了，既然你目的達到了，就回去做事吧。開封府尹，可不是什麼閒差！」

「屬下，屬下今天也打算去參加朝議，雖然屬下愚鈍，什麼事情都做不了。但，但至少能替大人您壯壯聲威。」劉銖滿臉堆笑，再度表明姿態。

史弘肇最近正覺得自己對汴梁的控制力大不如以前，見劉銖居然如此熱情，便不願冷了此人的心。略作沉吟，笑著點頭：「也罷，咱們兩個一起走走。反正還來得及。也有些日子，沒跟你坐在一起喝酒了！」

劉銖立刻打蛇隨棍上，媚笑著回應：「可不是麼，自打李守貞造反之後，大人您就忙得腳不沾地。我們這些屬下，有時，有時真的不敢去打擾您！」

「該來就來，老夫又不會把你丟出門外去！」史弘肇看了他一眼，笑著搖頭。

對方曾經在他麾下效力多年，雖然算不上是鐵桿心腹，袍澤之誼卻也頗深。因此，談著談著，彼此之間就再也感覺不到絲毫的隔閡。特別是說到先帝劉知遠生前，帶領大傢伙一起驅逐契丹人的壯舉，那種與子同仇的感覺，竟然再度湧了滿胸。

只可惜，從史弘肇府邸，到皇宮的距離實在太短。還沒等二人說盡了興，隊伍的正前方，已經出現了朱紅色的宮門。

「跟老夫進去，散了朝，咱們再一起喝酒！」對門口的禁軍將領看都不看，史弘肇向劉銖吩咐了一句，隨即帶著親衛，直接穿門而入。一直走到了宣政殿前三十步處，才又揮了下手，讓周健良帶著親兵們，在殿前的空地上整隊候命。然後邁動雙腿，大步走上了漢白玉鋪就的臺階。

八名級別在三品以上的中書省和樞密院官員，緊隨其後。開封府尹劉銖則非常謙卑地，跟在了整個隊伍的尾部。宣政殿內，小皇帝劉承佑已經起身迎接，宰相楊邠，吏部尚書蘇逢吉，以及其他一些早就到了的文武大員，也笑呵呵地轉過了面孔。

一切如常，史弘肇頓時鬆了一口氣，微笑著邁過宣政殿的門檻。楠木做的門檻有些舊了，裂開的木　，恰巧掛住了他的官袍後襬。

「該修一下了！每年那麼多錢，也不知道皇上都花到了什麼地方！」史弘肇皺了皺眉，側過頭，打算吩咐身後的中書舍人路汶記下此事，散朝後找有司撥專款維護皇宮。眼角的餘光，卻恰恰看到開封府尹劉銖，正像幽靈一般朝自己飄了過來。

「子衡——」雙眉之間的區域猛地一麻，他果斷側身閃避，同時將雙手握成了拳頭。還沒等手臂蓄滿力氣，耳側忽然又吹過來數道寒風，幾支弩箭，從小皇帝的御座後，疾飛而至。

「砰！砰！」青羌瘊子甲，能擋住弩箭的利刃，卻卸不去弩桿上的巨力。史弘肇哼都沒來得及哼一聲，就被兩支手臂粗的弩箭，送上了半空。圓睜的雙目中，他看到中書舍人路汶和兩名樞密院官員，被另外幾支巨弩帶著，從自己身下飛過，鮮血像瀑布般，撒滿了漢白玉臺階。臺階上，開封府尹劉銖，手持一把短刀大開殺戒，凡是從他身邊跑過的官員，無論文武，一刀一個，皆被其剁翻在地。

「殺，殺光他們！」顧不得自身安危，史弘肇在半空中發出怒吼。他的親兵們，的確已經拔出兵器，衝向了宣政殿大門。然而，大隊大隊的禁軍，卻從宣政殿兩側，從防火的水缸後，從供官員們休息的廂房裡，從一切可能藏身的地方，螞蟻般湧了出來，將他的親兵們，迅速吞沒在冰冷的刀光當中。

崢嶸

「呼！」「呼！」「呼！」三支粗大的弩箭，從戰船上飛出，貼著海面射向三十幾步外的巨鯨。正在追逐魚群的巨鯨雖然毫無防備，龐大的身體卻恰恰來了個高速下潛。弩箭頓時失去了目標，徒勞地在海面上掠出了三道細長細長的白線，最後力道盡失，變成三根漂浮的木桿，隨波起伏。

「轉舵，轉舵，避開鯨魚剛才出現的位置，把弩箭用繩子拉回來，上弦再射！」鄭子明在甲板上用力揮舞著拳頭，大聲咆哮。原本白皙的胳膊上，布滿了陽光留下的瘢痕。

方頭方腦的沙船在舵手側操控下，艱難地旋轉身體。雖然速度極慢，卻依舊將船上的大部分兵卒閃了個東倒西歪。北方人不喜歡玩水，能在河溝裡撲騰幾下的都很少，驟然從陸地走上了甲板，一個個就都變成了軟腳蝦。連站穩都非常困難，更甭提是對著目標射箭揮刀。

「注意，注意下盤。腳下不要用死力，就像騎馬一樣，顛起來，顛起來。讓你的身體隨著甲板一起動！」潘美兩隻手死死地抓著纜繩，背靠著桅杆，朝著周圍的弟兄大聲提醒。

理論上，他的話語無懈可擊。然而，兩條正在哆嗦的大腿，卻暴露了他紙上談兵的事實。猛然間一個海浪湧來，沙船劇烈顛簸。剛剛「指導」了別人的潘美，像只風箏般被甩到了半空中。全憑著一雙手握得足夠緊，才勉強沒有被丟進滾滾波濤當中。

「放鬆，腰桿放鬆！別一直綳著，腰桿綳得越緊身體越不靈光。腳趾用力，實在站不穩的，就拿繩子把自己綁在船舷的護欄上。」李順兒穿著一條鼻犢短褲，像猴子般，在甲板上躥來跳去。一邊向周圍的人施以援手，一邊不停地介紹自己的心得。

與眾人的尷尬情況不同，他從第一次出海時起，就展示出了超強的適應能力。短短幾個時辰之內，便可以在甲板上張開雙臂行走。如今更是奔跑跳躍，與平素在山間趕路沒任何分別。

「李將軍，拉我，拉我一下！」

「暈，我頭暈！」

「給我，給我一根繩子，快，快給我一根繩子！」

「救，救命……」

四下裡，叫喊聲響成了一片。被鄭子明從滄州軍精挑細選出來的勇士們，慘白著臉，佝僂著腰，不停地向李順兒請求援助。好不容易有了表現機會的李順兒則來者不拒，聽到哪邊的叫喊聲大，就迅速地跑向哪邊，或者將失去平衡的弟兄們挨個扶穩，或者給無處借力的弟兄手中塞上一根纜繩，或者將已經嘴唇發黑的弟兄扶到船舷旁，用繩子捆住腰，讓他們可以放心向水裡大吐特吐。

「這，這就是你的海上奇兵？」一道修長的身影從桅杆頂盤旋而下，像個燕子般落在了鄭子明身邊，笑著質問。

「師妹，他們以前都住在山裡頭，從沒坐過船，也沒像咱們倆那樣，從小就有名師指點打熬筋骨。」鄭子明有些尷尬地接過話頭，壓低的聲音向對方解釋。

「那他們至少應該管得住自己的嘴巴！」女子朝周圍看了看，輕輕搖頭。

她的聲音不高，卻令周圍的喧囂迅速低落了下去。東倒西歪的勇士們咬緊牙關，卯足全身的力氣，跟起伏的甲板「搏鬥」到底。誰也不願意，被自家主帥的大夫人看輕了去。

大夫人常氏出身太原常家，乃為節度使常思的掌上明珠。三夫人呼延氏，則是現今定州防禦使呼延琮的女兒，呼延琮欠了咱們大帥的人情債太多，實在沒法還，所以才把女兒強塞了過來。只有二夫人春妹子，是咱們定州陶家莊人，跟大帥一起流過血，親手替大夥裹過傷。

雖然三位夫人，還都沒跟鄭子明成親。但弟兄們心中，卻早已將她們偷偷排好了序。尊敬程度，大抵與其娘家實力相當。而親近程度，則恰恰與此相反。

「鯨魚，鯨魚，那頭鯨魚又出來噴水了！左側，左側前方二十五步遠位置。小心，在牠身邊還有一頭更大的。」幾根桅杆之間的纜繩上，陶大春如同海鷗般肆意穿梭，將剛剛看到的情況迅速朝全船通報。

船上的尷尬氣氛，迅速被驚喜取代。眾勇士搖搖晃晃地跑向弩車，齊心協力推動絞盤，將雙弦床弩以最可能快的速度張開。將剛剛由水手收回來的弩箭，再度裝填到擊發位置。

「檢查繩索！」「檢查繩索！」「檢查繩索！」三名弩長按照鄭子明預先制定出來的射擊規範，扯開嗓子大聲招呼。

「是！」裝填手大聲答應著俯下身子，仔細查驗繫在弩槍尾部的粗繩。隨即，又迅速將身體站直，朝著弩長高高地舉起胳膊。

「瞄準！」「瞄準！」「瞄準！」三名弩長再度扯開嗓子，將射擊規範按照要求逐步推行。

射擊手豎起右手大拇指，對準弩槍的頂端。左手弩車上的調節柄，努力將右手拇指、槍鋒和一頭鯨魚的脊背，用目光連成一條直線。

船身猛地晃了晃，他們踉蹌著栽倒。然後又很快爬起來，雙腿盤住固定弩車的木樁，右手再度豎起拇指，左手繼續將調節柄快速搖動。

笨重的弩車，一邊發出吱吱呀呀的聲音，一邊緩慢地改變方向和傾角。腳下的甲板不停地晃動，身邊的弩槍也不停地上下左右搖擺。終於，槍鋒再一次艱難地對正了目標所在區域，射手鬆開搖柄，迅速將左臂舉過了頭頂。

「弩車準備完畢，請舵手穩住戰船！」弩長果斷轉身，將一面紅色的三角旗舉過頭頂，朝著舵艙和桅杆位置來回搖動。

方頭方腦的沙船猛地一頓，在重金禮聘來的舵手和操帆手們齊心協力操作下，艱難地壓住了波濤。高舉在半空中的紅色三角旗迅速揮落，興奮的喊聲隨即高高地響起，瞬間穿破雲霄。「放！」「放！」「放！」

弩車又是微微一顫，卻沒有弩箭脫弦而出。三名射擊手又開始來回調整弩槍，盡力將槍鋒與目標之間那道無形的線拉直，拉直。趕在下一個船身起伏的瞬間，他們猛地將右手向前一推。

「嘭嚓——」固定甲板上的擊發柄水平旋轉了半個圈子，觸動弩車下方的扳機，聲音微不可聞。隨即，清脆的收弦聲相繼響起，「呼！」「呼！」「呼！」

三支弩槍如同蛟龍般飛出，貼著水面撲向目標。正在換氣的鯨魚猛地打了個哆嗦，背脊、尾部和頭部，冒出三道耀眼的紅。

「射中了！」「射中了！」「射中了！」甲板上的旱鴨子們，瞬間忘記了恐懼，舉起手臂，大聲歡呼。射中了一頭鯨魚！大傢伙終於又射中了一頭鯨魚，出海的任務完成，今晚就又可以上岸休息了。岸上有結實的房屋、乾燥的床榻，還有金黃色的小米飯和流著油的豬肉塊。雖然豬肉遠不如羊肉好吃，但在連續吃了四五天各類魚肉的人眼裡，卻無疑是一等一的美食。注一

「小心，站穩，都站穩，抓緊纜繩，抓緊你們身邊的一切東西！」鄭子明本人，卻沒有跟著大夥一起歡呼慶賀，迅速從身邊抄起一個銅皮喇叭，放在嘴巴大聲招呼。

話音剛落，腳下的沙船猛地一晃。緊跟著，就像飛一樣朝著大海深處衝去。弩車側面的木柱子上，三根粗大的纜繩，瞬間被拉了個筆直。纜繩的另外一端，則被弩槍牢牢地固定在了巨鯨的身體上，隨著鯨魚的瘋狂游動，不停改變高度和方向。

「呼！呼！咣當！」甲板上的木桶和雜物，像被施了法術般，來回滾動。臉上喜悅還沒褪盡的勇士們，或者雙手抱著桅杆，或者緊緊扒著船舷，或者拉住纜繩、木樁、護欄等一切可以借力的東西，牙關緊咬，全

身上下的肌肉一併緊繃，避免自己被甩進大海，成為另外一頭鯨魚口中美食。

「啪——！」「啪——！」被弩箭射中的那頭鯨魚在水面上翻滾，扭動，不停地擊起一道道紅色血浪。周圍的海水，轉眼之間就被染成了紅色，被烈日一照，宛若滾動的紅蓮業火。

紅色的水面上，笨重的沙船像個破箱子般，被巨鯨拉著左衝右突。一回向前，一會兒打橫，一會兒又畫了圈子快速撲向沙灘和礁石。

「哇！」潘美再也顧不得形象，一手抱著桅杆，一手拉著纜繩，蹲在甲板上大吐特吐。鼻涕、眼淚，還有暗黃色的液體，灑得滿身都是。

「呯！」一隻裝滿了珊瑚的木桶，跳起來砸在了右側船舷的護欄上，瞬間碎裂，落了滿甲板的碎瓊亂玉。兩名將身體綁在護欄上的勇士猝不及防，被飛濺的珊瑚和木屑打了個正著，慘叫著翻倒，滿頭是血，生死不知。一道紅色的海浪，躍過船舷拍上甲板，將鯨魚血和人血混在一起，四下流淌。

陶大春拉著纜繩跳過去，對受傷者施以援手。李順則用一根繩子繫在自己的腰間，蹣跚著給潘美送去一個水葫蘆。然而，潘美還沒等將水倒進嘴中，就又被晃了一個跟頭，連人帶葫蘆，摔出了老遠。

「站穩，站穩，儘量找角落站穩！」鄭子明一隻手攬住臉色煞白的常婉瑩，另外一隻手舉著銅皮喇叭，不停地叫喊。

從陸地走向海洋，沒有任何捷徑。也沒有任何前任的著述可以借鑑。他只能跟大夥一道，去摸索、總結，用汗水和血水換取經驗。

成，則如鯤鵬展翼。敗，則永遠被吞沒於歷史的長河。

「小寶，小寶，你趕緊下令讓大船靠岸。趕緊下令讓大船往岸上開。海岸不遠，海岸就在咱們身後！」先

注一、在宋朝之前，豬肉都不怎麼入中國人的眼。直到花椒等香料大規模在飲食上應用普及。另外一種說法是蘇東坡改進了豬肉的烹調方法，並且親自推廣豬肉，才使得豬肉大行於世。

前還如同孔雀般驕傲的常婉瑩，雙臂緊緊摟住鄭子明的腰，嘴裡不停地發出催促。

從師父那裡學來的輕身功夫，此刻半點兒都派不上用場。從小被家族長輩教養出來的矜持與斯文，此刻也被周圍無盡的紅色，徹底拖入了海底深淵。這一刻，唯一能讓她感覺放心的存在，只有雙臂間這個魁梧的身軀。

這具身軀，以前她也曾經偷偷地抱過，卻從來沒有像現在這麼緊，這麼肆無忌憚。

「好了，在鯨魚的力氣沒有耗盡之前，船隻能任牠拖著走。否則，咱們越是急著靠岸，越容易被牠拖翻！」感覺到懷中這具身體所發出的顫抖，鄭子明將攬在對方肩膀上的手，又緊了緊，柔聲安慰。

不知不覺間，他已經比常婉瑩高出了小半個身子。原本可以抵上他鼻子尖的黑髮，此刻只能勉強挨上他的下頦。雙方之間的關係，也在不知不覺間發生了巨大變化。他無需再借助她的父輩才能生存，而她，也無須再為了他，強迫自己去面對世間的血雨腥風。

「妳不用怕，有我在！」將頭又低了低，他繼續小聲補充。「我在，在妳身邊。」

這句話，其實沒有任何意義。然而，卻讓懷中的戰慄，迅速平息了下去。抱在腰間的雙臂，變得越來越緊，越來越緊。胸口處，同時有一股濕熱的感覺傳來，濕漉漉地湧遍全身，清晰而又真實。

「別怕，我在！就在妳身邊！咱們以後永遠不會再分開！」鄭子明啞著嗓子補充了一句，像大樹般，將身體站得更穩。

「嗯！」常婉瑩嘴裡發出一聲低低的回應，不再說任何話，只是用心臟感覺此刻的安寧。

後悔嗎？應該是有一點。早知還會出現另外兩個女人，當年也許她就不該放對方離開。

然而，如果不離開，對方就要永遠仰人鼻息。永遠找不到屬他自己的那片天空，永遠抓不住他自己的命運，永遠不會像現在這樣，在陸地和大海上縱橫來去，自在逍遙！

半邊海面，已經被鯨魚的血徹底染紅，船隻還在繼續晃動，卻漸漸有了規律，就像在烈火中，翩翩起舞的鳳凰。

潘美被李順攙扶著，從甲板上爬了起來。用手從自己腳邊掬起紅色的海水，開始清洗身上的污穢。

兩名受傷的勇士，將各自再度與護欄綁在了一起。臉上的血跡未乾，嘴角卻已經浮現了笑容。

更多的弟兄們，也從甲板上站了起來。更多勇士，停止了嘔吐、翻滾，用雙手拉住了繩索，用腳趾努力扣住了甲板。

力氣耗盡的巨鯨，艱難地用尾巴拍起最後一波海浪，然後無奈地閉上了眼睛。

「噢，噢，噢噢噢噢——」歡呼聲在海面上響起，驚飛一群白色的海鷗。

沙船上的木帆緩緩轉動，沙船的尾舵落入水面，與木帆一道推著船身調整方向。

終於，船頭斜斜地指向了遠處的海岸。整個沙船瞬間加速，在紅色的海面上畫出一道白色的尾痕，劈波斬浪，踏上歸途。

小山一樣大的鯨魚屍體，被船上的繩索拖著，朝岸邊滑行。所過之處，留下一道絢麗的殷紅。

斜陽迅速落向了岸上的山峰。

海水和天空，變成了同樣顏色。

這一刻，殘陽如血。

暗紅色的殘陽，斜墜於汴梁城頭。

半邊天空都被陽光點染，晚霞似火。另半邊天空，卻被滾滾濃煙燻成了漆黑一片。乍眼望去，誰也不知道失火的到底是天庭還是人間。

東南西北所有大門小門全部閉鎖，街道上，除了盔甲鮮明的護聖軍兵卒之外，不見任何行人。偶爾有戰馬從街道中央風馳電掣而過，兵卒們便齊齊將目光轉過去，目光盯緊正在滴血的馬鞍。年輕的臉上，寫滿了憐憫與迷茫。

馬鞍下，正在滴血的，是一顆顆死不瞑目的人頭。有的屬於白髮蒼蒼老者，有的屬於尚未成年的幼兒，還有的，則屬於嬌豔欲滴的美女和婦人。如今，他們都有了同樣一個稱謂，亂黨餘孽！不分男女老幼，捉到之後一概格殺，將頭顱送往皇城門口由三司使郭允明親自驗明正身。

又有幾匹戰馬如飛而過，這一次，馬背上除了騎手之外，不光有人頭，還馱著一個奄奄一息的老漢。花白的頭髮像乾草一樣披散胸前，朱紅色的官袍被刀子割得到處都是窟窿。

每一處窟窿下，都有殷紅色皮肉像嬰兒嘴巴一樣翻捲而出。血漿，則順著窟窿的邊緣淌出來，走一路淌一路，淅淅瀝瀝。即便傷得如此重，那個老漢居然還沒有陷入昏迷。只要積蓄起一丁點兒力氣，就會猛地將頭抬起來，張開嘴巴仰天發問：「朝堂暗伏武士，都城血流漂杵。劉皓，這就是你當初想看到的嗎？你兒子長大了，在文德殿裡把史弘肇和楊邠的腦袋親手割了下來，把中書省和樞密院的官員殺得人頭滾滾。劉皓，這便是你想要的嗎？如今，再也沒人能篡奪你劉氏江山了！你可滿意了？你可滿意了？」

「閉嘴！閉嘴！」負責押送老漢與人頭的禁衛頭目怒不可遏，舉起馬鞭，劈頭蓋臉就是一通亂抽，「老匹夫，死到臨頭，居然還想著蠱惑人心。再不閉嘴，老子現在就宰了你！」

老者的雙腿被繩子與馬鞍捆在了一起，雙手被反剪於身後，既無法招架，也無法閃避。只能將身體佝僂起來，將臉藏於胸前，任由押送者施虐。然而，當押送者剛剛停下鞭子，他卻又不甘心地抬起頭來，繼續大聲質問：「設伏兵當朝謀殺重臣，如此皇帝，前無古人後無來者！劉皓，你看到了嗎？你現在開心了嗎？」

回應他的，則是更多的鞭子。抽在破爛不堪的紫袍上，不停地帶起一團團血霧。

道路兩邊負責防備「亂臣賊子」的護聖軍兵卒們看了，心中覺得好生不忍。然而，他們卻誰也沒勇氣出頭制止押送者的暴行，只能偷偷將臉轉向一邊，趁沒人注意到自己的時候，偷偷地低聲嘆息。

挨打的老者是先帝留下的五位顧命大人之一，三司使王章。因為以前經常出入內宮，所以很多護聖軍將士在當值的時候都曾經見過他。而此人所大聲質問的劉皓，則是大漢國先帝劉知遠的本名。至於老者口裡的史弘肇、楊邠，則一個為當朝樞密使，一個為當朝宰相，在今天早朝時，被皇帝陛下事先埋伏在文德殿內的心腹死士擒拿住後，當場斬殺！

這場龍爭虎鬥到底誰是誰非，底層小兵們弄不清楚。然而，大傢伙兒心裡頭，卻無法不認同三司使王章剛才的話，此番皇帝陛下的作為，堪稱前無古人後無來者。

樞密使和宰相被皇帝親手割了腦袋，參加早朝的樞密院和中書省文武官員稀裡糊塗也跟著死了一大半兒，皇帝陛下如此玩法，這劉家朝廷徹底關張的日子，還會遠嗎？萬一戰亂又起，別人可以丟掉兵器逃跑，作為皇家禁衛的護聖軍，出路何在？而大夥拚了性命，能搏個封妻蔭子也罷，怕的就是剛剛像王章一樣穿上的官袍，還沒等把手裡的牙笏焐熱，又稀裡糊塗步了今天文德殿上那些文武官員的後塵！

正憂心忡忡間，眾人耳畔，卻又傳來了一道沙啞的聲音，就像毒蛇吐信般，瞬間令所有聞聽者頭皮為之一木，「住——手！誰讓你們如此對待王大人的？來人，趕緊給王大人鬆綁。他可是郭某的恩公，郭某這些年來，受他老人家提點甚多！」

「遵，遵命！」先前還凶神惡煞般的押送者，頓時一個個全都變成了軟脊梁狗。跳下坐騎，一邊手忙腳亂地去解王章身上的繩索，一邊滿臉媚笑著補充：「大，大人，卑職知道你想要活的，才，才特意將，將這老，將王老大人給您送了過來。他，他剛才不知好歹，說了許多胡言亂語，卑職實在氣憤不過……」

「我都聽到了！」郭允明撇了撇嘴，不屑地擺手，「被他罵上幾句，又不會掉肉。鬆綁，趕緊給王大人鬆綁！」

「這，這就好，就好！」押運者們大聲回應著，加快速度，將王章身上的繩索割斷，然後將其扶下馬背，架起來，送到了郭允明的坐騎前。

「王大人，下官這廂有禮了！」郭允明輕飄飄地飛身而下，主動向王章抱拳，「下官已經向陛下求了情，可以對王大人既往不咎。只要王大人出面，與蘇大人一道，向天下人指證，史、楊兩位奸佞圖謀不軌在先！」

「呸！」王章毫不猶豫地抬起頭，吐了郭允明滿臉血水，「豎子，你這話說出來，天下可有人敢信？圖謀不軌，圖謀不軌，若是史弘肇圖謀不軌，陛下和你兩個，早就死了不知道多少回了，豈有可能活到今天？」

「呀！」郭允明猝不及防，被吐了個正著。趕緊抬起衣袖，在自己臉上用力擦拭，頃刻間，剛剛經太監幫忙收拾好的妝容，便被抹成了一團狗尾巴花，「你，你這老傢伙怎麼不知道好歹？郭某，郭某是為了報答你昔日提攜之恩，才，才特地幫你找了一條生路。你，你別自己非要往絕路上走！」

「絕路？」王章看了郭允明一眼，大聲冷笑，「到底是王某往絕路上走，還是你等在往絕路上走？王某今天即便跟著你狼狽為奸，又能多活得了幾天？不過是早走一步而已，好歹能落個心裡安寧！」

「你，你，你休要冥頑不靈！郭，郭某是念在你平素識相的份上，才，才對你網開一面。你，你，你氣死我了。再，再不識相，看我如何炮製你！」郭允明被王章氣得臉色發黑，揮著白嫩的拳頭咬牙跺腳。

他曾經在王章麾下做事，知道對方性子綿軟，不喜與人衝突。也曾經親眼看到了最近這兩年來，對方如何小心翼翼，從不跟史弘肇等人「同流合污」。所以，他在制定誅殺「奸佞」的方略之時，才特意給此人留了一線生機。以便加強本次「鋤奸」行動正義性，為即將討伐郭威的戰爭，製造民心和輿論基礎。誰料想，平素老好人一個似的王章，骨子裡居然如此硬氣，寧可被殺，也不肯站出來指證史弘肇等人的罪行！

彷彿看到了郭允明心中所想，王章忽然搖了搖頭，微笑著說道：「老夫原本是一個庫房小吏，蒙先皇不棄，倚為腹心，是以才平步青雲。先皇生前欲重整九州，老夫為其積攢糧草，竭盡所能。先皇死後不欲大權旁落，老夫便尸位素餐，儘量不對陛下做任何掣肘。而如今，如今陛下與你等自毀干城，自掘墳墓，請恕老夫不敢助紂為虐！」

「你，你……」郭允明被氣得渾身發抖，乾涸的脂粉，從臉上簌簌而落，「你，你可別忘了，你還有一個女兒！」

「我的女兒？」王章激靈靈打了個哆嗦，對著郭允明怒目而視，「綁人妻女作為要挾，郭大人，你可越來越爭氣了！我的女兒已經嫁入張家多年，昔日先帝起兵之時，他們夫婦都在汴梁。以契丹人之瘋狂，都沒想過拿他們夫妻為質，郭允明，你就不嫌丟人？」

「非常之時，必行非常之事！」郭允明見王章果然還惦記著女兒，立刻咬著牙做出決定，「來人，去戶部員外郎張怡肅家，把王，把王大人的女兒，還有他的外孫，外孫女，一並請來。郭某倒是要看看，王大人如何繼續自命清高！」

「姓郭的，你卑鄙無恥！」王章大驚失色，撲上前，便欲跟郭允明拚命。然而他年紀比對方大了一倍，先前身上又已經多處受傷，手腳遠不及平素利索。剛剛將對方的衣領摞在手裡，腦袋後就狠狠挨了一記，「撲通」一聲，當場暈厥於地。

「去，去抓這老匹夫的女兒，女婿和外孫！快去，老子就不信，他真的能狠下心來見死不救！」郭允明又羞又恨，手捂著自家被衣領勒紅的脖子，大聲咆哮。

「是！」其身後的爪牙們答應著，縱馬而去。不多時，卻又訕訕地趕了回來，手裡拎著幾個血肉模糊的人頭，「大人，咱們，咱們去晚了一步。王，王老賊的女兒、女婿和外孫，都已經被別人殺掉了！」

「啊？誰殺的他們？哪個混蛋下手這麼快？」瞬間失去了要挾王章的人質，郭允明好生憤怒。瞪圓了一雙桃花眼，大聲喝問。

「是，是開封府尹劉大人！」其麾下爪牙不敢怠慢，將手裡的人頭舉了舉，大聲稟告，「劉大人奉命去抓郭威的家人，誰料郭威的家丁殊死抵抗。劉大人麾下死傷甚巨，自己肩膀上也挨了一箭。氣惱不過，就下令大開殺戒。剛好王老賊的女兒，就住在郭家隔壁，全家老小，就也被殺紅眼了的兵卒一起給砍了！」

「該死，該死，劉銖該死！」郭允明不聽則已，一聽，頓時心中方寸大亂。他先前派劉銖帶兵去攻打郭威府邸，曾經特地叮囑過，儘量要將郭威的家眷活捉。圖的便是拿郭威的家眷為質，今後不戰而屈人之兵。這下好了，劉銖發起瘋來，不管不顧，居然將郭威全家砍殺殆盡。萬一郭家雀兒得到噩耗之後鋌而走險……

「女兒，阿爺糊塗，拖累了妳！」腳下忽然傳來一聲悲號，將郭允明紛亂的思緒瞬間打斷。顧命大臣，三司使王章坐在血泊之中，抬起手，不停抽他自己的耳光，「阿爺糊塗，早就該勸史老哥起兵，殺了劉承佑這個混帳。阿爺光顧著想那劉皓只剩下一個兒子，卻忘了自己還有一個女兒！」

「嗚……」街道旁，幾名年輕的兵卒側過頭去，手捂自家嘴巴，儘量不讓別人聽見哭聲。

當兵就難免要殺人，這是他們的職責所在。然而，殺行將就木的老頭子和手無寸鐵的婦孺，卻無論如何都屬職責之外。更何況，王章是本朝數得著的清官，位居顯職多年家中卻既無美妾名馬又無餘財？

「誰在哭？來人，把那幾個是非不分的傢伙給我就地處決！」郭允明被隱約的哭聲，攪得心煩意亂。揮舞著嬌嫩的手掌，大聲吩咐。

哭聲戛然而止，所有兵卒都將眼睛擦乾，緊咬住牙關，以免遭受池魚之殃。

就在此時，王章也停止了悲號。顫顫巍巍地爬了起來，手指郭允明，大聲喝道：「姓郭的，休要再牽連他人。今日這汴梁城中，死的人已經足夠多！」

「罷了，既然老大人說情，就饒過他們這回！」郭允明以為王章已經屈服，頓時喜出望外，朝爪牙們擺擺手，命令他們不必再去找當值兵卒的麻煩。

誰料，王章接下來的舉動，卻令在場所有人目瞪口呆。只見老計相抬起衣袖，信手擦乾了臉上的血水與淚水，然後朝著郭允明長揖及地：「郭大人，你若是真的還念著老夫往日相待的情分，就把老夫的腦袋砍下來，掛在汴梁東門口。老夫倒是要看看，他日郭威起兵前來報復全家被戮之仇，誰有本事替你等抵擋

他的大軍?」注二

「噗!」手起,刀落,砍飛一顆滿是白髮的頭顱。

身邊的爪牙迅速遞上一片白絹,郭允明抓過來擦了擦刀刃,隨即將白絹丟在了正在倒下的屍體上。從始至終,每一個動作不帶任何猶豫。

既然郭威造反已經是板上釘釘的事情,再留下王章,就沒有任何意義。至於先前口口聲聲所說的相待之恩,呵呵,若非郭某人背後還站著一個皇帝,他王章會表現得那麼友善嗎?不過是想給他自己留一條退路,虛情假意罷了!

「去,問問聶文進,為何史弘肇的府邸還沒有攻破?他到底會不會打仗?如果不會,陛下就親自披了鐵甲上前督戰!」對著晚霞檢視了一遍寶刀的刀刃,郭允明繼續吩咐。聲音不大,卻令周圍每一個人都隱隱覺得脊背生寒。

在此之前,大部分護聖軍將士,都以為郭允明是個賣屁股的兔兒爺。謀略、文才、武藝樣樣稀鬆。而現在,眾人才赫然發現,原來兔兒爺郭允明,殺起人來居然如此乾脆。剛才劈在王章脖子上那一刀,開封府裡的劊子手都未必能做得跟他一樣利落。而殺了人之後還能用白絹抹去刀刃上鮮血的那份從容,更是令許多江洋大盜都望塵莫及。

幾名心腹爪牙答應著,跳上馬背,揮鞭狂奔。不多時,便將右衛大將軍聶文進本人給叫了過來。雖然此人跟郭允明的品階相同,且手握重兵。卻沒膽子托大,隔著老遠,就跳下坐騎,滿臉堆笑地向前者拱手:「允明兄,你怎麼不在皇上身邊護駕,親自前來上陣殺賊了?萬一被流矢所傷,豈不是讓末將百死莫贖?

注二、計相,三司使掌管一國錢糧,因此又被稱為計相,財相。

放心，一切盡在掌握。郭、楊兩賊全家已經被劉府尹斬草除根，史賊家中雖然有些冥頑不靈之徒垂死掙扎，也支撐不了太長時間了。放心，用不了天黑，末將就一定會將史賊兩個兒子的首級送到大人面前！」

「我要他們兩個首級做什麼，我要的是儘快讓陛下安心！史弘肇家的人一刻不殺乾淨，龍武軍就一刻不會安生！」郭允明撇撇嘴，一邊將寶刀入鞘，一邊冷笑著回應，「史賊家中，到底有多少冥頑不靈之徒？你帶著整整一個軍的兵馬，按說光是用腳踩，也早就應該將史府踏平了。怎麼還讓他們支撐到了現在？」

「這，這不是裡邊還藏著一隊龍武軍嗎？今天早晨被劉府尹冒死給騙回去的，郭大人您忘記了？」聶文進臉上一紅，趕緊將頭低下，繼續拱著手解釋，「那隊人馬雖然數量不多，可裡邊個個都是史弘肇親手挑選出來的老兵，又個個願意替史弘肇效死。而史弘肇那賊，又把院牆修得極為結實，咱們，咱們護聖軍雖然人多勢眾，可，可手裡的攻城器械，卻，卻不怎麼湊手！」

「沒有攻城器械，你不會放火？」郭允明越聽越不耐煩，把眼睛一瞪，大聲質問。

「放火？」聶文進迅速扭頭朝四下看了看，滿臉震驚。汴梁城裡頭住的百姓，雖然不至於個個都是大富大貴，可這麼多年下來，也有不少人跟文武百官拐著彎沾了親。這一把火點下去，史弘肇的餘孽倒是都解決了。放火的人也徹底成了眾矢之的，文武百官個個恨不得除之而後快。

知道聶文進在擔憂著什麼，郭允明將手朝四下裡濃煙翻滾處指了指，繼續催促，「都燒了那麼多房子了，還差史弘肇一家？成百上千支火把丟進去，裡邊的人即便個個都是金剛韋陀，也得是燒成一堆骨頭渣滓！」

「那，那……」晚風已經有些涼了，聶文進的額頭上，卻汗珠滾滾。抬手迅速擦了一把，他壓低了聲音補充：「別處，別處是別處。史府那邊，那邊緊挨著，緊挨著就是太原留守的官邸。雖然，雖然皇叔他老人家已經很久沒回汴梁，可，可……」

「可什麼？把裡邊的人趕，把裡邊的人請出來，然後立刻放火！」郭允明才不在乎什麼皇叔不皇叔，雖然他很清楚太原留守劉崇的地位，以及此刻河東兵馬的龐大實力。「燒，不要怕波及到左鄰右舍。等滅了史弘肇全家，郭某從國庫撥專款出來替他左鄰右舍重修宅子！」

「這，多謝郭大人指點，末將這就命人去放火！」聶文進稍作猶豫，旋即躬身領命。太原留守固然權勢熏天，可畢竟遠在河東。而如果他今天膽敢不讓郭允明遂了意，恐怕後者耳旁風一吹，用不了多久，就能令他落到跟史弘肇同樣的下場。

「你先別忙著走！」郭允明卻又從背後將他叫住，隨手遞過一張名單。「這些，都是平素跟史賊和楊賊沆瀣一氣的。等攻破了史府之後，你順手把他們的家也全都抄了。男人問斬，女眷貶為營妓，家產全部充入國庫！」

「是，末將遵命！」聶文進大喜，立刻躬下身，滿臉感激地接過名單。

汴梁城裡的其他官員，可不會都像王章那樣兩袖清風。而按照以往經驗，執行抄家者所撈到的油水至少不會低於四成。雖然要拿出一部分來跟別人分潤，可最後落在自己手裡，畢竟還是大頭。並且被抄家的官員數量越多，執行者所得，也會跟著水漲船高。

「陛下對得起爾等，爾等也應該對得起陛下！」郭允明毫無還禮的意思，冷著臉，沉聲叮囑，「記住，你，我，還有朝中文武百官，首先是陛下的臣子，其次才是某個人的晚輩，某個人的同僚。如果心裡頭擺不正這個位置，我勸你還是儘早告老還鄉。免得到了最後，平白傷了君臣情分。」

「是，是，末將明白！」聶文進臉上的驚喜，又迅速變成了畏懼。一邊擦著冷汗，一邊躬身告退。

郭允明輕輕向外揮了揮春蔥般的手指，然後四下環顧。

汴梁城內，濃煙滾滾，哭聲震天。夜風夾著哭聲和鮮血的味道，在大街小巷中穿行，每過一處，令人臉色發白，五臟六腑翻滾不休。

然而此時此刻的郭允明，心中卻覺得無比的快意。倒背起手走在血泊之上，濃煙烈火之間，宛若一頭猛鬼在巡視地獄裡的封邑。

從小到大，他就未曾從這個世界得到過任何善意。

當這個世界走向毀滅之時，他也不會憐憫分毫。

夕陽不忍看這人間慘劇，終沉沒於濃煙背後。

沾著血的官靴，在長街上緩緩而行。每一步踏下，黑暗便更加濃郁一分。每一步踏下，夜幕就又變厚數層。郭允明一步接著一步向前走去，黑暗如同巨獸般，緊隨其後，將街道和院落一尺接一尺吞噬，最終，將整個汴梁城吞沒進墨一般的長夜當中。

幾點鬼火，忽然在無邊的黑暗中跳起，隱隱照出半邊宮牆的顏色。飛龍使後贊，帶著十餘個太監打扮的傢伙，幽魂般穿過宮門，在鬼火般的燈籠指引下，小跑著穿過滿是血跡的長街，在黑暗的最深處，與另外一大團鬼火般的燈籠彙聚在了一起。

「郭大人，陛下請你立刻回宮！」顧不得將呼吸調整均勻，後贊朝著正在燈籠下檢視人頭的郭允明躬身，大聲宣告。

「入宮？這麼晚了，敢問陛下宣郭某入宮所為何事？」郭允明輕輕皺了皺眉，在問話中，不著痕跡地將「回」字，替換成了入字。

剛剛替皇帝誅殺了顧命大臣史弘肇、楊邠、王章，以及三人麾下的一干「黨羽」，將權柄重新收回於劉家，他自問有資格被宣入內宮議事，而不是像原來一樣繼續跟皇帝不清不楚。

「陛下，陛下……」飛龍使後贊也敏感地意識到「回」和「入」兩個字之間的不同，擦了把臉上的油汗，吞吞吐吐地說道：「陛下，陛下也沒說是什麼事情，想必，想必是見夜色深了，擔心大人的安危吧！」

「陛下相待之恩，微臣沒齒難忘！」郭允明立刻將面孔轉向皇宮，遙遙行禮。隨即，卻又板起了臉，對著後贊大聲說道：「麻煩後大人去跟陛下彙報，就說微臣正在全城追索史、楊等賊的餘孽，實在無暇分身他顧。若非急事，請容微臣明早在紫宸殿當面奏對。」

汴梁宮城原本為宣武軍節度使府衙，經歷後梁、後唐和後晉三個朝廷的不斷改建，如今規模已經直追唐代的大明宮。裡邊的許多建築物的格局和名字，也從大明宮原封不動的照搬了過來。

此刻郭允明口中的紫宸殿，位於文德殿之內，自是尚書、宰相、樞密使等股肱重臣小範圍跟皇帝商討朝政的地方，俗稱內閣。自唐初時起，凡是可入紫宸殿奏對者，便被稱為入閣。只要一隻腳踏入此門，無論年齡大人小，爵位高低，身份都比只能在外朝議事的官員顯赫百倍。

所以「紫宸殿」這三個字，在落在了後贊耳朵裡的剎那間，就令此人臉上的油汗滾滾如漿。期期艾艾半晌，才硬著頭皮勸道：「這，這不太好吧！陛下，陛下可是拿，拿大人當作腹心。今天被殺掉的這些亂臣賊子雖然罪不容恕，可陛下終究，終究是，終究是一位有道仁君。這會兒，這會兒心裡頭，心裡頭可能，可能有些難過。需要，需要郭大人您當面開解。」

難得他口齒便給，居然將小皇帝催郭允明回內宮廝混的事情，說得如此冠冕堂皇。令此刻躊躇滿志的郭某人，既滿足了面子，又感覺到了皇帝陛下的迫切需求。於是乎，便又拿起一塊白絹擦了擦手，笑著答應：「也罷，既然陛下宣召，做臣子即便再忙，也不該拖延。你先回去覆命，跟陛下說，微臣隨後就到。」

「是，謝大人！」後贊行了個禮，滿臉感激地回應。在轉過身的一剎那，臉上的表情卻立刻就變成了輕蔑，「哼，不過是個賣屁眼的，裝什麼裝？還想入閣，奶奶的，即便陛下再不拿名聲當一回事，你也過不了太后那一關！」

然而蔑視歸蔑視，表面上，他卻沒勇氣對小皇帝的斷袖分桃之癖說三道四。一溜煙地跑回了皇宮，將郭允明即將奉詔的消息向劉承佑當面彙報。

劉承佑提心吊膽了一整天，此刻正煩躁得難受。聞聽郭允明即將回宮相見，頓時覺得全身上下一片舒爽。重新抖擻起精神，大聲吩咐：「來人，給朕去準備酒宴。朕，朕一會兒，一會兒要跟郭愛卿小酌幾杯，以慶，以慶他為朕斬除奸佞之功！」

「是！」太監宮女們早就對劉承佑的個人癖好見怪不怪，紛紛答應著，去御膳房傳令。不一會兒，便將數道冷食和珍貴果蔬，呈入了寢宮當中。

郭允明也恰恰趕回，故意沒有換掉染滿人血的罩袍和官靴，帶著滿身殺氣朝著劉承佑躬身行禮：「臣，郭允明參見陛下。恭賀陛下剪除奸佞，重塑朝綱！」

「這，這還不都是愛卿的功勞？」劉承佑絲毫不覺得對方身上的殺氣和血跡礙眼，走上前，一把拉住郭允明的手腕，「咱，咱們之間不用如此客氣。快，你快去換身常服。朕，朕這廂讓人溫了酒等你！」

「微臣，微臣謝陛下鴻恩！」郭允明再度躬身致謝，借機不動聲色地掙脫出自己的手腕。

劉承佑微微皺眉，心中瞬間湧起了幾分失落。然而，他卻很快就將這股情緒壓了下去，張開雙臂將郭允明抱在懷裡，用極低的聲音在對方耳畔催促：「快，愛卿快去換衣服，朕，朕叫人替你準備了一套蘇綢。是江南人進貢給偽唐昏主專用的，尋常市面上根本買不到。你穿上一定，一定比那李璟倜儻許多！」

「陛下，陛下鴻恩，臣，臣銘刻五內！」郭允明臉色微變，卻不敢再次掙脫。強忍心中厭惡，大聲致謝。

「都說過了，你我之間，不必客氣！」劉承佑終於心滿意足，鬆開胳膊，笑著吩咐：「來人，帶郭愛卿去更衣。」

「遵命！」太監們拖長聲音回應，隨即像伺候妃嬪般，將郭允明送進了側殿。小心翼翼換掉了全身內外的衣物，然後又替此人洗手、淨面，梳頭，傅粉，直到從頭到腳打扮一新，才又將其送回了皇帝面前。

郭允明長得原本就俊俏，燭光下被貢品級的蘇綢一襯，愈發顯得如玉樹臨風。把個劉承佑登時看得眼神發直，腹內百爪撓心，呆楞楞好半晌，才擦了擦嘴角的口水，笑著說道：「不知子都之姣者，無目者也！

朕，朕先前讀書讀到此處，總覺得古人誇張。如今才知道，古人誠不我欺！」[注三]

「微臣不才，願為陛下的宋子淵、周公瑾！」郭允明長揖及地，大聲回應。[注四]唯恐劉承佑聽不懂，他刻意在宋玉和周瑜兩人的表字之前，加上了姓氏。以期待對方能理解自己從今天起，願意做一個棟梁之臣，而不是後宮玩物的心思。誰料劉承佑的眼神連挪都未曾挪動一下，直勾勾地盯著他露出領口外白皙的脖頸，笑著點頭：「好，好，你想做什麼朕都答應。宋玉和周瑜，哪裡比得上愛卿？來，入座，先跟朕乾了這杯。從今往後，朕與你再也不用看別人的臉色！」

「謝陛下賜！」郭允明心中嘆了口氣，入座拿起酒盞，一飲而盡。

「朕，朕今天一直在擔心你，生怕，生怕你不小心出了事。」劉承佑也把手中的酒水喝乾了，一邊繼續痴痴地盯著郭允明的臉，一邊大聲表白。「其實，其實逃走幾個亂臣賊子，朕一點兒都不在乎。史弘肇都被朕親手給宰了，其他人不過是孤魂野鬼，還能翻起什麼風浪來？朕，朕只擔心你一個！」

「敢勞陛下掛懷，微臣死罪，死罪！」受不了劉承佑餓狼般的目光，郭允明躬下身，大聲回應。

「都跟你說過，不要跟朕客氣了！」劉承佑根本沒感覺到郭允明隱藏在話語裡的疏遠之意，或者是感覺到了卻故意置之不理，又抓起一盞酒，笑嘻嘻地走向了後者，「來，第二杯讓朕來餵你。在朕心裡，一萬個亂臣餘孽，都比你不上。」

「謝陛下，謝陛下器重！」郭允明想要拒絕，卻又怕劉承佑下不了臺。硬著頭皮在劉承佑手裡吸了一口，然後大聲提醒：「陛下，臣有一事，還請陛下早做定奪！」

「什麼事情不能留到明天再說？」劉承佑火熱的心臟，頓時被潑了一瓢冷水。皺緊眉頭，大聲抱怨，「朕

注三、「不知子都之姣者，無目者也！」此語出自《孟子》。子都是春秋第一美男子，深受鄭莊公寵愛。後世便以子都代指美男。

注四、宋玉，古代四大美男之一。以文采風流而著稱，在政治方面，其實也很有建樹。曾經勸楚國的國君聯合趙國共同抗擊秦兵。在當時楚國的大臣裡，難得地預見了六國如不聯合，便會相繼覆滅的悲哀前景。

都為你擔心一整天了，你就不能讓朕開心一會兒？」

「微臣知罪，但此事關係到你我生死，所以不得不儘早啟奏！」郭允明心裡打了個哆嗦，趕緊後退半步，躬身謝罪。

「算了，你說吧！」劉承佑心中頓時又湧起了幾分不忍，擺擺手，氣哼哼地吩咐。「朕什麼時候真的怪罪過你？」

「謝陛下！」郭允明心中偷偷嘆了口氣，大聲致謝。隨即，站直身體，鄭重補充：「在微臣的原本謀劃中，誅殺史弘肇和楊邠兩賊之後，開封府的人馬應該立刻出動，將郭威的家人全部生擒。以此作為人質要挾郭賊，即便不能令其束手就縛，也可以在兩軍交戰時殺其全家，亂其心神……」

劉承佑根本聽不懂郭允明在說什麼，只是想早點兒結束這個無聊的話題，擺擺手，大聲打斷：「此事朕已經知道了。劉銖嗜殺成性，朕光想著他跟史弘肇有舊怨，卻忘記了他殺紅了眼睛之後就會不管不顧！如今朕還留他有用，你就不要再怪他了。等日後江山安穩下來，朕，朕肯定會狠狠責罰他一頓，替愛卿出了今天這口惡氣！」

「微臣，微臣多謝陛下！」郭允明再度偷偷嘆氣，又給劉承佑道過了謝，然後繼續耐著性子補充，「已死之人不能復生，微臣也就不敢再怪罪劉銖無謀了。然家人一死，郭賊便徹底了無牽掛。消息只要傳到鄴都，其必將率領麾下將士鋌而走險！」

「噢，這個，朕已經按照你的安排，下旨召兩個叔父帶兵入衛。」劉承佑不願意在「無關緊要」的事情多浪費腦子，笑了笑，隨口大聲回應。

他的兩個叔父，河東節度使劉崇和泰寧軍節度使慕容彥超，都是一等一的良將。麾下兵卒也稱得上是勁旅。如果能奉命入衛，聯手對付郭威，未必就不能將後者一戰成擒。

然而，前提是兩位皇叔都肯奉詔。慕容彥超如何反應，郭允明不敢推測，但是他卻堅信，劉崇未必肯替小皇帝賣命。首先，此人在劉知遠去世時，就曾經蠢蠢欲動，全憑著史弘肇和郭威兩個的聯手打壓，才勉強偃旗息鼓。其次，從今天聶文進帶兵圍攻史弘肇府邸時，劉崇家中奴僕的反應上看，史、劉兩家的關係，恐怕不只是左鄰右舍那麼簡單。很可能雙方早已在暗中勾結，只是還未來得及將陰謀付諸實施而已。

「兩位皇叔都是當世名將，如果他們能及時帶兵入衛，定會讓郭賊碰個頭破血流！」好歹做了這麼長時間的官兒，論繞著彎子說話的本事，郭允明可一點兒不比外邊的大臣差。稍作斟酌，便向劉承佑婉轉表達出了自己的擔憂，「然而太原與汴梁之間，還隔著澤潞二州。澤潞節度使常思與郭威兩個相交莫逆，萬一他提兵擋住河東節度使的去路，恐怕太原兵馬，未必能趕在郭賊殺到之前入衛汴梁！」

「嘶……」聽到此處，小皇帝劉承佑心中的慾火終於稍稍降了一些溫度，沉吟了片刻，低聲道：「的確，那常思老賊跟郭賊很可能會狼狽為奸。那樣的話，咱們該怎麼辦？你別賣關子，直接給朕出個主意便是！」

「如今之計，只能先驅虎吞狼！」郭允明早就猜到劉承佑會把事情全推給自己，假裝很為難地思索了片刻，然後緩緩給出了自己早就預備好的答案，「符彥卿前些日子試圖將女兒嫁入郭家，卻被郭威婉拒，心中不可能不覺得屈辱。陛下可以給符彥卿一道聖旨，命其率部剿滅郭賊。只要他肯奉旨，郭賊就會被絆在黃河之北，輕易到不了汴梁！」

「准奏！准奏！愛卿馬上就可以替朕擬旨。樞密院和中書省的印信，剛剛被收回了放在朕這裡！」劉承佑頓時覺得心裡一鬆，高興地連連揮手。

「還請陛下也給高行周父子也下一道聖旨，命他們提兵黃河之上，讓郭賊片甲無法渡河！」郭允明拱拱手，繼續大聲補充。

「准奏！准奏！」劉承佑毫不猶豫，大聲答應。彷彿郭允明才是劉漢江山的主人，自己只是一個正在拚命討好主人的太監。

「定州防禦使、莫州節度使、瀛洲節度使，還有滄州防禦使那邊，也請陛下給他們分別賜一道聖旨，讓他們出兵牽制郭賊側後！」郭允明也不客氣，將準備調動的兵將一一列出。

「准，准！」劉承佑連連點頭，忽然，卻又瞪圓了眼睛，大聲詢問，「滄州防禦使？愛卿，愛卿可是說那石家無賴子？他，他是郭威老賊一手扶持起來的，豈肯服從朕的調遣？」

「陛下莫非忘記此子派人在汴梁上下打點的事情了？」郭允明笑容一冷，滿臉惡毒，「臣曾經勸陛下就假裝上了他的當，不再視他為心腹之患。現在，正是陛下將計就計之時。只要聖旨送到了滄州，無論他肯不肯奉詔，郭威都會對他生出防範之心。而他感覺到郭威的猜忌，想必也會給自己留點兒自保的本錢，不肯再出全力替郭賊赴湯蹈火。如此，等同於陛下用一紙詔書，就廢掉了郭賊的一路爪牙。如此一本萬利之事，陛下又何樂而不為之？」

「妙，妙，你真是朕的子房、孔明！」劉承佑哈哈大笑，一個箭步走到郭允明身側，撫摸著此人的脊背誇讚。也不管留侯和武侯，會不會被氣得從地下鑽出來跟自己拚命。

從小到大，在文治和武功，他都不怎麼上心。唯獨在耍弄權謀方面無師自通。因此跟郭允明兩個，也算是君臣相得。一方只要開了個頭，另外一方立刻就能心有靈犀。

郭允明被摸得的脊梁骨瞬間又是一僵，但很快就強迫自己放鬆了身體，耐著性子繼續補充道：「劉銖、聶文進兩人固然對陛下忠心，卻都非善戰之將。保大軍節度使張彥超，客省使閻晉卿二人久居行伍，又素有勇名。微臣敢請陛下啟用他們兩個明早出城去招撫左右龍武軍。若能成功，則陛下手中又多一支強兵！」

這兩句話，不可不謂老成謀國之言。然而劉承佑聽了，眼睛裡卻露出了幾分茫然，「閻晉卿和張彥超？他們兩個很有本事嗎？朕怎麼不記得他們做過什麼事情？」

「張彥超左腿微跛，但馬上騎射功夫一等一。先皇入汴時，曾經果斷帶兵相迎於道。閻晉卿是先皇在渡河時所提拔，去年隨白文珂征討李守貞，夜半遇襲，諸將皆驚慌失措，唯獨他一個人提刀迎戰，當場格殺叛匪二十餘，令大軍轉危為安！」郭允明氣得直想打人，卻只能耐著性子，將張、閻兩位名將的事跡，仔細說給劉承佑聽。

「噢，朕想起來了，父皇臨終前提起過他們！」劉承佑沉吟半晌，眼睛裡的迷茫才漸漸消散，隨即微笑著點頭答允，「准奏，愛卿還想推薦誰，就一併說出來。朕全都准了。反正今天殺了那麼多官兒，朕手上此刻有足夠的空缺！」

「還有郭敬、賈宮、呂參、張良臣、許皓……」既然小皇帝都把話說到了如此份上，郭允明也不客氣，將自己看好人選一一列出，「他們以前雖然位卑，卻有一腔報效之心。今日殺賊之時，個個奮不顧身。臣請陛下唯才是用，給他們為國盡忠之機！」

「准，愛卿推薦的人，朕都信得過！」劉承佑根本拿這些人的名字和面孔對不上號，卻沒口子答應。反正今日成功鏟除「奸佞及其黨羽爪牙」之後，需要提拔起一大批新人來填補空缺。隨便從中拿出幾頂官帽換郭允明輾轉承歡，也算不上奢侈。

「昔日史弘肇和楊邠兩個狼狽為奸，把持樞密院和中書省，把朝堂弄得烏煙瘴氣。如今奸佞伏誅，還請陛下早日確立樞密使和中書令的人選，也好讓文武百官心安！」感覺到劉承佑放在自己背上的手越來越不安分，郭允明把心一橫，索性拿自己今夜肯定無法逃避的付出去換取最大的回報。

「這個……」劉承佑的手頓了頓，遲疑著道：「樞密使之職，當然應該留給兩位皇叔。只要他們肯帶兵入衛，朕就不能將其置於外人之下。至於中書令，愛卿本是最好人選。然愛卿的年紀和資歷，卻稍微差了一些。如果驟然獲此顯職，朕擔心，朕擔心太后，太后和兩位皇叔那邊……」

他故意將話說得很慢，以顯示自己的為難。郭允明聽在耳朵裡，不覺心中暗暗生寒。扭過頭，強笑著柔聲打斷：「陛下，微臣何德何能，敢出任中書令之職？蘇尚書乃先帝留給陛下的顧命，又對陛下忠心耿耿，他才是中書令的最佳人選。至於微臣，至於微臣，能替陛下出謀劃策，磨墨鋪紙，就已經心滿意足。」

說著話，眼睛裡便隱隱泛起了點點淚光。把個劉承佑看得柔腸寸裂，原本偷偷跟幾個舅舅一起商定下來的章程，立刻盡數拋卻在了九霄雲外。雙手從背後將郭允明抱住，大聲道：「朕，朕只是顧忌著太后和群臣，才，才不敢把你放到火上去烤。你，你，你怎能如此自暴自棄？算了，朕明天就宣旨，以你為中書令。無論誰敢阻撓，朕都絕不低頭！」

「陛下如此，如此相待，臣，臣粉身碎骨難以為報！」郭允明聽得眼圈一紅，立刻哽咽著搖頭，端的如嬌花寒露，弱柳扶風，「中書令若是不能服眾，臣，臣做了也是有名無實。不如，不如以三司使身份，再兼一個中書舍人。如此，既非惹人注目，又能時時跟在陛下身邊，朝夕相對！」

中書舍人只是五品官，遠低於郭允明現在所任。但中書舍人，日常卻負責起草詔書、參與商議國事，真實權力絲毫不亞於各部尚書。故而求取中書令不成，郭允明立刻退而求其次。只是故意裝出一副委屈模樣，讓劉承佑不敢再拒絕而已。

「好，就依你！」見懷中「玉人」如此知道進退，劉承佑果然感動得無以復加。壓根兒就不去想對方的神態是否有偽，果斷點頭答允，「中書舍人，就由你來做！咱們兩個說好了，讓蘇逢吉掛中書令的名，但事實上中書省卻由你說了算。等過上幾年，你的資歷攢夠了，再替朕立上幾件奇功。朕，朕就讓蘇逢吉捲鋪蓋回家，把中書省真真正正交給你！」

「謝陛下鴻恩！」郭允明要的就是這個效果，把身體從劉承佑的懷抱中掙脫出來，跪倒俯首。

劉承佑早已情難自禁，上前一步將其硬生生拖起，手挽著手說道：「你不必謝我。朕能走上皇位，朕能擺脫幾個老賊的欺壓，全靠了你。朕有時自己一個人都會想，如果哪天沒了你，朕該怎麼活？朕，朕有時真的覺得可以不做皇帝，但是不敢設想身邊沒有你的日子！」

「微臣此生，永遠追隨在陛下身側，生死與共！」郭允明眼裡含著淚，大聲承諾。

「朕知道，朕就知道你最好。最懂得朕的心思！」聞聽此言，劉承佑心中的慾火再也抑制不住，乾脆雙手一用力，將郭允明扯進了懷中，用力搓揉。恨不得將其掰開揉碎，與自己合二為一。

郭允明拒絕不得，索性也放下心中一切羈絆，揚起紅唇，主動相迎。

周圍伺候的太監宮女見狀，都識趣的悄然離開。將整個紫宸殿，都留給了熱烈相擁的兩個男人。

燭影搖紅，夜闌人靜，剎那雨急風驟，誰知落英是雄雌？

人逢喜事精神爽。

第二天一大早，郭允明將頒發給各地節度使和防禦使的詔書一揮而就。隨即交給劉承佑用了皇帝印，又親自拿著從史弘肇和楊邠手裡搶回來的樞密院，中書省的大印蓋在皇帝印之下，交給有司，著令其以最快速度送往相關各處。

東京汴梁城內昨日被殺得人頭滾滾，在京小吏當中，有不少人遭受了池魚之殃。剩下的即便沒有受到波及，也個個膽戰心驚。因此，這外出傳旨的差事，便成了此刻的最佳避禍方案，幾乎人人爭先恐後地主動請纓。

唯獨前往滄州傳旨的任務，沒有任何人爭競。凡是長著眼睛和耳朵的人，誰都知道，那滄州防禦使鄭子明跟逆賊郭威的義子郭榮是拜把子兄弟。替皇帝向他傳旨，命其帶兵抄郭威的後路，純屬自尋死路。恐怕連聖旨都沒機會念完，傳旨欽差就得被鄭子明一刀給砍了腦袋。

於是乎推來推去，最後這個有死無生的任務，就又被強加在了倒楣蛋王光頭上。誰讓此人上次從滄州返回之後，拿著鄭子明給的好處四下裡顯擺呢？這一次，他不去送命，誰去送命？

那小吏王光也塊滾刀肉，見自己推託不得，便當場發了誓，願為當朝禰衡，寧罵賊而死，也不會有辱朝廷威儀。隨即，趁著頂頭上司大為感動的時候，又提出推遲一日出發，先回家去，對妻兒做最後的安排。

頂頭上司心中有愧，便毫不猶豫地答應了他的請求。小吏王光回到家中，二話不說，直接命令妻子、兒子和女婿，將家中細軟和上次從滄州得到的好處，統統裝上了馬車。隨即，把長子王德淵叫入房中，低聲吩咐：「我送你們出城，你立刻帶著你娘和妹子、妹夫們，連夜去鄧州老家避禍。記住，無論最近汴梁這邊發生什麼事情，都不要再回來，也不要隨便打聽為父的消息。」

「阿爺您，您……」王德淵已經隱約聽到了父親領了一件必死的差事，一張口，眼淚先流了滿臉。

「混帳，哭什麼哭，為父開心還來不及呢！」王光抬起手，先輕輕抽了自家兒子一巴掌，然後壓低了聲音補充，「於今之際，留在汴梁，才是真的找死。遠遠地逃開，反而會找到活路。那鄭子明乃是當今少有的英傑，難為我一個跑腿兒的小吏，他還嫌丟人呢！只有那些沒見識的傢伙，才會以小人之心度君子之腹！」

「那，那……」王德淵自幼嬌生慣養，見識淺薄。聽父親的話語裡不帶半點兒悲切，頓時就有些迷糊了，瞪圓了一雙淚眼，茫然不知所措。

「沒什麼那，那，照著我說的去做！」王光揉了下兒子的腦袋，繼續低聲補充：「當皇帝的在文德殿內暗伏死士，誅殺樞密使和宰相，這種事情，綠林道上幹了，都是砸鍋散夥的下場，更何況是一國之君！皇上自己作死，咱們可不奉陪。你老子去滄州投奔鄭子明，他那人手缺，肯定會給我一碗安生飯吃。你拿著咱們家的積蓄，跟你老娘，妹子、妹夫們一道，去鄉下躲著。我估計用不了太久，汴梁城裡就又該換一任皇帝了。等風平浪靜之後，咱們父子再把家搬回來不遲！」

「是，一切都聽您老安排！」王德淵聽得似懂非懂，擦著眼淚點頭。

唯恐他年少衝動，小吏王光，少不得又把妻子叫到跟前，將自己的打算和對家人的安排，掰開揉碎講了清楚。隨即，又把女兒、女婿們叫入內堂，挨個叮囑了一番。待眾人都表明了服從安排的態度，才穿好官袍，將家人們全都送出了汴梁。然後返回宅子裡，倒頭就睡。

同一天裡，也不知道多少明智之人，做出了類似的安排。結果第二天出發時，官道上居然擠滿了裝滿細軟的馬車，從城門口一直到陳橋驛，都堵得寸步難行。

開封府尹劉銖大急，連忙假借著捉拿奸佞餘孽的名義，封閉的官道，強令百姓返回汴梁。如此一來，民心更亂，城內城外，哭聲震天。連一些原本沒想到要逃難的，都趕緊跑回家中開始收拾大包小裹，唯恐走得遲了，被劉府尹強拉上朝廷這艘破船。

好在手裡捧著聖旨，王光自己在出城時，倒沒受到任何刁難。並且得到了開封府差役的特別照顧，穿過摩肩接踵的逃難人流，順順當當地就抵達了曹州。

為了避開可能出現的叛亂大軍，過了曹州之後，他又特地繞了個圈子，走濟州、鄆州，然後才在黃河南岸渡口換了船，直奔對岸的博州而去。

如此一來雖然多繞了兩三百里路，卻避開了澶、濮兩州，免得不小心被郭威的兵馬當作朝廷的鷹犬抓了去，稀裡糊塗一刀砍下腦袋。

哪成想，雙腳剛剛踏上北岸沒多遠，還未等他跨上坐騎，耳畔處，忽然響起了一身龍吟般的號角，「嗚嗚嗚，嗚嗚嗚，嗚嗚嗚嗚——」。伴著早秋的寒風，一直鑽進了人的心底。

「壞了，郭家雀兒居然也他娘的繞路渡河！」剎那間，中書省小吏王光嚇得汗流浹背，本能地轉身跑向渡船。卻看到碼頭上的艄公們，像受驚的螃蟹般，手腳並用將大小船隻撐離了北岸。隨即，將船帆一扯，順著水流如飛而去。任岸邊的渡客喊破嗓子，都堅決不肯回頭。

「壞了，壞了，壞了，今日過河之前，給菩薩燒的那炷香，肯定是假香！」小吏王光欲哭無淚，一邊在心中抱怨著，一邊以最快的速度，將官袍、聖旨、腰牌，以及一切可能表明身份的東西，丟進了水裡。隨即，從地上抓起幾團泥巴，就朝自己的臉上身上亂塗。

他從汴梁帶來的隨從們，也個個都是人精，不需要吩咐，便自作主張，將兵器、鎧甲等物送了龍王爺。然後朝著自家東主投了一個抱歉的眼神，把頭一低，以最快的速度鑽進了河邊的小樹林兒。

「你們，你們不要，你們等等我，等等我……」王光攔了一下沒攔住，乾脆自己也棄了馬匹，跌跌撞撞奔向距離最近一處草叢。結果還沒等他把屁股藏起來，兩隊騎兵已經如飛而至，一左一右沿著河岸兜了個大圈子，數息之間，就將四下躲藏逃命的人，給抓回了大半兒！

「軍爺饒命，軍爺饒命！」王光本人和被抓回來的幾名隨從，以及其他逃難的百姓一道趴在地上，連連叩頭。那群騎兵的頭領，卻對乞憐之聲充耳不聞，又命令麾下弟兄在附近仔細搜了兩圈兒，抓到了更多的可疑人物。然後才將所有抓到的俘虜集中到碼頭上，指著王光等輩的坐騎問道：「這幾匹馬是誰的？你們速速指認。只要指認出馬主，其他人就可以自行離去。本將此番南下只為替郭樞密一家討個公道，絕不牽連無辜！」

「他們，是他們。戰馬是他們的。啟稟將軍老爺，小人剛剛看到他把一大包東西丟進了河裡！」

「他，他是帶頭的。剛才小人還看見他往自己身上抹了泥！」

「他，他，還有他，都是此人的爪牙。小的看見他們幾個一起下的船，走路時還分了先後！」

「他，他的。將爺，您看，您看這批高頭大馬，怎麼可能是小人這種人能養得起的……」

沒等騎兵的頭目把話說完，眾俘虜便爭先恐後，把王光和他麾下的爪牙們全給揪了出來。一邊揪，還一邊拳打腳踢，唯恐下手太軟了，讓騎兵們把大夥當成此人的同黨。

那帶隊的騎兵統領見了，心情大悅。立刻就兌現了承諾，讓其他俘虜自行離開。隨即，將手中的長槍一擺，冷笑著向王光質問：「你，姓啥名誰？是哪個王八蛋的手下？跑到黃河北岸來想跟誰勾結？速速如實招來，別不識相，讓自己再多受幾頓皮肉之苦！」

「冤枉！」王光聞聽，立刻扯開嗓子喊冤，「將軍，草民冤枉啊。草民王光，乃是鄧州人，世代耕讀傳家。此番是受了滄州刺史帳下長史范文長的邀請，去他那邊見識巨鯤。萬萬沒有想到，才過了黃河就遇到了大軍！」

這番話，至少有四分屬實，四分有據可查。足以讓尋常武夫短時間內摸不清真偽。誰料帶隊的騎兵頭領聞聽，卻哈哈大笑，擺動騎槍，先將王光給抽了個狗啃屎。然後用槍鋒虛虛地抵著他的哽嗓，沉聲斷喝：「給你一次機會，如實坦白。不要再給老子扯謊，否則，老子將爾等全都剁碎了去餵王八！」

「說！」眾騎兵舉刀圍攏上前，厲聲逼迫。只待自家頭領一聲令下，就將王光的手下隨從剁成肉泥。

眾隨從哪裡肯陪著王光一起去死，立刻趴在了地上，哭喊著招認：「別殺我，別殺我，我說，我說，我家老爺，這個死胖子是去滄州傳旨的欽差王光。我等都是他的隨從。我等，我等是奉命行事啊，將爺，我等只管沿途保護他，他做什麼，都跟我等無關！」

「別，別殺我，我不是欽差，我不是欽差！」小吏王光，頓時嚇得魂飛天外。搶在脖子上的槍鋒沒有刺下之前，大聲自辯，「我，我雖然是奉命去滄州傳旨，卻，卻沒打算再回去。我，我跟滄州鄭防禦使是莫逆之交，這次特地借著替朝廷傳旨的機會前來投奔他，向他告知，告知他朝廷的虛實！」

也是被逼急了，王光將任何可能救命的稻草都往手裡頭抓。只希望對方能念在鄭子明跟郭威之間的淵源份上，給自己一個分辯的機會。別立刻下手，讓自己死不瞑目。卻萬沒有想到，這幾句話的效果，居然立竿見影。

馬背上的騎兵將領，毫不猶豫地就撤開了槍鋒。緊跟著，又上上下下打量了他幾眼，大聲說道：「你是前來投奔鄭子明的？那正好，他帶著兵馬剛剛抵達博州，此刻就駐紮在城外的山坡上。我帶你過去讓他辨明真偽，如果你敢騙我，高某定然讓你後悔來世上一遭！」

「不敢，不敢，高將軍放心，卑職，卑職真的跟鄭防禦使有交情！」絕處逢生，王光又驚又喜。從地上一骨碌爬起來，掛著滿臉的鼻涕眼淚大聲保證。

「哼！」看不起他那副孬種模樣，高姓騎兵首領撇了撇嘴，轉身離開。兩隊騎兵立刻像火鉗子一樣夾了過來，將王光和他的隨從夾在了中央，像牲口一般驅趕著朝北而行。先前被眾人遺棄在碼頭上的坐騎，此刻反倒成了香餑餑，被卸掉了鞍子，由四名騎兵專門照顧著跟在了所有人的身後。

好好的一個天子近臣，京城宿吏，混得待遇連匹牲口都趕不上。王光心裡頭，怎麼可能舒坦得了？然而，鬱悶歸鬱悶，他卻不敢把心情擺在臉上。反而更要裝出一副終於找到了娘家人的模樣，滿臉堆笑地跟押送自己的騎兵套起了近乎，「幾位壯士好生威猛，應該都是郭令公麾下的嫡系虎賁吧？卑職以前替朝廷做事，也曾見過很多精銳。但像幾位這樣，讓人一眼看了就鼓不起勇氣直視的，卻還是頭一回遇到！」

眾軍漢平素接觸的都是些直心腸，哪曾聽到過如此悅耳的奉承話？頓時一個個臉上就露出了幾分笑意，搖搖頭，七嘴八舌回應道：「咱們只是來替郭令公抱打不平的，可算不得他的嫡系！」

「咱們是高令公帳下衙內親軍，曾經跟契丹人交過手，當然跟你見過的那些樣子貨大不相同！」

「郭令公麾下，也不全是虎賁。嫡系衙內親軍跟咱們差不多，其他卻未必能跟咱們比肩！」

「是不是精銳，要拉上戰場才知道，光是擺花架子，是看……」

正所謂什麼將帶什麼兵，高姓統領盛氣凌人，這些軍漢一個個也自負異常。根本沒把其他吃糧的同行往眼睛裡頭擱。

王光雖然在中書省小吏裡頭，屬於非常不會做人的一個。但比起這些直心腸的軍漢來，卻要油滑得多。聽對方吹得高興，就又繼續大聲誇道：「這話說得好有道理，汴梁城裡的護聖軍，就全都中看不中用。欺負尋常百姓可以，若是真的跟諸位對上，恐怕十個也打不過一個。」

「那當然，也不看咱們跟的是誰？護聖軍的主將，給咱家老帥提鞋都不配！」

「一個打他們十個有些誇口了，但要是列陣而戰，一都破他一營，應該輕鬆！」

「那些人都是嬌生慣養的公子哥，咱們可是一刀一槍打出來的威名！」

「他們不出城則已，若是敢出城……」

眾軍漢根本不懂得什麼叫做謙虛，繼續得意洋洋地自吹自擂。

「行了，少說幾句，沒人當你們是啞巴！」帶隊的高姓頭領聽得實在不好意思，猛地回過頭，大聲呵斥，「跟護聖軍比算什麼本事？有種你們去跟滄州軍比，人家成軍滿打滿算都不到兩年，可昨天各部會操之時，在場兵馬，哪支能跟人家比肩？」

「這……」

「將軍，咱們，咱們……」

眾軍漢的面孔，頓時就像被人反覆抽了好幾個耳光一樣紅。流著汗水囁嚅半晌，卻是誰也沒勇氣替自己尋找任何藉口。

滄州軍，組建歷史不到兩年，戰兵數量只有三千出頭的滄州軍。在短短幾天之內，就給所有前來給郭威助戰兵馬，都留下極深的印象。根本不用走上沙場去稱量，只需隨便朝其他任何隊伍旁邊一站，誰強誰弱，就立刻清晰分明。

甭看自稱跟鄭子明相交莫逆，中書省小吏王光其實心裡頭對滄州軍根本沒任何印象。然而從高姓頭領的話和身邊眾軍漢的反應當中，他卻敏銳地意識到，自己即將投奔的新東家，好像實力非同一般。於是乎，稍微安靜了一小會兒，就又趁著高姓將領注意不到自己的時候，低聲跟身邊的軍漢們說道：「會操？你們為什麼要在半路上會操？不是要直接殺進汴梁去，替郭令公討還公道吧？」

「廢話，這麼多支兵馬來自不同的地方，不會幾次操，做主帥的怎麼可能心裡有底兒！」

「咱們又不全都是郭令公的部屬，互相之間不先認一下旗幟，戰場上打起來，怎麼分辨是敵是友？」

「你當是紙上下棋啊，不會幾次操，就直接把人朝戰場上拉。那不是打仗，是蓄意……」

眾軍漢剛剛被自家主將落了面子，心情鬱悶，被王光的外行話一鉤，立刻撇著嘴低聲嗆聲。

「哦，那這麼說，滄州軍在會操的時候，表現非常出色嘍？」王光要的就是這個結果，根本不在乎說話的態度，笑了笑，繼續低聲打探。

眾軍漢聞聽此言，臉上的憤懣，瞬間又變成了尷尬。一個個猶豫再三，才以極低的聲音回應：「也不能說特別的出色，反正他們，他們跟咱們所有人都不太一樣。好像特別，特別會拉架勢，會站隊形。行進站立，都特別的齊整。再加上以前的那些戰績，大夥，大夥雖然未必服氣，也，也說不出什麼來！」

「真的要打仗的話，他們未必比咱們就強。但人家的走路、列隊還有進退、變陣，的確幹淨俐落。若是戰場上能發揮出出操時六七分本事，尋常隊伍，的確很難擋住其腳步！」

「人家是個個都當親兵，親兵對待！」有人偷偷朝隊伍最前方的高姓將領看了看，用極低的聲音補充，「我跟你說啊，鄭子明在滄州的那點兒錢糧，估計全花在這三千人上頭了。所以這些人，個個都算得是他的親兵。可這話又說回來了，打仗的是，若是人太少了也不成。就算滄州軍個個以一當十，對方一狠心壓上五六萬大軍來，依舊要把他們碾成肉泥！」

「噢！」王光點點頭，做恍然大悟狀，「的確，做個防禦使麼，三千兵馬也就夠了。可全國的兵馬若是都這麼練，國庫裡頭就得跑耗子了！幾位壯士剛才說，除了郭令公的兵馬之外，還有許多人帶著兵前來助戰？都是誰啊，他們，他們怎麼，怎麼都不，不把朝廷……」

「哪裡還有什麼朝廷！」眾軍漢把嘴一撇，又是滿臉冷鷙，「連樞密使和宰相，一言不合都要痛下殺手，誰敢還做他劉家的官兒？我說您老啊，這一步是走對了。要是繼續留在汴梁那邊，官做得再大，保不準哪天被小皇帝看不順眼了，就直接『哢嚓』給你一刀，然後再殺了你全家！」

有道是，話糙理不糙。

幾個軍漢沒讀過書，也不懂什麼政治權謀。卻一針見血地說出了一個顯而易見的事實。

如果連樞密使和宰相，都說殺就殺，事先連一點虛假的彈劾、貶謫、判罪過程都不走。這滿朝文武，還有誰人皇帝殺不得？正在替朝廷賣命的人，誰又能保證史弘肇的下場，有朝一日不落在自己頭上？

的確，史弘肇跋扈，蠻橫，戀權，與楊邠、郭威等人聯手把持朝政。可若不是他們幾個竭盡全力撲滅了叛軍，劉承佑早就成了李守貞的階下囚。如果他們幾個真的想謀反，劉承佑更是早就不知道被殺了多少回。立下了匡扶社稷之功，卻全家被戮，如今郭威起兵向朝廷討要公道，誰敢再效仿當年的史弘肇等人，去硬撼叛軍鋒纓？

打勝了，最後死在金鑾殿上，全家都跟著做糊塗鬼。打輸了，免不了死在戰場上，妻兒老小也未必有人照顧。既然如此，大夥又何必去冒那個險？

既然跟著這樣的皇帝，早晚都落不到好下場，大夥又何必為他效忠？隨便換一個新皇帝上來，也許未必能比劉承佑幹得好許多，但至少不會比他更壞！

「這，這，多謝幾位軍爺提點！」剎那間，小吏王光心中的輕慢一掃而空，雙手抱拳，朝著說話的軍漢鄭重行禮。

到了這個時候，他才終於發現，原來世間不只是自己一個人聰明。自己能看到的，其實絕大多數人都能看得到。只是，每個人的際遇不同，所受到的羈絆也不一樣罷了。

「你這人，好好說著話，怎麼又做開揖了？」先前說話最多的軍漢對王光一驚一乍的態度大為不解，側了側身子，笑著擺手，「別瞎客氣了，咱們路上無聊，才跟你亂說一通解悶兒。真的若說提點，你投了鄭子明，將來肯定會跟著他飛黃騰達，誰提點誰還不一定呢！」

「就是，這位大人，將來發達了，一定別忘了照顧我等一二！」

「苟，苟夠什麼來，反正你們讀書人升官升得快，屆時別忘了我們就……。」

其餘幾個軍漢，也半開玩笑半當真般說道。

軍中廝殺漢的想法相對簡單，誰能打能殺，大傢伙兒就佩服誰。鄭子明冬末春初的時候，憑著幾千鄉勇，硬是拖住了一小半兒南下的幽州軍，善戰之名早就傳遍了黃河南北。所以大傢伙兒都佩服他，拿他當作英雄好漢。王光是鄭子明的故交，理所當然就會被大夥高看一眼。

「勿相忘，勿相忘！」認識到自己並不比別人聰明多少，王光也徹底放下了京官的架子，真心實意跟大夥攀談起來。憑藉官場上翻滾多年歷練出來的本事，很快就跟眾人打成了一片。一邊走，一邊天南海北的閒聊，不知不覺間，聯軍的大營已經近在咫尺。

「嘶——」饒是心中有所準備，他依舊被自己看到的景象驚得倒吸了一口冷氣。剎那之間，兩腿發軟，心臟如同擂鼓般跳個不停。

帳篷，綿延不斷的帳篷！背靠著青灰色的城牆，從東側的一座青山，一直到西側的另外一座青山。臨時砍伐樹木打造的營牆，像魔鬼的牙齒般，橫亙在天地之間。每隔著一段營牆，便有一杆高聳的大旗，猩紅色的旗面，在陽光下舒展，跳動，宛若一團團憤怒的火焰。

透過營牆的縫隙，可看到各種各樣的殺人利器。需要用馬車才能拉動的床弩、兩個人就能推著走的雙擊弩、頭上包裹著銅皮的攻城錘、四下裡布滿射擊孔的樓車。還有許多王光根本叫不出名字的神兵，一排排擺放於營牆與帳篷之間空地上，寒光閃爍。只要有人操作起來，頃刻間就能令對手血流成河。

「這裡是郭令公的本營，正對著整個行營的大門！」一點也不為王光的表現而感到奇怪，帶隊的高姓將領笑了笑，大聲介紹，「鄭子明的營地在最東面，但是按規矩，咱們得從正面進去。你跟著我走，別亂看亂摸。否則，無論你來找誰，軍法都饒你不過！」

「是，是！」王光激靈靈又打了個冷戰，連忙將眼睛從攻城利器上挪開。垂下頭，用眼角餘光盯著高姓將領的戰馬尾巴，亦步亦趨。

營地大門口，很快就有人領著兵馬迎上前來，核實大傢伙兒的身份。高姓將領先跟此人對過了口令，然後用最簡短的語言，將王光的來歷和目的做了通報。緊跟著，又在一張桑皮紙上，將後者記錄下來的文字檢查了一遍，鄭重簽字畫押。最後，才終於結束了繁瑣的入營手續，帶著王光等人繼續從營內特意留出來的通道上向東而行。

沿途中，每走過一段長短不等的距離，就有另外一種相對矮小的柵欄，將營地隔離成段。每一段營地裡所駐紮兵馬，來歷都各不相同。有的營地管理相對鬆散，可以看到軍漢們扛著兵器，在帳篷之間穿來穿去；有的營地管理十分嚴格，除了巡邏隊之外，根本看不到任何活人。還有的營地內，應該正在進行操練，帳篷間的空地上，人頭攢動，將佐們的口令聲此起彼伏。但更多的營地，則徹底空著，只有一杆大纛，聳立於營地前的木牆上，呼呼啦啦，呼呼啦啦，被風吹得一刻都不得安寧。

「弟兄們都拉出去操練了，營地內太狹窄，根本施展不開！」不想被王光以為自家在虛張聲勢，高姓將領從馬背上回過頭，主動解釋。「這會兒，鄭防禦使估計也未必在他的軍營裡。不過，范長史應該在，你是否真的跟鄭子明有交情，一問便知。」

「真，如假包換的真！」王光聞聽，趕緊紅著臉大聲回應。「范長史以前也在汴梁做官，王某跟他多有往來。他，他以前去怡紅院聽曲子……」

話說到一半兒，他猛然意識到如今的范正，早已不是當日那個官場上鬱鬱不得志，終日依翠偎紅，放浪形骸的老不修范文長了。已經到了嘴邊上的話，頓時又硬吞了回去。「反正，反正我們交情很深便是。不信您可以親自跟范長史核實。」

高姓將領，才沒心思去追究這些文人之間的風流韻事，笑了笑，繼續策馬在一座座分營之間穿行。不停地有將領主動上前跟他打招呼，他也不停地跟這些人寒暄。看到被夾在騎兵隊列之間的王光，將領們難免心中感覺好奇，總會隨口問上幾句。每當這時，高姓將領就不得不將坐騎停下來，重複自己在碼頭上捉到王光的情景，以及王光自己所彙報的，來軍營的目的。一遍又一遍，沒完沒了。

直到將小吏王光煩悶得都快死掉的時候，大夥眼前忽然一亮，有座與先前完全不同的營地，出現在通道的盡頭。

同樣是用樹木臨時趕製的營牆，此處卻剝去了樹皮。每一跟木樁都用鋸子鋸成了同樣高矮，彼此之間的縫隙，也大體固定。同樣是厚布做的帳篷，這裡卻橫豎成排，前後左右間隔基本一致，就像一排排正在接受校閱的士兵。同樣的營內通道，一路走來都是用腳踩出，泥濘不堪。而最後這一段兒，卻是表面鋪了石子，兩側灑了白堊粉，像汴梁城內的街道一樣乾淨筆直。

「這鄭子明，把個營盤扎得像新房一樣，還讓不讓別人過日子了？」高姓將領帶住坐騎，搖著頭自言自語。臉上的表情，說不清是嫉妒還是佩服。

「到了？果然與眾不同！」王光卻瞬間就覺得有了面子，挺直了腰桿，明知故問。

「到了，你等著，他們營地內規矩大，無論誰通過，都得跟當值的將佐打招呼！」高姓將領回過頭，狠狠瞪了他一眼，大聲吩咐。

「那是自然，那是自然！」王光笑呵呵地點頭，帶著幾分得意耐心等候。沒多久，便看到有一張熟悉的面孔，從營地內大步流星朝著眾人走了過來。

「李將軍，李將軍，是我，我是王光。您還記得我嗎？我來投奔鄭，我對朝廷絕望，特地前來投奔你家大人了！」不待高姓將領出面表明來意，王光自己就跳著腳，揮動著胳膊，跟對方打起了招呼。

「你是……」正準備跟高姓將領寒暄的李順兒楞了楞，猶豫著道：「你是欽差？」

「是我，是我，李將軍您果然記得卑職。卑職此番，此番可不是來傳旨的。是專門來找你家大人討個差事做！」王光臉皮微燙，卻依舊熱情地補充。

「我記得你了，替我家大人出主意向朝廷行賄的那個！」李順終於有了印象，大笑著朝王光揮手，「請您老稍等，軍營中規矩大，我得先按規矩來！」

說罷，認認真真地又重新向高姓將軍見禮，問候，寒暄。待把所有該走的手續走完了，才將王光接了過去，笑著說道：「我先前還想呢，這回大夥若是能打進汴梁城中，會不會見到你？沒料到你自己跑來了！

怎麼，王大人也被劉承佑那廝給寒了心，不再替他賣命了？」

「不幹了，不幹了！」知道李順兒讀書少，王光故意裝作非常粗魯的模樣，笑著擺手，「傻子才繼續留在汴梁等死。鄭大人在嗎，我有要事需當面稟告！」

「你來得不巧，我家將軍出去跟柴，跟郭將軍、趙將軍練武了。就在旁邊的山後的一處空地上，我可以帶著你去找他！」自家主公剛一起兵，就有汴梁的官員主動前來投效，李順覺得非常有面子，擺擺手，大笑著回應。

「那，那就有勞李將軍了！」王光側頭看了高姓將領一眼，帶著幾分得意回應。

「高將軍若是不忙，不妨一起去！」機靈的李順兒，不想讓高姓將領覺得受冷落，主動向對方發出邀請，「我家將軍說了，無論馬上步下功夫，他最佩服的，只有高將軍您一個。如果能跟您多切磋幾回，一定會受益無窮。」

「你就長了一張好嘴！」高姓將領聞聽，果然立刻躍躍欲試。「高某對鄭將軍的本事，也是佩服得很。既然有機會當面討教，當然不能錯過！」

「嘿嘿，嘿嘿，那高將軍您先請。轉過側面那座小山就是，我跟王大人都沒騎馬，在後邊慢慢跟著！」李順兒笑呵呵地行了個禮，大聲補充。

「那高某就先走一步！」高姓將領手癢難忍，也不跟他客氣，抖動韁繩，快速從側門衝出了軍營。目送他的背影去遠，李順兒一邊走，一邊笑著跟王光說道：「他沒難為你吧？這個小高將軍，可是有名的目中無人。你能落到他手裡，還毫髮無傷，也真是夠不容易。」

「托，托鄭將軍的福，僥倖沒有挨打！」王光一直懸在嗓子眼兒處的心臟，此刻終於落肚。拱起手，真心實意地回應。「本來以為在劫難逃，好在及時報出了鄭將軍的名字！這位高將軍一聽，就立刻停了手。」

「你當然，也不看我家將軍是誰！」李順聽了，心裡好生受用。又笑了笑，低聲補充道：「此人是歸德節度使的長子，心腸不壞，就是傲得有些厲害。一直想跟我家將軍在武藝上分出高下來，都較量了好多回了，可每次都沒占到上風！」

「噢，原來是跟你家將軍惺惺相惜。怪不得他一聽說王某是來投奔鄭將軍，就立刻態度大變。」王光善禱善頌，順著李順兒的口風吹捧。話音落下，心中猛地又是一凜，停住腳步，愕然問道：「你說他是誰的長子，歸德節度使？哪個歸德節度使？」

李順被他的表現給嚇了一跳，也停住了腳步，楞楞地反問。「當然是歸德節度使高行周了？白馬高行周？除了他，還有哪個做過歸德節度使的人姓高？」

「啊——」王光像被雷劈了般，站在乾淨整潔的道路上，兩眼發直，鬢角的頭髮上下飄舞。歸德節度使高行周，乃是與郭威、史弘肇、符彥卿等人齊名的老將。小皇帝劉承佑為了牽制符彥卿，才將此人和他的兒子高懷德特地調回了汴梁附近的宋州駐守，一直恩遇有加。然而，就在劉承佑最需要人替朝廷賣命之時，高懷德卻出現在了郭威的大軍當中。如此想來，從博州到東京汴梁，此時此刻，肯阻攔郭威大軍的，還能剩下了誰？

雖然早就料到了劉承佑肯定會眾叛親離，然而當得知歸德軍節度使高行周已經起兵響應郭威，並且將嫡親長子高懷德派到對方帳下做開路先鋒的時候，小吏王光的心裡，依舊感傷莫名。

他依稀記得自己臨出汴梁之前，朝廷還向定州、瀛州、莫州，以及河北其他各地傳去了聖旨，著令各地手握兵馬大權的諸侯們，從背後出兵牽制郭威。而如今，那些諸侯的將旗，好像也都插到聯軍大營的木牆上了，全天下肯接朝廷聖旨的，還能有誰？

「怎麼，莫非你跟高懷德的老子有過節，一聽見他的名字就如此沮喪？」見王光突然之間就變得神不守舍，李順楞了楞，遲疑著詢問。

「啊，沒，沒有！」王光瞬間緩過心神，訕笑著搖頭。「我，我只是沒，沒想到高行周也會起兵而已。他是一鎮節度，我不過是個跑腿兒的小吏，跟他哪可能有什麼過節！」

「那就好，否則，眼下咱們跟高家算做一夥兒，你想找他們父子的麻煩，可就不容易了！」李順聞聽，心裡也是一陣輕鬆。笑了笑，坦誠地補充。

總是說別人傲氣，他卻絲毫沒有感覺到，自己此刻說話的態度是何等的無法無天？區區一個尋常小校，談起向一鎮節度使尋仇來，眼睛和話語裡，居然沒有絲毫的畏懼。不願意去找對方的麻煩，居然是因為彼此屬於同一個陣營，而不是彼此之間，實力、地位相差懸殊。

然而，如此囂張的氣焰，落在王光的眼內，卻令此人愈發堅定的相信，前來投奔滄州軍這步棋，走得是半點兒都沒錯。因此，略作斟酌之後，又低聲說道：「高行周父子肯起兵接應郭樞密，恐怕不單單是出於同情。事成之後，郭樞密恐怕至少得再拿出一個節度使的位置以酬其功。」

「那是自然，沒好處的事情，這些人怎麼可能會幹？」李順兒對此深表贊同，笑了笑，用力點頭。「什麼瘋豺、老狼、白馬、鷂子，其實都是一路貨色。不過，左右是慷劉家之慨，高行周父子要得再多，總好過領兵擋在咱們的半路上！」

「那是！」王光想表達的，卻根本不是李順所說的意思。笑了笑，繼續低聲補充道：「鄭，咱家大人有勇有謀，又跟郭榮將軍是結拜兄弟。此番若是再狠狠打上幾場硬仗，恐怕誰也不能再像上次那樣，對他的功勞視而不見！」

「應該是吧，一個節度使位置，總是跑不掉的。」李順兒想了想，臉上湧起幾分憧憬，「就不知道是哪一處的節度使了。咱家將軍什麼都好，就是年齡太小，資歷也太淺了。否則，郭令公如果做了皇上，天雄軍節度使的位置就會空出來，屆時……」

做部將和幕僚的，有誰不希望自家所輔佐的主公平步青雲？因此話裡話外，李順兒從不掩飾自己對前途的渴望。王光聽了，心中頓時又是一熱。剛想再試探幾句，看看自己能不能謀到個好一些的位置，以便將來跟著鄭子明一道雞犬升天。耳畔處，卻忽然傳來一陣雷鳴般的戰鼓聲，「咚咚，咚咚，咚咚咚咚……」

「已經開始演武了！」李順立刻從白日夢中驚醒，撒開腿，朝著不遠處的山坡狂奔，「王大人您快點兒，遲了可就沒熱鬧看了。自打到了滄州之後，咱家將軍已經很少再跟別人交手。」

話音落下，他已經跑出了百步之外。小吏王光見到此景，也只好拖著疲憊的身體，在後邊緊追不捨。不多時，二人翻過了山梁。氣喘吁吁停住腳步，手打涼棚向鼓聲響起處觀望。恰看見，鄭子明和柴榮兩個撥轉了坐騎，面對面再度開始加速前衝。

「小心，這回我可不會留手！」柴榮身上，再也見不到平素那種文質彬彬模樣。大喝一聲，策馬疾馳。前端包裹著氈子的騎槍穩穩端平，直奔鄭子明的左肩窩。

氈子上沾滿了白堊粉，只要戳中目標，就會留下一個巨大的白斑。面對面急馳而至的鄭子明，豈肯讓他得手？在千鈞一髮之際，猛地一擰腰，讓過「槍鋒」，手中鋼鞭掛著風，狠狠地砸在露在氈子外的槍桿上。

「呯！」看不出是什麼材料做的槍桿，瞬間被砸成了一個巨大的弧形。緊跟著，又迅速繃直。握在槍桿上的雙手，也被震得青筋亂蹦，卻始終沒有放鬆。相反，雙手的主人柴榮猛地一收胳膊，將同樣包裹著氈子的槍纂調轉向前，借著戰馬的奔行速度狠狠一戳，「著！」

「想得美！」鄭子明大聲斷喝，調轉鋼鞭，奮力外推。急戳而來的槍纂，被鋼鞭推得猛然一歪，借著慣性，滑向了他的身後。緊跟著，揮鞭又被掄了起來，凌空橫掃，「趕緊低頭！」

這一鞭，雖然沒有使上全力，速度卻快得如同閃電。柴榮聞聽，想要撤槍招架已經徹底來不及。只能按照鄭子明的要求，迅速低頭躲閃。包裹著一層氈子的鋼鞭，貼著他的盔纓迅速掠過，隨即，又被鄭子明控制著在半空中游龍般反轉，「嗚」地一聲，砸向了戰馬的護臂。

「呀！」柴榮沒想到鄭子明一記殺招之後，還緊跟著又來了一記。慌忙將長槍後遞，阻擋鋼鞭的落勢。

才將槍纂遞出了一半兒，耳畔只聽見「啪」的一聲，緊跟著，胯下楓露紫猛地向前一躥，悲鳴著落荒而逃。

「吁，吁——」柴榮大聲喝止，騰出一隻手，試圖安撫戰馬。可憐的楓露紫雖然因為鄭子明在最後關頭手下留情，沒有被砸趴下，但屁股處卻痛得發麻。根本不理睬主人的安慰，只顧瘋狂地張開四蹄狂奔，直到跑上了對面的山梁，才終於筋疲力盡地停了下來，低著頭悲鳴不止。

「好卑鄙的戰術！」柴榮縱身從馬鞍上躍下，一邊檢查楓露紫的受傷情況，一邊搖著頭叫囂，「子明，這可不是君子所為。我剛才……」

「射人先射馬，手裡拎著鋼鞭也是一樣！」鄭子明護送柴榮上了山坡，然後帶住坐騎，笑著回應，「我騎術與大哥相差太遠，不另外使些手段怎麼成？放心，剛才只用了一分力氣，保證不會傷到它的筋骨！」

「那是你的一分力氣！」柴榮看了他一眼，苦著臉聳肩。

別人的一成力氣，頂多讓楓露紫受點兒皮肉傷，養上一晚上就恢復如初。可鄭子明的一成力氣，卻足以令楓露紫小半個月上不了戰場。而如今大軍渡河在即，自己卻沒有一匹好馬乘坐，萬一因此而錯失了報仇的機會……

「我送你一匹遼東菊花青，絕對不比你這匹楓露紫差！」鄭子明笑著打斷他的話頭，大聲許諾。

「要不比你的這匹黑龍駒差才行！」柴榮知道自家兄弟最近財大氣粗，索性獅子大開口。

「行！」鄭子明笑著答應。「把這匹烏龍駒給你都行！」

如果能讓義兄柴榮暫時忘掉失去家人之痛，他又怎麼會捨不得一匹戰馬。因此說著話，翻身就要往坐騎下跳。一隻腳剛剛離開馬鐙，身背後，卻忽然傳來了高懷德興奮地叫嚷：「子明將軍，先別急著下馬。且讓高某前來討教一二！」

說著話，整個人已經衝上了山坡。銀槍白馬錦袍，快得就像一道白色的閃電。

鄭子明聽了，立刻撥轉了坐騎，雙腿輕輕一夾烏龍駒的小腹，借著山勢，風一般迎了上去，「如你所願！鄭某也手癢難耐！」

二人已經不止一次交過手，都知道彼此的斤兩。因此高懷德也不藏私，又大喝了一聲「看槍」，剛剛裹好氈子的銀槍，直奔鄭子明的小腹。

「呼！」鄭子明側身揮鞭，砸中槍桿，發出巨大的聲響。高懷德被震得手臂微微發麻，卻毫不在乎地擰身，將銀槍當作長鞭，奮力橫掃，「著」。

這一掃，人力與馬力合在一處至少有三百多斤。如果鄭子明強行招架，即便人擋得住，胯下坐騎也會受傷。當即，他毫不猶豫地一個側仰，人的脊梁骨瞬間貼上了戰馬的脊梁骨。手中鋼鞭如同燕尾般，斜著貼在了戰馬的脖頸之下。

高懷德用力過猛，收勢不及，只能眼睜睜地看著鄭子明的小腹貼著自己的槍桿一滑而過。緊跟著，他心中警兆大生，猛地向前俯身，已經掃到背後的槍桿，高高地豎了個筆直。

「啪！」鄭子明借助起身的瞬間向後揮出的鋼鞭，砸在了高懷德及時豎起的槍桿上，發出一聲脆響。隨即，兩匹戰馬騰雲駕霧般飛奔，將交手雙方，各自拋在了身後二十步外。

「好！」校場下，喝彩聲猶如雷動。無論是滄州軍的弟兄，還是柴榮和高懷德二人的親信，都興奮得滿臉通紅，不停地撫掌跺腳。

兩軍對衝，雙方騎兵通常只有一次照面機會。第一次不能打對方落馬，就要把此人交給自己身後的同伴。自己則借著戰馬的速度奔向敵軍的第二排騎兵。但此刻是在校場之上，所以一個照面結束之後，雙方還要各自把戰馬兜回來再戰。於是乎，鄭子明和高懷德二人，由著戰馬的慣性跑出了五六十步後，便各自調轉了馬頭。

「鎖喉槍，留神你的胸口！」二人再度策馬對衝，高懷德又毫不客氣地搶了先手。包裹著氈子的銀槍猛地一抖，突突突，白煙亂冒，一團巨大的濃霧之間，藏著數不清的槍頭。

這一招，卻有些討巧了。故意借助的白堊粉受力後會四下飛濺的特點，讓對方分辨不出槍鋒的真偽。鄭子明看了，也不著急。左手擎起鋼鞭，右手迅速朝自己身後一摸。在電光石火之間，摸出了一面臉盆大小的圓盾，「噹」地一聲，將濃霧和槍鋒全都擋在了距離自家身體三尺之外。

「呀！你，你這是耍賴！」必殺絕技，居然被人用最笨的辦法給破了，高懷德氣得大喊大叫。鄭子明朝著他齜牙一笑，盾牌猛地脫手，如同飛馳的車輪，直接碾向了他的大腿根兒。

「噹啷！」又是一聲脆響。正在憤怒抗議的高懷德，猛地從銀槍下分出了一根鐵鐧。在最後關頭，沒有砸向鄭子明的前胸，而是護在了自家身前。

「好一個槍裡夾鐧！」鄭子明一邊哈哈大笑，一邊揮鞭進攻，鞭鞭不離高懷德的腦門和胸口。

「彼此彼此，你的飛盾功夫也不錯！」高懷德雙手擎槍，嘴巴也不閒著，將對方的無賴手段直接挑明。

二人撥馬再戰，轉眼就又廝殺了十多個回合。鄭子明飛斧、飛鞭、套索等諸多手段盡出，只是將高懷德逼了個手忙腳亂，卻始終未能建功。高懷德冷箭、槍裡夾鐧、回馬槍等奇招也使了個遍，亦沒有如願克敵。

「好！」「好！」「鄭將軍厲害！」「高將軍威武！」四下裡，喝彩聲再度雷動。所有人都為交手雙方的機警和「狡詐」，興奮莫名。

場下之人看得開心，場上的交手雙方，再將馬頭撥回之時，臉上卻都見了汗。特別是鄭子明，原本武藝就走的不是精妙路線，騎術也遠不如高懷德，短時間內能跟對方平分秋色，憑藉的完全是一身蠻力、層出不窮的怪招以及各種自我摸索出來的巧妙武器。當蠻力、怪招和新鮮武器都不能奏效之後，心情就有些焦躁起來，臉上的疲態盡現。

高懷德卻越戰越勇，恨不得立刻就將鄭子明逼入絕境，棄鞭認輸。心中正琢磨著，下一次彼此靠近時，該拿出哪一路看家絕技，斜刺裡，卻聽見有人大聲喊道：「三弟下去歇歇，二哥我看得手癢了！等我先跟高將軍領教完一輪，再換你回來跟他繼續切磋不遲。」

說著話，一匹黃驃馬已經衝入了戰團。擋開鄭子明，帶著自家主人，直取高懷德小腹。

「來得好！」高懷德長槍橫撥，將此人手中的大棍蕩到了一旁。隨即，一邊舉槍還擊，一邊大聲抗議：「真的是打仗親兄弟，趙二哥生怕你家老三吃虧！」

「他剛剛跟郭大哥過了一場，而你卻在旁邊養精蓄銳。即便贏了，也是勝之不武！」趙匡胤哈哈一笑，乾脆俐落地給出了自己插手的理由。

這話，可不完全是強詞奪理。在高懷德發起邀戰之前，鄭子明的確是在跟柴榮兩個比試。雖然當時二人之間的較量，完全是為了讓柴榮散心，暫且忘卻妻兒無辜被殺之痛。可柴榮的武藝也臻一流，想要拿下他，不可能不耗費絲毫力氣。

想到此節，高懷德便沒有心思再抗議趙匡胤「拉偏仗」了。抖擻精神，跟對方戰做了一團。論武藝，他也高出了對方甚多。然而趙匡胤卻跟他的兄弟鄭子明乃是一丘之貉，每一招力氣都大得驚人，稍落下風就怪招迭出，時不時還將一些不入流的兵器，如飛鏢、套索、手叉子之類的丟出來，令高懷德防不勝防。

轉眼之間，二人就鬥了三十餘個回合。趙匡胤漸落下風，卻體力依舊充足。高懷德贏面占了六成，卻累得氣喘吁吁，手臂痠軟。如果繼續纏鬥下去，誰輸誰贏，仍然不可預知。

正當高懷德鬱悶得要吐血之際，身後卻又傳來了柴榮那磊落的聲音，「高將軍且到一邊稍歇，讓我來跟二弟過幾招。我們兄弟倆，也有許多日子沒切磋過了，今天正好一解手癢。」

「多謝郭大哥！」高懷德扭過頭，感激地看了柴榮一眼，趕緊借著臺階撤出圈子外。

柴榮朝著趙匡胤會心一笑，揮動騎槍，就欲跟好兄弟一分高下。正在此時，一陣低沉的號角忽然徹地而至。「嗚嗚嗚，嗚嗚，嗚嗚嗚……」

「不好，大帥點將！」二人齊聲驚呼，毫不猶豫調轉馬頭，直奔中軍大營而去。

「大帥點將，有緊急軍情！」鄭子明和高懷德兩個，頓時也沒有了再爭高低的心思。互相看了看，策馬緊緊追上。

馬尾後，只留下了四道煙塵，和一個空蕩蕩的山坡。

天光透過樹梢搖曳，彷彿還在回憶著，剛才那幾個驕傲的身影。

「嗚嗚，嗚嗚，嗚嗚嗚，嗚嗚嗚……」號角聲連綿不絕，一聲比一聲急，聲聲催得人心焦。

各營主將策馬飛奔，不多時，紛紛來到中軍帳內。未等詢問究竟，就聽郭威在帥案之後大聲說道：「契丹人發兵了！主帥是燕王耶律察割，副帥是蕭天賜，率契丹精銳兩萬，另著幽州韓氏兄弟出精兵三萬，輔兵五萬助陣。十萬大軍日前已經盡數渡過了滹沱河，正在前往河間集結。攻擊方向，不明！」

「啊，這麼巧！」

「馬上又要入冬了，他們去年冬天剛剛吃了大虧，難道就不長記性嗎？」

「秋糧都入過庫了，他們這個時候來做什麼？」

「可不是麼，這時候南下，能搶到……」

眾將領楞了楞，七嘴八舌地議論。

「老夫也是剛剛得到消息！」郭威用手指用力敲了下帥案，然後指著身邊的一個滿臉灰塵的中年男子，大聲補充，「此人是老夫麾下的細作，冒著九死一生的風險，才將消息及時帶了回來。大夥想要知道詳情，就先靜一靜，且聽他的彙報。」

「遵命！」「是！」「也好！」各營主將點點頭，齊齊將目光轉向了郭威身側，那個幾乎累脫了力的中年人。

中年細作頭目也不怯場，從郭威手邊抓起茶水灌了幾口，然後盡可能清晰地說道：「一個多月之前，樞密大人聽聞河間城內在大興土木，便派末將帶著一批弟兄，混在商隊裡頭去了那邊。結果費了許多力氣靠近了才發現，韓家在城裡頭蓋的房子，其實都是糧倉。隨即末將又帶著弟兄們去了一堂薊都，用重金多方賄賂，才得知早在昏君下手害人之前，郭允明偷偷派人去過幽州。」

「什麼？郭允明跟契丹人聯繫過！」

「是皇上派人勾結契丹，這，這怎麼可能？」在座眾人，無一個敢相信自己的耳朵。這年頭道德淪喪，有做事不問手段只問結果。再加上有石敬瑭給耶律德光做乾兒子成功奪位的先例在前，任何地方諸侯勾結契丹人入寇，都不足為怪。

但劉承佑不同，他不是諸侯，而是皇帝。做皇帝的主動邀請異族侵入自己國土，這種事情，恐怕跟他趁著上朝的機會將樞密使和宰相同時剁翻的「壯舉」一樣，端的是前無古人後無來者！

「不能確定郭允明是受了昏君的命令，有可能是他自作主張，也有可能他只是為了有備無患，才提前聯繫了契丹人。結果就在史樞密和楊丞相遇害消息傳到幽州的當日，契丹大軍和幽州軍，便同時開始向南進發。」中年細作頭目的聲音繼續傳來，像針一樣刺激著在場所有人的心臟。

無論遼軍是不是受了劉承佑所邀，其即將南侵的消息，都已經板上釘釘。而眼下河北各地的全部能戰之兵，幾乎都集中在身邊這座聯營之內，正準備追隨郭威一道殺向汴梁。所以，如果大傢伙兒不立刻改變先前的謀劃，恐怕沒等拿下汴梁，老巢就得全都落在了契丹人和韓氏兄弟手上。

「遼人此番南下的兵馬不多，天氣也即將轉冷！」沒等眾將領想好接下來該怎麼做，郭威已經果斷做出了決定，「所以，老夫準備分兵。派人帶領一部分兵馬北上，在深州或者冀州一帶，拖住遼軍。」

「這……」各營主將迅速將頭低了下去，誰也不願意與郭威的目光相接。

大傢伙兒之所以願意追隨郭威南下「清君側」，同情此人悲慘遭遇的原因，恐怕微乎其微。最真切的理由其實不外乎兩個，第一，此戰根本沒有失敗的可能。第二，拿下汴梁之後，無論是另立新君，還是郭威自己當皇帝，大傢伙兒的官職和地盤，都必將水漲船高。

而北上抵禦外辱，結果卻與南下「清君側」恰恰相反。第一，獲勝的可能微乎其微，稍有疏忽，恐怕就是麾下兵馬耗盡，本人也身首異處的下場。第二，即便僥倖打退了遼軍，沒有傾國之力為後盾，大夥兒也不可能趁機殺入燕雲十六州，為自己搶回大量的人口和地盤。

「老夫不求讓遼軍匹馬不得南進，只需要將耶律察割與韓氏兄弟的兵馬拖在大陸澤之北。兩個月，只要能堅持住兩個月，老夫就有足夠的把握從汴梁回師！」目光迅速從眾人頭頂掠過，郭威在心中偷偷嘆了口氣，大聲補充：「誰若是能擔起此重任，待擊退遼軍之後，河北各鎮節度使之職，老夫由著他挑！」

趨利避害，是人的天性。郭威在軍中摸爬滾打二十餘年，從大頭兵一路做到樞密副使，深知帳內這群丘八們此刻心裡的真實想法。所以他也不敢對大夥兒的要求太高，只期望重賞之下，能出現一兩個敢於擋在遼軍馬前的勇夫。

誰料想，條件開出來之後很久很久，底下卻依舊沒有任何回應。眾節度使們，包括此刻深州和冀州的實際占領者，都一個個眼觀鼻，鼻觀心，不言不語，不動如山。

「也罷！」見眾節度使們個個畏敵如虎，郭威心中愈發失望。深深吸了口氣，就準備宣布暫且放棄南下計畫，親自領軍掉頭迎戰外敵。才堪堪將身體站起，靠近中軍帳門口處的隊伍末尾，卻猛地跳出來一個年輕的身影，「樞密且慢，末將不才，願全力一試！」

「你？」郭威先是一喜，隨即苦笑便寫了滿臉，「子明，你麾下可只有三千弟兄。」

「還請樞密再撥一萬五千兵卒和足夠的糧草輜重。」鄭子明臉上毫無懼色，朝著郭威肅立抱拳，「守城不比野戰，人多了未必能派得上用場。末將在滄州，還有三千多輔兵可以直接調遣。若是樞密可以給末將補足到兩萬，末將有六成把握，將遼軍拖在大陸澤之北。」

「嗯——」聽少年人說得豪氣干雲，郭威忍不住低聲沉吟。

鄭子明當前最大的短處，就是手中兵馬數量過於寒酸。至於其能力和戰績，倒是比在座的許多老將軍，都高出了不止一籌。由他為主將，領軍拖住南侵的外敵，也的確比在座大部分將領都穩當得多。

然而，此刻再給鄭子明麾下補充兵馬，卻實在已經太遲。且不說新補充的兵馬，能不能適應他的指揮，光是帶兵之將的選擇，就是個大難題。畢竟老將們沒有本事，資歷和脾氣卻都不差。讓他們去給一個不到二十歲的毛頭小子做下屬，還不如直接讓他們倒戈去投靠契丹人。

正猶豫間，靠近中軍帳門口處的隊伍末尾，卻又閃出了一個年輕而又高大的身影，「末將趙匡胤，與那韓匡嗣有不共戴天之仇。願領一部兵馬，與子明將軍共守深、冀，為樞密了卻後顧之憂！」

「元朗願意與子明並肩守土，老夫求之不得！」郭威臉上的猶豫一掃而空，手拍帥案，大聲回應。

趙匡胤與鄭子明兩個乃是結義兄弟，由他帶兵去給鄭子明做副手，當然不會因為主帥的資歷比自己差而陽奉陰違。此外，趙匡胤麾下的四千多兵卒，都是他們父子兩個從護聖第二軍「拐帶」出來了。若是掉過頭去跟聶文進麾下的護聖軍同僚刀劍相向，肯定提不起太多精神。而跟著鄭子明去打遼軍，則所有問題都煙消雲散。

只是兩個少年人麾下的兵卒加在一起，依舊有些單薄。必須再抽調……。沒等郭威想好接下來該點誰的將，他的義子柴榮已經挺身而出，「大人，末將願領一支兵馬，與子明、元朗一道，抗敵守土，為大軍看好後路。」

「你？」郭威又是微微一愣，隨即滿臉欣慰地點頭，「也好，你們三個兄弟同心，想必能給遼賊一個教訓。」

話音剛落，武將隊伍中央偏後位置，又閃出兩道身影。好像比賽一般，向著帥案方向拱手而拜。

「末將高懷德，願領本部兵馬，與君貴將軍同往！」

「末將符昭序，願與君貴、子明、元朗三位將軍並肩而戰！」

郭威臉上的喜悅，瞬間又變成凝重。「高將軍，符將軍，你們兩個乃千金之軀，豈可以身冒險？不行，不行，老夫無論如何都不能答應。」

高懷德是白馬高行周的長子，符昭序則是老狼符彥卿的嫡出，這兩位領軍前來幫忙，已經充分表明了高、符兩家，對「清君側」一事的態度。至於帶多少兵，出多少力，其實都無關緊要。

而萬一他們兩個受了傷，哪怕只是被流矢蹭破了一層油皮兒，也足以令郭、高、符三家之間的「情義」受到影響。所以對郭威而言，把高懷德和符昭序二人放在眼皮底下保護起來才是上策，放在其餘任何位置，都會得不償失。

然而，高懷德和符昭序二人，卻根本不肯體諒他的苦衷。又雙雙施了個禮，爭先恐後地說道：「大人何必厚此薄彼？晚輩跟子明年齡相若，武藝不分上下，兵法造詣也彼此彷彿，他可為主將去為大人照看後路，晚輩為何連個副將都做不得？」

「是啊，大人，晚輩雖然年齡大了點兒，本事也跟君貴兄差了許多。但晚輩好歹也是將門之後，總不能一輩子都躲在長者的羽翼下混吃等死！」

「這……」郭威看看玉樹臨風的高懷德，又看看滿臉坦誠的符昭序，心中好生為難。

高懷德要去深州的想法，他能夠理解。此子心高氣傲，從小到大樣樣都沒落到過同齡人身後，猛然遇到鄭子明這個哪一方面都不比自己遜色的「對手」，當然急著要分出個上下來。而符老狼的長子符昭序……，已經渾渾噩噩做了三十多年衙內了，怎麼偏偏在這個時候突然生出上進心？

「大人，晚輩與符世兄，願立軍令狀！若有不服從主帥調遣之舉，或者在陣前貪生怕死，貽誤戰機，便懸首轅門，以儆效尤！」唯恐郭威堅持不肯鬆口，高懷德把心一橫，大聲補充。

「晚輩，晚輩願與高賢弟一樣，一樣立軍令狀！」符昭序長這麼大，難得硬氣了一回，居然面無懼色地緊隨高懷德之後。

聽而說得乾脆，郭威心中也頓時生出了幾分豪氣。看看面孔上依舊未脫稚嫩的鄭子明和高懷德，又看看未老先生白髮的柴榮和符昭序，笑了笑，站起身來，大聲宣布：「也罷，你們五個領軍出征，倒也省得老夫再另行調配兵馬。不過，如此一來，再讓子明為主將，就有些不妥當了。大兄，乾脆你留下做主帥。子明、君貴二人為副，帶領元朗、藏用和致德，並力殺賊！」

「能與五位少年豪傑並肩而戰，老夫樂意之至！」鄭仁誨大笑著站起來，朝著郭威拱手。對他而言，「清君側」之戰，勝負根本沒有任何懸念。而大軍攻入汴梁之後，少不得又是一輪腥風血雨。與其把自己剩餘的這半條老命都耗費在自相殘殺上，還不如去深州走一遭。

「吾等但憑前輩調遣！」柴榮、鄭子明、趙匡胤、符昭序、高懷德五個齊齊躬身。

「好，好！」目光再度從五個小字輩兒的面孔上掃過，郭威滿臉欣慰地點頭。

自打在後唐莊宗李存勖帳下做「從馬直」那時起，他已經跟契丹人不知道交手了多少回。幾乎是眼睜睜地看著遼國如何在塞外崛起，如何一步步南下侵吞漢家疆土。而中原豪傑，卻是一代不如一代。從以一鎮之兵可把耶律阿保機打得匹馬北竄，迅速淪落到以傾國之力擋不住耶律德光直入汴梁。

作為百戰餘生的老將，郭威若說看了上述這些景象不覺得心裡屈辱，那簡直是自欺欺人。可屈辱歸屈辱，環顧四周，他卻總是覺得無能為力，更看不到多少洗雪前恥的希望。

這年頭，手中有兵有糧的，要麼只顧著搶地盤，搶人口。要麼像狗為了自家那塊骨頭東撕西咬。光是內耗，就已經耗得人筋疲力竭。哪有功夫去管邊境上的警訊，哪有心思去聽，來自燕雲的哭聲？

而今天，他卻忽然在幾個晚輩身上，看到了一些與先前不同的東西。雖然還很耽弱，卻像黑夜裡的星光一樣，足以照亮人的眼睛。

「想當年，老夫和先帝、常克功三個，也如你們一樣年輕！」沒來由地，郭威嘴裡忽然冒出了一句感慨，令所有人心中都隱隱作痛。

「先帝曾與老夫、常克功兩人相約，兄弟合力重整九州。」彷彿自言自語，又彷彿在教育晚輩，輕輕嘆了口氣，他繼續補充：「然他壯志未酬，便先駕鶴西去。隨後這幾年來，老夫像個箍桶匠一般，東挪西補，卻依舊無法避免大漢江山風雨飄搖。如今，劉承佑殺了史弘肇、楊邠和老夫全家，老夫不能不起兵討還公道。可如此一來，先帝和老夫之間的情義，就徹底盡了。我們三個當初的豪情壯志，也徹底成了一個笑話！」

「大帥節哀，是劉承佑負義在先，非大帥辜負先皇。」鄭仁誨、王峻等人聞聽，趕緊又站起身，婉言相勸。

郭威的為人他們都非常清楚，絕不是為了達到目的便不擇手段之輩。可越是如此，此番劉承佑對其家人和朋友的血腥屠殺，對他的打擊越重。而萬一他在重壓下轟然而倒，身邊十多萬大軍就立刻群龍無首，非但無法如願給死去的人報仇，恐怕連對抗朝廷和遼軍的夾攻都將成為一個巨大問題。

「老夫不是感傷，唉——」郭威笑著抬起頭，雪白的鬍鬚隨著嘆息聲上下飄舞。「老夫只是，不想他們這些晚輩，將來再步先帝和老夫的後塵而已！」

「恭喜樞密使，帳下有如此少年，他日壯志必酬，九州必為一統！」王峻忽然靈機一動，忽然躬身行禮，大聲道賀。

「恭喜樞密使，後繼有人，壯志必酬！」鄭仁誨、王殷、李洪義、郭崇等文武，也緊跟著躬身道賀，彷彿忽然看到了未來的金光大道一般。

雖然明白眾文武是在變著法子哄自己寬心，但是看著柴榮、鄭子明和趙匡胤等人年輕且純淨的面孔，郭威依舊覺得老懷大慰。也迅速收起腹內的諸多感慨，手拍桌案，大聲說道：「秀峰兄說得是，郭某這一代壯志未酬，但君貴他們卻已經長大成人，並且才能更勝郭某。咱們中原英雄一代比一代更強，早晚有一天，能封狼居胥，將契丹狗賊打得匹馬不敢南下！」

「父親大人過譽，兒惶恐莫名！」

「樞密使大人過獎了，末將不及大人分毫！」

「樞密使大人，我等不敢愧領……」

……

柴榮、鄭子明、趙匡胤、高懷德和符昭序聞聽，趕緊躬下身體表示謙虛。

「不是過譽，老夫像爾等這般年紀的時候，的確與爾等相去甚遠！」郭威大手輕擺，笑著補充，「好了，剛才是老夫想多了，大兄，你立刻帶著這幾個晚輩去清點兵馬，準備輜重。明天一早，咱們分頭出發，一北一南，老夫下月這時，在汴梁城外靜候大兄的佳音！」

幾句話，說得慷慨豪邁，且條理分明，一改先前頹廢姿態。鄭仁誨聽了，心中的擔憂頓時減輕了一大半兒，帶著柴榮、鄭子明和趙匡胤等人齊齊躬身施禮，然後告退而去。

既然後路已經有了具體人手去看顧，郭威也就不再猶豫，立刻抖擻精神，將調兵遣將的命令流水般的傳了下去，整頓大軍，準備踏上征程。

眾文武紛紛上前接令，然後相繼告退。不多時，中軍帳內，就剩下了幾個當值的衛士，和宣徽北院使王峻。郭威知道後者遲遲不肯離去，肯定是有話要單獨跟自己說。便朝著衛士揮揮手，笑著吩咐：「你們去給老夫和秀峰兄弄兩份茶點來，人老了，氣血一天不如一天，這肚皮，卻一天比一天見大，稍微幹點兒活就餓得難受。」

「是！」眾親衛追隨郭威日久，知道他是在給王峻遞臺階兒，齊齊答應一聲，轉身快步出帳。

「行了，秀峰兄，你今日有何高見教我？」目送眾人的背影消失，郭威朝王峻微微一笑，低聲詢問。

「俗話說，將乃一軍之膽。這個時候，文仲可不能有絲毫的頹廢！」王峻也跟他不客氣，自己搬著胡凳上前，往郭威的對面一擺，抬腿坐上去，大聲說道。

知道對方是出於一番好心，郭威趕緊坐直了身體，拱手受教，「秀峰兄所言甚是，郭某剛才失態了，今後必全力改之！」

「你明白就好，從獨領一軍之日起，你肩上所承擔的，就不再是自己一個人。王某，鄭兄，還有今天在場近半兒文武，既然唯你馬首是瞻，便等同於把身家性命和前程都交到你的手上。你若平步青雲，我等自然跟著雞犬升天。你若被人所擒，我等也俱死無葬身之地！」王峻向來以魏徵自居，板著臉用力拍打桌案，繼續厲聲提醒。

「秀峰兄說得是，郭某改之，改之！」二人之間距離不到兩尺，郭威被噴了滿臉的吐沫星子，卻沒有勇氣抬手去擦。繼續抱拳於胸前，連連謝罪。

「你妻兒俱被昏君所害，心神一時失常，也在所難免！唉——」王峻的臉色，這才終於緩和了一些。嘆了口氣，冷笑著補充：「但今日除了無端地自怨自艾，還有一事，文仲你太欠考慮了。虧得高懷德和那符家無賴子也跳了出來攙和，才幸運地避免了大錯鑄成。」

「大錯？」郭威楞了楞，覺得自己有些追不上王峻的思路。當著那麼多文武，特別是並不完全對自己忠心的藩鎮面前，突然流露出了軟弱的一面，自己今天的有些舉動的確非常不該。可在用兵的安排上，自己卻頭腦始終保持著清醒，怎麼差一點就鑄成了大錯？

「你現在還不明白，自己剛才差一點兒就幹了什麼蠢事？」見他滿臉茫然模樣，王峻肚子裡頭剛剛落下的火頭，騰地一下又跳上了腦門，「我來問你，若是高懷德和符家子不主動請纓，你將以誰為主帥抵禦遼軍？」

「當然是滄州防禦使鄭子明？他去年憑著區區數千鄉勇，就將韓氏兄弟拖在了定州，數月無法寸進。今日危急關頭，他又主動請纓。無論是為了用其才，還是嘉其勇，老夫都沒有讓他給君貴和元朗做副貳的道理。」郭威被王峻的怒火燒得莫名其妙，側開臉朝旁邊躲了躲，笑著解釋。

「你莫非忘記了，那鄭子明是誰的兒子？」王峻這才意識到自己的吐沫星子噴得太遠太密集了些，抬手在嘴上擦了擦，繼續大聲逼問。

「怎麼可能，他當初可是老夫一手護下來的。改姓為鄭，不過是為了讓，讓姓劉的小兔崽子安心！」郭威楞了楞，嘆息著搖頭。

他不好濫殺無辜，更相信有自己在，石重貴的後人便威脅不到大漢的江山社稷。所以當初才逆著劉承佑的性子，與常思兩個聯手保住了鄭子明的性命。然而，他當初卻萬萬未料到，改了姓氏的石延寶，的確沒有對大漢江山造成威脅，而自己，有朝一日卻要揮師直向汴梁。

「他昔日在定州力抗韓氏兄弟，已經打出了赫赫威名。如今又為主帥去抵抗遼寇入侵。若是敗了，大軍後路便被遼寇所抄，士氣一落千丈，你我必將無處容身。若是僥倖獲勝，或者勉強維持個不勝不敗，文仲，不知道你打算以何酬其功？」

「當然，當然是兌現先前承諾，河北各鎮，任其挑選。或者直接讓他坐鎮鄴都，頂了老夫的天雄軍節度使！」郭威為人光明磊落，崇倡言而有信。笑了笑，大聲回應。

王峻騰地一下站了起來，右手憤怒地拍打桌案，「二十歲不到，就得授天雄軍節度使。到他四十歲時，你將其置身何處？若是君貴的名聲不如他，本領也不如他，萬一有朝一日你駕鶴西去，君貴如何駕馭得了如此百戰名將？屆時，姓鄭的改姓歸宗，然後振臂一呼，你我穴中骸骨，又如何得以安生！」

「秀峰，秀峰兄，你且坐！且坐，待我想想，待我靜下心來仔細想想。這幾天，我心裡實在太亂，實在太亂了！」天氣雖然已經很冷了，郭威額頭上卻汗珠亂冒，抬起手來胡亂抹了兩把，紅著眼睛回應。

王峻說得一點兒都沒錯，以鄭子明目前的職位、實力和成長速度，用不了二十年，必成一方強藩。而那時，自己、鄭仁誨和王秀峰等人估計早已老去，萬一鄭子明忽然生了異志，憑藉他前朝皇子的身份和在軍中的影響力，天下誰能制之？

而造成這個問題的原因，卻不是由於郭威的刻意疏忽。就在大半個月之前，他還有兩個親生兒子，可以傳承家業。再加上養子郭榮另立一門戶為郭氏的輔助，兄弟齊心，二三十年內，足以面對任何威脅。就在大半個月之前，他還是劉漢國的臣子，不需要考慮皇位的延續，也沒有什麼立嗣問題。

然而，劉承佑的一場血腥屠戮，卻把一切都變得面目全非。他的兩個妾室、兩個兒子、兩個女兒，全都被開封府尹劉銖所殺。養子郭榮突然就變成了他的唯一繼承人。起兵清君側之後，如果他要代漢自立，就必須考慮江山如何一代代傳遞。鄭子明的怪異身世，他就再也無法視而不見！

「君貴的確文武雙全，然而才能比起他的兩個結義兄弟來說，終究還是差了一些！」王峻的聲音繼續傳來，就像寒冬臘月裡的白毛風，將冷氣一直送入人的骨髓。「他對鄭子明又言聽計從，倚重極甚。若是你不早早替他做出防範，等到他自己想起來時，恐怕已經是有心無力！」

「我想想，秀峰，你別逼我太緊。」感覺頭頂的帳篷在迅速旋轉，郭威閉上眼，臉上的冷汗流得更急。

「不是我逼你，而是形勢逼你。除非，除非你清完君側後，再學周公，把皇位繼續交給劉家。」王秀峰卻絲毫不肯顧忌他的感受，繼續揮舞著胳膊補充，「否則，君貴若是做了皇帝，姓鄭卻未必像你和史弘肇兩個先前那般，明知道鋼刀已經懸在了頭頂上，卻依舊心存僥倖，逆來順受！」

「夠了，秀峰，閉嘴！我請你閉嘴！」郭威猛地一捶帥案，隨即，兩腿一軟撲在了上面，顫抖得宛若雨中殘荷。

江山、親情、惜才之心、全家被殺之痛，剎那間，無數矛盾且激烈的思緒在他心頭翻滾，衝突，宛若匕首一樣戳著他的五腑六臟，折磨著他大腦與靈魂，令他覺得眼前陣陣發黑，耳畔金鼓齊鳴，原本魁梧健壯的身軀，像蝦米一樣縮了起來，縮了起來，趴在帥案上縮成了緊緊一團。

「你……」王峻覺得自己好生委屈，拍打著桌案準備繼續直言相諫。猛然間用眼角的餘光看到了郭威的痛苦反應，頓時被嚇了一大跳，已經到了嘴邊的咆哮，瞬間變成了驚呼：「文仲，文仲，你怎麼了？你，你別嚇我！好了，我不說了，不說了，你快點兒坐起來，坐起來，這件事咱們倆以後再商量。來人啊，趕緊去叫郎中……」

「大帥，大帥怎麼了！」帳外警戒的侍衛們聽到叫喊，紛紛衝了進來，隨即，一個個嚇得目瞪口呆。他們以前從沒見到過，自家主帥如此孱弱模樣。即便是當初全家被殺的消息從汴梁傳來，大帥郭威在眾人面前，也只是流著淚呆坐了片刻，隨即便宣布起兵「清君側」，腰桿始終未曾彎下去分毫！

而現在，那個曾經頂天立地的英雄，那個可以單手擎起半壁江山的豪傑，卻變得和尋常上了年紀的老叟一樣，羸弱而又無助。如果這副模樣被外邊那些首鼠兩端的諸侯們看見，恐怕大軍未渡黃河，兵馬已經逃散過半。

「關上帳門，不要讓任何人再進來！」王峻也瞬間意識到，自己在惶急之下，做了一個最糟糕的應對。趕緊揮了下衣袖，厲聲吩咐。

「是！」親衛們迅速關好了中軍帳門，然後又圍攏在帥案前，一個個滿臉惶恐。

目光迅速從眾侍衛臉上掃過，王峻盡可能地記下每一個人的模樣，「從現在起，一直到大軍抵達汴梁城下，爾等全都在中軍旁單獨設帳安置。誰也不准……」

「行了，秀峰，沒必要弄得如此神秘。」郭威忽然振作了起來，揮揮手，打斷了王峻的部署。

「你，文仲，你，你好了？」王峻又驚又喜，流著淚詢問。

如果郭威一病不起，大軍必然不戰而潰。到那時，恐怕死的不只是郭威一個，他王峻的全家，以及鄭仁誨、王殷、李洪義、郭崇等人，也必將死無葬身之地。

「悲憤過度，心痛病犯了而已！」郭威緩緩坐直了身體，輕描淡寫地補充。「老夫又不是神仙，怎麼可能對舉家被戮的慘禍無動於衷？把中軍帳的門打開，你們該幹什麼就幹什麼去，如果有人探聽，也如實回答便好。有些事，讓人看見，遠比藏著掖著強。」

「是！」眾親衛如蒙大赦，抬手擦了把冷汗，踉蹌而去。

如果大帥不及時阻止，依照王峻的性子，恐怕不僅僅將所有當值侍衛都圈養在一個帳篷裡那麼簡單。恐怕用不多久，待人心稍稍安定，他就會將知情者都殺人滅口。

眾親衛瞭解王峻以往的作為，所以才在慶幸的同時，對自家大帥萬分感激。而王峻本人，也從郭威對同一件事情的處置上，看到了他自己的不足，不待眾親衛身影去遠，就訕笑著說道：「文仲的心胸氣度，王某望塵莫及。有些事，你只要有自己的安排就好。剛才是我太急了，不該如此逼你！」

「秀峰兄也是出於一番公心！」郭威笑了笑，並不打算將剛才自己的失態，歸咎於他人。「此番既然已經把主將印信交給了大兄，便不算出錯。至於今後，我會跟君貴當面協商一下，問問他的想法。」

王峻聞言，立刻又變了臉色。手扶著帥案，居高臨下地說道：「君貴能有什麼想法，他一向拿鄭子明當親兄弟，連陪著對方去遼東找死的事情都做得出來！」

「他們是兄弟，一如先皇與郭某當初！」郭威嘆了口氣，滿臉疲倦地補充。

「兄弟之情，怎麼比得上如畫江山？」王峻對這個說法不屑一顧，立刻梗著脖子反問，「縱使他們兄弟倆有始有終，萬一又像先皇跟你一樣，君貴比姓鄭的早……」

一句喪氣話沒等說完，中軍帳外，卻猛地傳來柴榮爽朗的問候聲：「張直，我父親還在忙著處理公務嗎？麻煩你替我通稟一下，就說我得了一件征戰利器，要當面呈給他看！」

「在，大帥正在跟王宣徽探討軍務！」剛剛從中軍帳內「逃」出去的親衛隊長張直像久旱的禾苗盼到了甘霖般，用顫抖的聲音回應。

「不用通稟了，進來吧，我隔著這麼遠都聽見了！」郭威朝著王峻搖頭而笑，隨即朝門外大聲吩咐。

王峻雖然不高興自己在跟郭威探討事關將來的大計之時被人打斷。但是也沒有辦法阻止柴榮來拜見自家養父，只能訕笑著向郭威拱了下手，然後宣布告辭。

「王伯父也在，正好，我這裡有一件利器，勞煩您老也幫忙給點校一二！」柴榮拎著一把半人高的木製器具大步入內，恰恰跟王峻迎面碰了個正著，連忙躬了下身，笑著挽留。

「不看了，君貴請自便。王某是文官，不干涉武事。」王峻卻沒有任何心情再浪費自己的時間，搖搖頭，笑著加快了腳步。

柴榮早已經習慣了他的狂傲，也不為怪。非常禮貌地停在了原地，先目送此人的身影出了中軍帳，然後才走向郭威，笑著將手裡的木製器具擺在了帥案上，「恭喜父帥，大軍未抵汴梁，途中又得一征戰利器。」

「這是何物？莫非，莫非……是連，連弩？」郭威的目光立刻被吸引了過去，緊緊盯著柴榮所獻的木器，聲音因為激動而變得有些沙啞。

只見此物以白蠟木為身，檀木為弰，鐵為登子槍頭，銅為馬面牙發，鹿筋紮絲為弦。長四尺兩寸餘，寬近兩尺。正中央橫著一個木板，上刻四個凹槽。凹槽末端外部，則用烙鐵輕輕地燙了幾個數字，六十、七十、

八十、一百。

憑著經驗，他可以判斷出，自家養子所獻，應該是一把弩弓。然而軍中即便最輕便的擘張弩，也遠比眼前之物笨重，且一次只能一發。眼前之物，卻有四個深淺不同的凹槽，很顯然，可以同時填四根弩箭就位。

「此為武侯弩，五胡亂華時便已經失傳。子明在滄州卻根據書中所載的隻言片語，又給做了出來！」早就料到會讓自家義父見獵心喜，柴榮用手在弩弦上探了探，帶著幾分炫耀回應，「可以一次安放四支弩箭，然後選擇單發或者四支齊發。最遠可達二百步，有效射程大概是六十到一百二十步。」

「圖在哪裡？可，可否讓工匠趕製？」眼前彷彿出現了自己一方朝著敵軍萬箭齊發的場景，郭威站起身，繼續啞著嗓子追問。

「在這兒！」柴榮後退半步，從懷裡摸出一個帶著體溫的鯨魚皮小包，連同裡邊的圖紙，用雙手遞到了郭威面前。「據子明說，造價在朱漆弓的二十倍之上。但好在材料都可以直接拿來用，不必像造角弓那樣，花費三年時間養材！」

「好，好，好！」郭威雙手將圖紙和皮包接了過去，雪白的鬍鬚，在胸前上下顫抖。

冬析幹而春液角，夏治筋，秋合三材，造一把合格的角弓，前後耗時高達三年。雖然可以大批量養材，不斷輪替，但其花費的時間和精力，也始終是個龐大的數字，令地方藩鎮個個望而卻步。

所以自打李唐覆亡以來，軍中所用的角弓就一代不如一代。唐末官製的朱漆弓已經成了大將專用的重寶，而普通弓箭手，則多是用桑木弓，威力小不說，射程和精度也非常令人頭疼。

忽然有了一種射程高達兩百步，可以連發，並且可以大批量產趕製的連弩擺在面前，半生戎馬，熟知作戰竅要的郭威，怎麼可能不感覺喜出望外？雖然時間和財力，都不允許他在短時間內，將此物大量裝備到麾下軍隊，但至少讓他感覺到自己距離年少時的理想又近了一步，而不是像現在這般越行越遠。

「除了造連弩的圖樣之外，包裡還有一件的東西，比圖樣要重要百倍。孩兒剛才沒有說，父帥看看就知道是什麼了。」柴榮卻得意地笑了笑，故意賣了個關子。

「哦？」郭威又楞了楞，笑著搖頭，「你這孩子，唯恐給老夫的驚喜不夠多。」

養子這些天來，千方百計安慰自己的舉動，他都刻在了心裡。所以哪怕接下來看到的東西，不如武侯連弩遠甚，他也會努力做出一副老懷大慰的模樣。無他，在汴梁那場慘禍中，柴榮的妻子和三個孩子，也被劉承佑的爪牙殺害。如今他們父子兩個，都是孤苦伶仃，貨真價實的相依為命。

皮包輕輕地被他信手打開，一疊標記清晰的圖樣，從裡邊露了出來。每一個相關部件都畫得極為齊整，旁邊還用細筆寫出了具體數據和尺寸，只要工匠頭目能識字，肯定可以將連弩完美地批量打造出來。

圖樣之下，還有另外一疊淡青色桑皮紙。已經被裝訂成了一本書模樣，看上是極為精緻。郭威信手翻了翻，當目光與書的封面相遇，又是微微一楞，「練兵紀要？鄭子明寫的？」

「正是！」柴榮笑著點頭，「前幾天會操，孩兒見父帥對三弟麾下士卒的軍容頗為讚賞。便要他抓緊時間去把練兵的心得和具體過程都寫下來。好在他動作夠快，趕在明天開拔之前，恰恰完成了最後一段。」

「好，好，沒等出征，他就接連給老夫獻上了兩件軍國重器。其心可嘉，可嘉。老夫向來不白拿別人的東西，這……」郭威心裡愈發感覺高興，手指敲打桌案，斟酌著誇獎。

亂世當中，哪個領兵的武夫，沒有一些獨門絕技？拿了他們的這些絕技，就等於摸清楚了他們的命脈罩門，最差情況，也能照葫蘆畫瓢，讓他們無法繼續憑著此技在世間稱雄。所以光憑著獻弩之功，一個三品將軍的職位就是跑不了的。再加上一份更為珍貴的《練兵紀要》，鄭子明的滄州防禦使，也應該往上再升一到兩格。防禦使之上便是節度使，滄州原本隸屬橫海軍，橫海軍之上……

猛然想起王峻先前的警告，郭威眉頭微微一動，笑容立刻變得有些僵硬，「出征在即，也來不及給他升官了。這樣，等此戰結束，老夫定然不會虧待了他！」

「不急，不急，我們三兄弟之間，原本也不分什麼彼此！」柴榮對自家養父郭威的一舉一動都非常熟悉，本能地就察覺到對方的反應有些古怪，笑了笑，低聲寬慰，「況且當初他練兵之時，我就跟他說過，全力支持他按照自己的想法打造新軍。而若有所成，則可以交給父帥全力推行。」

「當初是當初，現在是現在，你今後……」郭威本能地，就想提醒自家養子，現在與當初情況已經完全不同。然而，話說了一半兒，看看柴榮那純淨的面孔，竟不由地心中一疼。嘆了口氣，把剩下的言辭全都吞回了肚子裡。

自己跟劉氏父子之間的恩怨糾葛，折磨自己一個人就足夠了。榮兒還年輕，未來的路還很長。

「是王伯父，剛才跟您在這裡胡說了些什麼吧！」柴榮的心臟，也是瞬間微微一痛，笑了笑，低聲道，「這個鼠目寸光的傢伙，自己心裡頭一團漆黑，就容不得別人眼睛裡有半點兒光明。」

「你，你胡說些什麼？你，你王伯父氣量雖然差了些，料事卻向來極準。對你老子我，向來也忠心耿耿。」瞬間就聽明白了柴榮話語所指，郭威雙眉倒豎，虎眼圓睜，紅著臉大聲呵斥。

然而，他是一個優秀的統帥，卻不是一個合格的政客。至少，現在還不是。因此這番勃然作色，不覺透著三分底虛。沒等柴榮出言辯駁，就自行將目光挪開，側著臉，大聲補充：「你王伯父，還不是為了你打算！那鄭子明不到二十歲就手握重兵，萬一將來……」

「孩兒不需要王伯父為孩兒打算！」柴榮緩緩後退了半步，鐵青著臉搖頭，「父帥，您春秋鼎盛，且有大恩於天下黎庶，待給娘親和幾個兄弟姐妹報完了仇，再娶兩房妻子，不愁老天不賜下子嗣。孩兒作為兄長，今後也足以為弟弟在外邊遮風擋雨。犯不著這麼早就忌憚別人，免得寒了天下壯士之心。」

「胡說！老夫已經年近半百，又曾經多處受傷，氣血早就不再充盈！」感覺到義子心裡頭流淌著一片赤誠，郭威收起怒容，輕輕搖頭，「況且人到七十古來稀，即便為父能再養下孩子，也看顧不了他長大成人。因此，為父手裡這點兒家底，你看得上也好，看不上也罷，都必須交給你。否則，日後主幼臣強……」

「父帥！」柴榮大聲打斷，心中感動得無以名狀。「孩兒可以發誓，此生不會對家業有窺探之心！如有違背，五雷轟頂而死！」

他雖然不是郭威親生，並且在劉承佑發難之前，郭威膝下也有自己的嫡親骨肉。但對他這個過繼來的孩子，郭威卻與親生別無二致。所以，無論出於報恩角度，還是出於年輕人心中那股子驕傲，柴榮都沒想過染指郭氏家業的繼承權，哪怕眼看著郭威就要成為一國之君。

然而，聽了他的誓言之後，郭威卻喟然長嘆，「唉——！你這孩子，讓為父怎麼說你。為父一手把你帶大，怎麼可能信不過你的人品？但為父卻無法保證自己將來的孩子，也跟你一樣正直啊！老夫兩年前可曾想過，要奪了劉知遠的天下。可最後呢？最後卻被劉氏子將全家殺了個精光，不得不起兵殺向汴梁！」

說到自己的悲慘遭遇，他心中又是一陣刺痛。兩行熱淚，奪眶而出。而那柴榮，雖然也頓時覺得心如刀絞，卻迅速抬手在臉上抹了兩把，低聲說道：「將來如何，誰又能算得清楚。豈能因為擔心他不成器，就把還沒出生的弟兄都當賊防著？若人人都做如此想，那天下父母豈不是都只能生養一個，其後再有別的子嗣，生下來就直接溺死！」

「這……」郭威被說得無言以對，也抬起手在臉上迅速抹了兩把，苦笑著說道：「為父之言，聽起來的確有些荒謬。可為父這輩子，看夠了主弱臣強的慘禍。為父管不了別人，至少從自己這兒開始，絕不會傳位給不懂事的黃口小兒。」

「父帥您春秋鼎盛，傳位的事情，咱們父子至少要等十年後再說！」柴榮不想再惹郭威傷心，笑了笑，果斷選擇了逃避。

「你這孩子！」郭威知道，再繼續說下去，反倒顯得父子之間生分了。嗔怪了一句，繼續苦笑著搖頭，「從小就是有主意的。也罷，此事老夫暫且不提。但你王伯父今天……」

「孩兒還是那句話，不勞王伯父操心！」事關兄弟之間的友誼，柴榮不敢輕易退讓。拱了下手，大聲抗辯,「子明和元朗當初跟我結拜之時,可不知道我是您的兒子。我也不知道,他們的父親是誰!可相識以來,子明所做之事,沒有一件讓孩兒失望過。孩兒在他身上花的每一文錢,也都收到了十倍以上的回報。」

這些都是事實,因此說起來理直氣壯,「此番孩兒家中蒙難,他聞訊之後,未待孩兒相邀,便立刻帶兵趕了過來。這些日子裡,也是他和元朗兩個日夜陪同孩兒練兵、演武、吃飯、閒談,唯恐孩兒有了空閒,躲在軍帳裡獨自傷懷。這樣的兄弟,孩兒自問這輩子找不到第三個。」

「的確,的確如此。可,可老夫當年……」郭威也曾經親眼看到,在柴榮最痛苦的時候,是誰日夜陪伴在他身邊。因為沒有力氣反駁,只能帶著幾分愧疚,講述自己的前車之鑑。

然而一句話未說完,卻又被柴榮大聲打斷:「父帥,將來怎麼樣,誰也不能預知。過去子明如何,孩兒卻歷歷在目。所以,孩兒絕不會因為尚未發生的事情,就把過去的已經發生的事情,都直接忘個精光。更不會因為尚未發生的事情,去猜忌自家手足。那絕非交友之道,也絕非英雄豪傑所為!」

「你,你這孩子。」郭威被說得頓時又如坐針氈,紅著臉,低聲數落,「王秀峰所謀,的確有失光明。可,可他的擔心也不是毫無道理。如果完全秉公行事,鄭子明二十歲不到,就得受封節度使,並且得出鎮上州。待他四十歲時,你拿什麼位置來封他?一旦封無可封……」

「那是二十年後的事情!」柴榮笑了笑,自信地搖頭,「孩兒不認為現在就需要為之煩心。否則,孩兒以後再用人,就必須遵行兩個標準。第一、本事不能比孩兒強。第二、年齡不能比孩兒小。而父帥您,現在第一個要殺掉的是王伯父,因為他比您多謀。第二個要殺掉的是李弘義,因為他比您少壯且武藝高強。然後,從鄭伯父開始,咱們爺倆一個個殺下去,直到最後做一對孤家寡人?」

「這……」郭威再度被說得無言以對,紅著臉,在座位上來回扭動。

平心而論,他本人絕不是個嫉賢妒能之輩。否則,也不會從一個大頭兵做到樞密副使。更不會像現在這樣得到全國一大半兒武將的真心擁戴。然而涉及到自家孩子的安危,還是唯一一個活著的孩子,他難免會一時被王峻的話所迷，失去了原本的磊落與包容。

所以，當聽到柴榮總結出了的那兩條荒謬的用人標準之後，理智頓時就又回到了郭威的身體之內。令他瞬間覺得自己剛才的言談舉止好生齷齪，簡直跟自己以前看不起的那些蠢貨別無二致。只是，讓他現在就親口承認自己剛才的行為很蠢很低劣，又太強人所難。畢竟老人家好歹也是一國樞密副使，在十數萬大軍當中一言九鼎。

「父帥先前說過，咱們中原英雄要一代比一代更強。」體諒郭威的尷尬，柴榮笑了笑，迅速將話題岔開，「孩兒雖然不才，卻願以此言自勉。」

「好，好！」郭威又被觸及了心事，咧了下嘴，手掌輕輕拍打桌案。「我兒理當如此！子明的武侯圖樣和《練兵紀要》，為父肯定不會白拿。你們兄弟之間的事情，老夫也不會再多置喙。你王伯父，你王伯父和為父，終究還是老了。我兒今日之言行，其實已經強過為父甚多！」

他素來言而有信，第二天去給鄭仁誨壯行之時，就當著所有將士的面兒，將鄭子明所獻的武侯連弩和練兵紀要亮了出來。隨即，宣布自己會向朝廷上書，舉薦鄭子明為橫海軍節度使，雲麾將軍，檢校兵部尚書。

「大帥威武！」

「鄭節度威武！」

剎那間，叫喊聲響成了一片。所有武將，無論官職高低，都感覺到興奮莫名。無他，軍中向來憑本事論高低，鄭子明年初的戰績和最近會操時的表現，早就都落在了眾人的眼裡。被授予一個實權節度使職位，理所當然。

而連鄭子明這種身世來歷不清不楚的人，都可以憑著本事坐上實權節度使之位。大傢伙兒還用擔心什麼有功不酬？只要在收拾護聖軍那群根本沒上過戰場的雛兒時，使足了力氣，就不愁過後沒有充足的回報可拿。

「哼！」一片興高采烈的面孔中，只有宣徽北院使王峻，氣得滿臉鐵青。在他看來，很顯然，自己昨天的一番好心，被郭威父子給當成了驢肝肺。非但未能阻擋得住鄭子明加官進爵，反倒將此人送上了青雲！

然而，當著上百名「兵痞」的面兒，他也不好再橫加阻撓。只能用刀子一樣的目光盯著鄭子明的胸口，心裡頭同時暗暗發狠，有生之年，一定要將鄭子明的狼子野心拆穿於光天化日之下。讓郭家雀兒明白，昔日自己的預料是何等的準確，諫言是何等的英明！

「嗯？」剛剛向郭威謝完了恩的鄭子明，猛然覺得雙目之間的區域一麻，本能地側過頭朝王峻所在位置觀望。然而，他卻什麼都沒有找到。宣徽北院使在鄭子明感覺到敵意的瞬間，就把身體縮到了送行隊伍的後排。隨即像沙灘上的水滴般，迅速消失了個無影無踪。

「也許這次升官太快，招人嫉妒了吧！」鄭子明笑了笑，隨即，便向郭威辭行，轉身回到了自家隊伍。作為幾度在生死之間打過滾兒的「老將」，他相信自己對危險的直覺。但是，他卻對這種藏頭露尾的敵意不太在乎。自從在滄州著手消滅堡寨和仕紳以來，他得罪的人太多了。仇家幾乎遍布天下。再多上一兩個，根本無關痛癢。

況且這橫海軍節度使的職位，原本在年初的時候就該屬於他。現在才拿到手，已經是遲了。至於雲麾將軍散職，兵部尚書加銜，則完全屬錦上添花。除了理論上可以向朝廷多要兩份俸祿之外，起不到任何其他作用。

帶著幾分如願以償的快意，半個時辰之後，他與鄭仁誨、柴榮等人一道上馬出發。穿貝州，渡漳水，過刑州，風餐露宿，辛苦趕了大半個月，終於搶在遼軍之前，抵達冀州城下。

此刻冀州，已經跟邊境上的深、祁兩州失去了聯繫。二地的文武官員，據說遵循著以往官吏，又是一箭未發選擇了投降。因此在趙州和冀州之間，大部分險要都被遼國的前鋒幽州軍所掌握。平原之處，也到處都是騎著高頭大馬遼國的斥候，縱橫往來，如入無人之境。

高懷德見狀大怒，不待自家體力恢復充足，就向主帥鄭仁誨請了一道將令，帶著百餘名親信殺出了城外。沿途遇到遼國斥候，也不管對方是契丹狼兵還是幽州鷹犬，彎弓便射。

靠近冀州城外的幾夥斥候，被殺了個措手不及。轉眼之間，就被他收拾了個乾乾淨淨。而那高懷德，卻還沒殺過癮。抬頭看看天色尚早，立刻派了一名心腹帶著敵軍的人頭回冀州城內交差。自己則帶著其餘親信家丁，沿著破敗的官道徑直向北殺了下去。

不多時，前方又出現了一支斥候，大約二十餘名上下，個個都剃光了頭頂毛，露著淡青色的頭皮。見不遠處好像有一支中原騎兵向自己快速靠近，頓時喜出望外。齊齊打了呼哨，策馬彎弓迎戰。

也不是他們托大，自從二十餘天之前揮師南下，一路上，無論是城池還是堡寨，個個都望風而降。除了偶爾有幾夥不服氣的綠林好漢跳出來螳臂當車之外，正式的抵抗遼軍根本就沒遇到。因此，眾契丹斥候習慣性地就把高懷德當成了又一隻不自量力的螳螂。

此外，高懷德的表現，在眾契丹斥候眼睛裡，也實在太過於稚嫩。明明人多勢眾，卻不去利用，偏偏一馬當先地衝在了最前頭。明明還隔著八九十步遠，就迫不及待地舉起了騎弓，根本不管騎弓只有五十多步的有效射程。

「呵呵呵，你們都靠後，老子去生擒了他，然後讓他家中長輩拿錢贖命！」斥候頭目蕭野狐大咧咧地朝著身邊同伴擺擺手，冷笑著吩咐。

那個白馬銀盔的半大小子，顯然是個有錢人家的公子哥。連騎弓射程遠不及角弓的常識都不懂，居然敢向自己這邊瞄準兒。且讓他瞄，只要他胳膊不覺得疼。還有六七十步遠呢，這個距離上，即便被他射中，羽箭也只能給本大爺撓個癢癢。

然而，這個癢癢，撓得卻有些狠。沒等蕭野狐臉上的笑容散去，「錚，錚，錚」，弓弦響聲已傳進了他的耳朵。緊跟著，三道寒光彼此沿著不同方向，直接戳中了他和他身邊另外兩名身材最為顯眼的斥候哽嗓。從前到後，瞬間戳了個對穿。

「咯咯咯，咯咯咯，咯咯咯……」喉嚨被射穿的蕭野狐一時半會兒還不會死去，鬆開繮繩，雙手捂住半截箭桿，在馬背上來回搖晃。策馬衝過來的高懷德卻對他看都不願多看一眼，猛地將左手在腰間一抹，又將三根羽箭從箭壺裡抹了出來，直接搭上了弓弦。緊跟著，微微側身，手肘連續後拉，「嗖！嗖！嗖！」又是一記三箭連珠，將另外三名目瞪口呆的斥候射了個對穿。

「啊——！」剩下的十四、五名斥候，這才發覺遇到了殺星。慘叫一聲，撥馬邊走。高懷德哪裡肯放他們離開？雙腿輕輕一夾胯下馬腹，人和馬如同一道閃電般從後邊追了過去。一邊追，一邊繼續彎弓放箭，將跑在隊伍末尾的斥候們，像摘柿子般，一個接一個從坐騎上給射了下來。

「將軍，跟我們留幾個嘗鮮！」其餘高氏家丁根本不擔心高懷德的安危，策動戰馬，大喊大叫著追上，遮斷自家少主的身後和兩翼。在路過垂死掙扎的斥候們身邊的瞬間，揮刀砍下這些入侵者的頭顱。

前後不過半炷香功夫，這一小隊奉命到冀州城外刺探軍情的契丹斥候，就只剩下的三頭喪家之犬。他們更加沒有勇氣掉頭迎戰，上半截身體如同膏藥般，緊緊貼在戰馬的脖頸上。兩條短粗的狗腿，則拚命朝著戰馬的肚子上狠磕。

可憐的坐騎，被刺激得兩眼發紅。噓噓噓發出數聲悲鳴，將全身的力氣，都毫無保留地送到了四蹄之上。轉眼間，就又跑出了七八里，令後面的高懷德無論如何加速，都無法將彼此之間距離，拉近到手中明月弓的有效射程之內。

「無膽鼠輩，原來只敢欺負平頭百姓！」高懷德追得額頭見汗，卻始終無法將最後三名一心逃命的斥候結果。猛地把騎弓朝身後一插，迅速又將一把木製的連弩端了起來。

這是他用了大半套高家祖傳槍法，才從鄭子明手裡換到的利器，還沒用熟，所以不到萬不得已根本想不起來使用。而此時此刻，卻成了他最後的依仗，很快就端得與胸口齊平，目光透過望山，死死咬住了一名契丹人的後心。

「叮！」扳機被迅速扣下，一支沒有尾羽的弩箭，呼嘯著撲向目標。九十餘步的距離，只花費了不到一個彈指。未等弩弦的餘韻散去，被瞄準的契丹斥候，已經應聲而落。

「啊，啊啊啊啊——」兩名契丹斥候中的一個，忽然發出狼一樣的長嗥。猛地拉住坐騎，掉頭回撲。即便迎戰也絕無僥倖獲勝的可能，從開始逃命那一刻起，他心裡就早已清楚彼此之間的懸殊實力差距。然而，如果此刻他依舊像先前一樣只顧著埋頭逃命，今天出來執行任務的這一整隊斥候，便會全軍覆沒。

在生死之間做選擇很難，但選擇做出之後，一切卻瞬間變得無比輕鬆。騎在已經跑脫了力的戰馬上，契丹斥候高高地挺直了胸膛。就像自己在部落裡第一次參加狩獵時那樣，渾身上下充滿了力量與驕傲。沉重的鐵鐗被他舉過了頭頂，就像舉著部落裡的狼頭戰旗。兩眼盯著追過來的中原將軍，他以最快速度拉近彼此之間的距離，五十步、四十步、三十步……，只要逼得對方騰不出手來裝填弩箭，他就有希望為同伴贏得活命之機！

「蠢貨！」高懷德不屑地撇了撇嘴，瞄準高速對衝而來的契丹斥候再次扣動了右手食指。隨即，雙腳輕輕磕打金鐙，策馬避開正在下墜的屍體，將武侯弩對準了最後一名逃命者。左手推開弩身上方的限位機關，右手的食指第三次果斷回壓……

「嗖——！」第三支弩箭，閃電般飛了出去，正中目標的後心。

「將軍威武！」左右兩側跟上來的親兵們，嘴裡發出一陣驕傲的歡呼。全殲！初抵戰場，就全殲了敵軍一整隊敵方斥候！並且全都是契丹人，如假包換！

「帶上賊人的首級和坐騎，咱們收隊！」歡呼聲中，高懷德微笑著掛好武侯弩，橫槍立馬，大聲吩咐。

「遵命——!」眾親兵挺胸拔背,一個個回應得格外宏亮。都說契丹人驍勇,其實也就是那麼回事兒。以前他們所向披靡,那是因為沒有遇到高家軍。今天遇到咱們高家軍,轉眼間就被打回了原型!

「動作都麻利點兒,人生地不熟,咱們不能耽擱時間太久!」高懷德舉頭四下看了看,目光明亮如電。自打十多天前與鄭子明遇上之後,他就始終覺得頭頂上盤旋著一團烏雲,無論做什麼事情心情都壓抑得厲害。直到此刻,這片烏雲才終於散了去,頭頂上碧空如洗。

「收隊嘍,收隊嘍!收隊回去繳令嘍。」

「這些契丹狗,一點兒也不知道珍惜戰馬。差一點就把牲口給跑廢了!」

「廢話,命都保不住了,留著牲口還有啥用場?」

「契丹那邊人少牲口多。戰馬不值錢。」

眾親兵嘻嘻哈哈議論著,眾星捧月般簇擁起高懷德,掉頭朝著冀州城方向回返。秋風颯爽,艷陽高照,每個人臉上都洋溢著大勝而歸的興奮。然而,才走了堪堪三四百步,被簇擁在隊伍中央的高懷德,卻猛地拉緊韁繩。

「吁吁,吁吁吁……」與主人一樣驕傲的白龍駒揚起腦袋,嘴裡發出不滿的抗議聲。周圍的高家軍親兵們,也一個個遲疑著拉住坐騎,滿臉困惑。

「這附近太安靜了,情況肯定不對勁!」高懷德用槍纂敲了敲馬鐙,低聲說道。

「應該,應該是剛才,剛才被咱們都嚇飛了吧!」親兵隊長高延福楞了楞,帶著幾分期冀回應。此處距離冀州城至少有四五十里遠,萬一遭遇到大股敵軍,就只能全力突圍,根本沒機會向自家主力請求支援。

「如果在老家那邊,麻雀即便受到驚嚇,也很快就會再飛回來!」高懷德大聲補充了一句,隨即,策馬衝向了左側的土丘。

所有親兵都拔出了武器，策馬緊隨其後。麻雀那東西最不長記性，為了一口食物，連同伴的屍體都可以視而不見。而在眾人老家那邊，此刻正是麻雀積攢過冬口糧的時候。甭說馬蹄落地聲很難讓牠們一去不返，即便是那種聲音震天的藥發傀儡，也不可能將牠們嚇得這麼久都不敢回頭。

眾人都是高家軍中的精銳，雖然作戰經驗方面有所欠缺，反應卻是一等一的機敏。發現情況不妙，第一時間，便跟著主將去搶占有利地形。至於敵軍是誰，雙方實力對比如何，以及今天是否能平安返回冀州，此時此刻，全都不再去想。

「嗚嗚，嗚嗚嗚嗚，嗚嗚嗚……」號角聲從不遠處的樹林後響起，宛若寒冬臘月裡的北風。發現高懷德等人已經開始警覺，埋伏在附近的敵軍也果斷採取了行動。大隊大隊的騎兵伴著號角聲從臨近兩個土丘後的樹叢裡衝了出來，手中橫刀在陽光下耀眼生寒。

「該死！」高懷德在策馬朝土丘頂部狂奔的同時，扭頭看了一眼，嘴裡發出低低的詛咒。

敵將是個少見的黑心腸，為了堵住自己的歸路，居然對先前那夥契丹斥候的死活不聞不問。而戰場上，最難纏的就是這類對手。為了達到目的，他們根本不會顧及麾下兵卒的死活，所有有助於獲取勝利的手段，必用其極。

「是幽州軍，幽州韓家的嫡系！」親兵隊長高延福，一邊策馬狂奔，一邊向主將彙報自己觀察到的敵情。

「規模大概是四個營，也全都是騎兵！」

「他們應該早就到了附近，發現咱們在追殺斥候，卻一直忍著沒有露面兒！」

「他們身上都有皮甲，戰馬的個頭和顏色都差不多！隊形，隊形保持得也，也非常，非常齊整！」

高延壽、高延祿、高延德等精挑細選出來的家將，也迅速將各自觀察到的情況向高懷德彙報，越說，聲音越是低沉。

騎兵的編制比步兵稍低，但是四個營的騎兵，也有一千六百餘人。而此刻的高家軍，卻只是一個親兵百人隊！以一百敵千六，恐怕即便孫、吳轉世，也沒有多少勝算。

但是，緊張歸緊張，大傢伙的動作卻絲毫不亂。一邊彙報總結著敵軍情況，一邊簇擁著主將高懷德策馬飛奔。很快，就抵達了臨近那座山坡的最高處，自動擺開陣勢，占據了有利地形。

來自幽州的騎兵，也如同烏鴉般，在山腳下彙聚。一座品字形軍陣，轉眼便現出了雛形。緊跟著，又是一陣低沉的號角聲響起，有一名同樣穿著銀甲白袍，胯下騎著白馬的年輕將領，緩緩走到軍陣的正前方。「燕京留守之子，大遼幽州軍左廂豹騎軍都指揮使幽州韓德璋，這廂有禮了。有請山上仁兄，下來對面一敘。」

「將軍小心，幽州韓家沒一個好東西！」

「放任斥候被我等殺光，此子心腸歹毒，將軍不得不防！」

「兵力遠勝卻故意放低姿態，此人……」

眾家將七嘴八舌，不約而同地勸阻高懷德切莫自投羅網。

而以高懷德的性子，怎麼可能向一個陌生的同齡人示弱？不待眾家將的話音落下，已經一溜煙兒衝下了山坡。直到與對方相距不足三十步遠，才又輕輕一帶坐騎。手持銀槍微微欠了欠身，高聲回應道：「歸德軍節度使之子，大漢忠武軍節度使高懷德，追殺胡虜至此。不知道韓將軍攔下本節度的去路，到底有何所圖？」

攔住去路，當然是為了將其殺掉或者生擒。這句話，簡直就是明知故問。但「歸德軍節度使之子」和「忠武節度使」這兩頂帽子，卻讓同樣自恃血脈高貴的韓德璋，不願把目的說得太直接。因此又笑了笑，大聲說道：「胡虜？高世兄這話可就不妥當了。契丹人雖然久居塞外，卻是正宗的大漢高祖後裔，耶律一姓，譯過來為劉氏。倒是貴國的劉知遠父子，才是地道的異域胡虜，趁著我大遼皇帝北歸養病之機，竊據了中原皇位，倒行逆施！」

「嗯？啊？我呸！」見過巧舌如簧的，卻沒見過如此能繞著彎子把假話說成事實的。高懷德頓時把身子一伏，大啐特啐。然而，嘴巴裡的吐沫吐完了，他卻想不出足夠的理由來反駁對方。遼國耶律氏的確一直自稱是漢高祖劉邦的嫡系血脈，並且能拿出許多似是而非的證據。而劉知遠也的確出身於沙陀，與後唐開國皇帝李克用一樣，無論眼睛和頭髮的顏色，都跟中原豪傑大不相同。

「我大遼皇帝，對部將親如手足。即便犯下再大的過失，只要不涉及謀反，皆能得以善終。而反觀偽漢，當皇帝在朝堂上設伏誅殺樞密使、宰相和財相，如此行為，古往今來聞所未聞，與茹毛飲血的禽獸有什麼兩樣？」發現高懷德口才並不像身手同樣高明，韓德璋立刻決定再接再厲，把契丹皇帝耶律阮的「寬宏大量」，與劉漢皇帝劉承佑的刻薄寡恩，迅速擺在了一處。

「住口，你休要胡攪蠻纏！」高懷德被問得額頭見汗，只能硬著頭皮大聲打斷，「耶律阮那廝殺的大臣也不少。你別以為我遠在中原就沒所耳聞，前，前南院大王耶律劉哥，他哪裡去了，怎麼生死皆無音訊？」

「高兄也知道耶律劉哥？那你應該也知道，他勾結蕭翰和耶律寅底石，窺探大位的逆行了？即便如此，陛下依舊饒了他全家不死，只是罰他去守著祖廟閉門思過而已。」韓德璋不慌不忙，笑著道出另外一個關於契丹皇帝如何仁慈的「證據」。

從小到大，他都被家人灌輸關於契丹皇帝如何寬宏大度，英明神武的謊言，因此在內心深處，早已把這些當成了事實。所以面對著已經拋棄了中原皇帝的高懷德，侃侃而談，絲毫不覺得自己所說的話是何等地漏洞百出。

反觀高懷德，原本就不擅長詭辯之術，對中原皇帝劉承佑最近所行之事，心中也的確極度不齒。因此，無論如何搜腸刮肚，都找不到合適的話語來反戈一擊。直憋得臉色由紅轉青，由青轉黑，才又扯開嗓子大吼了一句：「荒唐！耶律劉哥乃百戰名將，理當馬革裹屍。把他關在一個鳥不拉屎的地方，讓他空有一身本事卻無處施展，還不如直接殺了他。」

「那我大遼皇帝，至少沒有殃及他的妻兒吧？」韓德璋勝券在握，言談舉止愈發淡定從容，「史弘肇和郭威的家人呢，從七十歲老嫗到垂髫小兒，可有一個被手下留情？」

「你，你說這些，沒什麼用！」高懷德被問得又是頭皮一緊，強打精神回嘴，「劉承佑倒行逆施，我們中原豪傑廢了他，另立明君便是。無論如何，輪不到你這個認賊作父的傢伙，來指手畫腳。」

「誰能保證，你們所立的明君，不會是下一個劉承佑？」韓德璋像毒蛇一樣，咬住他的話頭，步步緊逼，「更何況此刻在你家皇帝眼裡，你們才是反賊。倒是我們幽州軍和大遼鐵騎，是應邀前來平叛的自家人。高兄，小弟先前看過你的身手，可謂當世無雙。有如此一身本事，不投靠在大遼明君帳下建功立業，以圖將來裂土封茅。又何必替他人去做嫁衣？不如聽小弟一句話，及早棄暗投明。待我大遼第二次拿下汴梁，你高家父子憑著帶路之功，何愁不能成為中原第一諸侯？」

「你，你，你……」高懷德被氣得直打哆嗦，卻沒有任何辦法來反駁。相反，中原第一諸侯六個字，卻如同毒液般，不停地腐蝕著他的心臟。

亂世當中，善惡是非原本就不甚分明。數年來，皇帝殺諸侯宛若切菜，諸侯殺皇帝，也如同割雞。高家昔日在朝廷和顧命大臣之間左右逢源，所圖的不就是兩頭討便宜，暗中積蓄力量壯大自身嗎？如今有了更好的機會，只要自己輕輕點一下頭……

然而，下一個瞬間，他眼前卻忽然閃過了一個驕傲的身影。鄭子明！從相遇那天，就處處壓他一頭。如果他高懷德今天選擇了投降遼軍，恐怕這輩子都無法再跟此人一爭高下。只要一見面兒，就得低著腦袋灰溜溜地望風而逃。

「你說這些，高某不懂，也不知道如何反駁。」猛地吸了一口氣，高懷德將腰桿挺直，一字一頓地回應，「但高某卻知道一件事，男子漢大丈夫，不可為胡虜鷹犬。更不可帶著異族屠殺自家同胞。否則，無論日後誰做皇帝，無論其後人怎麼洗，都必將遺臭萬年！來吧，不要再廢話，咱們等會兒手底下見真章。但願你的本事，配得上你的辯才！」

說罷，也不管對方如何舌燦蓮花。一撥坐騎，徑直跑向了自家兄弟。

「高兄且慢。高兄，且聽我一言。你……」好不容易把對方說得心神大亂，正準備收取戰果，卻不料對方忽然拒絕繼續糾纏，轉身就跑。韓德璋頓時覺得全身力氣都砸在了空氣中，心中空蕩蕩好生失落，策馬追出了十幾步，終究無法再讓目標回頭。立刻猛地一咬牙，俯身從馬鞍側抄起角弓，搭上一支塗了狼毒的羽箭，引弦便射。

「卑鄙！」

「無恥狗賊！」

「將軍小心冷箭！」高延福等人在山坡上看得真切，趕緊扯開嗓子大聲提醒。

說時遲，那時快。話音未落，毒箭已經距離高懷德僅僅剩下咫尺之遙。就在大傢伙兒嚇得閉上眼睛的時候，原本看上去毫無防備的高懷德，卻猛地在馬背上來了個大擰身，手中拿起一隻不曉得什麼時候冒出來的圓盾迅速一擋，「噹」地一聲，將韓德璋的羽箭磕得倒飛出去，沒入土中，深入盈尺。

「呀！」志在必得的一記絕殺，居然在最後關頭落了空，韓德璋忍不住發出了一聲驚呼。然而，畢竟是家族裡頭排得上號的青年翹楚，心神雖然有些慌，手上的動作卻絲毫不亂，憑著嚴格訓練養成的本能，將另外一支毒箭又搭在了弓臂之上。

「賊子無恥！」對面的高懷德反應更快，嘴裡出一聲怒喝，手中圓盾猛地向後一掄，如同長了眼睛般，帶著風聲直奔韓德璋的胸口。

這一招，連同掄出去的圓盾，都是用了極大代價從鄭子明手裡所換。當初高懷德自己在切磋時初次遇上，都狠狠吃了一次大虧，更何況是一心只想著算計別人的韓德璋？右手剛剛拉開弓弦，卻忽然看到又一道寒光急劈而至。慌亂中，只能又將弓弦鬆開，雙手拿著角弓奮力外格，「哢嚓——嘭！」。

單薄的弓臂，哪裡承受得住如此重擊。方一與圓盾接觸，就立刻斷成了兩截。而那精鐵打造的圓盾，卻依舊有餘勢未衰。繼續帶著風聲旋轉向前，如同一記重錘般，狠狠砸在了韓德璋的胸口。

「哇！」饒是有護心鏡擋著，韓德璋也被砸得鮮血自口中狂噴。整個人立刻就沒了筋骨，如同一隻烤焦了的毛毛蟲般縮蜷在了馬鞍子上。

高懷德卻恨他放冷箭害人，一擊得手之後，立刻撥轉了戰馬。雙手平端長槍，雙腿輕輕一夾胯下白龍駒小腹，如同獵食的蛟龍般，順著山坡撲將下來。

此時此刻，韓德璋哪裡還有勇氣迎戰？趕緊撥轉坐騎，逃向本陣。一邊逃，一邊雙手抱著戰馬脖頸大聲求援：「來人，快來人！攔住，攔住他！」

「跟上將軍」「跟上將軍！」「擒賊擒王！」山頂上，高延福等家將也迅速做出了正確反應，紛紛策動坐騎，借助山勢一衝而下。總計百十個人，竟然跟在自家主將身後，向十六倍於己的幽州軍發起了強突。

「迎戰，準備迎戰！」密密麻麻的幽州軍當中，有人率先發現了情況不妙。大聲叫喊著，衝出本陣。都是韓氏本族的家將，平素待遇遠超過尋常士卒，戰鬥經驗也相對豐富，在策馬狂奔的同時，已經自動分成了左右兩個小隊。放過抱著馬脖子吐血的韓德璋，隨即像兩扇門板一樣，狠狠夾向了急追而至的高懷德。

「殺！」高懷德不閃不避，提臂，沉肘，將騎槍端平，奮力前刺。借著戰馬的速度，捅進左側迎上來的一名敵將胸口。

撞擊產生的力量讓槍桿驟然彎曲，隨即，又猛地彈直。被刺中的敵將瞬間失去對身體的控制權，整個人如同一個布口袋般，被挑離了馬鞍，挑上了半空，然後被槍桿彈開時的巨力，朝右側甩了出去，猩紅色的血雨，澆了自家同伴滿頭滿臉。

「啊——」右側迎上來的韓氏家將，嘴裡發出狼一樣的長嚎。舉起騎槍，朝著高懷德小腹亂捅。高懷德連看都懶得多看他一眼，猛地一側身，將急刺過來的槍鋒避過。緊跟著，手中長槍忽然化作的長鞭，從左向右猛抽，「呼」地一聲，將空門大露的韓氏家將抽下了馬背。

眼前瞬間一空，七八步外，第三、第四名出陣迎戰的韓氏家將，面孔上寫滿了震撼。以二敵一，卻都沒撐過一招！敵將武藝，絕非常人能敵。

還沒等他們想好該如何應對，雙方的戰馬已經接近到一丈距離之內。高懷德剛剛收回來的騎槍，再度穩穩端平。雪亮的槍鋒猶如一道閃電，伴著隆隆的馬蹄聲，正中第三名韓氏家將哽嗓。

「噗」槍鋒從脖頸後露出半寸，然後回收，斜刺，連貫得宛若行雲流水。第三名韓氏家將的屍體緩緩從馬背上墜落，第四名家將努力遮擋，躲避，雙腿不停磕打馬腹試圖蒙混過關。然而，雙方之間的武藝相差實在過於懸殊。高懷德手中的槍鋒在接連被擋住兩次之後，依舊斜著刺進了他的後背。雖然只是一點即收，卻已經令他的脊柱斷為了彼此毫無關係的兩截。

「啊——」脊髓被刺斷的韓氏家將，嘴裡發出淒厲的慘叫。雙手哆嗦著欲控制平衡，小腿、大腿和屁股卻已經不再接受大腦的指揮。像個初學騎馬的頑童般，搖搖晃晃，搖搖晃晃朝著山坡上跑出了二十餘步，最終，依舊慘叫著掉落塵埃。

第五名出陣阻敵的韓氏家將，追悔莫及。手中長槍舞得宛若一座風車般，護住自家的周身要害，只求自保，不求建功立業。

高懷德冷笑著朝他撇了撇嘴，騎槍朝著側下方一刺而退。左手虛握，右手迅速後抽，外推，然後握緊槍纂向前猛挑，騎槍如同蛟龍般從第五名韓氏家將的戰馬脖子下，轉刺向了第六名家將的軟肋。

「轟！」第五名家將胯下的戰馬轟然而倒，將背上的主人摔得筋斷骨折。第六名韓氏家將被身側的變故嚇得一楞神，手上動作立刻就慢了半拍。而高懷德的長槍，就趁著這一楞神的機會，直接命中目標。

擰身，抽槍，鮮血與槍纓一起飛起來，像兩朵怒放的紅蓮。白龍駒背上，高懷德放聲狂笑。加快速度，撲向了下一名對手。

那是一個臉上長著絡腮鬍子的中年人，已經被同伴的慘死，嚇得有些膽寒。見高懷德撲向了自己，立刻用力拉偏馬頭。胯下遼東良駒心領神會，在狂奔中猛地轉向，避開從山坡上撲下來的那個殺神，直奔戰場邊緣的樹林。

第八名韓氏家將，反應就遠不如絡腮鬍子及時。驚慌中，竟然將鐵鐗高高地舉過了頭頂，準備跟對手來個同歸於盡。高懷德哪裡肯讓他如願，騎槍瞄著他胸前大露的空門，猛地戳了下去。隨即雙臂同時用力，一個平端一個下壓。將此人高高地挑起來，甩向了剩下的數名韓氏家奴。

「呼！」一名韓氏家將躲避不及，被屍體直接砸下了坐騎。另外幾名韓氏家將果斷撥轉坐騎，讓開如同蛟龍般撲下來的高懷德，斜著撞向了此人背後的山坡。

憑藉八名家將的捨命攔阻，韓德璋已經逃歸了本陣。他們這些人的任務已經順利完成。繼續送死，已經沒有任何意義。不如暫時保住有用之身，尋找機會以圖將來。

這個打算，用在家族之間的仇殺上，沒有任何過錯。然而，用在兩軍陣前，卻是罪大惡極。隨著他們的避讓和高懷德有意控制馬速，山坡上那些高氏親兵已經與自家主帥匯合到了一處。在高速移動的過程中，以高懷德為鋒，組成了一個銳利的鐵三角。

「放箭，放箭，趕緊放箭！」剛剛脫離險境的韓德璋，再度嚇得亡魂大冒。張開猩紅色的嘴巴，大聲命令。

哪裡還來得及，戰馬跑過百步的距離，不過是五六個呼吸功夫。而此時此刻，高懷德和他的親兵們，距離幽州軍的本陣，卻連三十步都不到。還沒等驚慌失措的幽州軍拉開弓弦，由騎兵組成的長三角，已經狠狠刺到。如燒紅的鋼刀刺入了牛油，一路毫無遲滯。

以騎兵為主的幽州軍根本提不起速度，站在原地的騎兵，靈活性還不如步兵。轉眼間，如同秋田的麥子一樣朝著兩側倒去，鮮血在半空中飛濺，慘叫聲此起彼伏。

「下馬，下馬用長槍上前阻敵！下馬用長槍結陣阻敵！」韓德璋急得又吐了一口血，在馬背上如同瘋子般大喊大叫。

「嗚嗚，嗚嗚嗚，嗚嗚嗚，嗚嗚嗚嗚……」負責傳令的親兵們舉起號角，將自家主將的最新「指示」化作角聲，不停地送進每一名幽州士卒的耳朵。

只有長槍，才能克制已經跑起了速度的戰馬。只要有百餘名勇士跳下馬背，豁出去性命蹲在戰馬的必經之路上，將長槍斜著迎向馬頭。光憑著如林槍鋒，就能逼得戰馬放緩速度。而只要遏止住高懷德等人的速度，這百十號人，在一千五百多名幽州士卒包圍下，就是一群待宰的羔羊。無論如何衝突躲閃，結局都是在劫難逃。

「指示」很正確，但現實也無比地殘酷。面對虎狼般撲過來的高懷德等人，幽州軍的騎兵們，非但沒有像韓德璋期盼的高舉長槍去阻攔戰馬，反而本能地拉動繮繩。搶在被刺下馬背之前，給對手讓開了去路。

他們在今年春天，剛剛吃了一場敗仗。很多人在返回幽州時，都兩手空空，疲憊不堪。而耽誤了自家春耕之後，他們在秋天時自然收不到足夠的糧食。家裡的老人孩子都開始喝粥果腹，這個時候韓氏兄弟卻強迫他們返回軍隊，南下替契丹皇帝爭地盤，他們怎麼可能盡心？

遇到尋常堡寨，搶一搶就算了。反正那些堡寨主也不會認真抵抗。遇到一群猛虎，還是不要招惹為好。何況即便將這群猛虎盡數殺死，功勞也是韓家父子兄弟的。韓家人升官發財又不會給大夥分賬，大夥何必為了幾句好話就枉自送了性命？

沒戰心，沒士氣，對自家主將的為人又不怎麼瞧得起。如此兵卒，怎麼擋得住高懷德等人的全力一擊？轉眼間，品字型軍陣，從正中央處土崩瓦解。兵不聽將令，將找不到士兵，人和戰馬你推我搡，沒頭蒼蠅般四下亂竄。

「殺姓韓的，回去誇功四門！」高懷德猛地將長槍舉起，遙指韓德璋，高聲斷喝。

騎兵作戰，速度和氣勢都極為重要。今天自己這邊勢如破竹，而敵軍卻幾乎是停在原地挨打，如此好的建功立業良機，焉能隨便錯過？

「擒賊擒王！」

「擒賊擒王！」

……

已經殺起了性子的親兵們，跟在他身後縱聲高呼。總計區區一百人不到，卻令十六倍於己的幽州軍，魂飛膽喪。

「點藥發傀儡，點藥發傀儡，向虎騎軍和狼騎軍求援！」幽州虎騎軍中，唯一還保持著頭腦清醒的，只剩下主將韓德璋自己。眼看著高懷德距離自己越來越近，越來越近，居然急中生智，扯開嗓子把最後的絕招拋了出來。

「點，點！」「快點兒，你倒是快點兒啊！」「火，趕緊點火！」韓氏的家將們，哆哆嗦嗦地從背囊中拿出一個個泥捏的小人兒，搶在高懷德殺到自家主將的認旗下之前，用火摺子將小人頭頂的藥拈子點燃，用力拋上了半空。

「呯呯！」「呯呯！」「呯呯！」清脆的爆炸聲，立刻在半空中響了一串。高懷德胯下的白龍駒何時聽到過如此可怕的動靜？嚇得猛地揚起前蹄，大聲咆哮，「唏噓噓——」

「唏吁吁——」「唏吁吁——」臨近上百匹幽州軍的戰馬，也緊跟著抬起頭，厲聲悲鳴。隨即撒開四蹄，朝著遠離主帥認旗方向奪路狂奔。任背上的主人如何叫喊、安撫，都無濟於事。

先前那一連串的爆炸聲，非但把高懷德及高氏子弟胯下的坐騎給嚇了一大跳。幽州軍自己的戰馬，也無法適應這種霹靂般的動靜，被嚇得亡魂大冒。

逃命，是任何動物受驚的本能反應。須臾間，幽州軍已經四分五裂的隊伍，徹底亂成了一鍋糊塗粥。而如此一來，韓德璋身前，也被受驚的戰馬擠了個水洩不通。高懷德再想衝到近處殺他，難比登天！

「少帥，此物太邪，咱們趕緊走！」好不容易才把戰馬控制住的高延福，迅速意識到了戰機已逝。扯開嗓子，在自家東主耳朵邊大聲叫喊。

不用他提醒，高懷德也明白，自己今天的好運氣，已經徹底用到了頭。猛地掄開騎槍，朝著身側距離自己最近的一名幽州兵卒頭頂砸了過去，「閃開，否則就去死！」

「啊——！」倒楣的騎兵根本無法策馬閃避，被槍桿子結結實實砸了個正著。半邊腦袋都縮進了胸腔當中，白色的腦漿混在紅色的血液四下飛濺。

「擋我者死！」高懷德毫不猶豫地用騎槍將屍體掃下馬背，然後繼續在人堆當中大開殺戒。正在努力控制坐騎的幽州兵卒們，連躲避都極為艱難，更甭說是招架還擊。一個接一個，像初冬的爛柿子般，掉下了馬背。慘叫聲瞬間蓋住了戰馬的悲鳴，令聞者心驚膽寒。

「刺馬！」高懷德又是一聲斷喝，舉槍刺向一匹匹無主的戰馬屁股。血花飛濺，劇烈的疼痛，令戰馬迅速意識到那種危險對自己的傷害更大，再度紛紛邁動四蹄，朝著遠離槍鋒的方向快速躲避。

「刺馬，刺馬開路！」高延福，高延壽等人齊聲重複，將最新命令傳遞到每一名親兵耳朵。訓練有素的高氏親兵，立刻將主將的命令不折不扣地執行，刺得隊伍周圍，悲鳴聲響成了一片。

原本水洩不通的幽州軍亂兵，迅速分出一條裂縫。高懷德遺憾地掃了一眼距離自己還不到五丈遠的韓德璋，帶領麾下弟兄，從裂縫間魚貫而出。

當戰馬再次加起了速度，他帶著幾分不捨，向幽州軍的將旗下張望。已經嘗到了甜頭的韓德璋，卻再也不肯給他衝過來擒殺自己的機會，大聲叫喊著，帶領家將把更多的藥發傀儡扔上了半空。

「呯呯！」「呯呯！」「呯呯！」清脆的爆炸聲，在丘陵間來回激蕩。幽州虎騎軍的隊形愈發混亂，短時間之內，根本不可能被重新組織起來戰鬥。而高懷德和他的親兵們，也沒有任何辦法，可以再次向韓德璋發起新一輪衝鋒。

「嗚嗚嗚，嗚嗚嗚，嗚嗚嗚，嗚嗚——」臨近的一片丘陵背後，有角聲忽然響起，與爆炸聲遙相呼應。

「嗚嗚嗚，嗚嗚嗚，嗚嗚嗚，嗚嗚——」緊跟著，又是一片連綿的畫角聲，如鬼哭狼嚎。

韓德璋的救兵趕過來了，藥發傀儡原本的作用，此刻終於得到了發揮。聽到熟悉的爆炸聲，剛剛抵達附近的幽州虎騎軍和狼騎軍，立刻果斷向聲音響起處靠攏。

「呸！」高懷德遠遠地朝著韓德璋吐了口吐沫，帶隊揚長而去。以一百對千六，能夠將敵軍打得無力還手，今天的戰果已經足夠輝煌。倘若繼續逗留，等到另外兩支幽州軍也包抄而至，自己非但沒有可能重現剛才的奇蹟，反而會將先前的戰果，也被對方連本帶利撈將回去。

他的決定不可謂不果斷，然而，還是低估了韓氏自己的本事和臉皮厚度。剛剛帶著麾下的親兵們跑出了十二三里路，身背後一哨精騎急追而至。當先一馬桃花驄的背上，有名跟他年齡差不多的將領大聲挑釁：「姓高的，有種莫走！幽州節度使之侄，虎騎軍都指揮使韓德康特地前來討教！」

「有種別帶那麼多兵！」高懷德冷笑著罵了一句，扭過頭，彎弓便射。幽州虎騎軍都指揮使韓德康早有防備，立刻側身閃避，然後帶著麾下精銳彎弓還擊。

高懷德的親兵豈肯讓自家主將吃虧？也迅速從馬鞍後解下角弓，扭身回射。雙方你來我往，在高速狂奔中彼此用羽箭招呼，很快便有人中箭受傷，身亡，鮮血沿著馬蹄的痕跡淋漓灑了一路。

高懷德這邊人數畢竟少，又剛剛經歷過一場惡戰，不多時，便落了下風。更可恨的是，屋漏又逢連夜雨，就在此刻，斜刺裡忽然又響起了一聲囂張的大喝：「姓高的，有種莫走！燕京留守之子，狼騎軍韓德輝特地前來與你切磋！」

「去你娘的！」高懷德氣得破口大罵，收起角弓，取出高價換來的武侯弩，狠狠扣動了扳機。

靠著武侯弩射程遠，且可以連續四發的優勢，他終於將對手驅離了百步之外，並且遲遲不敢追得太近。然而還沒等他看見冀州城的輪廓，身背後又響起了一連串的叫囂聲：「姓高的，有種莫走，幽州節度使之侄韓德馨前來會你！」

「姓高的，有種莫走，我乃幽州節度使之侄，營州耶律氏之子耶律赤犬，特地前來取你的人頭！」

「姓高的，有種莫走，幽州防禦使之子，鷹騎軍都指揮使盧詠明……」

「姓高的，我乃幽州節度使帳下錄事參軍之子，燕京留守之甥，姓李名彥超，特地……」

一聲聲，如同催命惡鬼，不斷折磨著高懷德的心臟和耳朵。

幾名心腹家將知道今天在劫難逃，紛紛放緩了坐騎，低聲叫嚷：「少帥快走，我等斷後。留得青山在，不怕沒柴燒！」

「今天我等已經殺夠了本兒，少將軍趕緊回城，改日再給我等報仇！」

「少將軍……」

「住嘴，要死一起死，要活一起活！」高懷德用一聲斷喝，將所有人的話，都憋回了肚子裡去。咬緊牙關，他在策馬疾馳中，將最後幾根弩箭壓進了射擊槽。然後偷偷放慢馬速，「等敵軍追到五十步之內，我先用武侯弩射他們個措手不及。然後大夥一起殺過去，殺一個夠本兒，殺兩個……」

「吱——」一聲淒厲而又怪異的銅哨子聲，忽然傳進了所有人的耳朵。

高懷德被刺激得打了個哆嗦，下半句話戛然而止。原本已經絕望的高延福等人，則一個個欣喜若狂，「是滄州軍，是滄州軍的銅哨子！少帥，鄭子明來了，鄭子明來接應咱們了！」

「吱——」「吱——」「吱——」彷彿在驗證他們的判斷，更多的銅哨子聲，從對面傳了過來。緊跟著，有一匹烏龍駒，帶著一個年輕的彪形大漢，狂風般趕至，手持長纓，攔住了所有追兵的去路。

在其身後，則是數百名騎著戰馬的滄州精銳，個個手舉鋼刀，肩膀緊挨，在奔馳中，排成了三堵移動的鋼鐵城牆。

「我乃幽州防禦使之子，幽州軍長史之侄，彪騎軍都指揮……」正在追殺高懷德的幽州少年們被滄州軍的氣勢給嚇了一大跳，不得不帶住了坐騎，扯開嗓子自報家門。

「我乃幽州節度使帳下錄事參軍之子，燕京留守之甥，姓李名彥超！」

「我乃燕京留守之子，幽州節度使之侄，狼騎軍都指揮使韓德輝！」

「我乃……」

都是韓匡嗣兄弟的兒子或者晚輩，一個個自詡名種名血，家世顯赫。尋常人等，根本不配作為他們的對手。

然而，他們卻只聽到了短短九個字的回應，又冷又硬，刀子般直戳心窩，「鄭子明在此，不服來戰！」「來戰！」「來戰！」「來戰！」三排自行放緩了速度，卻排得愈發齊整的滄州精銳，舉著長刀依序重複。鋒利的刀刃，在陽光下耀眼生寒。

「我等兵馬已疲，他卻是以逸待勞！」耶律赤犬第一個做出決定，撥轉戰馬，果斷撤離。

「此地距離冀州太近，不宜多做糾纏！」韓德馨緊隨其後，堅決不給敵將逞勇鬥狠之機。

其他一眾幽州青年才俊，雖然有心上前一試身手。然而環顧左右，卻發現自己麾下的弟兄們，忽然都變得筋疲力竭，在馬背上搖搖欲墜。頓時起了「愛兵」之心，寧可背上不戰而退的罵名，也不肯讓弟兄們再做任何犧牲。

不多時，眾幽州精銳，退了個乾乾淨淨。只留下了滾滾煙塵，和遍地的馬糞馬尿。

恰恰一陣秋風吹過，煙塵裊裊而散。

空曠的天地間，陽光萬道，如夢似幻。

【十一章】

易鼎

初冬的陽光不算太亮，卻著實有些扎眼。以至於高懷德反覆揉了好幾次，才終於確信，幽州軍的確退了。的確不是在誘敵深入，更沒有要其他什麼鬼花招。

追了自己一路，口口聲聲叫囂著要切磋武藝的韓氏眾兄弟，居然帶著各自麾下的幽州軍，連箭都沒敢射一根，就不戰而退！

而替自己擋住了所有幽州追兵的，不過是鄭子明和他麾下的兩個營滄州軍。更確切的說，是鄭子明一個人，硬生生嚇走了所有追兵！

千軍萬馬避一騎！

望著正策馬緩緩朝自己走過來的鄭子明，高懷德心裡忽然覺得嗓子眼兒處有些發乾，臉上燙得厲害。端著武侯弩的手臂，也因為疲憊或者緊張，戰慄不停。

千軍萬馬避一騎！

高懷德不知道，也不願意去猜測，鄭子明到底跟那群姓韓的傢伙之間，以前有過什麼「交情」。但是，此時此刻，他卻清楚地意識到，自己這輩子再也沒有可能壓過鄭子明一頭。哪怕自己的武藝磨練到比鄭子明精湛十倍，哪怕自己在領兵方面的造詣積累到比鄭子明高深十倍，也絕無可能！

千軍萬馬避一騎！

作為武將，那是最大的榮耀。一輩子哪怕只經歷一次，此生都永無遺憾。

「高將軍好本事，居然遇到了二十餘倍的敵軍，依舊能潰圍而出！」見高懷德臉色紅了又白，白了又紅，變換不定，鄭子明還以為此人是因為被自己所救而抹不開面子，笑了笑，主動拱手。

「啊，不，不是！」高懷德頓時又像被人當胸打了一拳般，晃了晃，收起武侯弩，紅著臉拱手，「不是潰圍而出，是先跟一個姓韓的廝殺了一場。然後往回返的路上，又追過來這麼大一窩。」

「哦，想必第一個姓韓的在高兄手上吃了大虧！」鄭子明眉頭輕輕一跳，笑著推測。

「應該算是吧，差一點就宰了他。可恨他居然丟出了許多藥發傀儡來，嚇得戰馬不敢靠近！」高懷德的心情立刻好了許多，猶豫了一下，非常認真地解釋。「就是那種過年時放的藥發傀儡，沒想到還能用在戰陣上。非但能嚇得坐騎六神無主，而且還能給自己人傳遞消息，讓他們火速前來救援。好在我今天見勢不妙，搶先走了一步。否則，真的被韓家這群瘋狗圍著打，能不能殺出來，還很難說。」

想到先前被人追得逃無可逃的情形，他頓時又覺得好生屈辱。而鄭子明，卻被「藥發傀儡」這四個字，給勾走了全部注意力。皺著眉頭思量半晌，才沉吟著道：「這的確是個大麻煩，藥發傀儡按說沒啥威力，但牲口卻不像人這般清楚。今後沙場相遇，萬一姓韓的把藥發傀儡真的當武器亂丟……」

「那倒不至於，首先他丟不了那麼遠。其次，他自己的戰馬同樣會受驚。」高懷德想了想，頗為自信地搖頭。

「如果綁在箭桿上呢？或者做得更大一些，綁在床弩的弩杆上！」鄭子明的臉色，卻愈發地鄭重，一邊比劃著，一邊大聲提醒。

「這……」高懷德被問得激靈靈打了個冷戰，眼前瞬間就浮現了兩軍交鋒，鋪天蓋地的藥發傀儡被弓箭發射到自己腳下的場景。

如果是步卒，倒也威脅不大。可自己這次偏偏帶的全都是騎兵。如果戰馬受驚後私下亂竄，對手再趁機發起強攻……

想到這兒，他再也顧不上為先前逃命的事情而感到羞愧。猛地一抖韁繩，大聲叫道：「不行，得趕緊把此事告訴鄭帥知曉。否則，我軍猝不及防，肯定會吃大虧！」

「高兄速去，弟兄們都交給我！」鄭子明毫不猶豫地點頭，大聲答應。

不待他話音落下，高懷德胯下的白龍駒，已經張開了四蹄。轉眼間，就跑得只剩下了一個背影。把尚未明白過滋味來的高氏親兵們，一個個看得目瞪口呆。

直到馬蹄聲也完全消逝不見，親兵頭目高延福才緩過神來。帶著幾分尷尬，朝著鄭子明拱手道歉：「鄭將軍切莫見怪，我家將軍向來都是這種風風火火模樣，並非有意怠慢，更非不感念今日援手之恩！」

「什麼恩不恩的？都是軍中袍澤，難道還有眼睜睜看著你們被人追殺的道理？」鄭子明倒是很欣賞高懷德這種乾淨利索的性格，灑脫地擺擺手，笑著回應。

誰料高延福聽了，心中卻更覺愧疚。紅著臉喃喃半晌，才又低聲補充道：「將軍施恩不圖回報，我等卻不能不記住自己的小命兒是怎麼撿回來的。小人地位低，不敢說什麼報恩的話。但今後將軍有用到我等之處，刀山火海，必不敢辭！」

「行了，我家將軍知道了。你家高將軍不是故意怠慢，而是著急去向鄭帥彙報軍情！」剛剛湊上來的李順兒，聽得實在不耐煩。搶先一步，替自家主將回應。「此處距離冀州還遠，你們幾個要還沒累趴下，就趕緊催動坐騎。若是再來一波敵軍，可不敢保證，他們也像幾個姓韓的那般知道進退！」

「唉，唉！」高延福舉目四望，連連點頭。

鄭子明也終於鬆了一口氣，用力抖了抖繮繩，大聲吩咐：「順子，幫我招呼這些兄弟。我帶著咱們的人，頭前去給大夥開路。」

說罷，好像唯恐高氏家將們再挨著個兒過來向自己道謝般。策動坐騎，直奔自家大隊而去。

「施恩不圖報，鄭將軍真有古人之風也！」

「以前只知鄭將軍兵練得好，武藝也萬夫莫敵。今日在兩軍陣前看到，才明白我等先前還是看得淺了！」

「可不是麼，一將橫槍，三軍辟易。活了大半輩子，我只見到過這一回！」

……

未能及時將謝意送出的高延祿、高延德、高延義等人，望著鄭子明的背影，低聲讚嘆。一個臉上寫滿了崇拜。

李順兒向來不知道謙虛兩個字怎麼寫，聽眾人誇讚鄭子明，頓時比誇自己還要高興。飄飄欲仙揮了下胳膊，大聲接茬：「這算什麼？自打我家將軍出道以來，有誰在他手上討得過好去？姓韓的這次算聰明，見勢不妙先跑了。如果膽敢放馬一戰，肯定又得落在我家將軍手裡，丟人現眼不說，到最後還得拖累全軍！」

「姓韓的曾經落在你家將軍手裡過？」

「鄭將軍活捉過姓韓的？」

「鄭將軍怎麼沒殺了他們？」

「怪不得他們一見了鄭將軍就逃，原來被打破了膽子。鄭將軍當初是怎麼抓到……」

高延福等人聽得眼睛一亮，立刻就眾星捧月般將李順兒給圍在正中央，七嘴八舌的追問。

有關鄭子明在李家寨大敗幽州軍的消息，他們先前也多少有所耳聞。但畢竟隔著上千里路，再加上朝廷有意掩蓋鄭子明的功勞，所以誰也不清楚其中具體細節。此刻忽然聽到韓家子弟居然還曾經做過鄭子明的俘虜，頓時心癢難搔。

而那李順兒，這輩子最得意的經歷，恐怕就是年初時跟在自家主帥身側給幽州軍挖坑了。正愁沒機會炫耀，忽然見有人主動上門打聽，頓時就挺直了胸脯，大聲回應道：「不是活捉，是先把耶律赤犬和韓德馨哥倆給打了個全軍覆沒。看在他們兄弟可憐的份上，才先放了他們一條生路。然後又利用他們兄弟試圖掩蓋敗績的心思，把俘虜都賣給了他們，順手又神不知鬼不覺地給韓匡美老賊設了個陷阱。」

「真的？」

「賣了俘虜？怎麼個賣法，難道還能按人頭算錢嗎？」

「鄭將軍為何要賣俘虜？」

「耶律赤犬，就是那個一身契丹人打扮的傢伙嗎？他好像是第一個帶隊逃走的！」

「把俘虜放還，只能令他們實力更為壯大，怎麼還能給韓匡美老賊設圈套？」

「是死間嗎？把死間藏在俘虜當中偷偷放回去，然後一把火燒了幽州軍的糧草？」

「韓匡美也是成名的老將了，怎麼會如此……」

高延福等人聞聽，愈發抑制不住心中的好奇。一個個迫不及待的刨根究柢。

「賣了俘虜，一方面是為了換些錢糧武器。另外一方面，則是要利用俘虜身上的疫氣……」李順兒將胸脯挺得更直，頭抬得更高，說話的聲音也愈發地洪亮。

雪地設伏，一戰全殲兩個營的幽州軍。築冰為城，將馬延煦及其麾下上萬虎狼撞得頭破血流。寒夜設宴，令耶律赤犬和韓德馨等輩暴飲暴食，盡數染病不起。巧用俘虜，讓疫氣在地形相對閉塞的敵軍大營加速蔓延……這一樁樁，一件件的光輝往事，李順都曾經親身參與其中。因此講述起來，只要稍加渲染，就令周圍的人宛若身臨其境。聽到緊張處，一個個雙手握拳，面色凝重，心臟如同發了瘋般狂跳不停。

不知不覺，眾人就已經回到了冀州城的北門口。幾支外出查驗地形的隊伍恰恰返回，聽李順兒說得實在精彩，也忍不住跟了過來，與高延福等人一道驚嘆連連。

「那韓匡美老賊，也的確是殺伐果斷。發覺情況不妙，立刻宣布要跟我們決戰。明面上安排一名老將帶著數千大軍向李家寨發起猛攻，背地裡，卻帶著自家子侄和嫡系部曲，棄營而逃。虧得我家將軍目光如炬……」李順兒巴不得讓自家將軍和弟兄們的輝煌戰績，被更多的人知曉。聲音隨著周圍聽眾的增加，不斷地拔高。

正說得紅光滿面之際，耳畔卻忽然傳來了一聲不和諧的冷笑聲2「呵呵，好一個慧眼如炬。你家將軍若是真的像你說得一般有本事，怎麼沒早點兒想到韓匡美會斷尾求生？」

「老三，你別亂說話。領兵打仗，怎麼可能事事都算無遺策？」另外一個略帶沙啞的聲音緊跟著響起，帶著幾分不滿，向先前冷笑者呵斥。

正聽得如醉如痴的高延福等人，齊齊朝聲音來源方向扭頭。憤怒的目光所及之處，卻是兩張極為清秀的面孔。雙眉如黛，鼻梁高挑，面色白裡透紅。若不是兩個人身上各自都披著一套頗為沉重的精鋼柳葉甲，真的會讓人懷疑是哪位紈袴將寵妾帶進了軍營！

「青州符昭贏，見過各位兄弟！」見眾人目光不善，兩人之中個頭稍高的一個，趕緊拱了下手，笑著賠罪，「舍弟昭易第一次出來歷練，不知道戰事凶險，還請各位兄弟切莫跟他一般見識。」

他的嗓子很粗，但聲音裡，卻帶著一種磁鐵般的魔力，令人聽到之後，立刻就覺得渾身舒泰，先前的惱怒頓時煙消雲散。

然而，他的弟弟符昭易，卻根本不體諒哥哥的一片苦心。沒等高延福等人回應，就又撇了撇嘴，大聲說道：「論武將的根本，運籌帷幄當居第一，排兵布陣次之，再次，還有沙場之上縱馬持槍，所向披靡。用時疫害人，不過是旁門左道耳！能蒙上一次只能算是走運，有什麼資格當著這麼多人吹噓？」

「放屁！有本事你也走運一次？」李順兒忍了又忍，最終還是沒有忍住。手指符昭易，破口大罵，「不過是仗著姓了個好姓，出來撈些功勞，裝點門面。弟兄們念在符王爺的份上，不跟你計較，你還真的把自己當根葱了！若是沒有符王爺罩著，就憑你這竹竿兒般的身子骨，連給我們滄州軍的餵馬都沒人要，哪有機會在爺爺面前裝大尾巴鷹！」

「你……」符昭易被他罵得火冒三丈，手從馬鞍下一拉，就把騎槍給提了起來，「小賊，居然敢辱我符家？趕緊給我下馬叩頭賠罪，否則，休怪我翻臉無情！」

「呵呵，老子就辱了又能怎地？老子尊敬符王爺本人是個英雄，卻不會尊敬他門下的臭魚爛蝦！」李順兒跟在鄭子明身後經常與強敵交手，早就養出了一身傲骨。見對方一言不合就想動刀動槍，也立刻把馬刀抽了出來。

高延福等人見狀，趕緊策動坐騎將二人隔開。然後各自對住一邊，好言相勸。

「符兄弟，大敵當前，切莫自相殘殺！」

「符大，你趕緊管管你家符二。再鬧下去，小心惹來了當值的將軍！」

「李將軍，你，你也別跟他一般見識。初出茅廬的雛兒，不知道天高地厚！」

「李將軍，鄭將軍跟符將軍交情不錯，你切莫……」

然而，符昭贏通情達理，符昭易的脾氣秉性，卻與其「兄」大相徑庭。聽眾人話裡話外，都有指摘自己之意，氣焰頓時愈發囂張，「不下馬是吧？那咱們就校場上見真章。我倒是要看看，你這自吹曾經打翻過成千上百幽州軍的好漢，是不是真像你自己說得一樣有本事！」

這下，可是徹底犯了眾怒。非但將高延福等人盡數推到李順兒那一邊，其他半途中跟上來聽故事的，也都紛紛開口指責。

「符二，你這就過分了？幽州軍春天時被拖在了河北寸步難行，可不是空口白牙說出來的！」

「符二，你跟李將軍無冤無仇，何故屢屢挑釁？這事情萬一鬧到鄭帥面前，即便看在老王爺和符將軍的面子上，也少不了你一頓軍棍嘗！」

「咱們有本事往契丹人，往幽州軍身上招呼。自己人跟自己窩裡橫，算什麼英雄？」

「就是，你符家按說也是煊赫將門，怎麼這點兒規矩……」

正義憤填膺之時，猛然間，有一個聲音，在李順兒側後方不遠處驕傲地炸響：「讓她去，順子，你是英雄好漢，跟女人動手輸贏都沒面子。這一場，姐姐幫你接了！」

「女的？」高延福等人迅速扭頭，然後再回過頭來打量符家兄弟，個個都恍然大悟。

怪不得先前大傢伙就覺得符家兄弟模樣清秀得有些妖異，原來是兩個女扮男裝的娘們兒。卻不知道鄭子明什麼時候招惹了其中那個小的，過後卻又吃乾抹淨不認帳，讓此人懷恨在心，想方設法敗壞他的名聲？

「小春姐，妳，您怎麼也在這兒？鄭將軍剛回城，您沒跟他碰上嗎？」跟眾人同行的李順兒，卻顧不得大傢伙兒此刻心裡的齷齪想法。撥轉坐騎朝出言幫忙的女子迎了過去，滿臉驚喜的拱手。

「沒。城裡太悶，我帶著坐騎出來遛遛腿兒。順便再打點兒野味回去做了吃！」女子朝著他和氣地笑了笑，順手拋過來一隻足足有牛犢子大小的黃羊，「你先把它帶回洗乾淨醃好，我去去就來。」

說罷，也不待李順兒答應或者拒絕，雙腿輕輕一夾胯下桃花驄，前衝數步，手中三股鋼叉朝著「符昭易」遙指，「在下陶三春，乃鄭子明的未過門媳婦。本事麼，在我滄州軍中根本排不上號。你想校場上見真章不是，先衝著我來。要是連我都打不過，就乖乖回家去嫁人生孩子，別再出來胡吹大氣！」

這一下，可是半點兒退縮餘地都沒給對方留。把個「符昭易」激得柳眉倒豎，當即就提起騎槍準備上前一分高下。好在她身邊的「符昭贏」反應足夠快，先一把拉住了自家妹妹的戰馬韁繩，然後飛身跳下坐騎，抱拳長揖：「前面可是李家寨前，助夫殺賊，令幽州軍聞風喪膽的女將軍陶三春，在下符贏，舍妹符姜，是聽了將軍的英雄事跡，才特地東施效顰，混在自家兄長昭序帳下來軍前效力。今日能當面一見，真是三生有幸！」

「妳，效仿我？」陶三春煙眉緊蹙，杏眼圓睜。心中一百二十個不相信，手中的鋼叉，卻不得不先壓了下去。

「看樣子是符彥卿家的親妹子，他哥哥符昭序，幾天前曾經主動請纓，跟鄭將軍一道來冀州殺賊！」唯恐陶三春脾氣急誤事，李順兒抱著正在滴血的黃羊跟上前，用極小的聲音介紹。

「小妹，趕緊下馬，陶將軍乃真正女中豪傑，我輩楷模。妳豈能自不量力跟她過招！」不待陶三春做出更多反應，符贏又用力拉了一下韁繩，勒令自家妹妹符姜下來跟陶三春見禮。

也不知道是真的仰慕陶三春的赫赫威名，還是自知先前的行為有失妥當。原本滿臉桀驁的符姜，竟乖乖地跳下來了坐騎，帶著幾分罕見的羞澀，主動向前走了幾步，蹲身行禮，「小妹符姜，久仰陶將軍大名！」

「這，這……，嗨，掃興！」陶三春一身力氣沒地方使，將鋼叉狠狠朝地上一戳，滿臉遺憾地跳下戰馬還禮，「別客氣了，我現在只是掛了名的司倉，幫著別人管管糧草輜重什麼的，根本不是什麼將軍。以前那些殺賊的事跡，也大多數都是以訛傳訛。其實真的打起來，未必是妳的對手。不信咱們改天約上一次，就是彼此之間的切磋，與今天這事兒無關！」

「這，小妹恭敬……」符姜聞聽，頓時又心中發癢。正準備順口答應下來，不料耳畔又傳來了自家姐姐那乾脆且清醒的聲音，「陶將軍肯賜教，我們姐妹當然求之不得。但我們姐妹都沒上過戰場，恐怕兩個人聯手，都抵不上妳一隻胳膊。所以，還是不自討苦吃的為好！」

「妳，符家姐姐真會說話！」陶三春找機會約架的心思再度落了空，氣得白了符贏一眼，冷笑著誇讚。

「真的不敢跟姐姐過招！」聽出對方話語裡的奚落之意，符贏也不生氣。大大方方向前走了幾步，指指李順兒懷裡的黃羊，笑著補充：「一箭正中左眼，直貫顱內。這準頭，這力氣，即便是養叔在世，也會挑一挑大拇指。我們姐妹倆若是見了如此射藝，還自不量力的話。那就不是想要跟將軍切磋，而是自己找打了！」

「噗哧！」陶三春聽他說得有趣，立刻笑出了聲音。剎那間，宛若一樹野花盛開，讓天空中的夕陽都頓失顏色。

那符家小妹見了，眼神卻忽然一黯。上前扯了扯自己姐姐衣袖，低聲道：「咱們出來這麼久，大哥想必等急了。先回去吧，賠禮的話改天再說。」

「唉，妳這脾氣，知道人外有人了吧！」符贏憐愛的地嘆了口氣，低聲數落。隨即，又大大方方朝陶三春行了個禮，笑著說道：「舍妹剛才一時衝動，說的話有些過分了。請陶將軍和各位不要計較，且容我們姐妹先回去見了家兄，然後再登門向鄭將軍當面賠罪！」

「罷了，罷了，什麼賠罪不賠罪的。話趕話的事情，誰還會真往心裡頭去！」陶三春是個直心腸，見符贏從始至終都對自己禮敬有加，便不願再跟對方姐妹兩個過分較真兒。擺擺手，笑著跳下坐騎。

先前都坐在馬背上，倒也看不出她都多高。此刻雙腳落地，與符家姐妹相對而立，頓時就見了分曉。居然比其中較高的符姜，還高出了小半個頭。雖然是長腿細腰猿臂，不太符合世人眼裡的美女標準。但那滿臉的陽光和修長的身材搭配起來，卻自成一道風景，令所有旁觀者，眼神再度為之一亮。

只是接下來陶三春的舉止，就有些大煞風景了。只見她，三步兩步來到李順兒的身邊，先一手從對方懷裡接過了黃羊，然後另外一隻手抽出橫刀，凌空便剁。「刷，刷，刷！」三下兩下，就將黃羊分成了幾大塊，比傳說中的庖丁解牛都要流暢，從頭到尾，除了兩隻手之外，身上都沒再沾半點兒血跡。

「這，陶將軍……」高延福等人個個看得目瞪口呆。正驚詫陶三春為何要當眾行如此野蠻之舉的時候。卻見對方將剛剛切下來的黃羊背連同兩條前腿兒，用羊皮割成的繩子纏了，笑呵呵地塞到了符姜手中：「來，咱們倆算是不打不相識。這兩條黃羊腿兒和黃羊背，妳拿回去烤了吃。剛入冬的黃羊，最是合口。其他季節的味道都跟此時沒法比！」

「多，多謝陶，陶將軍。不，不必了，嘔……」符贏和符姜姐妹，在家裡雖然算不上嬌生慣養，卻也信奉「君子遠庖厨」之說。這輩子幾曾見過如此血淋淋的景象？頓時相繼彎下腰去，擺著手乾嘔連連。

「又不是人血，有啥可怕的？若是過幾天上了戰場，天上飛來飛去的，除了胳膊大腿兒就是血淋淋的肉塊，弄不好白花花的腦漿子都濺得滿身滿臉，過後無論怎麼擦，怎麼洗，那股子屍臭味道都洗不乾淨。更可怕的是屍體上生了蛆……」陶三春偷偷撇了撇嘴，故意將戰場上血肉橫飛的景象描述給符家姐妹聽。一邊說，還一邊將半邊兒淌著血的黃羊朝對方眼皮下湊。

「別，別，嘔……」符家姐倆明知道她是在蓄意報復，卻一點兒對策都沒有。只能閉上眼睛，屏住呼吸，擺著手不斷後退。

高延福等人心中暗覺痛快，乾脆躲開幾步袖手而笑，誰也不肯出面阻止陶三春繼續折騰。眼看著符家姐妹就要把五腑六臟都從嗓子眼裡吐出來，就在此時，眾人耳畔卻傳來了一聲溫柔的呵斥：「春妹子，妳又搗什麼亂？趕緊回營去，大哥有事情找妳。」

「我，我哪裡搗亂了？我是跟符家姐妹一見如故，送她們半條黃羊打牙祭！」先前還像小老虎一般張牙舞爪的陶三春，立刻變成了一隻溫順的家貓。丟下血淋淋的黃羊，雀躍著迎了上去，「子明，你怎麼在這兒？我剛才還專程出去接應你。」

「我剛剛接上了高將軍，然後順路去見了一趟鄭帥！」鄭子明溫和地揉了揉陶三春的髮梢，滿臉愛憐。「妳當是個人都跟妳一樣，連生肉都敢吃呢？要請客就烤熟了再給人家送過去，否則便是沒有誠意！」數落完了陶三春，他又迅速將目光轉向符贏和符姜，「兩位姓符？不知道跟符昭序將軍如何稱呼？在下鄭子明，替內子向二位賠禮了！」

「不敢，不敢，陶家妹子也是一番好心。」符贏連忙側開身子，斂衽相還。「在下符贏，舍妹符姜，符昭序將軍乃是我們兩個的長兄。」

「原來是將門虎女，怪不得看上去如此與眾不同！」鄭子明恍然大悟，笑著恭維。言談當中，對符氏姐妹禮敬有加。

謠傳此女在河中城破時，曾經被柴榮所救。隨後便對柴榮芳心暗許。怎奈柴榮家中當時已經有了髮妻，而符老狼的女兒，也不可能給別人做妾，因此這場姻緣才不幸落了空。

如今柴榮妻兒皆被劉承佑所害，對符贏來說，卻是一個天賜良機！她跟著自家哥哥出現在軍營當中，一點兒都不奇怪！

順著這個思路想來，符老狼如此痛快地出兵給郭威助戰，恐怕兩家聯姻，便是條件之一。只是不知道大哥柴榮那顆破碎的心臟裡頭，還能不能騰出一個地方來給新人容身？

「這鄭子明果然如同傳說中一樣花心，明明與常家的女兒有白首之約，才分開幾天功夫，就又找了一個陶家的野丫頭做妻子。」就在鄭子明心裡頭為郭、符兩家的聯姻之事暗自感慨的時候，符贏也在偷偷地對他品頭論足。「不過這樣也好，他能容得下第二個，就不會拒絕第三個。阿爺臨行之前的謀劃，實施起來倒也不會太難！」

「咳咳，咳咳，咳咳……」陶三春好像忽然傷了風，手掩住口鼻咳嗽不停。

符贏被咳嗽聲驚得微微一楞，瞬間意識到自己打量鄭子明的時間恐怕有些太長了。趕緊笑了笑，顧左右而言他，「剛才聽李將軍說，鄭將軍剛才已經跟韓家子弟交上了手？」

「也不算交手，他們追殺高將軍，一路疲憊。見到我帶著生力軍前來接應，知道討不到任何好處走，便自行退了！」鄭子明擺擺手，輕描淡寫地回應。同時偷偷後退了半步，用腳跟輕輕踩住了陶三春的靴子尖兒。

陶三春腳尖上吃痛，抬手便推。卻又怕用力過猛，讓自家丈夫在眾人面前丟了顏面。只憋得兩腮鼓鼓，兩眼溜圓，目光化作無數小刀子朝四下亂飛。

符贏將她的小女兒狀都看在眼裡，心中覺得好生有趣。笑了笑，故意又大聲誇讚道：「千軍萬馬避一騎，當年南梁名將陳慶之，也不過如此。只可惜，我們姐妹剛才未能在場。否則，符贏必親自擂鼓以狀將軍虎威。」

「符將軍盛讚，鄭某愧不敢當！」鄭子明背對著陶三春，看不到此刻的模樣。聽符贏說得客氣，連忙擺著手解釋，「今年春天時幽州軍剛吃過一場敗仗，實力和士氣都未來得及恢復。這回又是被遼國皇帝強逼著南下，更是兵無鬥志，將無戰心。遇到有便宜可占時，他們還會鼓起勇氣撈上一票。只要沒便宜可占，或者即便打贏了也會傷亡慘重，他們就要在心裡先計較一番了！」

「噢，竟有此事？」符贏聞聽，頓時顧不上再去故意捉弄陶三春。煙眉清蹙，低聲追問。

「到目前為止，還只是鄭某的一廂情願猜測。需要想辦法多方查證才能確定。」鄭子明心中正在琢磨的，便是此事，聽符贏問得認真，便如實相告。

「你暫且按兵不動，其他各部輪番出擊，可乎？」符贏這輩子，最遺憾的便是自己不是男兒身，無法像父親和哥哥那樣披甲上陣。今天忽然遇到了機會，立刻心癢難耐，向前快走幾步，大聲提議。

「需要先跟鄭帥商量。然後，還需要匯總斥候收集來的消息！」鄭子明想了想，很耐心地解釋。「目前遼國契丹各部的位置，還沒打探清楚。無法立刻就做出決斷！」

「若是以冀州城為依托，先派出小股部隊做試探性進攻呢？只要不出城太遠……」

「怕是徒勞無功！」鄭子明微微一笑，低聲給出答案，「韓匡嗣乃百戰老將，其弟韓匡美也以狡詐而聞名。即便真的不願意打硬仗，也不會輕易就暴露出來，更何況他還得做樣子給遼國的皇帝看。」

「那他若是一直虛張聲勢……」

「冀州城卡在南下的必經之路上，他繞不過去！」

「他若是揮師攻城？」

「無論虛實，都迎頭擊之。」

「若是他頓兵城下呢？」

「那再各部輪番出戰也不為遲！」

……

二人你一句，我一句，越說越快，越說越快。快到周圍的人，徹底跟不上他們的思路。直聽得一個個大眼兒瞪小眼兒，滿臉茫然。

「咳咳咳，咳咳咳咳咳……」陶三春又給憋得忍無可忍，俯在鄭子明耳畔再度大聲猛咳。

「聽子明今日之語，才明白紙上得來終是淺。」輕輕地向鄭子明行了個禮，符贏笑著道別，「改日若是有空，我們姐妹會和家兄登門求教。屆時，望子明依舊不吝指點。」

嘴上的話，說得禮貌至極，心中所想，卻是另外一番感慨：怪不得柴大哥跟他第一次相見，就義結金蘭，果然是個天生的良將之才。有他在，即便將來郭伯父駕鶴西歸，柴大哥的地位依舊安如泰山。

「符將軍客氣了，義兄和鄭某必煮茶以待。」鄭子明也同樣客客氣氣地，跟符嬴道別。心中同時為自家義兄柴榮，悄悄道了聲恭喜。

能娶此女為妻，柴大哥的後半生，想必也不會寂寞了。無論是出征在外，還是居中運籌，總有一個可心的人幫著出謀劃策，解難排憂！

接下來數日，符家兄妹三個果然打著探討軍情的名義，頻頻造訪，而鄭子明也非常默契地把柴榮和趙匡胤兩個一起拉了進來。雙方趁著遼國契丹主力沒有殺到之前，積極謀劃，果斷嘗試，把原本戰鬥力和士氣都不高的幽州軍，愈發折騰得羸弱不堪。

比反覆折騰幽州軍更令鄭子明倍感愉悅的是，柴榮與符嬴兩人，彼此相處得也日漸融洽。前者妻兒都被昏君所害，正需要有一個聰明溫婉的女子，小心地替他來療治心臟上的傷口。而後者，正因為曾經有過一次失望的婚姻，才知道什麼樣的男人更值得珍惜。

疑似前朝皇子的身份，不再成為拖累。曾經懸在頭頂上那把刀，也隨著劉漢王朝瀕臨崩潰而消失得無影無踪。家中三位夫人，常婉瑩、陶三春和呼延雲，也開始儘量和睦相處。知交好友逐漸從失去家人的陰影中走出，隨時能抱得美人歸。雖然冀州城外畫角聲不斷傳來，可這段日子，對鄭子明來說，卻是失憶以來最難得的輕鬆。

除了即將爆發的惡戰之外，唯一美中不足之處，恐怕就是符家小妹那挑剔的目光了。最開始，鄭子明還以為是自己無意間哪句話說得太過分，不小心招惹了對方，令此女千方百計試圖報復。然而隨著時間推移，他卻愕然發現，情況好像跟自己的推測不太一樣。

符姜處處給自己挑刺，不是在報復，而是另外一種情況。就像當初做山賊時寧叔喬裝打扮帶著自己去給山寨購買物資，在成交之前，無論如何都要挑揀一番，以便從貨主手裡拿到一個更好的折扣。

符家想跟我做交易？還是她自己要跟我做交易？經歷了那麼多事情，鄭子明早已不再像當初那樣單純無邪。但對於符家和符姜可能要做的事情，他卻依舊打心眼裡感到抗拒。

首先，在當初那段朝不保夕的日子裡，符家也曾經是追殺他的主謀之一。雖然他可以儘量不去懷恨，卻無法徹底忘記符家對自己的傷害和羞辱。

其次，以眼下滄州軍的實力和規模，跟符家軍根本不在同一等級。雙方貿然結盟，弱小一方肯定會被吞得屍骨不剩。

再次，就是對符家小妹的感覺了。的確，此女跟她姐姐符贏一樣聰明，美麗則更在其姐之上。但是每次與此人接觸，鄭子明都有一種芒刺在背的感覺。彷彿自己是一頭被洗乾淨了端上砧板的活魚，對方正手提尖刀琢磨著先從哪裡分割一般。

「那個符二，絕對是個惡婆娘，誰要是倒楣娶了她，肯定會被攪得家宅不寧！」陶三春雖然心無塵雜，時間稍微久了，卻也隱約感覺到好像哪裡不太對勁兒。找了個跟自家未婚夫君獨處的機會，繞著彎子試探。

「符老狼還未將她許人，你別那麼咒她。」鄭子明頓時感覺到心中一陣陣發虛，搖了搖頭，笑著叮囑。

陶三春聞聽，心中頓時愈發覺得警醒，撇了撇嘴，繼續補充道：「我哪裡是在咒她？你看她，眉毛細得就像根草棍兒一般，嘴唇兒又薄得像兩片樹葉。再加上那比狐狸還尖的下巴，還有細長細長的脖子，活脫一副討債鬼……」

「行了，行了，就這點兒缺點，都被妳給挑出來了。再繼續挑下去，小心自己長針眼兒！」鄭子明沒有勇氣睜著眼睛胡亂附和，笑著擺手打斷。

「難道這些都不是缺陷嗎？還是你覺得她就是順眼？」陶三春像護食的小貓一樣瞪圓了眼睛，亮出滿口細細的白牙。

「這個，順眼倒是不至於，但也沒妳說得那麼誇張吧！」鄭子明又心虛地笑了笑，側開頭，堅決不與陶三春的目光交匯。

「那你說，她到底哪裡好看？」陶三春卻不想就此罷休，向前湊一步，扯著他的胳膊，探著頭刨根究柢。

「這個，我還沒來得及看！」鄭子明掙了一下沒有掙脫，紅著臉回應。然而，當看到陶三春那患得患失的眼神，頓時忽然心頭湧起一陣明悟，「行了，她好不好看，都不關我的事情，我也不會娶她。妳別故意針對她，符贏將來肯定會嫁給柴大哥。咱們不看僧面也得看佛面！」

「我哪裡針對她了，是她不請自來好不好！」陶三春終於得到了自己想要的承諾，笑了笑，搖著頭撇嘴。「柴大哥也是，全天下那麼多女人，偏偏要娶一個姓符的。」

「符贏還好吧，性子不錯，人也聰明，還熟讀兵書戰策。」知道陶三春是「恨屋及烏」，鄭子明抬手輕輕撓了撓她的頭髮，笑著開解，「況且柴大哥也不能自己做主，郭令公想要順利拿下汴梁，就少不得符老狼的支持。」

這句話，可是正落在了點子上。無論符贏性情長相如何，惡毒或是善良，美麗或者平庸。柴榮都沒有辦法拒絕接納她過門。這樁婚姻，從一開始就是符家和郭家之間的交易。只是當事的雙方，都在努力讓最終結果，變得看起來稍微美滿一些罷了。

想到近日來大哥柴榮和符贏二人之間那副情投意合模樣，鄭子明在替雙方慶幸之餘，心中隱隱又湧起了許多不安。

如果柴榮其實一點兒都不喜歡符贏，只是為了家族的利益，才不得不跟此女虛應故事的話，那他的下半輩子，豈不是一直要形單影隻？如果柴榮對他自己根本不喜歡的女子，都能裝出一副情意綿綿模樣，那他對待其餘任何人的感情，還能有多少為真實？

用力搖搖頭，他努力讓自己不要胡亂猜測。然而，心中困惑卻像六月天的烏雲般，只要飄過來一絲，就會越聚越多，越聚越濃，直到變成一場狂風暴雨。

「呼啦啦——」一陣寒風從窗戶縫隙中吹了進來，將桌案上的紙張吹得滿地都是。鄭子明激靈靈打了個冷戰，快速俯下身去撿拾。「一頁，兩頁，三頁……」忙忙碌碌，就像自己剛剛在瓦崗寨白馬寺中醒來時一樣小心。

門從外邊被人用力推開，一股更大的冷風吹了進來，將尚未來得及撿起的紙張，吹得如雪片般四下亂飛。

「誰……」鄭子明有些惱怒的扭頭，恰恰看到柴榮那方正乾淨的面孔，「大哥，你怎麼來了？」

「我得到了遼國契丹軍的消息！」柴榮俯身下去，一邊幫他收拾紛飛的紙張，一邊快速回應，「已經到了離城四十里外的老虎嶺，今天上午剛剛扎下的營盤。弟妹，妳不用回避，元朗、高懷德和符氏兄妹馬上也會過來。咱們幾個一起商量如何打契丹人一個措手不及。」

還是原來那個柴榮，一上來就直奔正題，從不拖泥帶水，也不裝腔作勢。頓時，鄭子明心中就湧起了幾分愧疚，同時覺得自己的血液暖和了許多，笑了笑，低聲提議，「乾脆咱們一起去鄭帥那邊吧，要商量，也應該當著他老人家的面兒，雖然他從來不會干涉咱們如何行事。」

「我已經讓斥候去找鄭帥彙報敵情，但是他接下來肯定會找咱們幾個一起問計。所以，不如咱們先商量出一個可行方案來，然後再去請他老人家過目！」柴榮輕輕擺了擺手，笑著補充。

此番北上抵禦遼寇，之所以讓鄭仁誨領兵，是因為郭威擔心鄭子明威望不足以服眾。但事實上，鄭仁誨在大多數時間，都把具體決策權交給了柴榮、趙匡胤和鄭子明三個，由著兄弟三人放手施為。所以，當新的軍情出現之時，柴榮習慣性地先找自家兄弟商量，而不是去請示德高望重的鄭世伯。

「那也好，容我把桌案收拾一下，把輿圖和米籌準備出來！」鄭子明知道柴榮說的是實情，也不是拖泥帶水之人，乾脆俐落地點頭。

「我跟你一起！」柴榮乾脆地挽起衣袖，主動上前幫忙。

先前心中的種種困惑與懷疑，迅速煙消雲散。鄭子明笑了笑，默契地和柴榮兩個鋪開木盤，參照輿圖和斥候實際探索，用粟米堆積山川地形。

不多時，趙匡胤和高懷德聯袂而至，也熟練地打起了下手。很快，一個簡陋卻非常直觀的戰場模擬地圖，就呈現在了眾人面前。

恰恰符昭序也帶著兩個妹妹趕到，二話不說也加入了隊伍。根據柴榮手裡的最新情報，將一面面代表敵我雙方具體兵馬的小旗，行雲流水般插在了地圖的相應位置上。

「來的是契丹軍副帥蕭天賜，麾下兵馬大概有一萬兩千上下，其中四千為最精銳的皮室軍。」柴榮親手將一支純黑色的小旗子插在了代表老虎嶺的米堆兒上，鄭重做最後補充。

與其他各路亦盜亦民的遼國兵馬不同。皮室軍，乃是遼國開國皇帝耶律阿保機親自創立的常備精銳。平素不事任何生產和放牧活動，一心接受各種戰鬥技能訓練。因此，這支兵馬雖然始終人數不多，戰鬥力卻遠超其他同行。特別是當皮室軍騎在馬背上展開衝鋒之時，其威力，簡直可用江河決口四個字來形容。當世同等規模的任何一支軍隊，都很難擋其鋒纓。

作為將門之子，高懷德、符昭序和趙匡胤三人，也曾經從各自的長輩口中，聽說過契丹皮室軍的威名。見柴榮說得鄭重，也跟著板起臉來，低聲感慨：「怪不得從昨天開始，幽州軍的表現比先前強出了許多，原來是來了撐腰的。」

「四千皮室軍，不足以決定戰鬥勝負，但其對遼軍的士氣鼓舞，卻不可小瞧！」

「想要擋住皮室軍傾力一擊，恐怕只有子明親手訓練出來的滄州軍才行。可那樣的話，最好結果恐怕也是玉石俱焚。」

「那就不跟他們野戰好了。我就不信，皮室軍還能騎著戰馬直接衝上城牆！」陶三春立刻將話頭接了過去，大聲提議。

別人可以不計較滄州軍的犧牲，她卻不能。滄州軍的骨幹力量，便是當初的李家寨和陶家莊鄉勇。其中好些人，還是她的左鄰右舍，從小就跟在身後的玩伴兒。無論其中任何一個犧牲，都會讓她覺得愧對父老鄉親。

「皮室軍從不親自攻城，但有皮室軍督戰，幽州軍就沒了退路，只能前仆後繼！」符姜的聲音，緊跟著響起。冷冰冰的，就像被隔在簾外的北風。

陶三春的眉頭迅速跳了跳，本能地就像出言辯駁，然而話才到了嗓子眼兒，耳畔卻又傳來了符昭序那頗為敦厚的聲音，「幽州，幽州軍此番，此番肯定跟契丹軍懷的不是一樣的心思咱們，咱們前些日子已經驗證得非常清楚了。但蕭天賜帶著皮室軍一來，韓匡嗣老賊就沒有膽子再消極應付。即便為了給契丹狗皇帝一個交代，也會狠狠瘋上一回。」

「真正強行攻城，也不可怕。咱們糧草箭矢充足，守上半年都沒問題。怕的是，契丹人利用騎兵繞路攻擊咱們身後。」趙匡胤從敵軍角度，迅速提出了另外一種可能，「以皮室軍監督幽州軍，把咱們逼得無法出城。然後其餘八千契丹兵馬，直撲鄴都。郭樞密剛剛抵達汴梁城下，此刻最怕軍心動盪……」

「絕不能讓契丹一兵一卒繞向鄴都！」不待他說完，柴榮就斬釘截鐵般打斷。「否則，咱們無論守多久，都沒任何意義。」

郭威帶領的復仇大軍，即將與劉承佑的死黨和爪牙們展開最後的決戰。這種時候，任何不利因素，都可能干擾戰爭的結果與進程。所以，冀州是第一，同時也是最後一道防線。出現絲毫疏漏，都會令所有人抱憾終身。

沒等大傢伙表示同意或者反對，軍帳內，卻又響起了符贏的聲音，「蕭天賜已經來了，耶律察割在哪？如果只是看守退路的話，應該用不到留下八千騎兵！」

刷，所有的臉色，登時大變。齊齊將目光轉向冀州背後。此番南侵的主帥耶律察割，可不是個初出茅廬的雛兒。大夥都能看得到的空虛之處，他不可能視而不見。

萬一幽州軍和皮室軍，都是他故意留下的障眼法。而此時此刻，他已經悄悄帶著其餘八千契丹鐵騎撲向了鄴都……

靜，屋子裡死一般的安靜。外邊的寒風卻吹得愈發暴烈，呼呼呼，呼呼呼，沒完沒了，一刻也不消停。

就在大傢伙感到即將窒息之際，先前一直沒有說話的鄭子明，卻緩緩從輿圖上抬起了頭，「大夥與其在這裡瞎猜耶律察割的去向，不如先解決掉眼前的麻煩。蕭天賜駐紮在老虎嶺，韓匡嗣的大營就駐扎在冀州城外。他們彼此之間，相距了足足有四十里……。」

「如果，如果耶律察割已經繞路撲向了鄴都。咱們，咱們即便打敗了蕭天賜，又，又有何用？」無法容忍他的思路如此與大傢伙不合拍，符昭序第一個站了出來，低聲質問。

「子明，現在最關鍵，是迅速向鄴都示警。然後帶著精銳星夜回援！」高懷德也無法理解鄭子明的遲鈍，瞪圓了眼睛沉聲提醒。

「子明你的意思是，先解決掉蕭天賜？」這一回，堅決站在鄭子明一邊的，卻是符贏。只見她用纖細修長的手指，捏住了代表皮室軍的黑旗，緩緩追問，「那你如何保證韓匡嗣不捨命馳援？又如何保證，能讓耶律察割和另外那八千契丹兵無所遁形？

「我不能保證！」鄭子明詫異地看了她一眼，輕輕搖頭。「但咱們可以先用一支兵馬，拖住韓匡嗣。至於耶律察割，如果放棄後路不顧，揮師直撲鄴都，的確可以起到圍魏救趙的效果。可那樣做的代價卻是，他和他所部八千騎兵，勢必全軍覆沒。我不認為，他會把劉承佑的死活，看得比自己的性命還要重要。」

「肯定不會，除非他是劉承佑的親娘老子！」符昭序猛地朝桌案上擂了一拳，將米盤上代表敵軍各部的旗幟，震得東倒西歪。

這時候，卻沒人顧得上再去指責他的「魯莽」。柴榮、趙匡胤、高懷德還有符贏、陶三春等女將，一個個都同樣興奮莫名。

遼軍南下，圖的是趁火打劫。並沒有不惜任何代價拯救劉漢朝廷的義務，亦沒做好趁勢入主中原的準備。否則，領軍出征的就該是遼國皇帝耶律阮本人，而不是泰寧王耶律察割。

「從最近幾天的試探結果上推斷，幽州軍士氣很差，也沒有跟咱們拚命的打算！」柴榮笑著開口，努力替鄭子明將計畫解釋並補充完整，「如果咱們傍晚突然派遣一支大軍去騷擾，韓匡嗣十有八九會堅守不出。然後，其餘各路兵馬就從西門出城，繞路潛往老虎嶺。趕在天明前最黑的時候，給蕭天賜致命一擊。」

「我，子明和高懷德去偷襲蕭天賜，大哥你來看住韓匡嗣！」趙匡胤的反應也不慢，揮舞著拳頭補充。「皮室軍擅長野戰，咱們偏偏不給他上馬列隊機會。」

「沒問題，大不了我多點一些火把，然後把輔兵也都拉出去！」柴榮從不跟自家兄弟爭鋒，笑了笑，用力點頭。

「家兄也跟柴將軍一起去，守城和接應的事情，交給鄭帥、我和陶家妹子！」符贏輕輕看了他一眼，笑著替自家哥哥安排了一件相對簡單的差事。

符昭序聞聽，本能地就想拒絕。比起在幽州軍的大營附近裝神弄鬼，他更願意跟這鄭子明、趙匡胤和高懷德三員猛將一道去夜踏連營。然而，話還沒等到達嘴邊兒上，腳趾頭處，卻傳來了一陣刺痛。趕緊向後退了半步，大聲說道：「不怕一萬就怕萬一。咱們對幽州軍，也不能掉以輕心。」

「那就一起去找鄭帥！」柴榮原本也沒將他的戰鬥力考慮在內，笑了笑，大聲提議。

眾人答應一聲，拔腿就走。不多時，就抵達了主帥鄭仁誨的臨時行轅。後者原本就不是個貪戀權勢的人，臨出發之前，又曾經得到郭威的暗中叮囑，充分年輕人們展露才華的機會。於是乎，連猶豫都沒猶豫，就把大傢伙兒預先商量好的對敵策略盡數接納。

鄭子明所部的四千滄州軍，只有一千出頭為騎兵。高懷德、符昭序、趙匡胤和柴榮的嫡系裡，騎兵數量卻超過了總數的一半。幾家精挑細選，先選拔出了一萬馬上精銳。然後把剩下的所有弟兄，無論戰兵和輔兵，按人頭數一分為二。半數交給了柴榮和符昭序兩個，負責去幽州軍的營門前虛張聲勢，最後那一半兒，則由主帥鄭仁誨親自統帥，留守冀州，隨時準備為前兩路兵馬提供接應。

時間在忙碌中過得飛快，給人感覺只是一眨眼功夫，夕陽便已經落到了山下。柴榮和符昭序二人先帶領疑兵出了北門，大張旗鼓地朝著幽州軍的營地撲了過去。隨即，鄭子明、趙匡胤和高懷德三個，帶領精挑細選出來的騎兵，悄無聲息地出了東門，像獵食的猛獸般撲向了今晚的真正目標。

每一匹戰馬的蹄子上，都包裹著羊毛和麻布。每一名將士的嘴裡，都含著木製的銜枚。人和馬以每行五里便停下來歇息一次的節奏，穩定而迅速地朝老虎嶺靠近。如水月光從天空中傾瀉下來，照亮每一張凝重而又乾淨的面孔。

五里，五里，又五里……。已經沒有半點兒綠色的大地，轉眼被隊伍就拋在身後。有一股熟悉的興奮感，卻伴著馬蹄的奔行節奏，悄然湧上了鄭子明的心頭。一如當初他在澤州，與韓重贇、楊光義等人初次帶領騎兵去偷襲山賊，渾身上下，每一根血管內，都充滿了對勝利的渴望。

今天，跟他並肩而戰的，不再是韓重贇和楊光義。但那種感覺，卻絲毫沒有改變。鄭子明悄悄地側轉頭張望，恰恰看到趙匡胤那像火一樣燃燒著的眼神。再將目光轉向另外一側，高懷德的面孔也迅速在黑暗中變得清晰，雙眼被月光照得閃閃發亮。

「保持速度，積蓄體力。不急，冬天夜長，天會亮得很晚！」下一個瞬間，少年人在心中默默地叮囑自己，同時盡可能地將身體放鬆，盡可能地讓胯下戰馬將奔跑的節奏變得更加均勻。

他身後的滄州軍訓練有素，很快就跟自家主帥的步調保持了一致。雖然只有區區一千人，卻在極短時間之內，就將影響擴散到了全軍。

一萬將士，也跟著調整了節奏，與滄州軍結伴悄然而行，就像烏雲在大地上投下的一團陰影。隨著月光的變化而變化，移動而移動，直到遠處的土坡之上，忽然出現了一片軍營的輪廓。

「點火，準備火箭！」鄭子明迅速從馬鞍下取出一把角弓，將前部包裹了硫磺和油球的火箭，搭在了弓臂上。

「啪，啪啪，啪啪！」身邊親兵立刻打燃了火摺子，點著染滿了牛油的火炬。然後以最快速度，遞到了自家主帥的胸前。

鄭子明將火箭的前端朝火炬上一探，隨即左手將弓臂斜向上呈三十度角揚起，右手鬆開了剛剛拉滿的弓弦。

「呼！」一顆碩大的流星刺破夜幕，直奔遠處的軍營。緊跟著，是百顆、千顆。剎那間，四下裡的山丘被火光照亮，枯樹、亂石、雜草，都變得無比清晰。整個世界都從昏睡中被驚醒，號角聲，呼喊聲，還有動物受驚所發出的悲鳴，剎那間響成了一片。

「吹角！」鄭子明丟下騎弓，穩穩地端平的長槍。人和馬驟然加速，在火光的照耀下，宛若神明從天而降。

「嗚——嗚——」畫角聲，宛若龍吟，瞬間蓋住了所有嘈雜。滄州軍、護聖軍、符家軍……，所有中原精銳們驟然加速，宛若海潮般拍進了敵軍大營。

契丹皮室軍野戰堪稱天下至銳，然而他們的立營本事，用行家眼光來看，卻連中原地區的土匪流寇都不如。

沒有防禦戰馬高速靠近的鹿寨，沒有防止敵軍趁夜襲擊的壕溝，甚至連保護營地的木柵欄，都豎得東倒西歪，並且平均只有三尺高，根本攔不住馬蹄奮力一躍。

「殺！」鄭子明大喝一聲，連人帶馬同時從柵欄上飛過。手中騎槍借著慣性，狠狠撞上了一名正在努力組織抵抗的契丹將領胸口。

巨大的反衝力，令騎槍的槍桿瞬間彎曲如弓，鄭子明的身體也被推著微微向後滑動。然而，馬鞍、馬鐙和馬身上的一整套束具，卻盡可能地保護了他的身體，令他不會被這股力量推下馬背。下一個瞬間，槍桿自然彈直，將已經氣絕的契丹將領挑上了半空。

「轟！」「轟！」「轟！」……數十匹個頭不算高大的室韋馬，緊跟在鄭子明的身後躍過柵欄。馬背上的將士平端騎槍，槍鋒在火光中排成一排整齊的狼牙。擋在狼牙前路上的契丹武士，像盛夏過後的麥子一樣，被狼牙一排排割倒。碩大的馬蹄從屍體上踏過去，濺起漫天紅泥。

「親衛營整隊，整隊向節度使靠攏！」周信用單手擎住兵器，左右挑刺。另外一隻手則迅速從馬鞍下抽出一杆槍旗，高高地舉過了頭頂。夜風呼啦啦掃過旗面，將一個笆斗大的「鄭」字，送進每一雙寫滿狂熱的眼睛。一排接一排滄州健兒策馬躍過柵欄，在槍旗的指引下，聚攏、列陣，重新組建成一堵移動的鋼鐵叢林。

「左一營整隊，左一營向節度使靠攏！」軍司馬潘美的身影緊跟著出現在另外一波剛剛飛躍過柵欄的騎兵當中，雙手奮力揮舞槍旗。

更多的健兒平端著長槍，按照平素訓練時做過不下一萬遍的動作，在他身後彙聚成陣。然後又默契地跟其他自家袍澤的隊伍銜接成一處，潮水般向敵營深處平推。

「右一營整隊，右一營向節度使……」

「左二營整隊……」

「右二營……」

陶大春、陶勇、李順兒等人，相繼帶著各自麾下的騎兵跳過柵欄，迅速組成「潮水」的第二波。比第一波騎兵的覆蓋面兒更寬，比第一波騎兵將隊伍排得更密。

當兩波「潮水」先後從一排排帳篷上「漫過」，所經之處，再無任何活物。只有滿地的碎肉殘肢。

「轟轟，轟轟，轟轟……」一個指揮的高家軍精銳，也衝入了契丹軍的大營。在距離滄州軍右側後方三十丈外，快速整隊。他們彼此之間的配合，遠不如滄州軍嫻熟。但是他們對於如何打擊敵軍，卻另外有一番絕招。

只見第一批躍過柵欄的健兒們，猛地向身後拋出了數個拴著繩索的鐵爪，同時果斷用雙腳磕打馬鐙。飛奔的坐騎，立刻就將繩索拉了個筆直。當一道道繩索先後繃緊，原本就不甚牢固的柵欄，立刻被鐵爪拉得騰空而起。

足足有二十丈寬的缺口，出現在了跟上來的高家軍精銳面前，令他們根本不用再考慮柵欄的阻礙，只管繼續策馬猛衝。

「轟隆隆，轟隆隆，轟隆隆……」趙匡胤所部護聖軍，動作稍慢，但聲勢卻最為浩大。除了頭前負責開路的兩排騎兵之外，從第三排起，每個人手裡，都拎著一根沾滿了油脂的火把。沿途遇到敵軍的帳篷，無論裡邊是否還有活人，全都挨個點燃。遇到慌亂中四下逃竄的契丹兵將，則直接用火把朝頭頂上招呼，一根接著一根，直到目標變成一個慘叫著滿地打滾兒的「火炬」。

沒有人跳出來指責護聖軍殘忍，事實上，契丹武士對待自己的敵人，比這還要殘忍十倍。他們習慣像狼群捕獵一樣，慢慢地追逐著對手，直到把對手追得筋疲力盡，徹底喪失抵抗的信心和掙扎的勇氣，才會嘻嘻哈哈地衝上去，用刀鋒施以「最後的憐憫」。他們做夢都沒想到，在某一個冬夜，狼群和獵物的位置忽然顛倒了過來，自己也會體驗到同樣的痛苦和絕望。

「迎戰，起來迎戰！」

「擋住他們，否則所有人都得死！」

「死戰，死戰，青牛和白馬的子孫……」

也不是所有武士在睡夢中被驚醒之後，就立刻陷入了慌亂。一些寢帳距離柵欄稍遠的皮室軍都頭、百人將和指揮們，發覺事態不妙，本能地就想就地組織抵抗，為自家主帥蕭天賜爭取迎戰時間。然而，在已經揚起了速度的馬隊面前，此種舉動，卻無異於自尋死路！

倉促之間根本來不及結陣而戰的步卒，怎麼可能擋得住如牆而進的鐵騎？幾乎是在雙方剛剛發生接觸的剎那，就被騎槍撞翻在地。緊跟著，數以百計的馬蹄從武士們的身體上踩過去，將他們直接踩成了一團團肉泥。

「啊——」數名膽子稍小，沒有聽從命令去阻攔戰馬的契丹老兵，慘叫著四散奔逃。憑藉多年的征戰經驗，他們努力讓自己避開馬隊的前進方向。努力不朝著軍營最核心處，而是朝著左右兩側狂奔。然而，沒等他們跑出多遠，另外兩支騎兵已經跟了上來，將他們刺翻、撞倒，然後用馬蹄送上西天。

「啊——」「呀——」「娘咧——」「耶耶——」絕望的慘叫聲，伴著激越的畫角聲和沉悶的馬蹄聲，連綿成片。更多的契丹將士從睡夢中被驚醒；更多的契丹將士連兵器都沒來得及抓到手裡，就連人帶帳篷一道被踩成了平板；更多的契丹將士，空著手從寢帳裡逃出來，試圖逃離生天；更多的契丹將士，被中原健兒從身後追上，刺死，用馬蹄踩得筋斷骨折。

「饒命——！」一批無路可逃的契丹武士，忽然跪在了地上，高舉起空空的雙手。他們不是皮室軍，他們平素除了劫掠之外，主要以游牧為生。如果他們死了，他們的妻子就得改嫁，孩子就得給同族的長老做牛做馬。他們不能死，他們希望自己等得到對手的寬宥。

「殺，一個不留！」趙匡胤果斷地舉起熟銅大棍，將一名求饒者的腦袋砸了個稀爛。「會說漢話者，絕不饒恕！」

「殺！」跟上來的護聖軍精銳齊聲答應，槍鋒下壓，直奔求饒者的脊梁骨。

尋常契丹兵卒能說漢語，絕非因為仰慕漢家文化。他們此刻之所以能喊出「饒命」兩個字，是因為他們以前聽得實在太多。

他們聽得次數越多，先前所犯下的罪孽就越深重。當報應來臨時，他們必須接受命運的審判。只有復仇，絕無赦免。

「殺！」高懷德咆哮著，催動坐騎，朝著敵營深處快速推進。

五百名跟上來的精銳，以他為鋒，組成了一個銳利的三角型軍陣。所過之處，敵營像乳酪一樣被切開，破碎的帳篷和紅色的肉塊，灑得到處都是。

另外幾個營的高家軍騎兵，同樣在疾馳中，保持著銳利的三角形陣列。手中的騎槍就像猛獸的牙齒，借著戰馬衝刺的速度，朝一簇簇驚慌失措的敵軍身上咬去。每一次碰撞，都挑起數以十計的屍骸。

火光照亮了半邊天，整個營地的契丹人，都從睡夢中被驚醒。像一群群沒頭蒼蠅般，四下亂竄。任各地將佐如何鼓舞，威脅，逼迫，都不願停下來，整軍迎戰。

騎兵，只有騎在戰馬之上，才能發揮出一身本事。而宿營之時，戰馬卻絕不會就拴在寢帳旁邊。來不及去給戰馬套上鞍子和束具的契丹騎兵，能發揮出來的戰鬥力，還不及在馬背上的三分之一，更何況此刻他們當中的大多數，還都是兩手空空。

「吹角，給趙將軍發命令，讓他向後營迂迴，驅散所有馬匹！」鄭子明迅速朝四下望了一眼，根據實際情況果斷做出調整。

「嗚嗚嗚嗚嗚，嗚嗚嗚，嗚嗚嗚，嗚嗚嗚……」連綿的畫角聲，緊跟著就在他身邊響起。將他的命令清楚地傳遍整個大營。

「弟兄們跟我來！」趙匡胤從敵將的屍體上，收回熟銅大棍，輕輕撥偏馬頭，同時高高地舉起左臂。

「跟上將軍！」「跟上將軍！」「跟上將軍的認旗！」親兵們大聲叫嚷著，將數面認旗同時舉上了半空，替護聖軍中的所有弟兄指明方向。

正在敵營中朝正前方衝殺的護聖軍將士，迅速做出調整。互相提醒著，將馬頭輕輕拉偏，將奔行的軌跡由直線變成弧線。貼著敵營最核心區域的邊緣，繞向通常用來安置牲口的側營。無論遇到任何阻攔和誘惑，都疾衝而過，絕不做絲毫耽擱。

「給高將軍傳令，讓他繼續向前穿插，直搗中軍。」鄭子明將目光從趙匡胤的背影上收回，迅速轉向了高懷德可能正在戰鬥的位置，大聲補充。

跟上來的周信楞了楞，卻沒有說出任何勸阻的話。任由親兵們，將這一道命令也化作了角聲。

「嗚嗚嗚，嗚嗚嗚，嗚嗚嗚……」角聲宛若龍吟，轉眼傳遍整個戰場。正在帶領隊伍向前推進的高懷德也明顯地楞了一下，旋即，果斷地將長槍舉過了頭頂。「弟兄們，不要戀戰，跟我去殺蕭天賜。鄭將軍看著咱們呢！」

「不要戀戰，殺蕭天賜！」

「不要戀戰，殺蕭天賜！」

……

高延福等人，扯開嗓子，將自家將軍的命令，一遍遍重複。唯恐身後的弟兄們聞聽不見。

敵軍至今未能組織起有效的抵抗，今晚的勝利，幾乎已經是板上釘釘。接下來事情，就是如何撈取更大的戰功了。很顯然，殺死或者生擒敵軍主帥的功勞，遠遠超過其他任何斬獲。

「不要戀戰，殺蕭天賜！」高家軍的兵卒們吶喊著，快速跟上。整個隊伍化作一把巨大的尖刀，朝敵營最核心處捅將過去。

鄭子明把立功的最好機會給了高家軍，高家軍不能自己打自己的臉。殺，最最快速殺，殺出一條血路，殺到蕭天賜面前。讓這個張狂自大的老東西，從此再也沒有機會來中原為非作歹。讓那些眼高於頂的皮室軍，知道什麼叫做人外有人，天外有天！

尚未被組織起來的契丹將士，哪裡禁受得起如此重擊？就像野草般，被尖刀割得東倒西歪。一條完全以血肉鋪就的紅色通道，沿著尖刀推進方向迅速呈現，越往後越寬，越往後越寬，彷彿要將腳下的大地，撕做彼此毫無關聯的兩瓣。

「告訴所有弟兄們，跟著我，咱們切斜角，壓垮他們！」鄭子明又深深吸了口氣，吼出了今晚的最後一道命令。

「嗚嗚嗚，嗚嗚嗚，嗚嗚嗚，嗚嗚嗚……」高亢的號角聲在他身後響起，點燃他身側與身後所有弟兄胸中的烈火。

原本向前穩步平推的隊伍，在移動中緩緩改變方向。由直轉斜，朝著敵營左下方切了過去。無論遇到任何阻擋，都直接碾成齏粉。

「啊啊啊啊，啊啊啊啊，啊啊啊……」一名剛剛套上鎧甲的契丹百人將，憤怒地衝了上來，朝著鄭子明所在方向用力揮舞鐵鐗。他身後，還有大約三十多名同樣勇敢的契丹人，每個人都一邊跑，一邊用力揮舞兵器，彷彿一群被激怒了的野狼。

然而，密集如林的騎槍前，他們的行為顯得無比荒唐可笑。可憐的百人將連跟鄭子明交手的機會都沒撈到，就被側面刺過來的一桿騎槍給挑上了半空。其他三十多名契丹人或者被單獨一桿騎槍刺中，或者被多桿騎槍同時招呼，轉眼間，被屠戮殆盡。從頭到尾，都未能損害中原健兒一分一毫。

「保持隊形，左右之間不要超過一隻胳膊，前後之間必須超過了三個馬身。」滄州軍的隊伍中，幾個指揮使齊聲提醒。隨即，隊伍中的都頭、什將們，也扯開了嗓子大聲重複。

這都是他們平素訓練做了無數遍的事情，每個人都清楚自己的職責所在，每個人都做得駕輕就熟。

「跟上，跟上，不知道怎麼做就看你旁邊的滄州軍！」出發前由其他隊伍調整而來的騎兵們，也小聲叫嚷著，盡可能地與臨近的滄州將士保持一致。

這對他們來說並不容易，然而滄州軍的赫赫威名和輝煌戰績，卻讓他們不敢對命令提出任何質疑或者做出絲毫地猶豫。在戰場上，追隨那些經常創造奇蹟的人，生存的保障才更大，建功立業的可能性才更高。大夥兒都是老行伍了，有些道理根本不需要人教。

原本已經非常齊整的軍陣，在移動中變得愈發齊整。千餘名原本來自滄州的將士為核心，兩千餘名從其他友鄰部隊臨時抽調而來的騎兵為助臂，所有人組成了一道千尺餘寬，十多丈厚的長槍叢林，朝著既定方向如牆而進。

一夥剛剛從高家軍的槍下逃得生天的契丹將士，正亂哄哄地擠在營地的左側喘粗氣。忽然間看到一道移動的槍林朝著自己碾來，頓時嚇得魂飛天外。近一大半兒人楞在了原地，既沒用勇氣抵抗，又沒有勇氣逃走，只能扯開嗓子大聲慘叫：「啊——」

「啊——」另外一小半兒契丹將士，撒開腿兒，順著與馬蹄前進的方向，捨命狂奔。

無論是楞在原地者，還是倉皇逃命者，都無法躲開如林的槍鋒和冰雹一樣落下的馬蹄。剎那過後，這夥契丹將士集體消失不見。他曾經站立的位置附近，只留下了一灘灘暗紅色的軟泥。

「求特克，求特克……」一夥剛剛從營地深處逃過來的契丹將士，恰恰看到自家同伴在槍林和馬蹄下消失不見的情景，慘叫著掉頭而回。根本不去想營地深處，還有什麼樣的災難在等著他們。

魔鬼，那支騎在馬背上如牆而進的兵馬，絕對是一群魔鬼。任何世俗力量，都無法與他們為敵。今晚所有死在魔鬼手下的人，靈魂都將永遠墜入地獄，永世不得超生。

「嘎庫，嘎庫……」另外一支逃命的隊伍，從營地深處狂奔出來，與掉頭回返的契丹將士撞在了一起，剎那間，人仰馬翻。

「嘎庫，嘎庫……」「蠢貨，瘋子，你們往哪跑！」「讓開，快讓開！」叫罵聲此起彼伏，中間夾雜著清晰的漢語。剛剛從營地中央逃出來的潰兵，無法理解掉頭回逃者的行為。而那些掉頭回逃者，也沒有時間和耐心跟他們解釋自己剛剛遇到了什麼。雙方都把彼此當成了天底下最大的蠢貨，你推我搡各不相讓。

「轟隆，轟隆，轟隆隆隆！」下一個瞬間，劇烈的馬蹄聲，將瘋狂的叫罵聲徹底覆蓋。鄭子明帶領三千鐵騎貼著兩夥逃命隊伍的邊緣碾了過去，將所有擋在路上的東西，無論是生是死，盡數碾成了齏粉。

因為沒有擋在騎兵的必經之路上，大部分契丹將士，都幸運地逃過了滅頂之災。然而，眼睜睜地看著中原騎兵越走越遠，他們當中的絕大多數，卻忘記逃命。只是楞楞地站在原地，楞楞地看著不遠處那一灘灘暗紅色的軟泥，楞楞地看著四周圍越燃越烈的火堆，四肢戰慄，兩眼一片茫然。

「撒立，撒丫立……」「快跑啊，中營破了，大帥不見了！」「撒丫立，撒丫立……」又一夥逃命的隊伍，從營地深處湧了出來，見到站在風中呆呆發楞的同夥，好心地發出提醒。

呆呆發楞的人，忽然從噩夢中被驚醒。指了指距離自己不遠處那一灘灘軟泥，咧開嘴，發出一串斷斷續續的悲鳴，「啊，啊，諤諤啊啊啊……，求特克，啊啊……」

「鬼？鬼在哪？」剛逃出來的逃命者被嚇了一大跳，本能地發出質問。順著悲鳴者手指的方向，他們很快就注意到了地面上那一灘灘暗紅色的隆起。旋即也一個個兩股戰戰，冷汗瞬間淌了滿身滿臉。

「撒立，撒丫立！」也不知道過了多久，終於有人從驚愕中緩過神。尖叫著邁開雙腿，跌跌撞撞地跨過那一灘灘殷紅。

這個動作，很快就提醒了周圍的所有逃命者。他們終於不再發楞，不再繼續發呆等死。一個個相繼丟下兵器，丟下盾牌和鎧甲，丟棄任何可以表明身份或者消耗體力的東西，跑進漆黑的曠野中，此生再也不願回頭。

趨吉避凶，是人類的本能，任何民族都不能例外。當發現中原軍隊毫無抵抗之力，這些契丹武士們，當然願意追隨著他們的皇帝和族長，來一趟輕鬆的「狩獵」之旅。而他們發現獵物其實根本不像他們想得那樣孱弱如一群綿羊，而是一群漸漸長出牙齒的猛虎，他們便會遵從本能做出選擇，逃走，越遠越好，有生之年，不再前來冒險。

只是，在大多數時候，逃命也不是一件簡單的事情。那需要儘早地對局勢做出判斷，需要選擇最恰當的時機，還需要保證逃出生天之後，沒有被自己人追究處置之憂。很顯然，對於此番南侵的契丹軍副帥，北面上將軍，乙室部節度使蕭天賜來說，這些條件都不具備。

當第一聲警報聲響起，他其實就已經被驚醒。然而，光是判斷警報到底是誤發，還是真正有敵軍冒死來襲，他就浪費了足足有小半炷香時間。

從他本人一直到幾個官位很高卻沒任何實權的漢人幕僚，在第一時間內都堅信最差情況只是外圍的部族軍發生了小範圍炸營。畢竟皮室軍的赫赫威名不是吹出來的，這些年來，從未在野戰中輸給任何對手，瘋子才會主動前來找死。

此外，大軍的立營地址，跟冀州城隔著足足四十里。即便城內的中原兵馬有膽子冒死前來偷襲，也會先驚動就駐紮在城牆邊上的幽州軍。以韓氏兄弟對大遼的忠心，不可能不拚命阻攔，更不可能不立刻派人前來示警。

所以，被驚醒之後的蕭天賜，第一反應不是如何組織人手迎戰。而是在心裡暗中琢磨，該如何處置今晚誤發警訊的肇事者，如何恩威並施，讓統領部族軍的蕭密落、耶律四寶奴兩個，從此對自己俯首帖耳。

大皇帝耶律阮得位不正，又耳軟心活，多謀少斷。早晚會惹出大麻煩。作為一方節度使，契丹乙室部的大王，蕭天賜必須在災難降臨之前，替自己和部族，做好充足的準備。此番南下掠奪，只能獲取一定數量的物資。而人口和武士，才是保證部族長盛不衰的根本。

「嗚嗚嗚，嗚嗚，嗚嗚嗚……」接連不斷的警報聲，讓蕭天賜不得不暫且放棄對未來的規劃和構想。披好貂裘站起身，他準備親自去中軍帳門口看看，到底誰在沒完沒了的胡鬧。就在此時，中軍帳門卻猛地被人從外邊撞開，一個渾身是血的青年將領橫著撲了進來。

「啊……」蕭天賜先是本能地躲了一下，然後瞪圓了眼睛大聲追問：「誰，誰把你傷成了這樣？四寶奴，誰這麼大膽子？」

「大帥，迎戰，趕緊召集皮室軍迎戰啊。敵人，敵人馬上就殺到中軍來了！」北面將軍，兵馬都監耶律四寶奴向前滾了數尺，伸出血淋淋的胳膊，大聲警告，「精銳，來得全是精銳，您若是再不迎戰，就，就徹底來不及了！」

「啥，你說敵襲，敵襲是真的，不是炸營？」蕭天賜被嚇了一大跳，瞪圓了眼睛質問。「那你們為何不早點兒派人向本帥彙報軍情？」

肯定是假的，八成以上是假的耶律，四寶奴這廝最喜歡喝酒，一喝酒就胡言亂語……。內心深處，有個聲音不停地吶喊。告訴蕭天賜，不要相信對方的話。中原兵馬只敢守城，不敢野戰。更沒有勇氣面對契丹皮室軍……

然而，對方接下來的彙報，卻讓他徹底墜入了深淵。「不是，不是炸營。大帥，真的是敵軍偷襲。末將，末將真的沒有騙你。敵軍來得太快了，末將，末將連甲都沒顧上披，就，就被他們殺到了寢帳門口。末將，末將能自己逃過來報信兒，已屬萬幸。怎麼，怎麼可能有機會派人向您彙報。」

「什麼？你胡說什麼？」蕭天賜勃然大怒，彎下腰，一把將耶律四寶奴從地上給拎了起來，「怎麼可能不是炸營？漢人，漢人什麼時候變得如此大膽？」

「真的，真的不是炸營。末將，末將，末將願以人頭擔，擔保！」耶律四寶奴被自家衣領勒得幾乎無法呼吸，紫青著臉連用力擺著手。「寧可」被自家主帥蕭天賜活活勒死，也「堅決」不肯改口。

「怎麼可能！」蕭天賜手一鬆，將已經瀕臨昏厥的耶律四寶奴，像丟垃圾般丟在了地上。

他拒絕相信對方所說的話，儘管他剛才清晰地聽到了話中每一個字。作為一個曾經數次「進出」中原的大遼老將，他所熟悉的漢家軍隊，從來都不敢主動出城與皮室軍作戰。包括他所熟知的所有每一位漢家名將，杜重威、符彥卿、慕容彥超、高行周……

「大人，趕緊整軍，整軍迎敵啊！」一名姓馬的幕僚實在看不過眼，橫著衝過來，狠狠推了蕭天賜一把，紅著眼睛提醒。

「啊！整，整軍！」蕭天賜被撞了個趔趄，晃了晃，如夢初醒，「給我吹角，吹角，叫所有人都向我靠攏，向中軍靠攏！」

「嗚嗚嗚，嗚嗚，嗚嗚嗚，嗚嗚嗚……」下一個瞬間，號角聲穿雲裂帛，連綿不絕，反覆折磨人的耳朵和心臟。中軍帳裡，包括蕭天賜本人在內的所有將士和幕僚，都開始以最快速度頂盔摜甲，挑選兵器，準備跟來襲者殊死一搏。

畢竟是大遼國的皮室軍，太祖耶律阿保機一手帶出來的精銳，很快，駐紮在營地核心位置的其他契丹將士，也從最初的慌亂中清醒了過來，拎著兵器迅速向中軍帳處靠攏。

見中軍帳門口的人越聚越多，而敵軍卻好像還需要點兒時間才能殺到自己面前。契丹軍副帥，北面上將軍，乙室部節度使蕭天賜又恢復了幾分鎮定，深吸了一口氣，大聲宣布：「半夜前來偷營，恰恰證明漢軍沒膽子跟咱們正面較量。兒郎們，大傢伙兒加把勁，全殲這支膽大包天的漢軍，冀州城定然不用再費任何力氣就能拿下。拿下之後，人口財貨所有人平分，一文錢都不用上交！」

「噢噢……」中軍帳內外，歡呼聲稀稀落落，沒精打彩。

響應號角聲趕往中軍彙集，乃是出於對軍律的畏懼和對榮譽的不捨。卻不是出於狂妄無知。事實上，此刻大部分皮室軍將士，都已經失去了必勝的信心。

四下裡漆黑一片，誰也不知道來了多少敵人。而聚集在中軍帳附近的自家袍澤，滿打滿算都不會超過兩千。並且這兩千來弟兄，全都沒有戰馬，只能徒步與敵軍拚殺。這種情況下，能殺出一條血路脫離險境，已經是老天爺保佑。怎麼能將敵軍盡數全殲？

「我是說，洗城，看上什麼拿什麼，想殺哪個就殺哪個，永不封刀。」對手下人的表現非常不滿，蕭天賜又深吸了口氣，扯開嗓子強調。

「噢，噢噢，噢噢！」歡呼聲，比先前還要稀落。眾皮室軍將士拎著兵器左顧右盼，彷彿都在急著尋找逃命的正確方向一般。

「打起精神，給本帥……」蕭天賜愈發感到失望，舉起鑲嵌著寶石的彎刀，第三次鼓舞士氣。

沒等他把一句話喊完，斜刺裡，忽然又衝過來一個焦頭爛額的身影，「副帥，副帥，快走！敵將厲害，敵將馬上就殺到這裡來了！再不走，就徹底來不及了！」

「蕭密落，你休要亂我軍心！」蕭天賜勃然大怒，彎刀下落，直接按在了焦頭爛額者的脖子上。「皮室軍尚未出戰，敵將即便再勇悍……」

「副帥，馬，沒有馬啊！」北面將軍，大賀部節度使蕭密落雙手托著刀刃，淒聲哭喊，「末將，末將一直在跟敵軍拚命。可，可末將麾下全是騎兵。沒有馬，一匹戰馬都沒有？」

「啊——」蕭天賜激靈靈打了個哆嗦，這才意識到最關鍵問題所在。猛然轉過頭，他紅著眼睛大聲吩咐：「耶律四寶奴，你，你和蕭密落兩個帶人去取坐騎。快，快……」

「副帥，後營，後營已經破了！」蕭密落用力扯了一下刀刃，啞著嗓子繼續提醒。「你看，你看火光最亮的位置，肯定是後營。」

「啊！」蕭天賜又低低的叫了一聲，從頭到腳，一片冰涼。

後營被抄，戰馬即便不是盡數落入敵軍之手，也必然會被敵軍驅散。沒有戰馬，皮室軍的實力頂多發揮出平素的三成。而聽外邊的動靜，今晚來襲的敵軍恐怕不會低於兩萬！

兩千戰鬥力只能發揮出三成的皮室軍，迎戰兩萬殺紅了眼睛的漢軍。結果，根本就不用去猜！

然而，把彎刀舉了又舉，把嘴巴張了又張，「撤離」兩個字，蕭天賜卻遲遲無法說出口。大遼以弓馬立國，素來注重戰功，也注重軍法。連冀州城的大門都沒看見，就被敵人打得狼狽而逃。即便能活著逃離戰場，日後等著他蕭天賜本人的，恐怕也是一杯毒酒，或者一把雪亮的大砍刀。

「副帥，走啊！再不走就真的來不及了！」蕭密落倒是忠心，見自家主帥遲遲拿不定主意，忍不住大聲催促。

「走？不，絕不！」蕭天賜楞楞地重複了一個字，然後咬著牙搖頭。「皮室軍乃我大遼第一精銳，即便沒有戰馬，本帥也照樣能打勝仗。列陣，所有人列陣。本帥今晚要帶著你們……」

「嗖，嗖嗖，嗖嗖嗖——」數十根呼嘯而來的火箭，將他的好夢直接敲了個粉碎。

中軍帳上迅速冒起了濃煙，火光照亮周圍一張張驚慌的面孔。蕭天賜憤怒地抬頭望去，只見三十步外，一名年輕的小將迅速收起角弓，舉起長纓，策馬直衝而來。其身後，則是數以千計的長纓，在夜幕下散發出刺骨的寒光。

「列陣，列陣頂住！」蕭天賜終於不再猶豫了，高舉彎刀，嘴裡發出一連串的狼嚎。

「列陣，列陣，跟他們拚了！」兩條腿無論如何都跑不過四條腿，此刻除了迎戰之外，已經別無選擇。心中對自家主帥痛恨不已的皮室軍將士紛紛掉轉頭，以最可能快地速度結成人牆，試圖遏制住對手的攻勢，然後再想辦法從容脫身。

他們的經驗很老到，應對策略也極為恰當。只是，他們過分低估了對手的本領。看見契丹人不肯逃命，而是選擇了列隊迎戰。高懷德立刻興奮得熱血沸騰，雙腿用力連續磕打馬腹，手中騎槍穩穩端平，連人帶馬騰空而起，如同一道白色的閃電般，直劈倉皇列陣者的頭頂。

「轟！」擋在他正前方的軍陣，從正中央被砸斷，三名契丹武士同時飛起，死不瞑目。高懷德卻毫髮無傷地繼續策馬前突，手中騎槍左捅右刺，如入無人之境。四下裡的契丹武士紛紛湧來，或者被他當場刺死，或者被他胯下的白龍駒甩在了身後。七八件兵器在他的坐騎兩側畫影，卻最終沒有一件能成功給他和胯下戰馬帶來半點兒損傷。

「轟轟轟轟轟，轟轟轟轟轟！」數十匹戰馬，沿著高懷德衝出來的缺口，魚貫而入。將缺口兩側的契丹將士，殺得血肉橫飛。

眨眼間，皮室軍將士捨命組成的軍陣，便四分五裂。更多的高家軍騎兵衝上前來，舉槍左右攢刺。沒有戰馬代步的契丹武士只要動作稍慢，要麼被坐騎活活撞飛，要麼被騎槍捅個透心涼。

「擂鼓，擂鼓迎戰。寧死不退！太祖在天上看著咱們！」位於所有弟兄身後的蕭天賜，看得雙目盡赤。不停揮舞著彎刀，來回奔跑，叫喊聲如同落進陷阱裡的野獸一樣絕望。

一部分契丹將士果斷轉身逃命，但是，依舊有數百人響應他的號召，選擇了死戰到底。他們咆哮著向彼此靠攏，盡可能地將隊伍又拼湊成陣。他們前仆後繼地衝向高懷德，試圖用生命來捍衛大遼皮室軍的尊嚴。

對於這些垂死掙扎的困獸，高懷德根本沒心情搭理。猛地將右臂朝身後一摸，掏出一面水瓢大小的短斧。隔著十四五步遠，向不遠處某個看樣子像是遼國大官兒的傢伙迎頭便擲。

「啊——」早已抱定必死之心的蕭天賜，本能地低頭。隨即，便感覺到頭皮處猛地一涼，半邊頭盔連同頭頂上的所有毛髮，都不知去向。

所有勇氣瞬間一掃而空，北面上將軍，遼軍副帥，乙室部節度使蕭天賜再也不想繼續做無謂的掙扎了。低頭哈腰，雙腿猛地發力。整個人就像一道黑煙般，借著自家袍澤身體的遮擋，朝火光最暗處躥了過去。轉眼功夫，就逃離了高懷德的視線。只留下數百名絕望的皮室軍將士，像飛蛾般繼續一波波撲向戰馬，一波波倒在馬蹄下，一波波變成紅色的塵埃。

「無恥！」高懷德大聲斷喝，怒髮衝冠。

先前看到一個錦帽貂裘的高官喊得聲嘶力竭，他還誤以為此人會組織起殘兵敗將跟自己血戰到底。卻萬萬沒想到，此人居然剛剛掉了幾根頭髮，就轉身逃之夭夭。

然而，想要策馬去追，卻已經來不及。剩下的契丹將士像瘋了般，捨命上前擋住他的馬頭。任他用騎槍左刺右挑，卻無法在短時間內殺開一條血路。

「少帥勿急，他跑不掉！」唯恐自家東主因為貪功而受傷，高延福迅速衝上前，護住高懷德的左翼，同時扯開嗓子大聲提醒，「趙將軍早就繞向了後營，鄭將軍也不會輕易放任何人漏網。」

「我不是急，我是為這些契丹兒郎不值！」高懷德揮舞騎槍，又挑翻了兩名迎上來找死的對手，同時紅著臉大聲解釋。

這絕對不是真話。剛才那個抱著腦袋逃走的懦夫，十有八九就是此番遼國南征大軍的副帥蕭天賜。活捉或者殺死此人者，必將名揚天下。然而，轉念一想鄭子明先前明明可以親自領軍攻擊契丹人的中營，卻把機會讓給了自己。高懷德的心情立刻就冷靜了下來。同樣年齡，本領也不相上下。對方能做到的事情，他相信自己也能做到，並且會做得比對方更好。

「有什麼不值的，他們既然敢來搶掠，就應該知道自己會有這麼一天。」知道自家東主心高氣傲，高延福也不把他的謊言戳破。一邊奮力廝殺，一邊順著對方口風附和。

彷彿是在驗證他的論斷，周圍的契丹武士愈發瘋狂。一個個瞪起通紅的眼睛，喊著誰也聽不懂的口號，爭先恐後往高家軍的槍鋒上撲。人數雖然已經不足先前的十分之一，所爆發出來的戰鬥力，卻遠遠超過了先前的十倍。

借助高家軍被這群一心求死的契丹將士絆住之機，北面上將軍，南征遼軍副帥，乙室部節度使蕭天賜撒開雙腿，混在一夥亂軍之中逃離了中營。一路跑，一路丟，將被削沒了頂部的頭盔，白貂皮做的披風，鍍了金水的鎖子甲，以及任何可以表明身份的東西，丟了個乾乾淨淨。

他不想死，至少不想現在就死。他才四十五歲，還騎得了馬，掄得動刀，一晚上連御三女亦不在話下。他在前幾次南侵中，都搶到了大量的錢財和珠寶，部落裡也存有足夠的牛羊和糧食。如果他死了，這些辛辛苦苦積攢起來的東西，就要全便宜了別人。

大遼軍法的確嚴苛，但是卻未必找不出任何疏漏。只要他能活著逃回乙室部，隱姓埋名藏上一兩年，也許就能逃過軍法的追究。大遼皇帝耶律阮不得軍心，亦不得各部長老之心。說不定哪天就會稀裡糊塗地死去。到那時，新皇帝登位，急需尋找支持者，他再站出來振臂一呼……

心中想著回去後如何躲避懲罰的方略，蕭天賜越跑覺得雙腿越有力氣。眼看著就把整座軍營甩在身後，徹底融入無盡的黑暗當中。斜刺裡，忽然聽到一聲斷喝：「契丹狗賊，別跑，趙某特來送爾等上路！」

「啊！」蕭天賜嚇得打了個趔趄，本能地朝聲音來源處扭頭。只見一個方臉將軍帶著數百鐵騎，直接兜在了逃命隊伍的側前方。手中兵器借著馬速輕輕一揮，就將跑得最快的那數名逃兵，一並送上了西天。

「饒命，我等投降。」一個能說漢話的皮室軍將領，尖叫著高舉起雙手。唯恐動作慢了，成為對方的下一個攻擊目標。

「饒命！」「饒命！」「饒命！」四下裡，求饒聲響成了一片。自知跑不過戰馬的契丹潰兵，紛紛學著皮室軍將領的樣子舉起雙手。用生澀或者熟悉的漢語，苦苦哀求。

「孬種！」趙匡胤朝著地上狠狠啐了一口，緩緩帶住了坐騎。

剛剛策馬包抄過來之前，他原本以為此番至少需要反覆衝殺數次，才能徹底嚇住眼前這群倉皇逃命者。如今一次衝鋒尚未結束，對方就果斷選擇了引頸待戮，頓時令他感覺自己好像一棍子砸在棉花團上，渾身上下都說不出的難受。

「漢語說得越溜，南下劫掠的次數越多！」自家弟弟趙光義的聲音，猛然從他身後響起，就像隆冬時節的北風般，令他的心臟頓時冷硬如冰。

「送他們上路，只殺不俘！」猛地舉起熟銅大棍，趙匡胤用全身的力氣發出怒吼。「殺光了他們，永絕後患！」

「送他們上路，只殺不俘！」

「送他們上路，只殺不俘！」

……

身後的一眾騎兵迅速丟下了對敵軍的憐憫，策動坐騎，再度朝逃命者發起了衝鋒。每一次兵器揮落，都有一大批逃命者化作紅色的塵埃。

「上啊，反正都要死，跟他們拚了！」蕭天賜見勢不妙，扯開嗓子大聲叫嚷。

「跟他們拚了！」「跟他們拚了！」「反正都是死，跟他們拚了！」走投無路的潰兵們大聲哭喊著，拎起兵器自救。轉眼間，就跟中原騎兵戰做了一團。誰也沒留意，就在他們拚命的同時，最先發出呼籲的那個禿頂同夥，已經再度轉身逃之夭夭。

「我不能死，我是北面上將軍，我是乙室部的大王！」背對著自家袍澤的哭喊聲，蕭天賜拚命邁動雙腿。送死的事情讓低賤的傢伙去幹就行了，乙室部大王屍體絕不能跟普通牧人的屍體混在一處。前來截殺大夥的那支騎兵是從右側兜過來的，軍營左側好像還沒動靜。如果現在調轉方向……

人在高度緊張時刻，往往能爆發出非凡的潛能。蕭天賜現在的情況便是如此，憑著出色的判斷力和出色的奔跑能力，他居然成功擺脫了趙家軍的追殺。跟為數不多的幾個幸運者一道，逃向軍營的左後側，不多時，目光已經看到了稀稀落落的木柵欄。

「只要將柵欄推倒，然後逃到後面的山谷裡，找個狐狸的洞穴……」即將逃出生天的喜悅，讓蕭天賜愈發振奮，雙腿不停地邁動，將自己跟柵欄之間的距離越縮越近，越縮越近。眼看著就要得償所願，忽然間，卻聽見自己身後的腳步聲全都停了下來。

「趕緊啊……」回過頭，他大聲招呼幸運兒們跟上。不是因為突然心懷慈悲，而是為了找幾個同伴，以備不時之需。

他聽見自己的聲音，忽然變了調。雙腿也忽然從屁股往下開始發虛，發軟，變得使不出任何力氣。已經扭到後方的頭，再也扭不回來。一雙眼睛直勾勾地看著不遠處，看著不遠處緩緩追過來的如林騎槍。

騎兵，像步卒一樣，排著整齊橫隊，如牆而進的騎兵。從頭到尾，一眼望不到邊。任何妨礙了其前進的東西，無論是人還是物件，在雙方發生接觸的剎那間，統統被其碾成了齏粉。

「撲通！」「撲通！」「撲通！」幾個同樣已經逃到營牆邊上的契丹武士，相繼癱倒在地。

他們沒勇氣再逃，也沒有勇氣反抗，甚至連求饒的話都不敢說。只是認命地低下頭，雙手高舉，渾身上下抖若篩糠。

「起來，起來，死戰，大遼太祖在看著咱們！」蕭天賜在人生的最後時刻，終於沒讓自己跪下去。哭喊著轉過身，直接衝向了如牆而進的騎兵。

既然徹底沒了逃命的機會，那就死吧！大遼國的北面上將軍，怎麼著也得死得像個貴人。

一桿冰冷的騎槍，捅進了他的胸口。很快，又是另外兩桿。他看到自己飛起來，飛起來，飛起來，飛過所有人的頭頂。

「來人，將他們押到一邊去，棄械者不殺。」一個清晰的聲音，忽然傳入了他的耳朵。

地面上，有人快速跳下馬背，跑向瑟瑟發抖的契丹潰卒。將他們一個接一個拉了起來，一個接一個帶離戰場。

「我剛才應該投降的！」蕭天賜忽然感覺到好生後悔，頭一歪，死不瞑目。

「好像是個當官的。光顧著丟了頭盔和鎧甲，裡邊的衣服卻還沒來得及換，絮的是上好的絲棉。」李順兒將蕭天賜的屍體從騎槍上甩落，用槍尖兒翻著胸前的衣服辨識。

「別踩爛了，先挪一邊去。天明後找俘虜來辨認！」對於寧死不屈的對手，鄭子明向來會給與足夠的敬重。笑了笑，低聲吩咐。

「是！」李順兒答應一聲，用騎槍再度挑起蕭天賜的屍體，加速脫離隊伍，衝向樹枝做的營牆。不多時，便將屍體安置停當，笑呵呵地返了回來，「有俘虜說，死的是他們的副帥蕭天賜。這下，咱們是徹底大獲全勝了。耶律察割聽聞蕭天賜全軍覆沒的消息，無論已經走到了哪裡，都會嚇得掉頭北逃。」

「應該如此，希望他還沒有發瘋！」聞聽死者是蕭天賜，鄭子明也是喜出望外。然而，對於局勢的判斷，他卻遠不如李順兒樂觀，「汴梁的戰事也不知道怎麼樣了？否則，死了一個蕭天賜，遼國還會再派別的將領來。這是他們最好的機會，耶律阮絕不會輕易放棄。」

「應該能儘快拿下吧！郭樞密可是百戰老將，劉承佑怎麼是他的對手？」李順想了想，扭頭望著南方的天空回應。

天空中，恰恰有數顆流星緩緩滑落，轉眼間，就不見了踪影。

「你，你為，為什麼，為，為什麼……」同一片星空下，汴梁城外趙家村，劉承佑扭頭看著郭允明，面孔因為劇痛而扭曲，雙目當中充滿了困惑。

「陛下，你說過，咱們這輩子要生死相隨的。您發過誓的，您忘記了嗎？」郭允明緩緩從劉承佑的後腰處抽出橫刀，嘴角含笑，目光寒冷如冰。

「郭允明！你，你在幹什麼？陛，陛，陛下待你不薄……」國舅李業捧著一碗清水趕到，被眼前的情景嚇得呆立於地，結結巴巴地叫喊。

郭允明回刀橫掃，一刀掃斷李業的哽嗓。「別廢話，身邊已經沒一兵一卒了，說這些有用嗎？」

「啪！」李業手中的破碗掉在地上，碎裂，清水濺起，與喉嚨處噴出的血漿一道，將周圍的乾草堆染得通紅。

「呀——」幾個隨行的太監到此刻才回過神來，尖叫著拔腿逃命，郭允明從背後追上去，將太監們挨個放倒。當他滿足的轉過身，卻看到劉承佑依舊捨不得立刻死去，雙手扒住地面，緩緩爬動。殷紅色的血跡，在身後灑成了長長的一道。

「陛下，別跑了。你跑不掉的，乖！」郭允明笑呵呵地追上去，用刀尖頂住劉承佑的後心。

劉承佑痛苦地扭過頭，哭喊求告：「別殺我，別殺我。朕，朕從沒辜負過你。朕把所有的都交給了你，朕為你殺了自己的親哥哥，殺了史弘肇、楊邠、王章和郭威全家，朕為你已經丟了江山，朕……」

「閉嘴！」郭允明全身發力，一刀砍斷劉承佑的脖頸。

血光濺起，劉承佑頭顱飛出老遠。郭允明快速追了幾步，將人頭踩在了腳下。望著那雙死不瞑目的眼睛，他繼續咬著牙搖頭，「他們都該死，你也該死。老子日盼夜盼，就盼著你們像瘋狗一樣互相亂咬，然後兩敗俱傷。呵呵，呵呵呵，不是你為了老子殺了他們。而是老子借你的手，殺了他們。你這個蠢貨，真是死有餘辜！」

蹲身揪住人頭上的髮梢，他快步走進了屋子。「他們該死，你也該死。所有辱我，害我，得罪過我的人，都得死。誰都不能例外。」

關好門窗，他用火摺子點燃窗簾、被褥，柴草，以及一切房屋主人沒來得及帶走的東西。「包括你，包括你們所有人。這輩子殺不完，下輩子繼續殺。下輩子殺不完，下下輩子接著殺。生生世世，絕不放過！」

濃煙夾雜著火星扶搖直上，轉眼間，就將周圍照得亮如白晝。

郭允明一手持刀，一手拎著劉承佑的頭顱，在火焰裡放聲狂笑。「哈哈哈，哈哈哈哈，哈哈哈哈，哈哈哈哈哈……」

自打生下來，他就沒從這世界上獲得過任何善意。

一直到死，這世界也甭想從他身上獲得任何善意的回報。

第五卷・朝天子　卷終

第二十二章

亂世宏圖

卷五・朝天子

作者　酒徒
編輯　黃煜智
校對　魏秋綢
企劃　廖婉婷
封面設計　莊謹銘

總編輯　曾文娟
董事長　趙政岷
出版者　時報文化出版企業股份有限公司
一〇八〇一九台北市和平西路三段二四〇號四樓
發行專線　(〇二)二三〇六—六八四二
讀者服務專線　〇八〇〇—二三一—七〇五、(〇二)二三〇四—七一〇三
讀者服務傳真　(〇二)二三〇四—六八五八
郵撥　一九三四—四七二四時報文化出版公司
信箱　一〇八九九台北華江橋郵局第九十九信箱

時報悅讀網　www.readingtimes.com.tw
電子郵件信箱　ctliving@readingtimes.com.tw
法律顧問　理律法律事務所　陳長文律師、李念祖律師
印刷　家佑實業股份有限公司
初版一刷　二〇一七年六月九日
初版四刷　二〇二二年十一月八日
定價　新台幣三八〇元

時報文化出版公司成立於一九七五年，
並於一九九九年股票上櫃公開發行，於二〇〇八年脫離中時集團非屬旺中，
以「尊重智慧與創意的文化事業」為信念。

Printed in Taiwan
本書《亂世宏圖》繁體中文版　版權提供　中文在線　李方鋒

亂世宏圖　卷五．朝天子／酒徒作
－初版．－臺北市：時報文化，2017.06
面；　公分
ISBN 978-957-13-6914-3 (平裝)
857.7　　106001565